U0606354

40

改革开放四十年文学丛书

反思文学

下卷

陈晓明 主编

作家出版社

改革开放40年文学丛书　编委会（按姓氏笔画排列）：

丁　帆　　王　干　　王　尧　　王兆胜　　王彬彬　　白　烨　　吉狄马加
李一鸣　　李少君　　李建军　　李敬泽　　杨　杨　　杨晓升　　吴义勤
吴　俊　　邱华栋　　何向阳　　张志忠　　张　柠　　陈汉萍　　陈思和
陈剑晖　　陈晓明　　陈福民　　孟繁华　　郜元宝　　施战军　　贺绍俊
阎晶明　　梁鸿鹰　　彭　程　　程光炜

统　筹：兴　安　　崔庆蕾

目 录

天云山传奇

鲁彦周

引　子

心灵上的琴弦，一旦被拨动了，就难以停止它的颤动。

我没有想到，事隔二十年的今天，我这个四十多岁的女人，已经担任了地委组织部副部长的人，生命中的某一根琴弦忽然被拨响了。我更没有想到，这次触发，竟给我的生活，带来了这么大的变化。

一

一九七八年冬天的一个晚上，我吃过晚饭，照例拿出从办公室带回的各种申诉材料，细细翻读。最近一个时期，因为中央有了实事求是，纠正错案、冤案的精神，这类申诉材料多得惊人。这对我这个到组织部还不到半年的人来说，确实是一个巨大的压力。我读着这些沉痛的文字，想到一些同志的悲惨遭遇，心情总是感到异常沉重。我恨不得一下子就能把这些问题全部解决掉。但我这种心情在部里却遭到冷淡、窃笑。同志们把我这种心情看成是"不成熟的表现"，是"不熟悉组织工作的新手的急躁病"。而对我嘲笑得最凶的却是我的丈夫，分管组织工作的地委副书记吴遥。他说我有点像刚到医院实习的学生，看到病人多就大惊小怪，一个有经验的大夫，是不会因为病人多就产生这种情绪的。

对这种嘲笑，我内心是反感的，我反唇相讥。我说，也可能正因为我是新手，我才没有学会你们那种麻木不仁的态度。但是，口头的辩论，并不能解决问题，我批的材料，还是被封锁在各人的写字台里。

这天晚上，我的情绪特别不好。外面正下着大雪，雪花无声地落在窗台上、玻璃上，从楼上望去，整个城市已经被白雪覆盖了。因为丈夫到南方养病，女儿又出去复习功课去了，我也就没给屋子生火，空荡荡的房间里，显得特别冷。我望着纷纷扬扬的雪花，想起办公室里一些人对问题的冷漠态度，又从他们身上，想到我的丈夫。那些人都是我的丈夫一手培养起来的，他们对我的调来，似乎很明白内幕，我不过是我丈夫放在组织部的一个工具，我的意见是无足轻重的，关键还是要看吴遥书记的态度。每当我一想到这里，心里就感到堵得慌。

正当我对着卷宗发愣的时候，有人敲了一下门，我应了一声，门被推开了。只见一个黑影子站在走道上，正在扑打着身上的雪花。

我急忙问了声："谁呀？请进来！"

很快，一个年轻的姑娘走了进来。这姑娘叫周瑜贞，是我们地区规划小组的一个技术干部。她今年还不到三十岁，用她自己常用的口头禅来说，是"受了洗礼的一代人"。她是中央某部门一位负责同志的女儿，是不久前才调到我们这个地区工作的。我丈夫吴遥曾是她父亲的下级，我去世的父亲也认识她的父亲，所以她也就成了我们家的常客，来往像自己家一样。她虽是学技术的，可是却喜欢议论政治。而议论起来又尖锐泼辣、毫无顾忌，有时，把人们都回避的一些问题，也会一下子赤裸裸地端出来，常常弄得对方张口结舌，只好设法岔开她的话题。她对吴遥和我们的工作，也经常挖苦、嘲笑，说我们是"离了本本就是瞎子"，是"冰库里的鱼，又冷又看不见天"。她连我们那空得可怜的书架，也不放过。她非常奇怪，我们的精神食粮那么少，又那么单调，怎么又能自以为高人一等，决定别人的命运？总之，这是一个有点与众不同的姑娘。

我丈夫吴遥，开始对她是非常热情的，后来，渐渐不喜欢她了，说她自由主义气味太浓，有一种危险的倾向，只是因为她父亲的地位关系，他才在表面上照旧热情地接待她。可我倒是对她很有好感，我喜欢她的坦率，我从她身上，有时也能看到我过去的影子。加上，我和吴遥在一起，并没有多少话好谈，我们生活得很单调、很枯燥。我们的家庭气氛就像这所房子一样，很大，很空，有时还很冷。一种寂寞苍凉的感觉，常常向我袭来，这时，我就特别希望有一个像周瑜贞这样的人同我一起，无拘无束地谈谈天。

今天，我也正处在这种情绪之中，所以看到她来了，我很高兴。我帮她脱掉了大衣，让她坐到沙发上。可她呢，跟往常不一样。以前她来了向沙发上一靠，红扑扑的脸上，总有一种嘲讽的笑容，很快，她就会找到一个现实生活中的题目，发表起尖刻的议论来。可今天，她很不同，她在沙发上没坐几秒钟，又跳了起来，她嚷了一句："这屋子好冷！"又把大衣披上，在房里来回走了几步，转过身，睁着两只大眼，好像第一次看到我似的，上下打量起我来。

我被她这种神情，弄得莫名其妙，我说："你怎么啦，干吗这么看我？"

她异样地一笑，摇了摇头。

我更加奇怪了，我问她："你碰到了什么事吗？"

"我最近出了一趟差，"她说，这才又恢复了原来的样子。她给自己倒了杯水，捧在手上，又坐回到沙发上来补了句："我是到天云山去的！"

"啊，你到天云山去了？"我惊讶地问，"那里现在怎样了？"

"一言难尽！"她把我也拉到沙发上，又一次瞅了我一眼，说，"你从前不是去过那里吗？"

我点点头。我是去过天云山，可那是二十多年前的事了，她怎么知道我去过的？她见我用疑问的眼光望着她，便神秘地一笑，说："你知道吗？这次我去天云山，碰到一个怪人，他还有一个也很怪的妻子。"

"什么怪人？"

"我很难分析他。"她说，"也许是个英雄，也许是个叛逆者，或者像你们常用的那个词：屡教不改的什么分子，这得看各人怎么看。"

"哪能这么说？"我说，"是非总有个标准！一个人也总有他的主要方面。"

"标准？"她冷笑了一声，"究竟什么是标准？你这个组织部长倒给我说说看？'四人帮'有'四人帮'的标准，你们有你们的标准。而我呢，我也有我的标准。"

"啊？这么说你和我还有不同的标准？"我笑起来了，"这倒是头回听你说。"

"当然不同！"她提高了嗓门，两条秀丽的眉毛也扬起来了，"恨'四人帮'，反对'四人帮'的标准，我们可能是相同的，但在别的方面就很难讲了。"

"你讲具体一点嘛！"

"我一具体，你可能又要害怕了。比如说，这十年主要危害是'四人帮'，那么再往前推，是不是就没有问题呢？反对了'四人帮'，固然是英雄。在'四人帮'出现以前，反对了不良倾向，算不算是英雄呢？再具体一点吧，他反对的不仅是一般不良倾向，而且涉及当时错误的路线、方针、政策，你敢不敢在政治上肯定他呢？"

她说到这里，目光炯炯地盯着我，我因为她讲的题目相当大，沉吟了片刻，没有回答。她见我这副样子，胜利地笑了："我说嘛！你不敢回答了吧！"

"这有什么不能回答的，"我不服气地说，"我不过是在考虑，你讲的怪人究竟是个什么人？"

"按我的标准，"她说，忽然站了起来，"他当然是一个值得尊敬的可爱的人！"

"原来你是碰到了你理想中的英雄了！"我嘲笑地说。

"你别用这种口气说话。"她皱了皱眉，顺手在花盆里摘了朵腊梅，放在鼻子上嗅着，两眼望着窗外的仍旧在大片大片飘落的雪花。我很惊奇，她怎么忽然不讲话了。我站起身来，走到她的身边。我问："你怎么啦，小周，为什么不吱声了？"

"我在想那个怪人。"她毫不遮掩地说。

"哦！他是很年轻的人吗？是做什么工作的？"我说，把一只手架到她的肩上。

"他不年轻了！"她苦笑了一下，"他也没有什么工作。他和我也不是同时代的人。我是在想，他的同时代的人，为什么会那么冷酷无情地抛弃了他？他为什么会有这样的遭遇？我应该从他的遭遇中得出什么样的结论，又该怎样从他的生活里吸取我应该学习的东西。"

她这么一说，我更感到惊奇了。她究竟碰到了什么样的人，这个人为什么竟值得她如此为之感叹、赞佩？我着急地问："你到底碰到了谁呀？"

"是一件很偶然的事。"她说，"你想听听吗？"

我点点头。

"好吧！我就给你讲讲吧。"她把我拉回到沙发上，我们两人坐在一起。

她开始讲了起来——

二

"我这次不是到天云山区去了吗？"她说，"说起天云山，你也是很熟悉的。"

"你怎么知道我熟悉天云山？"我忍不住问。

"反正我知道呗！"她狡黠地眨眨眼说，"我求你别打断我，等我讲完了，你再提问。"

"好吧，你说。"

"我到天云山的任务，是为我们规划小组，找二十年前的关于天云山的规划书，这是省里急等着要的。这份规划书，为什么二十多年前制订出来，二十年后又去找它？……"说到这里，她自己也笑了，"你看，我自己倒提问起来了，不问这个吧！"

"那天我下了火车，没买到公共汽车的票，一个热情的同路人，看我着急，自告奋勇要去给我想办法。我在马路上等着他，过了一会儿，他来了，说是有辆运货的马车要回天云镇，他已和赶马车的讲好了，可以带我去。

"我跟着这位热心人，找到了那辆马车。

"马车的一切已经准备停当了，车前坐着一位正在低头整理什么的车把式，他的旁边坐着一个女学生，她用雪亮的眼睛盯了我一眼，要我爬到那麻袋上，那里已经给我准备了能坐能靠的地方。

　　"那女学生俯身和赶马车的说了句什么，赶马车的点点头，也许看了我一下，也许没看，我也没注意。我把自己弄得舒服些，靠在上面。等我谢了那位热心人，车把式便扬起鞭子，马车向前滚动了，马铃声和蹄声，有节奏地响了起来。

　　"这天天气很晴朗，只有几片白云浮在天际，中午的太阳晒得人暖洋洋的。我斜靠在马车的麻袋上，望着路上来来往往的老乡，望着远处高耸入云的天云山，不禁神思飞驰，在有节奏的车轮滚动声里，沉入到所谓幻想境界去了。

　　"我想象着天云山当年闹革命的情景，想象着当年来开发天云山区的年轻人们，我又望着那远处山岭上的古城堡遗址，想象着中国的悠久的历史。……"

　　"你怎么知道那个古城堡？"我被她的讲述，带到我当年生活过、工作过的地方，不自觉地又问起她来。

　　"我在出发以前，就跟人交谈过，在车上，我也跟人谈过天云山。"周瑜贞瞥了我一眼，说，"我也看过《天云山志》，我知道那古城堡的历史，啊哟，你看，你又把我的话打断了！"

　　我没有吱声，只用眼色示意她再讲下去。我心里忽然隐隐感到一阵不安，我莫名其妙地意识到，这个姑娘大雪天跑来跟我讲这些，可能和我的某一段生活有关吧。

　　"正在我沉思的时候，"她接着说，"车前面两人的谈话，引起了我的注意，我发现那位年轻的女学生和那位赶马车的，好像有一种特殊的关系，我靠在车上有意无意地听着他俩一直非常亲密地低声谈话。这时，我听见赶车的哈哈大笑了，他笑得非常爽朗天真。他对那姑娘说，'小凌云，你也染上了这个时髦的毛病了，讽刺、挖苦、嘲弄我们生活中的某些现象，用一些最尖刻的言语，来表示自己的最新见解，这些都是很容易的，可是这能解决什么实际问题呢！'那个被叫作小凌云的姑娘难为情地一笑说，'话是这么说，可一看到一些事，心里就憋不住！'赶车的摇着头说：'憋不住就严肃地斗争嘛！就从自身先做起嘛！就把劲头用到刻苦学习、努力工作上去嘛！'那姑娘咳了一声说，'叔叔，有几个能像你呀！'赶车的又笑了：'我算个什么，我只不过不喜欢垂头丧气，相信真理一定能战胜谬误罢了！'那姑娘把头向赶马车的肩上一靠，亲热地说：'你这个怪叔叔啊！'

"我听着这两人的谈话，越听越感到惊奇，一个赶马车的怎么会说出这些话来？它既不是劳动人民的语言，也不像一个车把式的思想。

"我不由欠起身，歪头打量起这个车把式。这个人，年纪可能在四十到五十中间，他身上披了件破军大衣，那种大衣还是五十年代实行军衔制的产物，已经像是麻包布了。他头上戴了顶天云山区农民常戴的套头帽，一直压到两条漆黑的眉毛边上。他的脸从侧面看过去，轮廓特别分明，眼睛、鼻子和脸形，使我想起我看过的一个希腊雕像。我越看越觉得这个车把式有点怪，我很后悔我上车时没有仔细注意他。

"这时，马车已经走到峡谷中了。这是通向天云山区的有名的大峡谷，我们在前面看到的古城堡，就是从这个峡谷通去的。这个古城堡据说是明朝的一个大官僚地主为了防止农民起义修的，清朝时的地主，为了防太平天国的革命军又重新加固过。它现在还虎视眈眈，高踞于峡谷之上，仿佛还要继续封锁着天云山区。

"我无心思索这古城堡的过去和未来，我很想找个借口和这位车把式攀谈攀谈，可是，他和那个姑娘一进入峡谷，脸色都变得严峻起来，他俩紧紧靠在一起，望着前面什么地方，仿佛不知道还有我这个人存在。我只能暗暗地观察他们，却找不到机会询问他的情况。

"马车快要驶出谷口的时候，这位车把式忽然朝马吆喝了一声，哎！马车停了下来。他先跳下车，那个年轻姑娘也跟着跳下去了，车把式回头朝我招呼了一声说：'对不起，请你等一下，我们去去就来。'

"这正是攀谈的好机会，我忙陪笑说：'你们要去很久吗？'

"'不！'他说，'一会儿就回来。'

"'我能跟你们一道吗？'

"'不！'他又是一个不，不过这回口气挺温和的，'我们是去看一个亲人。'

"'啊！'

"'今天是冬至节。'他解释了一句，'我们是看亲人坟墓去的。'

"原来他们是去看坟墓的。我望着他们走进松林里，望着他那高大的时隐时现的身影，一种神秘的感觉强烈地刺激着我，他到底是什么人，他们现在又是去看什么人的坟呢？

"因为等待，感到很寂寞，山风从峡谷里吹过来，吹得我直打寒噤。我无聊地跺着脚，无目的地朝峡谷里望着，这才发现，峡谷最狭处，还有一个没有修成的水库坝址，乱石、泥沙、水泥块，到处都是，一股不小的水流，发出轰然的鸣声。

"一小时以后，他俩从松林里下来了，后面还跟着几位老乡。我不知道这些老乡是哪来的，也许他们就住在松林里吧！那几位老乡和我们的车把式关系好像极为密切。他们在一起做着手势讨论着什么。到了近处，我才听清一位老乡说：

"'你说得对！今年冬天，我们就要这样干了！公社大队不同意，我们也要做，一定要改田还林了。'

"'你们拿着政策条文跟他们说。'我们的车把式继续给他们出点子，'有的人，就迷信小本本，你们就用小本本跟他们辩。他们总是把群众的觉悟估计过低，他们可能以为你们还不知道现在的政策呢！'

"在车把式和他们说话的时候，有一位老乡忽然把一口袋东西交给我，又低低对我说：'同志，请你把这收好，等到了天云镇，你把这个给他！现在你千万别说。'

"'你为什么不当面给他？'我奇怪地问。

"'他不会收的，他爱人有病，生活很难。可他又从不要人的东西，这是我们送给他爱人的。你快放好。'

"他也转身和马车夫谈心去了！

"我们又耽搁了半个小时，这才和老乡们告别走了。走了很远，我回头还看见老乡们站在那里。

"这情形更使我感到迷惑，也使我断定，这位车把式绝不是一般的车把式，他和老乡间那种感情就不是一般的！我又望着坐在车前的他，这时，那小姑娘正靠在他的肩上，他们又在讨论着什么。我听见那姑娘说：'我……我一看到爸爸的坟墓，我就想哭。我不光是哭爸爸，我是哭你！好叔叔，他们对你太不公平了。'那车把式摇摇头说：'个人遭遇算不了什么。问题是在我们的国家，我们的人民，再也经不起挫折了。'讲到这，他忽然回头望了我一眼，我装作看山景，他又回过头去和那姑娘讲起来，不过，这回声音小了，我只能断断续续听到什么'为什么会出现'四人帮'，中国的历史包袱不轻……历史根源，社会根源……青年人的责任……'

"他显然是在回避我，这使我有点气恼，同时也使我下了决心一定要把他的来历摸清楚。"

周瑜贞讲到这里，喝了口水，我也早已忘掉我手中的毛线了，我非常想问她，这个赶马车的叫什么名字，可有种无形的东西阻止住我。我愣愣地靠在那里，等待着她的下文。

周瑜贞放下杯子，也沉默了一会儿。外面的风声凄厉地响着。我抬起头，无意中看到墙上挂我和吴遥的结婚照片，吴遥那微微眯着的眼睛，望着我在笑。我赶紧把目光移开了。

"这大雪天，他们现在怎样了?"周瑜贞忽然轻轻地说。

"谁?"我惊醒过来。

"那个车把式啊!"

"啊! 你怎么不往下说了?"

"好! 我往下说!"她笑了笑，接着说，"下午五点钟左右，我们到了天云镇，这就是当年设过特区，后来又撤销了的地方。"

"天云镇现在还热闹吗?"我问。

"我不想形容它，因为我不知道的它过去，也许它比当年要好些，但我总感到它还是简陋得可怜。那天，我们先到了镇上的供销社门口，这辆马车是给供销社拉货的，马车停下后，那位车把式才招呼我说：'同志，已经到了! 镇革委就在那边。'

"我提起旅行包，跳下了车，把老乡给他的口袋给了他，他接过口袋，叹息了一声，又把它放在车上。我望着他，可他头也不抬，和那小姑娘忙着解那些绳子，这时他又变成道地的普通的赶马车的了。

"我迟疑了片刻，没有走。他抬头看看我，很奇怪我为什么还站在那里。我忙说：'我还没谢谢你哪! 同志，你贵姓?'

"'我姓罗，叫罗赶车!'

"'罗赶车?'我反问他，'这不是你的真名字。'

"'这个名字不好吗?'他说，笑了起来。

"我第一次正面看见他笑。他一笑，脸上就出现了一种特别纯真的表情。他那浓眉下的眼睛里，也蕴蓄着我很少见过的深沉而又善良的光彩，使人一见就感到他有一种很动人的魅力。我再次断定，他不是一个普通的赶车人。我想再问，可他已经扛起一个沉重的麻包，迈步向供销社走去。

"我走了两步，又忍不住回头看看。只见他正在吃力地走上台阶，他那压在麻包下面的高大身躯躬了下来，他那破大衣的下摆抖动着，他那套着一双破长筒皮靴的脚和腿，也在颤抖，发出一种吱吱的声音。我赶紧回过头来，一种酸楚的滋味，突然袭上我的心头。我想找那叫小凌云的姑娘问问，可她也扛了件小包，跟在他后面进去了。

"我只得快快地离开了，但他的影子始终在我脑海里萦绕。我在想，他是不是被整的干部？前两年在'四人帮'横行时期，干部赶马车，那也是很普通的事。可现在已经是一九七八年的冬天了，一般说，受'四人帮'迫害的人，绝大多数早已恢复工作了，即使没有工作，也不至于还在赶马车、扛麻包。那么，他到底是什么人，居然有这种谈吐，有那种特别的风度呢？

"到了镇革委会，我先把我的来意说明了。镇革委会一个干部，看了我的介绍信，听了我的说明，连连摇起头来。他告诉我，当年天云山特区党委的材料，一部分在一九五九年撤销建制时运走了，还有一部分存在这里，也在'文化大革命'中给烧光了，现在哪能找到什么当年的规划书？

"不过，他也给了我一个安慰，答应找找线索。

"这样，我就在一个小旅社里住下来了。

"天云镇的傍晚，还是比较热闹的。广播喇叭正在播送着关于落实政策的新闻，小厂矿的工人和周围的农民在街上来来往往匆匆走着，马车、拖拉机和人拉板车依旧川流不息，发出嘈杂的声响，这镇上的声响，似乎也反映了粉碎'四人帮'后的脉搏跳动。

"我洗了脸，孤独地坐在小木楼的走廊上，望着街道上渐渐稀少了的车辆行人，无意中又看见了我乘坐的那辆马车驶了过来。那个车把式裹着破大衣，手里捧着一本书，蜷缩在空了的车上，神情专注地看着书。那个小姑娘可能过于辛苦，趴在车沿上睡着了。没有人管的马，慢慢地朝前走着，它的蹄子敲在石板路上，发出了单调的嘚嘚声。

"我又一次出神地望着他，一股说不清的滋味又重新向我袭来。这

时，正好有一位服务员走过，我连忙指着马车问她：'那个赶马车的是什么人？'

"胖胖的服务员，随便看了一眼，'啊'了一声说：'他啊！一个老反革命！'

"'老反革命？'我吃了一惊，'他是……'

"'他叫罗群！'服务员说，'说来也怪可怜的。'谈到这里，大约是怕人说她同情反革命，丧失立场，急忙补了一句：'可也是自找的，谁叫他那么顽固呢？'"

周瑜贞讲到这里，我跳了起来，说了句"你等一下"，就跑到房里去了。我自己也不清楚我为什么这样冲动，我只怕我控制不住自己，我需要镇静一下。

我没有想到，她讲的是罗群！……

三

我跑进自己的房里，匆匆打开一个箱子，从箱里翻出一个本子，一包照片，从许多照片当中我挑出了一张，捧在手上，眼睛也就离不开它了。

这是一张两人合照的照片，一个男青年和一个女青年，两人站在周瑜贞讲的那古城堡上，互相紧紧靠在一起，眺望着远方，两人脸上都是青春焕发，洋溢着幸福的表情。

啊，逝去的青春啊！

五十年代初，当我还是革命队伍里一个十六七岁，梳着两条辫子的小鬼的时候，组织上把我送进一所学校里去了。说是要把这些嘻嘻哈哈的小丫头，培育成搞建设的专家。当时和我一道被送去的大都是解放区的子弟，有点文化，也有点实际斗争经验。我们都满怀信心地进了学校，一致表示，要做一个红色技术人员。

一九五六年，我们从技术学校毕了业，这时我们已经是懂得一些科学技术的大姑娘了。

也就在这一年的秋天，我和我在学校的一个好友冯晴岚，一道分到天云山区综合考察队。

天云山绵延数百里，莽莽苍苍，有峻峭的高峰，有湍急的河流，有原始森林，有丰富矿藏，是一个比较理想的建设基地。当时，省里准备在这里大搞一下，所以不仅派了我们这些人来，还专门把天云山划成一个特区。

我们综合考察队，大都是年轻人，用当时流行的语言，叫"开始走向生活"，在学校关了几年的我们，一下到了这美丽的山区，就像自由自在的小鸟，简直快乐得飞起来了。

然而就在这个时候，我认识了一个人。

这是一个星期天，我约了冯晴岚去逛那古城堡。

我们两个一清早就出发了，那时的我，可不像现在。我爱笑、爱跳、爱唱，跟冯晴岚完全不一样。她是个沉静的，从容貌到性格都不容易引起人们注意的人。我呢，却是属于所谓"美丽活泼而且骄傲"的那种类型。但是，这并不妨碍我俩成为好友。

我们一出天云镇，就碰上了我们队的政委。这是一个古板的人，一天到晚要训斥知识分子，好像知识分子一天不训，就要走上邪路。当时我们都讨厌他，为了避免被他撞见，我拉着冯晴岚钻到竹林里。虽然是秋天，竹林里仍旧绿森森的。我一头跑，一头暗暗地笑，没想，在转弯处一头撞到一个人的身上！

这人给我撞得哎呀了一声，我猛地一抬头，只见一个高大的年轻人，被我撞倒在地上。他愣愣地望着我们，我也惊愕地望着他，他大约正在躬着腰打猎，冷不防给我撞倒了，一杆猎枪却紧紧抓在手里。

我先是发愣，后来，忽然扑哧一笑，我一笑他也笑了。我见他坐在地上笑，样子有点滑稽，忍不住大笑起来，他见我大笑，他也大笑了。还是冯晴岚不过意，讲了我一句，我才止住了。

"你们这两个疯姑娘，干吗这么跑？藏猫子吗？"

他拍拍身上，站起来笑着问。我把嘴一�’，还了他一句："你把我们当小孩吗？"

"不敢！"他说，打量着我们，"你们是……"

又是冯晴岚，她老老实实地告诉他。他一听更乐了，"好家伙，你们是企图摆脱党的领导嘛！"

"别扣帽子!"我说,严肃起来,"我们都是从小就受党的教育的,什么叫党的领导,比你清楚!"

"好厉害,"他说,"我们讲和吧。你们想看看那古寨子,我来做你们的向导,欢迎不欢迎?"

就这样,他把猎枪一背,和我们一道上古城堡去了。

他走在我们前面,步子又稳又快,我和冯晴岚在后面,悄悄地议论他是什么人。冯晴岚说他是搞后勤的,理由是他像个转业军人,最近来了一批军人在搞后勤。我说他像是森林采伐工人,理由是他脚上穿了双长筒靴,而且有猎枪。可我们又觉得没有把握,因为他身上还有我熟悉的某些气质,而这种气质又不是一个普通工人所具有的。

我们就这样在背后叽叽咕咕,不知不觉随着他走到了城堡的大门。

这个所谓古城堡,原来是一座空城墙,而且大部分是用石头垒起来的,有的地方已经完全倒塌,只有我们进去的门和一个箭楼,还完好地保存着,这里有许多石碑、石刻、砖雕。

我和冯晴岚对这些玩意儿都是十足的外行,看了几眼就兴趣索然。可我们的义务向导,倒是看得聚精会神,很仔细。他看着看着,就掏出本子记起来。冯晴岚指指他悄声对我说:"你看,他还在抄呢。"

"这破古城堡上的东西,有什么抄头。"我说,并不放低声音,"都是些封建的玩意儿!"

"首先,这不叫城堡!"义务向导忽然回头笑着对我说,"本地人叫寨子。其次,别小看这封建的东西,它对我们也有用处。"

"屁用处!"我因为他纠正我,有点不高兴,便粗鲁地回了他一句,"老顽固们才喜欢它呢!"

"你这个小鬼呀!"他老气横秋居然叫起我小鬼来了,他说,"第一,这上面告诉我们,顽固守旧的势力非常之大,每一次人民要求变革,它都千方百计把你镇压下去,它封锁着天云山区,阻挠一切新的进步的势力进入,它是中国封建社会的一个缩影,对这点,可不能小看它!了解这个过去,可以分析我们的现在。第二,它又大捧特捧他们的所谓日月光华,汉唐盛世,好像中华民族的文明,早已到了顶点,人们不需要再创造,只要把他们已有的拿来夸耀夸耀就行了。这是很甜蜜的毒剂,你看这上面写的!"

他把我们引到那些石碑面前，给我们讲解着。这时，他不像后勤兵了，更不像森林采伐工，而是像一个很有修养的学者了。

　　这个发现很使我惊奇，我忍不住重新打量他，揣摩他到底是什么人，而当他那很吸引人的眼神注视着我的时候，我忽然不敢正视他的目光了。

　　第二天，我们才发现他原来就是我们的新政委，原来的政委被调走了。

　　新政委一来，完全改变了老政委的做法。他首先处理了一个骂工程师的政工干部，不但让他向工程师道了歉，而且给各队发了通报。接着又召开了全考察队的党员大会，在党内开展了形势和任务的讨论，要全体党员明确认识：在三大改造基本完成后，搞社会主义建设就是党的中心任务，党员不能甘当外行，更不应以大老粗为光荣。不久，又召开了全体人员大会，给在天云山区考察有功的人挂上了红花，让他们骑上马，他自己带头为我们的总工程师牵马，在天云镇绕行了一周，引起了天云山区大轰动。

　　新政委不仅在队里大刀阔斧，他还把特区郊区的一位区委书记也动员起来了。他让区委书记请一些老人给我们讲天云山的历史，讲革命斗争史，又让熟悉情况的群众给我们指路，参加考察。他又派出一些技术人员给农民讲科学种田，甚至还把几个女队员派下去当教师，在农村办起学校来。

　　这样，在天云山区，从科技人员到工人，从地方干部到农民都动起来了。我们很快就找到了矿藏、森林，那大片的原始森林里蓄积了大批名贵树种和经济价值很高的植物。在大森林边缘的金沙沟，我们找到了煤，和非常有希望的有色金属矿藏。与此同时，水利地质组又找到了一个优良的电站水库坝址。

　　在发现这些资源的同时，我也进一步发现了我们的新政委。他那大刀阔斧的作风，火一般的热情，生龙活虎的性格，都使我在内心里暗暗倾倒了。我发现我自己的眼睛，只要见到他就在他身上转，他一走到我面前我就心跳，跟他讲话，没开口脸就红了起来。

　　二十多岁的我，第一次出现了爱的萌动！

　　但是我们谁也没有说破，我甚至还不知道他心里究竟有没有我呢。

这情形一直继续到一九五七年初春。

我清楚记得，那是四月初的一个傍晚，我们队为了具体制订综合开发计划，又一次被集中起来，那位和我们的新政委成了知己朋友的区委书记也来了。吃过晚饭后，同志们都聚集在我们帐篷前面的草滩上嬉戏。我呢，虽然也跟同志们在一起有说有笑，但总感到心神不定。绿茸茸的草地，哗哗的流水，芬芳的空气，温暖的春风和不知哪里传来的悠扬的笛声，都使我心灵颤动。

同志们又在学骑马了，我从来没骑过马，对它也没有兴趣，就悄悄地从人群里溜出来。我很奇怪，一向在工作之余最爱玩耍的新政委，今天怎么不见了？他会到哪里去呢？

我沿着河边信步往前走去。春天的晚霞，倒映在河水里，发出颤动的闪光。我望着河水，又望望河边的小树林，摘了朵小黄花，放在鼻子上嗅着，漫无目的地徘徊着。

忽然，在一棵大树后面，传来了说话声。我斜眼望过去，原来是我们的新政委和区委书记，他俩躲在这里谈心呢。

我听见区委书记略带沙哑的嗓子说："你说得对，有的人官大了，架子大了，他话里的真理价值似乎也就大了。这不是正常的现象！"

"现在这还是个苗头。"我们的新政委说，"假使再发展下去，那就严重了，它肯定会影响我们的建设事业！"

"现在已经在影响了！"区委书记说，"前天特区下命令，要我们今年一定要种三万亩双季稻，我顶了他们，说这是瞎胡闹，马上一顶'要搞独立王国'的帽子就飞来了。"

"扣帽子也别理他，这个山高水冷的地方能种那么多双季稻？"

"难啦！"区委书记沉重地叹息了一声。

我听到这里，想抽身走了，两个领导干部谈这类问题，是不应该听的，可我刚要走，忽然听见区委书记又说：

"你知道吗？对你阁下的议论也不少啊！"

"啊！"

我停下来。对他的事，我情不自禁地想听个明白。

"说你在这里，搞的是向资产阶级知识分子投降路线，你压制了政工人员，还有你搞的什么形势和任务教育，据说，这些都是很成问题的。"

"管它呢！有些人就是靠议论别人搞小动作为业的，我们跟他们拍子跳，就得把自己变得和他们一样卑下。"

"你的前任大概也有一份功劳，他已经提为组织部长了。"

我刚听到这里，我们几个队员从那边跑来了，区委书记和他也站起来了，我怕被他们发现，也急忙转身走了。

他们这场谈话，当时并没有引起我的注意。那时的我，以为这些政治上的问题，都是党和上级的事，我们这些普通党员，只要响应号召就行了。所以，我看他们都向营地附近走去，我也从另一条路上赶了回去。

离营地很远，就听见一阵欢笑声，一阵急促的马蹄声清脆地响了起来，我抬头望去，只见有几个人在那边跑马。

原来，在我离开的时候，他们一直在玩骑马，我到了营地的时候，小伙子们已经都骑过了，他们又向姑娘们起哄，要她们也来一下。他们一见我，也把我拉住，把我们几个从来不敢沾马边的姑娘包围起来，硬要我们上马试一试，说这是工作需要。几位姑娘都大着胆子骑上去了，连冯晴岚也骑着马走了一圈，只剩下我一个，怎么也不敢上。小伙子和姑娘们越起哄，我越不敢上，我越表现胆怯，他们就越起哄，搞得我满脸飞红，非常狼狈。

正在我下不来台阶的时候，突然我看见我们的新政委一纵身跳上了一匹马。他勒着马在我身旁转了一圈，我还没明白是怎么回事。他猛地一下把我提到了马上，紧接着他又跳了下去，哈哈大笑着把缰绳抛给了我。我呆呆地坐在马上，只听周围响起了一片掌声，我定了定神，觉得骑在马身上也很平稳。马踏着小步在原地走着，我不觉胆子也大起来，望着政委，感谢地向他笑笑。为了表示我现在不怕了，我还把身子一挺，把马缰一收紧。谁知我这一个动作，马以为我是下达命令，它昂起头，一声长嘶，�开蹄子飞奔起来。

这下可真把我吓晕了，我紧紧伏在马鞍上，只觉耳边风呼呼作响，也不晓得被马带到什么地方，眼也不敢睁，头也不敢抬。过了好久，马忽然停住了，只听一个人喊："宋薇同志，宋薇同志。"我一睁眼，这才看见政委已经站在我的马旁边，他紧紧逮住马头，他和马都已站在悬崖边上了。

这时，我已顾不得什么难为情了。我一下就滚下马，落到他的身上。他小心翼翼地把我放在地上，我还没从惊骇中醒过来，怔怔地望着他，拉着他的手不放，好像一松手，马又会把我驮跑似的。

等我们往回走的时候，天已经黑下来了。

山区的春夜是迷人的，清辉的月亮高高挂在天上，挺秀的山峰都蒙上了一层梦幻般的朦朦胧胧的薄雾。

这夜晚的幽静的迷人景色，加上饱含着兰花芬芳的空气，使我深深感动了。我情不自禁地想和他靠得近些。我忽然觉得，正是这匹马，给我创造了一个难得的机会，我一反往常见了他就脸红的态度，一再引他讲话，请他讲他的经历、见闻和对许多问题的见解，我也把自己的经历告诉了他。我们之间原来又相同又那么不同，相同的是我们都是在革命的怀抱里长大的，不同的是我的经历太平淡了，而他，虽然只比我大几岁，但是却饱经了沧桑。他小时候跟父亲住在北京，父亲牺牲后，他又到了延安，并且还被送到国外，直到解放战争后期才回到国内。

我听他讲着经历，望着他那在月光下显得特别英俊的脸，望着他那浓眉下的闪光的深邃的眼睛，我的心猛烈地跳起来，我的脚步有些发飘。有时我被什么东西绊了一下，我就紧紧拉着他的膀子，他的健壮的膀臂接触到我的怀抱，使我浑身战栗起来，我不自觉地靠紧了他，我们停止了谈话。

我觉察到我的失态，我满脸发烧。我松开他膀子，再也不敢看他的眼睛了。

但是，我感觉到他正在动情地凝视着我。

大白马不明白我们中间发生了什么事，它把头昂起来，呼噜了一声，站住了。林里的鸟儿都为之惊叫起来。山林里没有一丝风，芬芳的空气浓得像酒。我低着头慢慢朝前走着，我们两人一时都没有话说。我感到这种沉默是危险的，但是这种沉默，却使我有一种醉酒似的甜蜜。

我们都不想打破这种沉默。

不知什么时候，月亮被一片云儿遮住了，周围的景色格外朦胧起来。大白马已经不管我们，自个儿慢慢朝前走了。它的有节奏的蹄声，朝着一条小溪边响去，我们时而靠得很近，时而离得远些，我们还是不声不响，一直到了一条小溪边，我们才不约而同停了下来。

溪水淙淙地响着，泛着微光。马儿停在那里，我知道我们已经离营地不远了。我不知道他此刻究竟在想什么，为什么一句话不说？我忍不住回过身来，抬头望着他，我看见他也正在俯视着我，虽然在暗中，我们的眼光还是像电光一样碰着了。这眼光比千言万语都说明问题。忽然，我自己也不明白是怎么回事，我向他伸开两只胳膊，他一下子把我搂了起来。

我们热烈地吻起来了，我们还是没有说话。过了好久，他忽然把我抱上了马，他自己也骑到马上来，我们就那样让马儿信步走去，我们望着茫茫的夜的山林，我紧紧贴在他的身上，我听见我们的心，都在激烈地跳动……

我们回到草滩营地时，已经很晚了，同志们还没有散去，他们见我平安回来，都非常高兴地围了上来。当我和冯晴岚拥抱时，我忽然在她耳边轻轻说了句："感谢那匹大白马，它把我带进了幸福的乐园。"老实的冯晴岚也一下明白了，她反过来把我紧抱着，热烈地小声地说："我祝福你，你找到的是真诚的火热的心！"她为我流下了快乐的眼泪。

永生难忘的那个夜晚啊，这第一次的最纯真、最热烈的爱情，在这以前没有过，在这以后也没有了！

我哪里会想到，在这一年的五月里，我被调到省党校学习，竟成了我们的永远分离。我更没有想到，在这以后，我会嫁给我曾经很讨厌的考察队的原政委，后来成了天云山特区党委组织部长的吴遥。

四

思绪就像这窗外的雪片，绵绵不断；手上的照片，却又像一团火炭，从手上一直燃烧到心里。一股冷汗沾湿了我的内衣，我忘了周瑜贞还在外面，呆呆站在房里，茫然地看着这铺陈华丽而又俗气的卧室。

我还没有来得及思索这以后所发生的事，周瑜贞喊了一声"宋大姐"，走进房里来了。

我飞快地藏起了照片，赶忙请她坐下来。

"我正讲着，你怎么跑到房里就不出来了？"周瑜贞大声地嚷起来了。

"我想添件衣裳，客厅里太冷。"我只得扯了个谎。

"这房里我看更冷。"周瑜贞不无讽刺地说,"好华丽的房间,对比真是太强烈了!"

"跟什么对比太强烈了?"

"跟那车把式的家!"

"啊?你到他家里去了?"

"去了!不仅去了,还做了客呢!"

"那你讲讲吧!"

"我本来就要讲到了嘛!"她说,在吴遥常坐的那把有丝绒靠垫的软椅上坐下来,还挖苦地问了句,"能坐吗?"

我只能苦笑了一下,对这个跟我们有特殊关系,又是这样性格的人,我有什么办法呢!

为了表明我真是要添衣裳,我披上了大衣,坐到她对面,她又开始讲起来。

"当天晚上,我没有打听到什么,第二天早晨,因为想起自己的任务,也就把这事丢在一边。吃过早点,我又到了镇革委会,找到了昨天接待我的那位同志。他告诉我,他想到一个线索,他给我写了封介绍信,要我去郊区小学,找一个叫冯晴岚的老师,据他告诉我,她是当年在考察队工作的。"

周瑜贞讲到冯晴岚,又使我震惊了一下,但是我没有动,也没有打断她,我俯下头,托着腮,听她讲下去。

"我拿了介绍信,"周瑜贞继续说,"问了一下路就出发了。"

"这天天气倒是晴朗的,但是却很冷,我把围巾紧紧围在脖子上,迎着风低着头朝前走着。刚出镇,一辆马车从我身边驰了过去。我抬头一看,又是那辆马车,罗群和那个小姑娘照旧坐在车上。他们也看见了我,那小姑娘用手朝我指指,罗群也抬头望望我,我不自觉地扬起了手,可他们已经渐渐跑远了。

"这个怪马车夫,怎么老是和我碰面?我心里这样想。

"出镇几里,在一个村子旁边的河边上,我找到了学校。

"学校已经放了寒假,没有人。我按照人家指定的路线走到学校后面,这才看见有两间用山茅草盖的房子,墙是一些树皮和泥糊起来的,门外有一片小场地,两棵青翠的杉树,对称地长在那里,给这简陋得可怜的茅屋增添了不少生气。

"我没走近房子，便看见两个小学生，惊惊慌慌地从房里跑出来。他们看见我就喊起来：'我们老师……她……'我不知出了什么事，急忙问：'你们老师怎么啦？'一个较大的学生说：'她犯病了，她正在给我们补课，一下子就晕倒了！'我一听三步两步奔进房里，只见还有几个小学生，围着一个俯身倒在地上的女人哭。那女人面色苍白，双目紧闭。我一看也吓坏了，忙向小学生们摆摆手，要他们安静。我俯身下去，抓住她的手试试她的脉搏，又听了听她的呼吸。脉搏和呼吸都比较弱，我判断不了她是什么病，可是我不能让她躺在这冰冷的地上，我小心地把她抱起来，由学生协助，给她扶到床上，盖上了被。

"我考虑是不是要找医生，但我不知道在哪能找到医生，我决定先让病人安静地休息。我把小学生们领到门外，问他们是怎么回事。小学生七嘴八舌告诉我，老师正给他们补课，一下子就从凳子上跌到地上。我又问一个较大的学生，她从前是不是也犯过这样的病。这个同学说她从前也犯过，有时很快就好了。我们估计可能是一种老毛病，便又回到房里，进一步观察她的动静。

"我到床边再看看她，她眼睛虽然闭着，但呼吸平稳得多了，脸色也不像刚才那么可怕了，看来危险性不大，我便端了张竹椅子，在她床前坐下来。

"我环顾了一下室内，这才注意到，这是一个简单得可怜的家，房里没有一件像样的家具，除了她现在睡的一张大床，和那个小间里的一张小木床还算是比较完整，其余桌子、凳子都是七拼八凑用什么板子钉起来的。房里连一个堪称窗户的东西也没有，只有几个小方块洞，钉了几根木条，装上拼凑起来的玻璃。现正射进几束使人倍增寂寞的光。但是使我惊讶的，在这个破旧房里，书却很多，密密层层，一直从地上几乎堆到屋顶；书也没有橱，是用一些木板，一层一层钉上去的架子，遮满了整个山墙。

"这又是个怪人！我心里这样想。她物质生活这么贫困，而精神食粮倒是如此丰富！这位冯晴岚为什么一个人蹲在这山沟里？她难道就是孤身一人？

"我转而仔细观察起她来，我这才发现，她是那种所谓猛看一般，细看却非常吸引人的人。她那本来苍白现在已略带红晕的脸，她那秀气的眉，端正的鼻子，加上乌黑的头发，都使她具有一种特别的恬静美。她不像你宋薇大姐鲜艳丰润，但她却像那水仙，亭亭玉立，自有一种淡雅高洁的天然风韵。

"她的实际年龄我很难判断，也可能是三十七八，也可能是四十出头。有一些女同志，正是到了这种年龄，才显出她的风采，使人难以看清她的岁数，她大约就是属于这种人。

"我望了她一会儿，她动了动，我替她把被子掖好。一抬头，忽然看见靠床的墙上，挂着一张照片，这是一张英气勃勃的年轻人的照片，我不由仔细看起来，越看越觉得这张照片上的人很面熟，我看着看着猛然想起，这正是那个叫罗群的马车夫兼反革命的照片。

"我吃了一惊，难道她是罗群的……

"就在这时，她睁开了眼睛望着我。我轻声问：'你好些了吗？'她点点头。这时，一直在门口张望的学生们，一下子都跑了进来。这些学生，对这位老师的感情大概是非常深厚的，他们看见老师醒过来，有的高兴地笑，有的激动得哭了。她伸出一只手，在一个小孩子头上抚摸了一下，用微弱但很清晰的声音说：'哭什么？我……我不要紧的，你们先回去吧，好好在家温习功课。'学生们还是舍不得走。我问她要不要找个医生来，她摇摇头说：'不用，我知道我自己的病，过一刻就没事了。'她又催学生们回去，等学生们走了，她才又一次打量着我问：'你是从哪来的？'我说：'你先别多说话，等会儿再讲吧！你要喝水吗？'她点点头，我在墙脚下找到一个竹壳水瓶，给她倒了杯水。

"她喝过水以后，抱歉地微笑了一下说：'难为你了！'

"她挣扎了一下，坐了起来，我帮她拿了个枕头垫在后背。她用手拢了一下头发，又问我是谁，从哪里来的？我告诉了她，她多少有点惊讶地望着我。我赶紧把我的来意说明了，并把镇革委会的介绍信递给了她。她看看信，'啊'了一声：'总算有人又想起天云山区了。'我说：'是的，天云山白白过去了许多年，这是一个历史的悲剧！'

"'悲剧？'她几乎觉察不出地颤抖了一下，用她那带有疑问的眼光望着我。

"'为什么不是呢？'我说，不自觉地像在你家里一样，滔滔不绝发起议论来。我议论的那些观点你是清楚的，她在我讲话的时候，只是静静地听着，可是我发觉她眼里的疑虑神情逐渐消失了，终于对我的某些比喻点了点头，脸上也出现了笑容。并用低低的声音问我：'你还是第一次见我哪！就敢议论这样一些大事？'

"'为什么不敢呢？'我又激愤地讲起来，'人和人之间，为什么要有那么多的戒备？这正是我们政治生活不正常所造成的恶果，这种现象，应当彻底消灭！'

"'看来你倒是个很爽快的人！'她说：'你是哪里人？'

"我告诉了她。

"'你是哪年来这个地区的？'她又问，'家里还有些什么人？'

"我知道她还是想进一步考查我，处在她这样的环境，心情是可以理解的。为了解除她的疑虑，我索性坐到她的床沿上，把我的底全部亮了出来。当我讲到我的父亲的时候，她的眼睛亮了，她说：'你的父亲我听老罗说过，他在前几年遭的罪也不小。'

"我知道她说的老罗就是罗群，我故意问：'老罗是谁？'

"'他吗，是我的爱人！'她说，眼光里霎时露出一种温情的微笑，她还用手指指那张照片，'你看，就是他！'

"'他……'

"'他去赶马车去了。'她见我想问，便直言不讳地说。

"'他为什么……'

"'为什么？'她重复了一下，嘴唇动了动，想讲，但又改口说，'你不是来要天云山的资料吗？'

"'是啊！'我说。其实我现在想了解她和罗群的秘密，比要知道她有没有资料的欲望更强。但是我不能硬逼，我们毕竟是第一次见面啊！

"'原来的资料我这里没有。'她说，又低下头思索了一会儿，然后才说，'不过，我这里倒有一些关于天云山区的稿子，你愿意看看吗？'

"我一听，当然非常高兴，我问她是什么稿子，属于哪方面的？她抬起手，指指靠东面墙上一块用木板钉起来的地方。她说：'麻烦你，你把那块板子推开，里面有一个包，你把那包裹拿来。'我按照她的指示，把那块看来像是堵洞的板子推开，里面原来是个夹墙，夹墙中间有个用红布包起来的包裹。我不知里面包的是什么东西，只觉得很重，我把这包裹捧着，送到她的手上。

"她接过包裹，很珍重地把它放到被子上，用手抚摸了一会儿，这才解开绳子，把红布打开，里面露出几十本整整齐齐装订得很好的本子，她从这许多本子中，抽出四本交给了我，说：'请你看看，对你们是不是有点用处?'

"我惊疑地接过这些本子，打开第一本封面一看，只见扉页上工整地写着：论天云山区的改造与建设，下面还有一行字：'献给未来的天云山区建设者们'。再看看目录，目录上的题目，几乎把天云山区所有问题都接触到了：历史沿革、地理概况、资源分布、规划设想，等等，应有尽有。看来是一部著作的原稿。我急于想看到它的内容，顾不上去问她，便捧着它走到那小窗口的破桌子上，读了起来。

"我是带着疑惑和好奇打开这部稿子的。但是当我接触到它的内容，很快就被一种震惊和喜悦的心情代替了。我一口气读完了前面的导言和几个章节，我已经十分明白，这是一部非常有价值的著作，它的价值，不仅在于它的占有的资料全面性，而且在于它的严格的科学性，这种科学性也不仅是表现在自然方面，更重要的是社会方面。它深刻地剖析了天云山区的历史，总结了它在解放后的曲折道路，通过天云山提出了非常尖锐的问题。我读着读着，感到一股热力直冲脑际，我回头看看冯晴岚，她的一双水盈盈的眼睛正在仔细观察我的反应。

"我们的眼光碰着了，我们都在一刹那明白了彼此的评价!

"'读完了?'她颤声地问。

"'没有! 我只读了几章，它已经把我征服了!'

"'是吗?'她问，一种掩饰不住的喜悦的笑容在她脸上弥漫开来。我见她怀里还抱着一堆本子，我问她：'那些本子都是吗?'她点点头说：'这也是稿本，但这些是属于另一类的。'

"'另一类?'我跑到她床前，又翻看了那些本子，原来这确实又是另外一部著作，它的总题目是《过去、现在和未来》，下面又分册写着《读史笔记》《科技与中国》《农村调查》《论'四人帮'产生的背景及其教训》《天云山下随感录》等等。

"老实说，我被惊呆了，不是我亲自碰上，我是怎么也不相信的，难道在今天，真有在这个破旧、贫穷的房里，用全部心血，排除一切干

扰，把自己的血汗凝结成为著作的人么？而这个人又是谁呢！我不禁抓住她的手激动地问：'晴岚同志，这些都是你写的？'

"冯晴岚摇了摇头，眼里又一次出现了那种动人的温柔的光芒。她又抬起头看着罗群的照片。

"'是他写的？'我惊讶得跳起来。

"'是的！'冯晴岚说，眼睛还没有离开那照片，大约是多少年的苦辣辛酸涌上她的心头，她的眼帘垂下了，两颗泪水珠儿浮在她长长的睫毛上，终于掉了下来，滴在那包稿子上面！

"我被她的神情深深打动了，我也感到一阵心酸，我情不自禁地半搂着她，低声在她耳边喊了声：'大姐！能把你们的事跟我说说吗？'

"冯晴岚拭掉眼泪，咬着嘴唇，没有吱声。

"'跟我讲讲吧！'我仍旧搂着她央求，'也许我能尽我的一份力量。罗群究竟是怎样被打成反革命的，你们是怎样结合的？你们这些年的生活又是怎样度过来的？他这些著作是怎么写起来的？'

"也许是我一下提的问题太多，使她不知道怎么回答，也许她暂时还不想讲。她叹了口气，反过来抓住我的手，恳切地说：'我很感谢你，小周同志，粉碎'四人帮'两年了，你还是第一个来的半官方客人。关于我们的事，说来话太长了，而且我不想给你一个先入为主的印象。假使你有兴趣，你可以在这里住下来，把罗群同志的这些著作读一读，在这些作品里，有他的全部理想、境界、情操和对政治的见解。读过以后，你再作出自己的判断！那时，我再把我们的经过，讲给你听，你看这样可好呢？'

"'那太好了，'我说，'这也是对我的最大的信任！罗群同志晚上回来吗？他为什么又在赶马车？'

"'回来。'冯晴岚说，'他这个人就是这么个脾气，他说我近来身体太弱了，他要给我买些东西补补，瞒着我请求供销社让他去赶一阵子马车。我知道了，拦也拦不住。不过，下个月我无论如何不能让他再去了。'

"'你们生活很困难？'我问。

"'不谈这个吧，'她说，掀开被子下了床，'我这里有一个小间，是我们的养女小凌云住的，你就在那里看吧，我去做饭。'

"'我给你做好了,'我说,'你刚好一些,不能……'

"'不要紧的,你放心,我一定要活着看到他的问题解决。'

"她把我领到那间小房里,给我拿了瓶水,让我在那儿看起来。

"这样,我整个身心便投到罗群的著作中去了。我忘却了远远近近奔腾而来的松涛声,也听不见小河的哗哗流水的音响,我的思想跟着罗群的思想飞驰起来。

"我读着他火一般的热烈语言,具体而又深刻的思想,独特而又容易理解的见解和豪放的纵横古今的议论,我简直不能想象,这是一个顶着反革命帽子,要用赶马车挣来的钱补助生活的人写出来的。我忽然感到,我自己平时自以为思想激进,能够大胆地发表议论,以尖刻嘲弄为能事,瞧不起别人,把别人都当作思想僵化的保守分子,其实,我自己是多么浅薄啊!对我们的国家,我们的历史,我们的人民,我们的革命,我进行过什么研究?对当前世界上正在发生的事,我又知道多少呢?而他则是博大,精深,尖锐而又实事求是,只有那些对问题进行过深刻的研究,对生活进行过细致的观察,对党和人民充满着热爱的人,才能做到这一点,这也正是我们所缺乏的。

"这样的人,现在还在蒙着不白之冤,这简直是我们的耻辱!

"我就是这样,一面读一面感慨。

"傍晚时分,我听见门被推开了,一阵急促的很响的脚步走进冯晴岚同志的房里。我知道这是罗群回来了。

"我从我这个小房间的半开着的门望过去,只见冯晴岚站在那里,充满热爱地望着罗群,罗群大步靠近了她,像怕碰破对方似的轻轻上去扶着她,连声问:'今天好吗?让我看看。'冯晴岚笑着推开了他说:'我很好,我告诉你,今天……'罗群不听,仍旧把手扶在她的膀子上,让她坐下来,那份温情劲儿,倒是少见的。他说:'我的小圣母,你这双眼睛啊,你坐好,别动!'冯晴岚说:'我要告诉你……'罗群突然把一个纸包亮了出来,把它递给了冯晴岚。冯晴岚疑疑惑惑地望着那纸包。他说:'你打开嘛!'冯晴岚微笑地拆开纸包,原来是一件素花布衣料。冯晴岚站起来,嗔怪地说:'你买这个干吗!你自己还没有棉衣呢!'罗群不管,他把那衣料拿过来抖开,披在冯晴岚身上,一面说:'你看看,颜色还可以吧?'冯晴岚摸摸那衣料,摇着头,罗群以为她不要，带点难为情地央求说：'晴岚，你再推却，我可不高兴了，你我在一起生活快二十年了，这二十年没有你，别说那些著作，就连我本人，恐怕也……我和小凌云吃的穿的用的看的一切都是你供给的，你把精力、经济，全部……'罗群说到这里，冯晴岚急了：'你今天怎么啦，干吗说这个？'罗群叹了口气：'二十年，我连一根线都不能买给你，现在我连件棉袄也还买不起，只能给你买件面子。你看你那棉衣，我再粗心也能看出来，那不是棉袄，那是披在身上的瓦片。你现在身子弱，哪能……'说到这里，他停住了，我看出他是在强行压制自己的感情，他用玩笑的口吻结束说：'这是个马车夫的礼物，也是我们结婚十九周年纪念。'

"冯晴岚被他说得眼圈红了，她什么也没说，一下伏在他的怀里，他轻轻抚着她的头发，就在这当儿，他看见了我……"

周瑜贞讲到这里，突然停止，因为我桌上的闹钟当当地响了起来。已经是深夜十一点了！

五

深夜里的钟，像敲在我的心坎上。

周瑜贞的叙述，使我心里像倒翻了五味瓶，我埋着头坐在那里，一动不动。我在等待着她继续说下去，我要知道他究竟是什么问题，要知道冯晴岚是怎么和他结合的，我还要知道为什么他的问题没有人提起，也不见他的申诉！

现在的天云镇，已划给了这个地区，而我又调到这个地区，他知道不知道我现在的工作呢？

但是周瑜贞不说了！

我不觉抬头望望她，她也正在望着我。我忍不住问："你为什么不讲了？"

"还讲什么呢！"她像男人那样耸耸肩，做了个手势说，"那天晚上，除了我们，还有许多老乡打着火把来了，我从老乡和他们相处的感情里看出来，正像他自己后来对我讲的，'有人把我开除了，但是我认为革命没有开除我，人民没有开除我，我自己更没有开除我自己。'对这样的同志，我还讲什么呢？我真不明白，你们的组织部，为什么对他的申诉就是置之不理！"

我忍不住跳了起来，急促地反问："他有申诉在我们组织部吗？"

"有！"周瑜贞硬邦邦地说，"有三次！"

"三次？"我更为惊讶地叫道。

"一次是七七年元月，一次是七七年十月，还有一次是上个月，可你们只字不予回答。"

"有这样的事？"我惊慌地说，"我怎么没看见？"

"是你没看见，还是不愿意看呢？"周瑜贞说，脸色变得越来越严厉了，她的口气简直像在审问我，"我认为你们是有意压制。"

"瑜贞，你误会了！我……"

"我误会了？"她反问我。忽然跑到我面前，紧紧抓住我的膀子连声问："我们别再弯弯绕了，我问你，你在人家困难时刻，为什么要抛弃他？你们相爱时那么热烈，为什么一下子就断绝了来往？你轻率地就把自己心爱的人扔了，你扔的真是右派？右倾？反革命？我认为你是扔掉了一颗最宝贵的心！"

周瑜贞这突然的连珠炮似的质问，像一根根棍子猛击在我的身上，我满脸通红，好像被人扒了衣服。我的第一个反应是猛地推开了她。在我这个年龄，在我现在的身份，尽管是周瑜贞，我也难堪得受不了啊。

可是周瑜贞还是不放松我，她紧紧拉住我，又把我按到椅子上，还是不容情地问："你，你当初为什么要那样做啊？"

我被她按住，我重新低下了头，我没有吱声，我也无法回答。

我该怎么解释我自己的行为呢！

我想起当时的情况。那时的历史环境，和我们那一代人的思想，远不是今天的周瑜贞所能了解的。那个时期，像我这样的人，都是最真诚地把政治当作第一生命，对党组织说的话，是绝对神圣不容怀疑的。那时我们常说，为了党为了政治需要，可以牺牲一切，也绝对不是假话。既然生命都可以牺牲，又何况个人的痛苦！

当时我们毕竟是年轻啊！

我们是既天真又幼稚，那时又哪里有自己的正确的是非观念呢！我们嘴里天天讲政治，其实我们又何尝懂得政治，我们天天讲党，我们又懂得什么是党？我们有的倒是政治上的虚荣心，有时候，这种虚荣，这种害怕犯错误、挨批评，害怕被孤立、被人瞧不起的感觉，非常强烈，这其实是小资产阶级的东西，而自己却认定是应当如此。正因为这样，有那么一些人，就以党的身份在你面前出现，他们说他代表组织，而我们也就把他当成组织，尊重他，服从他，甚至压制自己的痛苦而坚决照办。

这在当时，我都认为是自然合理的。我们哪里敢想什么"要独立思考"？实际上，那个时候，我们既无办法也无能力去思考问题，因为我们对实际生活知识那么贫乏，学习又是那么差，不光自己不学，对别人看书，只要不是规定的符合正统的，我们还很反感呢！我自己就是只学习一点上级布置的东西，很少学习和研究其他，在部队是如此，在学校也是如此。在综合考察队的一段生活，因为罗群的批评，有所改进，但我很快又被调进党校了。

那时的我，和现在的周瑜贞是不能比的。

但是，要说我是轻率地就决定离开他，那也不是事实。我记得当吴遥代表特区党委到党校通知我，罗群已成了党的敌人——右派分子，而且在生活作风上也有严重问题，要我和他划清界限的时候，我一下子就晕倒了。我一直睡了三天，一直到第四天，吴遥和党校支部跟我谈话，要我表态时，我才表明了自己的态度，跟罗群一刀两断，表示一定站在党的立场上，和他彻底划清界限。也是在这一天，我给罗群写了封表明自己态度的信，从那以后，我就在心里埋葬了他！我在人前固然不提他，别人也从不在我面前讲他的事，我甚至都没有问过，他为什么成了右派？他的右派行为究竟表现在哪些方面？

我知道的关于他的消息，最后一次是在一九五九年，那时我早已调到另一个市，搞政治工作了。一次，吴遥忽然来告诉我罗群的问题又升级了，反党、反社会主义、反毛主席，问题严重得很，可能要逮捕。同时，他又告诉我，冯晴岚来了，是来劝我和罗群恢复关系的。在这种情况下，冯晴岚竟然来劝我和罗群恢复关系？我认为她简直是疯了，我认为还是不见的好。后来我听说她流着泪走了。我拒绝了冯晴岚，也就是最后一次拒绝了罗群。从那以后，关于他我就什么也不知道了。

消息可以隔绝，决心可以下定，理智也可以战胜情感，甚至可私自庆幸，没把我自己拴在他身上。但是心灵毕竟是不能长久欺骗的！烙印是不能消失的，第一次的纯真的爱是忘却不了的。随着时间的推移，特别是和吴遥结婚后的生活，罗群的影子不时又暗暗在我心灵深处浮起，一种失去最宝贵的东西的隐痛，也时而揪人心肝似的发作。这种情形，有时不是一句"他是右派"就能压制得住的，虽然直到"文化大革命"开始前，我从来没有怀疑过对他的处理的正确性。

这前前后后的经过，我无法向周瑜贞说明，我不能替自己辩白，也不能解释我的思想感情。我红着脸，呆呆地望着周瑜贞，我现在只有一个强烈的愿望，我急想知道他的所谓罪行到底是怎么样的？"文化大革命"教训了我，我不能那样相信一切事物都是合理的了。

然而周瑜贞不愿说下去了，她只说："希望你明天查一查他的申诉，不管他和你的关系怎样，就是我们从来不认识的人，我们也应该关心啊！至于其他情况，冯晴岚同志可能会寄信告诉你。"

周瑜贞走了，可她走到门口，猛然又冒出一句："会不会是你那一口子，我们的吴遥书记，压下了他的申诉呢？"

"吴遥？"我吃了一惊，呆呆望着走出去的周瑜贞的背影，听见她把门"啪"的一声带上了。

一种可怕的疑虑，在我心头升起了！

我忽然想起多年前，我听到罗群和那位区委书记的谈话，区委书记不是说过什么"你的前任"什么的吗？难道以后的一切和吴遥有着密切的联系？

于是我又想起吴遥在"文化大革命"前飞黄腾达的情景，他是一步步提升，而罗群却一步步加重处理，这两个人的不同命运，正是从反右派斗争之后开始的。一个现在已是所谓高级干部，而另一个却压在最低层，戴着那么多的帽子。

为什么会产生这种现象？难道罗群真是反对了党，而吴遥真的是一个最忠诚的干部？我为什么又抛弃了罗群而同吴遥结合？

我不能禁止自己，把这两人在心灵上作着对比，我也不能禁止我把我自己和冯晴岚放在同一个天平上。

于是我又想起我们的婚姻。

我清楚记得，在考察队的时候，我是如何讨厌吴遥的。他的官腔官调我讨厌，他的自命不凡的派头我讨厌，他的动辄训人的作风我讨厌。我记得当我经历了在罗群问题上的心灵上的风暴之后，当吴遥的老领导，原特区第一书记，以后又成了我们市委书记，对我提起和吴遥结婚的时候，我还是吓了一跳。然而，随着时间的推移，随着我工作的变动，我不断听到对吴遥的赞扬声，什么他原则性强，作风严谨；什么他工作有能力，政策水平高，等等等等。我们的市委书记还把我教训了一顿，"你对吴遥这样的同志还有什么犹豫的？你要找一个什么样的人呢？难道你不相信我，不相信组织上对他的评价吗？你这个同志呀！"这样，我就渐渐对自己的感觉也怀疑起来了，我是不是在用小资产阶级的眼睛看人呢？

不久，来劝说的人越来越多，而吴遥在我面前又一直是殷勤而温顺的，我心一横，算了！可是当我们正式举行婚礼的时候，我望着站在身边的吴遥，忽然起了一种莫名其妙的惶惑、恐惧和害怕的感觉，我感到不由自主地浑身战栗。我四处张望，好像失掉了什么东西，以至于吴遥竟低声问我要找什么，我究竟要找什么，我自己又哪里知道？

今天，罗群的形象，又突然这么清晰地站到我面前来了，现在我才清楚地感到，我是永远失去了我应该找回的！

对于这些年来自己的生活，我不愿去回想，那种在家庭生活里也表现着专断的把别人当作上层交往工具的作风，想它做什么呢！

但是，我现在不能不问，当初打罗群第一棒的，难道真会是他吗？

六

第二天早晨，我匆匆洗完脸，吃了点东西，就到办公室来了。

同志们刚来，正在打扫卫生，弄得满屋里都是灰尘。我找到那位管申诉材料的同志，我问他："我们有没有收到过来自天云镇的一位叫罗群的申诉？"

这位同志想了想说："没有，我不记得有这个人的申诉。"

"你查查登记簿！"

"好。"

我走进我自己的小房间，小房间的炉子早生着了，倒是很温暖，窗外，雪也早已停了，但天还是阴沉沉的。

我坐在自己的座位上，看见对面那张办公桌上面已积满了灰，这张办公桌是吴遥来组织部检查工作批文件时用的。这桌子里面也放有文件、材料，会不会在他的抽屉呢？我走过去，想拉开抽屉，可抽屉是锁着的，我没有钥匙。

这时，那位管登记分发材料的同志进来了，他手里捧着登记簿对我说："宋部长，没有查到你说的罗群的申诉。天云山来的申诉材料中，倒是有个叫冯晴岚的，她是替她丈夫罗群申诉的，事由摘要上写着。"

我一听果然有申诉材料，忙接过登记本子看了看，并问他："这份材料是谁处理的？"他告诉我是一位科长处理的，我出去找到了那位科长，他不经意地说："三次申诉都给了吴书记了！"

"为什么没给我看？"我有些气愤地问。

"因为……因为……"

"因为什么？"

"因为上面讲到了吴书记。"科长神秘地说，"所以我就先交给他了。"

"他批过了吗？"

"没有，不过他口头有指示，认为基本情节没有出入，不能纠正。"我把科长打发走了，猛地关上了门，我心里感到一阵火燎燎的难受，果然如周瑜贞所讲的，是他压下去了！

我坐到椅子上，又很快站起来，我越想越不对头，为什么吴遥不跟我说这个呢？为什么申诉中还讲到他呢？我望着吴遥的办公桌，一种强烈的冲动产生了，我要打开他的抽屉，找出晴岚写的申诉材料。我试了试，抽屉锁得很严，我想起家里还有吴遥的一串钥匙，我匆匆跑回家，在他的写字台里找到了它，我又匆匆赶回办公室。

吴遥的办公桌被我打开了，我把里面的卷宗本子都找了出来，我正在仔细找寻的时候，那位科长突然推门进来了。

这个科长姓朱，是吴遥的老部下了，我很不喜欢他，因为他不仅好对上献媚，而且好打别人的小报告，虽然，他对吴遥倒是非常忠诚的。他看到我在找东西，小心地问我找什么？我告诉他，我要找那份申诉，他的小眼珠转动了一下，轻声问我："宋部长，你今天一大早就要找那份申诉，是不是有什么重要人物交代过？"

我说："没有哇！"

"那……"他大为迷惑了，"那你为啥这么着急？"

"没有重要人物交代！"我没好气地说，"可有普通人的反映，你告诉我，你晓得它在哪里吗？"

"不知道！"这位朱科长摇着头，摆着一种不愿介入的样子，又悄悄退出去了。

我没管他，重新打开那些卷宗，终于我在最后一份卷宗里发现了它！

我把东西收拾好，重新坐到椅子上，望着那熟悉的晴岚的笔迹，忍着心跳，迅速看起来。

我读着前面晴岚对罗群的介绍，她的热情洋溢带有文学性的描写，使罗群那种天真、爽直、热情和敢于坚持真理的形象，一下子又清晰地浮现在我的面前，好像仍旧在含笑地望着我。

我不禁闭上了眼睛。

原来他的所谓右派罪行，就是在考察队批评了政工干部，他的所谓保护右派，是指我认识的一位工程师，他反对反右斗争，就是他没在考察队抓右派分子，他搞了个反党小集团，反对党，就是指他和区委书记凌曙对天云山的农业生产，发表了和特区党委领导的不同意见，他推行了一套极右的政治路线，就是指他改变了吴遥的一些错误做法，搞了那次形势和任务的教育。

申诉材料上的叙述，使我重新想起了罗群在天云山区的工作，天哪，这就是所谓右派么？

窗外的风声，大办公室里人的谈话声，把我惊醒了，我睁开了眼睛，重新看下去，但是一件事实，又使我忍不住跳了起来，原来所谓罗群的生活腐化堕落事实，就是指的我和罗群在天云山的那段恋爱。

我惊骇得呆住了，天底下难道真有颠倒黑白到如此程度吗？

在冯晴岚写的整个反右斗争情况中，还提供了一个事实，当时就有不少人觉得不能把罗群定为右派分子，许多同志考虑到罗群的出身历史情况，认为只能给必要的处分，不能定为右派。可是当时的运动办公室负责人吴遥，硬是压下了这一部分同志的意见，在上报给省委的材料中，变成一致意见！开除党籍，戴上右派分子帽子。

一种愤怒和羞耻的情绪，几乎使我难以再看下去。我强行压制住自己，倒了杯水润润我发干的嗓子，接着看晴岚写的后两次对罗群加码处理的申诉，即一九五九年开除公职和一九六九年定为反革命。

这段历史情况是谁都清楚的，但罗群这一段的具体情况，我却又是毫无所知的。奇怪的是，冯晴岚在这两段的申诉中，一开始就说明，定案材料基本符合事实，她还引用了结论中所指的具体罪名，她说，那些话罗群是讲过的，但是她认为这些话是正确的，实践证明，罗群的言论和行为是符合马列主义毛泽东思想的，是一个共产党员光明磊落的表现，因此，不仅不能认为是错误，相反这正表现了罗群同志敢于坚持真理的精神！

看完了最后一页，我不像开始那样了，我感到有些踌躇，因为他的言论涉及对一个历史时期的评价，涉及党所领导的几次大的运动，在群众中散布了对反右派运动的不满言论，而且在大炼钢铁时，组织过人拦截炼铁队伍，破坏"大跃进"，这样既不像是一般的反右派斗争中的案件，更不像因为反"四人帮"被打成反革命的案件，一九六九年定他为反革命也是根据上述材料。

这种情况我们还没有碰到过，上级也没有具体指示，该如何对待这样的问题呢？

我站在房里，望着窗外的雪后景色，许多下课的孩子，在耀眼的白雪上奔跑着，他们穿着五颜六色的衣服，给白雪一衬托，格外显得鲜艳。这情景和两年前大不相同了，他们不再是不起眼的灰蓝色，也不再是以侮辱老师为光荣，而是天真活泼、努力学习、天天向上的了。我自己的唯一的孩子也在他们中间，她那小红帽像一团火，我远远就能瞧见，她此刻正在雪地里无所畏惧地向前奔跑，像是一下子就要跑到她们的新世纪。

我忽然想起，她有一次问我："妈妈，你们还能够创造一个时代吗？"她不等我回答，又搂着我的脖子说："我相信你们能，你们经历了那么多，你们懂得什么是对的，什么是不对的，这就是条件，对不对？"

当时，我给问愣住了，我想不到一个中学生会提出这样的问题。

我搞不清，此时此刻，为什么忽然想到这个。

我的目光重又落到晴岚的材料上，现在，即使不看原始材料，问题也很清楚了。我知道，现在着手解决罗群的问题，阻力肯定是不小的，这种阻力首先就来自我的丈夫吴遥。他当然不会承认，当初他在罗群问题上，充当了一个令人憎恶的角色，可是要把问题敞开，他当时的面貌就非暴露不可。因此，他不可能不反对，而他的反对，肯定会在罗群的一九五九年的一些言论上做文章，而他又会是以保卫旗帜的名义出现，这么一来，别人就不敢发言了。

　　假使我坚持，我们的关系就会有破裂的危险。

　　破裂，我能有这个勇气和决心吗？

　　我已经不是年轻的时候了，我还能重建我的生活么？而组织上又给了我现在的这个职务，社会舆论将怎么看？会不会把我和罗群过去的关系再公开出来？再说还有孩子。

　　我又想到吴遥。

　　我们的婚姻，我对他的感情，我内心是明白的。尽管如此，我们也还是在一起生活了近二十年了。特别是在近十年中，当我们一道挨"四人帮"整的时候，我们毕竟还互相鼓励过，我们经历了关牛棚、挨斗争、挂牌子、下放。在那困难的时刻，他，这个权力欲望极强，乌纱瘾特大的人，毕竟也没有投靠"四人帮"，虽然自从他重新工作以后，又是故态复萌，重用亲信，对上谄对下骄，一切要看对自己权位的影响，把自己打扮成一贯正确。我们的家庭生活，又不知不觉恢复到"文革"前的冷冰冰的状态，但是说到破裂，我还从来没有想过。

　　难道，到了中年的我，还要面临一次人生道路上的抉择吗？

　　别人都下班了，我还坐在那里，我恨自己缺乏决断，我又一次翻着晴岚的材料，又一次仿佛看见病弱的晴岚和赶着马车在天云山里奔走的罗群，而周瑜贞的那种质问的眼光，也在我面前浮现着……

　　我一直到十二点才慢慢离开办公室。

七

　　我回到家里，看到了冯晴岚寄来的信。

这封信来得正是时候，我多么想了解她啊！我饭也没顾上吃，就躲进房里读起来。

正像我们久已疏远了的关系一样，她的信开头也用了一般的称呼，她写道：

"宋薇同志：我们的现实情况，估计周瑜贞同志已经告诉你了。你的情况，她也约略告诉我们一些。对于我们不同的处境，她也有她的看法，她是一个新型的人，她的许多看法，倒是颇有意思的，但是，我们先不管她的看法吧！

"关于罗群同志的情况，我在我写的申诉中已经讲了。现在我想谈一些我自己的事情，通过我的一些想法，你对罗群可能会加深一些了解，因为我觉得你对他其实是不了解的。

"对我和罗群的关系，你可能觉得很奇怪。的确，在我的亲属朋友当中，为此而大吃一惊的人确实不少。他们经常问：冯晴岚这个人是不是神经上有点毛病？是不是有点浪漫主义？她为什么要主动背起一个沉重的十字架？把自己的一生绑在一个'屡教不改'的被开除公职的右派分子和反革命的身上？她现在肯定后悔了。这些人好像很同情我，怜悯我，其实他们是完全错了。对这些人，我倒有点怜悯他们，他们哪里懂得什么叫真正的幸福，什么才是真正的人生？难道追求一个浅薄的庸俗的生活方式，追随一个你并不爱的权贵，取得某种物质上和虚荣心的满足，就叫作幸福？事实上，我对自己所选择的路，从来没有后悔过，即使我今天离开人世，我也敢骄傲地宣告，我是真正幸福的，是对得起养育我的人民和这个世界的，即使用一个较高的标准来要求，我也不感到惭愧，因为我在我的能力范围内，完成了我应该完成的。

"然而这也可能是我这个傻人说的傻话。

"对工作、对事业，我们先不谈吧，因为你很了解我是如何热爱我们的社会主义工作和事业，对党对人民我扪心自问，我的感情是深厚的，我觉得正是在这个基础上，我才认识罗群的可贵，说句真心话，谈起对党，对毛主席、周总理，对社会主义的感情，你我比之于罗群都差得很远呢！

"说来也是件奇怪的事，在天云山当我们共同结识罗群的时候，首先和他相爱的却是你。我记得我是因为我太关心你们的爱情发展，而且是受你委托，才认真站在旁边观察罗群的，那时你用热恋的眼光望着他，而我却是以理智的心灵来观察他的。

"观察的结果，我记得我是跟你说过的，我从他的言行，从他对工作、对事业、对同志、对党的态度上得出了我自己的结论。记得在那天云山的清辉月光下，在那柔软的草地上，我在你耳边喃喃细语吗？我说罗群纯真得像水晶，又热烈得像火，忠诚坦白，是他最大的特点，对党的信念坚定不移，又使他具有惊人的毅力。他没有权位观念，没有个人野心，这种人我认为是很难得的，当时你被我说得跳起来，紧紧搂着我。我们都一致认为，我们天云山区的工作干得踏踏实实，轰轰烈烈，人与人之间也正在开始建立一种新型的纯真的关系，正是罗群和当时考察队党委领导的结果。

"你那天和罗群互相表白以后，我是如何为你们祝福的，这些，我相信你是不可能忘却的。

"老实说，那时我根本没想到我自己会爱上他，我只是由衷地崇敬他，也许我已经爱上了他而我不知道，年轻人的感情，有时候自己也分析不了的。

"我明确知道我自己爱上了他，那是两年以后的事。

"在这以前，我经历了很大的震动。

"你离开天云山到党校学习，是一九五七年五月吧，两个月后，反右派运动就开始了，当以吴遥同志为首的工作组宣布对罗群的右派言行要大胆揭发、无情斗争的时候，你想象我的震动吧！工作组所宣布的所谓罗群罪行，以及他们对你和罗群关系的公然污蔑，我都在申诉材料里写了，正是这些所谓罪行，倒使我比较彻底明白了罗群的价值。当时，为了表明我自己的态度，也是为了抗议，我代表你去探望他去了，然而就在这段时间里，我又一次受到了震动，我在罗群那里看到你的决裂书。

"恕我不客气地讲吧！你的信使我感到全身战栗，使我看到了人和人之间赤裸裸的利害关系，使我对人的看法发生了巨大的动摇，我就像正在欣赏一幅美丽的图画，一翻过来却原来是一块丑恶的脏布片。

"难道所谓爱情，所谓同志就是如此吗？

"我捧着你的信望着站在窗口、木然地望着天云山的罗群，我忍不住哭了。这是解放以来我第一次哭泣，不是为我自己，而是为你感到羞耻，为罗群感到悲哀！

"我悄悄地走了。

"这以后，我有很长一段时间没有见到罗群，我只听说，在争论给不给他戴上右派帽子的同时，把他下放到特区所属的金沙区劳动去了。我听到这个消息，给他写了一封劝慰的信，我怕他想不开，劝他思想上放开朗些。我那封信写得是很幼稚的，我用我的思想感情猜度他，以为他肯定是消沉悲观，甚至会发生意外的。当我接到他的回信时，我脸红了。他在信中不但没有流露出丝毫的悲观情绪，反而给我讲起运动员的锻炼故事来。照他的说法，这正是一次锻炼的机会，这使他现在真正有机会接近了人民，可以从人民的角度，检验党的方针政策，从而为自己的思想打下较为坚实的基础。他在信的末尾，还开玩笑地说，'我不是一个多愁善感的小姑娘，你当我会对花发愁对月长叹吗？'

"你看，他就是这么个人！

"他在那里一直劳动到第二年，即一九五八年冬天，这个时候，我们特区忽然发了一道命令，要所有干部、职工、技术人员，停止一切工作去砍森林，连郊区农民也发动了。据说要把森林砍下烧炭，用这种炭去炼土高炉的铁，把我们在发现时曾经为之欢呼跳跃过的宝贵森林资源，准备付之一炬。这实在是荒唐透顶的事。

"我没有去，我是有意拒绝去的，不久，我又听到一个消息。

"你还记得那位叫凌曙的区委书记吗？他是罗群的老战友了，在反右派时他被认为是和罗群在一起搞小集团的，也正在等待处分。他和罗群听到要毁坏这片大森林时，就发动了一些老农民，组织了一个'劝说小组'，堵在通往森林的路口，劝阻人进山，罗群还站在岩石上，发表了一通演说，把进山的人都讲得一个个低头不语，然后他和凌曙把人引到那些小山，砍伐灌木林去了。

"就是这样一件事，罗群的'帽子'就给戴上了，凌曙也被撤了职。反对'大跃进'，破坏大炼钢铁嘛。

"倒是这个消息，使我们进一步接近了，在一个星期天，我到了他所在的一个小村子，这个小村子就在那森林边缘上，有一条瀑布挂在村东，发出轰然的巨响。急促奔腾的河流，环绕着村子，使村子显得异常幽静。

"我是正午到达村子的，我在溪边的一棵大树下，找到了罗群，他坐在那拱起的树根上面，两脚伸在水里，旁边放了个还没吃的玉米饼，手里却捧了个本子，在那上面写着什么。

"我站在他身边半天，他也没有觉得。我偷偷注视着他，他那刚毅的轮廓分明的脸，除了被晒黑了一些外，没有任何变化。他让他那健壮的腿浸在水里，眼睛一会儿抬头望望那瀑布，一会儿又凝神在本子上写上几笔，渐渐，他的眼睛眯起来，一股我很难形容的笑容，在他脸上荡漾开来，这时正好有一道阳光，从老树的枝叶里射下来，照在他的脸上身上，使他有一种令人震惊的美。这种美只有在那些有着非常高尚情操的人身上才会出现。

"老实说，当时我的心悸动起来了，在这一刹那之间，我才明白了，我的心是属于他的！

"我望着他，他回头发现了我，我在他眼睛一瞥之下，满脸飞红，我担心他已从我的眼睛里看出我内心的秘密。但是这个粗心的人，却并没留意，他只是笑笑说：'你来了，正好，我正有件事想托你办呢！'我在他旁边坐下来，极力使自己平静下来，问他什么事。他说：'根据现在的情况，我很难有工作可做了，但是一个共产党员，不为自己的理想而工作，宁可去死。'我一听慌了，我说：'你可别……'他不等我说完就笑了起来，他说：'我不是那个意思，我是说，我要自己安排我的工作，我必须有一个较长的打算，我订了这样一个计划。'

"他把本子递给了我，只见上面写着：学习和研究计划。在这个计划下面，他考虑了许多专题，每一个专题下面，都开了一些参考书籍，一共有十几页。我翻着翻着，眼里不由又有点湿润了，原来他在被戴上帽子开除了党籍之后，考虑的却是这样一些重大问题，他刚才的笑容，大约就是由此而产生的，因为他又确立了他长征的目标。

"他见我沉思的神色，以为他计划有什么不周，他轻声问：'晴岚同志，你给提提意见，你看这样行吗？'我说：'行，太行了，不过这可不是短时间能完成的。'他说：'是啊，我这种处境反正短时间也不会改变的，现在的困难是，我要书，要资料，要大量的书和资料，晴岚同志，你能不能给我办这件事？'我说：'这件事你就交给我好了。'他见我答应了，高兴得像孩子，一下子跳了起来，几乎把全身都跌到水里。我也忍不住笑了。

"这一天，我们就是在研究计划和书目中度过的。我们没有任何一句话，讲到我们之间的感情，他太严肃认真了，把我也变得严肃起来。他把自己的储蓄和本月的工资交给了我，要我充当他的采购员。

"假使到这时为止，不再向前发展，罗群的计划是可以顺利进行的，因为这时，他还是一个国家干部；当地的老乡也从来没有把他当作坏蛋看待，因为通过凌曙同志，群众对罗群已有较深的了解。

"可是，很快事情又变了，一九五九年春天，罗群又被拉到一个水库工地上，强迫他在那里参加劳动，和他同时被拉到这里的，还有区委书记凌曙同志。

"这个水库也是一个头脑发热的产物，水库坝址你是知道的，本来水电组有个意见，要在这里修一个混凝土重力坝，但是设计还没有。'大跃进'以后，一声令下，立即动工，改为沙石土坝上马，说是一定要当年合灰成坝，当年发电，还说这是开发天云山区关键的一仗，只能打好，不能打坏！

"水库经过匆促筹备就上马了，一上马就暴露出问题，不说别的，光是从十几里外运黏土，就要运几年，要在当年成坝是不可能的。而且这里山洪凶猛，地质复杂，根本不适宜于搞土坝。

"这时，我们这两个'屡教不改'的分子，又忍不住了，他俩联名给特区、给省写了信，建议这个水库暂停上马，先创造条件。这封信发出后，正好反右倾运动开始了，罗群又在汇报思想时对反右倾提出了自己的看法，认为再反下去，要死人的，这样一来，漏子就大了。

"特区领导和水库指挥部抓住罗群的思想汇报和他俩联名写的信，大做文章，在工地开展了声势浩大的反右倾的运动，把罗群和凌曙拉到台上，进行了'无情的批判和斗争'，当时为了教育我们，把我们这些本来不在水库上的人也搞去了。

"我又一次看到他站在台上，顺带说一下，主持这次会议的又是罗群的前任，你现在的爱人吴遥同志，那天会议的规模是非常大的，我站在人群里，目不转睛地望着罗群和凌曙，这两个人外貌完全不同你是知道的，一个魁梧奇伟，一个文弱矮小，但奇怪的是，这两个人的神情却完全相同。他们镇定自若，有时用一种蔑视的眼光看看会议的主持人，有时又用忧虑的眼睛，望着乌云沉沉的天空，有时却又含笑望着土台下的群众们，这两个人啊！

"很快，罗群发现了我，他先是向我笑笑，表示要我不要担心。后来又向我眨眨眼，做了一个手势，又向正在讲话的人努努嘴。我一看，完全明白了，他在暗示后面还有好戏看，他要准备讲话。我见他这样，又是担心，又是兴奋，担心的是怕事情闹大了，对他更不利；兴奋的是他可能要发表一次震撼人心的演讲，把大家憋在心里的话都讲出来。我呆呆地望着他，不知道该向他使什么眼色。

"但是这天的会进行不久，就让一阵大雷雨给冲散了。

"山区的雷雨气势是非常惊人的，雷声震撼着大地，像是从山头滚下万吨炸药，轰轰隆隆，震得人发蒙，紧连着一场大暴雨也倾盆地下将起来。

"会散了，人们乱嚷着、奔跑着，主持会议的一些人，早已惊惧地躲进指挥部的大工棚去了。就在这时一个压倒雷暴雨的声音在台上响起来了。

"又是罗群！

"他和凌曙号召大家去保卫坝子，抢救器材，这两个钢铁汉子，带头冲进大坝工地去了，他们的一声命令，比什么都灵，人们先是愣了一下，很快潮水似的都涌向大坝工区去了。

"那真是一场惊险的激动人心的战斗。

"然而一场悲剧也就于此时发生了。

"大坝被山洪彻底冲垮了！

"凌曙同志，为了抢救人民的财产，献出了自己的生命！

"这个忠心耿耿的共产党员，群众称之为'我们的好书记，我们的贴心人'的人，在这种情况下，永远地离开了我们！今天写到这里，我仍旧止不住我的悲痛。

"令人万分难忍的是，居然不准为凌曙同志召开追悼会！

"我永远记得这一天。

"这天一大早，我怀着悲愤的心情去找罗群，我知道凌曙有一个在病中的妻子，还有一个不到周岁的女儿。我想为她们做一点事，可是我走到罗群住的工棚，没有人，我这才发现所有工棚都是空的。冷飕飕的秋风，吹得那些棚子边上的荒草簌簌作响，那些红红绿绿的反右倾机会主义的标语，被昨天的雷雨撕裂，倒挂在那里，显得可怜而又可怕。

"我站在那里，心里很凄凉，也很奇怪，人们都到哪儿去了呢？我信步向那大峡谷的斜坡走去，这才看见那山坡上，站着黑压压的人群，那么多人，却没有什么声音，只有那漫山的松涛声。我不知那里发生了什么事，一口气跑了过去。到了人群边上，我猛然止住步，在庄严肃穆的气氛里，我也低下了头！

"原来这里正在哀悼凌曙同志。没有哀乐，没有灵堂，有的只是低低的啜泣的声音！我心里一酸，止不住想哭，我忽然听见我最熟悉的声音在讲话。我抬头看过去，罗群站在凌曙同志的新坟旁边。

"他说：'他是属于人民的，他是不应该死的。昨天那些自称为共产党员的人，还在批判他，把什么右倾的帽子，戴在一个真正的共产党员身上。他是什么右倾？他不过说了共产党员应该说的真话，同志们，乡亲们，你们想想看，自从去年以来，我们在天云山区干了多少蠢事？我们不是在搞建设，是在败坏我们正在兴旺发达的革命事业。现在正是应该总结经验接受教训的时候，为什么还要反右倾？这样反下去，我们的国家、我们的人民、我们的党将要遭受不可估量、无法弥补的损失。我在这里说，我也要给我们亲爱的党和毛主席说，我们不改正，后果是不堪设想的。'

"这就是罗群当时说的话，这就是他的反革命行为的全部。就是这一番话，和他的思想汇报，使罗群的问题层层加码，一直影响到现在。可是，这难道是一个反革命能说出的语言吗？如不是对党出自衷心的热爱，能敢于发表这样的意见吗？当时，罗群是泪流满面说的，这个硬汉子，我从来没见他这样哭过，他哭，群众也哭，我也哭。

"就在这哭声里，来了几个人，不由分说把罗群架走了。

"群众惊呆了，我也惊呆了，我跌跌撞撞跟了上去，但是几只手抓住了我，厉声问我要干什么，他们毫不留情地把我推倒在地上。几个同志上来扶起我，他们又同情又担忧地望着我，他们第一次发现我和罗群有了非同寻常的感情。

"这天晚上，我怀着极度的痛苦，坐在我和你一同睡过的那间房里。就是在这房里，你曾向我倾吐过你对罗群的深深的爱；就是在这房里，我们不断响起欢乐的青春的笑声；也就是在这房里，我们谈到对党对事业、对爱情都应无限忠贞。可现在就剩下我一个人了，面对着悠悠明月和那唧唧虫鸣。

"我不知自己该怎么办，我怕罗群会被投进大牢，我怕我会永远失去了他。我忽然想起，有人对我说过，吴遥在热烈地追求你，给你做说客的正是我们特区的第一把手，而第一把手又是你的老上级。那时你虽因不愿回天云山而调到别的市工作，但你是可以替罗群说话的，也许你已后悔你发出的信，也许你还在暗地里爱着罗群，假使你愿意来救救罗群，而你们又能重新结合的话，即使我永远失去了他，我也将是欢乐的！

"正是怀着这种心情，我才请了假去找你的，当你拒绝见我的时候，我才明白我是多么幼稚啊！

"对去找你这一段遭遇，恕我不写了吧，事隔多年，讲它仍旧是痛苦的，但是我仍感谢这段生活对我的启发，它使我有勇气有决心走我认为是正确的道路。从你那回来后，一件重大的变故，倒是促成了我的愿望，天云山特区被宣布撤销了，我们工作将重新分配。也许就是因为撤销了这个特区，也许是有正义感的同志坚持，我获悉罗群只被开除了公职，仍旧放回原地监督劳动。开除公职，这本来是够惨了的，但是对我来说，倒是一件值得庆幸的事，他只要不坐大牢，他的那些重要的研究计划，就有可能实现，而我也应当帮助他来实现。

"我向组织上要求，留在天云山区，教书或是搞地方上的科技工作都行，我这个要求很低，通过倒也顺利。这样，我很快就到了一个乡村小学，安顿了一下，就找到公社党委，要求把罗群放到我们学校所在的生产队。当时的公社党委负责人，是凌曙的老部下，他不仅同意，而且给我提供了不少方便。这也证明，绝大多数人，是非观念在内心里是非常清楚的。

"我知道罗群正在病着，病得很重，我要了一辆板车赶到了他所在的生产队。

"这时正是一九五九年的最后几天，天冷得要命，阴沉沉的就要下雪了，那条瀑布也仿佛冻结了似的，没有那种气势雄浑的轰鸣了，我把板车放在村口，找到了罗群的住处。我看见他正躺在他那薄薄的行军被上，发着高烧。房里再没有人，只有老乡送来的面条和水，放在他的床头。

"我悄悄坐下来，看着他那明显消瘦了的脸，看着他房里的凄凉景象，看着他紧紧闭着的眼睛和枕边的钢笔、本子，我再也控制不住自己，一种又酸又苦又甜的东西，涌上心头，两行热泪止不住地涌了出来，滴在他的被上、脸上……

"他睁开了眼睛。

"他怔怔地望着我，我哽咽得不能出声。他抬起头，他的眼睛突然亮起来，我从泪眼模糊中看到他那最真最柔并且充满着惊异的眼光，就像我明白我自己的内心一样，我明白了他的心。

"他把手从被里伸出来，轻轻地说：'你来了，亲爱的人！'我一下伏到他的身上，我继续哭泣着。他用手轻轻地抚摸着我，我们的心彻底地贴在一起了。

"宋薇同志，我们就是这样结合的。我清醒地意识到，我们前面的道路是异常艰难的，但是我同时也坚定地认为，有两颗互相温暖的心，有明确而崇高的目标，一切艰难险阻都是可以战胜的。那天，我自己拉着板车，板车上躺着我的爱人，我们迎着寒冷的风雪，在古城堡下的路上前进着。许多人都用惊异的眼光望着我，我挺起胸骄傲地往前走着，不时回头和他交换一个会心的微笑，我感到真正的幸福是属于我们的！

"从这以后，我们的新生活开始了，经济上，我们是穷困的，有时候窘迫到你难以想象的地步，我只有那么点工资，我、罗群，还有凌曙的女儿，我们亲爱的小凌云，——因为她妈妈也去世了，我们的一切，就在这几十元里面，我们不光是吃饭穿衣，而且还是要买书、要研究资料，有时候为了买一些我们急需的书，我们要一个月决心不吃菜，只用一点点盐水萝卜下饭。但是我们的精神生活，却是昂扬而极为丰富的。白天我教孩子们读书，他或是写作，或是去作调查，或是找些老乡聊天。一到晚上，我们就热烈地讨论起来了，自然科学、社会科学、文学艺术，特别是社会上的现实情况，都在我们讨论范围之内，有时我们也进行辩论，或是研究他当天所写出的文稿，这时的罗群，毫不夸张地说，他已经是一个道道地地的学者了，而我则成为他的忠实助手，我是他文章的第一个读者，又是第一个批评者。这个时期，罗群的干劲和毅力确是惊人的，他经常通宵达旦，第二天脸一洗又开始工作。他的情绪始终是乐观的，有时，我埋怨、牢骚，他反过来劝我，他说：'别这样，晴岚，对党对社会主义的信念，是不能有任何动摇的，要不我们是为什么而工作而生活呢？我们的遭遇是暂时的现象，总有一天，党会纠正这些问题的。对我们的遭遇，也要看怎么看，这件事当然是件痛心的事，但是从另外一方面看呢，它又给了我们在上面所不能得到的条件，我有时间，我能接近人民，能体会到一些人所体会不到的东西，何况，我还有你，我倒觉得生活待我也不算太薄了。'

"他就是这样对待生活的！

"但是他对于问题的看法却始终是不动摇、不妥协的。一九六二年，曾经有人劝他对五七年、五八年和五九年的言论和行动，做一些检讨，争取改变处分。但他始终不同意，他坚持认为，那是'左'的危害，而不是什么'右'。

"正是因为他坚持了这些观点，他的问题不但没有解决，在'文化大革命'中又进一步升级了，林彪、'四人帮'把'左'的路线，推到了令人难以置信的高峰，给党和国家造成了不可估量的危害，对罗群的迫害，其手段之毒辣卑鄙，也达到了令人难以置信的程度；而我，也跟着受到了最残酷的折磨，要不是我们对党对人民有着坚强的信念，我们早已不在人世了！

"宋薇同志：你读到这里，也许奇怪，我为什么要写得这么长，这么具体，甚至这么啰嗦，告诉你一个秘密，这个秘密我是连罗群也一直隐瞒着的。

"由于林彪、'四人帮'的进一步迫害，我的身体被彻底摧残垮了，我现在随时有死亡的可能，这件事当然是我极不希望的，曙光已经出现，航向已经拨转，大是大非正在澄清，四个现代化正在开始，罗群的问题最多也不会拖到明年，这是大势所趋，人心所向，前进的历史车轮谁也不能让它逆转。在这个我和罗群盼望了多年的时刻，谈到死，当然是极不愉快的。

"但是我们毕竟是信仰唯物论的，客观存在的东西，谁也否认不了它。我的病是在林彪、'四人帮'又给罗群加了顶反革命帽子，又把他关到所谓群众专政指挥部而得的。我为了救他的书和著作，在老乡的协助下，冒着暴风雨，把他的东西，运到一个山洞里；又为了保存它们，忍受最难忍受的侮辱和鞭打，最后，把我和罗群绑在一起，跪在烂泥里几天几夜。从那时起我就得了病，这种病又因'四人帮'统治的时间太长，使我得不到医治，现在已难以医治了。

"因此，我这封信不得不写得长些，你我毕竟曾经是呼吸与共的朋友，尽管我们的命运是如此的不同，有一些心里话，还是想和你说的，同时，我也相信，经过这十年的惨痛历史教训，你这个本质不坏而又聪明的人，一定也能正确总结自己的历史经验，在大是大非问题上，有自己的鲜明态度。为了党，为了人民，为了我们的革命先辈，你也一定会在新的长征路上迈开新的脚步！

"关于你个人生活的情况，我知道得太少，不想发表什么意见。至于我，就像一开始我对你说过的那样，即使我今天就离开人世，我也敢骄傲地宣告，我是幸福的。

> 晴岚
> 七八年十二月"

八

读完了晴岚的信，我坐在房里动弹不得。

她的歌颂，她的谴责，她的倾诉，都使我如同受了雷电式的一击，我两手托着腮，就那么傻子似的坐在那里，一直到我的女儿跑进来。

"妈妈！"女儿一进门就嚷，"你饭也不吃啦。"

我掠了一下头发站起来，勉强装出微笑，可是我的神情，没有逃脱她的尖锐的眼睛，她看了我一会儿，一把搂着我，问："妈妈，出了什么事？"

"没有啊！"

"你脸色这么苍白，还说没有哪！"

"真的没有！"

"我不信！"她拉住我往外走，边走边说，"是不是有'四人帮'的余孽在跟你捣乱？别理他，站在人民的立场上跟他们斗嘛！现在那些人还敢兴妖作怪？"

我用手摸了一下她的头，让她拉到饭桌上。

我勉勉强强吃了一点，我也终于有了自己的决断：

从晴岚的信里，我认真地想到我自己所走的路，我知道把自己的行为，推之于当时的历史环境是不全面的。我这个自傲为红小鬼出身的人，为了捍卫党的原则，我做过些什么呢？我对罗群的态度不应当只当作感情上的不坚定的问题，这里确有一个世界观上的问题。

过去的是过去了，但过去的不加以总结，能对得住将来吗？孩子曾说过，我们懂得了什么是对的，什么是不对的，我们真的懂了吗？懂了，又改正得如何呢？我们这一辈人，应不应该清理和纠正自己的问题呢？不纠正它、清理它，又把它留给谁呢？

我决心亲自处理罗群的问题。

下午上班的时候，我找到了档案室的同志，把有关罗群的材料找到了，我把罗群的结论材料，他当时对结论所作的说明，以及晴岚写的申诉，都交给了打字室，让打字员把它们打印出来。

我把我对这件事的态度，告诉了那位朱科长，要他们先在他们的科里讨论，我参加了他们的会议。我并告诉他，要客观地实事求是地准备一份综合材料，向地委汇报。

这位朱科长听了我的意见，半天没有吱声，末了才嗫嚅地说："吴书记临走不是有过交代吗，要先处理'文化大革命'中间的，别的往后摆一摆。"

"他就是在'文化大革命'中被加了码，戴上'反革命'帽子的。"

"可是……"

"可是什么？"我见他故意推阻，心里非常生气。他见我生气，反倒笑嘻嘻地说：

"宋部长，能不能这样，我们先做点准备工作，等吴书记回来，请示一下，再正式讨论给地委汇报，这个材料暂时不在部里分发，你看这样好不好？"

"不！不要等他。"

说着，我就转身走了，让他愣在那里。

回到办公室，我开始给冯晴岚写回信，本来我也想给她写一封长信，但是我不知道如何写，最后还是简单地告诉她，我们正在着手研究罗群的问题，并劝她最好来一趟，把病彻底检查一下。

我自己到邮局发了信，并给她寄去三百元。

办完这些事，我在街上慢慢走着，太阳明晃晃地照在雪后的街道上，高大的雪松上的积雪已经融化了，清绿的叶子，在阳光下闪闪发亮。街心花园里的腊梅，像是枝条上落满了小黄蝶，发出沁人肺腑的清香。街上的人群像流水似的流动。清新的空气，晴朗的天空，使人们脸上都有一种愉快的神态。我看着他们，自己心头也感到轻松了。

我长长地呼了一口气。忽然听见一声清脆响亮的喊声："宋薇大姐"，我抬头一看，周瑜贞骑着一辆崭新的脚踏车，飞也似的驰到我的身边，一下刹住车，跳了下来。

这姑娘今天活脱脱的像是一朵春花！她戴了顶天蓝色的滑雪帽，脖子上围了雪白的大围巾，素花紧身短棉袄，把她的身材衬托得窈窕而丰满；她两只乌亮的眼闪着快乐的光辉，红扑扑的脸上堆满了笑。

我很羡慕地望着她，我说："什么事这么高兴？"

"我正打算找你。"她喘了一口气，丰满的胸脯起伏着，她说，"我今天碰到两件喜讯，你听说没有，省委已经正式决定，恢复天云山特区，成立天云山建设总指挥部，归省直接领导！"

"啊，你听谁说的？"

"我刚从省里来。"她说，"是一位省委负责同志告诉我的。"

"你到省里去了？"

"对啊！"她取下帽子扇起来，我这才注意到她脸上正渗出细小的汗珠，"我从你家出来，第二天我就上省里去了。我是为罗群呼吁去的，我还带去了他的一部分著作，请专家们给他看看。一位搞建设的专家，看了他的那本关于天云山的著作以后，你猜怎么着，冲着我张开两条膀子，大声叫好，要不是因为我是个女的，他肯定要把我抱着跳起来。我看到他那激动的样子，我就更加明白了它的价值了。这就是我要告诉你的第二个好消息。"

这两件事确实是好消息。我又问她："你没问问省委负责人，对罗群的问题怎么看？"

"问了！"她瞅了我一眼，又嘲讽地笑了，"你们还想摸气候，告诉你吧，气候温暖，你没有嗅到春的气息吗？严冬过尽绽春蕾，此之谓也！"

她大笑着，戴上帽子，重又跨上了车子，对我说了句："有空我去看你，详细跟你说，我还要告诉你，我准备打报告，上天云山。"

她一挥手，就那么一只手扶着车把蹬跑了。

我目送着她消失在人流里，她那充满青春的活力，毕竟是叫人羡慕的。

我没有料到，第二天我正在部里开会的时候，吴遥回来了。

像往常一样，只要他一到家，不管我忙不忙，都要打电话让我回去，每次我接到这样的电话，心里都有一种说不出的感觉：你再努力工作，你在他的面前，总还是一个附属品，他打电话的口气就是让人这样感觉的。但是今天，我想争取他对罗群问题的支持，我很爽快地答应，马上就回来。

那位朱科长一听说吴书记回来了，连忙合上了卷宗，催我回去，说是明天再讨论吧。我心里清楚，他是一定要请示过他的吴书记之后，才能决定办还是不办的。我心里明白，但也不好说出来，我只说了句"也好吧"，就回家来了。

那辆黑色上海牌汽车还停在门口，他的秘书还在搬什么东西，我和他招呼了一下便上了楼，没进客厅的门，便听见他的笑声。他的笑听起来也是很爽朗的，但总使人觉得干，使人觉得那是高人一等的笑。从他的笑，我可以判断屋里还有什么人，不是那些像朱科长之类的人物就是女客人。在重要人物面前，我只看见过他恭顺地微笑，从来没有见过他敢于大笑过，在陌生人或是地位低微的下级面前他也是不大笑的。

果然房里有两位女客人。

吴遥舒服地靠在沙发上，比走之前更显得脸色红润，他仍旧穿着普通的涤卡制服，深蓝色毛料西装裤。他一向不穿讲究的上衣，但是裤子则要考究，因为这样既有朴素感又显得有身份。对这些细枝末节，他是很注意的。

吴遥看见我，动也没动，只是笑了笑，便向客人介绍起来。原来来的是医生、护士，是护送他回来的。这位女医生很年轻，很漂亮，一看就知道是上海人。她过分热情地跟我握了握手。吴遥一迭声催我让阿姨做饭，并要我亲自做菜，他还热情介绍这位女医生，在疗养院对他如何照顾，还要我等会儿也让她检查检查。

我勉强笑了笑，去招呼阿姨去了。

本来我决心今天无论如何不和他闹别扭，我要争取平心静气和他谈一谈罗群的问题。但是回到家里，很短时间，我便几乎克制不住自己，他的笑，他的靠在沙发上的姿势，他让秘书搬东西，他让我料理饭菜，他自己陪着女客人的那种味道，本来都是我一向见惯了的，但是今天都在一刹那间，使我有一种想发一顿脾气的欲望，这种情绪，过去也曾有过，但从没今天这么强烈。

是不是这两天因为罗群和冯晴岚的影子一直在我心里影响着我的缘故呢，我不知道。

我在厨房里跟阿姨在一起忙着，笑声不断从客厅里传来，没多久，那架三用落地收音机响了，一种轻柔的乐曲飘了过来。这架收音机是他的一个在电子局工作的老部下给他装配的，可他从来不听音乐，也丝毫不懂得它。我和女儿有时想听听，他也嫌烦。今天不知它为什么响了，也许是那位女客人开的，我在门口看了看，果然是客人站在收音机面前，而吴遥也装作很有兴趣的样子，在那凝神静听。

我简直又想笑了。

过了一会儿，我听见我们那位朱科长也来了，接着又有别的人来了，不到一小时，客厅里便坐满了人。

吃过晚饭后，好不容易客人才慢慢走了。他又把我的女儿叫来，查问她近来的表现，对女儿，他也是架子挺大的，他经常半真半假地埋怨，他没有一个儿子。

一直到十点钟，才剩下我们俩。他这才望了我一眼说："怎么样，家里还好吧?"

我说："很好，你这回倒养胖了。"

"是吗?"他说，又重新坐到沙发上，拧开了落地灯，顺手拿起最近的参考资料翻起来，一边翻一边问，"机关里最近怎么样?"

"还不是那样，什么事都要等你回来点头!"

"啊，他们就习惯于这样!"他从参考资料上抬起头，高兴地笑了。对他这种笑，我很不喜欢，但是我没睬，并且极力使自己的口气变得温柔。

"老吴，我有一些话想跟你说说。"我也坐到他的沙发角上，我想把问题引到罗群的问题上，我想劝他在这个问题上端正态度，过去整错了人，现在姿态高些，这不仅有利于党的事业，对个人的威信，也只会提高，不会下降。但是，因为是罗群，一时还不知怎么开口。我了解，他一向是碰不得的，只能慢慢把话题向这边引。

他见我说有话要跟他讲，他的脸上闪过一阵阴云，但很快反变得含笑地点点头。他一刹那间的表情，没有逃过我的眼睛，也正因为我看到了这一点，我只得绕大弯子说话。我说：

"最近中央组织部负责同志，有一些讲话，你听说了没有？"

"我听说了，我也看啦！"他又翻起参考资料来。

"还有中央领导人的讲话，"我说，"这些精神，我觉得我们有些同志没有认真领会，中央的要求是认真落实党的政策，纠正错案冤案，而我们却在那里糊，能推就推，能拖就拖，特别是对'文化大革命'前的遗留问题，我们还根本没把它摆到议事日程上来。"

他"唔唔"两声，算作回答，我不知他是在听呢，还是在看，我先不管他，我又说：

"最近报上也正在讨论实践是检验真理的唯一标准问题，据一些同志告诉我，这是非常重要的一次讨论，它涉及对过去的路线、方针、政策，一切都应当通过实践来检验，根据这个精神，我觉得我们工作应该赶上去，应该抓住一些典型案件，开展……"

我说到这里，他忽然打了个哈欠，问我："几点了？快十一点了吧？"

我浑身一凉，我差点跳了起来，原来我说了半天，他根本没听，他大约也察觉了我的神态不对，放下书自己和自己笑了，他说：

"你急什么，中央不是正在开会吗？我们可以等等中央的文件嘛，没有文件，我们不好办，个人讲话毕竟是个人讲话。而且有许多事，也不是一下就能弄清楚的。"

"中央不是没有文件，"我跳下沙发，干脆直说起来，"比如右派改正问题，我们几乎没动。"

"不是让你们发了文吗？"

"你别用这种口气说话。"我实在憋不住了，"我是跟你谈正经事！"

"啊！"

"我知道，你过去整过不少人，"我急促地说，"可是这几年，你也挨过整，你应当……"

"哎呀！"他的脸顿时拉长了，"你怎么把'四人帮'时期的东西，跟过去的运动相提并论！我整过人？我整的是什么人？我是捍卫党的原则。你呀！现在就有那么一些人，在揭批'四人帮'的时候，连十七年中党的历次运动也怀疑起来了，他们这是怀疑谁呀？你别听那些鬼议论，你现在是负责干部了，看问题怎么能这么幼稚？哼！我整过人？为了捍卫党的原则，捍卫毛主席的革命路线，今后还会整人的，党内斗争，这是经常的事，这有什么值得奇怪的！"

他在屋里大步走着，滔滔不绝地发起议论来，把我当作小学生，根本不容我插嘴。他认为现在有一种危险倾向，甚至有人公然批评什么长官意志了。他感到痛心的是，不仅像周瑜贞这样的人有，连某些高级干部，也在发表一些很不慎重的言论，这些言论，已经在社会上产生了反响，引起了人们思想上的混乱，右的倾向又在抬头了。最后，他声明，从十七年到现在，他都是正确的，狠狠批了我一通说他也整过人的"谬论"！

我望着他专横武断的神态，感到心里一阵阵发冷。我知道，他会坚持自己的看法的，但我没有想到他会这么动感情，对当前中央的一些指示精神这么反感，看来在罗群问题上，还将有一场大风波，他现在还不知道我已经打印了罗群的材料！

他训斥了一顿之后，不等我有申辩的余地，就动身走到浴室里去了。

我一个人坐在屋里，又像那天和周瑜贞谈话的晚上一样，内心起了很大的波动，我望着长长的低垂着的窗幔和洒在地板上的微黄的落地灯光，听着外面哪里传来的隐隐约约的音乐，我想起了周瑜贞描绘的罗群和晴岚的夫妻生活，他们和我们是多么鲜明的对比啊！

"怎么啦？"他走回来了，站在我的面前，"就用这个态度来迎接我回来呀？"

他在我身边坐下来了，这回他是用他那所谓温存的口气说话了。

"你操这些心干什么？"他说，"我早就跟你讲过，你别急躁嘛，你知道，提你当副部长，外面可有不少议论哪，来，别愁眉苦脸的了，你的任务是执行指示，一切有我，这还不好吗？"

"一切有他？"我心里一惊。正要反驳，没说出口，他已经把我搂住了。

他对我，需要的就是这个！

九

又是一天过去了！

吴遥回来后，就参加地委常委会去了，我们部里一切又恢复了老样，上班、生炉子、打开水，议论一下将要发表的中央全会公报，可能有什么新的精神，讲讲市面上的供应、物价，然后各人坐到各人的桌子前，各办各的事。

罗群问题的讨论，自然要等吴书记。

但是，我经过反复思考，我不愿也不想依靠我们部解决他的问题了，吴遥的观点我十分清楚，同志们的看法我虽然估摸不透，但由于我自己的地位，我却比过去更加明白了！

这天，我锁上门，决定亲自起草一个报告，直接去找地委第一书记。现在只有第一书记的态度，能解决罗群的问题了，罗群问题不解决，我无法驱除心灵上的阴影。

我希望第一书记能说服吴遥，这样既能解决问题，又不致影响到我和吴遥的破裂，而第一书记的态度，我是了解的，他已经几次批评我们保守僵化了，今天，我又听说，吴遥在常委会上，同样受到了批评。

我写了一个上午。中午，吴遥回来吃饭，情绪很恶劣，看见我几乎就像没看见。他这种目中无人，以自我为中心的表现是经常的，我倒也没有在意，也没有去理他。

我吃罢饭，招呼了女儿一声，又到办公室去了。临走的时候，我听见他在打电话。

我坐在静悄悄的办公室里，写着，思索着，有时我停下笔，看看晴岚的信，想从她的信上得些启发，使我的报告，也尽可能写得动人些。有时，我漫无目的地望着窗外，外面正在化雪，点点滴滴的水，从上面落下来，落在窗前女贞树上，溅到窗台上，连玻璃上也沾上了水珠，水珠又顺着玻璃往下流。

我看着，想着，写着，我写罗群的遭遇，写他的忠诚，写他的研究，写他和晴岚现在的生活状况。不知不觉，忽然发现有水珠滴在稿纸上，我这才意识到，我哭了。

正在这时，我的门咔嗒一声开了。

我急忙拭了拭眼，抬起头一看，原来是吴遥站在我的面前，直瞪瞪地望着我。我不自然地站起来，我还没有招呼他，他盯着我，厉声地问：

"你在这里哭？"

"我没有，我是……"

"你是为罗群在哭吧？"

"老吴……"

"哼！好一个副部长！"他猛地关上门，走到我的面前。

"你要干啥？"

"我问你，为什么趁我不在家的时候，把罗群的问题翻出来？造我的舆论，说是我整的他？"

"他的问题本来……"

"他是典型的右派！"他根本不容我还嘴，大声嚷着，"他是反党反毛主席的，对这样一个人，你居然为了你们的那段关系，违背党的原则，盗窃我抽屉里的文件，利用职权，下令打印，逼着下级讨论，你这算是什么性质的问题呢？"

"你别扯那些事好不好，我……"

"是我扯吗？你当我不在家，就可以钻空子吗？我什么都知道。我还提拔你呢！原来二十年来，你还一直没有忘记他，你这个……你睡在我的身边，心里却想着反党分子，你这到底是什么立场，什么感情？他是什么东西，你要为他讲话！我告诉你，满天下的右派改完了，也改不到他的头上，这就是我吴遥说的。"

他越说越有劲，越说越来火，不仅说，两手还在我面前指划着，嘴里吐着白沫，对他的反对我是早就估计到的，但我实在想不到他竟会这样发疯，我望着他那变得凶横的脸，心里像刀绞似的难过。我想辩白，想斥责他，想骂他是欠了罗群的债，却一句话也说不出来。我被他这一顿侮辱、责骂弄傻了！

我跌坐到椅子上，他又跟了上来。他还想骂什么，一眼瞥见我桌上正在写的报告，一把抓了过去。他两手颤抖地拿在手上看着，看了一会儿，一把把纸撕得粉碎，一下砸到我的脸上，同时又大声骂着："好哇，你还准备打秘密报告，你对一个坏人，竟然那么充满着感情，而对我这个……"

我长了四十多岁，除了红卫兵造反派给过我侮辱外，我还从来没有被人这么糟蹋过，他砸得我满头满身都是纸，我脑子一炸，一下子就晕倒了！

我不知他还骂了些什么，我也不知自己是怎么醒过来的，我只见他还站在我的面前，我胃里一翻，一下子吐了出来。他见我这样，忙又掏出手帕，给我拭嘴。我猛地推开了他，我把拳头塞进自己嘴里，才没大声哭出来。

他坐到对面椅子上，怔怔地望着窗外。

过了一会儿，我用自己的手帕拭了拭脸，我推开椅子站了起来，我准备回去，他又用平时那口气说：

"你哪里去？"

我没有答他，径自去扭门。他站起来拦住我，轻声说："你现在不能走！"

我当他是怕人看见我哭，让我迟走一会儿，我迟疑了一下，他又说："下午还要开会！"

我不知道此时他还要我开什么会，我望着他，他又解释道："是我通知的。会议还是请你主持，我要讲话，你再把脸拭拭，那里有热水有毛巾。别让人看见这样子，影响不好。刚才我可能太急躁了一点，但是……"

他的"但是"下面没说出口，上班的电铃声响了，我重又坐到椅上，那些纸飘得满地都是，我茫然地望着它们，我感到自己完全麻木了。他在房里走了几圈，想了想，把那些纸拾起来，揣进口袋里，走出去了。

窗外的水滴，更加大声地吧嗒嗒滴下来。那冰凉的雪水，好似打在我的心上，一直冰透了我的全身。

大办公室开始有人说话了，我听见一片"吴书记""吴书记"的喊声，他又大声和他的部下寒暄着。

我仍旧呆痴地坐在那里，我不知道该怎么办，也不知道他还要开什么会，想走，又走不掉；不走，我现在还能装作什么事也没发生似的，坐在那儿开会？

门又被推开了，吴遥又走了进来，他身后还跟着那位朱科长。吴遥像是第一次进这办公室，他打着哈哈说："宋薇同志，你在这里加班啊？怎么，身体有点不舒服？"那位朱科长也紧跟着非常关心地说："宋部长，你脸色是不大好，别是受了凉吧！"

我简直想推开桌子，跑出门去，但是我却动弹不得，他们摆了这个架势，逼着我也不得不装作没事似的。我恨自己软弱，但是我还是站起来，掠了掠我的头发，说了一声："开会去吧！"

今天部里人到得很全，吴遥习惯地坐到他的主席位子上，端着保温杯，一口一口抿着茶。他谈笑风生，和同志开一些无伤大雅的玩笑，一直到正式开会，他才一本正经地坐在那里，用眼光巡视着小小的会议室。

我推说头痛，让朱科长主持了会议，我还没有摆脱刚才因震惊而变得半麻木的状态。朱科长讲了一些什么，我根本没心听，我假装俯首看笔记本，极力想把自己的思想理出一个头绪。

吴遥开始讲话了，我也没有注意去听，现在他讲些什么，对我来说，有什么意义呢！他统治了我二十年，我把自己的一切都给了他，我失去作为一个独立的人的性格，我只是他的一个附属品，我不能有自己的意志，甚至都不能有思想。然而我始终还是委曲求全，还是向好处去想，我极力避免和他发生冲突，然而最后招来的却是这样的结果，把纸片砸到你的脸上，你还得继续坐在这里听他的训话。

屋里很静，只听到吴遥一个人的声音。我偶尔抬起头，忽然看到许多同志的目光都望着我，那些异样的目光，使我悚然。发生了什么事？他们为什么这样看着我？这时，吴遥的话，才清晰地传进我的耳朵，我听见他讲到我的名字，为什么在这个会上讲到我？难道……

我这才注意听他的讲话。

"宋薇同志，在处理这个申诉材料上是有错误的，"他坐在那里严肃地说，"老朱同志劝阻过她，可她没有很好地采纳老朱同志的意见。"

他竟然把这件事端到全体干部会议上来了！即使我对他已有认识，他这种举动，还是让我吃了一惊，同志们为什么那样看我，原来是因为这个。

"老朱同志也提醒过她，"他继续说，望也不望我，"说到我对这个问题有过交代，可是宋薇同志用庸俗的家庭关系，代替了严肃的组织关系，竟然打印了这个材料，使它得到了扩散，这更是件严重的错误，因为这些材料中，有攻击党的路线，特别是对伟大领袖毛主席不满的言论，这种材料怎么能扩散？我们必须记住，要落实党的政策，又要坚持原则，否则我们还是要犯错误的。现在有些部门，一风吹的苗头已经出现了，对此，我们要严格把关，当然啦，宋薇同志是我的爱人，这是谁都知道的嘛！"

他哈哈大笑了！有的人也跟着笑了。他的笑声忽然又戛然而止。他说：

"但是我不能因为她是我的爱人，就不进行批评，我们不能助长这种作风，宋薇同志的毛病就出在感情上，因为……因为那个姓罗的老婆是她的同学，所以她才犯了这样的错误，在我们这个部门，是不允许有这种个人情存在的，现在宋薇同志已经认识到这一点了。她准备在适当时候，写出她的检查，对这种态度，我们还是应该欢迎的。"

我实在无法忍受了，他竟用这种手段对待自己的妻子，用这种造成既成事实的办法，逼我检查，而他从中却捞到了坚持原则、大公无私的美名，同时，又不露痕迹地压制了对案件本身的讨论。我脸色一变，推开椅子站起来，提上我的包走了。

他对我的举止，好像早已料到，我走到门口，听见他还在说："女同志嘛，她心情沉重，她要回去歇歇，现在我讲讲今后的工作……"

我一口气跑到家，关上房门，伏到床上大哭起来。

我真是一个可怜的女人，我只有哭！

这天晚上，我搬到客房里睡去了。

十

第二天，我病了。

头天晚上，他见我睡在客房里，大为恼怒，又关起门教训了我一顿，说我是对抗组织，退出会场，说要不是他打了个圆场，把这事掩盖过去，以后怎么在那里工作。他还说，今天用这种严肃的公开方式，对我进行了必要批评，是完全必要的，这还是他的一片好意，问我赌的哪门子气，这像个领导干部的行为吗。

他讲啊讲啊，不停地讲，一直到我实在忍不住，腾地坐起来嚷："我的头都给你讲得炸开了！我求求你，让我安静一下不行吗？"

我的尖锐的喊声，我脸上的表情，当时一定是可怕的，他这才惊慌地退了出去。

我把被子一蒙，躺到床上，只感到嘴里发干，心脏猛烈地跳动，头像炸裂似的疼，身上阵阵发冷，我摸摸头，我知道自己真的病了。

晚上十来点钟，女儿回来了，她一见我一人躺在这间没人睡的屋子里，又奇怪又惊慌，她跑到我的床前，连声问：

"妈妈！你怎么啦？"

我没有吱声，她轻轻掀开我的被头，看着我，又用手摸摸我的头，说："你好像在发烧。"

我怕引起女儿焦急，只好说："感冒了，不要紧的！"

女儿聪明地把脸贴到我的脸上，轻声问：

"你别是跟爸爸吵架了吧，爸爸在家也摆官僚架子，别理他就是了！"

我只得点点头，为了岔开她的话题，我问她，为什么这么晚才回来，她说："我到周瑜贞阿姨宿舍去了，在那里听音乐，看书，她有好多好多的书，不像我们家里，少得可怜。"

"她怎么不到我们家来？"

"她原说要跟我一道来的。后来她打电话去了，打完电话回来，哭得什么似的，吓了我一跳。"

"她哭？"我吃了一惊，问："为什么啊？"

"我问她啦，她说是一个好人快死了，她为她难过。"

"你问她是谁了吗？"

"我没问。"女儿摇着头，"我又不认得，问了也不知道，再说，她又急着要到哪里去，说是明天要请假上天云山！"

"上天云山？"

"妈！你怎么啦，你脸色这么难看！"

"给我倒点水！"

我感到全身发软，手也抖起来了。难道我的晴岚，我们刚刚恢复了联系，你真的会离开人间吗？我喝了口水，想镇定一下自己，可是无限悲怆的感觉，使我倒在枕头上，忽地又坐起来问女儿：

"她说是要上天云山，你不会听错吧？"

"我怎么会听错呢！"女儿说，惊讶地望着我的眼睛，"妈，这件事你怎么这么震惊，你也认得这个快要死的好人吗？"

我点了点头。

"他是什么人？男的还是女的？为什么你和周瑜贞阿姨都这么为他悲哀？"

"她是一个女人！"我伸手抚摸着女儿，"可是这样的女人是不多的，你妈妈远不如她！"

"啊！妈！我怎么从来没听你说过她？她怎么从来没到我们家来过？她到底是谁啊？"

"往后我会告诉你的，现在我需要睡一会儿，你也去睡吧，明天你还要上课呢！"

女儿放开我，又问我要不要吃药。我摇摇头，又催她去睡，她这才走了，轻轻带上门。

现在又只剩下我一个人了，白天的经历，刚才的消息，却使我感到胸中像塞了块大石头，堵得我透不过气来。我想安静地想一些问题，可脑子又疼得要死，什么也不能去想，我把衣服解开，把被子也撂开，还是感到热。我闭上眼，晴岚的温柔沉静的面容，又在我面前，那么亲切又那么疏远地望着我。我不禁喃喃地说起话来："晴岚，你经过了这许多艰难曲折，在春天即将来临的时候，难道你真的会死吗？"她摇摇头，凑到我的耳边轻声说："亲爱的朋友，不要为我而悲伤，我是一个平凡的女人，但是我完成了我应该完成的事，我是幸福的，你呢？"

"我？"

"是啊，你！"

我猛然睁开眼，幻影消失了，只有台灯的苍白而暗淡的光，把我的影子投在那白得发青的墙上。

我颓然地把头歪到枕头上，身上又像疟疾暴发那样冷得发抖。我就这样又冷又热，昏昏沉沉过了一夜。

第二天一大早，女儿就跑进来了，我告诉她，我好多了，要她安心去上学。事实上，我感觉比昨天更坏了，全身疲软酸疼，伴有低烧，一夜之间，使我连走路都感到有些困难，头重脚轻，身子发飘，头也是昏昏沉沉的。但我还是挣扎起来了，我要给周瑜贞打个电话，核对一下有关晴岚的情况。

我刚拿起电话，周瑜贞来了，这姑娘还是像我在街上碰到的那样，健康鲜润，没有留下什么悲伤的痕迹，虽然她的表情比较沉重。

我放下电话，急急忙忙问她："是不是冯晴岚病重了？"她点点头说："我昨天给冯晴岚挂了个电话，告诉她一些情况，可是接电话的却是罗群，他在电话里泣不成声，说晴岚已处于昏迷状态，恐怕快不行了。"

接着周瑜贞告诉我，她马上去天云山，车子已经有了，问我去不去？

她还说："你恐怕应当去一下吧，无论讲公还是讲私，你都应该去看看她！也许真的是你们最后一次见面了！"

"我去！我去！"我连声说，"你等一下，我马上就来。"

我想到房里拿件衣服，走了两步又转回身问周瑜贞："要不要找个医生一道去？"周瑜贞摆摆手说："一切我都安排了，医生就在车子上，你快准备吧！"

我慌乱地走进房里，周瑜贞也跟着我走进来。吴遥不知在房里做什么，看见我和周瑜贞，脸色不悦地问：

"你们忙什么，要到哪里去！"

我没理他，径自开橱门拿衣服，我听周瑜贞对吴遥嘲弄地说：

"我们要去看两个人。"

"谁？"

"两个你不愿意见到的人！两个受折磨的坚强的美好的人，而且和你有直接关系，怎么样，要我讲出他们的名字吗？"

周瑜贞在吴遥面前，一向就用这种口气说话，她可不管他是什么书记不书记。吴遥正因为这点，又讨厌她，又有点怕她。他不敢在她面前摆官架子，因为周瑜贞认得的大首长太多了，而那些首长又都很喜欢她，把她当作自己的女儿一样。

我看不到吴遥尴尬的脸色，只听见他轻笑了一声说："别自由主义了，受折磨的并不就是什么美好的人，不能否定过去的运动，要不……"

"什么?"周瑜贞叫,"你不敢承认过去整错过好人,什么叫否定过去的运动,落实政策,纠正错误,就是否定整个运动?你这还是吓唬人嘛,怪道你不愿意落实党的政策呢!"

"别瞎扯了!"吴遥声音高起来了。

"咳,你是怕落实了政策就否定了你自己!"周瑜贞毫不示弱,反而说得更起劲了,"其实,这有什么呢,你不能改吗?不能从那框框里跳出来吗?你自己不也被'四人帮'整过吗?为什么提到自己整人就咆哮如雷呢?你为什么不想想,像罗群冯晴岚这样一些你本来很熟悉的同志,他们的命运现在如何呢?"

周瑜贞说到这里,猛地拉开关得严严的窗帘,一道强烈的阳光射了进来。周瑜贞用手向窗外一指:"你看看,吴遥同志,阳光灿烂,新的历史已经开始,而你还是一个套中人,你……"

"小周!"吴遥不得不板下脸来,"你越说越离谱了!"

我已经拿好了衣服,不愿他们再纠缠,便对周瑜贞说:"我们走吧!"

"到哪去?"吴遥显然要把火出在我的身上。

"我去看看冯晴岚,她已经病得很危险了!"

"不准去!"他一步跨上前,把门拦住,声色俱厉地断喝了一声。我猛然一呆,周瑜贞也吃惊地瞪大眼睛,因为她还是第一次看见他用这种态度对待我。

吴遥趁我呆愣的时候,一把把我的大衣夺了下去,我踉跄了一下,几乎跌倒了。

"你看什么冯晴岚?你是去找罗群!"他完全不顾有别人在场了,把我大衣朝地上一扔,咆哮起来。

周瑜贞看看他又看看我,摇了摇头,叹息了一声说:"吴遥同志,你就用这种态度对人吗!是不是你现在不能随便整人,就整你的部门,你的家庭?好!我不来打搅你了,大姐,我先走了。"

周瑜贞一甩头发,匆匆走了。这时,那位朱科长恰又跑了来,他一进来便惊惊慌慌地对吴遥说:

"吴书记,省委来了电话,要罗群的全部档案。咱们的第一书记也在找你,要你立刻去汇报罗群的问题。"

吴遥一听,脸色铁青,但是他还站在门口,挡住我的去路,那位朱科长又掏出个纸条，把它交给吴遥说：

"这是你们给天云山汇去的三百元，被退回来了！"

吴遥接过那张汇票，展开看了看，回身瞪着我，两眼充血，像要吃人似的，这时，我倒反而镇定起来了。

"钱是我寄的！"我说着拾起被他扔在地上的大衣，想从他身边走过去。他倒没有拦我，只是照旧瞪着我，那位朱科长一看形势不对，赶紧抽身下楼走了。

我在客厅里停了停，因为我的头一直是晕的，两腿也发软，我听见楼下汽车发动的声音，我想到窗口喊她等等我，我万万没有料到，他居然跟了上来，一把把我揪了回来，猛地一巴掌，把我打跌在地上，同时骂了一句最难听的话，又歇斯底里地吼叫着："原来你一直是和右派心连心的！你别以为党会支持你们，你们始终是右派，右派……"

这一巴掌把我打蒙了，同时也彻底把我打醒了。

我慢慢从地上爬起来，抬起身子望着他，我的嘴可能在流血，我的脸色可能特别怕人，因为我看见他突然住了嘴，惊慌而恐怖地往后退着。

我好不容易站起来，努力撑持着身子，走到门口，吃力地打开了门，我还没有走出门外，他又追了上来，我回头望着他，看看他还要拿我怎么样。他嘴唇动了动，没有说出话来，突然，他一把抱着我，顺着我的身子滑下去，扑到了地上……

"我怎么打起人来了，我疯了，我……原谅我，薇，我不知道我自己在做什么。你不能走，不能，我现在……我不能失掉……"

他这个突兀的举动，倒是出我的意料，我被他抱着两只腿，动弹不得，我呆呆地看着他，我的目光可能是呆滞的，也可能是蔑视的，我一动不动，既没说话，也没有推他，我就那样久久地俯视着他，让我嘴角上的血，滴到他的脸上！

他突然松开了我，用手蒙着脸，爬起来，扑倒在沙发上。

我最后望了房子一眼，我在心里和它告别，我知道，这一切都已经是无可挽回的了。

我挪动步子，朝楼下走着，但是因为这两天我受的刺激太大了，昨夜又发了一夜烧，我的腿抖个不停，晴岚的，罗群的，吴遥的脸，又不断在我眼前闪来闪去，我刚下了两三级，一脚踩了个空，整个身子顺着楼梯滚了下去。

我失去了知觉！

十一

我终于在一天早晨完全清醒过来了。

我发觉我睡在一间明亮的阳光充足的病房里，温暖的阳光，洒在我的病床上。睡在床上，能看到蓝湛湛的天，几朵乳白色的云，停在天空，动也不动，很像蓝色的海面浮着洁白的帆。我环视了一下病房，对面床上，坐着一个和我年龄相仿的妇女，她见我看她，向我点头示意，我再看床头柜上，这里摆着两盆花，一盆是迎春，它的绿色的柔软的枝条上，一朵朵小黄花，已经鲜亮地开放了。它的旁边是一盆红梅，也含苞待放了。

这花不知是谁拿来的。我久久凝视着它们，一种轻松的新生的感觉使我无缘无故地微笑了一下。我伸出一只手，想摸一摸花，可又有一种模糊的似乎很遥远的往事，慢慢朝我侵袭过来，渐渐，那些不愿回想的画面，清清楚楚浮上心头，我又心里一酸，我缩回手，把眼睛闭上了！

我不知道，今天是哪一天？不知道十一届三中全会的公报公布了没有？不知道冯晴岚究竟如何了，不知道我的女儿为什么没来，不知道罗群的复查问题有什么进展，而往后怎么安排我的生活！又重新萦回在我的脑际。

下午，我女儿来了，她见我醒来，喊了声"妈！"就扑到我的怀里，她用泪盈盈的眼睛望着我。我伸出手，热爱地抚摸着她，女儿哽咽得更厉害了，从她的脸上表情，我猜测出她已经知道了我和吴遥之间发生的事，她也可能明白，我们这次是真的无法挽回的破裂了。

她只提了一句她的父亲，说是到党校学习去了。接着她又告诉我，地委领导都来看过我，机关里许多同志也都来过了。她还说，现在机关、学校、厂矿都热闹得很，都在学习十一届三中全会公报，讨论怎么把重点转移到四个现代化上面去。说着说着，她又轻轻啊呀了一声说：

"周瑜贞阿姨昨天还来看过你，这两盆花就是她抱来的。"

"原来是她送的？我正在猜是谁送来的呢！"我望着那花说，"她跟你讲了什么吗？"

"她可好了！"女儿说，"爸爸走了，她有空就到我家来，她还跟我讲了不少故事。有的故事，讲得真好，硬是把我讲哭了！"

"啊！她都讲了些什么？"

"妈！你现在别问，反正我从她讲的故事里，倒是懂得了不少东西。我们生活中发生了许多不应该发生的事，这不光是'四人帮'的时候。可我们又有多少经过了考验的值得我们学习的人啊！"

女儿能说出这样的话，使我很惊讶，这个刚刚十六岁的高中生，我一向还把她当作小孩呢！我点点头表示同意她的话，她又说：

"周阿姨还说，对过去的某些错误，不清算一下是不行的，清算它正是为了不让它再有机会重演，是为了更好地前进，我觉得她这话说得真对，妈妈，你说呢？"

"是这样，孩子！"我说，"也是为了让你们这一代，再也不会碰到那样的事！哎，她今天还来吗？"

"我差点忘了告诉你。"女儿急忙从口袋里掏出一封信，把它递给我，说，"她有一封信给你。"

我接过周瑜贞留下的信，慢慢拆开了它。她在信上告诉我，晴岚终于去世了！但是，她是在听到罗群同志恢复了党籍以后去世的，她不是含恨而是拉着罗群的手含笑而去的。她说，晴岚也记挂着你，感到没能再跟你见一面终是件憾事，她希望你再去看看天云山，愿意的话，可以到她的坟上看一看。瑜贞的信上还告诉我，天云山特区工作已正式开始了，组织上已经同意调她去天云山。最后她说，罗群同志已经被任命为天云山特区党委书记了！

我正仔细读着这封信，窗外隐隐传来了欢腾的锣鼓声，还隐约听见人喊马嘶、汽车轰鸣的声音，我把信折了起来，问女儿是什么事！女儿趴在窗上看了一下，说："是调往天云山特区搞建设的人要出发，他们在马路上集合！"

"啊！你扶我看看行吗？"

"妈，你能起来吗？"

"不要紧，我靠在窗台上望一望，妈妈从前也是这样上天云山的，我想看看今天的场面。"

女儿把我扶起来，好在我的床就靠着窗子，我凑在玻璃上往下望着。只见广场上马路上，到处是人，是旗子，是汽车、马车，汽车上装着庞大的机器，一直摆到我望不见的地方，这和我们当年不能比了，虽然曲曲折折，但生活毕竟是在前进的。

我望着望着，突然发现就在离我窗口最近的一辆大汽车上，一个穿着旧军大衣的魁梧的人，站在车上，对着队伍在讲话。我隔着玻璃窗，听不清他的声音，只看见他有力地挥动着手臂。金灿灿的阳光，射在他那脸上，使他的脸上充满光辉。看着看着，我的手猛然抖起来，我的心也猛烈地跳了，那正是他，是罗群啊！他那魁伟的身材，雕塑型的面孔，虽然有二十年没见了，但是他还是那个样子啊，困苦只是磨炼了他，却并没有能够损伤害了他，相反，他好像比以前更健壮更高大了！

我把我的滚热的脸贴在玻璃上，我目不转睛地看着，只见他最后做了个手势，喊了句什么，车轮开始滚动了，人群、旗帜、机器，洪流似的向前方涌去。

我一直望到他们消失在马路的尽头，才慢慢离开窗口，靠在枕头上。我不自觉地又望着那两盆花，而我的心又飞到天云山去了！

天云山，我的青春，我的爱情，我的事业，都是在那儿开始，又是在那里夭折的！它们，难道还能够回来吗？

我又忍不住抬起头，想再看看窗外，可是那里已经什么也没有了，我苦笑了一下，摇了摇头。

但是，也是从这一天起，想去天云山看一看的愿望，却特别强烈起来。

过了一段时间，我终于出院了。这也正是清明节的前夕。我暂时还没有上班，我想调换一个更适合于我的比较实际的工作，也想乘机把生活重新安排一下，一切都应当有一个新的开始。在开始之前，我决定去天云山一趟。我要在晴岚的墓前，献上我的花，我还要找罗群谈一谈，哪怕是见一面也很好啊！

对罗群，我在动身之前，确实没有什么想法，我想什么呢！我的理智告诉我，和他再重新开始，那是不可能的，我在他困难的时候，主动离开了他，现在当他又恢复了工作，我又跑了回来，纵使他欢迎，我的羞惭和自尊，也不容许我这样啊！

因为是这样想的，上了路，心地倒也是坦然的，可是，当我一进入天云山区，心却又不由自主地跳起来。

我望着渐渐出现的古城堡，经过那现在是鲜花盛开的大峡谷，穿过峡谷，又看见那金沙沟的草地。那正是我被马儿驮跑的地方，也就是在那前面的山林，我和他骑在一匹马上，让马自由地随便走着……

这样一些我不愿想的事，它们竟然一件一件那么清楚地闯进我的心，奇怪的是，我想到这些，竟然有一种甜丝丝的感觉，仿佛它们真能再回来，真的又能变成令人心醉的现实。

为什么不能呢？他是自由的，我现在也是自由的。

这个简单的事实，竟使我头晕心跳，像个年轻姑娘似的，自个儿红着脸，偷偷地笑了。

我下了车，就直奔天云镇，去新特区党委，我想马上就见到他。

但是，我跑了一段路，又猛然站住了！

在我前面，出现了一群去扫墓的人，他们有的戴了黑袖章，有的拿着花圈，也有的捧着祭盒，按本地老式办法祭奠的。在这个小小的肃穆的队伍前面，我的心不由紧缩了一下。一种歉疚的心情立即代替了刚才的那种与我年龄不相称的近乎轻佻的情况。

我的主要目的，不是给晴岚扫墓的吗？正是她，我这个年轻时代的密友，代替我完成了最难完成的任务。现在她走了，我竟然忘了她，而在想那不应该属于我的，我……

我羞惭地在街上站了一会儿，决定先到晴岚的墓上。

我低头走出天云镇，心情还是纷乱得很。

我找到了一个小学生，问他可知道冯老师的墓。小学生说他们刚刚也给冯老师扫墓去了，他自告奋勇给我引路，我谢绝了他。

根据小学生的指点，我知道那正是我和晴岚第一次跟罗群见面的地方，在那密密青青的竹林里，我撞倒了罗群，我们哈哈大笑，我们互相打量着，我们一道上古城堡，罗群纠正说，那不叫城堡，本地人叫寨子……

为什么她竟然葬在这里？为什么又要引起我想那些事？生活真是会

捉弄人啊！

　　路边的树渐渐多起来。微微的春风，吹动着那些新生的翠绿的叶子，它们微微颤抖着，红的、紫的杜鹃，绽开了笑靥，成对的斑鸠叫个不停，还有什么鸟儿在树林深处欢乐地唱着，天上有几只雄鹰徐徐地盘旋。春意非常浓郁，但是我此时倒产生了一点凄凉的感情。

　　我采了一些杜鹃，又折了几枝海棠和兰草花，加了一些松柏竹枝，用我的黑纱巾，把它们扎成一个花束，我又在包里的活页本上，取下一张纸，在上面写了几句话："献给您，晴岚，你的应该向你学习的朋友，薇。"

　　我捧着花束，慢慢向前走着，同时注意找寻她的墓。我忽然发现离我不远的地方，站着两个人，我差点叫了出来，原来这两个人正是罗群和周瑜贞。这意外的发现，使我不觉一震，我下意识地停了脚步，把身子掩到一棵树后面，躲了起来。

　　他俩在晴岚的坟前肃立着，罗群还是那身装束，周瑜贞今天也是一身素服，只有脖子上一条白纱巾，不断被风吹得微微飘动。

　　他俩转身往回走了。他们俩的神情都异常严肃庄重。两人的眼光，同样是深邃的沉思般的，他们靠得很近，但是又都在望着前方！

　　我听见周瑜贞说话了。她说：

　　"你现在担子重，你已经不是搞个人研究的时候了，你要把你的许多想法，付诸实践。你的那几本书，让我来帮助你整理好了，我应当继承晴岚姐姐的遗志。你呢，指挥你的天云山建设部队，大打一场现代化的战争吧！"

　　罗群没说话，但是他那种急于奔赴前线的渴望，清清楚楚写在他的脸上，使他的神情显得特别刚毅果敢。

　　他们的步子加快了！那有分量的脚步，使我倚身的树都摇晃起来。

　　我目送着他们的身影，消失在这春天的树林里，一刹那间，我完全明白了！刚刚我是多么可笑啊，失去的是永远失去了，我感到心里很空，不能自止地想哭，但是我极力忍住了。我望望手里的花束，鲜艳的红的紫的花朵，含笑看着我，向我不住地点头，我又注意到我自己写的那张纸片，注意到那上面我刚刚写的话："你的应该向你学习的朋友，薇！"

我忽然真心实意感到脸红了！

我应当向晴岚学习什么，直到片刻以前，我还是不明确的，我还是陷在个人的狭小的感情圈子里。人生应当有更高的境界，应当有正确的理想、情操，应当有为人民、为党而斗争的是非观念和献身精神！这不正是晴岚说的，她完成了她应该完成的！

我在我的岗位上，要完成应当完成的不是更多么？

于是，我整理了一下衣服，抿了抿头发，坚定地走到晴岚的坟前，献上我的花。

我默默祈祷她安息，同时我也为罗群和周瑜贞，暗地里献上我的虔诚的祝福！

剪辑错了的故事

茹志鹃

开宗明义，这是衔接错了的故事，但我努力让它显得很连贯的样子，免得读者莫名其妙。

一　拍大腿唱小调，但总有点寂寥

周围的公社、大队，前脚后脚都放出了亩产一万二、一万三千斤的高产卫星。

到处红旗招展，锣鼓喧天，捷报四传，参观的人群如云。甘木公社的甘书记深感有急起直追的必要，于是和一大队支书老韩做了三宿的思想工作，终于一大队也紧赶慢赶地筹备了起来。甘书记觉得，都到这时候了，要放就要有点气派，放一颗特大的卫星，亩产一万六千斤！顿时，甘木公社也热闹起来了。松柏牌楼搭起来，锣鼓家什敲起来，卫星田的四周红旗插起来，介绍经验的稿子编起来。参观的人一多，专业接待人员编了两个班。真正是热火朝天，风光得不能再风光了，不仅名扬全县，同时简报也送到了省里、中央。具体传了谁的名不大清楚。不过不久以后，公社甘书记提为县的副书记了，人们猜测有没有可能就是这时扬的名。这仅是猜测，不足为据。

一开始，一大队的干部和贫下中农，尚觉热闹、有趣，但是过不多久，随着高产，便来了个按产征购。十多亩稻子，硬搬到一亩地里去收割，不是搬着玩玩的，要拿出实货来的。这时候社员急了，社员一急，就惊动了三队副队长、梨园的经管人老寿。

老寿本名叫田寿本，不过大家一直叫他老寿，主要是冲着他那副长相：长眉善目，大大的秃脑瓜，什么时候脸上都是和和顺顺的，从没见他发过脾气，也从没见他有过气恼。很有点像那财主家玻璃罩子里站着的寿星。其实他年纪并不老，才六十六，不过是个老党员，过去这个地区"拉锯"时，还做过交通。他不大会说话，不过一开口，别人就乐。他不明白这是为什么，自己是认认真真的，说的也不是什么笑话。没法，现下年轻人就是这样，大概他们本来想笑，不过拿他做个由头罢了。时间一长，这也成了个习惯。大家呢，觉得他有点迂，叫他老寿的意思里，也包含着这一层。不过大家都乐意接近他，除了过组织生活的时候，平时很少有人想到他是个老党员。他自己呢，还挺讲个组织性，纪律性。

他走出梨园，就看见村道上一溜停着四挂大车，装满了粮食，插满了彩旗。头挂车的辕马头上，还顶着一朵红花，车上拉了一条横幅，上写"荣交高产粮"，车上还放着全套锣鼓家什。一切齐全，就少了赶车的，派谁，谁就甩手走开。眼看日头已经两丈高，参观的人潮马上就要拥来，这里却派不动人。支书老韩正急得跺脚，一眼看到老寿走过来，老韩高兴得像拾了一个宝，马上把赶车的鞭子塞到老寿手里，说："赶快，把车赶到征购站去，我们已经交晚了，甘书记已经不愿意啦！"说话时，参观的人群已经进了村，老韩掉转身，立即笑着脸迎上前去。这时候，要是老寿噼啪一挥响鞭，四挂大车隆隆地从人群中驰出村去，有多威风！可是老寿却一手抱着那杆老长的鞭子，一手扯扯老韩的衣角，然后伸出大指和食指，悄悄地在胸前做了一个"八"字。

"要八个人？十个人都可以，你招呼去就是，工分照记。"老韩说完，就和参观的同志握手，照例是先带他们去参观那块大队和公社合种的高产试验田。然后再请到祠堂大厅里坐下，递上井水浸过的手巾，再送上碧绿的热茶，边歇着边听经验介绍。

这一天参观的人当中，有一个大概是搞农技的，学得特别认真，问得也特别详细。掐了一穗稻，数了粒，还要包回去称，又看每一苑稻，发了多少棵，还问插秧的行距、棵距。大队长被问得一件白褂子湿了半件，可是那位参观的同志还在又惊叹又奇怪地问："稻子长得这么密，通风问题你们怎么解决的呢？"

"嗯！……用竹竿……"老韩正在支吾，不料后面有个人说话了。

"用风扇扇！城里不有那电风扇吗？往里扇！"原来老寿抱着鞭杆还没走，也跟着来了。陪同参观的社员一听，差点笑出声来，老韩可没这份闲心，急得转身向他竖竖眉毛，抬抬下巴，意思让他快走。老寿也不是不懂，他也急，趁着支书瞅着他的机会，又急急地在胸前做了一个"八"字。可是老韩也不知看没看见，又转过身去了，因为参观的人也在急急地问："你们这里有电了吗？"

"没有。嗯，我们是用小马达，借拖拉机上的小马达……"老韩赶紧堵着漏洞，接着就恼火地对身边一个社员悄悄说道："叫老寿快赶车去！"

好不容易带大家看过了高产田，参观的人都坐在祠堂的大厅里听经验介绍了。

这有稿子，老韩比较自在了一些。介绍到社员们对高产的兴奋劲，编了个顺口溜，"一年种出四年稻，今后生活甭提有多好，拍大腿，唱小调，共产主义眼看就来到……"不过他说着说着，总觉得窗外有个什么在晃动，抬头一看，老寿抱着鞭杆，站在窗外直瞪自己。一看到老韩看他了，又伸手做了一个"八"字，两个手指还直晃晃。看得出老寿也急了。老韩没办法，只好请大家等一等，走了出来，便一把拉了老寿，走到院中央那株大榆树后面，才轻声说道："咋的！大爷你今天是犯了'八'字病了？"

"唉！我就是没灾没病，喝得下，吃得香才着急呢！老韩哪，大伙儿都说这四车粮食不能走啊！要送走，咱口粮一天只有八大两啦！"老寿又做了一个大大的"八"字。

老韩叹了口气，拉起敞着的衣襟，抹了抹满脑门的汗，说道："没法，上面是按产量征购的。甘书记说一定得送。"

"你不能再跟甘书记说说，他心里明白，这是咋个高产法儿的。"

"说了，叫送。"老韩已有点不耐烦了。

"那……咱还得再耐着点性子，再去说说，啊？"老寿首先表现了自己的耐心，一脸的笑，笑得眼睛都弯了起来，说道，"咱肩上掮着几百口子呢！这八大两咋过？"

老韩紧蹙着眉没开口，只是直摇头。这种地方，老寿就不大会看气色了，他还在用手背拍着支书的胸，顺便又做了一个不大明确的"八"字，说："这个数，总不行。甘书记总不能不顾几百号人的嘴吧！……"

"寿大爷，你别背时了。叫咱送咱就送，说了有屁用。"老韩窝了一肚子的火，冲着老寿来了。老寿倒并不觉得这是对自己的不恭敬，他仍然含笑说道："下级服从上级，我懂。不过，还不兴说说咱的难处？"

老韩实在不耐烦了。"你去说吧！我没工夫了！"说着扭头就走了。剩下老寿一个人站在那里，他慢慢地搔着下巴上的胡楂，心里说着："没办法，叫我去说，我就去说吧！不过，车子，还得赶了去。意见归意见，服从归服从，他要同意呢，咱就拉回来。面条饺子可不能下在一锅里。"老寿打定了主意，就叫上三个老头帮着赶车，一气奔到了公社。可是公社的同志说，甘书记如今是县委副书记兼公社书记了。现在省里领导下来了人，他去接待、汇报了。

"没办法，只好委屈这几匹哑巴牲口，上县里走一趟了。"老寿并没有泄气，倒反更来了劲，干脆脱了褂子，单穿一件粗夏布的背心，跳上车又要走了。这时候那三个跟来的老头打退堂鼓了，说："拉倒吧！老寿，咱几个上县里去算是哪门子呀！"

"哎！这，你们就错了。"老寿的长眉毛飞舞了起来，"咱去咱八路的县政府，这可不又对路又对门哪！"

"人家甘书记正跟省里的领导说话，咱去了往哪站啊？"

"这，你们又不懂了。省领导又不是客，他们下来是为了工作。工作，就是为了咱。说不定当场给咱解决了困难，叫咱把粮拉回去。这也叫老韩看看，咱这些背时老头办事的麻利劲！"说着就跳上大车，甩了个响鞭，直奔县委。

老寿的估计不是一切都错了，也不是一切都对了。县委的大院没有进得去，粮食交到了收购站，老寿他们在门卫旁边的接待室里坐了两个小时，甘书记总算见到了。一见面，老寿还没开口，他就语重心长地说道："不是我一见面就批评你们。你们的眼光太浅了，整天盯着几颗粮食。现在的形势是一天等于二十年，要跑步进入共产主义的时候，一步差劲，就要落后。你们老同志更应该听党的话，想想过去战争年代，那时候，咱算过七大两、八大两吗？……"

一席话，说得老寿低头无语，坐着空车回去的路上，也没吭声。他把鞭杆插在车帮上，任牲口自在地走着，他则是眯着眼，肚子里推开了磨。甘书记的话是句句在理，过去真的没计较过七大两、八大两，为了将来能过上好日子，饿肚子也没叫苦的。现在看样子，这好日子还要在将来……将来又是什么时候呢？这一点，甘书记没说。要是从前老甘的话，也许不会让大家只吃八大两。……哎！谁知道呢！兴许是自己老背时了，老落后了。他想不清。随着大车的颠簸，他倒有点蒙眬起来了。

二 老甘不一定就是甘书记，也不一定就不是甘书记，不过老寿还是这个老寿

一九四七年的冬天刚开始，就给穷人来了个下马威，冻得舌头都僵了。这里正跟敌人"拉锯"，土改还没开始。老寿仍裹着他那件破棉袄，腰里扎了根绳子，背着个小粪筐，在外转了一天，现在天都黑净了，才跑回家来。一进门就对老伴说："有吃的吗？给一口，肚里都结冰了。"说着就丢下粪筐，蹲到灶门前，拨着余火，烤着打战战的身子。

老寿的老婆是个苦死累死不讨饶的硬女人，就是爱唠叨几句。照老寿的话说，"是个贤德的人，话多，也多在理上"。

老伴一看老寿冻成这样，心疼了："这一整天都没吃？"

"上哪吃去？"老寿用烤热的手，使劲擦着脸。老伴急忙掀锅盖，一碗现成的红薯叶玉米糊糊坐在热水里，她又特别优待，拿下馍馍筐子，掰了一大块高粱饼子给他，一边给，一边轻轻问道："有情况啦？"

"还乡团领着一个团的匪兵，还带了两把铡刀，已经到了镇上。"

"那快给县大队报信呀！"

"我又不傻。这不刚从老甘那里来。"老寿耸了耸眉毛，端起了碗。但还没顾上喝，又把碗放在锅台上，从怀里掏出了四条干粮袋，眼瞅着

地上说道："老甘他们决定今晚就蹿到敌人后面去，让过这股锋头，再打回来。他们到新区去，吃粮怕有难处……"

老伴一看这情景就明白了，也不等他把话说完，就揭开小木柜，拎出个面口袋，摔到老寿怀里，说道："就这点高粱面了，这天寒地冻，咱不吃，叫孩子也不吃？你看着办吧！"

"有难处，这不假啊！"老寿仍旧两眼瞅着地上，说道："可是我是个在党的人。再说我们冷了、饿了，在家还能烤烤火，摘把野菜。老甘他们走出这么远去，还不知睡哪里，吃什么呢！这不都是为了咱……"

"唉！装吧装吧！啰嗦个啥！我才说了两句，你就说了一大套，谁不知道革命就是为了咱穷老百姓呀！"

"对！你是个明白人，都怪我嘴碎。说实在的，这点粮还不够他们吃一顿的，不过是个心，给防个急。回头老甘要从这里过，我让他来拿的。"老寿就这么检讨着，说着，和老伴一起把高粱面装进了干粮袋。最后面袋空了，而四条干粮袋只装了三条。

"该够啊！一条干粮袋装三斤，三四一十二。"老寿捏着那只空的干粮袋，踢踏着脚，转了一个身，又眼望着地，说道："我咋记得家里还有十五斤高粱面呢！"

"这两天没吃啊？正巧我今天又烙了饼。""饼！也行啊！把饼切成小条条，装进去也成啊！"说着也没敢抬头，拿起刀就切老伴优待自己的那半拉饼子。这一次，老伴没吭气，把饼筐子递过来了。老寿把饼切好，装进口袋，然后端起灶台上那碗糊糊，看了看，重又坐到锅里，用手掌抹了抹嘴，说："留给铁栓吧！"

"你喝了它吧！"老伴眼里已转了半晌的泪，到底流了下来。

"别难过，等解放以后，那时候啊！……嗨！到共产主义那更美了，吃香的，喝辣的，任挑。"老寿吹灭了灯，又在灶门前蹲了下来，一边想着将来，一边等着老甘那轻轻的叩门声。

村里的狗，叫了几声，老甘来了。老寿在黑地里递上四条干粮袋，最难受的是他不得不说明其中有一袋是饼条子。

"老寿，你放心。哪里有老百姓就饿不着咱们。你们这点心，我带去防个急用。"

老甘紧紧捏了捏老寿的手就走了。

老寿看他走远了，回身进屋关门。一摸，门栓上挂着两条干粮袋，老甘只拿了一半上了远路。打仗的人，留下了一半安家的粮。老寿悄悄地用手掌抹去两眼的热泪，把门关上。

三　也不知是老寿背了"时"，还是"时"背了老寿

老寿悄悄地用手掌拭去了两汪眼泪，把车悄悄地赶回村里。那三个跟去的老头，在村头上就下了车各走各的。老寿一个人卸下牲口，牵到饲养院里。有那聪明人一见，便跟在后面问道："老寿上县委啦？甘书记请你吸红牡丹了吧！"

"你们走开吧！"老寿说。

"这，你就错了。"聪明人学着老寿的口气，"甘书记说了些啥，也给咱传达传达嘛！"

"行！"老寿把牲口拴到槽上，回过身来，扬着眉，颤着声说道："甘书记请我吸的黄烟，喝的绿茶，还捏着我的手，叫我放心，有党在，就饿不着老百姓。怎么样？够劲吧！"说完，老寿掉身就走了。

梨才鸡蛋大，老寿就搬上凉床，上梨园那个小窝棚里住去了。说是去守梨，实际呢，老寿也说不出为什么，他想清静些；再有，就把梨看护好。梨要甜的时候，最易招虫，有那种细虫，一咬就往里钻，钻到梨心，这梨就毁了。今年梨是大年，大伙儿可是指望着它，过冬的口粮，过年的新衣裳，都在这树上长着呢！于是老寿学着人家那有名气的水果的保养法儿，上小学讨来了一些废旧本子，把树上的小梨头也一个一个地用纸包了起来。这些土梨一包上纸，也显得娇贵了。这果园还从来没有这么排场过。社员们从梨园边上过，都抬头望着，高兴地招呼说："老寿哪！你也不敲锣，也不打鼓，一个人不声不吭也在搞'大跃进'啊！"

老寿说："跃进不跃进，我不在行，我就想让虫少咬一个梨。"

白天他爬上爬下包着一个一个的小梨头。晚上就坐在小窝棚前面，望着一天的繁星。有时，这里那里会点起一溜汽灯：有人在挑灯夜战。老寿一个人吧嗒着旱烟，这时候，他才觉出自己心里有忧，有愁，还不知为什么有点伤心。他说不出，但总觉得现在的革命，不像过去那么真

刀真枪，干部和老百姓的情分，也没过去那样实心实意。现在好像掺了假，革命有点像变戏法，亩产一万二，一万四，自己大队变出了一个一万六。为什么变戏法？变给谁看呢？……说起来也丢人，种地的人心里都有数，可是装得真像有那么一回事，还一层层向上报喜。看来戏法还是变给上面看的，这，这革命为了谁呀！……

"颠倒了，倒过来了……"老寿捏着早已熄灭的旱烟杆，喃喃着。这不，做工作不是真正为了老百姓，反要老百姓花了功夫，变着法儿让领导听着开心，看着满意。老百姓高兴不高兴，没人问了。老寿一想到这里，心里顿时害怕起来，吓得手脚都凉了。可不得了，咱这不是有点反领导的意思了吗？……甘书记劝我要听党的话，难道自己真的跟党有了二心？

"杀了头也不能有这个心啊！"老寿陡地站了起来，当即离了窝棚，当即走出梨园，当即找到支部书记老韩的家里，他要原原本本，向党反映反映自己的思想，表明自己跟党没有二心。

当他推开老韩家的堂屋门，就一只脚门里，一只脚门外，愣住了。原来甘书记带着他那个秘书正坐在里面。甘书记一见了老寿，便笑道："哦！你来得正好，上次你对领导提了些意见，……"

"我，……我，"老寿这时恨不得浑身都长出嘴来，把一肚的话全吐出来，但是越急越是说不出来，脸也红了，口也吃了，心也跳了，挣了一会儿，才挣出一句话来，"我，我就是来说说这……"

"不要说了。上次你提的意见很好嘛！现在我就到你们队来蹲点，要来个全党大办粮食，扎扎实实解决粮食问题，把一切可以种粮的地，都要种上粮。粮是宝中宝，要以粮为纲嘛！你说对不对？"

"对！对！"老寿边说边朝老韩看看。老韩低着头在吸烟，没搭腔。

"很好。"甘书记果断地说，"你是老党员，事先跟你打个招呼，这是党对你的爱护。现在形势发展这么快，争取不犯错误，就是前进。"说到这里，甘书记也向老韩看了一眼。老韩还是低着头抽烟，一声不吭。老寿听不大懂，心里琢磨着，是不是嫌亩产一万六千斤还不够高？正想着，甘书记又说话了，不过不是对老寿说的："我看应该写个简报，争取三天三夜改变原貌，应该有这种事不隔夜、雷厉风行的作风，老韩，你看怎么样？"

"哎！"老韩应了一声，声音就像是大病当中的呻吟。

"好！"甘书记就向秘书说："那你就起草吧！"接着又对老韩说："你也别蹲在屋里，去发动社员写写决心书，搞出一些声势来。老寿，你是看梨园的，更应该表个决心。"

"我，我决心早下了，跟党没有二心。"老寿终于抓紧机会，说出了梗在心里的一句要紧话。

"好！很好！"甘书记听了以后，竟站起身来，握着老寿的手摇了一下，说道，"那你就来带这个头，你先写了贴出去，我给你写到简报里去。"

老寿又是意外，又是激动，又有点茫然，说："写啥！咋写？"

老韩抬起眼，看到老寿抖动着眉毛，手足无措的样子，便站起身来，说道："走吧！我告诉你咋写。"说完就和老寿一起走出门，走出院子，一直走到村道上了，老韩还没吱声，老寿心又跳起来了，说："到底咋回事，你吭个声啊！"

"你听着，老寿，"老韩显得十分乏力地说道，"领导已决定把梨园砍掉，让出地来种麦。"

"啥？"老寿猛地收住了脚。

"今晚上就要组织劳力干了。甘书记不是说了限三天三夜？要放倒树，整好地，下好种，要改变面貌，这是要上报的。"

"毁了！这下全毁了！"老寿腿一软，坐到了地上。他恨不得在地上打滚，可是他连打滚的力气都没了。

"你胡说啥呀！"老韩一把拉起了老寿，说道，"你不要忘记自己是个党员。"

"……大伙儿……大伙儿都指望着今年的梨呀！"老寿说到这里，心里像是插上了一把刀，他捶胸顿脚地干号了起来。老韩一看他这样，便猛喝了一声："你疯啦？你……"话没说完，老寿骤然停止了号哭，把脸凑到老韩的脸前，说道："你，你手摸胸膛说一句，这样干对不对？……你说呀！这样做，咱对得起谁？对得起党？对得起老少社员？你说呀！……你为什么不言语？……你亏心！你孬种！我去跟他说。"说着就返身要走。老韩一把拉住了说道："你这是怎么啦？这事是上面有文的。"

"上面的文也得听听老百姓的。"老寿不知哪来的劲，一下甩开了老韩的手，回头就往甘书记住的院里走去。

四 "大地啊！母亲"不是诗人创造的

老寿走进屋子，又走出来，走出来又走进去，他睡不着啊！走到第八次的时候，星星已经淡下去了，鸡叫了第一遍。

老寿伫立在屋前的枣树下，听着那炒豆似的机枪、大炮声轰轰地连成了串，天上的照明弹，一挂就是一大溜。千里淮海平原，会集了百万大军，把敌人搓成一球一球地围了起来。捷报，捷报，又一个捷报。这样的大战，真是百世难遇啊！远道来的粮车，像一道道流不完的长流水，成日成夜吱扭吱扭地往前送。千里之外的老百姓，都在为淮海大战贡献力量，可是咱呢？……老寿想到这里，心里像开了的锅，身上那件三层新的棉袄，烧得他前胸后背尽冒汗。

鸡啼二遍的时候，副区长老甘来了。他刚一进门，老寿都不敢认他了。才几天没见，他瘦落了形，眼窝塌下去了，腮帮子凹下去了，一脸黑茬茬的络腮胡子，围着一张干裂的嘴，裂开的血口子都发了黑。他一进门，就背靠着炕沿，坐倒在蒲垫上，说："老寿，快帮我通知党团员、积极分子，马上来开个会。还有……你有没有热水，给我一碗。"

"有！有！"老寿连连应着，走出门去，伸手就在屋檐上，使劲拽了两把屋草，进来就填进灶膛里，点着了火。老寿在锅里添了水，又敲了四个鸡蛋。一边忙一边说道："老甘哪，遇见啥困难了，你开口嘛！"

"啥困难？柴草！老寿，解放军打这样的大仗，粮食不用咱筹划，咱连个柴草都供不上，像话吗？"老甘说着，一边使劲地用手搓着脸，胡茬子搓得唰唰响。

"土地庙拆了，土改前的那些小破屋也拆了，还有啥？啊！"

是啊，还有啥呢？老寿的老伴刚去世，她心爱的小木柜子上次也支援了前线。

"别着急，咱再合计合计。"老寿把一碗滚热的汤鸡蛋端到老甘面前的矮桌上，就急急出门去通知人了。

等到老韩和其他党团员、积极分子十多个人，跟着老寿走到屋里，只见老甘背靠着炕，双手搭在匣子枪上，头歪到肩膀上睡得正香，桌上那碗汤鸡蛋已经冰凉了。大伙儿蹑着脚，悄悄地围着那个睡着了的人，蹲下来，坐下来，开了一个哑巴会，议题是明白的：柴草。大家你看着我，我看着你，谁也没有说一句话，可是大家都被紧急地动员了起来：柴草。

最后，大家看着老甘睡沉了的脸，相互坚决的眼色，点点头，散了会。

老寿送大伙儿走出屋去，没再进来。他站在屋前的枣树下发起愣来。这枣树不大，可是结的小甜枣，可真没说的，土改时，老伴对分进的这三间草屋倒不怎样，可是对屋前这七棵枣树，喜得几宿都没合上眼，头年打下的枣，她只给正要去参军的儿子铁栓尝了几颗，全部都送到了部队，慰劳了解放军。

"铁栓娘，还是你想得好啊！"老寿在心里跟老伴合计着，"可不，你早就想到了慰劳解放军。"

鸡叫三遍，晨曦初露的时候，老寿已脱了棉袄，抡起斧子，"哼"的一声，向枣树砍了下去，树不大，老寿哼了三下，树就倒了，枝梢上还带着几颗红透了的枣子。起早的孩子们欢叫着，一哄而上。老寿却笑得眼睛弯弯的，打量这棵树，捆捆扎扎，不过担把光景，七棵树，不过七担柴。

"少是少了点儿，总比没有的强。"老寿想着，又"哼"的一声，向第二棵枣树砍了下去。当他砍到第五棵的时候，他的膀子叫人从后面抱住了。回头一看，是老甘，再一看，周围站着的，不尽是孩子，村里的一些爷们也站在那里，默默地看着。老寿笑着说："这地里的东西嘛！去了还能再长。去了枣树种梨树，咱拿枣儿换梨吃。那梨又水灵又甜，比枣强多了。"

老甘紧紧捏着老寿的膀子，眼里转着泪花，说："将来我们点灯不用油，耕地不用牛，当然也有各种各样的果园。不过现在，你还是留两棵给孩子们解解馋吧！"

说话时，那些参加哑巴会的，也有没有参加的，挑的挑，扛的扛，都来了。大木柜，石榴树，旧水车，洋槐树，一个老大爷带了两个孩子，抬来了一副板，老大爷挤到老甘面前说："咱没树，我有副寿材板，可行？"

老甘没有说话，他环顾着大家，又仔细地看着一件件的东西，最后说道："老少爷们，革命的衣食父母，你们对革命的贡献，党是不会忘记的。"

这个不算大的村落里，一天放倒了二百多棵树，于是村子成了赤膊村。老甘含着两眶热泪，从这个小小的赤膊村里，运走了一千担硬柴。

第二年的春天，当百万雄师飞渡长江的时候，老寿为村里果园培育的梨树苗苗，已有筷子长了。当村里有人来看望苗苗的时候，这是老寿最高兴的事情了，眉毛一耸一耸地说："桃三梨四，大伙儿算算看，再过四年，老甘说的那种铁牛，咱不牵它三五条回来才有鬼呢！"说着就坐在苗圃边的田埂上，抱着膝盖，乐得直摇晃身子。

五　一味的梨呀！梨呀！哪像个革命的样子

老寿坐在窝棚前的地上，抱着膝盖，摇晃着身子，嘴里喃喃着什么，像傻了一样。刚才甘书记已经说了，现在革命深入了，要不是看着他是个老同志，早把他当绊脚石搬掉了。社员们见老寿这模样，含着眼泪劝他，哄他，拉着架着地把他弄回家去。可是过不了一会儿，老寿又摇摇晃晃地走回来，重又坐在窝棚前的地上，抱着膝盖，摇晃着身子，眼睁睁地看着那汽灯抬来了，锯子斧子搬来了，锣鼓家什敲起来了，社员们举起斧子，梨树倒下来了，那用纸包裹着的青梨，也跟着横在了地上。老寿身子摇得更厉害了，嘴里叨叨得也更响了，他唤着："老甘哪！你来呀！咱那老甘哪，你怎么不见啦！……"他唤着，同时用手小心地把包梨的纸扒拉开来，原先像鸡蛋大的青梨，已足足大了一圈，颜色也转淡了一些。

"哎！"老寿长长地呻吟了一声，就霍地站立起来，直愣愣地走到参加夜战的甘书记面前，他想说："凭良心，你限时限刻把梨树砍光，是真为了革命？是真为了夺秋粮？你这是欺弄人，你这是为了向上报喜，你这是假革命！"可是老寿并没吃过豹子胆，他也没这口才。他摇摇晃晃，站在甘书记面前，只是喃喃地说道："再等二十天，只要二十天，梨熟了再砍，啊？等梨下来了就砍，啊？麦子先下在树行间，不耽误啊！"

老韩在旁一听，替他捏汗，便抢着说道："老寿，你不要再说了。三天要改变面貌，这是党的决定。"

"甘书记，不能等了？二十天也不行？"老寿仍不死心。

"不行！"甘书记面容严肃，说道，"我们现在不是闹生产，这是闹革命！需要的时候，命都要豁上，你还是梨呀，梨呀！还是一个党员，像话吗？"

"哎！"老寿像是受了伤，痛苦地唤了一声，就两手扒开了衣裳，露出了瘦骨嶙峋的胸膛，哑声地说道，"拿去吧！为革命我没怕死过。把我这块石头搬了吧！我是块石头，绊脚的石头，我赶不了这形势，我闹不来这革命，我想不通，把我搬掉吧！搬掉吧！……"

老韩急忙喝道："老寿你喝醉啦？快回去。"甘书记却摇头叹惜道："可见这场革命考人。他要向右倒，想拉也拉不住啊！"

终于，老寿被搬了石头，撤销了他生产队队委、梨园管理负责人等职。然后，甘书记主持召开了支部大会，认为老寿是个典型的、自己跳出来的右倾分子。给予留党察看两年的处分。甘书记说："这还是照顾他是个老同志，否则的话……"当然，这事也及时写了简报，说明以粮为纲也是在斗争中取得胜利的。

老寿一下变老了，皱纹深了，人也佝偻了，整天坐在屋门前那两棵枣树下。人说他在打盹，他自己说他睡不着，晚上也睡不着。他那双蒙眬的双眼，总是一动不动地在望着什么。

也许是望着那没有梨树的梨园！那里虽然已撒下麦种，不过梨树的根还埋在地下。甘书记完成了任务，回县去了，大队也已得到了通报表扬。正因为得到了表扬，又是甘书记抓的点，大队得到的化肥、城镇劳力的支援、救济粮都比别队多，所以老寿担心的每天八大两倒没成问题。有点变化的是甘书记已经不兼公社书记，是县里分工抓棉粮油的书记了。

不过，看来他也不像在望梨园。老寿自从那天从党员会上回来以后，他再也没有提过梨园，更不问队里的事。他那蒙眬的两眼，一动不动地望着一个地方，可以半天也不改动一下姿态。只是偶尔翕动着嘴，像是在跟人说话，有时也举起那须眉全白了的头，看看树上的枣儿是不是有红了的。

这也是老寿脾性上的一个改变。往年，枣儿等不到红，就全给孩子们钩个光，本来，这就是给孩子们解馋的嘛！可是今年变了，老寿不许孩子们动一个，连自己那宝贝孙子也不给，摘下来的枣，全晒了起来。有时，他就不吃饭，抓把枣当饭，儿子媳妇问他干吗这样，他轻轻说道："我试试，看能耐饥不？"说着又似睡非睡地待着不动了。

这蒙眬的双眼，有人说是精神失常的症状，有人说是气恼苦闷的表现，有人说是他在回忆过去，怀念老甘。谁知道呢！这蒙眬的双眼里，到底变幻着什么？……

六　老寿心里发生的一切，是发生在心里吗

反侵略战争爆发了。真正考验人的时候到了。有些基干民兵参了军。老韩天天被叫去开会，一开会就要净拣那些好听的说，因为上面要看汇报呢！

村子里一下冷清了，人心都有点发紧。敌人虽然离得还远，但是那飞机却是呼呼地，没日没夜地在头顶上转，转一圈就翘起屁股下蛋，黑烟柱一个一个冲得半天高。村里有那胆小的，没经过战争锻炼的，就像掐了头的苍蝇瞎闯，更加上还有坏人的造谣惑众。眼看着人心要散了。

这时候，老寿打定了主意，站出来了。在组织里的人嘛，他不出来谁出来！他浑身披挂得又利索又威武。腿上绑腿打得紧腾腾的，腰扎宽皮带，左右掖着四个手榴弹，左肩斜背一支牛角号，右肩斜背着一条干粮袋。老寿对大伙儿说话了："没事，啥事也没。咱的老甘在，就在西边那架大山的对面。俺这就去找他。有了他，胜利就是咱的。现在敌人不过是派些飞机来撅屁股拉屎，怕他怎的。当年淮海大战，那个枪子炮弹，哗哗地像下雹子。咱那口子在擀面条，说是缺个小葱，还走出一里地去，到她娘家后院里掐了几根，又走回来，根本不理那个茬。咱眼下第一要紧的事，是要组织起来。我说得分一拨人去挖防空洞，民兵呢，

得在仓库前面站一个岗，村前村后是巡回流动哨，祠堂的屋顶高，在那里再安一个防空哨。敌机来了，要是过路的，咱不睬它，要是奔着咱来的，就吹号报警，大家就钻洞。敌机一走，再吹号，咱该干啥就干啥。"不知怎么的，老寿变得怪能说话了，而且腿脚也灵便了。说着，把牛角号交给了民兵，自己把干粮袋背好，说："第二要紧的事，是把老甘找回来。我这就去。大家说说可在理?"

乡亲们听完以后，一片声地说道："这就合上榫了。这才是正理。快去把咱的老甘找回吧! 有了他，咱们怎么难，都能打胜仗。"乡亲们递给老寿一根梨木削成的棍杖; 乡亲们递给老寿一袋炒得喷鼻香的小麦面，说道："好老寿，你可要把咱的老甘找回来呀!"

老寿接受了委托，告辞了乡亲，直往西边的大山奔去。

山哪! 好高哦! 老寿却头也不抬，只顾一步一步往上攀。他知道，山高望不见顶，可是走是能走到顶的。只要这么一步一步登上去，登上去。这山哪! 好险哦! 岌岌的悬崖，沉沉的深渊，怪石流沙，没有现成的路。但是老寿目不旁顾。他知道，只要脚底下踩得稳稳的，就摔不死人。他翻过一架山，又有一架更高的山，翻过更高的山，还有更高更高的山。这山哪! 多深哦! 没有人迹，也没有战争的烽烟。这里有的是奇寒，大苍雪，冷风，还有山石上的冰凌。为找老甘他披着霜雪，涉过溪流，踏破了山鞋，挂破了衣裳，为找老甘，他终于爬到了山巅上。望望山那边，跟他来的路上一样，是一片苍苍莽莽的大地，伸展开去，似乎无垠无极。这上哪里去找? 这上哪里去寻? 老寿张开双臂，从肺腑里发出一声呼号："老甘哪! 回来呀! 咱有话对你说，咱有事跟你商量!"

"……老甘! ……老甘! ……回来! ……回来! ……商量! ……商量! ……"

荒山深谷里的回声，也似乎在帮他寻找，一递一声地把声音传到很远很远的地方。

"回来呀! 跟咱同患难的人! 回来呀! 为咱受煎熬的人! 回来啊! 咱们党的光荣! 回来啊! 咱们胜利的保证!"老寿嘶声地喊着，回声也以加倍宏大的声音响应起来:

"回来! 回来! ……党的光荣，胜利的保证……"

……雪又密密地飘落下来，把老寿来的足迹掩盖了，把老寿要去的路，铺垫得厚厚的，洁白然而难行。

几天以后，老寿疲惫地回来了。他没有找到老甘，不过已打听到了他的下落。

有人清清楚楚地告诉他，老甘哪，他不在大山的那一边，他在一个最美的地方。那里的山上树成林，那里的山腰上，茶园果园成片，那里山下五谷丰登、六畜兴旺。哪里最美，哪里就是他工作的地方。

老寿心里有了底，准备回来把吃空了的干粮袋，重新装满。换去磨烂了的鞋，歇息走乏了的腿，然后再出发去找。可是当他刚刚走到村边，就遇上了敌机的扫射，他前后左右的土，都被打得噗噗直响，村里烟火冲天，老寿知道不好，便猫着腰，一口气奔进村里。果然，队里的粮仓中了弹。

真金哪怕烈火烧，老寿大喊了一声："救粮仓要紧。"就一个鹞子翻身，从倒塌的墙上，翻进了火焰直蹿的仓库。可是大家一进尘烟弥漫的仓库，都愣了。原来仓库里空空荡荡，既没有重重叠叠的粮袋，也没有大大小小的粮囤，只有靠墙放着几个口袋，插的标签上写明是各式种子。当大家拎着出来的时候，房梁屋顶就一齐倒了下来。

打仗怕的就是粮尽弹绝。仓库的底一露馅，大伙儿心里立时坠上了千斤石。就在这当儿，老寿报告了老甘的下落，同时老韩也跑来说，情况有了变化，敌人在附近降下了伞兵。于是当场大家一条声地推老寿带队，决定一起去找老甘，带上骡马、牛羊，愿跟老甘一起上山，一起钻洞，一起抗敌，一起胜利。决定以后，各自回去准备，约定半夜以老寿的牛角号为准，一起动身起程。

老寿回到家里，打好了背包，换好了鞋，把干枣灌进干粮袋，当一切准备停当的时候，忽然有人轻轻叩了三下门。

啊！这不是老甘吗？他就是这么敲门的，难道真把他给盼来了？老寿赶紧拔栓开门，一看，不禁吓了一跳。进来的却是甘书记，他蓬乱着头，身上又是雪又是泥，没有一个跟随的人，手里捏着一条空空的干粮袋，一进来就把门关上，气喘吁吁地说道："后面有人朝我放枪！"

"胡说！你动摇军心。"老寿威严地说道。

"是真的。我跟你们一起行动吧！我不能一个人走。"

"这得问问大伙儿。"

"胡说！我是你们的领导。"

"这也得问问大伙儿。"老寿认准了一个理，而且竟都说出来了。他自己都觉着奇怪，自己的胆子怎么会这么大。

"谁都知道我是个领导干部，只有反党分子才不承认。我这是好意才提醒你这些话。快给我装上干粮，我带领你们行动。"甘书记说着就递上了那条空粮袋。

"我没有粮食。"老寿决断地说。

"哼！看你那粮袋鼓鼓的，还说没有？"甘书记冷笑一声，说，"不装也不要紧。我是干部，有你们吃的，就有我的一份。"说着从口袋里掏出一张纸来，晃了晃，说，"这是有文的，规定的。"

"有文！有文也没有粮食给你吃。我这是干枣。"

"干枣就干枣。"说着，他就张开了袋口来接。

老寿气得正要爆发，忽然响起了"砰！啪！"两下震耳的声音。这是啥！

七　这不是结尾

冲天炮一个接一个地蹿上了半空，还夹着一挂一挂的小鞭炮，噼噼啪啪地响个不停。

"爷爷，爷爷！"孙儿摇着老寿，兴高采烈地报告说，"咱大队炼出钢来啦！用坩埚炼出来的。快去看呀！"

老寿努力睁大蒙眬的眼睛，茫然地说道："炼钢？谁炼钢？那，那老甘呢？仗不打啦？……"

"你说啥呀！爷爷。我说咱大队自己炼出钢来啦！有了钢，咱就可以造拖拉机了。"

"哦！拖拉机……"老寿想起很早很早以前，老甘是说过耕地不用牛的。

"拖拉机，那敢情好！可是……"可是老寿又觉得自己种了一辈子庄稼，如今又要去炼钢，又要造拖拉机，他更加迷惘起来。全白了的长眉下面，眼睛又蒙眬地合了起来。慢慢地，从他那合起的眼睛里，迸出了两颗混浊的泪水。他还想在梦幻中去找回那威武雄壮的故事来，但现在连这也隐遁了。他依然是一块背时的石头，被人搬到了路边的一块绊脚的石头。

"对呀，为什么不真的找老甘去?"老寿猛然睁大了眼睛，醒悟过来，"我找老甘去。跟他说说去。他会告诉我，这是咋回事，这到底是谁背了时!"老寿颤巍巍地站了起来，颤巍巍地走出村去。……

结尾于一九七九年元月，老寿老甘重逢之时，互诉衷肠之际。奋斗，寻求多少年的理想，多少年，多少代价啊! 终于付于实现之年，中国人民大喜、大幸、大干之年。

犯人李铜钟的故事

张一弓

一 清明时节

清明时节为什么总要下雨呢？那无声的、细细密密的雨丝，如同编织着银色的网，和纷乱的思绪纠结一起，笼罩在地委书记田振山的心头。

田振山正坐在吉普车上，去一个偏僻的山区小县，参加一个党支部书记的平反大会。

这位支部书记离开人世已经十九年了。十九年来，历史给人们带来多少意外的纷扰，开了多少严峻的玩笑啊！但是，田振山始终没有忘记这个人——李铜钟，这个出生在逃荒路上、十岁那年就去给财主放羊的小长工，这个土改时的民兵队长、抗美援朝的志愿兵，这个复员残疾军人、李家寨大队的"瘸腿支书"李铜钟。就是这样一个李铜钟，临死却变成"勾结靠山店粮站主任，煽动不明真相的群众，抢劫国家粮食仓库的首犯"李铜钟了。

而现在，历史又做出新的判决：李铜钟无罪。尽管县委、地委对于李铜钟的平反有过激烈的争论，尽管做出平反决定以后还有一些同志对此忧心忡忡，新上任的地委书记还是决定亲自参加这次平反大会。为了让活着的人们更加聪明起来，为了把人间的事情料理得更好一些，他要到那个阔别十九年的小山寨里去，到那个被野草覆盖着的坟头上去，为一个戴着镣铐的鬼魂去掉镣铐了。

吉普车在山区公路上颠簸着，疾驶着。田振山打开车窗，让清凉的山风把无声的细雨吹洒在他刻满皱纹的脸庞上，他合上眼睛，想起了那个发生在十九年前的奇异的故事。……

二　春荒

党支部书记李铜钟变成抢劫犯李铜钟，是在公元一九六〇年春天。这个该诅咒的春天，是跟罕见的饥荒一起，来到李家寨的。

自从立春那天把最后一瓦盆玉米面糊搅到那口装了五担水的大锅里以后，李家寨大口小口四百九十多口，已经吃了三天清水煮萝卜。晌午，"三堂总管"——三个小队食堂的总保管老杠叔，蹲在米光面净的库房旮旯里，偷偷哭起来："老天爷呀！嗳嗳嗳嗳……你睁睁眼吧……你不能叫俺再挎要饭篮，嗳嗳嗳嗳……"

哭，也是一种传染病。老杠叔的哭声从没有关严的门缝里溜出来，首先传染给那些掂着饭罐来食堂打汤的老婆婆们，接着又传染给那些家里有孩子喊饥的年轻媳妇们，再往后，就变成连男人们也无法抗拒的一场瘟疫了。

"不能哭，不能哭。"沉重的假腿在雪地里"咯吱咯吱"响着，李铜钟从大队部跑过来，向大家讲着不能哭的道理，"哭多了，眼要疼，头要晕哩；哭多了，也要伤身体哩。我眼下再去公社问问，说不定统销粮有消息啦！"

哭声平息了。大家都无言地望着年轻的支书。这个百里挑一的强壮汉子，也明显地饿走样了。他眼皮虚肿着，好像能掐出水来，四方脸庞上塌下了两个坑儿。但他颠拐着七斤半重的假腿向村外走去的时候，却把屋里人张翠英递给他的柳木棍扔得远远的，穿着褪色军大衣的五尺四寸五的身个儿照旧挺得笔直，网着血丝的黑沉沉的大眼睛里还在打闪哩。那姿态和眼神都仿佛告诉大家：这个复员兵，还能打几仗哩。

李铜钟的心里却是沉重的。当他想着要向那位"带头书记"杨文秀要饭吃的时候，心里就充满了愤懑和忧郁。

"带头书记"原来是一位文采出众的小学教师，后来被提拔到县委宣传部当了干事。他辛辛苦苦干了五年，渐渐感到，在县委大院里，像他这样一个没有区、乡工作经验的人，往后能当上秘书，写一点"遵命文牍"就算到顶了，"鸡蛋壳里发面——没有大发头"啊！因此，一九五八年，他积极报名下基层工作，当了十里铺公社的党委书记。从此，他就把全副精力用在揣摩上级意图、并在三天之内拿出符合这种意图的典型经验上了。比如，他来十里铺上任以前，听说理论界提出了一国能不能首先进入共产主义的问题，他立即感到这同列宁提出的社会主义革命可以首先在一国或数国取得胜利的论断具有同等的意义。他依此类推，得出结论说，一个公社首先进入共产主义也是完全可能的。这个公社当然就是十里铺公社。因此，他上任第二天，就向大家宣布：十里铺公社两年进入共产主义。此后，他每天都要吸两包烟卷，那双好像用小刀子在脸上随便剜出来的小眼睛总是眯细着、眨动着、闪烁着神秘的光，盘算着十里铺公社各项工作怎样跑在前头，选择县委书记田振山没有外出的时机，向县委报喜。

过分卖力的时候，动作是容易变形的。上级意图——且不说这意图是否正确，一经杨文秀加工，就会变成一幅极其夸张的漫画。大办钢铁时，他命令村村队队砸锅炼铁，没收一切可以搜集来的铁器，门鼻、门搭钩无一幸免，通通砸碎，填到"小土群"里，吓得李铜钟的屋里人连连祷告，千万别叫炼铜，因为她的男人是"铜钟"。县委号召建立丰产方的时候，他又指示各队：丰产方一律建立在大路边，粉要搽在脸上。为了充分表现报纸上说的那种"老人赛过老黄忠，妇女赛过穆桂英"的冲天干劲，当检查团到来的时候，他让社员们化装劳动，锣鼓助威，老汉们挂着业余剧团的长胡子下地，妇女们穿着古装戏衣，打着穆桂英的"帅"字旗。

李铜钟用忧郁的目光望着这一切，他觉得新上任的公社书记整天都在演戏，在给上级演戏，巴望着受到赏识和喝彩。他嘱咐李家寨的干部："李家寨都是种地户，不是戏班子，咱不要他那花架子、木头刀。"

但是，李家寨也没能逃脱"带头书记"带来的一场灾难。去年天旱，加上前年种麦时钢铁兵团还在山上没回来，麦种得晚，一晚三分薄，秋庄稼又碰上"捏脖旱"，夏秋两季都比不上往年。而"带头书记"又带头提出了"大旱之年三不变"的豪迈口号：产量不变、对国家贡献不变、社员口粮不变。结果，两头的"不变"落空，只是经过"反瞒产"，才实现了中间那个"不变"。正是因为这个"不变"的缘故，在十里铺公社应该进入共产主义的时候，李铜钟不得不跛着腿，一趟接一趟地往公社跑着，向杨文秀汇报着使共产主义变得十分渺茫的春荒问题了。

每去公社一次，对李铜钟的忍耐力都是一次严重的考验。

第一次，是李家寨社员一天还能吃到"二大两"的时候，也是杨文秀把县委、县人委颁发的超额完成粮食征购任务的奖状挂到墙上的时候。

"李铜钟同志，"杨文秀的声音是严厉的，"你知道是哪些人叫喊粮食问题吗？"

"知道。"

"哪些人？"

"贫下中农。"

"你说啥？"杨文秀困窘地把烟卷举在空中，怔住了，但很快又在空中画一个圈儿，说，"新中农吧，是新的上中农嘛，同志，你的屁股不要再坐到富裕中农的板凳上了。"

没等李铜钟回话，"带头书记"已经迈着跃进式的步伐，冲出了小会议室。

第二次，是李家寨眼看就要断粮的时候，也是杨文秀亲眼看见李家寨的榆树皮已被剥光的时候。

"李家寨的口粮是有点紧张。"杨文秀避开了李铜钟的黑沉沉的眼睛，"可眼下的精神还是反右倾啊，反两眼向上的伸手派啊，不是我不愿向县里要粮食，就怕那顶右倾帽子不好戴啊！"

"你把帽子给我。"李铜钟沉声说，"只要反右倾能反出粮食，反出吃的，这右倾帽子，我戴一万年。"

"不要意气用事嘛，同志。"杨文秀踱着步子，说，"口粮不足，不光你一个李家寨嘛。听说地委正开保人保畜会，咱县田书记去了。等他回来，听听精神再说。你们食堂菜地种得不赖，再顶一阵子嘛。"

李铜钟，你有多么坚忍的忍耐力啊。但是，历史证明，肚子的忍耐力是有限度的。在吃了三天清水煮萝卜以后，食堂门口传来了社员们的哭声。虽然三天前李铜钟就托人给县委书记田振山送去了一封"告急信"，并按照李家寨坐头把交椅的文化人、会计崔文的建议，在信上画了三个像炸弹一样的"！"，但还没有收到回音。李铜钟只好再一次用他的假腿，"砰嗵、砰嗵"地敲打着公社门口的青石台阶了。

"铜钟，不用说了。"杨文秀推着自行车往门外走着，"田书记回来了，县委通知开会，专门研究社员生活，你回去等着吧。"

"可眼下？……"

杨文秀已经蹬上自行车，一阵风似的走了，但他回过头来喊叫："萝卜。"

李铜钟回来了。路过好汉坡时，他觉得头晕，脚不把滑，一下子栽倒在路沟里。他一动不动地躺在积雪上，没有力量爬起来。他很想这样躺下去，永远躺下去，不再起来了。但他想起还有几百口人在等着他，想起县委在开会，说不定田书记已经收到了那封告急信。于是，他吞了几口雪，挣扎着爬了起来。当他走到寨门外时，已经挺直了腰杆，对守在寨门洞里等他归来的干部们说："宰牛吧。"

三 "花狸虎"的悲剧

"把我宰了吧，把我煮锅里吧！"在三队饲养室里，李套老汉死死抓住"花狸虎"的缰绳，愤懑地喊叫着，"谁的主意，吃牲口？干脆把我吃了算拉倒！"

队长小宽牵着牲口说："套叔，你掂量掂量，保人、保畜，哪轻哪重？再说，这是大队的决定，俺铜钟哥拿的主张。"

"是铜钟？"李套老汉怔住了，他没想到这是他那个残疾儿子的主见。论家法，他是"领导"；论国法，铜钟可是上级哩。看来，"花狸虎"的命运已经不可改变了。"牛，牛，你牵走，这几槽牲口你都牵走，咱散伙，咱不过了！"李套老汉松了缰绳，不忍心再看"花狸虎"一眼，就坐在小板凳上，脸朝墙，哭起来。不多时，食堂屋后传来"哞哞"的牛叫声，他觉得那是"花狸虎"在叫他，好像一把刀剜着他的心，他眼前一黑，晕倒在草垛上。

几个社员把李套老汉抬到了家里。大队卫生室的王先生，拄着棍，匆匆跑来，用指头掐住李套老汉的"人中穴"，差点掐出血来，老汉才睁开眼，把窝在心里的那口气吐了出来。

儿媳妇小声问："爹，好些儿没？"

老公公只叹气，不吭声。

孙儿小囤儿趴在床头上："爷，谁惹你啦？"

爷爷只叹气，不吭声。

王先生把铜钟家叫到外间，板着脸说："人饿虚了，经不住急火攻心，没啥好方子，静养吧。"王先生叹口气，想着牛，拄着棍走了。

"花狸虎"已经被绳子捆住四条腿，卧倒在场上。它"哞哞"叫着，一双通人性的圆鼓鼓的眼睛，滴着蚕豆大的泪珠。它绝望地瞪着人们，好像在说：人啊，不要杀我，我还能犁地哩，七寸步犁也拉得动哩，杀了我，够你们吃几顿呢？李铜钟不忍心再看下去，悄悄离开了屠宰场。半路上，又忍不住勾回头，从拉起来的军大衣领子上看了"花狸虎"最后一眼。为了不让自己听见那"哞哞"的牛叫声，他拉下了棉帽耳朵。

铜钟听说爹晕倒了，急忙回家看爹。爹却偏过脸，对着墙，不理他。铜钟明白，爹是心疼"花狸虎"呀。记得是互助组转初级社那年，他带上复员费，跟爹去十里铺牲口市上牵回了这头牲口。俗话说，卖菜不卖筐，卖牲口不卖缰。他的复员费将够买这头大牛。爹就到山货行货场上捡了一根草绳，爹笑着说这是"金缰"，就用这根"金缰"把牲口牵了回来。一进村，爹就指着这头身上有黑色条纹的大牡牛，向组员们夸说："俺牵回来一头'花狸虎'，你看它那腿，就是四根柱。"家里窄狭，没处喂牲口，爹就把牲口拴到外屋大梁上。夜里，"花狸虎"啃断草绳，钻到里屋，吃了五斤棉花籽儿、六斤半谷种，还把装谷种的一口新铁锅撞到地下，摔了八瓣。"中，中，"爹又摸着胡子夸说，"好吃手，准是好套活。"转社时，爹叫翠英用扭秧歌用的红彩绸，结了个大绣球，挂在牛角上。爹又把一床新铺盖搭在牛背上，骄傲地牵着牛在村里游行，拐弯抹角走了四四一十六条胡同，才来到新盖起的饲养室。从此，他跟牛都在那里住下，度过了七个寒暑。如今，槽上虽说添了十几头大牲口，可爹对"花狸虎"总是有点偏心，他时常抚着牛背，说："社会主义是辆车，靠它拉的头一程。"

眼下，铜钟站在爹床前，抱愧地说："爹，'花狸虎'岁口嫌老些儿，……"

"不说这，不说这，……"爹的胡子哆嗦着。

"爹，等来年丰收后，我还您牲口，……"

"不说这，不说这，……"两行眼泪从爹的眼角里涌出来。

"爹，您是说？……"

"我是说，……"爹用胳膊撑起上半身，直愣愣地望着儿子，小声问，"你对爹说实话，……党还要咱不要啦？……"爹忽然咬住被角，瘦削的肩膀猛烈地抽动起来。

"党要咱，党要咱。"铜钟抑制了内心的激动，凄然地说，"党不知道咱忍饥，……"

"那就好，那就好！"爹又挣扎着坐起来，哀怜地望着儿子，说，"那你这当支书的，万万不敢躺下，万万不敢。你没看看？乡亲们忍饥受饿，也没一人逃荒，没一声怨言，那为啥？就因为对党信得过。孩子，四五百口人的死活搁在你身上。爹知道，你肚里也没装一粒粮食子儿，你要是饿得受不住，就想想民国三十一年是咋过来的，想想你那死在逃荒路上的娘，说啥也要把全村人领过这一春天。孩子，爹求你……求你！"

铜钟"扑通"跪在爹脸前，眼里噙着泪说："爹，孩子我记住这话。"

四　吹牛不报税

牛肉过了秤，连杂碎在内，一口人九两零三钱。为了把牛肉公平合理地装到社员肚子里，大队决定分肉到户。食堂里剩下的白菜、萝卜和烧煤，跟牛肉一起，连夜分了下去。时兴了一年多的集体食堂不声不响地解散了。李家寨一百二十多座农舍里，已经生起煤火，响起了开水滚锅声。"花狸虎"跟另外几头老牛一起，在一百多个砂锅、铜盆、搪瓷盆里冒着热气，就要为人们尽着最后的义务了。

"我不吃，我吃不下。"大队长张双喜像下神一样闭着眼，盘腿坐在煤火台上，推开了女人端给他的青釉大瓷碗。

女人问："你是跟谁怄气？"

张双喜忽然扬起巴掌，"噼啪"地打着自己的脸，说："我跟它，我跟它！"

女人惊慌地按住他的手，说："老天爷，这是你的脸！"

"我就打它！"张双喜又打着嘴说，"我叫你说瞎话，我叫你说瞎话！……你虚报产量，叫全村人跟着受累！……"这个四十岁出头的小个子庄稼人打着、说着，把嘴撇得像瓢一样，十分痛心地哭起来。

张双喜那两片薄薄的被旱烟熏得发黄的嘴唇，并不是生来就有说瞎话的爱好。他传染上这种像感冒一样使人头脑发烧、嗓门发痒的流行病，是在公元一九五八年。

那年麦子收罢，张双喜跟铜钟、崔文去县里参加三级干部会。那时节，省报印着红字的号外——张双喜把它叫作"外号"的，正在连续放射亩产小麦三千七百多斤、五千三百多斤以至八千七百多斤的丰收"卫星"，宣扬着"人有多大胆，地有多高产"的跃进哲学和哲学的跃进，这样就从理论和实践上批驳了"保守派""摇头派""秋后算账派"的种种谬论。

那年麦季，这个县尽管获得了空前的丰收，而且有了一个明年把粮食产量提高百分之五十一点五的持续跃进规划，但在地委召开的县委书记会议上，这个县还是受到了严肃的批评：对人的主观能动作用缺乏足够的认识啊，持续跃进的步伐落后于形势的需要啊，对人民群众的积极性和创造力估计不足啊，等等，等等。

面对着地委的批评和党报的"号外"，县委书记田振山跟县委其他领导同志，怀疑自己是大大地落后了，他们感到脚下踩着的这块土地，正在报喜的锣鼓声中震动、沸腾的土地，说不定当真到了马克思他老人家说的"集体财富的一切源泉都充分涌流"的时候。他们诚恳地反了自己的右倾，按照地委布置下来的指标，在三级干部会上宣布了一个"一年'上纲'、两年'过江'"的规划。

"带头书记"杨文秀早已摸透了上级意图，他立即在大会发言中宣布：十里铺公社一年"过江"，迎接共产主义的到来。他引用一首据说是十里铺的民谣，描绘了共产主义的幸福情景。可惜那时文化部门正开展着"全民皆诗人"的群众运动，由于都成了诗人，这首民谣的作者也就无从查考，有些诗句也已湮灭在诗歌的汪洋中了。有幸得到杨文秀的引用而流传下来的，只有这样几个警句：

> 咱吃蒸馍，蘸白糖，
> 你看咱过的瓤不瓤！
> 咱穿呢子，大皮靴，
> 你看咱过的得不得！
> 咱乘火箭，坐飞艇，
> 你看咱过的中不中！

田振山在台上连连点头，说："中，中！"

台下，张双喜却向李铜钟耳语："咱赶紧出去躲躲吧，一会儿把房顶吹塌了，别砸住咱！"

李铜钟坐着没动，他紧皱眉头，不住地用"号外"纸卷着烟卷，像一个愤怒的火车头，喷出一缕缕呛人的浓烟。

大组会上，要各队报规划时，队干部都变得格外谦虚，互相推诿着，谁也不打头一炮。杨文秀知道张双喜口齿伶俐，讲话煽动性强，眼下又是特别需要这种煽动性的时候，于是，他点名叫张双喜发言。张双喜却用巴掌捂住半边脸，从牙缝里"丝丝"地吸着风说："书记，我牙疼。"杨文秀鼓励他说："不需要长篇大论，只要说到点子上，有个态度就行。"又带头鼓掌，"欢迎欢迎！"张双喜不得不站了起来，而一旦站起来，说话就不由自己了。只见他咳嗽两声，清了嗓门，大声吆喝道："那就长话短说，我跟俺支书、会计商量了，俺大队老落后，一年上不了'缸'，只能上'盆儿'，还是那二号盆儿。"在人们的哄笑声里，他露出最正经、最认真不过的神色，望着屋顶说："啥时候'过江'哩？等俺爬到'缸'沿上，吸袋烟，看看再说。"连那些最不爱笑的庄稼人，也都前仰后合，笑出了眼泪。张双喜神色庄严地坐回到半截砖头上，小声问铜钟："咋样？"铜钟捅他一拳说："大实话，是咱庄稼人的大实话。"崔文却踢了踢双喜的脚，往台上努了努嘴。只见杨文秀瞪眼望着他们，紫涨着脸，气得像吹猪一样。

谁能料到呢？李家寨就这样变成了右倾的典型。杨文秀在总结发言中指出："上缸"和"上盆儿"之争是两条道路斗争在十里铺公社的集中表现；所谓"上盆儿"，实质上表现了小生产者的狭隘性，二流子的懒惰性，摇头派的摇摆性，保守派的顽固性；宣扬"上盆儿"论的人必须转变立场，首先在思想觉悟上来一个跃进，从"盆儿"上跃到"缸"上。

散会回来时，爱唱路戏的张双喜变成了哑巴。

崔文抱怨他："双喜哥，你发言咋不讲点策略？反正，吹牛不报税。"

铜钟说："我拥护双喜哥的发言，共产党为群众办事，就得石杵子捣石臼——石（实）打石（实），不要嘴把式。"

双喜说："反正，往后我嘴上贴封条，嘴角再站俩把门儿的。"

但是，五八年以后运动多，三天两头要汇报运动情况。李铜钟的假腿没有张双喜的真腿好使唤，上公社汇报的任务，就像灾难一样落在张双喜的头上。

在爱国卫生运动评比大会上，开始学了一点"发言策略"的队干部们，有的说做到了"几净几光"，有的说几"臭"变成了几"香"。张双喜搁心里说："天冷偏烤湿柴火——对着吹吧。"轮到张双喜汇报，杨文秀瞟他一眼说："好，这一回又看李家寨的了。"张双喜憋了一肚子气，决定用一种特殊的方式进行报复。他小声咳嗽着，用那种站不到人前的后进队长的胆怯声调，谦卑地说："俺李家寨卫生运动也老落后，站不到人前头。可经过领导帮扶，向先进看齐，俺那才上碾的小毛驴儿总算养成了刷牙的习惯。……"真是语惊四座，使得外队的所有汇报通通黯然失色了。张双喜看见杨文秀露出惊异的神色，暗暗拧开了钢笔帽，就不由得感到一种快意，一种进行了一次小小报复的快意。他想着小毛驴儿摇着头刷牙的模样，便忍不住"吃"地笑了。几十张有胡子和没有胡子的嘴巴几乎是同时咧开，哈哈大笑起来。

"静静！"杨文秀用钢笔杆儿敲着桌子，问道："小毛驴怎样养成了刷牙的习惯，怎见得它养成了这良好的习惯？"

这倒是一个难题。张双喜虽然没有上过大学中文系，却不乏形象思维的能力，他说道："今儿清早我去三队饲养室，正碰上二夯家牵着那头白眼窝小叫驴儿走亲戚，小驴儿'嗨儿夯、嗨儿夯'直叫唤，就是不跟她走。鞭抽它，它不走；鞭杆儿捣它，它不走。二夯家问那小驴儿："你是惊住啦？吓住啦？"驴摇摇头。又问："你是缺草啦？缺料啦？"驴又摇摇头。"那你到底有啥心事？"小驴儿仰着下巴颏，朝着二夯家直龇牙。二夯家吓得包袱丢地下，扯着嗓子直喊叫："哎呀套叔，您的驴咬俺哩！"饲养员李套老汉三步并作两步跑出来，看见小驴儿正龇牙，就对二夯家说："别怕，她嫂子，它不是咬你，它是怪我慌张，没给它刷牙。"李套老汉把小驴儿牵回去，一盆净水，一把刷子，都是消过毒的，给小驴儿上牙刷三遭，下牙刷三遭，牙槽里刷三遭，刷够三三见九这个数，才把缰绳递给二夯家，往驴腚上拍一巴掌，说："走吧。"小驴儿就打了个响鼻儿，乖乖儿地跟二夯家走了，一路上尥着蹶子直撒欢儿。"张双喜擦去由于紧张的形象思维而在鼻尖上沁出的汗珠，朝杨文秀一摊手，说："就这。"

杨文秀急急地往本子上记着，问道："给牲口刷牙有哪些好处？"

这一回，张双喜运用逻辑思维，答道："免生口疮舌刺儿。"

张双喜的汇报获得了极大的成功。他诚惶诚恐地从杨文秀手里接过一面锦旗，上写："卫生先锋"。但他一出公社门儿，就把锦旗掖到腰里。回到家，又把它塞到墙窟窿里，从来没向别人提过它。

从此，每逢汇报某个运动的开展情况而又有杨文秀在场的时候，不知是巴甫洛夫的条件反射学说，还是牛顿的惯性定律，就在张双喜的嘴上得到一再的证明。比如，汇报扫盲运动情况时，他说，李家寨有老两口，都七十多岁了，夜里瞌睡少，老头就在老婆脊梁上画字儿，叫老婆认，直到鸡儿叫二遍。……汇报除"四害"运动情况时，他说，李家寨的猫娃饿得"喵喵"直叫唤，因为没老鼠吃了。只是消灭麻雀的成绩不老好，老祠堂屋檐底下有一窝麻雀漏了网，可等他拿着手电去掏窝，只摸了一手麻雀屎，原来这窝麻雀也搬家了。咦，这麻雀真是鬼能鬼能！

于是，杨文秀多次表扬了李家寨的转变，公社秘书小陶时常摇着电话机，喊叫："喂喂，李家寨吗？双喜在不在？公社往县上写报告，杨书记特意交代，叫他再补充点活材料。活的！……"

每逢张双喜回了这样的电话，就像吃了蝇子一样吐着唾沫，对崔文说："呸，真叫你说对了，吹牛就是不报税。"但他嘱咐崔文："可不敢叫铜钟知道，他要知道了，不用破鞋底打我的嘴才怪。"

去年秋后，张双喜终于受到了吹牛的惩罚。

那是他去参加公社核产会的时候，一进公社大门，就看见影壁墙上画着一幅图表，最顶上画着火箭，依次类推，是飞机、汽车、牛车、乌龟，上写："十里铺公社秋季产量评比图"。他想，我的身体不老好，坐火箭怕头晕，骑乌龟又老霉气。报产量时，他不往上挤，不往下靠，向中等偏上的大队看齐，多报了十万斤总产，坐上"飞机"回来了。

李铜钟一听说坐上了这号"飞机"，就向张双喜发了一顿脾气。"双喜哥，你也学会卖嘴啦？这镜子里的烧饼十万斤，是叫工人吃，是叫解放军吃？党中央、毛主席叫咱鼓实劲，没叫咱吹糖人，你就是吹出个天堂，叫谁住？"李铜钟放了一通"上甘岭上的炮弹"以后，就跑到公社说："把俺那产量减下十万斤，我情愿骑乌龟。"但他一去就是十天。在公社后院小楼上，他跟那些坐上"牛车"和"乌龟"的大队干部们一起，叫反了十天右倾。等他回来的时候，在公社"反瞒产"工作组的指挥下，李家寨已经超额十万斤完成了秋粮征购任务。

眼下，张双喜照旧坐在煤火台上，像下神一样哭着、骂着："你真混蛋，你不该坐那飞机！……"

五　老杠叔和他的钥匙

九两三钱肉能产生多少卡的热量呢？

断粮第七天，李铜钟跟王先生在全村挨门检查了一遍。他发现，李家寨四百九十多口人，就有四百九十多个浮肿病号。有百十口人已经挺在床上不会动弹了。王先生铁青着脸，用拐棍捣着地，对铜钟说："要是这两天还不见粮食，你就组织专业队，上西山刨墓坑吧！"

李铜钟探望的最后一家是"三堂总管"老杠叔。四天以前，老杠叔蹲在食堂库房里哭了一场以后，回家就病倒了。食堂库房里已经没有生的或熟的叫他操心，再也用不着一天十二遍地开门、锁门、出生、进熟、过秤、上账了，生活变得空虚而寂寞，支撑着他这把老骨头的精神支柱突然倾倒了。他躺在床上，掂着库房门上的那一串钥匙，长久端详着，"老伙计，咱得分手了。我不能带你去，那儿用不着你。……"

李铜钟和王先生来到老杠叔家门口，看见门头上挂的那块"光荣烈属"牌，止不住心里一阵难受，老杠叔的独生子是四四年跟皮司令走的，淮海战役时牺牲了，家里只剩下老两口。这两位老人家比旁人更有权利过几天不知饥寒的日子啊！

　　李铜钟和王先生走进院子，正听见老杠叔在屋里喊叫："花她娘，……人死如灯灭，还做那啥送老衣？……你要心疼我，……就拽一把棉花套子，叫我啃啃……啃啃……"

　　王先生听见这话，就像软瘫了一样，一下子蹲在老椿树底下的捶布石上，说："这病人我不敢看，不敢看，看着老难受。……"

　　李铜钟一个人进屋了。老杠婶正用面布袋给老伴做送老衣，一见铜钟就哭了。她搬个小板凳，让铜钟坐下，说："你叔眼看不中了，论说他活这六十多，也够他的了。俺啥也不想，只想他种了一辈子庄稼，管了一年多食堂，能叫他临走……临走有一把粮食子儿嚼嚼……"

　　老杠叔在里屋听见这话，就责怪老伴说："你没问问铜钟吃的啥？我说铜钟，你就别听她瞎说，……你过来，叫我再看看你。"

　　李铜钟走进里屋，坐到床沿上，攥住老杠叔的手，说："叔，怪我没能耐，叫您老人家受恁大委屈。……"

　　"不怨你，孩子，不怨你。"老杠叔温存地望着铜钟，从腰带上解下那串钥匙，捧在手里，说："支部……群众信任我，……叫我管食堂一年七个月……零八天。……我老没成色，只会开开门、关关门，……办不了大事，……不能为你分忧。往后，再来了粮食，选个靠得住的，……把钥匙给他。"老杠叔嘴唇哆嗦着，手也哆嗦着，把钥匙塞到铜钟手里。

　　铜钟把钥匙还给老杠叔，说："叔，说啥您也得熬过这两天。支部给田书记，就是来咱村搞土改的田政委，写了信，公社杨书记上县开会快回来了。我约莫着，粮食该下来了。这钥匙，还得您管。"

　　这时候，王先生推门进来了，手里攥着一瓶鱼肝油丸，对老杠说："哥，这是你大侄子从湖北捎回来的西药丸，按西医说，这是那啥营养药，一天吃几丸，兴比嚼那棉花套子强些儿。"他郑重地拧开瓶盖，倒出两粒，塞到老杠嘴里，又接过老杠婶端过来的一杯水，把药丸冲了下去。

　　大门外有人喊叫："铜钟，铜钟，快，快，……"随着话音，崔文跑进门来，上气不接下气地说："杨书记打电话，……叫你去公社，口粮……有办法啦!"

昏暗的屋子里好像"唰"的一下充满了光亮。李铜钟大步噔噔走出屋门时,老杠叔已经叫老伴扶着坐起来,把那串钥匙重新系在裤腰带上。

这一回,王先生不是用拐棍捣地,而是在地上画着圈儿,说:"这比啥药都强!"

六 "这叫化学!"

杨文秀在他生着煤火的小西屋里接待了匆匆赶来的李铜钟。他取出夹在笔记本里的一封信,从眯细着的眼缝里逼视着李铜钟,问道:"这封信是你写给田书记的?"

"是我。"李铜钟向信上扫了一眼,看见一行粗大的铅笔字:"如情况属实,应抓紧解决。"

"李家寨当真没一点粮食啦?"

"这样吧,书记,"李铜钟凄苦地笑笑,说,"你去尝尝李家寨那饭,那清水萝卜饭,不叫你多吃,只吃三天。"

"不管有多大困难,公社给你们解决嘛。"杨文秀想起,田振山把信转给他时,用那种困惑不解的目光审视着他,好像在说:啊?杨"带头"同志,你是这样带头的啊。这使他紧张而且懊恼。眼下,他把那封信折叠起来,装到衣兜里,说:"你就是不写这封信,公社也不会不解决;你写了这封信,照样还得公社解决嘛。"

"该解决了,书记。"

"那么,你说说,李家寨还有玉米皮、红薯秧吗?"

"你是说?……"李铜钟怔住了。

"红薯秧,玉米皮——包在玉米穗外边的那几片叶子。"

李铜钟寻思说:"玉米皮大部分垫圈沤粪了,红薯秧还有。"

"麦秸多不多?"

"麦秸?"

"对,麦秸。"

"麦秸不缺,牲口能吃到麦口。"

"这就好。"杨文秀像是丢下一桩心事，又对铜钟说，"走吧，我叫你看几样东西。"

"啥东西?"

"吃的。"

李铜钟跟着杨文秀，来到了会议室。只见柳树拐、椿树坪、竹竿园大队的党支部书记、大队长和食堂司务长们，正围着会议桌抽烟。公社秘书小陶已经把窗户上的雨搭卸下来，贴上了红纸，正用排笔蘸着黄颜色，写着"报喜"的最后一个"口"字。会议桌上，一溜儿摆着十几个八寸白瓷盘，盘上放着黑色、黄色、黑红色的块状、条状和圆锥形物体。

杨文秀对李铜钟说："这次县委开会，传达了地委的精神，号召缺粮社、队大搞代食品，没等散会，我就提前回来，搞了试点。很成功，为解决缺粮问题找到了一条门路。"他指着盘子里的东西，宣布了世界上新出现的几个食物品种："一口酥"玉米皮淀粉虚糕、"扯不断"红薯秧淀粉粉条、"将军盔"麦秸淀粉窝头，等等。他挨个儿地介绍了每一种代食品的原料、特点和优越性，那封"告急信"给他带来的紧张和气恼，都被这些营养学方面的重大发明抛到九霄云外了。

李铜钟觉得他面前出现了奇迹，但他的右倾思想使他对这些奇迹还有些疑问："这是红薯秧玉米皮做的?"

"你不信?"杨文秀拿起一块"一口酥"，送到李铜钟嘴上，说，"我请你吃饭，不收粮票，好就好在不收粮票。"

李铜钟掰下一块，细细品尝着。味觉告诉他，虽说有点发涩，可也没有太大的怪味；触觉告诉他，虽说有点艮牙，却也咽得下去；听觉告诉他，嚼起来沙沙作响，可这是玉米皮做的哩，能跟八五粉比吗？他在懊恼，玉米皮不该铡碎填圈。

按照杨文秀的指点，李铜钟品尝了每一种代食品。他觉得，那种"扯不断"淀粉粉条更接近粮食的味道，暗暗庆幸三个队的红薯秧还保存完好。

"铜钟同志，"杨文秀郑重地说，"李家寨的唯一出路，就是大搞代食品。抓住这一着，一盘死棋就下活了。"他发觉李铜钟脸上还蒙着一层疑云，又说："这没有什么神秘嘛，不外乎把玉米皮、红薯秧煮煮、碾碾、沤沤、蒸蒸，起一点化学变化就是了。"最后，他加重语气说：

"眼下的精神还是反右倾，要彻底打破在缺粮问题上无能为力、无所作为的懒汉懦夫思想，迅速开展大搞代食品的群众运动。铜钟，事实证明，反右倾可以反出粮食，反出吃的，灵得很！"

李铜钟没有注意这个意味深长的警句，他完全被这些奇妙的代食品吸引住了，他要求说："最好请先进队派人到俺李家寨指导指导，叫俺明天就吃上这'一口酥'。"

杨文秀指着柳树拐大队党支部书记说："石头，包给你了。"

刘石头跟李铜钟是老伙计，去年秋天，他俩都骑过"乌龟"，住过公社小楼。刘石头满口答应："没问题，包你一学就会。"

"那咱眼下就细说细说。"李铜钟拉着刘石头，走出会议室，钻进了书记屋。他掏出小本儿，拧下钢笔帽，说："俺队红薯秧还不少，你先说说红薯秧咋做粉条？"

刘石头瞪他一眼，说："咋做？用粉芡做呗。"

"红薯秧能做粉芡？"

"咋不能？如今兴坑人。不光红薯秧能做粉芡，猪毛边能炸丸子。这叫化学！"

李铜钟觉得一瓢冷水从他头顶泼下来，但他还抱着一线希望，问道："那'一口酥'？"

"掺了一半玉米面。"

"那'将军盔'？"

"人吃了没一点益处，落个牲口没草吃。"

全部希望顿时化为灰烟。李铜钟好像受到谁的捉弄似的，愤懑地站了起来。他忽然想起，那年他病倒在逃荒路上，昏过去了，不知是谁用星星草捅他的鼻子，叫他打了三个喷嚏……

"杨书记知道底细吗？"铜钟问石头。

"敢叫他知道?!"

"石头哥，你也学会哄人啦？"

"不哄他，他剋咱；哄哄他，他舒坦。啥法儿哩！"

"石头，咱共产党不能这样胡来！"

刘石头把脸仰到李铜钟眼皮底下，说："你看看，兄弟，你看看，我刘石头像那号说瞎话的人不像？……可我是属鼠的，听俺娘说，我生下来就胆小，十五岁那年，俺哥、俺姐架住我，我才敢看看死蛤蟆。打从年前咱俩住了公社小楼，我就落下个心跳的病，一见杨书记，心里就'咚咚咚咚'，跟敲鼓一样。你没听人说？不怕苦，不怕累，就怕公社小楼上'背靠背'。我算叫反右倾反怕了！"

李铜钟拉下棉帽耳朵，不愿再听下去。他很想痛哭一场，而终于没有哭出来。

公社大门外，响起了热闹的唢呐声和锣鼓声。杨文秀和椿树坪、竹竿园大队干部，还有十里铺的几个吹鼓手，站在一部"热特"拖拉机的拖车上，带着神奇的食品，去县委报喜了。

李铜钟忽然抓住刘石头的�襟襟，推搡着他说："石头哥，你去赶上他们，抓住他们，趴下磕个头说，咱都改了吧，我往后再不说瞎话，你们也别再逼着我说瞎话，我求求你，求求你，看在毛主席他老人家的面上，咱都改了吧，改了吧！"

刘石头吃惊地望着铜钟，突然蹲地下，捂住脸哭起来。

七　血红的指印

就这样回去，把绝望带给李家寨吗？李铜钟像一头愤怒而又疲惫的狮子，在公社门口的雪地里徘徊。他看见四百多双饿得发黄的眼睛，眼巴巴地盯着李家寨东南的赶集路，他们的瘸腿支书将从这条路上回来，给他们带回吃的，而瘸腿支书要对他们说："乡亲们，咱忍饥受饿，因为咱是傻子，不懂化学……"

李铜钟啊，在社员们七天没吃一粒粮食子儿以后，你还有什么办法使他们免于死亡呢？你能叫麦苗儿今天夜里就起莛儿、明天清早就扬花儿，不到晌午就结子儿吗？你能叫"反瞒产"反走的十万斤粮食长上腿，回到李家寨吗？你能对社员们说，民国三十一年的经验证明，北山裤裆沟里的白甘土可以当粮食吃吗？要不，你就狠狠心，说，乡亲们啊，可怜我这个一条腿的人没能耐，挑不动这副担子，请大家掂上打狗棍，自谋生路去吧。然后，你就把一级残疾证装到玻璃框里，用竹竿儿举着，领着婆娘、娃娃，去荣军休养所要碗饭吃吧。

不能，不能，不能哩。要是世界上没有饥饿和寒冷，还要共产党做啥？共产党员李铜钟啊，你跑到鸭绿江那厢打狼，你瘸着一条腿回家，难道是为了在乡亲们最需要你的时候抛开他们吗？支部书记李铜钟啊，你这一辈子能有几回像今天这样检查你对人民的忠诚，考验你的党性啊！

李铜钟的胸膛里燃起了一场大火。只有那条必然给他带来严重后果而又不能不走的道路好走了。这条路走得通吗？他不知道。但大步颠拐着，向西山脚下的靠山店粮站走去了。

在粮站里，一个一条胳膊的中年汉子，正爬在梯子上，用胳肢窝夹着扫帚把，用一只手挥动扫帚，清扫着库房上的积雪。他的动作是那样熟练，好像使用扫帚本来就是一只手的工作，而且要用左手。

这是李铜钟的战友——粮站主任朱老庆。在朝鲜大水洞消灭美军二师三十八团的战斗中，他俩一个折了胳膊，一个断了腿。断了腿的给折了胳膊的包扎了伤口，折了胳膊的把断了腿的背到了急救站。后来，他们一起回国，进了荣誉军人休养所，又同样因为过不惯请吃坐穿的日子，一个复员务农，一个转业到了粮站。

"你好啊，司务长。"李铜钟站在梯子下面喊叫，用的是部队里的称呼。

一张发黄的长满黑胡茬子的脸庞从梯子上扭过来。"咦，是二班长，啥风把你吹来啦？"

"报告司务长，我来要饭吃。"李铜钟的表情是严肃的，毫无开玩笑的意思。

"你是说？……"

"我是说借点粮食。"

"这算啥话？借，借！"朱老庆摇着脑袋，从梯子上爬了下来。他发觉铜钟好像害着一场大病，只有他的眼睛还在闪耀着火一样的光亮。"铜钟啊，你朱大哥知道，农村口粮紧张，好赖我还穿着这四个兜的衣裳，旱涝保收，一月少不了二十九斤口粮。一块窝窝，咱一掰两半。可你说啥？借，借！"他慢吞吞地说着，把铜钟领进了他的办公室兼住室，又慢吞吞走到煤火台后边，从一个木箱子里掂出半布袋面，搁到桌子上，用命令的口气说："掂去。"

李铜钟推开面布袋，"这不够。我是说，借你这大仓里的粮食，五万斤。"

像火烧屁股一样，朱老庆"噌"地站起来，直愣愣地盯着铜钟，"你说啥？"

"仓库里的粮食，借给我五万斤。"一个字就是一颗炸弹。

朱老庆又"嗵"地坐在椅子上。他已经知道自己的耳朵没有毛病，关紧屋门，说："铜钟，你是神经上出了毛病？咱粮站可没有这规矩。"

"这我知道。"李铜钟把棉帽摔到桌子上。"老朱，李家寨四百九十多口，断粮七天了，靠清水煮萝卜保命。党把这四百多口交给我，我不能眼睁睁看着大家等死！"

"啊！……"朱老庆瞪眼望着铜钟，呆住了。

"要是李家寨都是懒虫，把地种荒了，那我就领着这四百九十多口，坐到北山脊上，张大嘴喝西北风去，那活该！可俺李家寨，都是那号最能受苦受累的'受家'，谁个手上没有铜钱厚的老茧，谁个没有起早贪黑的跃进？他们侍候庄稼，就跟当娘的打扮她们的小闺女一样。我不是夸他们，自从土改到现在，穷乡亲们一个心眼扑在社会主义上，一滴汗水摔八瓣儿，一步一个深坑儿走过来，把山旮旯变成粮食囤儿，年年赶着大车，往你这仓库里送了几百万斤粮食。去年年景不好，大家还想着把细粮卖给国家，都是一等一的碧玛一号。可有人'反瞒产'反红了眼，把李家寨的口粮也挖走了。"李铜钟忽然站起来，指着窗外的库房，大声说，"就在那儿，就在那儿，那儿装着李家寨的口粮！"

"啊！……"朱老庆望着库房，小声惊叫着。

"打老日，打老蒋，抗美援朝，乡亲们把咱俩这样的苦孩子，牵马戴花交给党，去跟反动派拼命，咱俩回来了，可有不少好同志，回不来了。如今，我眼睁睁看着他们爹妈，……饿躺在床上，说：给我拽一把套子，叫我啃啃……啃啃。"李铜钟发出了抑制不住的哽咽声，但他很快又控制了自己，逼视着朱老庆说，"老朱，你说，你是借不借？"

朱老庆毫无表情地回答："我不借！"不知为什么，两滴眼泪却顺着他的鼻梁淌下来，挂在胡子上。然而，他的声音是无情的："这是国家的粮食，保护它，像保护生命一样，是我的职责。"

"老朱，把麻绳给我。"

"干啥？"

"我要把你捆起来！"

两个战友虎视眈眈地对峙着。火光、炽烈的火光，在那双黑沉沉的眼睛里燃烧着、跳跃着。"老朱，我要的不是粮食，那是党疼爱人民的心胸，是党跟咱鱼水难分的深情，是党老老实实、不吹不骗的传统。庄稼人想它、念它、等它、盼它，把眼都盼出血来了，可你……"李铜钟眼前一黑，觉得天旋地转，高大的身躯猝然倒了下去。朱老庆急忙迎上去，紧紧地抱住他，失声喊叫："二班长，二班长！……"

只有一条胳膊的，把只有一条腿的拖到床上。那个一条腿的，吃力地睁开眼睛，嘴唇嚅动着，衰弱而又固执地说："借给我，我还，我还……"

朱老庆用开水泡了一碗饼干，一勺一勺地喂着铜钟，嗓音沙哑地说："铜钟，向上级反映吧，咱俩这缺胳膊少腿的厮跟上。"

"反映了，老朱哥。"

"怎么说？"

"上级说，玉米皮、红薯秧会变成粮食，叫那饿了七天的人，吃这……吃这化学。"

朱老庆沉声不吭了。他从兜里摸出来一根一拃长的玉石嘴旱烟袋，坐在小板凳上，一袋接一袋地抽着。他觉得心里发冷，连说话的声音也哆嗦起来。"这仓库经我手管理，还没有出过岔子。我消灭老鼠，就跟打鬼子一样。为的啥？为这是庄稼人的血汗，国家的命脉。……经我手，收你们李家寨的粮食，不下几百万斤，可我不知，李家寨在忍饥。……"朱老庆不善辞令，尤其在这心乱如麻的时候，很难听出他下的是什么决心。"这仓库里倒是有十几万斤粮食，要不是大雪封山，早叫调运走了。西仓库，五万斤玉米，一色的'金皇后'，雪前翻晒过。今儿晚上，月黑头，仓库后门，虚掩着，是你这个一条胳膊的朱大哥值班。"他突然咳嗽起来，"我的肺不老好，不老好。"

李铜钟听懂了，生命的活力立刻回到了他的身上，他翻身下床，说："老朱哥，给我一张纸，我得写个借条。"

"没用，没用。"朱老庆摇摇脑袋，又指指心窝，"反正，我这儿，有数。"

李铜钟在桌上找到一张信纸，拧开笔帽，寻思着。他想写上李家寨的难处，写上他多次向上级反映情况的经过，写上百十口浮肿病号离死亡的门槛只有一指远了，但心里千头万绪，不知道该从哪里下笔。最后只写了这样几句话：

　　春荒严重，断粮七天。社员群众，忍饥受寒。粮站借粮，生死相关。违犯国法，一人承担。救命玉米，来年归还。
　　今借到靠山店粮站玉米伍万斤整。

李家寨大队共产党员李铜钟

一九六〇年二月七日

朱老庆戴上老花眼镜看了借条，从袄兜里掏出钢笔，在"一人承担"的"一"上添了一道，又在李铜钟名字底下写上一行歪歪扭扭的大字："靠山店粮站共产党员朱老庆"。他好像遗忘了什么，想了想，又郑重地打开印盒，用指头蘸了印色，在他名字底下按了一个血红的指印。

李铜钟感激地望着战友，不吭声咬破了食指。

"铜钟，你？……"

"我用这，我用这。"

李铜钟把食指按了下去。

"夜里十一点。"朱老庆说着，把两包饼干塞到铜钟的大衣兜里。

八　"不敢吃！"

黄昏后，李铜钟回到了李家寨。当他通知各队准备车辆、磨场管理员准备开磨的时候，每一座农舍里都点亮了灯，好消息像插了翅膀似的，刹时传遍全村："统销粮下来啦！"

"婶，婶，"李铜钟喊叫着，从半截院墙上把手伸过去，往老杠婶手里塞了两包东西，说，"叫俺叔先嚼嚼这，赶明兴能吃上一顿饱饭。"没等老杠婶看清是啥东西，铜钟就转回身向大队部走去了。

不知是两包饼干，还是来了统销粮的消息，把老杠叔从死亡的门槛上拉了回来。"甭哭了，"他对老伴说，"这一回俺真不走了，俺算着咱还有十年以上的阳寿。"他摸索着下了床，看见隔壁大队部的马灯亮了，就掂根棍拄着，不顾老伴的阻拦，捏着系在腰带上的钥匙，说："我去听听会，我活着就得为社员们跑腿儿。"说着，一摇三晃地出了门。

大队部正在开会。当老杠叔悄悄坐在门外那块槐树疙瘩上的时候，正赶上铜钟讲"借粮"经过。队干部惊呆了，老杠叔在门外也惊呆了。他想着这粮食的来路，想着铜钟这个支书当得老不容易，鼻子一酸，忍不住哭起来。

"谁?"崔文从门缝里伸出脑袋，问着。

"是我。"老杠叔埋怨自己不该惊动队委们，拄着棍，想站起来，可他来时那股劲没有了。

崔文扶起他，说："进屋吧，你一个人在这儿难受啥哩?"

老杠叔抹着泪说："我想着当个人老不容易。"

大家把老杠扶到崔文平时睡在那里守电话的小床上，又各就各位，沉声不响了。

打破沉默的是老杠叔。"铜钟，咱就是饿死，也不能吃这粮食。……咱李家寨没做过违法的事，……你们在党的在党，在团的在团，……不在党、不在团的，……也都是共产党的基本群众，……咱饿死也不能动公仓。"老杠叔看看大家，又说："五一年，毛主席在北京瞅见咱衣裳单薄，怕冻住咱，……一入冬就发下寒衣，……经如今田县委的手，给我发了这棉裤。"他用指头捣着棉裤，说："就它，就它。……饿得心慌了，我就看看棉裤，心想，……毛主席不叫咱冻着，……就不会叫咱饿着。……兴是年前风老大，电话线刮断了，……上头跟底下断了线，……等两天，再等两天，……等电话线接上。……"

灯光照不住的地方，有人抽噎着，擤着鼻子。

"那就缓两天。"一队队长李荒年往鞋底上磕着烟锅，说，"不能叫铜钟为咱担恁大责任。"

"我发言。"这是张双喜。好多天了，他觉得没脸见乡亲，一头缩在家里不出来，开会时也蹲在黑影里。眼下却从墙角站起来，说："老杠叔，荒年哥，趁咱眼下还能鼓捅动，快把粮食背回来吧。再等两天，就是给咱粮食，怕咱也鼓拥不动，背不回来了。李家寨四百多口，就是饿坏一口，也是咱一辈子赎不完的罪。往后，要是铜钟有个三长两短，我……"他挥挥手，停下来，等鼻子里冲上来的像吃了生葱一样的气味过去以后，才哑着嗓子说："蹲黑屋、过大堂、上劳改队，再大磨难，我张双喜替他。"

窗户外有人喊叫："荒年叔，咱队牲口不济事，卧那儿不起来。"这是一队鞭把二楞的声音。

"荒年叔，你听听，"会计崔文已经打定主意，"不光人不能等了，牲口也不能等了。我看这粮食非吃不可，天塌下来，咱队委一块顶着。"

队委们都站起来，说："就这，就这。"

李铜钟最后说了话："老杠叔，我知罪，你就原谅你侄儿这一回罪过。眼下借点粮食，保人保畜；来日多打粮食，支援国家，兴能把我这罪过赎回来。抓紧准备吧，等会儿在西寨门外集合。"他想了想，又说，"大队去我一个人就行了，双喜哥、崔文兄弟都留在村里照应。"

散会了。人们带着紧张和宽慰交织一起的心情离开了大队部。不知是谁家窗纸上映着人影，喊声里夹杂着哭声："他爹，你醒醒……醒醒，救命粮下来啦！"

九　饲养室里

在三队饲养室，李套老汉已经把两头辕骡和四头梢牲口交给了鞭把，正满心欢喜地向他那些拴在槽上的臣民们宣布："统销粮来了，你们熬过来了，熬过来了！"

铜钟、小宽跟一队鞭把二楞，掀开棉门帘走进来。

小宽向铜钟使个眼色，说："套叔，你看，一队社员来向你取经。"

李套老汉从槽前勾回头，说："咦，还没吃上一顿饱饭，可又取经哩！"他对风行一时的"取经"很有点信不过。

二楞说："灾荒年景，俺一队见你喂那牲口老壮实，把大车又套上了，不知你用的啥仙法儿。可俺队牲口不争气，凑合着只能派出去一辆车。大家叫我问问套叔，你这牲口是咋喂的？"

"咋喂的?"李套老汉心里像三伏天用小扇子扇着,"牲口不会说话,全靠人替它操心。"他看看儿子和小宽,"实话说,我给你们当干部的守了点密。秋后,我看粮食紧缺,天天省下几把料。"他掀开草垛,露出几个料布袋,说,"这不,到如今,这群吃材虽说料不足,可没断过顿。啥经?就这。"

小宽说:"咦,你对俺铜钟哥也守密?"

李套瞟儿子一眼,说:"他牲口都舍得吃,能不吃我这牲口料?"他想起了"花狸虎",可怜它没能熬到今天,心里又难过起来。"可也难怪你们。我是喂牲口的,是把牲口看得高些儿。社会主义是辆车,全靠大骡子大马拉着跑哩!"

李铜钟感激地望着老爹,他想起,食堂里还能打来一瓢稀饭的时候,爹时常等送饭的媳妇走后,把稀饭倒在牲口槽里。

小宽看时机成熟了,笑着说:"套叔,眼看要去拉粮食,可一队牲口有困难,……"

李套心里一沉。"你是说使咱这牲口?"

"套叔,俺队社员说,不使你喂这牲口,粮食别想拉回来。"二楞嘴上像抹了蜜。

李套老汉坐在草垛上,想了足足一袋烟的工夫,才开腔说:"我能眼看着粮食拉不回来?可我这牲口也不是老硬邦,这四川马跟那青骡子,勉强能驾辕。既然你们当干部的事先拍了板儿,我一个喂牲口的还能挡车?"

没等李套老汉说完,二楞就去槽上解缰绳。"等等。"李套老汉用烟袋锅点着二楞的鼻子,说,"你们那帮梢牲口可得硬邦点,你们当鞭把的不能鞭打快牲口。"

"老叔,你看看。"二楞掀开棉袄襟子,指着肋条说,"就是叫我甩扎鞭,你侄儿我也没那力气。"

李套郑重地看看他那二九一十八根肋条,那确实是二九一十八个可靠的保证。他终于解下了缰绳。

小宽、二楞把牲口牵走后,李套老汉又叫住儿子,说:"听说粮食不算少,可你记住给社员讲,囤底儿省,不如囤尖儿省;能吃半顿,不叫断顿;不能有了狠,没了忍。"老汉又心疼地打量着儿子,"这些天，难为你了。等粮食拉回来，……"他指着儿子的假腿，"叫它好好歇歇，是根拐棍儿也不能整天拄着。"

"中，爹，等粮食拉回来，……"铜钟想起了什么，神色怆然地说，"我跟它都歇。"

"是这话。为群众跑腿儿，天还长哩。"爹说着，背着手，向槽前走去。

十　寨门外的呼喊

西寨门外大路上，摆着大小车辆。由基干民兵组成的运粮队，在一人吃了两碗萝卜熬白菜以后，已经排好队站在寨门洞里。

李铜钟向大家约法三章：第一，要遵守纪律，到了粮站，是给咱的咱拿走，不是给咱的，一粒粮食子儿也不能拿；第二，不要坐车，叫牲口留着气力拉粮食；第三，黑更半夜的，不要惊动四邻八家。

在积雪映照着的靠山公路上，人马出发了。

"你坐上，你那腿不得劲。"有人在铜钟耳边说话。这是张双喜。

"你不该来。"

李铜钟有点生气。

"我陪你，到天边儿，我也陪你。"

"咱队委……都陪你。"这是崔文的声音。

星光下，李铜钟看见十几个人影，无声地簇拥着、跟随着他。他不满地叹了口气，颠拐然而坚定地向粮站走去。

"不能去呀，不能去呀！"寨门里，传来老杠叔的嘶哑的哭喊声。他跌跌撞撞地奔出寨门，跌倒在路旁的积雪里，但他趴着、爬着、喊叫着："孩儿们，回来呀，……咱饿死也不能动公仓……"

一阵山风卷走了老杠叔的呼唤。

李铜钟头也不回地走着。他觉得有一条小虫子从他眼角里爬出来，那是一滴只有在人们看不见的时候才让它流出来的共产党员的眼泪。

大路上，没有人声，只有"嘚嘚"的马蹄声。

十一　"毛主席，请您老人家原谅……"

沉默多天后，李家寨的三座磨屋里又响起了轰隆轰隆的磨面声。磨屋前都排着长长的队。按照连夜分配到户的口粮指标，每户先领一天的面，让全村人赶紧吃上一顿饱饭，然后随磨随领。

石磨在轰鸣，老杠叔却在叹息。小宽从西寨门外把他背回来以后，他就躺在床上，陷入无法解脱的矛盾中。咋办好哩？违法粮吃不得；不吃违法粮，眼看要饿死人啦！你活了六十多，土拥住脖子了，闭住嘴不吃这违法粮，当个干干净净不犯法的鬼去。可全村四五百口，都叫跟着你，啃那墓坑里的土？

但是，在大多数七天没吃一粒粮食子儿的庄稼人看来，对于他们必不可少的肠胃运动和衰弱到极限的身体来说，违法粮跟合法粮没有任何区别，或者可以说是同样的"老好"。营养学家可以做证，玉米，无论是违法的还是合法的，它所包含的蛋白、淀粉和含热量完全相同。

正是这缘故，磨屋前才排着长长的队，一张张浮肿的面容上都已露出宽慰的微笑，一双双昏黄的眼睛里都在闪耀着生命的光芒了。就连老杠叔的百依百顺的老伴，也好像完全不明了老杠的心思，已经以烈属的身份站在领面行列的第一名了。

违法粮同时又是救命粮，这种精神和物质的分裂，使得老杠叔越想越糊涂了。而这时，崔文在门外喊叫："老杠叔，磨屋里堆不下恁些粮食，还得用用食堂库房，小队保管立等你开锁！"

老杠叔必须马上决定对这批违法粮的态度了。他"吭吭"地咳嗽着，不知道怎样回答才好。

"老杠叔，我在一队等你。"崔文忙得脚不沾地，没进屋就走了。

咋办好啊？法律与营养的矛盾逼得老杠叔无路可走了。他从床上爬下来，站起，又坐下；走两步，又返回来，最后，才想起什么，摸摸索索点着了灯，举在手里，照亮了墙上的毛主席像。两行热泪"噗嗒嗒"响着，滴在土改时分的那张八仙桌上。"毛主席，您老人家就原谅俺一回，……"他哽咽着说，"咱李家寨的干部都是正经庄稼人，没偷过，没抢过。……铜钟是俺从小看大的，去朝鲜国打过仗，是您教育多年的孩子。……俺吃这粮食，实在是没有法子。……"透过朦胧的泪水，老杠叔望见毛主席慈祥地向他微笑。他擦擦眼泪，吹灭了灯。

在夜色笼罩的村巷里，老杠叔拄着棍，颤巍巍地走着。"原谅……原谅……"伴随着钥匙的叮当声。

十二　三口大锅

整个村寨都沉浸在喜悦的气氛里，李铜钟和他的假腿，却一个躺在床上，一个躺在床下，甜甜地睡熟了。

只是在平安地拉回粮食、磨屋里响起轰鸣声、社员们开始把黄澄澄的玉米面掂回家里的时候，李铜钟才忽然感到那样衰弱和疲累，多天来一直在右肋下折磨着他的疼痛，断腿骨朵上磨出的新的伤口，都忽然变得那样难以忍受了。他感到必须睡一个好觉，才能有足够的精力，让那条假腿把他带到县公安局"投案自首"。

翠英跟社员们一样，还不知道这批粮食的秘密。她喜气洋洋地和婶子、大娘们厮跟着，领口粮去了。为了让男人睡个好觉，她把囤儿送到饲养室，交给了公爹。恬静的小屋里，只有铜钟在说着梦话："是我……我是李铜钟……"

铜钟醒来时，已经过晌午了。屋子里弥漫着白茫茫的水蒸气，荡漾着玉米面馍的甜香。翠英却坐在灶边，悄悄地擦着眼角。

"翠英，你？……"

翠英把几个玉米面馍、一大碗黄糊涂端到床头桌上，说："全村人都吃了一顿饱饭，就剩你了。"她说着，把脸偏到一旁。

"翠英，你哭了？"

"吃你的吧。"翠英避开了铜钟的眼睛，"煤火不老好，我加了把柴火，烟熏住眼了。"

是哩，庄户人家有了粮食，喜欢还来不及呢，哪有哭的道理？铜钟拿起馍，大口大口地嚼起来。"好吃，好吃！"他连声称赞，"你做的是糠吃着也香，这可是成色十足的玉米面。"

翠英悲伤地瞟他一眼，又低下头，把两块玉米面馍用手巾兜着，又用勺子刮着锅底，舀了半瓦罐黄糊涂，掂着出了门。

"翠英，才给咱爹送饭？"

"爹吃了，囤儿也吃了。"

"那你是往哪儿掂？"

"别问了，你吃一顿安生饭吧。"

"谁家出啥事啦？"铜钟在找他的假腿。

翠英停下脚步，眼圈红了。"我去寨外拾柴火，碰见一个逃荒的，……"

"逃荒的？"铜钟心里一沉，他明白，他这个逃荒逃到李家寨的屋里人，老爹是饿死在寨壕里的，他懂得逃荒的艰难，忙推开碗说："那你快送去。"

翠英刚出屋门，铜钟就套上了假腿。

当铜钟来到西寨门时，只见一个花白胡子老汉，抱着一根棍，倚着铺盖卷儿，歪倒在寨门洞里。翠英正一口一口地给老汉喂饭。老汉身边围着一圈社员，正把一块块刚蒸好的黄面馍塞到老汉的破竹篮里。老汉已经缓过劲来，直起身子说："谢谢，谢谢！"

铜钟问："大爷，你是哪村的？"

"柳树拐。"

李铜钟想起了刘石头和他的"一口酥"，拿定主意说："大爷，不要走了，我给你挖点粮食，送你回去。"

"多谢了。"老汉用棍指指寨门外，说，"俺后头还有上百口子，不能都麻烦你。"

铜钟走到寨门外。他看见一个无声的人群正在北山脚下缓缓移动着。有人背着铺盖，有人挎着篮子，顶着刺骨的寒风，踏着积雪的山路，移动着，吃力地移动着。

走在前头的那个人，肩上挎着铺盖卷儿，手里掂着一个小广播筒，不时地勾回头，把广播筒扣在嘴上喊叫："不敢掉队，不敢掉队！"

"石头！"铜钟喊叫那个领头的。

刘石头装着没听见，低着头，不看他。

铜钟迎上去，把石头拉到路边，说："你这个支书，领着社员上哪儿去？"

刘石头没好气地说："你就别叫我支书，你就叫我要饭头。支部决定了，出外逃荒，也得书记挂帅。"他瞥铜钟一眼，忽然把帽子抹下来，像碗一样捧在手里，行着鞠躬礼，说："行行好，行行好，同志，您就留一口，留一口，留个碗底儿叫俺舔舔，叫俺这种粮食的人舔舔……舔舔……"刘石头学说着，不由得眼圈红了。

李铜钟一把抓过来帽子，给他戴头上，说："咱说正经话，你们在这儿避避风，李家寨送你们一人两碗稠糊涂。"

"咦咦，你那粮食不敢吃。"

"为啥？"

"吃了会吓死俺！"石头又朝铜钟瞥了一眼，说，"你们会计媳妇是俺村闺女，今儿清早，她掂回去一手巾兜玉米面，她说……"石头用胳膊肘碰碰铜钟，"老弟，你打过仗，胆大！"

铜钟说："不管咋说，这两碗黄糊涂，你们非喝不可！"

石头说："椿树坪、竹竿园也有一二百口逃荒的，一会儿就过来，你管得起？你不知，眼下趁公社干部都在县里开会，光咱十里铺公社，就有几千口人去卧龙坡扒车。"

李铜钟心里乱了。他在想，李家寨的人不挨饿了，可还有多少柳树拐、椿树坪啊！……

转眼到了寨门口。李铜钟抓过来刘石头的广播筒，对柳树拐的逃荒社员说："婶子、大娘、大叔、大伯们，你们路过俺李家寨，李家寨也没啥送你们，就在这寨门洞里避避风，给大家熬几锅黄糊涂，喝了再走。"他把广播筒还给刘石头，就一颠一拐地朝寨子里奔去了。

村巷里，才吃了一顿饱饭的庄稼人商议着："一人省下二两，送送咱那逃荒的乡邻吧！"

就这样，李家寨西门外支起了三口大锅。锅里煮着稠玉米糁，勺子搅不动，筷子挑得起，一人两大碗，送走了柳树拐、椿树坪、竹竿园的逃荒社员。

天黑了。走风口吹来的寒风，猛烈地摇落了树上的积雪，天黑得像倒扣着的染缸一样。不知是什么时候又开始下雪了。鹅毛雪片在风中狂舞，淹没了逃荒的人群。

据喇叭碗里的气象预报：今夜大雪，北风七级，最低温度零下十五度。想着那个小车站上的逃荒社员，李铜钟心里结冰了。

十三 首犯是这样落网的

李铜钟回到寨子里，天已经黑透了。

他刚走进西寨门，会计崔文就失魂落魄地跑过来，往寨门外推着他，说："跑，快跑，公安局来人啦！……"

李铜钟平静地问："面都分下去啦？"

崔文把一小包钱和粮票塞到铜钟的大衣兜里，推着他说："你就别管啦，跑吧，俺替你打官司。……"

李铜钟好不容易才从崔文手里挣脱出来，照旧用那颠拐着的大步，朝寨子里走去。

迎面一阵脚步声，三个人影急速地跑过来。

李铜钟迎上去，问道："同志，是找李铜钟？"

"他在哪儿？"

"在这儿。"李铜钟用指头点着自己说，"他在这儿。"

三个人全怔住了。这是公安局刑警队的同志。他们没有料到，那个"哄抢国家粮食仓库的首犯"，竟是这样平静甚至是友好地自投法网了。

手电的强光照射在李铜钟的脸上，他们看见了一张憔悴然而纯正的脸庞，在他眯细着的眼缝里，闪动着镇静、和善的目光。

一张纸像一张苍白的没有表情的脸，在李铜钟面前晃动。"这是逮捕证。"

"手！"

李铜钟顺从地伸出双手。当一个冰冷坚硬的物件箍在他手腕上的时候，他对那个软瘫在寨墙底下的大队会计说："记住给双喜哥说，种子得留够……"

村巷里传来了嘈杂的人声，李铜钟微微皱起眉头，朝西寨门仰仰下巴颏，对公安局的同志说："从这儿走吧，这条路清净。"他领头走进了寨门洞。

"不要抓他，不要抓他！"张双喜像疯了一样跑过来，喊叫着，"我替他，我替他！"

社员们从各条村巷里奔出，汇成一股人流，像潮水一样涌过来，伴随着惊慌的哭叫和凄厉的呼喊。

"俺们保他，俺们保他！"

"李家寨不能没有他呀！"

刑警队的同志吃惊地怔住了，但他们很快就清醒过来，用身体堵住了寨门洞。刑警队长喊叫着："社员同志们，我们是奉命办案，有意见可向法院反映，不要乱，不要乱，警惕坏人破坏！……"

人流还在向寨门洞拥着，囤儿爬在小宽肩膀上喊叫："爹，爹呀！……"

李铜钟转回身向人群走去，人们忽然肃静下来。

"回去吧，乡亲们。"像是拉家常一样，犯人李铜钟发表着他的告别演说，"都回去吧，下着雪，怪冷的。公安局的同志是依法办案，咱得遵守章程，不能给同志们添麻烦，对不对？党、团员带个头，队委们带个头，把上岁数的搀回去，好好养养身子，不误春耕大忙。我去向上级汇报汇报，过些时兴能回来，兴能赶上种秋。……"

人们顺从地站在寨门口，一动不动了。只有眼泪从那一张张瘦削的脸庞上淌下来。

李铜钟看见妻子翠英直愣愣地盯着他，翠英在人群里朝前挤着、挤着，突然闭上眼，歪倒在李四婶的肩头上。

"唉唉唉唉……"老杠叔哭着，头撞着寨墙，"老天爷，这是咋啦？咋啦？……"

雪花在北风中狂舞。风雪路上响起了那条假腿"咯吱、咯吱"的声音。望着黑黢黢的走风口，李铜钟想起了卧龙坡车站，他的心冷到了冰点以下。

十四　胁从犯与县委书记

没等李铜钟自动投案，事情就这样发生了。

这天上午，县粮食局调运靠山店粮站十万斤粮食的时候，朱老庆把五万斤粮食装上汽车，而把五万斤粮食的借条交给了县粮食局长。然后，他刮了胡子，穿上那套发白的旧军衣，扣上风纪扣，把军帽戴到眉上二指远的地方，又把空袖筒塞到衣兜里，好像准备去参加一个隆重的宴会。

印着两个血红指印的"借条"，已经送到县委书记田振山的手里。田振山简直不敢相信自己的眼睛。他盯着李铜钟的名字，想起了土改时那个带头参军的民兵队长，想起他复员时怎样跛着那条假腿来县委看他，接着又从李家寨传来李铜钟带头办社、开山引水的消息。这两年，他不仅没有再看到过李铜钟，跟公社以下的干部也都很少见面了。有什么法子呢？一年只有三百六十五天，而去年一年他就开了二百九十四天会，只开半晌的小会还没有统计在内。有什么法子呢？样样工作都要书记挂帅啊！当他听说有人叫他"开会书记"的时候，他苦笑了，是嘛，"国民党的税，共产党的会"嘛！有什么法子呢？当他难能可贵地抽出时间下乡跑跑的时候，只好是"下去一条线，沿着公路转，隔着玻璃看，公社吃顿饭"了。没想到，当他跟李铜钟久违、久违的时候，李铜钟的"借条"就这样跑到了他的面前。他头脑里空空洞洞，记忆的仓库里只有李铜钟给他写的那封"告急信"同这个"借条"之间似乎存在着联系，但杨文秀昨天来县委报喜时还特意向他汇报，李家寨的缺粮问题已经妥善而及时地解决了。他还退回了县里从机动粮中拨给十里铺公社的统销粮指标，表示要发扬共产主义风格，支援困难社、队。

"他们就这样无法无天？"田振山摇着"借条"，望着县粮食局长。

"反正，仓库是空了。"

"朱老庆是什么人？平时表现怎么样？"

"残疾军人，一条胳膊扔在朝鲜了，管了六年仓库，平时表现……咋说好哩？……就这么说吧，比有两条胳膊的还干得好些。"

"啊？……"

朱老庆被带到县委书记的面前。"穿军装的庄稼人"，田振山概括了他对这个胁从犯的第一个印象。胁从犯正局促不安地望着他，立正，用左手行了一个军礼。

田振山让他坐下，摇着"借条"问道："这是你和李铜钟干的？"

"人是铁，饭是钢，首长。……"朱老庆规规矩矩地立正站着，说，"李家寨断粮七天了，那不假，首长，断粮七天了。"

"断粮七天？这可能吗？"

"李铜钟不会哄人，首长，你要说：二班长李铜钟同志，你去把二五〇高地拿下来，控制制高点。他就说：是。你要说：二班长李铜钟同志，你说一句瞎话叫我听听。他就说：报告首长，俺爹还没教过我。"

田振山挑剔而又赞赏地望着这个胁从犯，再次让他坐下，问道："这么说，你和李铜钟是老关系喽？"

"老关系，老关系。"朱老庆连声回答，"俺两个一块打仗，一块挂彩，一块回国，又一块写了这个条子，首长。"

"你是粮站主任，你懂不懂这是犯法行为？"

"懂，我懂，首长，可人是铁，饭是钢，……"朱老庆还想讲一些更深奥的哲理性的东西，但终于没能找到。

县委书记站了起来，不无痛苦地说："一个支部书记，一个粮站主任，竟然……"他选择了一个分量较轻的提法："竟然擅自动用国家粮食仓库，数量之多也是很惊人的，一个大案件哩！检察院说，这要依法逮捕哩！"

"是哩，是哩，首长。"朱老庆笔直地站起来，连连点头，表示完全的赞同。当他被带走的时候，还没有忘记立正，用左手行一个军礼。

十五　李铜钟的供词

根据县委指示，县法院决定当天夜间对哄抢国家粮食仓库首犯李铜钟进行第一次审讯。由于县委书记要参加这次审讯，这就格外增添了这一案件的严重性和神秘色彩。

审讯室里增加了一排椅子。田振山和法院院长、审判长、审判员都已就座。县、社两级干部会上的主角杨文秀，也中断了他那个"大抓代食品试点经验"的总结性发言，来这里旁听这次审讯了。这个突然发生的案件，完全破坏了这个胜利者正向人们叙说胜利的自我陶醉的心情，他坐在靠近墙角的一把椅子上，好像坐在锋利的耙齿上，陷于极度惊愕和恐惧之中。

"你是昨天下午和李铜钟见面的吗?"田振山继续着他和杨文秀的谈话。

"是的。他很善于伪装,对代食品、特别是对'一口酥',表示很满意、很热心,丝毫没有看出他有犯罪的动机。"

"怪人,怪人!"田振山连连叹息着。

审讯就要开始了。犯人是从李家寨直接带到这里来的。虽然押送他的刑警很怜惜他那条假腿,路过公社时特意找了一台拖拉机让他坐上,但他来到县法院时,还是筋疲力尽了。在他出现在审讯室之前,那长长的水泥走廊里,传来了沉重而缓慢的脚步声:"砰——嗵,砰——嗵……"

审讯室的门忽然打开了。高大、憔悴、脸颊上长满黑胡茬子的犯人出现在审判者的面前。他用肩膀抵住门框,喘了口气,疲惫的目光向审讯室巡视一周,落在一把孤零零地放在审判席前的椅子上。他认出那是自己的位置,吃力地走过去,在离椅子还有两步远的时候,就把手伸过去,扶住了椅背,然后把假腿拉过去,调整好搞乱了的脚步,挺了挺身子,准备就座了。就在这时,他看见了县委书记田振山,他怔住了,"田政委?……"他用土改时的称呼小声呢喃着,眼睛里闪耀着惊讶、喜悦的光芒,蓦地伸出那双铐在一起的大手,呼唤着:"田政委,救救农民吧!"接着,"扑通"一声巨响,他那高大然而瘦削的身躯栽倒在审判席前。

审判者们都被这意外的事件惊呆了。随着一阵桌子和椅子的扭动声,审判者奔向被审判者,内心的剧烈的悸动使田振山把犯人抱在怀里,大声叫喊着:"铜钟,铜钟!……"

李铜钟睁开了布满血丝的眼睛,干裂的嘴唇嚅动着。"政委,快去……卧龙坡车站,……快,快……"像是完成了一件神圣的使命,李铜钟恬静地入睡了。

寒风扑打着审讯室的窗口,鹅毛大雪在无声地飘落着。

十六　卧龙坡车站

　　卧龙坡发生了什么事情？正在研究"食物化学"的县、社干部竟无一人说得清楚。县委决定暂时停止对这一新兴科学的探讨。田振山带领大家，乘车向卧龙坡驰去。

　　在那个只有两间候车室的小站门口，田振山首先跳下了汽车。他望见，在灯光黯淡的候车室里，在没有烟火的饭棚、茶棚里，在寒风嘶啸的露天站台上，在积雪盈尺的铁道两旁，挤满了等着扒车的逃荒社员。他们有的裹着被子，有的蒙着被单，如同被严寒凝结在那里似的，一动不动地蜷伏着，只有灯光和身上的积雪勾勒出他们的轮廓。

　　田振山在一座饭棚外停下脚步，问道："老乡，你们是往哪儿去的？"

　　人们沉默着，在心里思忖，往哪儿去？谁知道哩！哪儿有粮食上哪儿，扒上火车再说。

　　田振山又走到候车室门口，问道："老乡，你们是哪公社的？"

　　人群沉默着，又在心里数落，逃荒要饭，还打啥公社旗号？老丢人，老丢人！

　　田振山站在车站门口的灯光下，大声说："社员同志们，醒醒，我们是县、社干部，来这里看望大家。……"

　　沉默的人群开始活动了。在一座小饭棚门旁，刘石头坐在一个倒扣着的箩筐上，从被子里伸出了脑袋。他认出站在车站门口的是县委书记田振山，又连忙缩回脖子，重新裹紧了被子。但是，不知是谁把被子掀开一道缝，小声问："你是刘石头？"刘石头露出一只眼，朝外边打量着，他立即吃了一惊，原来是杨文秀。抓着被角的手不由自主地松开了，被子滑落在地上，毫无掩盖地把他暴露出来。他慌忙站起来说："是我，杨书记，是我。"杨文秀紧张而恼怒地瞪他一眼，忽然把他按在箩筐上，又抓起被子，连头带身子把他蒙上了。"娘啊，他想咋样处置我哩？"刘石头蒙着被子，一动也不敢动地坐着，心里"咚咚"地敲鼓。他听见"嚓嚓"的脚步声向他走来，神经就越发紧张了。

　　"这是谁？"是田振山的声音。

杨文秀干咳着，说："不认识。"

但是，就在杨文秀说话的同时，刘石头就像安了弹簧一样，"噌"地站起来，如同一个会活动的粮食布袋，直立在田振山的面前了。紧裹着的被子里发出了胆怯的声音："俺是刘石头。"

"哦?"田振山问杨文秀，"刘石头? 是柳家拐那个刘石头?"

没等杨文秀开口，刘石头就连声回答："是我，是我。"由于县委书记也竟然知道了他的尊姓大名和仙山台甫，使他很感到紧张和荣幸，从被子里伸出脑袋说："田书记，不是俺给咱县抹黑，实因为口粮嫌紧缺些儿，出去几口人，叫留在家的多吃一把米。要都守住家，好比两人盖一床小被子，顾这头顾不住那头。反正，到麦口俺都回来，不误三夏大忙。"

田振山已经觉察到一个使他痛心的问题，但他还要证实一下。"刘石头同志，你们搞代食品不是很有成绩嘛!"

"我检讨，田书记。"刘石头以为田书记掌握了代食品的真情，惊慌地说，"我刘石头活了四十岁，只说过这一回瞎话。我也知，瞎话哄不住肚皮，可就怕搞不成代食品，又犯那右倾的错误。"

田振山痛苦地沉默着，县、社干部们都在痛苦地沉默着。就在今天下午的大会上，他们还算了一笔细账，得出了一个鼓舞人心的数字：全县的红薯秧和玉米皮等于三千万斤粮食!

远方传来火车的吼叫声。田振山感到大地在震颤着，两年多来他赖以作出种种决定的基础在震颤着。那些精确程度达到小数点以下三位数的增产数字，那些几乎是天天送上门来的喜报和震耳欲聋的锣鼓声，那些总是用"九个指头与一个指头"来比喻成绩和缺点的情况汇报，都在这个挤满逃荒社员的小车站上受到无情的检验，像肥皂泡一样破灭了。

田振山取下挂在刘石头胸前的小广播筒，站到那个倒扣着的箩筐上，喊道："社员同志们，我是县委书记田振山。……怪我没有领好，怪我脱离了你们，叫你们一担两筐、顶风冒雪，走上这逃荒路。……"田振山的声音沙哑了。他从箩筐上跳下来，从一个花白胡子老汉身边掂起一个要饭篮，举在手里，说："现在，我请大家回去，这个要饭篮我要掂回去，把它挂到县委大院里，叫我们好好看看，好好想想，该怎样度过春荒，该怎样叫种粮食的吃上粮食。"

被严寒和饥饿凝结了的人群已经活动起来，嘈杂然而充满希望的低语声使车站热闹起来了。那个花白胡子老汉正拄着棍，从雪地里站起来，老泪纵横地自语着："中，俺回去，回去……"

这时候，杨文秀正蹲在饭棚后边的雪地上。烟卷的火光，映出了一张不住痉挛着、被绝望和恐惧笼罩着的脸。这个人在想：碰上李铜钟那个愣头青，再加上刘石头这个打锅货，两年的心血算是白费了！……

十七　在危急病号室

在县卫生院的危急病号室里，李铜钟安静地躺着，已经三天了。

按照县委指示，县卫生院正在全力抢救李铜钟的生命。由于不再担心一个昏死的犯人行为不端，那个冰冷坚硬的物件也从他手腕上取了下来。但所有这些，都是在"因病保释"的名义下进行的。从法律上看，李铜钟仍然是一个套着锁链的犯人。

李铜钟啊，你知道这三天中间发生了什么事情吗？全县二十几个粮食仓库一齐打开了，由于大雪封山而没有调走的粮食，已经分配到饥寒的山村。炊烟升起了，春天回来了。但是，谁能料到呢？田振山已经在今天下午被撤销了职务，就要到地委接受审查和批判了。一个紧急通报上写着他的罪名："违反党纪国法，擅自提高本县统销粮指标，盗用粮食库存，破坏统购统销。"田振山感到那样忧伤和歉疚，却不是因为这个通报，而是因为他已没有能力来改变李铜钟、朱老庆的命运了。

去地委以前，田振山来到县卫生院，向李铜钟告别。当他来到病床前的时候，李铜钟睡得正香，不知是浸沉在一个什么样的梦境中，他的浓黑的眉毛微皱着，嘴角却挂着一丝不易觉察的微笑。田振山握着一只冰冷然而结实的大手，小声喊叫着："铜钟，……"他顿住了，他能对他说些什么呢？

一位医生小声提醒他："病人昏迷不醒，他听不见。"

"不，大夫。"这是一个妇女的哽咽的声音。

田振山向病房角落里望去，望见翠英和一个男孩儿坐在一条长凳上。他还能认出这是铜钟的妻子、土改时的秧歌队长。男孩儿是陌生的，但他认识那一双深沉而固执的大眼睛。

"三天了，他在等你，叫你。"翠英抽泣着，"他不叫爹，不叫娘，叫你，田政委。你就对他说两句，他，能听见，能!"

田振山的心猛烈地绞痛着，好久，好久，他才从巨大的悲痛里挣脱出来，对那个听不见声音的人说："铜钟，我叫你等得太久了。可你再等等，再等等，党一定会纠正错误，你等等……"田振山忽然感觉到什么，摇着那只冰冷的手，喊叫起来："铜钟，铜钟! ……"

"铜钟，铜钟!"双喜、崔文和李家寨的社员们喊叫着，拥进了病房。

医生通知大家："病人的心脏已经停止跳动。"

卫生院长挤过来，把一份诊断书交给了田振山，上边写着："过度饥饿和劳累引起严重水肿和黄疸性肝炎。"

李铜钟就这样"走"了。他"走"得如此匆忙，他是属大龙的，年仅三十一岁。

病房里，十家八姓的庄稼人都在恸哭。用脑袋撞着床帮的，是老杠叔。他又在悲恸而困惑地哭问苍天："老天爷呀，这是咋啦? 咋啦? ……"

田振山久久地站在李铜钟的遗体前含泪默哀。当他看见那个男孩儿抱着一条假腿，把眼泪滴在假腿上的时候，他悲痛地想着：我们这些两条腿的，不能把路走得更好些吗?

十八　记住吧，人们

吉普车在山区公路上疾驶，田振山的脑海里仍像潮水一样翻腾。

历史是滔滔东去的黄河，而黄河是混浊的，它夹带着大量的泥沙，需要时间来澄清。十九年够用吗?

田振山想起，就在李铜钟死后不久，大概是老杠叔说的——被大风吹断的电话线重新接通的时候，党中央发现了这场严重的饥荒，采取了有力的善后措施。地委也终止了对田振山的审查，要他到一个国营农场当场长去了。但在他的审查结论上写着："擅自提高本县统销粮指标，未经批准而动用国家粮食库存，这在组织上仍是一个错误。"田振山对此没有疑义。使他感到痛苦的是：那时他听说，人们提出了李铜钟的平反问题，却由于涉及法律，人也做了"古人"，就被搁置下来了。同案犯朱老庆虽已释放，但是无罪释放，还是胁从不问，法院未加说明。大概是由于不宜再做仓库保管工作的缘故，有人看见他晃荡着那只空袖筒，叼着一拃长的玉石嘴旱烟袋，忙着为县粮食局的干部经办伙食。至于杨文秀，听说害了精神分裂症，被送到鸡冠山疗养所疗养去了。田振山给他寄过一本书：《怎样做一个好的共产党员》，表示与他共勉，但一直没有收到回信，这是使他感到遗憾的。

现在，李铜钟、朱老庆终于平反了。田振山是否稍许感到一些宽慰呢？他再三琢磨着平反结论上这样的措辞："虽然李铜钟、朱老庆二同志所采取的方法不利于法制的加强，但是，……"但是，但是！田振山激动地想，还需要制定那样的法律，对于那些吹牛者、迫使他人吹牛者，那些搞高指标、高征购以及用其他手段侵犯农民利益而屡教不改者，也应酌情予以法律制裁。是的，他辛酸地想，需要这样的法律！

吉普车吼叫着、颠簸着，爬上了走风口。李家寨——那样亲切又那样陌生的李家寨，就在山洼里静静地躺着。小河一样的人流，正从四面八方向西山坡下会聚。平反大会就要在那儿举行。田振山的目光落在西山坡一座坟塝堆上，一座被挺拔的苍松翠柏掩映着的坟塝堆上。当他看到庄稼人的供飨和洁白的花圈摆在一起的时候，他的眼睛湿润了。

"记住这历史的一课吧！"田振山在心底呼喊，"战胜敌人需要付出血的代价，战胜自己的谬误也往往需要付出血的代价。活着的人们啊，争取用较少的代价，换取较多的智慧吧！"

绿化树

张贤亮

第一章

大车艰难地翻过嘎嘎作响的拱形木桥,就到了我们前来就业的农场了。

木桥下是一条冬日干涸了的渠道。渠坝两旁挺立着枯黄的冰草,纹丝不动,有几只被大车惊起的蜥蜴在草丛中簌簌地乱爬。木桥简陋不堪,桥面铺的黄土,已经被来往的车辆碾成了细细的粉末。黄土下,作为衬底的芦苇把子,龇出的两端参差不齐,几乎耷拉到结着一层泥皮的渠底,以至看起来桥面要比实际的宽度宽得多。然而,车把式仍不下车,尽管三匹马呼哧呼哧地东倒西歪,翻着乞怜的白眼,粗大的鼻孔里喷出一团团混浊的白气,他还是端端正正地坐在车辕上,用磕膝弯紧夹着车底盘,熟练地、稳稳当当地把车赶过像陷阱似的桥面。

牲口并不比我强壮。我已经瘦得够瞧的了,一米七八的个子,只有四十四公斤重,可以说是皮包骨头。劳改队的医生在我走下磅秤时咂咂嘴,这样夸奖我:"不错!你还是活过来了。"他认为我能够活下来简直是个奇迹;他有权分享我的骄傲。可是这几匹牲口却没人关心它们。瘦骨嶙峋的大脑袋安在木棍一般的脖子上,眼睛上面都有深窝。它们使劲时，从咧着的嘴里都可以看到被磨损得残缺不全的黄色牙齿。有一匹枣红马的嘴唇还被笼头勒出了裂口，一缕鲜红的血从伤口涔涔流下，滴在车路的沿途，在一片黄色的尘土上分外显眼。

但车把式还是端坐在车辕上，用一种冷漠而略带愠郁的目光望着看不见尽头的远方。有时，他机械地晃动一下手中的鞭子。他每晃动一下，那几匹瘦马就要紧张地抖动抖动耳朵。尤其是那匹嘴唇破裂了的枣红马更为神经质，尽管车把式并不想抽打它。

我理解车把式的冷漠与无动于衷：你饿吗？饿着哩！饿死了没有？嗯，那还没有。没有，好，那你就得干活！

饥饿，远远比他手中的鞭子厉害，早已把怜悯与同情从人们心中驱赶得一干二净。可是，我终于忍不住了，一边瞧着几匹比我还瘦的牲口，一边用饥荒年代的人能表现出来的最大的和善语气问他："海师傅，场部还远么？"

他分明听见了，却不答理我，甚至脸上连一点轻蔑的表情也没有，而这又表示了最大的轻蔑。他穿着半新的黑布棉裤褂，衣裳的襟纽很密，大约有十几个，从上到下齐整的一排，很像十八世纪欧洲贵族服装上的胸饰。虽然拉着他的不过是三匹可怜的瘦马，但他还是有一种雄豪的、威武的神气。

我当然自惭形秽了。轻蔑，我也忍受惯了，已经感觉不到人对我的轻蔑了。我仍然兴致勃勃。今天，是我出劳改队走上新的生活的第一天，按管教干部的说法是，我已经成了"自食其力的劳动者"了。没有什么能使我扫兴的！

确切地说，这只是到了我们前来就业的农场的地界，离有人烟的居民点还远得很。至少现在在极目望去还看不见一幢房子。这个农场和劳改农场仅有一渠之隔，但马车从早晨九点钟出发，才走到这里。看看南边的太阳，时光大概已经过午了吧。这里的田地和渠那边一样，这里的天更和渠那边相同，然而那条渠却是自由与不自由的界线。

车路两边是稻田。稻茬子留得很高。茬口毛茸茸的，一看就知道是钝口的镰刀收割的。

难道农场的工人也和我们一样懒，连镰刀也不磨利点？不过我遗憾的不是这个，遗憾的是路两边没有玉米田。如果是玉米田，说不定田里还能找出几个丢失下来的小玉米。遗憾！这里没有玉米田。

太阳暖融融的。西山脚下又像往日好天气时一样，升腾起一片雾霭，把锯齿形的山峦涂抹上异常柔和的乳白色。天上没有云，蓝色的穹隆覆盖着一望无际的田野。而天的蓝色又极有层次，从头顶开始，逐渐淡下来，淡下来，到天边与地平线接壤的部分，就成了一片淡淡的青烟。在天底下，裸露的田野黄得耀眼。这时，我身上酥酥地痒起来了。虱子感觉到了热气，开始从衣缝里欢快地爬出来。虱子在不咬人的时候，倒不失为一种可爱的动物，它使我不感到那么孤独与贫穷——还有种活生生的东西在抚摸我！我身上还养着点什么！

大车在丁字路口拐了弯，走上另一条南北向的布满车辙的土路。我这才发现其他几个人并不像我一样呆呆地跟着大车，都不见了。回头望去，他们在水稻田后面的一档田里低着头寻找什么，那模样仿佛在苦苦地默记一篇难懂的古文。糟糕！我的近视眼总使我的行动非常迟缓。他们一定发现了可以吃的东西。

我分开枯败的芦苇，越过一条渠，一条沟，尽我最大的力气急走过去时，"营业部主任"正拿着一个黄萝卜，一面用随身带的小刀刮着泥，一面斜睨着我，自满自得地哼哼唧唧："祖宗有灵啊——"

"祖宗有灵"是劳改农场里遇到好运道时的惯用语。譬如，打的一份饭里有一块没有溶化的面疙瘩；领的稗子面馍馍比别人的稍大；分配到一个比较轻松而又能捞点野食的工作；或是碰着医生的情绪好，开了一张全休或半休的假条……人们都会摇头晃脑地哼唧："祖宗有灵啊——"这个"啊"字必须拖得很长，带有无尽的韵味，类似俄国人的"乌拉"。

我瞟了一眼：他手中的黄萝卜不小！这家伙总交好运道。"营业部主任"也是"右派"，但听他诉说自己的案情，我却觉得他不应属于"右派"之列，似乎应归于"腐化分子"或"蜕化变质分子"一类才恰当。他自己也感到冤枉，私下里说是百货公司为了完成"反右"任务，把他拿来凑数的。当在"生活检讨会"上，他知道我的高祖、曾祖、祖父、外祖父都是近代和现代的稗官野史上挂了名的人，父亲又是开过工厂的资本家时，会后曾悄悄地带着羡慕的口气对我说："像你，才是真正的'资产阶级右派'哩！浪过世面，吃过香的喝过辣的！像我，从小要饭，后来当了兵，他妈的也成了'资产阶级右派'！熊！哪怕让我过一天资产阶级的日子，再叫我当'右派'也不冤哩……"

可是，他并没有从此对我态度好一点，相反，还时时刻刻带着一种刻骨的忌恨嘲讽我，以示他毕竟有个什么地方比我优越。他年龄比我大得多，比我更为衰弱，一脸稀疏肮脏的黄胡须，鼻孔常常挂着两条清鼻涕。他不敢跟我斗力，却把他的外援和好运道在我面前炫耀，以逗引出我的食欲和馋涎。他知道这才是最有效的折磨。我对他也有一种直觉的反感，老想摆脱他却摆脱不了。因为都是"右派"，分组总分在一起。这次释放出来，他也由于家在城市，被开除了公职，又和我一同分到这个农场就业。

这是一块黄萝卜田。和青萝卜田不一样，黄萝卜田里是没有畦垄的，播种时就和撒草籽似的撒得满田都是。撒得密的地方黄萝卜长得细小，挖掘的时候难免有遗漏下的。但这块田已不知被人翻找了多少遍，再加上地冻得梆梆硬，我蹲在地上用手指头抠了许多有苗苗的地方也没找到一个。

"营业部主任"刮完了泥，站在离我不远的地方，和嚼冰糖一样把萝卜嚼得嘎巴嘎巴响，有意把萝卜的清脆、多汁、香甜用响亮的声音渲染得淋漓尽致。

"这萝卜好！还不糠……"他趁咽下一口时，这样赞扬。

这种萝卜只有在田被冻得裂了口的裂缝中才能抠得出来。我是有经验的。我又顺着裂缝细细地寻找了一遍，还是没有找到。那必须是裂缝中恰恰有个黄萝卜，也就是说恰恰有个遗漏下的萝卜长在裂缝中，可想而知，这样的概率非常非常之小。"营业部主任"的好运道就表现在这里！

然而我今天却毫不气恼。我站直腰，宽怀大度地带着勉强的微笑从他面前走过去，斜斜地抄条近路去追赶那辆装着我们行李的大车。

第二章

是的，我今天情绪很好。早晨，吃劳改农场最后一顿饭时，因为我们这些已经被释放的就业人员可以不随大队打饭了，在伙房的窗口，我碰见了在医院里结识的病友——西北一所著名大学哲学系讲师。他也被释放了，正在等农场给他联系去向。"章永璘，你要走了吗？"尽管他还穿着劳改农场的服装，胸前照例有一大片汤汁的污点，却用最温文尔雅的姿势祝贺我，还和我像绅士般地握了握手。这种礼节，对我来说已经是另外一个世界的事了。可奇怪的是，这种最普通的礼节又一下子把我拉回了那个我原来很熟悉的世界。于是，我也尽可能地用十足的学者风度在吵吵嚷嚷的伙房窗口与他交谈起来。

"那本书怎么办？"我问，"怎么还你呢？给你寄到……"

"不用！"他一手托着一盆稀汤，一手慷慨地摆了摆，那姿态俨如在鸡尾酒会上，"送给你吧！也许……"他用超然的眼光看了看四周，"你还能从那里面知道，我们今天怎么会成了这个样子。""我们？你指的是我们？还是……"我也谨慎地看了看打饭的人群。有一个犯人嫌炊事员的勺子歪了一下，正声嘶力竭地向窗口里吵着定要重舀。"还是我们……国家？"

"记住，"他的食指在我胸前（那里也有一大片汤汁的斑点）戳了一下，以教授式的庄重口吻对我说，"我们的命运是和国家的命运紧紧地连在一起的！"

对他的话和他的神态，我都很欣赏。在人身最不自由的地方，思想的翅膀却能自由地飞翔。为了延长这种精神享受，我虽然不时地偷觑着窗口（不能去得太晚，窗口一关，炊事员就不耐烦侍候你了。即使请动了他，他也要在勺子上克扣你一下；以示惩罚），但同时也以同样庄重的口吻说："不过，第一章很难懂。那种辩证法……用抽象的理论来阐述具体的价值形成过程……"

"读黑格尔呀！"他表情惊讶地提示我，仿佛我有个书库，要读什么书就有什么书似的，接着又皱起眉头，"要读黑格尔。一定要读黑格尔。他的学说和黑格尔有继承关系。读了黑格尔，那第一章《商品》就容易读懂了。至于第二章、第三章以及第二篇《货币到资本的转化》就不在话下了……"

"是的，是的。"我用在学院的走廊上常见的那种优雅姿态连连点头，"仅仅那篇《初版序》就吸引了我，可惜过去，我光读文学……"

我们这番高雅的谈话结束得恰到好处。他和我告别，小心翼翼地端着那盆稀汤走后，我扑到窗口伸进罐头筒，炊事员正要往下撂板子。

"你他妈的干啥去了?!"

"我帮着装行李来着。"我马上换了一副嘴脸,谦卑地、讨好地笑着,"我这是最后一顿饭啦!"

"哦——"炊事员用眼角瞟了我一下,接过我的罐头筒,舀了一瓢以后又添了大半瓢。

"谢谢!谢谢!"我忙不迭地点头。

"等等。"另一个年纪较大的炊事员擦着湿漉漉的手走到窗口,探头看看我,"你狗日的就是从死人堆里爬出来的那个吧?""是的,是的。"他亲昵的语气使我受宠若惊,给了我一种不敢想象的希望。"你真他妈的不易!"果然,他从窗口旁边的笼屉里拿起一对昨天剩下的稗子面馍馍,拍在我像鸡爪般的手上,"拿去吧!"还没等我再次道谢,他们俩就"啪"地摞下了黑叽叽的窗板。他们不稀罕别人感恩戴德,这样的话他们听得太多了,听腻了。这才是真正的"祖宗有灵"!罐头筒里有一瓢又一大半瓢带菜叶的稀饭,手里还有两个稗子面馍馍。两个!不是一个!这两个馍馍是平时一天的定量:早上一个,晚上一个。稀饭是什么样的稀饭啊!非常稠,简直可以说是粘饭!打稠稀饭,也是我们平时钻天觅缝地找都找不到的机会。由于加菜叶的稀饭里放了盐,这种饭会越搅和越澥。炊事员掌握了这个规律,他可以随他的兴致和需要,要么在开饭之前拼命地搅一阵,把稠的翻上来,于是排在前面的人就沾光了——"祖宗有灵"!要么稳稳地一瓢一瓢撇,那么稠的全沉了底,排在后面的人就鸿运高照!后一种情况,多半出现在炊事员因为忙而自己在开饭前没有吃上饭的时候——他们要把桶底的稠饭留给自己吃。一般情况下,炊事员们是希望我们争先恐后地跑来打饭的——早开完饭他们早休息。可是,谁也不知道炊事员在哪顿饭处于哪种情况;况且我们的人数又非常多,伙房里有十几个将近一人高的大木桶,更预测不到炊事员准备把哪一桶的稠饭留给自己吃……总而言之,打稠饭的机会比世界经济情况的变化还难以捉摸,完全要靠偶然性,靠运道。

今天我的运道就很好!

而这恰恰在我开始新的生活的第一天!

这是个好兆头!所以我非常高兴!

第三章

其实，我平时也比一般犯人吃得多，只要是打稀饭，而不是稗子面馍馍，我总要比别人多100CC左右。诀窍就在于我这个罐头筒。

自一九五九年春天伙房不做干饭，只熬稀粥以后，劳改农场即刻兴起了用大盆打饭的风气，瓷碗很快就淘汰了。因为炊事员舀汤的速度相当快，如果用小口饭具，瓢底沥沥拉拉的汤汁就会滴回到桶里，这无疑是个损失。用敞口饭具，瓢底的汤汁当然会掉到盆里，归于自己了。脸盆太大，磕磕碰碰的不好往窗口里送，并且稀饭会沾得满脸盆都是，反而得不偿失。那必须是比脸盆小、而又比饭碗大的儿童洗脸用具。在困难年代，这种用具是很难买到的。然而"营业部主任"有办法。我怀疑他连百货公司的儿童用品也偷到家里囤积了起来，或是他的余党还没有抓尽。反正，他让每月都来探望他一次的那个与他同样讨厌的老婆，替组里每人都代买了一个。当然，他不会白白地效劳的。他经常在我面前吹嘘，他人虽然送来里面了，而在外面却依然如何如何"有办法"。就像蜘蛛结好了网，等待小虫扑到上面去一样等待我向他求告。到时，他就会摆出各式各样的面孔，说出各式各样的话来取笑我。可是我偏偏不买他的账。我身无分文，又没有外面寄来的食品付给他这个捎客作佣金。我母亲在北京寄人篱下，靠给街道上编织塑料网袋，每月挣十来块钱生活，我没有面皮再向她老人家要求寄什么东西。但我有我的办法。我有一个从外面带来的五磅装的美国"克林"奶粉罐头筒。这是我从资产阶级家庭继承下来的一笔财产。

我用铁丝牢牢地在上面绕了一圈，拧成一个手柄，把它改装成带把的搪瓷缸，却比一般搪瓷缸大得多。它的口径虽然只有饭碗那么大，饭瓢外面沥沥拉拉的汤汁虽然牺牲了，但由于它的深度，由于用同等材料做成的容器以筒状容器的容量为最大这个物理和几何原理，总使炊事员看起来给我舀的饭要比给别人的少，所以每次舀饭时都要给我添一点。而这"一点"，就比洒在外面的多得多。每次从打饭的窗口回号子，"营业部主任"都要捧着他那个印着小猫洗脸的崭新的儿童面盆，神气活现地在我面前晃一晃。这使我很容易看清楚他的稀饭打到哪里，正在小猫的腰部。有一次，趁全组的人都出工，只有我一个人留在号子里休病假时，我把我的罐头筒盛上水，水面刚好达到我平时打的稀饭的位置，然后再倒到他的面盆里。试验证明：我每顿饭都比他多100CC！水面淹没了小猫拿着毛巾的爪子。

这100CC是利用人的视觉误差得到的。

我的文化知识就用在这上头！

但盆子毕竟有盆子的优越性——它可以让人把饭舔得一干二净。"营业部主任"舔起盆子来，有种很特殊的姿势。他不是把脸埋在盆子里一下一下地舔，而是捧着盆子盖在脸上，伸出舌头，两手非常灵巧地转动着盆子。如果发挥想象的话，那既像玻璃工人在吹制圆形的玻璃器皿，又像维吾尔族歌舞中的敲击手鼓。不久，他这种姿势也随着他代买的盆子在组里推广开了。罐头筒是没法舔的，这真是个遗憾！我只能在每次吃完饭后用水把它涮得干干净净，再把涮罐头筒的水喝掉。马口铁的罐头筒还不像搪瓷的面盆，不擦干很快就会生锈的。

所以我每顿饭后都要用毛巾仔细地把它擦干，放在干燥通风的窗台上。这当然引起"营业部主任"的不快。在每周一次的"生活检讨会"上，他就此指责我"资产阶级的恶习不改""没有一点劳动人民的生活作风"。

我虽然也暗自惭愧，觉得他的批评不无道理，但想到多出来的100CC，又私下里感到宽慰。

我们两人的关系一直是这样：他总认为他不论在精神上和物质上都压倒了我，我也总认为不论在精神上和物质上都压倒了他。现在，我就认为我在精神上和物质上都压倒了他。早饭我比他多吃了大半瓢，而且我的一瓢零大半瓢全是稠稠的粘饭，直到此刻我还感到它们在胃里尚没有完全消化掉，还在忠诚地给我提供卡路里。而他的一瓢不过是稀汤而已。尽管他把黄萝卜嚼得嘎巴嘎巴响，但他的怀里有馍馍么？没有！肯定他没有！我的怀里却有两个货真价实的秤子面馍馍。我想什么时候拿出来吃就拿出来吃。我现在不吃只是我不想吃它罢了。福气不得享得过头；乐极必然生悲。这是我劳改了四年体会到的人生哲理。"走啰！大车走远啰！"我向大车赶去，又回头朝萝卜田里的几个人大声吆喝。我还有比他优越的地方。我意识到了我今天可以离开那条土路，今天可以跨过那条沟、那条渠，今天可以到这田里来找黄萝卜（找没找到是另外的问题），今天可以想什么时候回到大车跟前去就什么时候回去；今天我是受我自己的意志支配的，不是被队长班长派遣的，也不必事事都要向队长班长喊报告。"营业部主任"虽然也这样行动了，并且行动得比我还要早、还要快，但不自觉地运用这种自由和自觉地意识到自己获得了这种自由，这二者在精神上就处在不同的层次。

我觉得我比他高尚，比他有更多的精神上的享受，虽然没有找到黄萝卜，我还是心满意足的、带着一种精神胜利的自豪感追上了大车。"走啰！大少爷在发号施令啰！"我听见"营业部主任"在后面向其他人这样喊。不一会儿，他们也跟了上来。

第四章

大车照旧不紧不慢地走着。那匹枣红马的嘴唇不流血了，伤口凝着一道乌黑的血斑。任何伤口都会愈合的。它明天仍旧会像往常一样被拉来套车。

它就这样拉车，流血，拉车，流血……直到它死。

车把式还是端坐在车辕上，脸上带着一股沉思的神情。他一点也不搭理我们，好像他身边压根儿就没有我们这几个人似的。他的沉默，倒使我有些不安。他是这个农场派到劳改农场来接我们的，直到现在我们还摸不清他是干部还是工人。他套车、赶车、捆绑行李的动作干净利索；他的话很少，操着河州口音，说出的话语句也很短，至多两三个词，老像是有满腹心思。他没有对我们几个人下过命令，但也没有表示过一点好感。他的表情是冷漠的、严厉的，在扬鞭的时候咬着牙，显得很残忍。他四十岁左右，但也许实际年龄没有那么大，西北人的脸面看起来都显老。他身躯高大，骨骼粗壮；在褐色的宽阔的脸膛上，眼睛、鼻子、嘴唇的线条都很硬，宛如钢笔勾勒出来的一张肖像：英俊，却并不柔和。

我一面悄悄地打量他，一面在心里分析自己不安的原因。最后我发觉，原来我是被人管惯了，呵叱惯了。虽然我意识到我今天获得了自由，成了一个"自食其力的劳动者"，但在潜意识下，没有管教和呵叱，对我来说倒不习惯了；我必须跟在一个管我的、领我的人后面。

我微微地感到屈辱，于是怀着一丝反抗情绪离开了他几步，靠到路边上去走。牲口颠簸着，大车摇晃着，马蹄和车轮踏碾着寂寥的土路。我们几个就业人员跟在后面，默默无语。

这时，田野上刮起了微风。山脚下，一股龙卷风高扬起黄色的沙尘，挺立在那里，一动不动，像一根顶天立地的玉柱。不知什么时候，空中飞来了两只山鹰。它们并不扇动翅膀，仅靠着气流的浮力，在我们头顶"嘹嘹"地盘旋。

兀地，像是应和饥饿的山鹰"嘹嘹"的啼鸣一般，这个如石雕似的车把式，喉咙里突然发出一声悠长而高亢的歌声：哎——

接下来，他用极其忧伤的音调唱出了：

> 打马的鞭儿闪断了哟噢！
>
> 阿哥的肉呀，走马的脚步儿乱了；
>
> 二阿哥出门三天了呀，一天赶一天远呀——了！

他声音的高亢是一种被压抑的高亢，沉闷的高亢，像被一股强大的力量猛烈挤压出来的爆发似的高亢。在"哟噢""呀""了"这样的尾音上，又急转直下，带着呻吟似的沉痛，逐渐地消失在这无边无涯的荒凉的田野上。整个旋律富有变化，极有活力，在尾音上还颤动不已，以至在尾音逐渐消失以后，使我觉得那最后一丝歌声尚飘浮在这苍茫大地的什么地方，蜿蜒在带着毛茸茸的茬口的稻根之间；曲调是优美的。我听过不少著名歌唱家灌制的唱片，卡鲁索和夏里亚宾的已不可求了，但吉里和保尔·罗伯逊则是一九五七年以前我常听的。我可以说，没有一首歌曲使我如此感动。不仅仅是因为这种民歌的曲调糅合了中亚细亚的和东方古老音乐的某些特色，更在于它的粗犷，它的朴拙，它的苍凉，它的遒劲。这种内在的精神是不可学习到的，是训练不出来的。它全然是和这片辽阔而令人怆然的土地融合在一起的；它是这片土地，这片黄土高原的黄色土地唱出来的歌。

我十分震惊！只听见他又用那独特的嗓音唱道：

哎——

扑灯的蛾儿上天了哟噢!

阿哥的肉呀,蛤蟆蟆入了个地了,前半夜想你没睡着呀!

后半夜想你个亮呀——了!

他把"了"唱成"留"音,把"没"唱成"嗨"音,只有这种纯粹在高原土地上土生土长的地方语音,才能无遗地表现这片高原土地的情趣。曲调、旋律、方音,和这片土地浑然无间,融为一体。听纳坡里民歌,脑海中会出现蓝色的海洋,听夏威夷民歌,眼前会出现迎风的棕榈,但那只是歌声引起的联想和激发的憧憬。此刻,身临此境,我感觉到的是,这田、这地、这风、这被风吹来的云、这天空、这空中的山鹰……即刻被这歌声抚摩得欢快起来,生动起来,展现出那么一种特殊的迷人的魅力……在我眼前,这片土地蓦然变得异常妩媚了,使我的心不由得整个溶进了这绝妙的情景里。重要的不是他的歌声,而是他的歌声唤起了这苍茫而美丽的土地的精灵,唤醒了在我胸中沉睡了多年的诗情。

啊,今天,我已成了自由人,我要用我干裂的、没有血色的嘴唇一千遍地吻这片土地!

我屏声静息,听他继续往下唱:

哎——

大马儿走了个口外了哟噢!

阿哥的肉呀,马驹儿打了个场了。

家中的闲事不管了呀,一心儿想着个你呀——了!

忧伤是歌曲的灵魂。他那歌声中的忧伤,浓烈的忧伤,沉重的忧伤,热情的忧伤,紧紧攫住了我的心。这里,歌词不是主要的,我只是凭着曲调,凭着旋律才模糊地揣摩到歌词的意义。他那对某个人、或并不是对具体人而是对某种想象的思念,引起我被饥饿折磨殆尽的情思抬了头,也试着要思念些什么……这时,我才感到一阵辛酸:人的辛酸,而不是饿兽的辛酸……"嘹嘹"的山鹰不知疲倦地跟随着我们，冬天的太阳有点偏西了。

可是，他的音调陡地一变，变得明朗而热情起来，尽管这种明朗和热情还覆盖有忧伤的阴影：

哎——

黑猫儿卧到锅台上了哟噢！

阿哥的肉呀，尾巴儿搭到个碗上了。

阿哥的怀里妹躺上呀！

你把翘嘴嘴贴到脸上呀——了！

听到这里，我才明白这是首情歌。开始，我只是被他的歌声和旋律所震动，久废不用的想象力像一只停在枯树上的受伤的鸟儿被炸雷猛然惊起，懵头懵脑地奋力扇动着翅膀，飞到尽其可能飞到的地方。在震动过后，回首一望，才看到被闪电照亮的枯树下，绿草儿正在发芽。民歌的歌词，把我心灵里被劳改队的尘埃埋住的那最底一层拂拭了开来。因为歌词毫不掩饰，毫无文采地表现了赤裸裸的情欲。我回味地唱"阿哥的肉呀"那句热烈得颤抖的歌声，发现世界上没有哪一个民族的情歌有如此大胆、豪放、雄奇、剽悍不羁。什么"我的太阳""我的夜莺""我的小鸽子""我的玫瑰花"……通通都显得极为软弱，极为苍白，毫无男子气概。于是，我二十五岁的青春血液，虽然因为营养不足而变得非常稀薄，这时也在我的血管中激荡迸溅。它往上冲到我的头部，使我脑海里浮现出一片不成形的幻影，又使我浑身不可抑制地燠热起来……我的眼眶中不知什么时候溢出了泪水。

啊！这是我自由了的第一天。

第五章

然而，这对我如此重要的一天，非常值得纪念的一天—— 一九六一年十二月一日，在别人看来，竟和一年三百六十五天中的任何一天没有区别，毫无二致。

这使我有点失望。当车把式海喜喜——进村的时候，我听见别人叫他"喜喜"——在日头偏西时终于把大车赶进一处居民点后，我们几个就业人员并没有看见有任何欢迎我们的表示。这里连狗也没有一条，也没有鸡鸭，只有几个衣衫褴褛的老汉懒洋洋地坐在水泥桥头，借着夕阳的余晖取暖。他们对我们眼皮也不抬。

这个村子和劳改农场房舍的格局没有两样，一律是一排排兵营式的黄色的土坯房。但比劳改农场还要破旧，许多处墙根已经被硝碱浸蚀得塌掉了泥皮——劳改农场里有的是劳动力，可以随时修修补补的。只不过这儿在每扇矮小的木板门口，有一两堆被雨雪淋得发黑的柴火，或是拉着晾衣裳的绳子，显示出那么一点农村的居家气氛。

大车经过一排排房舍前面凹凸不平的空地，除了柴火还是柴火，没有一个人。我们好像到了一处被废弃了的荒村。

"妈的！都死绝了！……往哪达儿拉呀……"

海喜喜从优秀的民歌手又一下子恢复了车把式的本来面目，用不能形诸笔墨的语言嘟嘟哝哝地谩骂了一通。显然，他并不知道把我们几个新来的农工安顿在哪里，对这趟差使似乎也极不高兴。他已经跳下车辕，勒着马嚼子，一边催马前行，一边东张西望。从桥头那几个老汉对他的称呼，我们知道了他绝不是干部，不是书记、队长、出纳、会计之类的人物，从而大大地削弱了我们对他的敬意。我们也不答理他：你爱往哪儿拉就往哪儿拉吧！这是你的责任。

走到最后一排土坯房，再没有地方可去了。在一间好似仓库的门前，他"吁、吁"地把牲口呵止住，一脚蹬起车底盘下的支架，三下五除二地把三匹马卸了套，管自牵走了马，一句话也没有给我们留下。

我们几个人都有点沮丧。对我们新来的工人——我们都是"自食其力的劳动者"了——如此简慢不说，肚子也早饿瘪了。我想把怀里的稗子面馍馍掏出来吃，但还是忍住了。吃东西是最大的享受，必须在毫无干扰的、非常宁静的氛围中咀嚼，才能品出每一个食物分子的味道。这时我们还没有安下身，说不定马上还要转移，现在吃，是最大的浪费！

"喂，伙计们！咱们大概就住在这儿。""营业部主任"在一扇破窗户前面探头探脑。他总交好运道，就在于他心里从来不承认自己是"右派分子"，不老老实实，总要钻天觅缝地找点小自由。

譬如现在，在我们几个人都不知所措的时候，他早已把周围的环境观察好了。

"这不是场部，"他说，"这不过是这个农场的一个队。你们看，这他妈的就是咱们的宿舍。还不如劳改队！劳改队还有火炕。"我们从没有玻璃的窗口朝里望去：泥地上均匀地铺着刚拉来的干草，除此之外，别无他物；暗黄的土墙泥面也剥落了，露出一片片草秸。是的，这宿舍可真不怎么样！

"我一看这就是个穷地方！"从兰州来的报社编辑说，"和我过去到过的定西农村一个样！"

"好地方轮得着你我？"过去的辎重团中尉，上过朝鲜战场的英雄骂骂咧咧的。他虽然也被劳改了三年，还是认为自己应该受到特殊的礼遇。"这他妈的不过是从十八层地狱到了十七层！"

"算了吧，大家少说两句。"上海来的银行会计抱着听天由命的态度说，"既来之，则安之。反正谁也在这里待不长，能忍则忍吧……"

转而，几个人稍稍地有了兴致，谈论起各自的家属给他们联系工作的情况。是的，他们不会在这里待长的。他们的家在上海、西安、兰州……这样的大城市，他们的老婆都在活动着把他们办到那里郊区的农场去；"营业部主任"也不例外，他不久也能回到这个省城的郊区。他们有老婆孩子，他们要回去团圆，这是国家政策允许的。"和定西农村一样穷"也好，"十七层地狱"也好，对他们来说不过是个过渡，他们很快就能上天堂。只有我，是注定要在这里待到全然不可预测的未来，也许直待到老、到死的。我母亲是北京街道上一个穷老婆子，毫无办法；我那官僚兼资本家的大家庭，被日本人的炮火摧毁后即一蹶不振，树倒猢狲散，经过八年离乱，正如《红楼梦》里写的，"好一似食尽鸟投林，落了片白茫茫大地真干净"了。

我没有资格和他们一起畅谈美好的前景，独自蹲在一旁想心思。今天，我获得自由的第一天，种种好兆头（除了没有捡着黄萝卜之外）鼓舞了我。我既然从死人堆里爬出来，就一定能够活下去。死而复生的人，会把今后的日子全看作是残生。或许我还能活二十年、三十年、四十年，甚至五十年、六十年，但那全是残生了——多么长的残生啊！而只要认为自己早已死去，现在肉体尚未腐烂，尚能活动，尚能看见太阳，听到歌声，不过是自己的侥幸，是自己白捡来的便宜，就什么困苦贫穷都不在话下了。家庭是"落了片白茫茫大地真干净"，而我本人也成了"赤条条来去无牵挂"。所以尽管我有点失望，倒并不特别不满。我已学会了忍耐和不发牢骚。

大约过了半小时，我们看到村子外面的田野上有许多人扛着铁锹往回走，前排房子也响起了人声。收工了。一个瘸腿的中年汉子拐过房角向我们走来。

"来啦？"他并不看谁，低着头从手中的一串钥匙中挑出一把，开开门，顺口问了一句，算是跟我们打了招呼。随即转身又走了。

"喂，队长呢？"中尉在他背后叫，"咱们总得办手续、报到哇！"他一出劳改农场就续接上在部队的习惯。习惯，真是难以改变的东西。

"队长歇歇就来。"瘸子头也不回地说。

没有什么可等的。既然要活下去，就要会生活。我第一个爬上大车，把放在最上面的烂棉花网套取了下来——这就是我的全部财产。我用胳膊一夹，排闼而入，先把干草尽量往墙根踢拢，使墙根的干草堆得厚厚的，又用眼角瞟瞟旁边：也不能让旁边的干草太薄。狼孩也有狼孩的道德；我活，也要让别人活。

然后，我把烂网套往墙根一撂：这个地方是我的了！

"喂，喂！你们干啥？你们干啥？队长还没有来分铺哩！……""营业部主任"气急败坏地嚷嚷。如果他占据了墙根，他是不会这样叫的。他虽然不断瞅空子搞小自由，但一旦小自由的利益被别人获取，他就宁愿舍弃自由而去找领导：我没有得到，也不能让你得到！今天早晨，他因为怕自己的行李放在大车的最上层会在路上颠下来，第一个搬出行李，放在大车的车底盘上。现在，等他搬进自己的铺盖，三面墙根都让别人占了。对不起，你睡在门边上喝西北风吧！

不理他！你活，也要让我活。他被子褥子齐全，还有一件老羊皮袄，按平均主义的原则，他也应该睡在门口。我打开我的烂网套，把哲学讲师送我的《资本论》第一卷塞在网套下当枕头，旁若无人地、直挺挺地在我的"床"上躺下了。

墙根，这是多么美好的地方！"在家靠娘，出门靠墙"，这句谚语真是没有一点杂质的智慧。在集体宿舍里，你占据了墙根，你就获得了一半的自由，少了一半的干扰；对我这样连纸箱子也没有的人，墙根就更为重要了。要是有点小家当，针头线脑、破鞋烂袜之类，或是"祖宗有灵"，搞到了一点吃食，只有贮藏在墙根的干草下面。如果财产更多一点，还有一面墙供你利用。你可以把东西捆扎起来挂在墙上。更妙的是，你要看点书，写封家信，抑或心灵中那秘密的一角要展开活动，你就干脆面朝着墙，那么，现实世界的一切都会远远地离开你，你能够去苦思冥想。睡了四年号子，我才懂得悟道的高僧为什么都要经过一番"面壁"。是的，墙壁会用永恒的沉默告诉你很多道理。

第六章

我们刚把自己的铺位铺好，干草的烟尘还在土房里飞扬的时候，那个瘸子又来了，他说队长叫他领我们吃饭去。

好极了！吃饭！

村子里有了活气。冬天的夕阳在西南方向放射着金色的光辉，黄色的土墙上和七拼八凑的玻璃窗上，都映得光灿灿的。小土房上小小的烟囱，一个个冒出袅娜的轻烟，村子里弥漫着一股苦艾和蒿草的香气。这种与劳改农场迥然不同的、如风俗小说里描写的村居情景，使我莫名地兴奋起来：贫穷也罢，困苦也罢，我毕竟又回到了正常的环境中！

伙房很小，看起来没有几个人在伙房搭伙。这使我有点担心：搭伙的人越少，每个人被炊事员剥削的量就越大。不过所幸的是，我们现在是工人了，我们可以进入伙房里面去打饭了。在瘸子——现在我知道他是队上的保管员兼管理员——向炊事员嘀嘀咕咕地交代给我们按多少定量打饭的时候，我的近视眼迅速地在伙房里睃巡了一遍：扔在案板上的笼屉布，沾着许多馍馍渣！其实，像"营业部主任"这类人真蠢。他们不断地用最哀切的言词向家中勒索，搞得家里人惶恐不宁，扎紧裤腰带来支援他们。我呢，既然不忍心盘剥老母亲，就要发挥自己的智能。而我凭智能在目前的生活圈子里搞到的吃食，并不比从外面给他们寄来的邮包少。

每人四两：一个稗子面馍馍，再加一碗已经冷却的咸菜汤。我磨蹭着最后一个打饭。我笑着对炊事员说："我不要稗子面馍馍，你让我刮那笼屉布吧。"

"行，"炊事员诧异地看了我一眼，递给我一把饭铲，"你要刮你就刮吧。"

我仔仔细细地把笼屉布刮得比水洗的还干净，足足刮了一罐头筒馍馍渣。按分量说，至少有一斤！

"祖宗有灵！"

虽然有股蒸锅水味，还是很好吃！

只有自由的人才能进伙房刮馍馍渣。自由真好！

吃完了饭，队长给我们提着一盏马灯来了。

"大家都来啦？来了就好，来了就好！……"

他在身上摸索着火柴。我马上走过去，帮他提着马灯，点上火，然后接过马灯挂在我的头顶上——这盏马灯有一半归我用了！没有外援的劳改生活锻炼出了我的机灵，依靠外援活下来的"营业部主任"之流只能靠他们的后盾。

"队长，咱们就这么随便睡哇？"躺在门口的"营业部主任"想改变现状。"随便睡，随便睡，睡哪儿都行……"队长一屁股坐下来，在他的草铺上盘起腿，没有领会他的意图。

"队长，有没有好一点的房子？"上过朝鲜战场的中尉不满地说，"这房子连炕也没有。"

"凑合住吧，家嘛，在人收拾。"队长有点不悦了。他是个干瘦的中年汉子，自我介绍说姓谢。在马灯昏黄的灯光下只看见他一脸胡楂，神色疲惫，穿一件补满补丁的棉干部服。

他说："想睡炕，就得脱炕面子。这大冬天的，脱下的炕面子也不结实。等开春再说吧。"

这就是说，我们要到春天才能睡上炕。而到春天，没有炕睡也行了。

几个人向谢队长打听怎么往这儿写信？场部在哪里？人保科什么时候办公？迁移户口的事应该找谁？谢队长很快就知道了这几个人是不准备在这里干长的。他把目光向我转来。我坐在马灯底座下面的阴影里。他眯缝着眼睛问："喂，小尕子，你叫啥名字？"

"章永璘。"我欠了欠身子，干草在我屁股下，窸窣作响。

他把手中的一张纸就着灯光吃力地看了看。

"你家在北京啰？才二十五岁？"

"在北京。是的，刚满二十五岁。"

"你们几个就你年轻。咋？你也要回吗？"

"我不回。"

"好，不回就在这达儿好好干。"谢队长高兴了，脸朝着我和蔼地说，"这达儿也不坏，总比你们原来待的地方强。供应嘛，一个月二十五斤粮，还有两包烟。工资嘛，一级十八块，二级二十一块……你们先拿十八块，干了半年，根据你们的劳力再说话……"

"是，是……"我表示很满足地点着头。其他人靠在铺盖上冷冷地听着。呆滞的灯光把他们的脸照得像一张张没有表情的面具。实际上，这里并没有什么值得高兴的。比劳改农场强的只是有工资。而十八块钱在这困难时期买不到十斤黄萝卜，况且这里还不发衣裳。

粮食定量和劳改农场一样，七扣八扣，真正吃到嘴的至多二十斤（一月二十五斤定量在正常条件下也差不多够了，但在没有一点副食、油脂、菜蔬并且每天都要干体力活儿的情况下，你吃一个月试试！而我长年累月都是如此。六〇年定量还要低，每月只有十五斤）。我满足的不过是，他在说话时有意避开了"劳改队"三个字而已。

谢队长又从几个口袋里东掏西摸地拿出一堆香烟，发给每个人两包，向每人收了一角六分钱："双鱼牌"，八分钱一包。太好了！这是真正的香烟，不是葵花叶子、白菜叶子、茄子叶子……这类代用品。香烟，对我来说几乎和粮食同等重要。但我看到不吸烟的"营业部主任"也有一份，又不禁妒火中烧。他会在你烟瘾大发时，用两毛钱一根的高价"让"给你。平均主义的原则毕竟有弊病！

"每天九点开饭，十点出工。下午四点收工。大冬天的，也没啥营生干。你们明天就出工吧，等到休息天再休息……"谢队长站起来，拍拍屁股要走。他不说星期天，却说"休息天"，但不知哪天算"休息天"。

"队长，没有炕，砌个炉子行不行？这屋子，晚上要冻死人。"中尉围在被窝里，又提出特殊要求。这个集体需要有这样一个人！

"炉子是要砌的。那有几块土坯就行。可公家只有烟煤，没有干炭。"谢队长袖着手，他也觉得冷，"还有窗子，也要糊一下，明天早上你们去办公室领点旧报纸，再到伙房打点糨子。"

"烧烟煤的炉子我会砌。"我自告奋勇地说。我有两个稗子面馍馍的贮存，还是愿意干重活的。

"哦？那跟烧干炭的炉子可不一样哩。"谢队长用感到意外的眼光看了看我，"这样吧，明天你就留在家里，把炉子砌了，窗子糊了……哦，对了，你们还得有个组长。我看，就让章永璘当上吧。"

很好！我自由了的第一天就当上了组长。

第七章

晚上，我万分小心地钻进棉花网套里，就像把一件珍贵器皿放进衬着缎垫的锦匣中一样。因为我既要当心脚趾头伸进破洞里去，或是勾断了线，把破洞越撕越大，又不能把被筒敞得太开，不然脊背就直接贴在稻草上挨扎了。随后，从盖在网套上的棉衣里掏出早上得到的两个稗子面馍馍，在被筒里嗅一嗅，玩味玩味，用洗脸的毛巾包好，埋在墙根下的稻草里面。

夜，寂静得使人以为世界已经离开了自己。而在劳改农场里，半夜都有值班人员的脚步声。

于是，我的另一面开始活动了。那被痛苦的、我不理解的现实所粉碎了的精神碎片，这时都聚集拢来，用如碎玻璃似的锋利的碴子碾磨着我。深夜，是我最清醒的时刻。

白天，我被求生的本能所驱使，我谄媚，我讨好，我妒忌，我要各式各样的小聪明……但在黑夜，白天的种种卑贱和邪恶念头却使自己吃惊，就像朵连格莱看到被灵猫施了魔法的画像，看到了我灵魂被蒙上的灰尘；回忆在我的眼前默默地展开它的画卷，我审视这一天的生活，带着对自己深深的厌恶。我战栗；我诅咒自己。

可怕的不是堕落，而是堕落的时候非常清醒。

我不认为人的堕落全在于客观环境，如果是那样的话，精神力量就完全无能为力了；这个世界就纯粹是物质与力的世界，人也就降低到了禽兽的水平。宗教史上的圣徒可以为了神而献身，唯物主义的诗人把崇高的理想当作自己的神。我没有死，那就说明我还活着。而活的目的是什么？难道仅仅是为了活？如果没有比活更高的东西，活着还有什么意义？

可是，现在我是一切为了活，为了活着而活着。

我想起了普希金的诗句：

> 当阿波罗还没有向诗人要求庄严的牺牲的时候，诗人尽在琐事上盘算，想着世俗的无谓的烦忧；他的神圣的竖琴喑哑了，他的灵魂浸沉于寒冷的梦；在游戏世界的顽童中间，也许他比谁过得都空洞。

我何止于"空洞"，简直是腐烂！但怎么办？"牺牲"，必须要有一个明确的目的。过去朦胧的理想，在它还没有成型时就被批判得破灭了。尽管我也怀疑为什么把能促使人精神高尚起来的东西、把不平凡的抒情力量都否定掉，但我也不得不承认，现实的否定比一切批判都有力！那么，新的理想、新的生活目的究竟应该是什么呢？

据说，我这种家庭出身的人，一生的目的都在于改造自己，但是说"牺牲就是为了改造自己"，显然是不合理的。因为那等于说我不死便不能改造好，改造自己也就失去了意义。

今天，我已成了自由人，如果说接受惩罚是为了赎罪，那么，惩罚结束了就可说是赎清了"右派"的罪行；如果说释放标志着改造告一段落，那么，对我的改造也就进行得差不多了吧。今后怎么样生活呢？这是不能不考虑的。但是，这个农场并不能使我感到乐观，并不能把我的文化知识发挥出来，以检验我改造的程度。我虽然自由了，但我觉得我并没有落在某一处实地上，相反，更像是悬浮在四边没有着落的空中……

我脸朝着墙壁。墙角散发着潮湿的霉味和老鼠洞的气味，还有一股淡淡的、温暖的干草味。旁边，老会计在坚韧不拔地磨牙，那不把牙齿咬碎不罢休的咯咯声，仿佛象征着我们艰辛的未来。棉絮冷似铁，我浑身没有一点热气。"我怎么会落到这种地步"的感叹又油然而生。我经常发这样的感叹。这成了揣摩不透的谜。有时，我觉得劳改之前不过是场大梦，有时，我又觉得现在是场噩梦，第二天醒来我照旧会到课堂上去给学员们讲唐诗宋词，或是在我的书桌前读心爱的莎士比亚。但是肚皮给了我最唯物主义的教育。你不正视现实吗？那就让你挨挨饿吧？

我目前的境遇是铁的现实！

那么，这是宿命吗？但普遍性的饥饿正使千千万万人共享着同样的命运。我耳边又响起了哲学讲师的声音："个人的命运和国家的命运是连在一起的。"

我悄悄摸了摸枕在我头底下的《资本论》。"也许你还能从那里知道，我们今天怎么会成了这种样子。"现在，只有这本书作为我和理念世界的联系了，只有这本书能使我重新进入我原来很熟悉的精神生活中去，使我从馍馍渣、黄萝卜、咸菜汤和稠稀饭中升华出来，使我和饥饿的野兽区别开……

棉花网套被我微弱的体温慢慢焐暖了。我感到暖烘烘的、软绵绵的，感到了我的存在。

存在是什么？笛卡尔说，我思，故我在。活着多么好，能够思想多么好！好得我都不想睡觉……但我还是睡着了。

第八章

第二天早上一起床，第一件事就令我极为懊丧，乐极果然生悲——两个稗子面馍馍都被老鼠吃光了！

是老鼠吃的，不是人偷走的，洗脸毛巾也被咬破了。我悄悄地团起烂得像渔网似的毛巾，塞进裤子口袋里。我还不能声张，"营业部主任"知道了，又会幸灾乐祸地嘲笑我。

九点钟才开饭，我靠在叠起来的棉花网套上，几乎要晕过去。如果这两个稗子面馍馍不丢，即使我不吃它也不觉着什么。而这巨大的损失加深了我的恐惧心理，竟使我觉得非常非常的饿。饥饿会变成一种有重量、有体积的实体，在胃里横冲直闯；还会发出声音，向全身的每一根神经呼喊：要吃！要吃！要吃！……我没有力气动弹，更没有心思思想，只一个劲儿地转念头：必须把损失加倍地捞回来！

这时，昨夜里那些聚集拢来的精神碎片又四面迸散了，我又成了生活的全部目的都是为了活着的狼孩！

从伙房打回饭，都坐在各自的草铺上默默地吃着。罐头筒的优势失去了。这儿的炊事员似乎没有视觉误差，他绝对相信自己手中的勺子，没有给我多加一点。但是没关系，我已经把门路想好了。

吃完饭，按照谢队长的安排，由一个面目阴沉的农工领着其他几个人随大队出工。那个瘸子保管员腋下夹着一卷旧报纸又来了。他放下报纸，告诉我土坯在什么地方，砖在什么地方，小车在什么地方，又领我到库房里去拿了把铁锹，一个小水桶，一把瓦刀，几根做炉算的铁条。临走时说，糨子到伙房去打，他已经跟炊事员说好了。另外还需要什么，可以到办公室去找他。

砌炉子，至少是两个人的事：一个大工，一个小工。但我宁可不要小工。土坯和砖都近得很，就堆在我们的房头上。土嘛，院子里随便挖一点就行，这儿是碱土，不冻的。至于水，还是少用为好，不然光烤干炉子就要用很长时间。瘸子一走，我拿起一张报纸首先跑到伙房去。

"师傅，我打糨子来了。"我笑嘻嘻地和他打招呼，仿佛我经常吃得很饱似的。

"你自己去舀吧。"他坐在门口晒太阳，他是真正地吃饱了，"你可别舀得太多。"

"你看，"我把报纸一扬，"包一包就行。"

案板上放着半脸盆灰白色的稗子面，看来是事先给我准备的。我摊开报纸，把所有的稗子面都倒光，摁得实实的，捧了回来。什么"打糨子"，吃得饱饱的人永远不会注意到，稗子面是没有黏性的。即使借着潮湿糊上报纸，水分一干就会掉下来。我先不糊窗子，现在最急需的是火。我在劳改农场跟中国第一流的供暖工程师干了一个月活，专给干部砌炉子——他也是"右派"，他当大工，我当小工。他曾教给我一个最简便的砌烟灶的方法；他还说，只要给他一把铁锹，其余什么也不用，他在坡地上就能挖出一个火又旺柴又省的炉灶：学问不过在进风口、深度和烟道上。我一会儿上房，一会儿挖土，干得满头冒汗，不到两小时，我就把一个最原始而又最合乎科学的取暖炉砌好了。

我一分钟也不歇息，拉上小车去伙房门口装了半车烟煤—— 一车我拉不动。沿途又顺手在不知谁家的柴火堆上抽了几根干柴。

我用颤抖的手划着了火柴，点燃了炉膛里的柴火。火苗和烟都朝着烟道蹿过去。一会儿，烟没有了，淡红色的火苗在烟道里呼呼地叫。又一会儿，火焰旺得像火山口喷出的岩浆，在炉膛里形成一个扇面，争先恐后地往狭窄的烟道口跑。这时候，我加上一铁锹煤，炉子里像施了魔法一般，腾起一股黑烟，但即刻被烟道吸了进去。火焰仍顽强地从煤的缝隙中往外冒。不到五分钟，火焰的颜色逐渐加深，由淡红变为深红，然后变成带青色的火红，这就是真正的煤火的颜色了。

下一步，就是不能让人家看见我在房子里干什么。我找到办公室，瘸子恰好在里面像泥人儿似的呆坐着。我无暇念及有人干得满头是汗而有人却什么都不干这种现象是多么可笑，问他要了一把小钉子、几片破纸盒上的纸板、一把剪刀——只要不领吃的东西，他都会慷慨地给我——旋即急匆匆地跑回来。

我把硬纸板剪成一条条长条，压住铺在窗户上的报纸，用钉子在窗棂上钉得牢牢的。

像个宿舍样了。按谢队长的说法，这就是"家"！

我干活的步骤是符合运筹学原理的。这时，炉子已经烧得通红了：烟煤燃尽了烟，火力非常强。我先把洗得干干净净的铁锹头支在炉口上，把稃子面倒一些在罐头筒里，再加上适量的清水，用匙子搅成糊状的流汁，哧啦一声倒一撮在滚烫的铁锹上。黄土高原用的是平板铁锹，宛如一只平底锅，稃子面糊均匀地向四周摊开，边缘冒着一瞬即逝的气泡，不到一分钟就煎成了一张煎饼。

我一上午辛辛苦苦的忙碌就是为了这个美好的时刻！

我煎一张，吃一张，煎一张，吃一张……头几张我根本尝不出味道，越吃到后来越香。

趁稃子面糊在铁锹上煎着的空隙，我还把我草铺下的老鼠洞堵了起来。这里有老鼠，没有料到！劳改农场是没有老鼠的——那里没有什么东西给它吃，它自己反而有被吃掉的危险。

土房里暖和了起来。我肚子里暖和了起来。我身上也暖和了起来。我坐在炉子旁边昏昏欲睡了。但现在不是睡觉的时候。我从棉花网套里掏出"双鱼牌"香烟，抽出一根，转圈捏了一遍——还好，没有烟梗子——捡起铁条上掉下的煤渣把它点燃。我不让一丝烟从我的口腔和鼻孔漏出去，屏住气息，全部吞进肚子里。一霎间，一种特别舒服的陶醉感立即传遍了我的全身。

可是，不知怎么，我心中却蹿出了一阵扎心扎肺的酸楚……

不能多想！我知道我肚子一胀，心里就会有一种比饥饿还要深刻的痛苦。饿了也苦，胀了也苦，但肉体的痛苦总比心灵的痛苦好受。我小心地掐灭香烟，把烟蒂仍装进烟盒里。我要找点事情来干。收拾好工具后，我把剩下的秕子面包上几层报纸，在墙上挂起来。把炉子加足了煤，拿起我补了又补的无指手套，拍拍身上的土，走出了我们的"家"。

第九章

这几天天气非常好。高原上的黄土到处泛着柠檬色的辉光。村子四周没有什么树，几株脱了叶的白杨，如银雕一般傲然耸入暖洋洋的天空，把它们瘦伶伶的影子甩在脚下。太阳偏西了。昨天这个时候，正是车把式海喜喜引吭高歌的时候。现在，我肚子胀了，回味那忧伤而开阔的歌声，竟使我联想到巴勃罗·聂鲁达的《伐木者，醒来吧》中的几个段落。

我经常有些奇异的联想，既毫不着边际，但又有某种模糊的、近乎神秘的内在联系。当然，只有在肚子胀了的情况下，脑海中才会产生种种联想。这时，我就觉得，海喜喜土生土长的民歌旋律，似乎给我注入了聂鲁达所歌颂的那种北美拓荒者的剽悍精神。那歌声、那山鹰、那广阔无垠的苍凉的田野、那静静的连绵不绝的群山、那山的绵延就是有形的旋律……整个地在我的心中翻腾。一时，我觉得我非常美而强壮了。

于是，我心情愉快地向马号方向走去。我想看看马。我很喜欢马。它们总使我联想到英雄的事业：去开拓疆土！去开拓疆土！……

可是，马号前面却有一群农工在那里翻肥。我的组员——"营业部主任"、中尉、老会计和报社编辑几个人也在其中。我想退回去已经来不及了。

"家收拾好啦?"谢队长手拿铁锹，站在高高的肥堆上，一眼就看见了我。在白天看来，他比昨天矮小得多。

"收拾好了。"

"你来干啥？"

"我……"我总不能说我来看看马。马有什么可看的？

种种异想都从我脑子里飞逃了出去，只剩下一个意识：我是一个农工！我只好说："我来干活。"

"好。"谢队长高兴地咧开满布胡楂的嘴，"你刨粪吧，刨下来她们砸。"他给我指定一个地点。原来这里还有妇女。

我从来没有跟妇女一起劳动过。四年劳改农场的生活，我几乎没有看见过妇女。我低着头，局促不安地走到她们中间，不知道干什么好。

"你拿镐头刨吧，你刨一块咱们砸一块。"一个妇女对我说，"也别累着，看你瘦鸡猴的，刨不动大块就刨小块的。"

她的音色柔软，把本来发音很硬的方音也变得很圆润，尤其是语气中的关切之情使我特别感动。我很长时间没听过"别累着"这样的话了；我耳边响着的一直是"快！快！""别磨洋工"这类的训斥。但我没敢看她；我莫名其妙地脸红起来。我兴奋地想，我要好好替她刨，刨下来后还要替她砸碎。

我用眼睛在肥堆旁扫了一遍：这里没有镐。我忘乎所以地向谢队长喊道："队长，没有工具呀！"

"你干球啥来的？！"出乎我意外地招来一顿训斥，"你吃席来还得带双筷子哩！"

旁边的几个妇女没有恶意地嘻嘻笑了。我脸涨得血红。我又羞愧，又痛恨这个谢队长：这是个喜怒无常的小人！

正在我手足无所措的当儿，那个妇女突然递给我一把钥匙："给！你到我家去拿。就在门背后，有个好使的镐头。"

我窘迫地接过来，嘴里嘟嘟哝哝地也不知说了些什么。

"喏，就在西边第一排房子的第一个门。"她告诉我，"好找得很，一拐弯，头一间就是嘛。"

"就是门口挂着'美国饭店'的呀！"另一个妇女吃吃地笑道。

"你这婊子，你门口才挂招牌哩！"给我钥匙的妇女并不气恼，对她笑骂着。

我转身走了，她们还在嘻嘻哈哈地对骂。

这是把自制的黄铜钥匙，磨得很光滑，还留有人体的微温，大概是她装在贴身的衣兜里的。我翻来覆去地看了看，感激地抚摩着它，仿佛它是她的手。

门口并没有挂什么"美国饭店"的招牌，和别人家一样，堆着一堆发黑的柴火，拉着一根晾衣裳的绳子。我开开门。这是间比我们"家"还小的土坯房，一铺火炕就占了半间。泥地扫得很干净。我从来不知道泥地经过加工，会变得像水泥地面一样的平整。屋里没有什么木制家具，台子、凳子都是土坯砌的。靠墙的台子还用炕面子搭了两层，砌成橱柜的式样，上层拉着一块旧花布作帘子。所有的土坯"家具"都有棱有角，清扫得很光洁。土台上对称地陈列着锃亮的空酒瓶和空罐头盒作为摆设。炕上铺着一条破旧的毡子，一床有补丁的棉被和几件衣裳——还有娃娃的小衣裳——整整齐齐地叠放在上面。炕围子花花绿绿的，我匆匆浏览了一下，是整整一本《大众电影》，还有《脖子上的安娜》的彩色剧照。

炕下面有个锅台，锅圈上坐着一个盖着木盖的铁锅！

我头一次只身一个进入一个陌生人的房间，我感到了被人信任的温情，但又有这样一种本能的冲动：想揭开锅盖，掀起帘子，看看有什么吃的——凡是贮藏食物的地方对我都有难以抵挡的诱惑力。

罪孽！

我赶快把门背后的十字镐扛了出来，回到马号那里去。

"门锁上了么？"我低着头还给她钥匙，她问我。

"锁上了。"

我开始抡镐。有一个妇女在旁边哼哼唧唧地唱起来：

　　　　尕妹妹的个大门上就浪三趟吔，不见我的尕妹子好呀模样呀！

"我把你这个……"她转过身去，用最粗俗的话骂了那妇女一句。由于这话非常形象生动，几个妇女都乐不可支地哈哈大笑了。

我不明白那妇女的歌怎么触犯了她，惊愕地抬起头，瞥了她一眼。她正和那妇女对骂，后背朝着我。我只看见系在一起的两条乌黑的辫子，搭在花布棉袄上。棉袄的背部和两肘用颜色稍深的花布补着几块补丁。

马粪尿掺上土，就是所谓的厩肥。冬天里冻得实实的。我们要把厩肥刨下来，砸碎冻块，翻捣一遍，再由马车运到田里卸下，一堆一堆地纵横成行，铲一层浮土盖上，等到开春撒开。我因吃了很多稗子面煎饼，又想帮她多干点，所以很卖力，一会儿就刨了很大一堆。

"你慢着。看你，你这个傻——瓜——瓜！"

她不说"傻瓜"，而说"傻瓜瓜"，声音悠长而婉转，我因感到亲切微微地笑了。我又瞥了她一眼，她低着头在砸粪，我没有看清她的脸。

"把稗子米先泡泡，再馇稀饭，越馇越稠……"

"要切上点黄萝卜放上就好了……"

"黄萝卜切成丁丁子，希个美！……"

"黄萝卜不抵糖萝卜；放上糖萝卜甜不丝丝的……"

"糖萝卜苦哩，得先熬……"

几个妇女笑骂完了，在肥堆旁边严肃地讨论着烹调技术，她又转过脸洒脱地朝她们说："干球蛋！我是宁吃仙桃一口，不吃烂梨半筐。要吃，就焖干饭！"

"嘻嘻！谁能比你呢，你开着'美国饭店'……"

"别要你的巧嘴嘴了，"她直起腰，"你们没球本事！稗子米照样焖干饭。你们信不信？"

"信、信、信！你做顿给咱们尝尝……"

"尝尝？只怕你尝了摸不着家，跑到别人家炕头睡哩！……"她又嘻嘻地笑起来。她很喜欢笑。

接着，再次互相笑骂开了。

这时，海喜喜威武地赶着大车回来了，"啊、啊……"地用鞭杆拨着瘦瘦的马头，挺着胸脯坐在车辕上。

"你这驴日的咋这时候就收工了？唉？"谢队长停住了手中的锹，冷冷地质问海喜喜。

谢队长和农工一样干着活，我注意到他比农工干得还多。

海喜喜显然和我刚才一样，没有料到谢队长在这里，赶紧跳下大车，"吁——"他把车停下了。

"牲口累了哩，队长。"

"是牲口累了还是你驴日的不想干了？咹？"谢队长眯着眼，又用嘲弄的口气问。在我眼里，瘦小干枯的谢队长一下子高大起来，高大魁梧的海喜喜却干瘪了。我很同情海喜喜。现在他一副畏畏葸葸的神色，和昨日迥然不同。

"你驴日的是要我跟你算账不是？"我听出来谢队长的话里有话。果然，海喜喜比我半小时前突然见到队长时还要狼狈，进也不是，退也不是。瘦马在他背后用软塌塌的嘴唇捡食地上的草渣。

忽然，谢队长咆哮起来："你去把牲口卸了，拿把镐头来！今夜黑你驴日的不把两方粪给我砸下，我把你妈的……"

谢队长的詈骂有惊人的艺术技巧。他怒冲冲地骂着，听的人却发出笑声，连海喜喜也抿着嘴偷笑，我当然更有点幸灾乐祸。原来谢队长对谁都这样粗俗地呵叱，刚才对我还算客气的哩。

海喜喜趁他痛骂的当儿，"驾、驾"地把大车赶进马号。一会儿，拿着一把十字镐出来了。

"哪儿刨呢？队长。"他的口气绝不是讨好，而是一副放在哪儿都能干的无畏架势。

"这达儿来。"谢队长指了指自己面前，疲乏地说，"这达儿有块大疙瘩，我吭哧了半天没吭哧下来。"

"啐！啐！"海喜喜响亮地朝两手啐了两口唾沫，"你闪开，看我的！"他哼地一声使劲地砸下镐头。

一转眼，两人又成了共同对付艰巨劳动的亲密伙伴，一个刨，一个砸，很是协调。

"熊，没起色的货！"我听见在我旁边的她低声骂道。不知是骂谁。

我还是埋头干我的活。我刨下的冻块，她砸不完，我就用镐头帮她捣碎，她用铁锹翻到另一边去就行了。在我们俩把面前的冻块都处理完，我转过身又去刨的时候，她闲下了。这时，她的下颌挂着铁锹把，轻轻地唱了起来：

> 我唱个花儿你不用笑，
> 我解了心上的急躁。

我心里急躁我胡喝呀，

哎！

你当是我高兴得唱呢！

在理论上，我知道她唱的和海喜喜昨天唱的曲调都属于所谓"河湟
花儿"。这是广泛流行于甘肃、青海，宁夏黄河、湟水沿岸的一种高腔
民歌。不过过去我并没有听过。她今天唱的和海喜喜昨天唱的又有所不
同。旋律起伏较小，尾部结束音向上做纯四度和大六度滑近。

在西北方言中，"急躁"是"烦恼"的意思；"喝"在此处当"唱"
字讲。这里没有开阔的田野，四面都是肥堆，而她全然没有经过训练
的、带有几分野性的嗓音，却把我领到碧空下的山坡上去了，从而使我
的心也开阔了起来。然而我又有点悲哀。她的歌词中没有什么向往与追
求，但声调里却有一种希望在颤抖，漫不经心地表现了凄恻动人的情
愫。对的，就是漫不经心。我的悲哀还在于，给我如此美好享受的人，
他们自己却没有意识到自己创造了这种美。比如说吧，海喜喜现在给我
的印象就极没有光彩；而她呢，正低着头若有所思，心不在焉，没有一
点自豪感。

我们一下午翻了不少肥，旁边堆了一大堆。谢队长围着粪场转了一
圈，检查了所有人的成绩，对这几个妇女和我特别满意，喊了一声：

"收工吧！"

大家七零八落地往家走去。出于礼貌，我对她说："谢谢你了。让
我替你把镐头扛回去吧。"

她在擦锹，掉过头很诧异地看着我，似乎不习惯这种客气的言辞。
随即，她慌乱地把镐头从我肩膀上夺下来，用倔强无礼的口气说：

"你拿来吧你！看你个瘦鸡猴，脸都发灰了。"

第十章

回到土房子，我的几个组员对"家"都很满意。"营业部主任"首
先把自己的脸盆坐在炉口上，他说这房子热得可以擦澡。

吃饭的时候，大家都围着火炉。有了火，彼此的关系似乎亲密了一点，话也多了。报社编辑没有忘记他的本行业务，这一天，他打听到很多情况。

据他说，这个农场占的面积很大，从北至南，沿着山边分散着十几个队。我们这个队是一队。队与队之间至少有十里，到场部还有二十里。最偏远的队在山脚下，离这里竟有一天的路程。场部有个商店，但现在除了盐没有别的货物，农工们都叫它"盐务所"。想买什么东西，要上三十里路以外的镇南堡去，那里有老乡的集市，好像是这一带最繁华的地方。要进城，可以坐火车，朝东去三十里有一个慢车停一分钟的乘降所，每天凌晨四点钟过一班车。这个队没有书记，副队长害了浮肿病，躺在炕上，谢队长是政治生产一把抓。他还说，农工们反映："只要不倒着抹谢队长的毛，这还是个好人。"最可怕的是山脚下的那个队。那里管得最严，进去出不来，农工们把它叫作"鬼门关"，是专治农场里调皮捣蛋的农工的。

报社编辑又说，这个队的农工绝大多数是本地人和甘肃、陕西跑来的农民。因为这个队的基础是公社的一个村子，谢队长本人原来就是公社的大队书记。别的新建队各种各样的人都有：浙江支边青年、复员转业军人、劳改劳教就业人员、工厂里精简下放的工人等。

"啧、啧！"老会计惊叹道，"这个农场比劳改队还复杂。"

"赶快离开这穷窝窝子。""营业部主任"边洗脚边发牢骚，"劳改队还有期，待在这儿简直是无期。这儿他妈比劳改队还劳改队！"

我没有精神听他们闲聊。我全身仿佛被掏空了一般，光剩下一种感觉——累的感觉，累得都不想呼吸，但是却睡不着。有时，为了多吃一口，要付出远比这一口食物所发的热量还要多的热量。想想真不上算，但人还是要盲目地这样做，于是就越来越虚弱。今天，我干了不少活，结果累得如那妇女说的，"脸都发灰了"。

身体虚弱的折磨，在于你完全能意识、能感觉到虚弱的每一个非常细微的征象，而不在虚弱本身。因为它不是疾病，它不疼痛；它并不在身体的某一个部位刺激你，或者使你干脆昏迷；它无处不在，无所不到。实际上，要真昏迷过去倒也不错。当我意识到，我才二十五岁，又没有器官上的疾病，却如此虚弱的时候，我真有些万念俱灰。有的人万念俱灰会去皈依佛教，有的人万念俱灰会玩世不恭，有的人万念俱灰会归隐山林……这都是有主观能动性的万念俱灰，他本人还有选择的自由。已经失去主观能动性的、失去了选择的余地的万念俱灰才是最彻底的。这种万念俱灰不是外界影响和刺激的结果，是肉体质量的一种精神表现。油干灯灭，但火焰总是逐渐微弱下去的。它最后那一点萤火虫似的微光，还能照着你看着自己怎样地死去。

也就是说，它要把你一直折磨到底。死，并不可怕，尤其在我这样的时候；可怕的是我能非常清醒地看见自己一步一步地走向死亡的全过程，看着生命怎样如抽丝一般从我的躯壳里抽尽……

啊，拉撒路、拉撒路！[1]

第十一章

第二天早晨醒来，才有了饥饿和周身疼痛的感觉。根据经验，我知道现在开始好转了。能够感到饥饿和疼痛，就是还有活力的表现。

我无论如何要想个借口留在"家"里。

吃完早饭，我向组员们指出，土坯炉子上的泥缝，经过一天一夜的烘烤，已经干裂了。如果不糊上，裂缝里就会冒出煤气。"这可不是闹着玩的，别刚出劳改队，又进了阎王殿。"我叫他们跟谢队长说一声，我留在"家"里把炉子再泥一遍。

我现在是"组长"了，更主要的是，这个炉子成了大家关心的一个宝贝。中尉说："行，你别去了，我去跟毛胡子队长打个招呼。"

我料到队长绝不会凭他们一句话就对我撒手不管。我先慢慢吞吞提来一桶水，挖了几锹土，刚把泥和好，不出所料，谢队长夹着一把锹来了。

"日怪！"他内行地把烟灶里里外外看了一遍，颇为欣赏，在炉子旁边蹲下来烤着两只手，"你还会打这样的炉子，又省料，又简便，火又旺。"

---

[1] 拉撒路为基督教《圣经》中一个患癞病的乞丐，死后因基督之力复活，成为病人的守护神。

"世上无难事，只怕有心人。"我笑着把我是跟谁学的告诉了他。

"日怪！你们'右派'，尽是些能人！"他朝干草上啐了一口，"咱们这达儿的人，老八辈子咋样打炉子，这会儿还咋样打炉子。费泥费坯，厚得跟城墙一样，热气都透不出来。"

谢队长烤暖和了，眼泪鼻涕流了出来。他在脸上抓了一把，抹在自己的袄袖上。粗糙的大手上一道道很深的裂口。常年的户外劳动在他手上和脸上都印上了不可磨灭的痕迹；我突然觉得他很衰老，清癯的、布满皱褶的脸上有一种老人式的宽容神情，显得很和蔼可亲。

"谢队长，你家炉子要是不好烧，我来替你改装一下吧。"我讨好地说。

"不用。"他语气很平和，拉开了家常话，"我家烧的是柴灶。谁烧得起煤哩！你们是单身职工，按规定应该给你们烧炉子的。别的，你没见？队上家家户户都是柴灶，做了饭，又烧了炕。到夜黑，再添一把柴，一夜黑也暖和了。我的灶是喜喜子给我打的。那驴日的，也有点能！"

"海喜喜不是干部？"我勾着炉缝，问他，"昨天他接我们去，我们还当他是干部哩。"

"球干部！"谢队长淡淡地一笑，"他是今年开春从甘肃过来的。听说他小时候在寺上当过满拉①，可不好好学，一蹦子窜了好些地方。劳动嘛，还是攒劲的。身大力不亏嘛。我就看待他这一点。出个远门，他也扛得住饿。嘿嘿！"

谢队长笑出了声，我却不明白这有什么可笑的。停了一会儿，他又说："今夜黑发工资，明天休息。你们想走个哪达儿，也行。"

"去镇南堡也行么？"我毕竟年轻，还是想去享受一下能四处走动的自由。

"咋不行？走哪达儿都行。"

我想他不是随口这样说的，可能是有意识地要让我知道我现在不同于过去的身份。但我又不大相信他这个外表如此粗俗的人竟会体贴别人。我瞥了他一眼。他表情不变，一门心思地烤着火。可是不论怎样，他这句话使我深受感动。

---

① 满拉，是指在清真寺内学习伊斯兰教知识的学员，结业后，可当阿訇。

他又问了我原来在哪里工作，家里还有谁，随后，好像想起了什么事，扛起铁锹走了。

"行，你闹吧。"他说，"也别太热，小心煤烟打着，最好把报纸上掏个窟窿。"

他并没有叫我泥好了再去干活。

他一走，我三两下就勾好了炉缝，洗干净铁锹，支在炉口上，取下挂在墙上的报纸包，拿起罐头筒，倒进稗子面，像昨天那样煎起稗子面煎饼来……

稗子面都吃光了，我抖抖报纸，把它钉在我草铺旁边的墙上。这样，我就有了一圈干净的墙围。我不敢再跑出去看什么马了，点燃昨天剩下的半截香烟，舒舒服服地在围着报纸的草铺上躺了下来。

在我头旁边，卡斯特罗雄心勃勃地在鼓动世界革命，肯尼迪在发表他的"新边疆"政策，西方国家正用"福利国家"的口号来蛊惑群众，某地还选举开"牛奶皇后"……这些，都离我非常非常的遥远。那么，我现在生活于其间的这个新的生存环境是怎样的呢？我觉得，在这个如此贫穷、如此粗野、如此落后，仿佛被世界所遗忘、被文明所抛弃、为任何报纸书刊都不屑于挂齿的荒村中，却有一种非常模糊的、不能用语言来表达的东西使我感到新鲜，感到亲切，感到温暖。我小时候，教育我的高老太爷式的祖父和吴荪甫式的伯父、父亲，在我偶尔跑到用人的下房里玩耍时，就会叱责我："你总爱跟那些粗人在一起！"后来接触的那些知识分子，脑子里的劳动人民全是塑造出来的艺术形象——穿着白衬衫和蓝工装裤，戴着八角帽，满面红光，肌肉饱满，气宇轩昂，永远走在一条笔直宽阔的金光大道上。给我做报告的领导号召我向之学习的"劳动人民"，在我脑子里好像总是一个空泛的概念——神圣尽管神圣，我却始终不知道是什么样子。在劳改农场里是没有什么"劳动人民"的，那里不是知识分子就是狼孩。在这里，我总算置身于"劳动人民"之中了吧。

首先让我感到惊奇的是，这里有一种劳改农场完全没有的乐观的、毫无顾忌的气氛。在如此贫穷、落后的荒村，竟能乐观和毫无顾忌，是多么可贵，多么不可思议啊！虽然这乐观与毫无顾忌是用粗俗的形式表现出来的，但这样更透出了朴拙与天真。回忆昨天劳动时的所见所闻，我发自内心地微笑了。

第十二章

镇南堡和我想象的全然不同，我懊悔一上午急急忙忙地赶了三十里路，走得我脚底板生疼。

所谓集镇，不过是过去的牧主在草场上修建的一个土寨子，坐落在山脚下的一片卵石和砂砾中间，周围稀稀落落地长着些苊苊草。用黄土夯筑的土墙里，住着十来户人家，还没有我们一队的人多。土墙的大门早被拆去了，来往的人就从一个像豁牙般难看的洞口钻进钻出。但这里有个一间土房子的邮政代办所，一间土房子的信用社，一间土房子的商店，两间土房子的派出所，所以似乎也成了个政治经济的中心。今天逢集，人比平时多一些，倒也熙熙攘攘的，使我想起好莱坞所拍的中东影片，如《碧血黄沙》中的阿拉伯小集市的场景。

我先到邮政代办所给我妈妈发信，告诉她老人家，我的处分解除了，现在已经成了名副其实的工人，成了"自食其力的劳动者"；我吃得很好，长得很胖、晒得很黑，人人都说我是个标准的身强力壮的小伙子，就像苏联一幅招贴画《你为祖国贡献了什么？》上的炼钢工人。

我没有钱，但我有很多好话寄给我妈妈。

我的组员，包括"营业部主任"也托我寄信。他们的信都很厚，大概又在向家里念苦经，要家里人赶快给他们办准迁证吧，我想。

邮政代办所门口贴着一星期前的省报。省城的电影院在放映苏联影片《红帆》。我知道这是根据格林的原著改编的。啊，红帆，红帆，你也能像给阿索莉那样给我带来幸福吗？……

我走到街上。这条"街"，我不到十分钟就走了两个来回。商店里只有几匹蒙着灰尘的棉布，几条棉绒毯子，当然还有盐。熏黑的土墙上，贴着"好消息新到伊拉克蜜枣二元一斤"的"露布"，红纸已经变成了橘黄色。问那偎着火炉的老汉，果然是半年以前的事了。

集上有二三十个老农民摆着摊子，多半是一筐筐像老头子一样干瘪多须的土豆和黄萝卜，还有卖掺了很多高粱皮的辣面子的。有一个老乡牵来一只瘦狗似的老羊，很快被附近砂石厂的工人用一百五十元的高价买走了。我估摸了一下，它顶多能宰十来斤肉。我一直把那几个抱着羊的工人——奇怪，他们不让羊自己走——目送出洞口，咽了一口口水，才转过脸来。肉，我是不敢问津的。

我的目标是黄萝卜，土豆都属于高档食品。我向一个黄萝卜比较光鲜的摊子走去。

"老乡，多少钱一斤？"

"一块，搭六毛。"老乡边说边做手势，好像怕我听不懂，又像怕我吃惊。

我并不吃惊，沉着地指了指旁边的土豆：

"土豆呢？"

"两块。"

"哪有这么做买卖的？土豆太贵了。"我咂咂嘴。

"贵！我的好哥哥哩，叫你下地去几天苦，只怕你卖得比我还贵哩！"

"你别耍你的巧嘴嘴了！"我用上了向那女人学来的一句土话，"我受的苦你老人八辈子都没受过，你信不信？"我瞪着眼睛问他。

"嘿嘿……"他干笑着，似乎不信。

"告诉你吧，"我冷笑一声，"我是刚从劳改队出来的。"

"啊、啊！那是，那是……"老乡流露出畏惧的神色。

"怎么样，土豆贱点？"我突然故意把逻辑弄乱，话锋一转，"人家都是三斤土豆换五斤黄萝卜哩。"

"哪有这个价钱？"他的畏惧还没有到贱卖给我土豆的程度。但正因为这样，他即刻钻进了一个微妙的圈套。"你拿三斤土豆来，我换你五斤黄萝卜哩。"

"当真？"我表面上冷静，而心里惴惴不安地叮问了一句。

"当真！"老乡表现出一种很气愤的果断，"三斤土豆换五斤黄萝卜还不换？！"

"行！"我放下背篓，"你给我称三斤土豆。"

我先把钱付给他——我们昨天每人领了十八元，干了一天就领全月工资，真好！老乡取出自制的秤。我们俩又在挑拣上争了半天。称好后他倒到我的背篓里。我说：

"给，我这三斤土豆换你五斤黄萝卜。"

老乡连思索都没有思索，称了五斤黄萝卜给我。我把土豆倒回他的筐里，背起黄萝卜就走。

我得意扬扬，我的狡黠又得逞了！

在劳改农场，我就经常和来给我们做买卖的老乡打交道。我熟知他们有一种直线式的思想方法。有时候，他们会出奇地固执，拼命地钻牛角，只记一点，不计其余。这也可能使他们在争取自己的利益或创造性的劳动上，表现出一种不屈不挠的顽强精神，但更大的可能倒是被人愚弄，被人戏耍，让他们顾此失彼，大上其当。而我就是用自己的小聪明戏耍他们的人之一。

"我"啊，你究竟是怎样的一个人呢？

第十三章

太阳暖融融的。卵石和砂砾在我脚下咯咯作响。方圆十几里阒无人迹，只有我一个人在荒滩上昂首阔步。"只、有、我、一、个！"这就是自由。在大号子里睡了四年，出工排队，收工排队，打饭排队，干了四年密集性的劳动之后，只有独自一人在一个广袤的空间行动，是多么幸福啊！

洪水从山上下来，冲出一条条深沟，又像是向山坡蜿蜒而上的卵石路。大大小小的卵石在阳光下散发着钢青色的辉光。略微向平原倾斜的荒滩，景物的色调是坚毅的、严峻的。一切都岿然不动，只有一种土色的小蜥蜴，见我过来，或是摇着小尾巴拼命地跑，沿途丢下一连串慌慌张张的小脚印；或是挑战似的扬着头，用小眼睛瞪我。那样子真可笑！在这个季节没有沙葱，也没有肉苁蓉，不然我可以爱拔多少就拔多少，大嚼一顿。我不是独自一人了吗？我不是自由了吗？现在，连空气都是属于我的！可是，这时候荒滩上只有枯干了的芨芨草和酸枣。

酸枣是一种多刺的灌木，实际上就是荆棘的学名。荆棘！这个词使我怦然心动。

我耸耸肩，把背篓往上拥拥，大踏步地穿过荆棘。

美丽的蔷薇脱落了花朵，和多刺的荆棘也差不多。

我把荆棘当作铺满鲜花的原野，人间便没有什么能把我折磨。

阴间即使派来牛头马面，我还有五斤大黄萝卜！

"嗬儿蓬！嗬儿蓬！嗬儿蓬、蓬、蓬！……"我在心里敲着大鼓，背着背篓在荒原上迈着大步。

前面，是一条两米宽的排水沟。早上过来，冰还冻得很结实，但过了中午，冰层下出现了许多可疑的小水泡——这是冰层融化了的表象。

但是，这条排水沟长得东西两面都不见尽头，中间又没有桥。我走过来，走过去，选了一个比较窄的地方，拿起一块土坷垃往冰上砸去，咚的一声，土坷垃碎了，冰并没有破裂。我觉得可以冒险试一试。

两米宽的距离，如果我身强力壮，像给我妈妈写的信里说的那样；如果我背上没有五斤黄萝卜，我还是能一跃而过的。但这时的情况恰恰相反。我前一只脚刚跳到离岸三十公分的冰层上，咯喳一声，冰层破裂了！我连人带背篓仰天摔倒在沟里。

薄冰被我砸了一个窟窿，像印模一般，正和我倒下去的身形相同。

我顾不得我自己，湿漉漉地站在没过膝盖的冰水里，看看背篓，里面只剩下两三个黄萝卜了！

反正棉袄已经湿透，我连袖子也没绾，气急败坏地在沟里乱摸。直摸到全身冻得麻木，而小腿针刺似的疼痛起来，才摸到不足一半。我只好恋恋不舍地爬到沟上，把劫后的剩余捡进背篓里。

在岸上，我如同一条落水狗似的抖擞了抖擞，背起背篓走了。一直走出很远，我还流连地回头看着，仿佛沟底的黄萝卜会像青蛙一样自己跳上岸来似的。

第十四章

半夜，可能是受寒以后发起烧来，我被干渴烧灼醒了。窗外，呼呼地刮起了西北风，用钉子钉着的报纸有节奏地扑扑作响，就和拉风箱一样。我感到一阵阵的晕眩。我身体虚弱以后，才发现很多小说里描写的晕眩是虚假的；那种扑通一声摔在地板上，或软软地倒在沙发上的描写，多半是主人公的装腔作势。我静静地睡在被窝里也会感到晕眩，并且，晕眩不但不会使我昏迷，反而会把我从熟睡中摇醒。这时，头颅仿佛比正常情况下大了许多，头颅里的血显得很稀少，很稀薄，就像只有一点点水在一个大坛子里晃荡一样。

当然不会有一个人给我倒一口水来喝。我必须忍耐。而我也习惯了忍耐。有时，我会被自己能如此忍耐而感动，也就是说，我自己被自己感动了。在这半夜时分，我就被自己感动了。耐力不像膂力，不能用计量器测试出来，并且它还包括了精神的和物质的两方面。有人能忍受精神的痛苦，却耐不住物质的贫困；有人能忍受物质的贫困，却耐不住精神的痛苦。

我发现，我在精神和物质两方面的耐力都有相当大的潜力，只有死亡才是一个界限。

大自然赋予我这样大的耐力，难道就是要我在一种精神堕落的状态下苟且偷生？难道我就不能准备将来干些什么对社会有益的事情？

这时，我开始内疚起来，心里受到自谴自责的折磨。黄萝卜的得而复失，在我看来是冥冥中的惩罚和报应。老乡是辛苦的，这个地区从来就把农民叫"受苦人"，下地干活不叫下地干活，叫"受苦去"。一块六一斤黄萝卜，比较起来是不贵的，劳改农场附近的老乡开口至少是一块八至两块。我的一块浪琴表只换到三十斤黄萝卜和一碗发霉的高粱面。可是，我却狡黠地愚弄了那位老实的、满面皱纹的老乡，还自以为得计，结果……

头颅里的血不停地旋转回晃，一个早已沉淀了的回忆像乳白色的杯底物从我脑海深处泛起。在一间讲究的天蓝色壁纸贴面的大房间里，在凤尾草图案的绿窗帘下，在大理石镶边的法兰西式的壁炉旁边，我的一个伯父坐在棕色的皮面沙发里，我坐在放在地毯上的一只蜀锦软垫上。他晃动着自己调的加冰块的鸡尾酒，向我说摩根家族发迹的故事。据他说，老摩根从欧洲老家漂流到北美洲时，穷得只有一条裤子，后来夫妇两人开了一爿小杂货铺。他卖鸡蛋的时候从来不自己动手，而叫老婆拿给顾客看。因为老婆手小，这样就衬得鸡蛋大一点。正是由于他这样会盘算，他的后代才建立了一个摩根金融帝国。

"听到没有？做生意就要这样精，门槛不精不行！"这位证券交易所的经理端着高脚酒杯教育我，"谁倒闭了谁是憨大（念"壮"音），能赚钱才是英雄!"

……回忆的潮水又随血液的旋转退了下去。于是,我怀疑我所费的种种心机都是和出身于资产阶级家庭有关的。老摩根会利用人的视觉误差把鸡蛋变大,我会利用人的视觉误差把打的饭变少;摩根们会盘算,我的算盘也很精:用钉子代替稗子面,三斤土豆换五斤黄萝卜,和交易所的"买空卖空"一样,一倒手就赚了两块钱……固然,争取生存是人的本能,但争取的方式却由每个人的气质、教养而定;先天的遗传是自然的,而后天的获得性也能够遗传下去。当我意识到我虽然没有资产,血液中却已经溶入资产阶级的种种习性时,我大吃一惊。一九五七年对我的批判,我抵制过,怀疑过,虽然以后全盘承认了,可是到了"低标准"时期又完全推翻。而现在,我又认为对我的批判是对的,甚至"营业部主任"那心怀恶意的批判也是对的。从小要饭的人,对从小就会享受的资产阶级"少爷"肯定有一种直感的敌对情绪。我虽然不自觉,但确实是个"资产阶级右派分子",其所以不自觉,正是因为这是先天就决定了的。

我口渴,我口渴得像嘴里含着一团火,但毫无办法,我把这种折磨看作对我的惩罚。我默念着但丁的《神曲》:

> 从我,是进入悲惨之城的道路;
> 从我,是进入永恒的痛苦的道路;
> 从我,是走进永劫的人群的道路。

我所属的阶级覆灭了,我不下地狱谁下地狱?

第十五章

第二天早晨,铅灰色的天空飘下了雪花。这个偏僻的、贫穷的、落后的荒村,大自然倒没有遗忘她,公平地给她也盖上了一层洁白的初雪。小土房上小小的烟囱,冒出的烟也是纤细的,更像童话中的一幅插图。

忍耐的好处之一,是我的感冒会不治自愈。我早已发现,疾病加重在很大成分上是个人的神经作用。如果像对情人一样念念不忘自己的病痛，病就会越来越重。干脆不理它——也没办法理它，它待在你身上也无趣，很快就会抛掉你。

那个瘸子一瘸一跛地四处吹哨，通知说不出工。他的喊声很怪。好像叫卖什么东西："休——息！""休"字拖得很长，"息"却戛然而止，连一丝余音都没有。但在我们听来，这无疑是个可喜的消息。

棉袄棉裤在炉子上烤干了。"营业部主任"不住地埋怨我把房里熏得臭烘烘的。我不理他。要是他掉进水里，他还有新棉裤，还有老羊皮袄。在我眼里，他倒成了资产阶级——阶级关系又整个儿颠倒了。糟糕的是，湿漉漉的棉衣烤干后，硬得和盔甲一样，不保暖不说，穿在我既无衬衣、又无衬裤的身上，磨得皮肤又疼又痒。早饭后，我干脆把衣裳全部脱光，用棉花网套把自己包了起来，仅从网套的破洞里伸出两只手，捧着本书，靠在泥土剥落的墙上。

我抱着一种虔诚的忏悔来读《资本论》。

上午，我还能饶有兴味地读着。我重温了《初版序》，接下来读《第二版跋》直到《编者第四版序》。论证的逻辑理清了，也印证了我昨夜的想法：我所出身的这个阶级注定迟早要毁灭的。而我呢，不过是最后一个乌兑格人。我这样认识，心里就好受一点，并且还有一种被献在新时代的祭坛上的羔羊的悲壮感：我个人并没有错，但我身负着几代人的罪孽，就像酒精中毒者和梅毒病患者的后代，他要为他前辈人的罪过备受磨难。命运就在这里。我受苦受难的命运是不可摆脱的。

但是到了中午，我就读不下去了。对于我来说，休息最大的痛苦是没有吃的。平时干活的时候，饥饿还比较好忍受。什么活都不干，饥饿的感觉会比实际的状态更厉害。我完全相信卓别林的《淘金记》中，困在雪山上的那个饥饿的淘金者，会把人看成是火鸡的幻觉。那不是天才的想象，一定是卓别林从体验过饥饿的人嘴里得知的。当我看到"商品是当作铁、麻布、小麦等等，在使用价值或商品体的形态上，出现于世间"这样的句子，我的思想就远远地离开了这句话的意义，只反复地品味着"小麦"这个词。我的眼前会出现面包、馒头、烙饼直至奶油蛋糕，使我不住地咽唾沫。那个句子的后面，又出现了以下的列式：

$$
\left.
\begin{array}{l}
1件上衣 = \\
10磅茶叶 = \\
10磅咖啡 = \\
1卡德小麦 = \\
\cdots\cdots
\end{array}
\right| \quad 20码麻布
$$

"上衣""茶""咖啡""小麦"，这简直是一顿丰盛的筵席！试想：穿着洁白的上衣（不是围着破网套），面前摆着祁门红茶或巴西咖啡（不是空罐头筒），切着奶油蛋糕（不是黄萝卜），那真是神仙般的生活！我也有着华丽的想象力。这种想象力会把我所经过、看过、读过的全部盛大宴会场面都综合在一起，成了希腊神话中忒勒玛科斯的大宴会："安静地吃吧，我不会让任何人来妨碍你！"这时，不但各种各样食物多彩多姿的形象诱惑我离开《商品的拜物教性质及其秘密》，而且这冬日的沉寂而寒冷的空气中，不知从哪里会飘来时而浓烈时而清淡的肴馔的香气——我脑子里想到什么，就会有什么味道。这香味即刻转化成舌尖上的味觉，从而使我的胃剧烈地痉挛起来。

"营业部主任"又要花样了。他在他的小木箱中摸索了半天，摸索出一块黑面饼子。他不让中尉吃，不让报社编辑吃，还有两个同来的就业人员他也不让，独独要请睡在我旁边的老会计与他分享。其实他明明知道老会计严格地奉守着"我不沾你一分，你也别沾我一毫"的处世原则，不会吃他的"请"的。老会计在这点上也确实迂腐得可笑。比如，他对我与他铺位之间的分界线，比两个关系紧张的毗邻国家的国界还敏感——其实我与他相处得还好。如果他的被角偶尔搭在我的草铺上，他会像被子掉到火上了似的慌忙拽过去；如果我的破网套有一团棉花沾上了他的褥子，他也会郑重其事地捧着送回来，好像那团破棉花是我丢失了的钱夹子。这种战战兢兢不敢越雷池一步的人，我想象不出怎么也成了"右派"。

"吃吧，吃吧，没关系。""营业部主任"小心翼翼地掰了半块，从门边扔到他的褥子上。

"咦，咦！弗，弗……"老会计操着上海口音叫起来，惊慌地又扔了回去，仿佛那半块黑面饼子是个烧得火烫的煤球。

"吃吧，你看你这个人……啧，啧！""营业部主任"又慷慨地扔过来。那半块饼子已干得坚硬无比，扔来扔去都不会掉渣的。

"哎，哎！真的……侬自家吃吧。"老会计更惶惶不安地扔还给"营业部主任"。

"啧！我让你吃你就吃吧。这会儿，谁不饿?!""营业部主任"再次使劲往这边一扔。

但是，这次"营业部主任"没扔准确，更可能是他有意识的，半块黑面饼子掉到了我的草铺上，正在我的脚旁边。

老会计用一种非常恐惧的眼光斜睨了那半块饼子一眼，在他的铺位上坐卧不宁地扭动着。捡起来再扔回去？这饼子是在我的草铺上；也许他还有点怜悯我，想顺水推舟把饼子让给我吃。不捡起来往回扔？"营业部主任"明明给的是他。即使他给我吃了，人情账却是挂在他名下的，"营业部主任"可不是容易对付的债权人……

土房里的空气仿佛凝固了。其他几个人虽然表面上在各干各的事，有的在补袜子，有的在写家信，有的在被窝里想心思，但注意力无疑都盯在这半块黑面饼子上。报社编辑和中尉在自制的象棋盘上也暂时休战。这半块黑面饼子的命运牵动着所有人的心。

饼子约莫有一两重，由于放得太久，表面上竟有一层暗淡的光泽，很像一块硬巧克力。它旁若无人地、藐视一切地坐镇在我的草铺上，使我非常地困窘；我那"把荆棘当作铺满鲜花的原野"的精神也受到了挫折。剩下的黄萝卜在昨天回来后就煮着吃光了，没有一点东西可以抵挡从心底里，而不是从胃里猛然高涨起来的食欲；没有一点东西可以把我汹涌澎湃的唾液堵塞住。由于委屈，由于受到这种残酷的作弄，由于痛恨自己纯自然的生理要求，由于蔑视自己精神的低劣，由于那种"我怎么会落到这种地步"的哀叹……我眼眶里饱含着泪水。

土房里如死一般寂静，皑皑的雪光透过糊着报纸的窗户映照进来，每个人的脸都像死人似的苍白。老会计最终决定了对策：不在我的领地里，就不关我的事！闭起了眼睛，袖着两手坐在褥子上，活像个入定的老僧。"营业部主任"表面很镇静，和扔饼子之前一样，在他铺位上盘着腿，但眼睛却灼灼地盯着那块诱饵，紧张地等待着即将被夹住的猎物。

这时，窗外由远及近地响起沙沙的踏雪声，同时传来了轻松的放肆的歌声：

> 姐儿早上去看郎，
> 三尺白绫包冰糖。
> 送给小郎郎不用，
> 转过身儿好凄惶哟——呀啊！
> 初三早上去看郎，
> 小郎病在牙床上。
> 双手揭开红绫帐，
> 小郎脸上赛金黄哟——呀啊！

是个女的。我一听就是两天前给我钥匙的那个妇女。

沙沙声和歌声越走越近，径直向我们"家"门口走来。土房里所有的人都有点惊奇，目光被这突如其来的、仿佛是从另外一个世界飘来的声音吸引到门口去，连"营业部主任"的神经也暂时松弛下来，不自觉地表现出侧耳倾听的模样。

一会儿，脚步到了门口，随即，门像受到爆炸的冲击波撞击似的，"砰"一声被推开了。门大敞着，却不见人进来。

这几秒钟，屋里的人都呆呆地盯着门口，像一群傻子在盼望一个奇迹。门外的人似乎终于克服了自己的犹豫，一蹦子跳到门槛上，两手扶着门框，探头探脑地向屋里寻找着。

"嘻嘻！你们这达儿谁是唱诗歌的'右派'？找他干活去。"

是她！

而她问的只能是我！

"喏、喏、喏，""营业部主任"转过头来用手指着我，快活地叫道，"章永璘，喂，叫你干活去哩！"

可是，从她的语气、她的神态、她的特别的嘻嘻的笑声里，我即刻敏感到她并不是叫我去干活。我很高兴她把我从这种困境中解救出来。

"是找我吗？"我还有点拿不准，因为她不是说"写诗"，而是说"唱诗歌"。"干什么活？"我又问。

"嘻嘻！我一猜就是你。"她仍然手扶着门框，身子前后地摇晃，

"都说你会打炉子，叫你给打个炉子去哩。"

她为什么要猜？怎么会一猜就是我？我感到了一种微妙的关切。我也愿意跟她一起干活。既然没有吃的，干点活比闲待着还好受点。我说："那么你先去，我穿好衣裳就来。"

她注意地打量了我一下，大概觉得我那副模样很滑稽，又嘻嘻地一笑："那你快点，我在家等你。我家你总认得。"

她一欠身，把门"砰"的一声拉上。我匆匆地穿上棉衣棉裤，在蹬棉裤腿时，我装作无意地把那半块黑面饼子踢到我和中尉之间的过道上。

第十六章

外面已是一片银白色的世界。初雪把广阔无垠的大地一律拉平，花园也好，荒村也罢，全都失去了各自的特色，到处美丽得耀眼炫目，使人不能想象这个世界上竟会有几分钟之前发生的那种荒诞的丑剧，不能想象人会有那种龊龊得对自己也没有什么好处的心地。

啊，大自然，你每隔一段时间就要用你的默默无言来教诲我们净化自己！

她的一串脚步印在洁白的雪地上，给人一种轻盈而又温暖的感觉。她回去也踏着来时的足迹：均匀、整齐，毫不零乱，拐弯处弧线优美，精致得像一串珍珠项链。我仔细地踩着她的脚印走，像沿途把那宝贵的东西拾起来，一粒一粒地，一粒一粒地……装在我的心里。

我敲敲门。她不说"请进""进来"，而是在屋里大声喊："推嘛，门开着的嘛！"

她斜坐在炕上逗弄孩子。这是个两岁多的孩子，穿着一身和她棉袄的花布一样花色的小棉袄，看来是个女孩，却又推了个平头，眉毛也很浓，长着一副男孩子的样子。见我进来，孩子和她都嘻嘻地笑出了声，但看见我也笑时，孩子却吓得往她怀里直躲。我有点无趣。我想，我的模样一定挺吓人，连笑脸也是可怕的吧。

"在哪儿打炉子？"我问，"有瓦刀没有？还要土坯和砖……"

"你忙啥?!"她长得很匀称的细长的手摩挲着孩子,朝我笑着说,"看你这棺材瓤子,干活倒挺积极!你先坐会儿。"

"棺材瓤子!"可怕而又可笑。我把我这副"棺材瓤子"坐在那不能移动的土坯砌的凳子上。房里没有火,却和我们"家"一样暖和。这种暖和是温和的、全面的暖,不像火炉那样只烤一面,还带着逼人的炙灼。这是农家火炕的作用。我看着那贫穷而整洁的炕,突然产生了一种对家的向往。家,不是谢队长说的"家",而是真正的家。经过四年严酷的强制性集体劳动和濒于死亡的饥饿,种种不切实际的雄心壮志和布尔乔亚式的罗曼蒂克的幻想,全抛到了东洋大海。我心里记得《叶甫根尼·奥涅金》中的几句诗,这几句诗倒能说明我现在的理想。

> 有个主妇,
> 还有一罐牛肉白菜汤,
> 一大罐牛肉白菜汤——
> 这就是我现在的理想。

她继续安抚着孩子,没有理我。我呆呆地坐在土坯凳子上,不觉低下了头。我心里猝然涌起了一阵失望的悲哀。不知是对原先希望的失望,还是对"主妇"和"牛肉白菜汤"的失望,抑或是对所有希望都失去了希望……总之,我进到这小小的、简陋的然而又弥漫着一种不可言状的温馨的土房里,好像更清楚地看到了我目前状况的可悲……

不知她注意到我的表情没有,她哄好孩子,把孩子放在炕上,轻捷地跳下炕,掀开锅台上的锅盖,拿出一个白面馍馍,爽气地伸到我面前:

"给!"

我大吃一惊!用惶惑的眼睛看看馍馍,又看看她。她坦然地站在我面前,眼神里有掩饰不住的温柔与怜悯,但绝对没有一丝嘲笑和鄙薄。

我不敢接。因为这样的东西在这样的时候太贵重了,贵重得令人不敢相信这是能无代价地馈赠的。疑惧和望外的喜悦搅在一起,使我晕眩起来。

孩子在炕上叫唤她了:"妈妈,妈妈……"小手抓挠着往炕边爬来。她一把把馍馍塞在我的怀里,转身又坐到炕沿上抱起孩子,头顶着孩子的头，边摇晃边唱：

> 打箩箩，磨面面，
> 舅舅来了做饭饭。
> 擀白面，舍不得；
> 下黑面，丢人哩！
> 给舅舅宰个大公鸡，
> 公鸡叫鸣哩！
> 宰个大母鸡，
> 母鸡下蛋哩！
> 给舅舅擀上两张齐花面，
> 舅舅喝面汤，我吃一大碗！

她是唱，而不是像一般妇女念儿歌时那样朗诵，不但有节拍，并且有旋律。旋律在多变中带着单纯的稚气。她爽朗的声音，快活的曲调，诙谐的歌词，搂着孩子像玩翘翘板似的摇上摇下的天真的神态，和孩子叽叽嘎嘎的笑声融在一起，在这小土房里荡漾。只有丝毫未脱孩子气的人才能这样与孩子、与这首别致的儿歌浑然无间。

任何人都不能怀疑她的纯真。她给我这个珍贵的东西在她来说是非常自然的，是没有目的的，全然出于她的好心。

不过，我还是嗫嚅地说："我不饿，给孩子吃吧。"我把馍馍向孩子伸过去。

"她刚吃了。"她说，"你吃吧，吃吧。"

可是孩子伸出手来嚷嚷："我吃，我吃。"

"尔舍，听话！"她把孩子往炕里挪去，不让孩子的手够着我手中的馍馍，旋即跳下炕，又揭开锅盖，拿出一个蒸熟的土豆。

"给！尔舍，你看这是哈？你吃这个。"

孩子笑了，接过去，用小手笨拙地剥着皮。

因为她纯真的慷慨，我更不忍心吃掉她给的这样珍贵的东西了。我的饥饿感，被对这个馍馍的珍惜抑制住了。我甚至觉得有点"暴殄天物"，我的肚皮，是随便什么都可以填满的，何必要吃这么贵重的食品呢？我很想把这个馍馍换两个还在笼屉上放着的土豆——我的近视眼对食物却异常敏锐，她一掀一盖锅之间，我就看见笼屉上放满了土豆。可是，我又不好意思说出口。

她见我还把馍馍拿在手里，指着我对孩子说：

"说：'叔叔，你吃，你吃吧。'说！"

孩子把塞在嘴里的土豆取出来，用沾满土豆泥的小手指着我：

"吃，你吃，你吃嘛！"

"我不吃，"我酸楚地对孩子说，"留给你爸爸吃，好不好？"

"嘻嘻！"她又笑了，"她爸爸在爪哇国哩！你吃了吧。你看，你们念过书的人尽来这个虚套套！"

我不知道她说的这个"爪哇国"是什么意思。我只知道古典小说中常把非常遥远的或根本没有的地方叫"爪哇国"，而这个地区农民的许多日常用语还保留着古汉语的特色。那么，是她丈夫在很远很远的地方呢？还是孩子现在没有爸爸？

"那么……还是，你自己留着吃吧。"我眼睛看着锅，想把馍馍仍放进去。如果她再客气的话，我就可以说我吃两个土豆就行了。

"你看你这个没起色的货！"不料，她勃然嗔怒了，"扶不起个搁不起！那你把馍馍给我放下，你哪儿来的还滚到哪儿去吧！"她掉转身搂着孩子，眼睛也不看我了。

我尴尬地两手捧着馍馍不知所措，和端着一盆盛得满满的热汤不知放在什么地方好似的。

"你，你不是说要打炉子么？"

"打个球！"她又忍不住嘻嘻笑了，"我的炉子是喜喜子给我打的，也好烧着哩。是这么回事：昨天休息，我把喜喜子拾来的麦子推了点白面，蒸了五个馍馍。喜喜子一个，我一个，娃娃两个，还有一个，我就想着给你。可我昨天找你找不见……没酵子，只好蒸死面的。你凑合着吃吧。白面我还有哩，酵子我也发下了，下次就能吃发面的了。"

还有下次！我也不好问她为什么"想着"给我。这是不礼貌的。除了怜悯，还能为什么呢？我不像"营业部主任"、中尉和老会计几个人，一出劳改农场就把那层皮扒了，换上家里寄来的干部服。我一身棉衣棉裤还是劳改农场发的。这种没有领子、三个贴兜的衣服，和脸上的金印同样是受惩罚的记号。布，近似于医用的纱布，刚穿几天就磨了几个窟窿，现在又硬得跟甲壳一样，我缩在这样一套棉衣棉裤里，如同一只蛹没有成熟就死在茧里似的。

沉默了一会儿，她见我低着头，看着手中的馍馍，有要吃的意思，就又掀开那土台子的布帘，端出一碟咸萝卜，拿出一双筷子，用手抹了抹，放在我的旁边。

"以后，你肚子饿了你就来。那天我看你，脸都发灰了，跟伊不利斯①一个样……"不知她想起了什么，突然又嘻嘻笑了。

可是她马上忍住笑，抿着嘴，坐在炕上瞅着我。

经过这一番推让，我当然要吃了。"恭敬不如从命"。但我很不好意思在她面前吃东西。我那致命的虚荣心还没有完全丢掉。同时，我知道我现在的吃相很不好，我怕一个女人看见我狼吞虎咽的模样。

她不理解我这种心理，也不懂得不要坐在旁边看客人吃东西的社交礼貌，奇怪地问："吃吧，还等啥?"又催促我，"快吃，一会儿说不定来人哩。"

是的，这倒有点可怕。今天农工们都休息，很可能有人来她这儿串门子。看见我在她这里吃东西，这多不好! 我又不能把这珍贵的食物拿到我们"家"去享用，那里还有好几双眼睛!

我慢慢地把馍馍拿起来。

这确实是个死面馍馍，面雪白雪白，她一定箩过两道。因为是死面馍馍，所以很结实，有半斤多重，硬度和弹性如同垒球一样。我一点点地啃着、嚼着，啃着、嚼着……尽量表现得很斯文。我已经有四年没有吃过白面做的面食了——而我统共才活了二十五年。它宛如外面飘落的雪花，一进我的嘴就融化了。它没有经过发酵，还饱含着小麦花的芬芳，饱含着夏日的阳光，饱含着高原的令人心醉的泥土气，饱含着收割时的汗水，饱含着一切食物的原始的香味……

忽然，我在上面发现了一个非常清晰的指纹印!

它就印在白面馍馍的表皮上，非常非常的清晰，从它的大小，我甚至能辨认出来它是个中指的指印。从纹路来看，它是一个"罗"，而不

---

① 伊不利斯，阿拉伯语，魔鬼。

是"箕"，一圈一圈的，里面小，向外渐渐地扩大，如同春日湖塘上小鱼喋起的波纹。波纹又渐渐荡漾开去，荡漾开去……

噗！我一颗清亮的泪水滴在手中的馍馍上了。

她大概看见了那颗泪水。她不笑了，也不看我了，返身躺倒在炕上，搂着孩子，长叹一声：

"唉——遭罪哩！"

她的"唉"不是直线的，而是咏叹调式的。表现力丰富，同情和爱惜多于怜悯。她的叹息，打开了我泪水的闸门，在"营业部主任"作践我时没有流下的眼泪，这时无声地向外汹涌。我的喉头哽塞住了，手中的半个馍馍，怎么也咽不下去。

土房里一时异常静谧。屋外，雪花偶尔地在纸窗上飘洒那么几片；炕上，孩子轻轻地吧唧着小嘴。而在我心底，却升起了威尔第《安魂曲》的宏大旋律，尤其是《拯救我吧》那部分更回旋不已。

啊，拯救我吧！拯救我吧！……

一会儿，她在炕上，幽幽地对孩子说："尔舍，你说：叔叔你放宽心，有我吃的就有你吃的。你说，你跟叔叔说：叔叔你放宽心，有我吃的就有你吃的……"

从声音上判断，孩子的脸向我转过来。

"叔叔，你放心。叔叔，你放心……"

孩子越说越来劲儿，可能她觉得这句她尚未理解的话很好玩，站起来朝炕沿边跨了跨，小手指着我：

"叔叔，你放心。叔叔，你放心……"

"还有哇！"她翻起身扶着孩子，"有我吃的就有你吃的。说呀！"

孩子愣了愣，口齿不清地学着："有你吃的，就有我吃的。"

她哈哈大笑了，一把搂起孩子，返身把孩子按在炕上，用手指胳肢孩子。

"没起色的货，有我吃的就有你吃的，不是'有你吃的就有我吃的'……没起色的货！没起色的货！……"

她和孩子在炕上打滚，嘻嘻哈哈地闹成一团。屋里的气氛即刻欢快起来，我的心情也开朗了。我很快把馍馍吃完，连咸萝卜也没就。

"还有土豆哩。"她等我吃完了，坐起来，拢了拢头发，把棉袄往下抻了抻，指指炕下的锅台，"土豆还有，一锅哩。你自己拿。"

这时，我才有心情看清楚她。

首先让我惊奇的是她面庞上那南国女儿的特色：眼睛秀丽，眸子亮而灵活，睫毛很长，可以想象它覆盖下来时，能够摩擦到她的两颧。鼻梁纤巧，但很挺直，肉色的鼻翼长得非常精致；嘴唇略微宽大，却极有表现力。很多小说中描写女人都把眼睛作为重点，从她脸上，我才知道嘴唇是不亚于眼睛的表现内在感情的部位。线条优美的嘴唇和她瘦削的两腮及十分秀气的鼻子，一起组成了一个迷人的、多变的三角区。她的皮肤比一般妇女黑，但很光滑，只是在鼻子两侧有些不显眼的雀斑。下眼睑也有一圈淡淡的青色。这淡淡的青色，使她美丽的黑色的眸子表现出一种令人难以忘怀的深情。她脸上各个部分配合得是那样和谐，因而总能给人以愉快与抚慰。从她和我谈的不多的话里，从她的行动举止来看，我感到她的性格是泼辣的、刚强的、爽朗的、热情的。这和她南国女儿式的面庞也极吻合。后来我才了解，这种南国女儿的特色，也是从中亚细亚迁徙过来的民族所具有的。

她的岁数在二十岁到二十五岁之间，不会比我大。

她的名字叫马缨花！

第十七章

我吃了她一个白面馍馍和好些土豆，我不好意思再去了，尽管我走时她一再叮咛我明天再来。

第二天吃完早饭，我还是抱着郭大力、王亚南译的一九五四年版的《资本论》躺在草铺上，不过没有像昨天那样脱掉衣裳，好像在等待着什么。

我不好意思去，但又非常想去。

雪虽然停了，但地上已经铺满一尺深的积雪。房舍中间的甬道上，尘土和积雪混在一起，被践踏成坚实的硬块。天空中仍然堆集着一层层乌云，连空气仿佛都是灰色的，不定什么时候，还会飘落下雪花。谢队长在吃完饭后，到我们"家"里来，告诉我们今天还不出工。又说，这场雪下得好，下得好；说今年大家都没力气，干不动活，该淌的冬水没有淌，这场雪，等于补上了这次冬水，明年地里的墒情一定好，夏庄稼有了指望了。但不识趣的中尉顶撞他说，庄稼长得再好，粮食定量还是那么一点点，庄稼好，跟我们有什么屁相干?!

一句话，气得谢队长拔起腿走掉了。我看他本来还想多待一会儿的，因为他发现我在看书，很想跟我聊聊似的。

中尉复员以后，在政府机关当小科长。劳改出来，他的"右派"帽子摘掉了，老战友正在北京的郊区给他安排工作，在这里不会待长的；他又年壮气盛，所以敢说出这种冒天下之大不韪的话来。

但我还是感到惊奇。我惊奇的是中尉顶撞了谢队长以后，谢队长尽管气得耷拉下眼皮，却没有布置我们批斗中尉。要是在劳改农场，你等着挨绳子吧!

我蓦地有了一种解放感。这时，我正读到注释51："野蛮人和半野蛮人，以不同的方式，使用他们的舌头。据巴利上校说，巴芬湾西岸的居民，用舌舐物二次，表示他们的交易完成，东部爱斯基摩人，也以舌舐交换物品。"我想，自由人和非自由人，恐怕也要在怎样使用舌头上表现出来吧。怕什么? 没有什么可怕的!

中午，在昨天那个时分，她又来了。我一听见脚步声就知道是她。雪积厚了，她的脚步声不是沙沙的，而是咯喳咯喳的，但仍然非常轻盈。

她一下子搡开门，直接冲着我喊道：

"喂，咋哪? 你把营生干了一半，就撂下不管啦?"

"营业部主任"吃吃地偷笑：人家都休息，偏偏要我去干活，他很称心。

我装作不乐意地放下书本，慢吞吞地爬起来，跟在她的后面。一拐弯，她便嘻嘻哈哈地笑起来，还天真无邪地用肩膀撞了我一下。她的神态，使我想起我儿时和表妹一起逃学，跑到只有我们俩知道的花园那个角落时的情景，又非常自然地仿佛和她有了某种默契。我也笑了。这种笑，不是我多吃了一口的笑；我愉快地感觉到了已经离开我非常非常遥远的盎然的生意又回来了。

可是，今天，她真的把炕拆了。

海喜喜抱着两肘蹲在门口，紧绷着薄薄的嘴唇，目光阴沉，一脸不高兴的表情。屋外，和好了一摊泥；房里，炕面子完整地掀起来了，土坯也准备好了。看样子就等着我来干。

"你光指挥就行了。"她说，"让喜喜子干，他有的是驴劲。来，你们先吃点土豆，暖和暖和，完了我蒸白面馍。"

"他——指挥我哩！"海喜喜连看都不看我一眼，朝地上啐了口唾沫，也不接她给的土豆。

"东西都准备好了，我们先干吧。"我说，"早完工早点火，不然炕烧不干。"

海喜喜还是蹲在那里不动。他的懒怠和对我的藐视，刺激起我的活力和竞争心。我跨进炕墙里面。

"我一个人来！这点活，咏！……"我好像力大无穷似的。

"你干不干?!"她向海喜喜瞪了一眼，只厉声问了一句话。

海喜喜像被踢了一脚的狗，倏地站起来，撸起棉袄袖子："球！还是我一个人来干吧！"

"你呀，你是榆木脑袋，人家是化学脑袋。"她把土豆塞在我手上，嘲笑海喜喜，"你今天还是看人家的吧，你就给他当小工。"

她经常说出些我想象不出的，为作家、诗人所叹服的生动的词汇。这儿的农民把他们从未见过的新兴塑料制品一律冠以"化学"两个字，比如"化学梳子""化学扣子""化学杯子"等等。这个"化学脑袋"和那个"棺材瓢子"一样，使我不由得叫绝。

原来，昨天我在她家吃土豆的时候，我对她说，她的炉子虽然好烧，但炕打得不科学。老乡们打炕，烟囱和灶门成对角线，大部分热气从烟囱跑掉了，仅炕头上热一点。最科学最经济的方法是火道满炕转，成"回"字形。我在地上给她画了一个图，我说："这种炕，只烧一把火，我叫它满炕热！其实改一改不费事，只要在炕里动一点小手术就行。"今天，她果真照着我这个"化学脑袋"想的做了。

我边吃土豆边干活。我很小的时候就欣赏电影上的男演员一边吃东西一边干活的做派，欣赏水兵们听到"甲板上集合！"嘴里嚼着面包就冲出舱房、爬上桅杆的神气。我觉得它表现了男子汉的忙碌、干劲、帅气和对个人饥寒饱暖全然不顾的事业心。但过去我没干过活，后来干上活却没有东西给我吃，而且干的又是什么活啊！今天，我干得很痛快。

炕修改好了，肚子也被土豆填满了。

海喜喜不吃土豆，也许他不屑于吃，也许他吃饱了。他给我递坯端泥，面孔阴沉沉的，嘴里不断地嘟嘟哝哝，说这种土坯挨着土坯的实心炕要是好烧，他就跳河去。我装作没听见。放好最后一块炕面子，我跳下炕，向他一摆手：

"行了，你上泥吧！"

海喜喜蹲下来左看右看，像是想挑出哪儿有点毛病。她已经把馍馍的面剂子切好了，放到笼屉里，呵叱他说：

"还看啥？！小心绕花眼睛！齐不齐，一把泥。瓦工的活你还不知道？你先从锅台这边泥。我这就烧火。"

在这大雪天，她不知从哪里抱来一捆捆干柴，动作麻利地在灶膛里点着了火。开始，有些烟从炕面子的缝隙中蹿出来，随着海喜喜泥的面积越来越大，烟逐渐地减少，终于消失了。海喜喜泥完后跳下炕，看着灶膛里熊熊的烈火一个劲儿地往烟道口蹿去，而满炕都冉冉地蒸发出水汽，褐色的湿泥渐渐地变白，也不作声了。

"你死去！你跳河去！……"她笑着挪揄海喜喜。灶火映着她生动的脸，我很久没有看见过这种红闪闪的美丽的鲜艳的颜色了。

我坐在那不能移动的土坯凳子上悠闲地吸烟，第一次感觉到劳动会受到人的尊敬。这种感觉，扫除了昨天接受她施舍的时候多少还有一点的屈辱感，维持了我的心理平衡。我想，我现在是"自食其力的劳动者"，是农业工人了，而我才二十五岁，如果在农业劳动上我不能成为一个壮劳力，成为一个内行，今后便无法安身立命。今天，就凭我这一点从供暖工程师那里学来的小技能，马上改变了我和海喜喜两人的地位，几天以前我还看作高不可攀的车把式，也不得不给我当小工。这就充分说明了，在这里，在这个穷乡僻壤，在这个也许我会终生待下去的地方，只有体力劳动的成果才是衡量人的尺度。而从刚才干的活来看，只要我能吃饱，我完全可能成为海喜喜那样魁梧、剽悍、粗豪，放到哪儿都能干的多面手！我有充分的信心能成为一个"自食其力的劳动者"！

四年的禁锢，四年的饥饿，处分解除后依然戴在头上的"右派"帽子，已经把我任何别的志向都摧毁了。她蒸好两屉馍馍，又熬了一大锅白菜土豆。把寄放在别人家的尔舍叫回来，我们开始吃饭了。

这是一顿真正的饭！我多少年没有吃过了啊！多少年？……

"给，吃完再盛。"她首先给我盛了一大碗土豆熬白菜，又塞给我一个大白面馍馍，"馍馍你今天先吃两个，还给你留着哩。你来，我馏一馏给你吃。"

海喜喜铁青着脸蹲在锅台旁边，毫不掩饰妒意地盯着她端菜拿馍的两只手。

我不理睬海喜喜。今天我吃这顿饭是名正言顺的。这是这儿老乡家的规矩：替谁家打炕盖房，就要在谁家吃饭。我心安理得地拿起馍馍。

今天的馍馍是发面的，比昨天的更白。我转来转去看了看，再没有昨天那样的指纹印了。

可是，即使有昨天那样的指纹印，我会有什么样的感觉呢？如果不是昨天，而是今天的馍馍上有那样的指纹印，我又会有什么样的感觉呢？

人哪，你是多么容易受情势的摆布，多么容易忘记过去呀！

在她家吃完饭，回到"家"，又从伙房打了一份秕子面馍馍，也吃了下去。我才知道什么是"饱"！"饱"，不是"胀"！

我躺在马灯下的草铺上，乜斜着睡眼，沉醉在饱的舒适感里，晕头晕脑地计算我今天吃了多少东西，但算了半天也没算出来。因为饱，我可以想食物以外的事情了。我想到她和海喜喜。他们并非夫妻是明显的了，而交情似乎又不寻常。可是我的直觉告诉我，海喜喜又没有占有她。如果海喜喜对她已经实现了法律外的占有，他是不会像一条狗似的顺从她，领教她那有时几乎是刻薄的嘲笑。这两个人真微妙得耐人寻味，尤其是她，那么善良又那么泼辣……

再说海喜喜，这个体力劳动者也有值得我羡慕的地方。俗话说："外行看热闹，内行看门道。"即使他干端坯递泥这样的简单劳动，我马上知道他非常有眼色；泥炕面的时候，他的步骤也和我一样合乎劳动运筹学的原理，没有一个多余的动作。干完泥活以后，自己的身、手却很干净，几乎纤尘不染。在农村，是很讲究这点的。比如说，有的姑娘媳妇和面，和一斤面会有二两沾在手上、盆上、案板上。而受人称赞的姑娘媳妇就讲究"三光"：和完了面，手光，盆光，案板光。劳动也是这样。干净、利落、迅速，是体力劳动的最高标准，正如文学中智慧的最高表现是简洁一样。这不是光靠经验能达到的。没有干过农业劳动的人，以为那只要有力气就行，熟能生巧嘛。其实不然，我见过劳动了一辈子的老农，干起活来仍是拖拖沓沓——当地人叫"猫拉稀屎"，和写了一辈子文章的人还是行文啰嗦相同。

简单的体力劳动，也可以表现出一个人的智慧、个性、气质与风格……

我慢慢地睡着了。在梦里，我真的变成了招贴画《你为祖国贡献了什么?》上的标准体力劳动者，但奇怪的是，我的面孔却非常像海喜喜!

第十八章

开始出工了，但雪并没有化。

我非常喜欢雪。我一生第一次看见雪是在重庆。那天，保姆给我穿好衣裳，我一下床，撩开窗帘，眼前就扑来耀眼的银白色的光。山坡下，昨天还很丑陋的平房，疏疏落落的小竹林，都美丽得和刚刚的梦一样；整个洁净的世界，在我幼小的心灵中唤起了一股冥想的柔情。就在那一刹那，心灵和大自然无间的交汇，纯净的心灵对于纯净的大自然的感应，使我莫名地掉下泪来，使我对大自然产生了难以言传的庄重的虔敬。可以说，是雪让我过早地成熟了，以后成了一个诗人，再以后……

黄土高原的雪绮丽无比。它比南方的雪要显得高贵、雍容、壮阔、恢宏大度；南方的雪使人感到冬天确实来临了，北方的雪却令人想到美丽的春天。雪，才是黄土高原上真正的迎春花。

今天我跟大车装肥，就是说把我们前几天砸碎的厩肥运到田里去。田野空阔，雪好似打尽了地面上一切多余的东西。丘垅、渠坝、沟沿、高耸的树枝……所有带棱角的地方，都变得异常光洁而圆润，并且长着如天鹅绒般的茸毛，仿佛晴空下的雪原不是寒冷的，而是温暖的，总使我不由得想把自己的脸颊贴在上面。

我跟的不是海喜喜的车，赶车的是一个五十多岁的老汉。这个老汉沉默得出奇，也慢得出奇。海喜喜的大车一天拉了五趟，他只拉了两趟，而他赶的牲口却要比海喜喜赶的壮。

"傻熊! 鞭打快牛。咱们慢慢来吧!"他斜睨着海喜喜耀武扬威地从他车旁超过去，用手掌焐着冻得通红的鼻子这样说。这天，他仅说了这样一句话，像是自言自语，又像是给我作解释。"鞭打快牛"的意思是：能干活、肯出力的人常得不到好报，总是受到埋怨和批评。他这倒也是一条人生哲理。

也好，他这样慢吞吞地赶车，却给了我遐想的时间。坐在他的大车上，如同在梦中轻轻地摇晃。雪，会使我联想到安徒生、普希金、莱蒙托夫……

> 啊，你，是你造就了普希金！
> 当你飘落下来，我不能想象你来自那铅灰色的云，
> 一定有双纤纤的玉手将你摘下，
> 在那里，满园梨花春荫。
> 啊！给我一片，给我一片，
> 让你滋润我的心。
> 啊，你，是你拯救了章永璘！
> 当你伸过手来，
> 我不能想象你生长在荒野的寒村，
> 你迷人的眸子含有奇异的光焰，
> 在心底，南国五彩缤纷。
> 啊！我要记住，我要记住，
> 你宝石般的指纹。

大车车轮顶在一个小土坎上，没有过去。老汉干脆让车停在那儿，既不前进也不后退，在车辕上歪着脑袋，用手焐着鼻子呆坐着。我很熟悉这种神情。在劳改农场，管这副模样叫"死狗派儿"。"派儿"，不是"派"，以把它和政治上学术上的"派"区分开来。抱着这种态度的人，一切威胁、利诱、说服、动员、批评教育都把他无可奈何，只好随他去。

我随他去了。我在想，为什么我对她用了"迷人"这样的词？对她，我应该用"圣洁""崇高""神圣""仁慈"诸如此类的词才是。肚子吃饱了之后，我发觉有一种非常隐秘的东西在撩动我的心弦，我的心，像雷雨过后沾着水露的光闪闪的蛛网，在檐下微微地颤动。

我无缘无故地脸红了。

她和队上的妇女老弱仍在马号前面翻肥。翻出来的肥污染了白皑皑的雪地，分外扎眼，但却让领导看得很清楚：今天她们干得不错！下午，谢队长见我们大车回来了，高兴地喊了一声："收工！"

农工们像往常一样，零零散散地回各自的家里去。她擦着铁锹，有意在肥堆旁边等我。

"歇一歇到我家来一趟。"

"怎么？有什么事吗？"我跳下老汉的大车，有点不好意思地问。

"'怎——么'，"她笑着学我的话，有滋有味地咂摸着，"'怎么'，你'怎——么'打的炕不好烧哩！"

吃完从伙房打来的稗子面馍馍，我才到她家去。现在，我们组里的几个人都各有各的事，他们管不着我，也不注意我。我这样一副尊容，在这样一种时候，谁也不会把玫瑰的颜色和我联想在一起。但走在路上，我还是止不住有些心跳。

当我迈着轻捷的步子走到她窗前，
透过绿纱窗帘，我看到她窈窕的身影，和覆盖着柔情的披肩。
……

莫名其妙地，我脑海中会跳出不知是哪一部诗剧里的台词。

当然，她家没有绿纱窗帘。她的窗户和所有农工家的窗户没有两样，也是用零七碎八的玻璃拼镶上的——我估计在这个队搞基建的时候，农场肯定是用低价购买了一批处理玻璃。同时她也没有什么"披肩"，尽管她也许有不少于玛甘泪或达姬娅娜的柔情。她端坐在炕头上，就着挂在墙上的一盏用药瓶子做的煤油灯补小衣裳。尔舍已经睡着了，盖着一床褪了色的小被子。

"炕怎么不好烧？"我推门进来，问她。但我似乎也明白不是炕不好烧。

"'怎——么——'，"她又笑着学我，声音夸张地拖得很长，"怎——么——，你怎——么——现时才来？"说完，她被自己学的口音逗得哈哈笑了。油灯照着她紧密细小的牙齿，她下齿中的一颗，稍微被挤出了一点。然而这并不损坏她的美，就和蒙娜丽莎的斜视一样，倒构成了她美的一个特点。她的笑声，把尔舍惊动了一下。她当即忍住笑，跳下炕，从锅里端出一碗土豆熬白菜，还有两个馏好的白面馍馍。

我也笑了，腼腆地搔搔后脑勺，轻声地说："现在粮食这样困难，我怎么好老吃你的？你还是留给尔舍吃吧。"

"怎——么——"她又忍不住扑哧地一笑。我在她面前不自觉地老说出"怎么"来。的确，对于她，我好似总不能理解。"你不要废话！"她说，"你把心款款地放在肚子里面。人家不是说我开着'美国饭店'么？"

她对我的施舍表现得很自然，对我的怜悯并不使我难堪，而是带着一种孩童式的调皮和女人特有的任性。我也不好问她粮食是从哪儿来的。在这样的时候问这种话无异于盘诘人家。还能从哪儿来呢？大家心照不宣罢了。家家都是如此，唯有我们几个单身农工没有这样的条件。单身农工都在集体伙房吃饭，没有灶具，没有瓜菜调剂，没有……有的却是相互盯着的眼睛。

我吃着饭，和她聊天。她说她家是从青海过来的，只有个哥哥，现在在县里一家农具厂当铸工，娶了个本地女子。她跟那女子合不来，就到这农场来当农工，已经有两三年了。但她显然不愿提这些事，却饶有兴味地用热烈的语气回忆她的童年。她说她老家的女子都会绣花，连袜底上都要绣上花朵，等发了工资，她也要给我买双袜子绣上花送给我。我连连说不必了，袜底上绣上花，给谁看呢？她用审视的眼光上下看了看我，不言语了。我怀疑她是在猜测我身上究竟最需要什么。后来，她又说起她母亲。她母亲年轻的时候是老家有名的民歌手——当然她用的不是"民歌手"这个词，曾赶过河州的什么"太子山花儿会"，人称"赛牡丹"。说着说着，她幽幽地唱起来了。

园子里长的是绿韭菜，
不要割，
你叫它绿绿地长着。
哥是阳沟（嘛）妹是水，
不要断，
你叫它清清地淌着。

"咋样?"唱完，她问我，她眼睛里熠熠地散射出愉快的光芒。

我已经吃完了，默默地坐在土坯凳子上听着。她轻悠悠的歌声，土房里温馨的宁静，尔舍沉睡的小鼾，油灯昏黄而柔和的光影，饭饱后的舒适，使我像进入梦中那样，有种酩酊的感觉。现实世界在我眼前都恍惚了，模糊了，幻化成七彩的彩虹。心仿佛一团被松开的海绵，一下子又恢复了原样，并贪婪地吮吸着清新的朝露。她唱的仍是"河湟花儿"。上行乐句常大幅度地急骤上升，反复作四度跳跃，形成256125……的旋律线；下行乐句由高八度的5又急骤下降，形成52165……的旋律线。即使她唱的声音很轻，也带着高亢悠远的格调，表现出她所属的那个民族爽朗豪壮的性格和对爱情的雄奇热火的追求。从来没有一支歌曲，甚至是大型交响乐能如此直接地渗透进我的心，像注入填充剂一样，使我的个性坚挺起来。

"你不是唱诗歌的么? 你也唱个我听听。"她带着好奇的微笑要求我，像孩子似的：我唱一个，你也要唱一个!

我跟她说，我不是"唱诗歌"的，而是"写诗"的。可是，我怎么也不能让她明白什么是文学概论对"诗"的释义。在解释的过程中，我开始怀疑自己其实也不明白什么是"诗"。人民的创造一旦进入学院的殿堂，就会失去它纯真的朴拙，要想返璞归真，语言是无能为力的。我开始理解，诗人和作家为什么光到群众中去还是不够的，他必须要和群众共命运，同感情。

最后，我只好说，"诗"就是歌词儿；我写出的东西，她可以唱，但我并不会唱，只会念。

"那么你念个我听听。"她说，并摆出一副准备认真倾听的神情。

我轻轻地咳了一声，却不知念什么好。念什么? 我蓦然发觉我过去发表的作品只能说是打油诗，都不适于带着感情来朗诵；有的可以说是感情充沛的诗，虽然是写给群众看的，但如果念出来，她肯定会莫名其妙。并且，我也不会朗诵。诗人不会朗诵，至多只能算半个诗人，甚至连半个也算不上。我惭愧地认识到我过去的不可一世的浅薄。半晌，我选了李白一首最通俗易懂的诗：

床前明月光，

疑是地上霜。

举头望明月，

低头思故乡。

　　她坐在炕上，似乎也为之所动，但旋即嘻嘻地笑了起来，接着又笑得前仰后合，倒在炕上。

　　"哎哟！笑死喽！笑死喽！……啥'地上霜''地上霜'！"她又翻身坐起，脸朝着我，嘴大张大合地，在灯下学我说"霜"字时的口型："霜——霜——，……"

　　原来，她的语音受阿尔泰语系突厥语族的影响，说汉语"霜"字靠舌尖吸气，口只略微一张就行，我说"霜"时要送气，口要张开，连下颚也动弹了。

　　"这个不好，"她说，"念个别的。"

　　我念李白的诗，心情是悒郁的，声调有几分伤感。李白尚能"思故乡"，而我连故乡也没有。人事档案上的那个籍贯，不过是祖籍，我从来没有回去过；妈妈在北京也是客居在别人家里。我体会到，痛苦的不是"思故乡"，而是无故乡可思。此时此刻，我那种无家可归的飘零感和失去了根系的植物似的蔫萎状，却应该用崔颢的"日暮乡关何处是"、韩愈的"云横秦岭家何在"来表达才合适。而她嬉皮笑脸的怪模样，即刻把我的满怀愁绪一扫而空，使我破涕为笑。我看出来她是故意这样做的。这就是体贴入微的"柔情"，是什么"披肩"也"覆盖"不住的。我感激地看着她，心头突然跳出来李煜的一句词："斜倚牙床娇无那，烂嚼红绒，笑向檀郎唾。"但我赶紧勒住了我的心猿意马。

　　因为在雪夜，我想起了卢纶的一首诗：

月黑雁飞高，

单于夜遁逃。

欲将轻骑逐，

大雪满弓刀。

在我向她一字字、一句句解释的时候，海喜喜砰地推门进来了。油灯光一闪，我眼角扫见他好像把个鼓鼓囊囊的麻袋顺手撂在门背后。由于他总对我怀有隐隐的敌意，我不理他，只顾说下去。她仿佛没瞧见他进来似的，连招呼也不打。海喜喜摆出他惯常的姿势，抱着两肘蹲在地上。我说完了，海喜喜狠狠地朝泥地上啐了一口，说：

"熊！还追哩！人要跑，他屁也闻不着！啥'轻骑'，他开上飞机也不行！"

"你懂啥?!"她别过头，眼睛瞪着海喜喜，"你就懂得吃饱了不饿！"

她嘲笑海喜喜的话，却使我颇有感触："吃饱了不饿"这个真理，我花了二十五年时间才知道。弄懂这个真理，要比弄懂亚里士多德的《诗学》困难得多，还要付出接近死亡的代价。

"嘿嘿！"海喜喜狞笑着，露出像狼一样坚实的、满是黏黏唾液的牙齿，"懂得'吃饱了不饿'也不简单，只怕有人连这个理也弄球不懂哩！"

我有点惊奇地瞥了他一眼。海喜喜的话里似乎含有深意，并且，这个人和我"英雄所见略同"，我对他倒有了"惺惺惜惺惺"的好感。可是，海喜喜又把她惹恼了，她转身抓起扫炕的扫帚疙瘩，呼啦呼啦地在炕上乱扫一通。

"去去去！都走都走！我要睡了！"

第十九章

此后，她还是每天收工时叫我上她家去。如果不去，她会跑到我们"家"来叫。我怕她天天来"家"找我，引起"营业部主任"的怀疑，所以我每天都如约前往。去了，照例是在忸怩中先吃一顿，而且吃得很饱。她有杂七杂八的粮食：面粉、大米、黄米、玉米、高粱、黄豆、豌豆……凡是黄土高原出产的粮食都有，家里就像一个田鼠仓一样。她经常用大米、黄米、黄豆掺在一起焖干饭。这种杂合饭特别香，就是顿顿吃饱饭的人也会觉得它比纯粹的大米饭好吃。这时候，报纸上和广播里，都在大力提倡"粗粮细做"。在劳改农场，我就听过一个炊事员用一斤米做成七斤干饭的"先进事迹"，大喇叭上还说他为此出席了"先代会"，听得我直咽口涎。她从来不做这种实际上在物理学中叫"过饱和溶液"的"干饭"，而是真正的干饭，一粒一粒的，圆润透亮。当然，她焖的稗子米干饭我也吃过。焖稗子米干饭，才显示出来她比那出席"先代会"的炊事员还高超的技术。

稗子，自古以来不当作粮食，"五谷"中就没有列入稗子。一九五八年，正在水稻分蘖的时候，掀起了"全民大炼钢铁"的运动，农民、农工全上山开矿砌炉去了。山上炉火熊熊，水稻田里仿佛也被火烧了一般，一滴水也没有。到了秋天，水稻颗粒不收，稗子却如原始森林似的茂盛。比人高一头的株秆密密层层，连蚂蚱都飞不进去，穗头还特别大。这个地区的农业领导人灵机一动：干脆吃稗子！并且允许稗子可以当公粮。应该公允地说，他这一招倒是个救急的办法。于是，稗子堂而皇之地步入了供应粮的行列，还后来居上，坐了第一把交椅。最普通的吃法是把稗子连壳一起磨，这就是我们天天顿顿吃的稗子面。它没有黏性，蒸熟的馍馍不过是靠万有引力聚集在一起的颗粒。讲究一点的，和处理稻谷一样去掉皮，加工成小米般大小的稗子来。稗子米的确如那些砸粪肥的妇女说的，只能馇稀饭，然而，她却史无前例地把这种不见经传的粮食焖成了一粒粒的干饭！

我的忸怩，不是装出来的，我是真正为她心疼，为自己白吃白喝感到羞愧。可是，我又非常想去。她家里，总有一种朦胧的幸福、愉快、舒适、自由在吸引我。我几次跟她说，我不吃粮食，给我熬一碗土豆白菜就可以了。她却说：

"咋不咋！你把心放在肚子里，我有粮食，要不人家咋说我开'美国饭店'呢？你没见，尔舍不是长得很壮实么？"

是的，尔舍的确长得很壮实，很有精神，天真可爱。她不像营养不良或老吃不饱的孩子，见了别人吃东西就眼馋。我吃的时候，要是她没有睡，也一个人在炕上乖乖地玩，用海喜喜给她捏的小土灶、小土碗"过家家"。两岁多的孩子不会装模作样，更不会客气，她对别人吃东西不感兴趣，就是她吃饱了的明证。

我只好"把心款款地放在肚子里"了。

日子长了，从农工那里，我也知道了说马缨花开着"美国饭店"是什么意思。这个概念很不准确，不能照它的字面去解释。那必须先熟悉了这里的农工们对世界的理解程度，才能够透过字面洞悉到它微妙的内容。"美国饭店"，并不是指她那儿卖饭，谁都可以去吃，而是指哪个男人都可以去串门子，闲聊解闷，准确一点说应该叫"茶馆"。其所以和"饭"字联系起来，是暗示着马缨花通过给人提供这种方便而捞取到定量外的粮食。妙就妙在"饭店"之前冠以"美国"两个字。在农工们看来，美国是个荒唐的、乌七八糟的、充斥着男女暧昧之情的地方，却又是个富裕的、不愁吃不愁穿的国家。把这个国家加在马缨花头上，是完全没有恶意的，至多不过是种嘲笑而已。

谢队长对她的态度就很典型。有一次，我们大车回到马号前面装肥，正碰上马缨花和谢队长在对骂。

"你说我开着'美国饭店'，那你也来呀！"马缨花站在肥堆上，挂着铁锹憨笑着。

"球！"谢队长一边翻肥一边骂，"你当我稀罕你那达……"

"嘻嘻！"马缨花指着他，"只怕你馋得口水流了出来，把毛胡子都打湿了哩！"

这时，谢队长恰好骂得唾沫四溅，胡子上也沾着口涎。周围的男女农工看着谢队长，哈哈大笑了起来。

马缨花占了上风，谢队长大扫了面子。但我知道，谢队长没到她家去过，并且，只要马缨花和一帮妇女一起干活，谢队长总要派个强壮的男劳力去帮助她们；对她，谢队长从来没有正儿八经地批评过，更谈不上"报复"了。

一个没有丈夫、又带着一个不知父亲是谁的孩子的单身妇女，现在家里还有男人进进出出，在农村是最容易招人非议的了。但农工们似乎认为只有马缨花可以这样做。我渐渐地理解了，她能取得农工们的好感，绝不是凭她的姿色或采取了什么方法；只有对人人都抱有善意和同情心的人，才能自然地取得人人对她的善意和同情。真诚和善良，有时能把违反习俗的事也变得极有魅力，变得具有光彩。

从农工们的话里，我还知道，近几个月来，好像海喜喜已经"独占了花魁"，别的人很少去了。"美国饭店"成了一个历史的概念，一个巴比伦。可是我坚信自己的直觉，海喜喜并没有占有她，更谈不上什么

"独"。他还有个情敌——如果可以这样说的话，就是那个瘸子保管员。有一次，我去她家，瘸子保管员跷着二郎腿坐在我常坐的那个土坯凳子上，她背对着他在炕前擀面。见我进来，瘸子保管员好像有点无趣地走了，临走时，操起土台上的一个空面袋揣进怀里，看样子他是带着一点什么东西来的。还有一次，在我吃完饭和她聊天的时候，外面响起了一轻一重的脚步声，马缨花急忙跳下炕，抓起顶门杠把门顶上。瘸子在外面叫门，她却喊叫道："睡啦，都睡下啦！"搞得我十分尴尬，屏声静气，心跳不止。一会儿，保管员一轻一重的脚步声远了，她才朝我调皮地一笑，叫我接着讲故事，并不提那瘸子跑来干什么。

我和她接触的时间长了，越来越感到她并不是农工们印象中的那种跟谁都有暧昧关系的女人；她天真、坦荡、调皮、开朗……然而，我又感到她身上还有什么地方我并没有认识。

第二十章

对海喜喜，她倒从来没有顶过门。海喜喜总是像主人似的大模大样推门进来，见我也在这里，而且把唯一的座位占了，就阴沉着脸往地上一蹲。

我们几乎天天在马缨花家见面。他要卸套、饮马、铡草、喂马，间或还要拾掇套具，所以来得比我晚得多。等他进门，我已经吃完了。但不知怎么，我见了他总觉得自己比他矮一大截，还有一种偷了东西装在口袋里，没出门就被别人撞见了似的心虚。虽然我们两人都不动声色，但仿佛他明白，我也明白：我刚刚做了件不光彩的事。这种感觉给我很大的压力。他一推门，我就会抑制不住地脸红起来，说话的兴味也跑得无影无踪。那马缨花还没来得及收拾的碗筷，也好像成了我的罪证，让我惶惶不安。

马缨花不像别的女农工，爱背地说人长短。她喜欢和现实生活完全无关的幻想，喜欢听神话和童话。在饭后到夜晚这段时间，她真有点超凡脱俗的味道，和她跟那帮妇女嘻嘻哈哈笑骂时判若两人。她缠着我给她讲故事。而我充当这种"说书人"，似乎也成了付给她饭食的报偿。

马缨花会和我的故事一起幻想。幻想是人的本能，每个人都会幻想，都有自己的幻想。难能可贵的不是会幻想，有幻想，而是善于接受和理解别人的幻想。马缨花对《丑小鸭》、对《灰姑娘》、对《海的女儿》、对《青凤》、对《聂小倩》等等都非常神往。她认不了几个字，心灵却能够和外国的与古代的幻想相呼应。我没有讲故事的才能，不注意描述细节，情节也是挂三漏四，只能讲个梗概。但马缨花凭她的想象却能补充出来，她向我提出疑问并谈出她的想法，往往和安徒生与蒲松龄相合，什么海的颜色变化和喧嚣啦——她从未见过大海，海里的歌声会迷住航行的水手啦，小老鼠怎样变成骏马啦……好像她原来看过他们的书一样。这常常使我惊奇。

但海喜喜则不然，他总要和我唱反调，挑我故事的毛病。他像狼似的蹲在地上，像狐狸一样支起耳朵，在我讲得有点颠三倒四或是语句结巴的时候——因为有他在场，我的记忆常常会突然中断，他就仿佛听到小动物在林间响动似的，兴奋地舔舔嘴唇。讲完了，他就用物理的现实来击碎心灵的种种幻想，像一头大象跑进凡尔赛宫横冲直撞。

"熊！野鸭子给你孵天鹅蛋哩！"他鄙夷地说。他说话从来不看我，而是仰面看着马缨花。好像我的故事不过是广播喇叭里的声音，我的话他听见了，而人实际上并不在这房里。

"野鸭子可灵性了。天鹅蛋比野鸭蛋大好几圈咧！鸭窝窝里要有个天鹅蛋，你看它趴不趴?！它早他妈飞跑了！……"

"球！用金子打马车哩！"听完了《灰姑娘》，他发表这样的评论，"谁要用金子打马车，那就倒了八辈子灶了！这事儿唬不住我，用金子打的马车，啥牲口能拉动?！嗯？啥牲口能拉动?！那么一点点金子，"他用两根手指头比画着，"就有百十斤重咧！"

对《海的女儿》，他的评论更加荒唐了。他忿忿地说："人能长鱼尾巴哩！人长了鱼尾巴，那玩意儿长在哪达？那能分得出公母来？那咋生娃娃？熊！尽他妈胡卷舌头！"

他骂我"胡卷舌头"，我隐忍住了。因为在他眼里根本没有我，我也只好眼睛里没有他，不跟他辩论，何况他的体重比我大将近一倍。马缨花在我说完以后，常沉浸在自己的想象里，像吃着橄榄一样有滋有味地咂着嘴："啧！啧！"并不理会他说了些什么。但他的蛮横，他的妒忌，他对我的蔑视，却使我身体复原后而逐渐变稠的年轻血液，在我脉管里加速流动起来。我面孔涨得通红，眼眶里转动着愤懑的泪水。我原来对他尚有的一点敬意和好感早已化为乌有。然而，与此同时，他身上又有一些东西在吸引我，在向我挑战。这些东西和我现在的生活环境是那么一致，那么和谐，因而它显得更有光彩。这就是他的粗野、剽悍和对劳动的无畏。在他的光环中，我却是那么怯懦，那么孱弱，那么萎靡，像个干瘪的臭虫。

我的泪水不仅来自愤怒，也来自自怜的委屈感。我用拇指和食指卡量卡量了手腕，我决定要向他应战！

一个人长期生活在这样的大自然和这种乡俗中，当然会不自觉地受到影响，何况我是自觉地在追求这种东西。我认为，粗野、雄豪、剽悍和对劳动的无畏，是适应这种环境的首要条件。要做个真正的"自食其力的劳动者"，就要做海喜喜这样的人。什么"文化知识"，见鬼去吧！没有平庸的职业，只有平庸的人。像我跟的那辆大车的车把式，即使他有高深的文化修养，当了作家，我想也会是个毫无作为、没有独创性的"死狗派儿"作家。而海喜喜当了作家的话，倒能叱咤文坛一阵子。

我暗暗把海喜喜当成了我竞争的对手。

而这时，我的身体真的好起来了。

马缨花曾说过："要吃，就吃粮食。啥'瓜菜代'，土豆白菜只能撑肚子，不养人。肚子越撑越大，人倒成了囊膪……"这话和"吃饱了不饿"一样具有真理的性质。我每在她那里吃一顿用真正的粮食做的饱饭，就会发现自己的身体在形式上和实质上都比前一天有长进。这不是心理作用。虽然我们"家"没有镜子，她家有镜子而我又不好意思照，但我用手摸就能知道我面颊丰满起来，两臂、胸前、腹部和大腿开始有了弹性。这表明骨头上已有了肌肉组织。最近，我分明地觉着我身体里洋溢着充沛的精力，有一种我二十多年来从未体验过的清新感。这种感觉，比我到了一个我从来没有到过的、长满奇花异草的大花园更令我惊喜。因为这个大花园不在外部，而在我身体里面。很多小说都写过夜晚能听到植物拔节、种子破土的声音，我却有夜晚睡在破网套里，能听到自己体内细胞分裂的啪啪声的独特体验。

现代医学绞尽脑汁地研究怎样使人健康的方法，我遗憾专家们没有找到我的这条经验：把人先饿上三年，然后再让他吃饱。不用任何药物补品，他会像孙悟空一样说变就变，转眼之间成为一个巨人。因为他吃下去的每一个食物分子，全部会即刻被贪婪的消化器官所吞噬，迫不及待地把它转变成人体细胞。夸张点说，我吃下一斤粮食就能长一斤肉。我的胃，已经辨别不出什么是食物的渣滓，一律照收不误。

第二十一章

黄土高原气候特别干燥，半个多月以后，田野上的雪大部分都蒸发了。是蒸发，而不是融化。那背阴的沟坎，那潮湿的坑洼里还留有残雪，乡间的土路上却又扬起了尘土。山脚下，那高高的旋风柱又一根根地巍然挺立起来。在东边，坦荡的、一望无际的黄土，金灿灿地呈现出了一片沉寂的春意。风偶尔在田野上扫过，透明的蜃气像野马似的奔腾，我才体会到庄子《逍遥游》中的"野马也，尘埃也"的传神。

海喜喜赶着他的大车，更加威风抖擞地哐哩哐喤地跑开了。

那几匹瘦马日见羸弱。可是海喜喜的技术就在这里，他能让马跑到死，除非牲口自己倒毙在路上，绝不会疲疲沓沓地拉车的。

谁使唤的牲口像谁。

没有人跟海喜喜的车能坚持到两天以上。"那驴日的使牛劲，拿咱们穷折腾！"跟过他车的人，没有不骂他的。运肥期间，他的车至少换了十个跟车的人。

轮到我们组派人，中尉跟了他一天车，回来用他家乡话骂道："那是个王八犊子！在这时候，还想挣他妈的功劳哩！别人拉两车、三车，那王八犊子拉了五车！把我累歹乎了。谁爱去谁去！我明儿要走镇南堡。"

第二天，我主动地去跟海喜喜的车。

马号里面，是个很大的四方形院子。一辆辆大车停在土墙下，那三面，是三座破旧的牲口棚，用被牲口磨蹭得摇摇欲坠的柱子支撑着。我和几个跟车的农工一起先到院子里，裹着破棉袄，蹲在朝阳的墙根下等车把式们套车。车把式把各自的牲口一匹匹从棚里牵出来。顿时，院场里"吁、吁""啊、啊""驾、驾"……响成一片。有的车把式带着宿睡未醒的沉闷，有的车把式无精打采、满面愁容。他们的牲口也是一副恋槽模样，牵出来后，懒洋洋地哪儿也不想去，像桩子似的定在院场中间。直到车把式把劲儿使完，把唾沫骂干，才带着满身鞭痕不情愿地退到车辕里面。

只有海喜喜，挺胸昂首，在好些车把式和好些牲口中间，旁若无人地用鞭梢指挥着他的牲口。那副神气，倒像一位马戏团的驯兽师，毫不费力地就把调教得乖乖的牲口领到各自的位置上，一鞭子也没抽，很快地套好了车。套完了，他并不出车，跳到土墙上一蹲，用傲慢的眼光俯视着他的同行们。那种姿势，我是熟悉的。

车把式一辆辆地把车赶出马号，跟车的农工也都爬上了自己跟的大车。整个院场上就剩下我们两个人，还有他的三匹牲口。

这时，海喜喜站起来了，在高高的院墙上手打遮阳地向场外望了一圈。马号外面，传来翻肥的妇女麻雀般的叽叽喳喳的笑骂声。他轻捷地向下一跳，直向一堆干草垛大步走去。

一会儿，他从干草垛后面出来，手里拎着一面袋东西，看来足足有四五十斤。到大车跟前，他一弯腰，把那袋东西塞进车底盘下面的底兜里，然后掸掸袄袖上的碎草，操起鞭杆"驾、驾！"把车赶出大门。

车从我旁边经过，他也不跟我打招呼。而我一纵身，手不扶栏，从车后跳上了大车。我要让他看看，我不会像鸭子似的连跌带滚地爬进他车厢里去的。

他从干草垛后面提出来的东西，我知道不外是黄豆、豌豆、高粱之类的马料。我可以和他有某种默契，不去检举他。这种事情我在劳改农场见得多了。我的浪琴表就是一个车把式换去的。我眼睁睁地看着那个车把式从车底盘下面一个用麻袋做的底兜里，倒出一大堆黄萝卜。没有秤，他还要在斤两上跟我争来争去。而那些黄萝卜能从哪儿长出来呢？绝不会长在木头做的车底盘上，只能来自他刚刚拉的那块属于农场的黄萝卜田。一倒手，他等于从我手上白捡了一块金壳的瑞士名牌表。但你还不能去告发他，要违反交换双方达成的默契，那你就挨饿吧！

今天天气很好，不到十点，早霜已经化尽。干草上，木栏上，显现出湿润的褐色的霜痕。天蓝得透明，道路干燥而坚硬。被翻开砸碎、变得松软的肥堆，像刚刚从笼屉里拿出来的一样，冉冉地升腾着水汽。今天，我的情绪也很好，更有一种神秘的兴奋。神秘之感来自我对某种必将出现的不平常的事情的期待……

按照惯例，车把式赶车，也管装车卸车，跟车的人不过是车把式的帮手。如果两人相处得好，谁多干一点谁少干一点都无所谓，配合起来共同完成任务就行了。车把式也不是生下来就会赶车的，原先全要跟一段时间车。手脚勤快些，脑子灵活些，帮着车把式套个车、卸个车，中途接过鞭杆赶上一截，慢慢就学会了。车把式没有什么驾驶执照，不需要哪个机关来考核，队长、组长的眼睛就是标准，他们看谁能单独赶车谁就能单独赶车。赶车并不难学，比学开汽车容易得多。技术高低的区别，在于怎样调教牲口——这却比和机器打交道困难得多——以及在大车搁住的时候与危险的情况下怎样应付。这时，头脑的灵活和手脚的麻利比积累的经验更为重要。而一旦赶上了车，在没有机械化的农场，车把式就算是一个高阶层的劳动者了。

海喜喜就是一个技术高的车把式，是这个队的高阶层劳动者。

……他把车赶到肥堆跟前，圈好芨芨草编的笆子，跳下车，走到墙根底下一蹲，装着修理自己的鞭梢，却不动手装肥。他摆出这种阵势，就是要我一个人装车卸车。

我取下四齿铁叉，像他一样："啐！啐！"响亮地朝手掌啐了两口唾沫，"唰、唰、唰"地抡起叉杆。车装满后，我把叉朝车上的肥堆一插，跳上车，坐在车辕上，掏出那宝贵的"双鱼牌"，晃着腿，抽起烟来。

"坐后面！"他甩着鞭子走到车旁边，恶狠狠地说，"辕重了！"

我知道前面装的并不重，他是有意要把我赶到后梢去坐。大车上，车轴以前属于"软席"车厢，坐在车轴后面那部分，一不小心就会颠下来，比"硬席"还硬。但我装完了这一车，我对我的体力有了更充分的信心。我身上沁出了一层薄薄的汗水，全身的毛孔都张开了，我潜在的力量无阻挡地释放了出来，而且感到潜力之下还有潜力。这种发现叫我感到无比地欣慰，无比的喜悦——我是一个真正的年轻人！

我向他表示宽容和鄙视地一笑，跳下车，坐到后梢上去：

啊，我要记住，我要记住，

你宝石般的指纹！

到田里，他仍不卸车，手操着鞭杆，我卸一堆，他往前赶一截。一大车肥卸成四堆。他赶的速度比别人快，第一趟回来，我们就甩开车队，独来独往了。

现在，在肥堆前装肥的只有我们这一辆大车了。到第三趟，所有在肥堆旁边翻肥的男女农工，包括谢队长，都看出了我们两人的蹊跷。海喜喜把车停到位置上，大明大白地，毫不掩饰敌意地在车旁一蹲。他不吸烟，手不停地缠着他的鞭梢，好像不是准备打马，而是准备在我不出力时抽我一顿。农工们吃吃地笑着，轻声地指点着，评论着。我无异在做表演。而这时，我越干越有劲，倒不完全是为了向他应战，而是我欢快地感觉到了我青春的活力。我已经解开了我棉袄的扣子，在十二月的暖融融的阳光下，敞开了我像手风琴键似的胸膛。在一叉一叉中间短暂的间歇里，我偶尔也摸摸这两排琴键。它是湿漉漉的，热滚滚的，然而又是有弹性的。它竟会使我联想到苏联红军歌舞团访华演出时演奏过的《马刀舞》。这两排琴键正奏着一曲带有哥萨克风格的凯歌。

马厩肥多半是草末，并不重，一叉下去能挑起一大团，用四齿铁叉挑百十下就是一车。

所有的劳动全是因为饥饿才变得沉重的。现在，我越装越熟练，越不慌不忙。我开始用劳动生理学的方法，来寻找拿叉装肥时腰、臂、腿在每一个动作中的最佳角度和着力点。我把从叉齿叉进肥堆到撂进笆子这一过程分解成几段，很快，我就确定了每一段里腰、臂、腿相配合的最佳角度和最佳着力点。一经确定下来，动作就程式化了，不但不费力气，并且姿势优美。

装完第四趟，我明白无误地知道我顶住了，我胜利了！我几乎还和装第二趟时那么有力。旁边看的女农工有的在嘲笑海喜喜，说他是"哈熊"——这个词是无法翻译的；谢队长态度莫测，不时地"熊！熊！"不知是骂海喜喜，还是在骂我。海喜喜不好意思再蹲在车旁边了，他不是上厕所，就是站得远远的。

而此刻，我内心却遵循着一种普遍的心理规律，越过了我既定的目标，向新的目标发展了去。这个目标其实和原来的目标方向是一致的：我顶住了，我胜利地应付了这场挑战，即刻就想到要由我来向他挑战。现在想的不是不被他压倒，而是要压倒他！

我们拉了第五趟回来，别的车只拉了三趟，那个"死狗派儿"车把式只拉了两趟，谢队长抬头看看太阳，喊了一声："收工了！"但我却喊道："不行！我还没过瘾哩，我们再拉一趟！"

第六趟回来，冬天的太阳快落山了。山顶没有云，没有晚霞，裸露的山峦披着一片沉郁的黛青色。一群群昏鸦麻雀，从已经没有一颗谷粒，只剩下几垛干草的场院那边，从马号那边呼呼地飞过乡间的土路，落到像荆棘一样干枯的小树林中雀噪不停。空气有点湿润了，轮下的尘土向上翻腾一阵，很快就倦倦地沉落下去。阵阵凄凉的寒意迎面扑来。我裹紧破棉袄，坐在车栏上。前面，是海喜喜有点伛偻的背脊。那脊背上一览无余地呈现出他闷闷不乐，甚至是苦恼的心情。兀地，不知怎么，我也和他一样，感到闷闷不乐，感到苦恼，感到无趣，感到抑郁……胜利的喜悦消失得无影无踪，我像掉进一个冰凉的深井里。

田野上阒无人迹，淡紫色的暮霭向我们合围过来。一条孤寂的忧郁的土路上，只有我们两个人……

第二十二章

吃完伙房打来的稗子面馍馍，报社编辑把他的洗脸水分了一半给我。我在烧得通红的炉子旁边脱了棉袄，洗着脸，擦着身子。原来很松弛的皮肤下，已明显地鼓起了一缕缕肌肉。

肌肉像腹中的胎儿，现在还很小，很嫩弱，但它会成为巨人的。我突然想起政治经济学著作最早的译本，常常把"体力劳动者"译成"筋肉劳动者"。这么说来，有了"筋肉"就有了本钱，有了立身处世的力量了。生理上的发现，使我产生了一种感伤的激动，激起我更迅猛地、更彻底地向我认识到的"筋肉劳动者"的方向跑去。

过去的是不会再来了，我要和诗神永远地告别了。这里是不需要文化的，知识不会给我现在的生活带来什么益处，只能徒然地不时使我感到忧伤。我怀着既是与最亲爱的人分离，又是去和最亲爱的人相会时的那种悲怆与欢欣，到马缨花家去。

我不能准确地描述我现在的心情，我整个人好像蹒跚在一个非常荒诞而又非常合理的梦中。

今天我在"家"擦洗了一番，海喜喜已经来了。奇怪，他没有坐在那唯一可坐的土坯凳子上，还是蹲在老地方，搂着尔舍，神情有点恍惚地逗她玩。

挂在墙上的油灯一明一灭，屋子里弥漫着做饭的水蒸气和柴烟。在锅台旁的马缨花隐在烟雾水汽之间，更像一个模糊的梦境。生活的节奏疯狂得像路易斯·阿姆斯特朗的《令人头晕的舞会》。看着那个土坯凳子，那张垂着花布帘子的土台子，那《脖子上的安娜》……仅仅二十多天前，我还是一个惴惴不安的不速之客，还想偷偷地掀开那锅盖和布帘子哩，而现在，我却大模大样地、像个主人似的坐在这里。我似乎理解了海喜喜的恍惚，我甚至比他还恍惚。那空着的、好像有意留给我坐的土坯凳子，突然改变了我的心理。我对海喜喜又有了点尊敬和同情。

马缨花很快给我端来冒尖的一碗大米、黄米、黄豆焖的杂合饭，还有一碟咸菜。这是我最喜欢吃的。她仍像往常一样，用手掌抹了抹筷子。这个动作也是我熟悉的，我没敢看她；也没敢看海喜喜和尔舍。原来我以为我战胜了这场挑战后，在海喜喜面前能理直气壮，挺起腰杆，但这时我似乎比过去更为羞愧，并且还意识不到羞愧的缘由。心情和情绪，是在意识之下潜行着的，它们丝毫不受意识的支配却支配着我。

我一粒粒地挑着饭。我很饿，却吃不下去，我嚼着饭粒，无意识地盯着《脖子上的安娜》。我感到，任何文学艺术作品都很难表达生活本身所包含的戏剧性情节和复杂多变的感情。生活里有一种气氛，一种看不见、嗅不着、触不到，只是徘徊在心中的阴影，就很难用文字描写、线条绘画、舞台表演出来。比如现在，我听见身背后海喜喜低声地跟尔舍闹着玩，那嬉笑的声音也是沉闷的，仿佛受了什么影响的压抑。这种不情愿的、敷衍的笑声特别令人难受。马缨花在洗锅抹碗，叮叮当当的音响既谨小慎微，又分外刺耳，好像是烦闷不安中的骚动。一会儿，大概是应尔舍的要求，海喜喜用百无聊赖的、无可奈何的音调小声唱起来：

羊肚子（的个）手巾（哟）水上漂，

唱上（那个）小曲子解心焦。

一根子干草顶不上（个）门，

我拿个好心思维不下个人。

大红的果子（呀）香（哟）水的梨。

我不晓得那达儿难为过你。

　　唱到最后两节，他的声调好像又变得年轻了，恢复了元气。尔舍直拍小手："好听！好听！"还叫他唱。在我意识之下潜行的心情，又兀地滋生出对他的妒忌。他不但有种俯拾即得的灵感，有非常善于用歌咏来表达自己情绪的智慧，而且，也因为尔舍从来没有这样和我亲热过。在我一本正经地说别人编的故事的时候，尔舍听着听着就睡着了。我是不是已经失去了和儿童交流情感的童心呢？

　　我又听见海喜喜在尔舍耳朵旁边嘀嘀咕咕，像是教唆她些什么。果然，尔舍大声喊着："妈，你唱、你唱……"

　　我没有朝后看。她这时大概已经洗完了锅碗，靠在炕沿上。我听见她扑哧一笑——不论什么时候，什么情况下，她都能够笑出来，这使我的心头掠过一丝无名的恼恨。她爽快地说："好，我唱。"接着，她用她特有的轻快、柔润，而又带几分野性的嗓音唱道：

羊肚子（的个）手巾水上漂，

你不会唱曲子奴给你教。

三十三颗荞麦（呀）九十九道棱，

二妹妹再好是人家的人。

芝麻的胡麻出个好油，

嫁不下个好汉子我要维朋友。

　　他俩唱的调子是"信天游"，或说是"爬山调"。一唱一和的唱词有不尽的弦外之音。

　　我非常模糊、朦胧的想象里，好像有两只山鹰一上一下地在薄薄的、如丝绵一般的云层中盘旋。我吃着，想着，听着……蓦地，很清醒地意识到他俩是非常合适的一对！我还意识到，在这座荒村中的这间简陌生的小土房里，在这昏黄的、被雾气和柴烟弄得闪烁不定的油灯光下，我完全是个多余的人！是不知从哪儿飞来的一只苍蝇。吃完了，蹬蹬腿，抹抹嘴，又飞走了。哪儿也不属于我，我哪儿也不属于，在整个世界上我都是个多余的人；和亚哈逊鲁一样，被开除出人民行列的人，就成了永世漂流的犹太人……现在，我像被人随意钉上的一个楔子，打入了他们的生活。我自以为找到了自己的位置，却使他们本来的生活分裂了，破碎了。

肚子吃饱以后，应该舒服了，高兴了，而此时相反，心情却更加沉重。我似乎看透了自己一生的命运，还是饿着肚子好；如果不饿肚子，就会给人家带来祸害。

吃完饭，我推开饭碗，眼睛没有看他们，只说组里的人还等我回去商量事情哩，抬起腿就走了。外面，半轮冷月裹在像我的棉絮一样破烂的云朵里。西边的山峦呈现着威严而阴森的黑色，像披着法衣的法官。没有一丝风，空气凛冽而干燥。村子里有的人家虽然还亮着暗淡的灯光，但十分沉寂，只有我脚下碎柴碎草的沙沙声。我感到悲怆，却又有点不甘心。我停下来解手。还没解完手，海喜喜也从她家出来了。他轻轻地咳了一声，模糊的背影很快地无声地在黑黝黝的马号那边消失了。

我好像甘心了，但又觉得更加悲怆。

第二十三章

第二天，我坐在他的大车上，心里感到十分内疚，好像不是坐在车底盘上，而是坐在他的身上似的。但是，我又羞愧地意识到这种内疚的伪善：我已经不能说是不自觉地卷进了一个说不明白的关系中，而是怀着迟来的青春期的颤动和竞争心，有意地要揳进去的。

但是，海喜喜对我的态度更恶劣了。他的内心没有我这样的复杂。他就像高悬在我们头顶上的天空一样，只要有一丝云彩就会向地面投下一片阴影。而他今天的脸色，就预示着有一场暴风雨。

头一趟车装好——当然还是我一个人装的，我仍像昨天那样，坐在车后梢上。

车摇摇晃晃地出了村子，走上上路。

"啪！"

我脸上响亮地挨了一鞭梢！我捂着火辣辣的脸颊，掉头看看海喜喜。他背对着我，坐在车辕上，一如往常地赶着牲口，仿佛没有觉察鞭梢抽着了人。这种事也常有：西北地区赶大车的鞭子，皮绳要比鞭杆长一倍半，如垂钓用的鱼杆。赶车的人甩起鞭子来，一不小心，鞭梢也会扫在坐车人的身上。劳改农场里的一个车把式，就因为抽了搭车的管教干部一鞭子，被延长劳改一年。事后他编到大队来，哭哭啼啼地说他是无意的，他的老婆养了一只兔子，还等着他回去过春节哩……

也许他无意，也许他故意，不管怎么样，我抽出插在肥堆上的四齿铁叉，支在面前护住自己。

海喜喜打鞭子的技术很娴熟，抽身背后的东西也极准确。一会儿，他的鞭梢又呼地甩了过来。我举起铁叉一挡，抽得铁叉铮铮作响。这一鞭更有力，如果我不挡，就正抽在我脸上。

一路上，他这样连连抽了几鞭，都被我挡了回去，我被这种可笑的局面激怒了。他略微伛偻的后背不再表现为烦闷的、苦恼的模样，在我的眼睛里，是一种令人厌恶的、可憎的、隐藏着杀机的沉默！我觉得我做的一切都是对的！我无愧于谁，尤其是对这个海喜喜。命运给我们做了这样的安排；红兵在黑卒前面有什么可内疚的?!

我装着第三车，其他大车第一趟刚回来。所有的大车，除那"死狗派儿"赶的之外，又集合在马号前面的肥堆旁边。吆喝声、鞭声、马蹄声、翻肥的妇女的大呼小叫……响成一片，煞是热闹。这时，海喜喜铁青着脸，眼睛里闪动着挑衅的目光，从他蹲的墙角向我走来。

"快装！你这驴日的！"他晃着鞭子，头上粗硬的短发像灌木丛似的龇岔着，太阳穴上凸暴出明显的青筋，"你别腰来腿不来，跌倒不起来的！快，快！"

所有的声音全停止了，像一块石子投到蛙声鼓噪的池塘里。我感觉到人们的目光一下子都聚集到了我俩的身上。在最初的一霎间，我还很恐惧：也许……说不定，会闹出什么事来，会挨一顿毒打……但我意识到那些目光里有马缨花的似乎是在考验我的目光，自尊心就压倒了恐惧。我把铁叉朝他面前一扔，做出要靠边休息的样子，其实是想远远地离开他。

"嫌慢?"我忿忿地说,"你驴日的也该干两下了。你来装吧……"

"啥?你驴日的还犟?……"他几大步跨到我跟前,"你干!你这卡费勒不干谁干?!"

肥堆旁边的人哄笑起来。我不知道他说的"卡费勒"是什么意思,以为是句非常肮脏的骂人话。同时,他气势汹汹的架势又使我害怕起来,我想用一句话来压倒他,叫他再不敢吱声,于是我不管事实是不是如此,大声地喊道:

"我知道你为什么像条疯狗,不过是因为昨天你偷东西让我碰见了!"

出乎我意料,他不但没被压倒,反而愤怒得直发颤,手指着我,嘴唇抽搐着,像在默念一段什么神秘的文字。这样有两三秒钟,他才仿佛缓过气来,破口大骂:

"熊!卡费勒、杜斯曼①!卡费勒、杜斯曼!你驴日的没少吃!我今天要放了你的血!……"

他的嗓音顿时变得异常尖利,好像音带劈了一般。他一边骂着,一边撂掉鞭子,猛扑过来,两手一把揪住我棉袄的两襟,毫不费力地一抡,竟使我脚离开地面做三百六十度的大旋转。也不知旋转了几圈,又突地一搡,把我像只死鸡似的摔在肥堆上。

我没料到他会用手抢我。在他痛骂的时候,我以为他还是要用鞭子来抽。而在大庭广众之中,不会没人来干涉的,至少谢队长要站出来,这样倒使我可以揭发他在路上要的把戏。现在,我变得非常狼狈,浑身是黄土马粪,像在地上打了一个滚的毛驴。有几秒钟,我趴在肥堆上喘息。悬空的旋转已使我丧失了理智,我只看见海喜喜眼睛里狞恶的暴躁的闪光,只听见肥堆旁男男女女的一片哗笑,但是,我的怒火突然使我变得异常兴奋,这种兴奋是一种面临从未经历过的事情的兴奋,就像一个人终于见到了从未见过的而又渴望已久的大海,要张开两臂纵身跳进去畅游一番。"来吧!"我反复地在心里这样念叨,"来吧!……"

我索性就地一滚,滚到我刚刚撂下的铁叉旁边,拾起铁叉,站起来。跳进大海!跳进大海!我借站立起的蹿力,顺势一掷,铁叉嗖的一

---

① 卡费勒:阿拉伯语,异教徒。杜斯曼:波斯语,仇人。皆为宁夏农村骂人的口语,现在在一些地区仍然使用。

声像标枪一样向他飞去。

"啊!"男女农工发出一片赞赏的惊叫。海喜喜略一躲闪,铁叉扎在马号的土墙上,戳了四个白点,哐当一声掉在地上。

我从男女农工的惊叫声里听到了赞赏的意味,更从海喜喜躲闪时的眼睛里看到一丝张皇。没有扎着他,反而鼓起了我的勇气。跳进大海!跳进大海!我三两步跳到土墙下,又拾起铁叉去扎他。

海喜喜显然没有想到我会发疯了似的反抗。在我跑过去的当儿,他惊愕地站在土墙前面,好像等着我去扎他一样。我一叉朝他大腿扎去,他一把抓住叉杆,仍然迟疑着,不知怎么办。而我却尥起左脚,踢在他的腹股沟上。

"哎哟!"他疼痛地弯下腰,低了低头,仿佛要寻找我踢的地方。随即,他倏地抬起头,眼睛里又闪出狞恶的暴躁的光,两腮颤动着,一手拽着我的叉杆,张开另一手的五指,宛如一只鹰要起飞时似的。面对这样魁梧的巨人,我又和他刚刚一样,开始张皇了。我呆呆地等着他的巴掌。

但这时,肥堆旁边的男女农工已经围了上来。

"行啦,行啦!喜喜子,你抢了他一下,他踢了你一脚,两顶啦!"

"哈熊!人家是念书人,识得字,你人老八辈子也认不下哩!你欺负人家干啥?!"

"操!狗急跳墙,人急叫娘。你这哈熊连车也不装,还……没见他要跟你拼命啦!"

"玩两下子就行啦!你们是吃饱了咋的?!"

"……"

最有权威的还是谢队长。他一手背在身后,一手指着海喜喜,仿佛他背后的手握着一件什么有力的武器,又有点像冬烘先生训顽童似的:"我看你驴日的今天敢咋样!我看你驴日的今天敢咋样!……"

海喜喜怒气冲冲地看看谢队长,又用冒火的眼睛看看我,使劲把叉杆往怀里一拉,我趁还没被他拉倒时赶快松开手。他咬着牙,把叉"呼"的一下抢到半天空上。铁叉滴溜溜地旋转着,划了一个跨度很大的抛物线,掉在远远的干沟里。

大家的情绪都松弛下来。不知是谁拾来了我的棉帽子。棉帽的护耳撕破了，像一只死乌鸦耷拉着无力的翅膀。一个年轻的农工从我脑后嘻嘻哈哈地把这只死乌鸦扣在我的头上，还似乎是鼓励地拍了拍我的脑袋。我这才有心思看看周围。不知道马缨花在整个过程中持什么态度，这时她正背向着人群，朝那条干沟走去。我的组员们还站在肥堆旁边，用中立的姿态饶有兴味地观望。

当然，我再不能和海喜喜同一辆车了。谢队长调整了一下，叫"营业部主任"跟海喜喜，我还回到"死狗派儿"车把式的车上去。"营业部主任"说死也不干。海喜喜"啐！啐！"地朝手掌上吐了两口唾沫，操起他自己的铁叉："熊！我谁也不要，我一个人下！"

他像狂人一样飞舞着铁叉，把车装满，扬起鞭杆，一个人赶着车跑了。

马缨花把我的铁叉找来了。她像授予凯旋的旗帜似的把叉交到我手上。

"给！"她又低声地说，"看你，扣子都没了，待会儿我给你钉上。"

我低下头，才发现我敞着胸露着怀，扣子都被海喜喜拽掉了。

第二十四章

晚上，我照例到马缨花家去。生活中任何一个举动如果经常反复，都会成为一种习惯；人不由自主地要受这习惯支配，何况我去马缨花家，不但有肚子的需要，还有心灵的渴望。在那里，和她在一起，即使中间有个海喜喜——人啊！应该说海喜喜和她中间有个我，但这时我却不这样想了——我也能得到作为一个人的心必须要有的东西。这东西是什么？一点温存，一点怜悯，一点同情，一点敬意，一点……那么模糊的爱情。

我小时候，家附近有个寺院。它坐落在半山坡上，红墙隐没在一片翠竹当中。每天清晨，从它那里响起一阵沉重、缓慢而又悠远的钟声。它沉重、缓慢而又悠远，于是我的思绪能跟得上它的余音，随着它一直消失在那多雾的嘉陵江中。接着，下一响钟声又带去我另一部分思绪……直到把整个的我带离开这个尘世，进到一个虚无缥缈、无我、无你、无他的境界中去。到马缨花家，不知怎么总使我想到那种钟声。也许是因为我正在那么尴尬、那么困窘、受人捉弄的时候，是她来把我带出铺满干草的单身宿舍，领到她那充溢着温馨的小屋里去的缘故。并且，她又是一个异性，一个如此美丽可爱的女人，因而我离开那铺着干草的尘世，到她灯光明灭的小屋里，更有一种异样的充实，不是无我、无你、无他，而是整个世界对我来说，都具有一种新的特定的意义。

这种意义只有我能体味得到。这就是人的正常生活的恢复；不是出世，而是又回到人的世界中来。本来，对过去的记忆已经淹没在沉重的阴影当中，就像月亮被急驰的乌云所吞噬。但是在马缨花那里，总有这样那样的东西，包括她幼稚而又洋溢着智慧的幻想，使我把中断了的记忆联系起来，知道自己是个人，是个正常的人。我以为，即使今天我和海喜喜打架，也是在这种生活环境中的正常人的表现，甚至可以说是我已经成为正常人的重要标志。

农工们赞赏的笑声和谢队长开始放任、终而叱责海喜喜的态度，再好不过地说明了他们全体都认为结果应该如此。我通过了这个环境对我的考核；他们，这种环境中成长起来的正常人，接纳了我成为他们行列中的一员。

马缨花在拍尔舍睡觉——在农村，孩子们都睡得早，见我进来，一骨碌爬起，跳下炕。她先顶上门，然后转过身，两手在袄襟上抹了抹。

"来，我看看，这驴日的把你抽成啥样子了？"

我这时才感觉到脸上火辣辣地疼。后来一打架，我把挨了一鞭子的事情也忘掉了。

她把我的脸扳向灯光，美丽的眼睛一闪一闪地在我脸上审视着，一边看，一边"啧、啧"个不停。我低下头，任她的手抚摩我的脸。当她颤抖的手指轻柔得像一阵微风掠过我鞭伤的时候，我觉得全世界的抚慰都在这里面了，同时心头响起了勃拉姆斯为法柏夫人作的那支《摇篮曲》。

啊！命运没有亏待我。

她的动作和表情，已经无疑地表露出了她对我怜悯和施舍下更深的那个层次。发现了这点，我倒心安理得了。被人爱，似乎就获得了某种权利。我大大方方地在土坯凳子上坐下来，等她给我盛饭。

今天，她特别容光焕发。她流连的目光比往常更为炽热，那迅捷眨动的长睫毛有一种爱娇的意味。她线条秀丽的嘴唇不说话时也微张着，仿佛表示着某种惊奇与渴望。

我一面吃饭，一面把今天事情的经过告诉她。我知道她顶了门，二十多天来，她还是第一次要把海喜喜关在门外。但我仍然警觉着房门口。可是直到我离开她家，门口也没有响起海喜喜的脚步声。

她毫不在乎门外的动静，说起今天的事，对我表现出雌兽护仔的偏袒，毫无道理的溺爱，用粗野的话把海喜喜骂个狗血淋头。这反倒使我不安，觉得不公道。

"你们原来不是挺好的吗？"我问，"我还当作你们是好朋友哩。"

"啥'朋友'！"她蓦地满面绯红，怒气冲冲地说，"那驴日的是个没起色的货！有一天他……"

说到这里，她突然停住了，像急刹车似的，身体还往前倾了一下。随后，她又往炕上蹭了蹭，坐端正，把手里补的衣服朝怀里一拉，继续补下去，不说话了。

我很快就意识到我说错了。我所说的"朋友"，是一般意义上的"朋友"，和她理解的"朋友"完全是两回事。她脑子里的"朋友"，是"嫁不下个好汉子也要维朋友"的那种"朋友"，也就是我们通常说的情人。

这证实了我的直觉。

人有着很微妙的心理，总觉着爱情和字画不同，在字画上盖的钤印越多，字画越值钱，而在爱情上仿佛就容不得别人先占有过。殊不知，只有成熟了的爱情才最可贵。

马缨花的爱情就是成熟了的爱情。

沉默了一会儿，她又抬起头，脸上的红晕已经退了下去，两只瞳仁一闪一闪地发光，轻轻地娇笑一声，没头没脑地说道："你，倒挺像咱们的人！"

我向她表示理解地一笑。"咱们的人"包括许多含义：劳动人民——这点对我非常重要，体力劳动者，农工，甚至还指从中亚细亚迁徙过来的撒马尔罕人的后裔。她这句话，也使我明白了，为什么她独独会在今天这样明白无误地表现出她内心的感情。对她来说，仅仅是个"念书人"，仅仅会说几个故事，至多只能引起她的怜悯和同情；那还必须能劳动，会劳动，并且能以暴抗暴，用暴力手段来维护自己的尊严，才能赢得她的爱情。啊！我撒马尔罕人的后裔。

她又跟我说，今天她没找齐制服上的黑胶木扣子——在这时候，扣子也是紧俏商品，等明天把扣子找齐了，再给我钉。

她从枕头下抽出一根用废布头搓成辫子的布带给我，让我扎在腰上。"你呀，"她笑着说，"我知道，连绳子也没有一根。"

是的，我的确连绳子也没有一根。

"你知道我的事情可不少。"既然我知道她爱我，我也不用为自己的贫穷感到羞愧。我接着用轻松的口气问："可是你的事我还不知道哩。哎，我问你，尔舍的爸爸究竟是谁？"

她埋下头，微笑地沉吟着，一会儿在一串轻声的娇笑中说："我不能沾男人，一沾男人就怀……"

她的回答使我惊愕不已。她根本没有正面回答我。我原以为这会引出她一个故事，一个或许是哀婉、或许是悲愤的遗恨，然而，她却轻轻地一抹，把有关这一段的回忆都抹进了时光的垃圾桶里去，毫不吝惜地把它掩埋了。听那口气，她好像觉得这种事对任何人都没有伤害，对她自己也没有什么伤害……

真要命！她既使我恢复成为正常人，把我过去的回忆和我现在的感受连接了起来，也从而使我对她产生了惶惑、迷惘和新奇感。她身上有许多我不理解的东西，还有和我过去的道德观相悖的东西。然而这些东西在她身上表现出来时，又如此真实，如此善良，也显得十分的美，竟动摇了我的道德观念，觉得她总是对的，是无可指责的。

她和海喜喜，把荒原人的那种粗犷不羁不知不觉地注入了我的心里。而正在我恢复成为正常人的时刻，这种影响就更为强烈。

第二十五章

我第一次体会到健康给人的幸福感。我觉得我力大无穷，正如惠特曼歌颂的：

啊，膂力强壮的斗士是多么欢乐呀！

他神采奕奕地兀立在竞技场上，

精力充沛，渴望着和他的对手相见。

而在竞技场上，我至少和这里的高阶层劳动者、令人畏惧的巨人斗了个平手——"两顶啦"！于是，我感到一种旺盛的活力，一种男性的激情也在我体内暗暗地涌动，我甚至能听得见它像海潮般的音响……

第二天，海喜喜仍然一个人既赶车又装车。我还是跟"死狗派儿"车把式。在我们错车的时候，他一眼也不看我，但脸上有股掩饰不住的懊丧。仇恨已经过去，他只是沉浸在自己灰色的情绪里。一个孔武有力、生气勃勃的人，一下子变得像被霜打倒了的芦苇。当然这并不是因为被我一脚踢的，而是内心里受到了更大的打击。

我很小的时候，就有一种容易被别人的痛苦所感染的脆弱性。是脆弱，不全然是同情。

同情会使人积极起来，而脆弱只能产生畏惧。看了一本描写瘫子的小说，自己下身会麻木好几天；看了一篇写瞎子的故事，我会害怕失去眼睛。对会降临到自己头上的灾祸的恐惧，多于对瘫子和瞎子的怜悯。这种脆弱性，更可能产生一种邪恶的趋利避害的念头，从根本上消除自我牺牲的精神。所以，现在对海喜喜，我已经没有了同情，而是害怕落到他那样失恋的地步。

这种邪恶的劣根性，加上对所谓"体力劳动者"的不正确的观念，催着我向一个深渊坠落下去。

收工时，我从"死狗派儿"的车上跳下来。她在马号前面，手里攥着一把什么东西，向我一扬，又努努嘴。我知道她手里一定是几粒扣子。吃完从伙房打来的秫子面馍馍，我就上她家去了。

现在，我们组里八个人，几乎有一半不出工。今天这几个去场部，明天那几个去场部，要么就是去镇南堡看有没有挂号信——取挂号信和寄挂号信，都要来回跑六十里路，可见我们的文化生活了。反正自我们来这个队，就没有看过一张当月的报纸，没有听过一声广播，真像"营业部主任"说的，这里还不如劳改农场哩——他们这样忙忙碌碌，无非是在跑户口，谁都想早点离开这里。这样，对我每天晚上跑出去，他们丝毫不注意。这间铺着干草的"家"，不过是几个人临时栖身的旅店，谁也不去管过路的旅客干什么去。

今天，我特别兴奋，有几分迷迷糊糊，但又似乎非常明确地感到，今天晚上将要发生什么事情。我怀着一种来自想象的醉意，既甜蜜，又有几分忧伤。这种醉意使我的意识像暮霭一样在田野上飘散了。

我进了门。一定是我脸上焕发着特别的光彩，一定是我目光中有奇异的神色，因而，她也用一种异乎寻常的、闪烁着灼热的光的眼神凝视着我。她的睫毛很长，眼睑下又有一圈淡青色，因而她的眼睛就显得特别深邃，瞳仁的闪光就像暗夜中的星星。她还和昨天一样，斜躺在炕上拍尔舍睡觉。她诡谲地一笑，朝土台上努了努嘴。随后，她机械地拍着尔舍，同时用一种痴呆的、固定不变的姿势看着我，仿佛在想什么心思。

土台上放着一盆用碗扣着的杂合饭。我盛了一碗慢慢地吃着，借着吃饭来拼命抑制自己，迫使自己冷静下来。这时，只听见她在炕上，边拍着尔舍，边轻声唱道：

> 金山（么）银山（的）山对（哟）山，
> 层层（哟）叠叠的宝山。
> 望（么）别人成双（是）我孤单，
> 阿哥（么哟）活下的可怜。
> 白崖（么）头上的鸽子（哟）窝，
> 你看是（呀）公鸽嘛母鸽。
> 我一晚上想你（是）睡不（呀）着，
> 天上的星星（哈）数着。

我过去全部教养教给我关于爱情的观念，和我现在沉浸于其中的爱情是那么不同，甚至截然相反。那种爱情是温柔缱绻的，含蓄隽永的，美妙的情趣带有几分伤感的忧郁，就像一朵带露珠的嫩弱的康乃馨。而她歌声里表达的爱情，却是直率的、明朗的、粗犷的，盛满了浓得化不开的激情。其中的情意有如旷野的风，叫人难以抵挡。

尔舍在她的歌声中睡着了。她轻手轻脚地爬下炕。抻了抻棉袄，两手在脑后拢了拢头发，向我嫣然一笑。我觉得她脸上第一次出现了娇羞的表情，两颊红扑扑的。她的皮肤较黑，红得就更加浓烈。在她两手顺向脑后的时候，腰肢略向后倾，整个神态在我眼里是被爱情摧残的慵倦。

"咋？是你脱了呢，还是咋钉？"她笑着问我。

她手拿着穿好的针线，站在我身边，那南国女儿脸颊上的大红大紫使我心慌意乱。我支吾着说："哦，哦……还是穿在身上钉吧，我里面没有衣服，没法脱……"

"你哟！"她吃吃地笑着，把我从土坯凳子上拉起来，"真是遭罪哩。以后得给你缝件汗褡儿……那你就把带子解开吧，还等啥？"

她用命令式的语气跟我说话，语调里饱含着妻子般的深切的关心。我非常自然地、毫无惭愧之感地解开腰带，站在她面前。我感到我能把自己交给她是我的幸福，心中充溢着对她的信赖和对她的温情。

她不用低头，刚好在我颌下一针针地钉着扣子。她的黑发十分浓密，几根没有编进辫子里去的发丝自然地鬈曲着，在黄色的灯光下散射着蓝幽幽的光彩。她的耳朵很纤巧，耳轮分明，外圈和里圈配合得很匀称，像是刻刀雕出的艺术品。我从她微微凸出的额头看到她的眉毛，一根一根地几乎是等距离地排列着，沿着非常优美的弧形弯成一条迷人的曲线。她敞着棉袄领口，我能看到她脖子和肩胛交接的地方。她的脖子颀长，圆滚滚的，没有一条皱褶，像大理石般光洁；脖根和肩胛之间的弯度，让我联想到天鹅……此时，那种强烈的、长期被压抑的情欲再也抑制不住了，以致使我失去了理性，就和海喜喜把我悬空抢起来的时候一样，于是，我突然地张开两臂把她搂进怀里。

我听见她轻轻地呻吟了一声，同时抬起头，用一种迷乱的眼光寻找着我的眼睛。但是我没敢让她看，低下头，把脸深深地埋在她脖子和肩胛的弯曲处。而她也没有挣扎，顺从地依偎着我，呼吸急促而且错乱。但这样不到一分钟，她似乎觉得给我这些爱抚已经够了，陡然果断地挣脱了我的手臂，一只手还像掸灰尘一般在胸前一拂，红着脸，乜斜着惺忪迷离的眼睛看着我，用深情的语气结结巴巴地说：

"行了，行了……你别干这个……干这个伤身子骨，你还是好好地念你的书吧！"

第二十六章

啊！……

我踉踉跄跄地跑回"家"。我头晕得厉害，天旋地转。我摸到墙边，没有脱棉袄，也不顾会把棉花网套扯坏，拉开网套往头上一蒙，倒头便睡。

不久，小土房里其他人也睡下了。老会计在我头顶上灭了灯，唏唏溜溜地钻进被窝。万籁俱寂。我想我大概已经死了！

死，多么诱惑人啊！生与死的界限是非常容易逾越的。跨进一步，那便是死。所有的事，羞耻、惭愧、悔恨、痛苦……都一死了之。

我此刻才回忆起来，在此之前，我什么都设想过，甚至想到她会拒绝，打我一耳光，但绝没有想到她会说出那样一句话把我带有邪气的意念扑灭。

"你还是好好地念你的书吧！"这比一记耳光更使我震撼。灵魂里的震撼。这种震撼叫我浑身发抖。

死了吧！死了吧！……

我真的像死了一般，刚才那如爆炸似的激情的拥抱，仿佛已耗去了我全部的生命。但是，我的灵魂还在太阳穴与太阳穴之间的那一片狭窄的空间里横冲直撞，似乎是满怀着憎恨地要撕裂自己的躯壳。我不敢回顾过去二十多天里的行为举止，然而像是有意惩罚我似的，有一张银幕在我眼帘内部显示出我的种种劣迹，我眼睛闭得越紧，银幕上的影子却越清晰。海喜喜愤怒地指着我的鼻子尖："你驴日的没少吃！"像闪电之前的雷声叫我战栗。我是靠谁的施舍恢复健康的啊！在那段时间，我就像《梨俱吠陀》里说的，"木匠等待车子坏，医生盼人腿跌断，婆罗门希望施主来"，心怀恶意地扮演着乞讨者的角色。我出主意给她修炕，我跑去给她说故事，我……目的只是在那一碗杂合饭。我清楚地认识到了，我表面上看来像个苦修苦炼的托钵僧，骨子里却是贵公子落魄时所表现出来的依赖性。歌德曾把"不知感激"称为德性："不愿意表示感激的脾气是难得的，只有一般出众的人物才会有。他们出身于最贫寒的阶级，到处不得不接受人家的帮助；而那些恩德差不多老是被施恩者的鄙俗毒害了。"但在我却是相反，是我的鄙俗把施恩者毒害了。在我逐渐强壮起来的身体里钻出来一个妖魔，和从海滩的瓶子中钻出来的那个魔鬼一样，要把从瓶子里放出他的施恩者吃掉。这原因在哪里呢？这原因就在于我不是"出身于最贫寒的阶级"；公子落难，下层妇女搭救了他，他只要一脱险，马上就想着占有这个妇女，并把这种举动当成一种报答，这不是一种千篇一律的古老的故事吗？

这时，昨天夜里在我脑子里幻想出来的种种欲念，成了佛教密宗里的毗那夜迦，兽头人身的怪物，而马缨花就在这个邪恶的、面目狰狞的怪物手中挣扎！

是的，她最后的那句话，将她给我的食物中注入了仁爱，注入了精神力量。这样，就更叫我无地自容了。

我想忏悔，我想祈祷，但我才发觉，对一个唯物主义者来说，对一个无神论者来说，对现在的我来说，最大的悲哀莫过于忏悔和祈祷都找不到对象。我不信神，所有的神我都不信！我经历过一次"死"以后，全部宗教都在我眼前失去了它们的神圣性质！那么，我能向谁来忏悔，来祈祷呢？人民吗？人民早已把我开除出他们的行列——"你活该吧！你现在的行为正证明了我们把你开除出去是对的！那不是某个领导的意志，而是我们全体人民的意志！你已经永远被钉在耻辱柱上了！"

"嘘嘘嘘……嘘嘘嘘……"墙角响起了一阵阵可疑的声音，好像是从一个极其阴暗的世界传来的。但我知道，那不是上帝，也不是魔鬼，那是死的召唤。我很早就对死有一种莫名的迷恋，和酷爱生一样酷爱死。因为那是一个我活着永远不能知道，并且也是一个任何人都不知道的东西。永恒的谜就是永恒的诱惑。很多人都忽视了，死其实是生活的一个重要内容；热爱生活的人最不怕死。尤其，对一个无神论者来说，对现在的我来说，死是最轻松的解脱。一切都会随生命的停止而告终。那么，我就制造了一个永恒的秘密。明天早晨，太阳照样地升起，风照样地刮，云儿照样地飘，农工们照样地出工，而我却变成了一堆没有生气的骨头和肉，就像一只死羊，一条死狗。我的悔恨，我的羞愧，我良心的责备，在这世界上留不下一点痕迹。我死了，我带走了一个秘密，我销毁了我制造的秘密，难道这个秘密还不是永恒的吗？

我在死亡的边缘时极力要活、要活、要活下去，我肚子吃饱了却想死。过去，在没有灵感的时候，在创作苦闷的时候，毒药、绳子、利器、高度和深度都曾对我有过吸引力。现在，我在黑暗中摸索着她给我的那根用布头编的带子。布带柔软而有弹性，它的长度、宽度、耐拉强度都会使我的脖子感到非常舒适。世界上的事是多么奇妙，多么不可思议啊！昨天晚上她给我带子的情景历历在目，她是为了我暖和，为了我活得好，可恰恰我要在这根带子上结束我罪孽深重的一生；她说我连根绳子也没有，是出于对我的同情和爱怜，可恰恰似乎是有意地要送我一个结束生命的工具，我想象我拥抱着她时是多么美好，可恰恰是我拥抱了她以后却悔恨欲死……于是，一种对自己命运的奇怪的念头在脑子里产生出来：我这个没落的阶级家庭出生的最后一代，永远不能享受美好的东西；一切美好的东西在我身上都会起到相反的作用……那么，只有死，才能是最后的解脱了。

于是，我死了！

我全身只剩下头颅，在一片黑茫茫、莽苍苍的大森林里游荡。因为失去了身躯，失去了四肢，头颅只能在空间飞翔。我飘呀、飘呀……飞呀、飞呀……四周是像墙一般密密层层的巨树，高不见顶，遮天蔽日，但茂密的枝叶从不会刷在我的脸上。我的头游在哪里，它们就会像水草似的荡开。我不知道我要往哪里飞，我只觉得有一股力量在托浮着我，推动着我，或是吸引着我，一会儿向这儿，一会儿向那儿飞去……黑暗是透明的，发出蓝幽幽的光；巨树不是立体的，全像舞台上的道具，是一片片的平面竖在四面八方。大森林没有尽头，没有边缘。在这大森林里，所有的树木都是静止的，只是因为我头颅的位移才使它们不断地移动，时而向我逼近，时而远离开我……它们并不特别阴森可怖，阴森可怖是从我自己的脑子里喷射出来的，于是蓝色的黑暗和巨大的树木之间都弥漫着阴森可怖的浓雾。

这里绝对没有音响，但我头颅上毕竟有耳朵。这时，有一种雷鸣般洪亮的声音在大森林里庄严地响起来："你为什么要死——死——死——死——"

"死"的余音不绝如缕，在巨树之间缭绕，发出"咝咝"的金属声。

我冷笑了。我谁也不怕，既然连死也不怕，还怕什么?！

"这正是我要问你的！"我的头颅大张开嘴，翻起眼睛向四面八方搜寻。但那声音不是发自哪一方，而是在整个森林中回荡。我大声地问那声音："我为什么要活——活——活——活——"

"活"的余音也不绝如缕，在巨树之间缭绕，发出"哗哗"的金属音。

沉默了！那个声音沉默了，像被狂风噎住了嗓子。哈哈！我的问题"你"能回答吗？

我继续在大森林里横冲直撞。我享受到了死的乐趣。

可是，那一株株阴森的巨树越来越稠密，枝丫纵横，像张在我上上下下的一面没有缝隙的巨网。并且，它们从周遭逐渐逐渐地收拢来，我头颅的天地越来越小了。最后，我头颅只能不动地悬浮在空中，两眼不住地骨碌骨碌乱转；我大张着嘴，喘着粗气。我没有胳膊，我不能抵挡；我没有腿脚，我不能蹬踢。我等待着：难道死了还会遇到什么鬼花样！

那个声音又像山间的回声似的响了起来，带着鬼魂特殊的嗓音，瓮声瓮气地："到天堂去吧！到天堂去吧——去吧——去吧——"

"天堂在哪里？"我头颅上淌着冷汗，但我脑子里并没有一丝恐惧，"天堂在哪里？"

我用责问的语气大声地喊："哪里有什么天堂？我不信什么鬼上帝！"难道我死了还要受欺骗！

"超越自己吧——超越自己吧——超越自己吧……对你来说，超越自己就是你的天堂——天堂——天堂——超越自己吧——超越自己吧——超越自己吧——"

这一句话，突然使我流泪了。混浊的泪水滴滴答答地滚落到我头颅下的浓雾中。是的，"超越自己吧！"这声音不是什么鬼魂的声音，好像是我失落了的那颗心发出的声音。

"超越自己吧！超越自己吧！超越自己就是天堂——天堂——天堂——"

"啊！我怎么样才能超越自己呢？"我绝望地哭叫，"在这穷乡僻野，这个地方和我一样，好像也被世界抛弃了！我怎么样才能超越自己呢？"

"要和人类的智慧联系起来——要和人类的智慧联系起来——联

系起来——联系起来——那个女人是怎么说的——怎么说的——怎么说的——"

那个声音越来越小，好像离我越来越远，最终完全消失了。我的头颅大汗淋漓，像一颗成熟的果子似的力不可支地坠入到浓雾下面，仿佛刚才是那个声音使我的头颅悬浮在空中一样。我觉得我的头颅掉在一片潮湿的泥地上，柔软的、毛茸茸的藓苔贴着我的面颊，还有清露像泪水似的在我脸上流淌。那冰凉的湿润的空气顿时令我十分舒畅。

而这时，巨大的森林里重归宁静，浓雾也逐渐消散，树冠的缝隙开始透下一道阳光，像一把金光灿灿的利剑，从天空直插到地上。与此同时，大森林里不知从什么方向，轻轻地响起了 0333|ʃ‾|‾|‾|0222|ʃ‾|ʃ‾|‾|……的钢琴声。啊！那是命运的敲门声！好像是惊惶不安，又好像异常坚定。一会儿，圆号吹出了命运的变化，一股强大的、明朗的如阳光下的海涛般的乐声朝我汹涌而来，我耳边还响起了贝多芬的话："我要扼住命运的咽喉，他不能使我完全屈服……啊！能把生命活上几千次该有多美啊！"

……我完全清醒了。我发觉我泪流满面，泪水浸湿了我头下的棉网套。在棉网套下，我摸到了一本精装的坚硬的书——《资本论》。

第二十七章

第二天，果然太阳照样地升起，风照样地刮，云儿照样地飘……黄色的耀眼的阳光透过窗户上的旧报纸，给小土房里的墙壁和干草上更增添了许多排列成行的斑点。有那么一会儿，我想着我昨天好像做了一件非常丢人的事，犯了非常大的错误，因而有一种不愉快的、烦恼的情绪。但很快就被另一个念头代替了：如果房子里的人一早起来发现我死了，他们除了惊奇和忙乱一阵外，还有什么呢？也许他们上午会不出工，张罗着埋我。可是埋完了，他们照样还是要去出工的。我的死，除了使遥远的母亲悲痛，大概再不会给其他人一丝震动；死，对我是一件大事，而对别人不过是小事一桩，至多编出几个鬼故事来打发漫漫的冬夜。这样的死，有什么价值呢？

"营业部主任"先打了饭回来，一个人用两肘霸占着炉子，还不住地朝手上呵气："真冷，真冷！这狗日的天真冷！"老会计两手小心翼翼地捧着饭盒，踏着悄无声息的步子，走到自己铺位上盘腿坐下。先脱下手套，再摘去帽子，像做祷告一般全神贯注地端详饭盒里的稗子米汤，然后才不声不响地吃起来。他绝对不到炉子旁边去沾火的光，连自己吃饭的声响也怕打扰人家，或者说是连一点吃饭的声响也不愿给人家。看着他作茧自缚和与世无争的模样，我都不忍心在死后给他添麻烦。

　　中尉前两天去镇南堡恰好碰上邮政代办所休息，这时正骂骂咧咧地做着再一次远行的准备。"那些王八犊子，他们坐着办公还要休息！"他忘记了他过去坐着办公也是要休假的。报社编辑和其他几个人的神态、动作都一如往常，和一幅木刻印在一本日历上一样，天天都没有一丝变化。我非常奇怪：他们竟然对我昨夜的内心风暴没有一点觉察。可见，不管是我的死也好，我的内心风暴也好，我成为死人也好，我成为新人也好，对一些只关心着自己的人的影响其实是非常微弱的。这里的人们的神经似乎被一种停滞不动的生活磨钝了。在一堆麻木的神经中间，我要悄悄地开始另一种生活是非常容易的。这种想法蓦地使我振奋起来。我把棉花网套一掀，一骨碌爬起，用湿毛巾擦了擦脸就去打饭……

　　莽荡苍凉的田野，以它毫无粉饰的雄浑气概，又使我感动得热泪盈眶：用你严峻雄伟的气魄给我一点吧！哪怕我有那一块泥土疙瘩的淳朴性，我就能够站起来，并超越自己！"死狗派儿"车把式慢慢地赶着车，随牲口的意逍逍遥遥地向田里走去。到处沐浴着冬日的阳光。白脯子喜鹊喳喳地欢叫，跟在大车后面啄着马粪。谷场上的草垛黄得炫目，垛顶上，散射着一种金属般的流动的光。向东极目望去，三十里路外的火车徐徐地吐着青烟，在天际布下一条带状的雾霭，久久不散。在翻滚着的雾霭的边缘，青色逐渐转为紫色，在蓝天下变得异常绚丽。没有风，空气中飘浮着干枯的冰草、芨芨草和马莲草的气味，又羼杂着飞扬起来的干燥的尘土味。太阳的热力沉沉地罩在我身上，使我昏昏欲睡。活着的幸福感不在人完全清醒的时刻，恰恰在似睡非睡之间。

　　内心的风暴平静下去，从心底开始升起一片颂歌：和谐、明朗、纯朴、愉快，好像置身在鸟语花香的田野里，呼吸着清新的空气。死固然诱惑人，但生的诱惑力更强；能感觉本身就是幸福，痛苦也是一种感觉，悔恨也是一种感觉，痛苦和悔恨都是生的经历，所以痛苦和悔恨也都是生的幸福。"叽喳、叽喳"，麻雀从我头顶上飞过去，一边扇动着小小的翅膀，一边还东张西望，向那更高处飞去。啊！这样一个小生命也在想超越自己。

超越自己吧！超越自己吧！……

这天吃完晚饭，我没有去马缨花家，在自己的草铺上坐下来，靠在卷起的棉花网套上，拿出我二十多天没有翻、一直当作枕头用的《资本论》。

中尉研究完了家里寄来的挂号信，信上一定有叫他高兴的消息，他很客气地把马灯送回来，还替我拧大了一点。我没有敢当即翻开，默默地、有点惶恐地摸着淡黄色的硬纸面。现在，这本书就是我能"超越自己"的唯一凭借了；如果说"超越自己就是天堂"，那么我面前只有这样一条通向"天堂"的道路。她是不是真正能教给我一点什么？是不是真正能使我"超越自己"？我的艺术的细胞是不是能吸收这些用抽象的概念构成的营养？……过去我虽然没有读过《资本论》，但在例行的政治学习中学过"干部必读"的苏联人列昂节夫的《政治经济学》。那时候，我认为那书里都是些枯燥的、和现实无关的教条和概念，读起来特别乏味。

现在，当我重又翻开《资本论》时，至少，我的肚子不会干扰我的脑子了。我怀着困惑的虔敬的心情，翻到《第三章货币或商品流通》，也就是二十多天前中断了的"注51"的地方。组里几个人用一种沉闷的、勉强的声调在聊天。"营业部主任"给老会计提供了一个"偏方"，说治睡觉磨牙最好的方法是把牙全部打掉。即使这个残酷的笑话也没有引起人们一点笑声。但不久，房里所有的声音我都听不见了，因为我开始发现，马克思在阐述深奥的经济学问题时，使用的是一种非常形象、非常生动、非常漂亮的文体。我还没有完全弄懂他说的意义，但他那明快流畅的文学性的美就紧紧地攫住了我：每一页都有令我叫绝的句子。

他的思维逻辑是严密的，而阐述时采用的却是写诗的大跳手法和意指手法。比如，他说："一个商品如要实际发生交换价值的作用，它就必须先放弃它的自然形体，由想象的金，转化为现实的金——虽然这种变质作用之于商品，比由必然到自由的推移之于黑格尔哲学，比甲壳的脱弃之于蟹，比旧亚当的脱离之于教父喜埃洛尼玛斯，还要难。"下面，他又极有风趣地这样说："假令铁的所有者，竟向某一个俗气的商品所有者，把铁的价格当作货币形态来说明，这个俗气的商品所有者，就会像圣彼得答复那个向他肯诵使徒信条的但丁一样，答复他说：'这个铸币的重量成色，已经十二分合格，但告诉我，你钱袋中有没有它？'"

只有横溢的才华加革命领袖的雄伟气魄，文风才会如此流宕、潇洒，不受任何抽象概念的内涵的拘束。一个人具有艺术上的通感，在我看来就是天才了。我发现马克思竟具有一种思想上的"通知"——我一时想不出确切的词来表达这个意思。也就是说，他具有一种能够把人类各个不同的知识领域相互沟通起来，并融会为一体的奇妙的本领。我越往下读，越深切地感到马克思的书是浓缩了的人类智慧：政治的、经济的、历史的、艺术的、文学的，甚至还包括诗！有许多地方，凭我脑子里的溶剂还不能把这种浓缩的知识结晶溶解。但它并不使我困惑；它是一个迷人的谜，解开它就能得到一笔财富。

他还引证了大量的材料，书页下的注解与正文的印证妙趣横生。我前面看过的"舌头"不必说了，他还把莎士比亚和梭福可士的戏剧与诗来作商品向货币转化的旁证，于是，这一抽象的命题即刻以一种戏剧性的具体过程跃然纸上。我睡的这间充满着干草味、老鼠味和煤烟味的小土房，顿时变成了一座历史剧的舞台，商品所有者与货币所有者都以鲜明的面目生动地表演起来。读到这里，我已经完全忘记了我现在在什么地方。

在论述每一个问题时，他也一条条地举出资产阶级经济学家对这一问题的看法，有的地方指出继承和发展的关系，表现了他绝不掠人之美的大师风度。在另一些地方，却用极其幽默和尖刻的语言毫不留情地、一针见血地把那些资产阶级的伪科学驳得体无完肤，又显示出一个思想斗士的面貌。这样，他书里的每一页都闪烁着历史的精华。透过每一页的字里行间，都可以看到人类历史和思想史的演讲过程。啊，当我看到马克思居然还引用了咸丰年间任户部侍郎的王茂荫向皇帝上的条陈时，一阵亲切之感油然而生。马克思的目光注意到了我们；他写这部巨著的时候，他创立马克思主义的时候，就有意识地把我们这个东方的古老国度包容进去了！

"家"里的人都睡着了。灯光很昏暗，我并不妨碍谁。老会计仍在拼命地磨牙，中尉打着响亮的呼噜，报社编辑在说梦话……而我被巨大的逻辑力量和广博深刻的智慧弄得醉醺醺的。能艺术地、形象地、从具体生活出发来表达理性思维的结果，是思想家艺术家难能可贵的本领，而马克思在这方面达到了顶峰。我这时开始认真读马克思的书，倒多半是把她当作艺术的珍品；她里面的每一句话都值得我玩味。语言文字是能够创造奇迹的。它们创造的奇迹是在人的心灵里。它们能把读者固有的思想击碎、分裂，然后再重新排列组合。

艺术会使人陶醉，思想也会使人陶醉。如果艺术和思想都是上品，那么这就是双料的醇酒。尽管我一时还不能完全品尝出这酒的妙处，但醇酒自然会发挥作用。那瘸子保管员养的公鸡叫头遍时——其他人家的公鸡早被吃掉了，我把第二篇全部读完了。那最后一页的文字，再没有那样清楚地说明了资产阶级人文主义理性王国的全部动听的观念是怎么一回事！马克思这样说：

> 劳动力的买卖，是在流通领域或商品交换领域的限界内进行的。这个领域，实际是天赋人权之真正的乐园。在那里行使支配的，是自由、平等、所有权和边沁。自由！因为一种商品（如劳动力）的买者和卖者，只是由他们的自由意志决定。他们是以自由人、权利平等者的资格，订结契约的。契约是最后结果，他们的意志就在此取得共同的法律表现。平等！因为他们彼此都以商品所有者的资格发生关系，以等价物交换等价物。所有权！因为他们都只处分自己的东西。边沁！因为双方都只顾自己的利益。使他们联合并发生关系的唯一的力，是他们的利己心，他们的特殊利益，他们的私利。正因为每一个人都只顾自己，不顾别人，所以每一个人都由事物之预定的调和，或在什么都照顾到的神的指导下，只做那种相互有益，共同有用，或全体有利的工作。

马克思已经剖析得如此明明白白，我真恨相见太晚，同时奇怪后人还要不厌其烦地连篇累牍地写出那么多文章来揭露资产阶级理性王国的虚伪性。这些文章加起来可以塞满一个庞大的书库，却抵不上马克思这段不足三百字的文字。并且，一九五七年对我进行的批判，竟也没有一个人使用这段文字来把我从所谓人道主义文学的睡梦中唤醒。我有点愤慨了，我愤慨的不是他们对我的批判，而是对我没有做像样的批判，把批判变成了一场大喊大叫的可笑的闹剧，从而使我莫名其妙，也只好变得可笑地玩世不恭起来。

那最后一段话，更使我在这荒村的小土房里一个人忍俊不禁。马克思是那么妙不可言地用几笔就勾画出资本家与工资劳动者的关系：

> 离开简单流通或商品交换的领域……剧中人的形象似乎就有些改变了。原来的货币所有者，现今变成了资本家，他昂首走在前面；劳动力的所有者，就变成他们的劳动者，跟在他后头。一个是笑眯眯，雄赳赳，专心于事业；别一个却是畏缩不前，好像是把自己的皮运到市场去，没有什么期待，只期待着剥似的。

在睡下以后，这一幅生动的画面还在我脑海中萦绕，不过它变成了这副样子：走在前面的，是我的伯父、父亲和他们崇拜的"专心于事业"的摩根们，跟在他们后面的，是一大群他们所雇佣的工人。但这幅画一瞬间又变成了另一副样子：现在，工人走在前面了，"笑眯眯，雄赳赳，专心于事业"，而原来走在前面的却跟在后面，"畏缩不前，好像是把自己的皮运到市场去，没有什么期待，只期待着剥似的"。而我呢，一个穿着烂棉袄、蓬头垢面的乞丐似的人物，既无法和走在前面的工人一样"笑眯眯，雄赳赳，专心于事业"，也没有什么再可"剥"的了，所以只得踟蹰在二者之间，进退不得……

第二十八章

经历了强烈的激动之后，我睡得特别香甜。第二天早晨醒来，我神清气爽，好像服了一剂什么兴奋剂一样。并且，在这样一群人中间，我突然有了一种带有优越感的宽容精神。

大家打完饭回来，"营业部主任"因为炊事员给他的稗子面馍馍缺了一个角，情绪很不好，组里的人都在各自的铺位上埋头吃饭的时候，他趴在炉子旁边，一边翻来覆去地观察他的馍馍，一边骂炊事员。又说，以后要早点熄灯睡觉，不然影响别人休息。他嘟哝着："那损失的精神头儿，半个稗子面馍馍都补不过来……"人们抬头看看我，我知道这是不点名地批评我了。这里的人就是这样，哪怕你深更半夜跑出去放火他都不管，可你别妨碍他的利益。

　　他的批评并没惹恼我。今天我虽然也在这间土屋里，也坐在一堆干草上，也和大家一样吃着土黄色的稗子面馍馍，然而我仿佛觉得，有一种深奥的、超脱这种尘世的思想，使我的心从我借以寄托的躯体中游离了出来。好像外界对我施加的侮辱、嘲笑、蔑视，只不过是针对我的躯体的，与"我"无关。

　　去马号等车把式套车的时候，听大车组长向谢队长报告说，海喜喜请了几天假，"逛城里去了"。谢队长沉着脸，薄薄的嘴唇在浓密的胡楂里撇了撇，对大车组长的报告不置可否。海喜喜的大车停在那里，他的几匹牲口有滋有味地在槽头嚼着干草。有个车把式想让自己的牲口歇歇，去牵海喜喜的牲口来套车。谢队长瞪着眼睛喊道："你驴日的干啥？干啥？照拴上！也该让它缓缓了。"汉语语音里的"他""它"不分，我想，可能是谢队长也认为海喜喜该"缓缓"了吧。海喜喜走了，"逛城里去了"，他为什么会突然想去"逛"呢？原来，他不是每天晚上都到马缨花家去"逛"的么？我蓦地有点怅惘。不论是什么形式的爱情，是什么样人的爱情，得到爱情和失去爱情，全是人的命运，都不能漠然置之。海喜喜这个有独特性格的人，归根到底不由得引起我的关心和同情。我隐隐地感觉到，即使他和我现在处于这样一个对立的状态，我还是不能摆脱他对我的吸引力。

　　可是，在马缨花看来，世界上的事却要简单得多。

　　下午，我们大车回来，她还是等在马号的肥堆前面，做手势叫我去。我的近视眼只看见她带着笑脸，但看不清那究竟是嘲笑、讪笑、顽皮的笑还是善意的笑。

　　我阅世不深，年纪又轻，总是根据自己所读的书本来推测别人，想象爱情。我以为，经过那天我失礼的举动以后，我们再在一起，一定会非常尴尬。吃完晚饭，我又看了一会儿书，但已开始心不在焉：去，还是不去？我一直犹豫到天黑沉沉了以后，才到她家去。

今夜没有月亮，走出房门就投入深不见底的黑暗，寒气藏在暗夜之中，砭人肌骨。然而天上却星光璀璨。这是冬夜的特色：天上亮，脚下黑，仿佛寒气把光也阻隔了似的。

我缩着脖子，心里有一丝不快，好像要去挨打的样子。

她仍像往常一样，在炕头上坐着补衣服——她有补不完的衣服。后来我才知道，她是帮着娃娃多的妇女补她们男人的衣服——见我进来，轻盈地跳下炕，掸掸衣裳，笑着问：

"你'怎——么'昨夜黑不来？"

奇怪！她一句戏谑的话，就把我内心的一切矛盾、犹豫、惶惑吹得烟消云散。看着她轻松的，尤其是在学我说"么"字时如荷叶边撅起的嘴唇，我不禁啼笑皆非。我可以向她道歉，我可以向她忏悔，我可以向她袒露心曲，但一看到她毫不在乎的模样，我又觉得一切都是不必要的。我开始轻松下来。

"你不是要我好好念书吗？"我说，"我就在屋里念书哪！"

"傻——瓜——瓜！你要念书，不会在这达儿念？"她亲昵地在我脸上拧了一下，"我昨夜黑趴在你们门缝里看你来着。"她吃吃地笑着，两手合上，往下一蹲，"就跟一个菩萨一样！"

我脸红起来。她亲昵的动作，热情的语气，似乎又将引起我内心汹涌的浪潮。但她整个的神态，又毫无挑逗意味，而是孩子般的无忌的天真。于是转念一想，我为自己的心思而羞愧得更加脸红了。我过去接受的教育，读的书，总是指导我把人分成各种类型，即使是纯客观的心理学，对人也有所谓粘液质、胆汁质、多血质等等之分；至于文艺作品，那更不用说了，那里面有形形色色的人：稳重的、轻狂的、放荡的、严肃的……现在我才明白，人，除了马克思指出的按经济地位来划分成为阶级的人之外，世界上没有绝对的关于人的类型的概念。比如她吧，她就是她，一个活生生的人！一会儿稳重，一会儿轻狂，一会儿开怀大笑，一会儿又严肃认真——而上次的严肃认真，差点使我羞愧地自尽。理解人和理解事物好像不同，不能用理性去分析，只能用感情去感觉。我从这里，开始理解马克思在《初版序》中说的："我绝非要用玫瑰的颜色来描写资本家和地主的姿态。这里被考察的一切人，都不过是经济范畴的人格化，是一定的阶级关系和利益的负担者。"在同一个经济范畴，同一个阶级之中的每一个具体的人，都是活生生的人，那可以用"玫瑰的颜色来描写"；而作为一个经济范畴，作为"一定阶级关系和利益的负担者"，那就是一个事物了，那就要用理性去分析。这里，就是文学和经济学的不同点。

这个念头只是一霎间产生出来的。这种联想好像很可笑，但我自己认为我仿佛从生活中获得了某种"通知"。于是，我不仅轻松，而且有点兴奋了。

我吃着杂合饭。她从炕里边拉出一条崭新的棉绒毯，跟我说，今天，她托去镇南堡的人买来这条毯子，七块多钱，准备给我做条绒裤，剩下的，还可以给尔舍做一套绒裤褂。她拍拍毯子，扬扬得意地说："咱们也跟城里人一样了，要穿绒衣裳！"她絮絮叨叨地跟我讲，他们那个地方的人，只穿毛褐衣。这是用极为原始的方法，在骨制的捻锤上把生羊毛一点点地捻成毛线，再织成的毛衣。她给我看了她的一件这种毛褐衣，灰白色的，没有线条，像一个毛口袋。没有经过熟制的生羊毛，会穿透衬衫扎到皮肤上去的。我想象一根根粗糙的生羊毛扎着她细嫩的皮肤，又不禁脸红了。同时，还有一种近乎悲哀的同情从心底涌出来：她把绒衣都当作城里人穿的奢侈品，毛线衣就更不必说了。恐怕她活了二十多年也没有见过一件真正的毛线衣，而她又是这样一个美丽的、善良的女人！我儿时的生活，她是不能够想象的。也许正因为这点，她才在开始时对我产生了同情和怜悯吧；她不可能和我一样，看到一个历史的因果关系。

她抖开棉绒毯。我看到，这就是镇南堡那个小商店的货架上堆着的那种带红条的灰色绒毯。她用拇指和中指拃量着，嘴唇翕动着，在无声地计算。灯光照着她如鸟翼一般扇动着的睫毛，以及她明亮的、凝神于内心计算的眼睛。由于这对眼睛，她整个面庞散射着一种迷人的、令人心旷神怡的光辉。而她又是一个连毛衣也没穿过、把绒衣也当作奢侈品的女人！在我拘于过去的习惯和见识的狭隘心里，怎么也无法把我观念中的美和她这个现实中的美调和起来，就像无法把一株桃金娘移植到这干旱寒冷的沙漠边缘里来一样。

吃完饭，我想起了海喜喜，我说："我听说，海喜喜请假了，到城里逛去了。"

"谁稀待他！"她还在计算着，头也不抬，"他爱上哪达儿逛就上哪达儿逛去！"

一切都是这样的简单！我暗暗地想，这两天我的自我折磨好像都是多余的。她对人和生活显然有另一种虽然粗糙却是非常现实的态度。旷野的风要往这儿刮，那儿刮，你能命令风四面八方全刮一点吗？

知识分子对人和生活的那种虽然纤细却是柔弱的与不切实际的态度，是无法适应如狂飙般的历史进程的。在以后的一生中，我都常常抱着感激的心情，来回忆她在潜移默化间灌输给我的如旷野的风的气质。

第二十九章

此后，我每晚吃完伙房打来的饭，就夹着《资本论》到她那里去读——"营业部主任"总该满意了吧。她把油灯从墙上取下来，放在土台子的罐头筒上。"高灯远照。"她说。房里果然显得明亮了许多。尔舍是个很乖的女孩子，除了有时缠着她，要她唱个歌，一点也不吵闹。她从没有问过我看的是本什么书，为什么要念书，也没有跟我说那天晚上从我手臂中挣脱出来时，劝我"好好地念你的书吧"的道理。她似乎只觉得念书是好事，是男人应该做的事，是一种高尚的行为，但脑子里却没有什么目的性。这方面，和那哲学讲师给我的教导就不完全相同了。

"我爷爷也是念书人。"她说，"我记性里，我小时候老见他念书，跟你一样，这么捧着，也是这么老厚老厚的一本。"过了一会儿，她又说，"喜喜子这个没起色的货，放着书不念，倒喜欢满世里乱跑。我就不稀待他！……"

这里，我仿佛窥见到她不"稀待"海喜喜而"稀待"我的秘密。从她比画她爷爷念的书本的版式，我猜测是一部宗教经典。可是在她的思想里，却没有一点宗教的观念；一个乐观的、开朗的、活泼的、热情的人被生活磨炼了以后，就不会对生活本身再有什么神秘的看法了。

在灯光下，我抱着头读书。她和尔舍唧唧哝哝地在炕上说话。灯光把我头颅的影子投射到她们身上。尔舍好像也受到一种庄重的气氛的感染，嬉笑的声音也是悄悄的。我有时停下来，谛听着她们的笑声，完全能体味到她们给我的亲切的温暖。这间奇妙的小屋，几乎盛不下我们之间的绵绵的温情。它常常使我联想到航行在静静的海面上的一条精致的小船，联想到一个童话。

尔舍睡觉以后，她就跪在炕上剪裁我那条"跟城里人一样"的绒裤。剪子沙沙地在绒毯上剪着。那沙沙声也是奇妙的、轻柔的，像一阵阵温暖的细雨飘洒在绿色的灌木丛里。她缝纫的时候，也不跟我说话。我偶尔侧过头去，她会抬起美丽的眼睛给我一个会意的、娇媚的微笑。那容光焕发的脸，表明了她在这种气氛里得到了一种精神上的享受；她享受着一个女人的权利。后来，我才渐渐感觉到，她把有一个男人在她旁边正正经经地念书，当作由童年时的印象形成的一个憧憬，一个美丽的梦，也是中国妇女的一个古老的传统的幻想。

一天工夫，绒裤就缝好了。这条灰色的棉绒毯，两头有三条红道。现在，那一头的三条红道正横在我两条大腿上。穿着这种"跟城里人一样"的绒裤，活像马戏团里的小丑。尔舍见了我这副模样，拍着小手笑起来："布娃娃！布娃娃！……"

"不许这么叫！叫'爸爸'！"她在尔舍头上轻轻地拍了一下，又蹲下去，给我抻展裤腿，抻平针脚。我看不见她的脸。她这一句使我怦然心动的话，在她匆匆忙忙的动作中，像一阵轻风，嗖地就飘忽过去了，我捉摸不定她的含意。

"好，好！正合适！"随后她站起来，捂着嘴笑着说，"我还给你缝了顶帽子哩！"

她告诉我，这是她照着跟我睡在一起的老汉——老会计的帽子，用剩下的棉绒毯缝的。我一看，原来是一顶上海人冬天戴的那种"罗宋帽"。帽顶上，还剪下一块红道团成球，栽了一个大红缨子。

"也难为你想得出来。"我笑着戴在头上，"我小时候就戴这种帽子上学的。"

晚上，我就穿着这条"布娃娃"式的绒裤——她把我的棉裤拆洗了，戴着她手缝的"罗宋帽"，开始读第三篇《绝对剩余价值的生产》。我从头到脚都是暖和的，肚子也很饱。我依稀记起恩格斯这样说过，人们首先必须吃、喝、住、穿，然后才能从事政治、科学、艺术、宗教，等等；马克思就是从这一简单的事实发现了历史的发展规律的。这话的确在宏观和微观上都具有不可颠扑的真理性。现在，我真正地感觉到有一种渴求探索奥秘的精神力量，在我脑海里跃跃欲试了。当我读到马克思这段话时，我更无比地兴奋起来，因为我此刻的精神状态，使我的思想如闪电一般快地从这段似乎与我的现实无关的话中，理解了我应该怎样来看待目前的生活以及怎么确立今后的生活目标。

马克思是这样说的：

人以一种自然力的资格，与自然物质相对立。他因为要在一种对于他自己的生活有用的形态上占有自然物质，才推动各种属于人身体的自然力，推动臂膀和腿，头和手。但当他由这种运动，加作用于他以外的自然，并且变化它时，他也就变化了他自己的自然。他会展开各种睡眠在他本性内的潜能，使它们的力的作用，受他自己统制。

那么，所谓人的改造，首先倒是这个人要改造自然，改造他的外在存在；人的改造不过是在人对自然与社会环境的改造过程中，自然与社会环境对于人的反作用。人只有在改造自然与社会环境的同时，自身才能受到改造；人不发出对外界的行动，不先改造自然和社会环境，自身便不能受到改造。过去的四年多里，因为我在不断地改造着自然，所以我也在被改造着。

但那是不自觉的，甚至可以说是荒唐的改造；强制着我用原始的、粗蛮的方法来改造自然，因而我也几乎被改造成原始的、粗蛮的人。只有自觉地、用合乎规律的方法来改造自然和社会环境，自身的改造才能达到具有自觉的目的性。要自觉，要能够使用合乎规律的方法，只有通过学习，"和人类的智慧联系起来"。一个人改造得完美的程度，就取决于他对自然与社会环境改造的深度与广度。从这里，我联想到浮士德"智慧的最后结论"：

要每天每日去开拓生活和自由，然后才能够作自由与生活的享受。

这样，我大可不必为自己的命运悲叹了，不必感叹"我怎么会落到这步田地"了。因为生活中的痛苦和欢乐，竟然到处可以随时转换。我记得但丁说过："一件事物愈是完整，它所感到的欢乐和痛苦也愈多。"如果具有自觉性，人越是在艰苦的环境，释放出来的能力也越大。我的经验已经证明，人的潜力是惊人的，只有死才是它的极限。遗憾的是，在我没有自觉性的时候，释放出来的只是一种求生的本能。而一旦具有了自觉性，我相信，当人为了应付各种各样艰苦的条件，"展开各种睡眠在他本性内的潜能"时，他就会发展了自己，"超越自己"！欢乐也从此而来，自己的人生也就"完整"了！

我的神思飞快地运转着。我还不能明确地说出我在这一刹那间的想法，但思想上像电击一般感受到了一道灵光。我相信"顿悟"说有一定的科学道理。它指的是思维过程中由量变到质变的飞跃。我因为感受到了这道灵光而战栗起来。我的眼眶里又充溢着泪水。我几乎要像浮士德临终认识到"智慧的最后结论"时一样喊道：

你真美呀，请停留一下！

这时，她悄悄地走过来，伏在我背后，一只手放在我头上，目光越过我的肩膀，仿佛要探究一下是什么神奇的文字使我如此激动。可是，我不愿意她从书本上意识到我与她之间有一种她很难拉齐的差距。不知怎么，我觉得那会破坏她，也会破坏我此时这种令人微醉的快感。我蓦地感觉到我这时正处在一个一生中难得的如幻觉般奇妙的境界：经济学概念和人生，理性与感性，智慧的结晶和激情的冲动，严酷的现实和超时空的梦境，赤贫的生活和华丽的想象，一连串抽象的范畴和一个活生生的美丽的女友……统统搅和在一起，因而一切都变得模模糊糊，朦胧不清，闪烁不定，飘忽无形。但一切又都是实实在在的，如同一块流水下的卵石，一轮游云中的圆月，一座晨雾里的小桥。

我把她的手从我头上慢慢拿下来。她的手刚在碱水里浸过，手掌通红，茧子发白，与其说劳动使她的手变得粗糙，不如说是厚实、有力、温暖而有光泽。掌中的纹路清晰简单，和她的人一样展示了一种乐观主义者的明朗。我一一地谛视她的指纹，果然，她的中指是一个"罗"！我心头一颤，理性的激情即刻化成了一股爱的柔情，脑海里蓦然响起了拜伦这样的诗句：我要凭那松开的鬈发，每阵爱琴海的风都追逐它，我要凭那长睫毛的眼睛，睫毛直吻着你桃红的面颊，我要凭那野鹿似的眼睛誓语，你是我的生命，我爱你。

这种柔情是超脱了骚动不宁的情欲的。像喧闹奔腾的溪流汇入了大河，我超越了自己一步，胸中就有更大的容积来盛青春的情欲。这时的爱情是平静的，然而更为深刻，宛如河湾中的回流。我怀着轻柔如水、飘忽如梦的欢悦之情，把她的手贴在我的嘴唇上。我一一地轻吻着她的拇指、食指、中指、无名指和小指尖。然后，握着她的手捂住我的脸。当我把她的手放开时，一颗泪珠也滚落下来。我心中充溢着一种静默的感动：为她感动，为爱情感动，为"超越"了的"自己"感动。我情不自禁地说："亲爱的，我爱你！"她一直立在我的身后，丰腴的、富有弹性的腹部靠在我的背脊上。她的手始终温情脉脉地、顺从地让我把握着，另一只手不停地抚摩着我的肩膀。在我吻她指尖的时候，她两手的手指都突然变得怯生生的、迟迟疑疑的、小心翼翼的。那种颤抖，既表现了惊愕不已，又不胜娇羞。我感觉到她同样也以一种静默的然而又觉得十分陌生的心情，在享受爱情的幸福。我说了那句话后，她忽然抽出了她的手，整个上身扑在我的肩膀上，脸贴着我的脸，不胜惊喜地问："你刚才叫我啥？""叫你……叫你'亲爱的'呀。"

"不，不好听！"她搂着我的头，嘻嘻地痴笑着。

"那叫你什么呢？"我诧异地问。

"你要叫我'肉肉'！"她用手指戳着我的太阳穴教导我。

我想起了海喜喜唱的民歌，不禁微笑了。"那你叫我什么呢？"我用戏谑的口吻又问道。

"我叫你'狗狗'！""狗狗"这个表示疼爱的称谓，虽然也令我叹服，使我叫绝，但立刻也使我感到与我一贯所向往的那种"优雅的柔情"迥然相异。我既然已经成为正常人，既然已经续接上了过去的回忆，她这种爱情的方式和爱情的语言，就隐隐地令我觉得别扭，觉得可笑。我虽然不愿意她发现我与她之间，有着她不可能拉齐的差距，但我却开始清醒地意识到了这种差距。

第三十章

表面看来，《资本论》里所阐述的一切，都和我目前所处的现实毫不相关。马克思开宗明义就说，资本主义生产方式，表现为"一个惊人庞大的商品堆积"，而在这个沙漠的边缘，却是惊人的商品匮乏，连一条绒裤都买不到。在书本上，货币的形式已发展到了世界货币，"还原为贵金属原来的条块形态"，而在此时此地，土豆和黄萝卜，黄萝卜和浪琴表还做着以物易物的交换，货币作为价值记号是极不可靠的……但是，恰恰因为如此，我便无法把她当作教条来看待。我越往下读，越感到马克思的书在训练着我一种思想方法，一种世界观的方法。我可以把"商品""货币""资本"等概念都当作x、y、z等代数字母，随着马克思对各个概念的分析和运用，我脑子里自然而然地会形成一种思维的方程式，一种思想的格局。这种思维的方程式或思想的格局，可以套用在对任何外在事物的分析上。把握这种世界观的方法并不困难。这里需要的是信仰，就是坚定不移地相信这种世界观的方法是符合事物发展的规律的。

同时，《资本论》里所有的概念对我来说并不陌生。我出身在一个资产阶级家庭，在交易所经纪人和工厂资本家的抚养下长大，现在倒有助于我理解马克思的理论。有许多概念，我甚至还有感性知识，比如使用价值与交换价值的区别，金银相对价值的变动，货币流通以及商品的形态变化，货币之作为流通手段、贮藏、支付手段、世界货币的各种机能等等，这都是我在儿时，常听我那些崇拜摩根的父辈们说过的。我记得，我第一次知道有《资本论》这部书，还是在我十岁的时候，在那间绿色的客厅里，偶尔听四川大学的一位老教授向我父亲介绍的。他说，要办好工厂，会当资本家，非读《资本论》不行。可见，只要是客观真理，她对任何人都有用。正如肯尼迪会研究"毛泽东的游击战术"一样——这是不久前我从一个去镇南堡买盐的农工那里知道的。那包盐的包装纸是《参考消息》，而在报头上赫然地印着"注意保存"的字样。

这样，马克思的书在我眼里就没有一点枯燥的晦涩的地方，我读着她，种种抽象的概念都会还原为具体的形象，每一页书都是鲜明而生动的世界的一个片段。每天晚上我都在马缨花家里如饥似渴地汲取着这种精神的享受。然而，随着我"超越自己"，我也就超越了我现在生存的这个几乎是蛮荒的沙漠边缘。有时，在我眼睛看累了的时候——在昏暗的油灯下看书，眼睛是容易疲乏的，我常常抬起头来看着她。我渐渐地觉得她变得陌生起来。她虽然美丽、善良、纯真，但终究还是一个未脱粗俗的女人。她坐在炕上，也带着惊异的、调皮的、笑意的眼光看着我。那笑意在眼角和嘴角的细纹中荡漾，似乎马上会泛滥成一场大笑。这说明我的目光和表情这时一定是很可笑的。但是，我知道她根本不会看出此刻我对她的心理状态。这种心理状态连我自己都有点害怕。既然她还是一个未脱粗俗的女人，既然我又恢复了过去的记忆，而成为一个"知识分子"，可是我现在又还受着她的恩惠，那么，我和她，目前是一种什么关系呢？

每一个人都只能从回忆中，搜罗出来种种经验和知识，与眼前的事物相比较，相对照，从比较和对照中认识眼前的事物。她，当然不能说是芳汀、玛格丽特、艾丝梅哈尔达这类我所熟悉的沦落风尘的女子的艺术形象，但是，那"美国饭店"一词总使我耿耿于怀，总使我联想到杜牧、柳永一类仕途失意而寄迹青楼的"风流韵事"。在她把热腾腾的杂合饭端到土台子上，放在我的书旁边的时候，在她对着尔舍轻轻地唱那虽然粗犷却十分动听的"花儿"的时候，我会很自然地联想到称道"维扬自古多佳丽"的无聊文人所写的诗，什么"红袖添香夜读书""小红低唱我吹箫"之类的意境。

我开始"超越自己"了，然而对她的感情也开始变化了。这时，如歌德在《浮士德》里说的："两个灵魂，唉！寓于我的胸中。"一方面，我在看马克思的书，她要把我的思想观点转化到劳动者那方面去；一方面，过去的经历和知识总使我感到劳动者和我有差距，我在精神境界上要比他（她）们优越，属于一个较高的层次。

第三十一章

我们没有日历牌——这个队家家都没有日历牌。据说原来队部办公室有一份，但在我们没有来时就被偷跑了。后来想买也买不到，因为日历牌是六月份丢的——六月里，哪家商店还有日历卖呢？谢队长跟我们说："那驴日的会偷，把一百八十天光阴都偷跑了。再没比他更厉害的贼娃子了！"大家估计，那个贼娃子也不是为了看日子，而是偷去卷烟抽了。谢队长办事，会计记账，就靠三两天到队上来一趟的场部通讯员"捎日子"。有时，谁要上场部办事，去镇南堡买东西，或是走别的队串亲戚，谢队长碰见了就会朝他喊："喂，把日子捎来呀！""捎日子"，成了每个外出农工的义务：看看今天阳历是几月几号，阴历是几月几号，是什么"节气"，离重大节日还有多少天。星期几是不用看的，我们从来没有在星期天休息过；发工资的第二天准休息。因为没有星期的概念，所以去镇南堡办事的人经常白跑——人家可是按星期休息的。

去年没有日历牌，过了元旦仍然没有日历牌。大概不照日历过日子已经习惯了，瘸子保管员年前去城里采购工具和办公用品，独独忘了买这样东西。谢队长骂他："你驴日的怕见老哩，总想过去年的皇历是不是？你他妈买本皇历来，也能挑个你娶媳妇的好日子哪！"骂得他脸一红一白的。他老婆死了好几年，至今没有续上弦，人却快四十岁了。

这样也好，日子不知不觉地就过去了。直到有人"捎日子"来，我们才惊喜地发现："哟！又要过春节了。"

其实，春节和元旦一样，在这困难的年代里，农场并没有什么特殊供应。但人们体内那只生物钟，总使人到这时候就不由自主地兴奋起来，农工们脸上都洋溢着节日的喜气。并且，农村人看重春节，每个队私下里都有所表示。能给农工们多少东西，那要看这个队有什么可以拿出来的和这个队领导的为人了。这几天干活的时候，男女农工们议论的话题就是羊圈要宰几只羊，一家能分多少肉，下水轮着谁家了。因为羊下水没办法按斤论两地分，只好当作额外供应，三家给一副羊下水——包括肠、肚、心、肝、肺和头、蹄，让他们拿回家去自己分。但一次一次宰羊的间隔时间太长，谁也记不准确这次轮到谁家了，额外供应又无账可查。于是，一场比联合国大会的辩论还要激烈、还要复杂、还要冗长的辩论就在马号、羊圈、田头上展开了。不过，气氛还是活泼愉快的。

羊肉也好，羊下水也好，是没有我们单身职工的份的。如有，也要由伙房的炊事员做熟了给我们分，顶多有指头大的三两块肉。所以我们对此漠不关心。况且，组里大部分人的户口、工作、粮食关系都有了着落：中尉已经和我们告别了，这时候大概正在自己家里准备过节哩；"营业部主任"家在省城，那边郊区农场的准迁证前些日子就开出来了，只等着这个农场批准，他早宣称要回家去过春节的。

还有三天就是春节。下午，阴霾的天空下起了小雪。冰凉的雪花飘进我们的脖领里，落在我们的铁锹把上。一会儿，锹把湿漉漉的，握着它的棉手套也浸透了。谢队长习惯地抬头看看天，无可奈何地骂了声"驴日的"，喊叫道："收工吧！"今天我们在田里铲土盖肥，工地离村子比较远，谢队长一声令下，都拔起腿往家里跑。

雪越下越大。我不紧不慢地走着。土路上转眼就均匀地铺上了一层干燥的雪花；鸟雀们费力地扇动着淋湿的翅膀，急急忙忙投进落光了叶的小树林里，然后用喙慢条斯理地梳理着羽毛，一边梳理，一边也和谢队长似的，抬起小脑袋无可奈何地看看阴沉沉的天。西北的雪落地也不化，即使落在手背上，也能看到它从云端上带来的那种只有天工才会绣出的花纹。它在手背上化成水，也顽强地保持着花纹的图形。

乌云冻结住了，天却更亮了。天地之间漾着黄昏的回光。地平线大大地开阔了。在遥远的天幕下，火车的青烟在纷纷扬扬的雪片中黑得耀眼夺目。它在天边逶迤着，像是一支神奇的画笔在地平线上加了一条平行线，会把人的情思引到虚渺的远方。

我回到村子，马号前面已经没有人了，马缨花当然也早跑回家去了。整个村子沉寂在深邃的严冬当中。我们的土房里非常暖和，没有出工的报社编辑把炉子捅得通红，火苗乱窜。还有一件高兴的事：在伙房吃饭的单身职工受到破格优待，年前每人就发了半斤真正的小麦面。炊事员剁了一些黄萝卜，调了葱和盐，给我们包了一顿饺子！

大家快分别了，即将天南海北，各奔前程，今生恐怕是再难得见面了。所以这几天组里的人都很和气，老会计特别照顾我，把我的一份饺子打了回来，放在炉子旁边热着。

大家吃着饺子，欢欢喜喜地谈论着回到家第一件事干什么。"营业部主任"最大的愿望是"美美地吃一顿羊肉揪面片"；老会计计算回到上海，大约要在正月十五了，那是吃元宵——上海人叫"汤团"——的时候；报社编辑的家在兰州，亲戚已经给他在一家街道工厂联系好了工作，现在正兴高采烈地给我们介绍兰州小吃的风味……"每逢佳节倍思亲。"我既回不了家——其实也无家可归，去看一趟妈妈也不可能。从省城到北京，慢车的硬席票也要二十多块钱。可是我这里，那条做绒裤的棉绒毯的钱，还没有还给马缨花哩；现在，她手头上又在给我做鞋子。虽然我知道我即使有钱还她，她也不会要，但正因为如此，我就面临着一种抉择：我们这样的关系，往什么方向发展呢？

和马缨花结婚，在农村成立个小家庭，这个念头曾经是那样强烈地诱惑过我，一度在我眼里，还仿佛是我的一个不可攀及的目标。可是现在，在我清醒地意识到的差距面前，我已经退缩了。

当然，我还是天天到她家去，几乎把那里当作自己的家。尔舍已经和我很熟了。

我也不再说那些只有成人才能听得懂的童话故事，读《资本论》读累了，也逗着她玩一会儿。她白天在寒风黄沙、冰天雪地里玩耍，营养比一般孩子好，所以看起来像个男孩子，而又没有男孩子那种莽撞的调皮劲儿，还保持着女孩子文文静静的天性。她喜欢我拉下"罗宋帽"，光露出一对眼睛来吓唬她。这样，她就咯咯地笑个不停。

但是，马缨花仍一如既往，从来没有明确地表示过要和我或是和其他人结婚的意愿。后来，尔舍又一次笑着叫我"布娃娃"，她还像上次一样骂尔舍，叫她喊我"爸爸"。我注意看了一下，她脸上并没有什么意味深长的表情，仍是带着她那特有的、开朗的、佯怒的微笑。她是有意识地用微妙的方式来调情？还是遵循着一种什么粗鄙的乡俗？抑或是她本性就是爱自由的鸟儿？我搞不清楚。有时，她对我的感情使我很困惑。

在深夜，我从睡梦中醒来的时候，她和我的关系，常是我考虑的内容。当我意识到我已经成了正常人，已经开始"超越自己"，我就不能再继续作为一个被怜悯者、被施恩者的角色来生活。我可以住在这间简陋不堪的土屋里，我可以睡在这一堆干草上，我可以耐着性子听老会计磨牙……我觉得这些我都可以忍受。因为我一旦"和人类的智慧联系起来"，从马克思的书中得到了"顿悟"，我生命中就仿佛孕育出了一个新的生命。这个生命顽强地要去追求一个愿望。愿望还不太明确，因为任何人，包括马克思，也没有把共产主义社会描绘得很具体周详。这个愿望还只是要去追求光辉的那种愿望，要追求充实的生活以至去受更大的苦难的愿望。

可是，我在她的施恩下生活，我却不能忍受了，我开始觉得这是我的耻辱，我甚至隐隐地觉得她的施舍玷污了我为了一个光辉的愿望而受的苦行。于是，事情就到了这一步：不是断绝我和她这样的交往，就是结合成为夫妻。

但是，我能娶她作为妻子吗？我爱她不爱她？在万籁俱寂的深夜，我冷静地分析着自己的情感，在那轻柔似水、飘忽如梦的柔情下，原来不过是一种感恩，一种感激之情。我对她的爱情，其实只是我过去读过的爱情小说，或艺术作品中关于爱情的描写的反光。我感到她完全不习惯我那表达爱情的方式，从而我也认为她不可能理解我的爱情，不可能理解我。我和她在文化素养上的差距是不可能弥补的……总而言之，尽管我心里也暗自感到不安，但我仍然觉得：她和我两人是不相配的！不过，吃完了饺子，我还是到马缨花家去了。

天昏暗下来了。雪花比下午时分更加稠密。在灰糊糊的天空、灰糊糊的田野、灰糊糊的村庄上，到处飞着洁白、闪亮的雪花。雪花不像雨点，它不是直落向下的，而是像小虫虫一样，上下左右地乱飞，弄得我更加心烦意乱。

她家门大开着。她站在门口围头巾，好像要出门；尔舍也穿得厚厚的，手里拿着一块饼子，呆呆地站在旁边等她。她见了我，笑着往门边让了让，示意我进去。我进了门，一眼就看见那土台子上放着一大盘生饺子，绝不是我们三个人能吃得完的！我认识那盘子，它经常放在我们伙房的案板上。

我心里本来就思虑重重，现在更增添了一丝不知是冲着谁的愤懑。我阴沉着脸问："这饺子是哪儿来的？"

"哪达儿来的？人家给的呀。"她匆匆地系着头巾，漫不经心地回答。"谁？是谁给的？"我在土坯凳子上坐下来，一手把那盘饺子推得远远的。"谁？谁爱给我谁就给。"她的眼睛在头巾下斜睨着我，鼻翼翕动着，满不在乎地笑道。

"好吧。"我冷冷地一笑，"我可不吃！"话一出口，我就觉得我的火气很可笑。我怎么能干预她的生活方式呢？我究竟是她的什么人？什么也不是！同时，我心里也在暗暗地说："完了！我们只能到此为止了！"

"好好好！不吃不吃，咱们拿它喂狗去！"她用哄孩子的语气嘻嘻地笑道。在她的脑子里，好像从来就没有什么严重的、大不了的事情。有许多次，我的思虑、顾忌、犹豫，都在她这种嘻嘻哈哈的神态面前冰释了。我拿她毫无办法。

"嘿，好事来了！"她又向我眨眨眼睛，嬉笑着说，"队上要宰羊，宰十只哩！白天宰怕人去接羊血，那羊圈就该挤破啦；场部知道了也要找谢胡子的不是。谢胡子叫连夜宰，接下的羊血给伙房——便宜了你们！瘸子叫我帮忙去哩。你看这还不是好事？你等着，回来我给你煮羊头羊杂碎吃……饭在锅里哩，你先吃点饭。十只老乏羊，又要宰，又要剥，又要剁开，一家一家地分成份儿，我怕是要干到天亮才回来，尔舍我带到羊圈去睡，那达儿也有热炕。"

我呆呆地坐着。那盘饺子肯定是瘸子保管员从我们嘴上刮下来送给她的了！"美国饭店哟！美国饭店哟！……"我心里忿忿地反复这样念叨。尽管我知道马缨花在剥羊、做饭上都是一把快手，队上有这类事，总是派她去，但我仍然怀疑她和保管员有某种"交易"，不然为什么会把这种"好事"给她？"真是个不可救药的风尘女子啊！"我心里又念叨了一句。

"那你干活去吧，"我站起来，不悦地说，"我回组里去了。"

"你这是干啥？"她睁着美丽的大眼睛，不解地问，"你先吃点饭，念会儿书。等不及我了，就回去睡。走时候把门锁上……我的傻狗狗哟！"她噘起下嘴唇，用疼爱而又带几分揶揄的神情在我脸上拧了一下，旋即一把把我揉到炕上，抱起尔舍跨出房门，像一阵风似的跑了。

第三十二章

我坐在炕上发愣。炕墙上，富翁阿尔狄诺夫向漂亮的安娜飞着愚蠢的媚眼，可是那模样却仿佛在嘲笑我。房里十分冷清，甚至可以说是一种凄凉。马缨花母女俩都不在，我才感到她们已成了我生活中不可缺少的一部分；没有她们在这里，这房子顿时就失去了温暖。我究竟该怎么办呢？……唉，她又是这样一种女人……我茫无头绪地思忖了一会儿，无精打采地站起来，点燃灯，掀开锅盖，笼屉上果然放着一盆杂合饭，还冒着热气。我快快地吃完饭，翻开书本。这时，羊圈方向传来了咩咩的羊叫声，大概他们开始宰羊了。

当我读到第900页，马克思摘引贺拉斯的一句诗"辛酸的命运，使罗马人漂浪着"的时候，门陡然像被一股狂风刮开了似的，"砰"的一声大敞开了。油灯光倏地一闪，进来了一条大汉。

来的人竟是海喜喜！

我大吃一惊，本能地猛地站起来，摆出一副迎战的姿态，不出声地盯着他。

"我知道马缨花去羊圈了。我以为你在家哩，我去家找过你。"海喜喜和谢队长一样，脑子里没有"宿舍"的概念，谁睡在哪儿，哪儿就是谁的"家"。"小章，我找你有点事。这事儿只能跟你说。"

他异常温和的语气使我镇定下来。他的神情没有一丝敌意。他好久没有到马缨花家来过了，像我头一次到这间土房里来时一样，四处看了看。在昏暗的灯光下，我也能发现他眼睛里有股怅惘的神色。

"那就坐下来说吧。"我像主人似的，指了指炕。

"到我家去吧。我屋门没锁，屋里还有东西。"他没向我解释前嫌，也没跟我说什么"你别怕"之类的话，好像我们一直是朋友一样，可正是这种不记夙怨的男子汉作风得到了我的信任。

"好吧。"我夹上书本，"咱们走。"

海喜喜和我打完架，去省城逛了好几天，元旦过后才回来。回到队上，和从前一样埋头赶车，神情蔫蔫的，一句话也不说。在路上碰见我或是马缨花，眼睛也不抬，仿佛从来不认识似的。而我对他却一直怀着一种歉意，这大概是在情场上的得胜者的普遍心理吧；在马缨花面前，我也不好意思提起海喜喜。马缨花有时倒说起他，但语气则是平淡的，不带感情的。今天，他不找马缨花，却单单要找我说话，会说什么话呢？从他低着头，迈着沉重的步子来看，一定是件很严重的事情。我既紧张又好奇地跟在他后面。

雪一直下着，凛冽的冷空气搅动着白色的雪，在漆黑的暗夜，使人眼花缭乱。我们高一脚低一脚地走到马号，肩膀上和帽子上已落满一层白雪了。

"进来吧。"他推开马号旁边的一个小门。我们一前一后地跨进去。房子很矮，也很小，大约只有六七平方米。房中间还支着一根柱子，柱子上挂着一盏明亮的马灯。

我们两人拍打着帽子和衣裳。他自己先脱掉沾满泥雪的鞋，蹬上炕，盘腿坐下。"上炕，上炕。"他一边招呼我，一边伸手拎过一只在炕炉上吱吱作响的大黑铁壶，冲了两杯茶。茶杯显然是他早准备好的。

"尝尝，这他妈是真正的茶叶，我还放了红糖哩。"

我也跟他一样上了炕，和他面对面地坐下。炕上有一张破旧的但擦得很光洁的红漆炕桌，地下虽然没有一件家具，只堆放着笼头、缰绳、鞭杆、皮条，但收拾得也十分干净。

他不说话，皱着眉头，噘着嘴，在杯子边缘咝咝地吸茶，仿佛全神贯注地要品尝出茶的味道。我也端起杯子喝了一口，当真很甜。一时，土房里非常安静，只听见隔墙咚咚地响着牲口的刨蹄声。他咝咝地吸了半杯茶，才放下杯子。看上去他心情激动，而又竭力自持。他用巴掌抹了抹嘴唇，眼睛瞅着一个角落，说："小章，我要走了哩。"

"走？到哪儿去？"他把我当作很知心的朋友，使我不由得要担心他的命运，"为什么要走呢？"

"妈的！这穷窝窝子没待头！"他沮丧地摆摆手，"我有技术，有气力，到哪达儿挣不了这三十块钱?!跟你说实话，我一来这达儿就没想待久，只是后来认识了……认识了马缨花……"他停住了。提起马缨花，我也不便说什么。我红着脸看着他。隔墙的马儿又咚咚地刨起蹄子来。他两手撑在膝盖上，肘子像鹰的瘦削的翅膀似的支着，目光凝然不动。一个粗豪的、暴躁的人一下子变得如此严肃和深沉，我看了很感动。我心里蓦地起了一个念头：干脆把马缨花让给他吧；他们倒是挺合适的一对！但我又很快地意识到，在这伪善的谦让下面，实际上隐藏着一种卑劣的心地，一种对马缨花的感情的背叛，于是我只好默不作声了。

沉默了一会儿，他的痛苦似乎平静了下去。他掉过脸看着我说："我有一麻袋黄豆，有一百多斤，留给你跟马缨花吃去。还有这张炕桌，也是我的，你明天早上来拿。麻袋我照旧塞在那垛干草后面，就是你上次看见的地方。白天别拿，到夜黑去背，小心别让人看见，懂不懂？"

"这，这……"我不知道是接受好，还是不接受好。我理解他的好意，理解他的豪侠气概，理解他的男子汉的宽怀大度，但这却使我非常羞愧。我再也不愿做受人恩惠的人了。

"你放心，这不是偷来的。"他误会了我犹豫的原因，说，"我知道你们念书人不吃偷来的东西。你不知道，我跟你实说了吧：我一来这达儿，就在两边荒地上种了一大片豆子。熊！这达儿荒地多得很。到秋上，我足足收了三四百斤哩。这事儿谢胡子知道，可他没跟场部说。这熊，还是个好人！所以我服他。"

他们总是把我看得很高尚——"不吃偷来的东西"——只有我自己知道我并不像他们想象的那样。我想起我怎么骗老乡的黄萝卜，怎么去搞伙房的秫子面，怎么去蹭马缨花的白食……我情愿去骗，去蹭，而海喜喜却是凭自己的力气去开荒，这里面存在着多么大的差别啊？我和他，究竟谁高尚呢？我皱着眉头这样想。

"那么，你带走不好么？"我诚心诚意地为他着想。

"我不带！我走到哪达儿都短不了吃的。不像你们，一个女子，一个念书人……"他又指了指炕角，"你看，我还有这么一大堆铺盖哩。"我才发现，我们俩现在是坐在光光的炕席上，炕里面的一角，摞着一卷打好的行李，跟一个白木箱子捆在一起。两头扎的是西北人常用的背绳结，弯下腰一背就能走的。

"怎么？"我诧异地问，"你现在就要走么？"

"现时不走啥时辰走？"他鼻孔里嗤笑一声，"你当是我能大天白日里走啊？！我告诉你，我不比你们，你们有户口、粮食关系。你们要走，办好手续就行。我他妈是个盲流，又有点本事，这个穷窝窝子抓还抓不来哩。他们就想着我留下给他们使力气。我大摇大摆走，他们非派人拦我不行，弄不好还要捆我一绳子。去年……现时说是前年的话了，好些个跑的人都挨过他们的绳子……"

"那么，你到哪儿去呢？"

"到哪达儿去？中国大得很！我跑了不少地界。我告诉你，"他啪啪地拍了两下胸脯，自豪地说，"我喜喜子有技术，有力气，哪个地界都欢迎我。我这先到山根下我姑妈家去，过了年，翻过山就到内蒙古了。那个地界也有农场，工资还高哩！这话，你跟谁也别说。"

我点点头："你放心，我不会跟人说的。不过，你老这样下去也不是个长久之计呀。我听谢队长说过，你过去就跑过很多地方……"

他突然又垂下头，目光阴沉而呆滞地盯着炕桌，表现出不愿再听我说下去的模样。我知道，他这样粗犷而自信的人，一旦做出了自己的决定，是没有什么人能劝止他的。

大铁壶吱吱地叫着；牲口在隔壁悲愁地叹着鼻息。我们不说话，小屋里顿时充塞着沉闷的空气。他又端起杯子咝咝地吸茶，一直呷到茶底。然后，他啪地放下杯子。仿佛他刚才喝的不是茶水，而是酒，醉醺醺似的晃了晃脑袋，眨巴眨巴眼睛，用大巴掌抹了抹脸。接着，一种压抑的、怆凉的歌声从他胸腔中徐徐地响了起来：

甘肃嘛凉州的好吃（呀）喝，为什么嘴脸儿坏了？
嘴脸儿坏了我知（呀）道：
尕妹妹把我害了！

唱完，他使劲地一拍大腿，沉重地叹息一声："唉！女子爱的是年轻人！"

我懂得歌里所唱的"嘴脸儿"是"面子""名誉"的意思，更深一层说，还有男子汉的自尊心。他的表情和歌声，带有一种在命运面前无能为力的悲剧色彩，使我的心紧缩成一团。他本来是可以在这里定居的，成家立业，娶妻生子，然而他现在又要去漂泊了。而他这次去漂泊，却和我有极大关系；我成了他命运中的一个破坏因素。我也沉痛地低着头，好像有一条鞭子在我头上晃悠。

沉默了好大一会儿，他又深深地叹了口气，摆了摆手，像赶蚊子一样想把所有的苦恼都赶走。随后，很快就从那种醉意中清醒过来，振作起精神，拎起大铁壶给两个杯子都续上水，挪了挪屁股，靠近我说："喂，小章，你跟我说实话，你念的是啥书？我看那像一本经哩。我告诉你，我趴在她家后窗户上看了好几次，都看见你在念书。实话跟你说，我小时候也念过经。"

马缨花没有问过我的问题，他倒注意到了。我很高兴有这样一个机会使我们都轻松下来。我拍拍《资本论》对他说，这不是"经"，是马克思写的书。他又问我，念这本书有啥用呢？我说，念了这本书可以知道社会发展的自然法则；我们虽然不能越过社会发展的自然法则，但知道了，就能够把我们必然要经受的痛苦缩短并且缓和；像知道了春天以后就是夏天，夏天以后就是秋天，秋天以后就是冬天一样，我们就能按这种自然的法则来决定自己该干什么。我说："社会的发展和天气一样，都是可以事先知道的，都有它们的必然性。"

"必——然——性。"他侧着头，用方音念叨着，眯缝的眼睛里跳动着思索的光芒，"必——然——性。我懂。咱们也有这个说法，咱们叫'特克底勒尔'，就是真主的定夺。世上万事万物该是啥样子，都是'特克底勒尔'……"

"哦，那是不一样的……"我准备向他解释。

"一样，一样！"他执拗地摆摆手，用不容置辩的口气武断地说，"有'特克底勒尔'，那是真主的定夺，就是你说的'必——然——性'。可还有'依赫梯亚尔'，这是，这是……我闹不清你们叫啥，反正就是'依赫梯亚尔'。比方说吧，我本来是满拉，学成了能当阿訇的，可我不好好学，满世界跑，这就是我的'依赫梯亚尔'。要是我干了坏事，不做好人，受了刑罚，那跟真主的定夺没关系，跟'特克底勒尔'没关系，那是我自己'依赫梯亚尔'的。要不的话，那真主对我的惩罚就没道理了。我不能把罪过推到真主身上，说是真主让我去干的。'特克底勒尔'是真主的决定，'依赫梯亚尔'是自己的决定……"

他这番表述得并不很清楚的话，不知怎么，在一瞬间却使我的思想受到一种冲击。这使我大为惊奇。"芝麻开门"，本来是句毫无意义的咒语，却也能打开一扇沉重的石门。唯心主义哲学和唯物主义哲学对同一事物分别使用的不同的概念，总有可以沟通的共同因素。我明白他说的"依赫梯亚尔"，在唯物主义者说来，应该是"人的选择"的意思。那么，我虽然出身在一个命定要灭亡的阶级，"特克底勒尔"要灭亡的阶级，可是这里面还有我的"依赫梯亚尔"，还有我个人选择的余地！与此同时，他的话，也启发了我应该怎样去理解最近以来一直令我困惑的问题：马克思主义指出了社会发展的自然法则，她的科学性和真理性质是我深信不疑的，但另方面，我们现在怎么又会搞得挨饿呢？原来这里面还有个"依赫梯亚尔"，如果人犯了错误，不按社会的客观规律办事而受到挫折，是与马克思主义无关的！人的暂时的错误和暂时的挫折，绝对无损于马克思主义的正确性……

我沉浸在自己的思索里。他还在饶有兴味地说着。但下面的话全是他当满拉时学的宗教词语了。也许他是要排遣心中的苦闷，暂时摆脱尘世的烦恼，想到他想象的天国里去遨游一番吧。他越说越兴奋，然而也越说越荒诞了。

羊圈那边又传来咩咩的惨叫声。这不知是宰第几只羊了。马号离羊圈不远，咩咩的叫声更为凄厉。听到羊叫声，他不知想起了什么，陡然失去了说话的兴致，垂头不语了。

马灯的光焰跳了两下，骤然暗淡下去。"熊！快没油了。"他跳起来骂了一句，把灯芯拧长了点。擦得干干净净的玻璃罩里顿时冒出一股黑烟，即刻把灯罩熏出一道道污黑的花纹。他欠过身去想把它拧小点，但大概又想起很快就要走了，于是又缩回手去，仍在我对面坐下。

"哎，小章，你跟马缨花成家吧！"他忽然没头没脑地跟我这样说。

"哦，我……"我没想到他会提出这个建议，愣了一愣。

"我跟你说，马缨花是个好女子。"他说，"啥'美国饭店'，那都是人胡编哩！我知道，那鬼女子机灵得很，人家送的东西要哩，可不让人沾她身。真的，你跟她成家吧。你跟她过，是你尕娃的福气。"

"我……"我支支吾吾地说，"我还没想过这件事……"

"啥没想过！"他气恼地一拍膝盖，瞪起眼睛，"你尕娃别人模狗样的！你以为你是个念书人，人家配不上你是不是？我跟你说实话，有一次，我趴在她后窗户上看她洗澡，吓吓！她那个奶子，还有那个腰……嘿嘿……"

他总有叫我意想不到的言谈举止。我情不自禁地失声笑了起来。不过，我还是感到了他的真挚、诚恳和关心；从他的话里也证明了马缨花至少在这个队上是清白的。同时我也明白了，有一次马缨花说到他时，陡然停住了话题是什么意思；她肯定发现了他的这种荒唐行径。此后尽管他对马缨花很好，关怀备至，而她却总说他是个"没起色的货"，原因就在这里！

"咋样？"他最后问我，"你还想咋样？现时又不考秀才，你就是满肚子书，人不用你还是白搭！那女子可是针线锅灶都拿得起、放得下，田里的活也能干。跟了你，只怕还亏了她哩！……"

羊圈又响起咩咩的羊叫声时，他说他要走了。他一口气喝干了茶，把大铁壶从炉台上提开，让我帮他背起那一大摞行李。"背得动么？"我担心地问他。

"背得动！到山根下三十里路，抬脚就到。"他颠了颠沉甸甸的铺盖，没跟我道别，没跟我握手，只嘱咐我把灯吹灭，把房门锁上，再去槽头添一抱草。然后他转过身，左一蹭，右一蹭，挤出了狭窄的房门，投进外面风雪茫茫的黑夜之中。

我从马号出来，只看见整个世界是浓密的、飞舞着的雪花……

马缨花还在羊圈。我回"家"去睡觉了。

第三十三章

……我钻进破棉花网套，还没睡着，谢队长就在窗户外面叫我："章永璘，章永璘，小章，小章……"

他急促的叫声使我心头一沉，立刻想到是海喜喜出事了！我没有应声，装着已经熟睡了，脑子里却在思忖应该怎样回答领导的盘问。谢队长还一个劲儿地叫："小章，章永璘。"

老会计用肘子捅捅我："小章，叫你哩！"

我慢吞吞地爬起来，用带着睡意的腔调问："什么事啊？"

"快，快，到队部办公室开会去。"

我想，不会这么快就发现海喜喜跑了吧；"开会"，大概是商量分羊肉的事，可能我们这几个单身农工也有一份。我赶紧穿上衣裳，跑到队部办公室。

各组的组长都在办公室里。每个人手上都有一支自卷的烟卷，满屋子烟雾腾腾。原来，办公桌上有一笸箩烟叶子，这是队部免费供给组长们开会时吸的自种烟叶。"劳驾，给我一张纸。"我也挤进去卷了一根，和别人一样，话也顾不上说就呼呼抽了起来。

一会儿，谢队长提着一个面口袋回来了，气咻咻地一屁股坐在办公桌前。办公桌上有盏马灯，照着他满手血迹。我吃了一惊，烟卷差点从嘴上掉下来。这种场景使我联想到福尔摩斯探案里的描写，我想到海喜喜，想到马缨花……身子几乎僵直了。

幸好，谢队长只是说，海喜喜那"驴日的"跑了。是喂牲口的老汉——就是那"死狗派儿"车把式——发现的。老汉去马号添草，看见他的门锁着——我真不该锁门！——拿马灯隔着玻璃窗一照，"炕上啥也没有，比水洗的还干净"，就去羊圈报告了谢队长。谢队长说，一定要把那"驴日的"追回来，眼看要春播了，没人摆耧哪行?！"那驴日的哪怕过了春播再跑哩!"他叫我们几个组长分头去追。

他像运筹帷幄的将军似的调兵遣将:谁谁谁去北边那条路,谁谁谁去南边那条路,谁谁谁去镇南堡,谁谁谁朝东北方向追。他说我穿得单薄,叫我沿着东边的大路走,到三十里外的小火车站去挡海喜喜。他特地跟我讲:"那站上有个炉子,你烤着火,我去羊圈安顿一下,随后就来。"

我才想起来谢队长手上的血是羊血,并且,他单单没有注意到去山根的那条羊群踏出来的小路。我浑身轻松下来。尤其是,他解开面口袋,又发给每人两个冻得瓷瓷实实的稗子面馍馍。"大家都辛苦点,这算是加班粮。"他这样说,我更高兴了。

会散了,组长们出了办公室。"熊!这大雪天的,哪达儿追去哩,回家睡去吧!"他们悄悄地议论着,也果真朝各自家门的方向散开了。

我不能不到火车站去,谢队长一会儿还要来和我会合哩。

雪下得更大了。东边、西边、北边、南边,到处是白茫茫、灰糊糊的一片。雪花打得眼睛都难以睁开。这种鬼天气,不迷路才怪哩!我有点为海喜喜担心起来:他何必选在这样的夜晚跑呢?可是转念一想,这也正是他的聪明所在,那几个组长不是回家睡觉去了吗?

我只能朝着那条大路走。幸亏大路两边栽着一株株柳树,走在两行柳树中间总不会迷路的。我把棉绒毯子缝的"罗宋帽"从头上拉下来,我的鼻子、脸颊都立即感到了马缨花的温暖。我又想起海喜喜临走时的建议,心里虽然还在矛盾着,但也感受到海喜喜的无私的友情。我觉悟到:善良、同情、怜悯……人的美好的感情,本不是像我原来认识的那样,被饥饿和艰辛的鞭子驱赶得一干二净了,而恰恰是越在这种条件下,越显现出她的光辉。命运啊命运,既然把我从象牙塔里拽出来,难道就对我没有一点好处吗?我所享受到的最深切的温情,人生遭遇中最难得到的东西,不正是在这种时刻、这种条件下吗?……

一时,我感到我是十分幸福的。现在不知是几点钟,总该是半夜了吧!我只听见雪花柔和的沙沙声和自己呼哧呼哧的鼻息。雪夜静谧得令人的魂魄似乎都会脱离自己的躯体。前面,在两行柳树中间,蓦地出现了一座小桥,弓着背,一副忍辱负重的驯顺的样子。我陡然想起来,两个多月前,仅仅六十多天前,海喜喜赶着大车和我们几个就业人员曾经经过这里。那时，我还满田里找黄萝卜吃，而他，却威风凛凛地坐在大车上，唱着那动听的深情的民歌。脑子里，肯定萦绕着马缨花的影子，一心想早点赶回去跟她见面。可是，转眼之间，起了多么大的变化啊！现在他成了一个失恋者，一个逃亡者，而我，这个得胜的情敌却厚颜无耻地扮演着追捕者的角色。我想象海喜喜在这茫茫的雪夜中，背着沉甸甸的行李，一步一步艰难地向山根下跋涉的情景，幸福感顿时消失得无踪无影。因为这种情景使我非常清晰地看见，我的幸福是建立在他的痛苦之上的。我又不禁回忆起海喜喜对"月黑雁飞高，单于夜遁逃。欲将轻骑逐，大雪满弓刀"的评论，才悟到卢纶的妙处：他的这幅画面在描绘唐将浑瑊的英雄气概之下，透露出单于的悲壮色彩。怪不得海喜喜会从这首诗里得出与一般评论全然不同的看法。在一千多年以后，在我们已经组成了一个民族的大家庭以后，难道我们还不允许他这样地想吗？是的，他本人就是个外表看起来粗豪不羁、暴躁蛮横而心地却是纯朴的、多情的、具有悲壮性格的少数民族兄弟！

我得到了纯朴的劳动者的同情、友情和无私的关心，他们总把我想象得很好、很高尚，而我又奉献给他们些什么呢？什么也没有，除了痛苦之外！

我呆呆地在小桥上停了片刻，垂着头，俯视着片片雪花坠入桥下的黑暗里。深刻的忏悔，固然是由于自己造成了别人的不幸，而被害者不但宽容了自己，还尽其最后的可能，再次施与了他的恩惠，那自己就不仅是忏悔，而是一种镂心的痛苦了。啊！海喜喜，海喜喜，亲爱的朋友，我怎样才能报偿你呢？

第三十四章

火车站的确非常小，我是看见铁路边的一盏红灯才摸索到的。车站没有站台，在两条铁轨旁边盖了一间比警察的岗亭大不了多少的土房子。房顶上积满厚厚的白雪，在寥廓的雪原上像一个孤独的大蘑菇。房子里没有灯，漆黑一团。我推开用板条钉成的门，走了进去。里面，果然如谢队长说的，有一个用大汽油桶改装的火炉，煤已经快燃尽了。我抖净身上的雪，借着炉箅下透出的一点微弱的红光，找到一根铁通条。我拿起铁通条在地上横扫着，终于在墙角碰到一小堆煤。我加足了煤，把炉子捅好，在一张木条凳上坐下来。然后脱下破棉鞋，刮掉泥雪，用鞋面扫干净炉面，把两个稗子面馍馍和棉鞋一起放在炉子上烤着。

炉子很快就旺起来，火苗蹿出了炉口，小屋里一闪一闪地亮着红光。我的脚底板像手掌一样抱着热烘烘的铁皮炉底，不一会儿，全身都暖和了。我一边翻动着稗子面馍馍，一边打量四周。四面墙上都涂抹着乱七八糟的壁画，全是候车旅客的即兴创作，我如同到了在非洲某处发现的一个原始狩猎部落居住过的洞穴。奇怪的是这里没有卖票的窗口，啊，我才想起报社编辑曾经告诉我们：这不是个车站，而是个乘降点，只有逢站必停的慢车才在这里停一分钟。慢车要在凌晨四点开来，那么，我至少要在这里等到四点钟。

等就等吧。我吃着稗子面馍馍，想着海喜喜，如果路上顺利，他现在也该到他姑妈家了。我真诚地祝他过好春节，真诚地祝他以后生活幸福！

我在暖烘烘的火炉前打起盹来了。不知迷糊了多长时间，板条门外响起了喳喳的踏雪声。随着，谢队长哐的一下推开门进来。

"驴日的，好大雪！"他跺着脚，拍打着衣裳帽子，龟缩的脖子伸了出来，连声地咳嗽着说，"咳！……你还在这达儿，咋样？这达儿到底好一点，咳……那些人在雪地里撑，一夜里可遭罪哩！咳……"

他还不知道"那些人"并没有在雪地上撑，早跑回家睡觉去了。我有点可怜他，同时也有点敬佩他。他对我毕竟是关怀照顾的；他自己也是负责的。

我让他坐在我旁边，把剩下的一个烤好的稗子面馍馍给他吃。他拿起来看了看，说我会烤，烤得好，但他没有吃，又放在炉子上。他说羊圈熬了一大锅羊骨头汤，撒上稗子面，做了顿"羊汤糊糊"，去羊圈加班的人都喝了两碗。我想，马缨花和尔舍也吃上了吧，身上更加感到暖和了。

"谢队长，"我问他，"能抓到海喜喜吗？"

"抓个熊！那驴日的可能哩，他要跑，谁能抓得住他！"他抹抹鼻子，眼睛瞅着炉火说。

"既然知道抓不住他，怎么还要叫我们追呢？"我诧异了。

"唉！"他叹了口气，"不追追他，场部知道了不行：'人跑了，你老谢也不管，是干啥吃的？！'又该挨头儿的剋了。我到车站来，就等着搭四点钟那趟车去场部报告哩。"

他告诉我，咱们队朝东三十里是这个车站，朝南二十里是场部，铁路是条斜线，下一站离场部不远，下了车走两里路就到了，看来他的安排还挺巧妙，既装装样子追了海喜喜，又趁便搭上火车去场部。

"他是不是犯了什么错误，怎么场部非要抓他呢？"我不解地问。

"他犯个熊错误！那驴日的就是太能了，谁都不愿意放他。你不知道，你光看见他赶车，其实那熊耕耙犁锄，扬场赶滚，砌砖盖房，样样都能。现时哪达儿去找这样的劳力？！"

哦——海喜喜果真说得不错。我又问："那么，要是抓住他，会怎么处理呢？"

"啥'处理'，保证下次不跑了就行了呗！还咋'处理'？人家又没偷没抢！"

他两肘撑在火炉边上，脸映得通红。脸上的皮肤松弛下来，火光照着他满面的皱纹，这是常年在户外劳动的痕迹。他一定害着严重的沙眼，眼睛里不断淌出混浊的泪水。我估计他的实际年龄，要比他外表年轻得多，但这时，他整个面孔上，又像第一次和我单独谈话时一样，显出了老人那种特有的宽容的神情。我很受感动，并且也因为想和海喜喜在一起劳动，差点要告诉他海喜喜就在山根下他姑妈家里，去把他找回来吧。但又一想，还是不要自作聪明，失信于海喜喜的好。我问："你想他能跑到哪儿去呢？"

"哪达儿去？准跑内蒙古了。山根下，他还有个姑妈在那达儿，保准他跑去过年了。"

我暗暗一惊。他不派人往那去山根下的羊道上追，看来似乎是有意的。

"唉！"他抹了抹眼泪，虽然他并不是伤心，可是好像一副伤心的表情，"就是把他抓回来，拴得住他的身子，拴不住他的心。那驴日的，我知道，没个好女子，没个家，他哪达儿都待不长。今天把他抓回来，明天他还得跑。腿长在他身上，谁能看得住他?! ……原先，他在咱们队上待着，是有想头的哩。"

我不敢多嘴了，我怀疑他洞察所有的事情。我低下头，局促地翻动着烧得焦黄的稗子面馍馍。

雪大概停了，听不到外面的沙沙声。世界一下子陷入了一种紧张的沉默，炉膛里劣质煤的哔剥声更增添了不安的气氛。

"哎，"他忽然侧过脸跟我说，"小章，说真的，你跟马缨花结婚吧。"

这是我今晚上听到的第二次建议，而且出自两个人的嘴里。我明白他是怎样从海喜喜身上联想到这件事的。我惶惶然地不置可否。

"马缨花是个能干的女子。"他说，"有时候和男人胡调哩，可那有啥? 一个女子领着个娃娃，一个月十八块钱，又碰上这个饥荒的年景，你叫她咋整? 你们结了婚，她就收心了。"

我想朝他喊：马缨花并没有跟"男人胡调"! 可是，四年的劳改生活和至今仍被专政的身份，使我鼓不起勇气跟谢队长争辩。我仍然低着头沉默不语。

"你别嫌弃她。"停了一会儿，他又说，"好些女子在年轻的时候都上过当哩，后来正正经经嫁了人，都是好样的。你也别听啥'美国饭店'的话，我知道，那几个月她就跟海喜喜一个人好，可不知为啥，她不稀待海喜喜……我看你们俩倒是挺合适，你劳动好，年龄也相当。她还能给你生娃娃。以后，就在农场里拉扯着过吧。两个人过日子总比一个人过日子轻省。这饥荒眼看就快过去了，日子总会一天天地好起来。听说，就在这个月，中央在北京要开啥大会哩①，前几年的政策看来要变一变。日子好了，在哪达儿过不一样呀? 非得像你们组那几个一样，跑回城里去? ……说实话，干啥都是一辈子，过去的事，就拉倒吧!"

他没有跟我说大道理，同时谨慎地避开我特别敏感的出身、错误、身份这些问题，还把在我这时看来是非常机密的党内消息告诉给我。他的语气非常温和，我很久没有听过一个党员干部用这种语气跟我说话了。他的年龄比我大得多，通红的炉火照着他疲乏的、早衰的脸，使他

---

① 指1962年1月召开的有7000人参加的扩大的中央工作会议。

的面部显现出一种父辈般的慈祥。一个人不论如何粗俗，没有文化，只要他有真挚的感情，能洞达事理，他自然而然就会显得高大和庄严。在这静悄悄的夜里，在热烘烘的火炉旁，在洞穴一般的小屋中，我与他之间的隔膜，被他的抚慰和关切之情融化了，我的泪水止不住地流出眼眶，在通红通红的火光映照下，像一滴一滴鲜红的血滴在炉台上。

他看了看我，再没有说什么，袖着手，稍往后仰了一点，侧身靠在炉台上打开了瞌睡。

第三十五章

这是一列客货混装的列车，暗绿色的客车厢里没有一盏灯，黑黝黝的；平板货车上不知装的什么，巨大的篷布上覆盖着污秽的积雪。老式的机车头好像害了哮喘病，吭哧吭哧地停下来。谢队长乘上了客车厢，火车又吭哧吭哧地走了，慢慢地隐没在一团白雾当中。白雾散尽，四周又归于沉寂；雪停了，连雪花飞舞的喧闹声也消失了，整个世界仿佛凝固了一般：上面是青蓝色的天，下面是白茫茫的地。我离开蘑菇似的小土屋，跨过铁轨，向那条两边有柳树的大路走去。

喀嚓、喀嚓、喀嚓……我踽踽而行，心里怀着一种宁静的温情。这一夜，人，"筋肉劳动者"和世界，一下子在我眼前展现出那么美好、那么富有诗意的一面。现实，竟会超过幻想；人心里，竟有那么绚丽的光彩！他们鲁莽的举止，粗鄙的谈吐，破烂的衣衫，都毫不能使他们内心的异彩减色。

我一路走，一路沉思。我又发现，在我们的文学中，在哺育我的中国文学和欧洲文学中，这样鄙俗的粗犷的、似乎遵循着一种特殊的道德规范但却是机智的、智慧的、怀着最美好的感情的体力劳动者，好像还没有占上一席之地。命运给了我这样的机缘发现了他们，我要把他们如金刚钻一般，一颗一颗地记在心里。

天蒙蒙亮了，天地间呈现出一片凝重的银色的光辉。路边一根柳树枝咔嚓一声被雪压断了，空中飞舞着水晶似的粉末，又如一树梨花落英缤纷，四周，还仿佛响起了银铃敲击的乐声，我像是穿行在一个童话的境界里。我被这种美的想象噎得透不过气来，同时感应到一种自然的冲击力。这种冲击力激发起我大脑的功能，在一瞬间产生了难得的灵感。我突然领悟到：即使一个人把马克思的书读得滚瓜烂熟，能倒背如流，但他并不爱劳动人民，总以为自己比那些粗俗的、没有文化素养的体力劳动者高明，那这个人连马克思主义者的一根指头也不是！资本家不是也学《资本论》吗？肯尼迪不是也研究"毛泽东的游击战术"吗？是的，"劳动人民"绝不是抽象的，他们就是马缨花、谢队长、海喜喜……这样的人！尽管他们和那些文学艺术作品中的劳动者的庄严高大形象相差甚远。

我怀着顿然窥见了人生的底蕴的那种狂喜，向隐没在雪原那边的、小得叫人心疼的村庄大步赶去。我并不冷，我感到热乎乎的。那里，有一个我所亲、所爱，可以与之相依为命的人在等我。我还这样想，我和她结婚，还能改变资产者的血统，让体力劳动者的新鲜血液输在我的下一代身上。

赶到村子，天已经大亮了。但雪地上还没有一个足迹，农工们都没有起床。我径直向马缨花家走去。

她大概也是从羊圈回来不久，刚收拾完羊头羊下水。地上放着瓦盆瓦罐，锅里冒着腾腾的水蒸气，房子里郁积着一股浓烈的羊膻味。尔舍沉沉地睡在炕上。她蓬着头发，一脸倦容，还在瓦盆瓦罐之间忙碌着。但见我进来，顿时精神一振，两眼闪着喜悦的光芒，却用埋怨的口气说："你咋傻乎乎地真跑去追？那几个熊都回家睡觉去了哩。"

她已经知道了这件事，但对海喜喜又去漂泊却无动于衷，这使我有点恼火：我不喜欢我的妻子没有同情心。我说："我怎么能不去追？是谢队长派去的。"

"'怎——么'，'怎——么'！"她用嘲讽的声调学我，"要是真追上了，你还把他拽回来？"

"当然要把他拽回来。"我生气地说，"你知不知道，海喜喜是个好人哩！""我也没说他坏呀！"停了停，她脸上泛起不悦的表情，"你听，你眼里就没有我……"

"哎呀，这说得上吗？"我焦躁起来，"你知道海喜喜临走的时候跟我说了些什么？"

"跟你说了些啥我咋知道？"她收拾着地上的盆盆罐罐，带着几分警惕的神情反问我，但一瞬间，又嘻嘻地笑起来，"我'怎——么'知道？"

我怎么求婚？在她眼里好像从来就没有庄严的事情，神圣的事情。我可能不懂得女人的复杂的微妙的心理。我总感到，她，比海喜喜和谢队长难理解得多。

"他，他劝我……跟你结婚。"

我只好嗫嚅地说出来。但一经说出口，我才发觉，这句话完全不像我在路上想象的那样充满激情，那样富于诗意，那样罗曼蒂克，而是和一团豆腐渣一样，嚼在嘴里干巴无味，不但打动不了她，连我自己也没有被感动。

"他操的心还怪多的！"她虽不再像小猫似的警惕了，却换上了一副装模作样的冷淡。这使我惊愕不已：难道我想错了，难道她并不爱我？

既然话已经出口，只能继续说下去。我又说："在火车站上，谢队长也是这样说的。他说，两个人过日子总比一个人好……""他也是咸吃萝卜淡操心！"她倏地从地上站起来，腰肢挺得直直的，把洗干净的盆子往土台上一蹾，决断地说，"咱们的事，不要人多嘴！我有我的主意。"

这场可笑的求婚是彻底地失败了。生活刚刚展示出另外一面，但倏忽即逝，一下子又翻转过来，仍然是严酷的、没有诗意的现实。我怎么也搞不清楚：她对我无微不至的关怀和热情是出自爱情，还是风尘女子的那种轻狂的逢场作戏？我愣愣地站在门旁边：究竟是拂袖而去好，还是留在这里把她的"主意"搞明白？

这时，门外又响起瘸子走路的那种一轻一重的脚步声。她急忙把我拨开，从我身后拿起顶门棍顶上门，随即偎在我的胸前，缩了缩脖子，伸了伸舌头，一脸调皮的微笑，和孩子捉迷藏一般静等着保管员来叫门。

"马缨花，马缨花，"保管员推了推门，接着压低嗓子又叫，"马缨花，马缨花……"

她没有立即回答，停了一会儿，才用懒洋洋的腔调问："谁呀？"问完了，昂起脸朝我皱起鼻子笑了笑。

"我呀，马缨花，是我。"

"睡下啦！"她拖长声音说，她的声调和她的表情恰恰相反，"我困得很，要是还有营生，等我睡起来再干。"

"哎，不是叫你干活。你起来，羊圈靠西第三根柱子上头，我还给你藏着一副羊下水哩，你起去拿。"他给她东西，可那语气，倒仿佛是求她施舍给他一些东西似的。

"那好呀，"她又朝我做了个鬼脸，"等会儿我起去拿。"

保管员仍舍不得走，左右地捯着脚，在门外磨蹭着。在他们隔着门对话的那一刻，我比上一次更加紧张。上次我和她之间还有一截距离，现在，她紧紧地贴在我的怀里，一面调侃保管员，一面用手指头玩我棉袄上的扣子。虽然我为了要弄点吃的，曾经冒过许多次险，被人发现的可能性要比这次大得多，但这种充满暧昧意味的尴尬我还是第一次碰到。我不安得有点发冷。她朝我笑，朝我做鬼脸，我却笑不起来，一点也不觉得好玩。恍恍惚惚地不知有多长时间，保管员才拖着一轻一重的步子快快地走了，门外再没有一点声息。

"嘻嘻！"她在我怀里扭了一下，把正面向着我，"那个傻熊还想打我主意哩！待会儿我去拿，不吃白不吃。"

"唉！"我说不出什么话，吸了一口气。生活的美丽的色彩又渐渐褪色，而褪了颜色的生活是十分难看的。

"你看你，冷成这熊样子。"她摸摸我的手，把我的一双手分开，围在她的腰间，撩起棉袄下襟，将我的手插在里面，"来，让我给你焐一焐。"

隔着薄薄的布衫，我能感到她肉体的温暖，甚至是灼热。那柔软的富有弹性的腰肢，就在我两手之间，然而这却激不起我的一点情欲。我怀疑我把人、把生活又整个地看错了。她刚才的冷淡和现在的爱抚，到底哪个更为可信？

"傻狗狗，你咋这么傻哟！"她仰着脸跟我说，"啥'两个人过日子总比一个人好'！你不想想，咱们成了家，你就得砍柴火，你就得挑水，家里啥活你不得干？有了娃娃，你还得洗尿褯子，一天烟熏火燎的，苦得你头上都长草咧！你十八块钱，连自己都顾不住哩，还能再添半个人的吃穿？你还能像现时这样，来了就吃，吃完嘴一抹就念书？你呀，你这狗狗真傻！"

我这才恍然大悟。她说她自有主意，原来就是这种为了爱情、为了我的献身精神。而我在她面前究竟有什么价值，值得她作这样的牺牲呢？世界和人、和没有文化素养的体力劳动者，又在我眼前恢复了绚丽的色彩。我想，我之所以难于理解她，恐怕就是因为在我身上，从来没有过为了别人、为了所爱的人而献身的精神，从来没有！

我的心里只有我自己，即使想"超越自己"也是为了自己。这就是我和她之间最大的差距。

我把她搂进怀里，我现在才觉得我是真正地爱她，不是感恩，不是感激之情。我热情地喃喃地说："马缨花，我们还是结婚吧！别人怎么过，我们也怎么过；让我来分担你的负担不好么？"

"'怎——么'，'怎——么'！"她略略推开我，深情地凝视着我的眼睛，而用嗔怒的口气说，"我不能让你跟别人家男人一样'老婆孩子热炕头'，那最是个没起色的货！你是念书人，就得念书。只要你念书，哪怕我苦得头上长草也心甘情愿。我要你'分担'啥？你能'分担'啥？咱们一结了婚，那些傻熊还会给我送东西来么？你看，我不出手，羊下水就给我搁在那儿了。你呀，傻狗狗，你就等着吃吧，这还不好么？……"

她还是要我念书，而为什么要我念书，她始终也没有说出个所以然来。在她脑子里，似乎认为念书就是我的本分，我的天职，像养着猫一定要它捉老鼠一样。我心里蓦然有种幽默感，同时，也不得不承认她的这种想法倒很现实。"女人的心计啊，女人的心计啊……"我默默地念叨着。

可是，这无疑又是我的耻辱。难道我能靠一个女人的姿色来过比较温饱的生活？来"念书"？这样做，我就更降低了我自己。"不！"我重复地说，"不！我们还是结婚吧，我不能让你那样做！我们还是结婚吧……"

"哎，傻狗狗。"她说，"我又没有说不跟你结婚，我早就想着哩，要不，我这是干啥呢？等这'低标准'一过，日子过好了点，咱们就去登记，让那些傻熊看了干瞪眼……"

"不，不……"我执拗地说，"我不能让你那样做，那你不等于骗了人家？""谁骗谁呀？傻狗狗。"她安抚我，"你不想想，他们给我的吃食，哪些是他们自己腰包里掏出来的？我不要，他们拿回去自己吃了，还不如咱们吃掉哩。告诉你，这个队上，管事的就谢胡子一个人是好人，连那个烧饭的伙夫都不是好熊！"

我被她独具匠心的、现实的、冷静的盘算弄得晕晕乎乎的：我究竟应该遵循哪种道德规范来生活？她并没有考虑到这一点：我们要照她那样的安排来度过困难，我就失去了一个男人的尊严。在她认为，这是非常时期可以采取的一种权宜之计，而我，身体恢复了健康——正是在她权宜之计的安排下恢复的健康，并且重新"念书"之后，我的羞耻心和道德观都强烈地阻止我这样做。

"不！"我仍然固执地说，"不！你别那样做。我们还是结婚吧，谢队长也同意了，我们马上就登记去。"

"你是不是不相信我，怕我跟了别人？"她说，口气和神色都带着少有的严肃。显然，她把我今天迫不及待地要求结婚领会错了。于是她又钻进我怀里，踮起脚尖，用脸颊摩擦着我的脸，柔声地说："要不，你现时就把它拿去吧，嗯，你要的话，现时就把它拿去吧。"

她忙碌了一夜，现在脸色还是疲倦的。美丽的大眼睛下那一圈淡青色更深重了，她这种行动，纯粹是女人为了爱情的一种献身的热忱，一点也没有个人的欲念。我感受到了一种令人心酸的、致命的幸福。是的，是致命的幸福！我胸中陡然涌出了这种情感，像一首弦乐合奏的无词歌从心里汩汩地流淌出来：不是情欲，甚至也不是一般的爱情，而是一种纯洁的、神圣的感情。有限的爱情要求占有对方，无限的爱情则只要求爱的本身。神是人创造的，在人创造神的过程中，一定曾经怀有过这种感情因素吧。我谦恭地吻了她一下，然后轻轻推开她。

"不，"我说，"我们还是等结婚以后吧。"

"那好。"她即刻从我的怀中离开，仰起脸，用清醒的、决断的语气说，"你放心吧！就是钢刀把我头砍断，我血身子还陪着你哩！"

"就是钢刀把我头砍断，我血身子还陪着你。"有什么优雅的海誓山盟比这句带着荒原气息的、血淋淋的语言更能表达真挚的、永久的爱情呢？

啊，生活啊生活，艰辛得和美丽得都使我战栗！

第三十六章

睡到中午，我被一个组长叫醒了。这个组长就是头一天领我们出工的那个面目阴沉、总像是郁郁寡欢的农工。他简单地告诉我，谢队长叫他套上毛驴车送我到场部去，带上自己的铺盖，大概是春节期间场部忙，要我去干几天活。

我匆匆爬起来。铺盖没有什么难收拾的，一卷就行了。我去马缨花家拿她给我做好的鞋，推推门，她还睡着哩。没关系，回来再穿吧，我脚上这双棉鞋还能凑合穿几天。那个组长又给了我四个稗子面馍馍，说是谢队长叫他去伙房领的，让我带着路上吃。我和他坐上毛驴车，颠簸着向场部跑去。

我还是头一次到场部。场部不过比我们一队大一点，有几幢砖瓦房，还有一个粮食加工厂，一个比较大的商店。我还看到一个拖拉机站。车库外面有两个银色的油罐，横卧在雪地上。那个组长赶着车，把我送到一间办公室前面。"吁——"他吆喝毛驴停下来，回过头对我说，"就这达儿，你把铺盖拿进去吧。"

屋里已经有了五个人，看样子全是各个队抽调来的农工，有的坐在椅子上，有的蹲在地上，身旁都放着自己的行李。见我进来，也不跟我搭话，各自埋头想自己的心思。不知怎么，我突然感觉到室内有一种不祥的气氛，我不安地望望窗外，那个组长早把毛驴车赶走了。

一会儿，一个场部干部拿着一张纸走进屋来，后面还跟着一个驾驶员模样的小伙子。干部皱起眉头看着单子把名字点了一遍，对小伙子说："好，都齐了，你送他们去吧。"

我们夹着行李随小伙子走到车库前面，在一辆"德特-24"轮式拖拉机旁边站住。

小伙子拍着沾满油污的无指手套，挨个儿打量着我们，最后朝我问道："喂，你们谁是在省干校教书的那个'右派'？"

我向前跨了一步："我，不过那是好多年以前的事了。"

"我知道。"小伙子会意地笑笑，头一摆，"你坐在驾驶室里边。其余的，喂！听着没有？统统上车，都给我坐在斗子里！"

那五个人纷乱地爬上车斗，骂骂咧咧地用芨芨草把子扫下盈尺厚的积雪。我坐进铁皮焊成的驾驶室里，把一卷棉花网套塞在座位后面。小伙子等他们安顿好，检查完挂钩，在车头用一根油腻腻的皮绳拉燃发动机，爬上车来，突突突地开着车走了。

拖拉机走上向西去的一条乡间土路。到处是皑皑的冰雪，路边的树枝垂下来，像一根根水晶制的流苏。太阳光冲破密集的云层，在银色的雪原上投下一块块金色的斑点。喜鹊和乌鸦哇哇地飞着，徒然地四处觅食。路很难走，车轮经常打滑。小伙子聚精会神地开着车。他年龄大约跟我相仿，嘴唇上已有了淡淡的胡髭，鼻梁稍嫌矮些，眼睛却炯炯有神。

车到了比较平坦的路面，他略向后靠了些，瞥了我一眼，说："我爸爸认识你。他在干校念过书，你教过他。"

"哦。"我应了一声，但没有问他爸爸是谁，现在问这些还有什么意义呢？过去的已经过去了。而今天，拖拉机载着我，在这一片茫茫的雪原上向隐没在云雾中的、仿佛神秘莫测的山根下开去，又会有什么样的命运呢？

"你知道咱们到哪达儿去不？"他转动着方向盘问我。

"不知道。"我说，"我刚想问问你。"

"唉！"小伙子叹息了一声，用同情的口吻说，"场里叫我把你们送到山根下那个队去。那个队，你大概听说过，是专门整治人的窝窝子……你们这几个，全是场里认为调皮捣蛋的。本来，没你的事儿的，今天一大早，你们队来了个办户口的—— 一个瘦老汉，迁到省城去的，你肯定认识，跟你住一个屋的——他跟人保科干部说，你们队昨夜黑跑了一个人，这个人跟你关系挺好，你每天夜黑都跑到这个人家去，他临跑以前，还来宿舍找过你，肯定你们俩在搞啥阴谋。人保科一查，你出身不好，帽子还没有摘，几个干部一商量，临时把你的名字给添上了。这我亲眼见的。你们那个胡子队长还跑到人保科吵了半天，他保证你没事，说你是好人，可让人家剋了一顿，说他没一点儿警惕性，把一个好劳力放跑了，这会儿又护着一个报纸上都批判过的有名的'右派'！还要叫他回去写检讨哩……咱们这个农场，过年过节都要整顿一次，好像坏人专拣着过年过节的日子捣乱一样。这不是，元旦前我送去四个人，今天，又送去你们六个……到了那达儿，你得多加小心，那可是个叫你掉几层皮的地方……"

奇怪，他这番话并没有使我感到意外。我并不惊愕，更不惶然失措，甚至我还认为，我跟马缨花还在一个农场，这就很好，不久以后总能见面的。我只是感到愤恨——"营业部主任"临走时还不放过我。人是非常美好的，但也有的人非常狞恶。如果不是这样，人便不会在创造神祇的同时创造出鬼怪来。这种愤恨压倒了我对马缨花的留恋，还鼓起了我一种抵抗压力的激情。我凝神望着前方，那是广袤的白茫茫的雪原，一道阳光终于冲破了山顶的浓云，宛如一把利剑插到山脚下，迸出一片耀眼的亮光。这种情景我好像很熟悉，仿佛在一个梦中见到过。现在，我健康了，我觉得能够理解马克思的书了，我相信我不论走到哪里，我都有一种新的力量来对付险恶的命运。

拖拉机颠簸着，小伙子一心又放在开车上了。我突然想起来，我还没有告诉马缨花，海喜喜留下了一张炕桌和一麻袋黄豆。炕桌不知会被谁抄走；那埋麻袋的地点只有我知道，这场雪一化，气温再一转暖，黄豆就会浸得发芽了吧。

果然如那小伙子说的，我到山根下这个队，连请假出来的权利和与外面的非直系亲属见面的权利也被剥夺了。两个月以后，一个留在队上的病号悄悄告诉我，这天有个"挺标致的小娘们儿"夹着一个小包来找我，让队上的干部盘问了半天，结果还是被训了回去，小包也不许留下。这天，我在渠口上抬了十小时石头，累得筋疲力尽，我只可怜她走了这么远的路，还没来得及思念她就沉沉入睡了。不久，提出了"阶级斗争要年年讲，月月讲，天天讲"，我以"书写反动笔记"的罪名被判三年管制。"社教运动"中，我又以"右派翻案"的罪名被判三年劳教。劳教期满，回到农场，正遇上"文化大革命"，我升级成为"反革命修正主义分子"，被群专起来。一九七〇年，我被投进农场私设的监狱。那种监狱，不属于公安机关管辖，没有一条现代监狱的规章，纯粹是中文版的罗马宗教裁判所。

一九六八年，我劳教期满回到农场，才得知在我前面那段被管制期间，马缨花一直没有结婚。我被送去劳教后，她就带着尔舍到县城找她哥哥去了，没有多长时间，她和她哥哥全家都回到了青海。据说她哥哥也犯了什么错误。

一九七一年，在那座农场私设的监狱里，连《毛泽东选集》也不让我们"犯人"看，说是我们的主要任务就是劳动改造，看了《毛泽东选集》会学到和农场当局斗争的策略。有一天，我被派到农场子弟学校的教研室砌炉子。教员们上课去了，我如饥似渴地到处翻找有什么可看的书，但办公桌上全是学生的作业簿，只有一本《辞海》放在案头上。我翻到"马缨花"这一条。这一条是这样解释的：

> 植物名。学名 Albizzia julibrissin。一名"合欢"。豆科。落叶乔木。二回偶数羽状复叶，小叶甚多，呈镰状，夜间成对相合。夏季开花，头状花序，合瓣花冠，雄蕊多条，淡红色。荚果条形，扁平，不裂。主要产于我国中部。喜光，耐干旱瘠薄。木材红褐色，纹理直，结构细，干燥时易裂，可制家具、枕木等。树皮可提制栲胶。中医学上以干燥树皮入药，性平、味甘，功能安神、解郁、活血，主治气郁胸闷、失眠、跌打损伤、肺痈等症。花称"合欢花"，功用相似。又为绿化树。

啊！这条目下所有解释的文字，没有一点不和她相似的："喜光，耐干旱瘠薄"，不就是她的性格吗？

可是，这一晚上我却失眠了——她作为药物的功能没有起到作用。"绿化树！绿化树！……"我眼前总是一株株绿化树，最后变成了一片绿色的海洋……

第三十七章

整整二十年过去了。二十年，五分之一世纪！我们国家和我都摆脱了厄运，付清了历史必须要我们付的代价。还是在那种多雪的春天，我和省文化厅的负责人及制片厂的同志，分乘两辆"丰田"小轿车，带着一部根据我写的长篇小说拍摄的彩色宽银幕影片，到这个农场来举行答谢演出。电影放映完了，场长、书记们把我们送回招待所。我问场长，谢队长在哪里，他甚至不知道有谢队长这个干部；他是一九七八年调来的，大概谢队长早就离开这个农场了吧。

但是，在深夜，我还是从设备很好的招待所里悄悄走出来。月色朦胧，夜凉如冰。我没有惊动司机，独自一人踏上了通往一队的大路。

白皑皑的雪，还是那种白皑皑的雪，把我居住过的一队整个罩住，羊圈那边传来阵阵狗吠，除此之外，夜静得像梦幻一般。我伫立在桥头，往事如烟如雾，从小桥那边漫卷而来。我耳边分明响起了她的歌声，她的"花儿"，那么清晰，那么悠扬，那么婉转，那么情深：

> 金山银山八宝山，
> 檀香木刻下的地板；
> 若要咱俩的姻缘散，
> 十二道黄河的水干！

我清清楚楚地看见她向我笑盈盈地迎过来。她飘飞着，雪地上没有留下一点足迹。她仍然是那样美丽，那样健康，那样开朗，那样容光焕发。到我面前，她嘻嘻一笑——啊，那种笑我是多么熟悉！——说：

"就是钢刀把我头砍断，我血身子还陪着你哩！"

……可是，还是静悄悄的夜，还是白茫茫、灰糊糊的雪。除了我，四周没有一个人，没有一点声息……我发觉，一颗清凉的泪水，在我久已干涸的眼眶中流了出来。它是从记忆的深处渗出来的，冰得真如古井中渗出的水滴。是的，人不应该失去记忆，失去了记忆也就失去了自己。我虽然在这里度过了那么艰辛的生活，但也就是在这里开始认识到生活的美丽。

马缨花、谢队长、海喜喜……虽然都和我失去了联系，但这些普通的体力劳动者心灵中的闪光点，和那宝石般的中指纹，已经溶进了我的血液中，成了我变为一种新的人的因素。

一九八三年六月，我出席在首都北京召开的一次共和国重要会议。军乐队奏起庄严的国歌，我同国家和党的领导人，同来自全国各地各界有影响的人士一齐肃然起立，这时，我脑海里蓦然掠过了一个个我熟悉的形象。我想，这庄严的国歌不只是为近百年来为民族生存、国家兴盛而奋斗的仁人志士演奏的，不只是为缔造共和国而奋斗的革命先辈演奏的，不只是为保卫国家领土和尊严而牺牲的烈士演奏的……这庄严的乐曲，还为了在共和国成立以后，始终自觉和不自觉地紧紧地和我们共和国、我们党在一起，用自己的耐力和刻苦精神支持我们党，终于探索到这样一条正确道路的普通劳动者而演奏的吧！他们，正是在祖国遍地生长着的"绿化树"呀！那树皮虽然粗糙、枝叶却郁郁葱葱的"绿化树"，才把祖国点缀得更加美丽！啊，我的遍布于大江南北的、美丽而圣洁的"绿化树"啊！

　　而我，一个出身于资产阶级家庭、接受过封建文化和资产阶级文化的知识分子，今天能负起振兴中华的历史使命，在人民大会堂同国家和党的领导人共商国是，我要永远记住在我的灵魂处在深渊的边缘时，是他们，那些普普通通的体力劳动者，给了我物质和精神力量，使我有可能在马克思的书里寻求真理，恰恰是在共和国最困难的时期，获得了对我们国家和党的信心；是他们扶着我的两腋，开始踏上通往这座大会堂的一条红地毯的。

　　啊，我的遍布大江南北的、美丽而圣洁的"绿化树"啊！

月食

李国文

一

太行山的早霜，洒在岗峦上，洒在山林里，也洒在那刚收净庄稼的层层梯田中间。伊汝从车窗里望出去，这种很像盐池边泛碱的、白花花的肃杀秋色，使人感觉怪不舒服。要不是沿途柿树上挂着红灯似的柿子，和山坳里虽看不见人家，却袅袅上升的炊烟，简直没有一点生气。连在公路旁啃着草根，已经啃不出什么名堂的山羊，也呆呆地、毫无半点表情地注视着开过去的长途汽车。

伊汝有点后悔他这次鲁莽的旅行了，应该事先写封信或者拍封电报。可是，给谁呢？郭大娘也许不在人世了。

现在，当他乘坐的这辆长途汽车，愈来愈接近他要去的目的地，他的后悔也越来越强烈。不该来的，胡闹、任性、冒失，即使是什么实实在在的东西丢失了，能够找回来的可能性也是微乎其微的，何况伊汝回到这块老根据地，来寻找那种纯属精神世界的东西呢？甚至当长途汽车到达 S 县城的时候，他也说不好，这种东西究竟是什么？除了那失去的爱情犹可捉摸之外，其他还有些混沌的东西，他能感觉到，但说不出来。

他站在汽车站门前的广场上，峭厉的山风，带着一股寒意，朝他脖领和袖口里钻进来，山区就是要冷一点，车把式都把老羊皮背心反穿上了。他朝他们走去，想问一问，有没有顺路去莲花池的，把他捎上。然而，伊汝没曾想得到的是一阵哄堂大笑。这里的山民（他总是这样称呼这些可爱可敬的根据地乡亲）有他们独特的幽默感，和一种对于苦日子的柔韧的耐力："挣不上你的钱了，老哥，去打上一张八角钱的票，坐那四个轱辘的铁牲口去吧，不误你吃晌午饭。"

伊汝也笑了，最后一次离开S县城的时候，连这汽车站还没有，敢情公路都通到莲花池了，没准还通到羊角垴吧？那个小小的山村，才是他旅行的终点。

不过，当他在售票窗口付那八角钱的时候，心里还是在斗争着的，去呢？还是不去？最后，终于接过车票，打定主意，不再改悔了。尽管他说不清回羊角垴的具体目的是什么？会有个什么样的局面等待着他？能不能寻找到那未免玄虚的东西？但这是一桩夙愿，要不做这一次旅行，大概心里永远要感到欠缺似的。他把汽车票掖好，看看时间尚早，就沿着原来叫作西关，现在叫作四新路的一条狭窄的街道，朝城里走去。不要小瞧这条高低不平的石板路，现在的那些将军们、部长们，当年他们的坐骑蹄铁，或者那老布靰鞡，都曾经在这条路上急匆匆地走过的。S县城的小米捞饭——说实在的，并不十分容易吞咽；当年，他们也是香喷喷地嚼过的。伊汝现在也想吃点东西，虽然肚皮并不饿，但考虑到还要坐几个钟头汽车，到莲花池万一赶不上饭，翻那座主峰到羊角垴，可是得费点力气的。

他蓦地里生出一个念头，西关这一带，有个回回馆，羊汤是挺出名的。一九四七年，他跟弼马温部长（想到这里笑了）头回来到S县城时，毕竟同志拍拍他的肩膀："伊汝，我做东，请你喝西关的羊汤！"他记得这位部长把一卷羊毛纸印的边区票，拍在饭桌上，震得酱醋瓶子叮当直响："来，大碗的，多加佐料！"那恐怕是伊汝在记忆里，吃的一顿最味美的佳餐了。羊汤是那样的鲜美滋润，那样喷香开胃，那些煮得酥烂的羊杂碎，简直来不及品味，自己抢着爬进喉咙里去。

毕部长有胃病，不敢多吃，而他，吃完了还在舔嘴唇。"小鬼，再给你来一碗！"那对眼睛乐得眯成一条缝，笑得伊汝不好意思。跑堂的一阵风似的端来了，还喊了一声："小八路同志，请——"他低着头，像风卷残云一样，吃得满脑门子冒热汗。

因此，他决定再去尝试一下这种美味，尽管如今他也生有胃病了，而胃病是汽车司机和修理工的职业病。

在太行山区里，S县作为一个县城，连它自己作为地图上的一小点，都有些害羞的。那些妄自菲薄的山民，这样糟蹋自己的县府所在地，说东关放个屁，西关就得捂鼻子。确实也是如此，伊汝从四新路走到改成兴无路的东关，两个来回，也没找到那家回回馆。他向一个卖烤白薯的打听，那位脸上密密皱纹里，有着永远洗不掉的煤渣的山民，把伊汝看作疯魔，在故意调笑耍弄他。

"回回馆？俺是国营买卖，是农工商，是队里的试什么点，那名堂俺虽说不上，反正不是单干，你想买就买，不买拉倒，干吗瞧不起人？"

伊汝明白他误会了，以为拿过去的私营饭馆来嘲笑他，连忙掏出买票找的两毛小票，买了两块烤白薯，这才使他相信外乡人的诚意，叹了一口气说："回回馆早合并了，跟俺烤炉一样，十多年前就关板了，这不是刚开张搞农工商给队里挣钱么？"听来有点情绪，不过作为一个新闻记者的伊汝，他也是和这位山民一样，时隔若干年后重操旧业。对于"农工商"这个来自亚德里亚海滨的新名词，竟然能在S县城一位烤白薯的老乡嘴里吐出来，使他感到兴奋。新鲜的事物仿佛初秋早晨和煦的阳光，并不因为这个偏僻的、自惭形秽的小县城而躲到云层里去，不，照样明亮温暖地投射过来。他思忖着，休要小看这座烤炉，焉知不会是若干年后联合企业的前身呢？他捧着滚烫的烤白薯离开了。身后，这位山民用沙哑苍劲的声音叫卖着："热的，糖瓤赛蜜！"也许歇业太久了，嗓子还没亮开，有点干涩。伊汝联想到自己的职业，想到又要提起笔来，没准也会如此，大概不能有五十年代那分才思了吧？

他上了汽车，听那汽车引擎在力竭声嘶地哼哧着。

这辆老道奇改装的长途汽车，伊汝一眼就看出来了。这部汽车上年岁了，又是爬坡，伊汝无须目测，就凭自己坐着时的仰角度，坡度不会小于千分之二十，够这位开车的女司机忙活的。这部老爷车像得了气管炎似的，时不时干咳两声。他知道，准是缸体有点什么故障；再说，化油器也不怎么干净了。不过，这个二十多岁的女司机，倒是有股生龙活虎的劲头，那短扑扑的头发，那裹在脖子上的羊肚手巾，那被太阳晒和汗水渍的褪色花布褂子，使他想起什么，又睁开眼定睛看她的背影。她没有那种职业女司机戴着墨镜洒脱高傲的神态，更多的像一个农村姑娘；也许刚拿到一张拖拉机的驾驶执照，看她那架势，也好像开"东方红"或者"铁牛55"似的。但是她那密实的，一剪子铰不透的黑发，她那宽阔的骨架，那圆润丰满的肩膀，使他想起了一个在脑海里从未淡薄过的影子，那是他记忆里最美的一页，也是他觉得在这个世界上活下去，是多么有意义的羊角峁的妞妞啊！

伊汝是为她来的么？也许是，但不完全是，那确实是他心头一笔沉重的负担。现在，他总算明确了这次风尘仆仆的旅行，要寻找的那些失去的东西里面，就有一个羊角峁的妞妞。这时，车窗外，莲花池的主峰，像记忆里那个文静深情的山村少女，拂去了云翳，投进了眼帘。如同那天正式接到组织的通知，重新回到党的怀抱里一样，看到这座主峰，他觉得到了家似的。但谁知妞妞相隔二十二年以后，她会是一个什么样的处境呢？然而，伊汝是那种特别重感情的人——这是他的致命伤呵！要是不去感激这个救过他命、给过他真正爱情的妞妞，那就不是他伊汝了。也许，这会给她带来难堪、带来烦恼，妞妞肯定是一位儿女成行的妈妈了；这是他一路上感到后悔的、责备自己冒失唐突的地方。但是那莲花池的主峰在朝他招手，他认为自己回来对了，不仅仅有妞妞，还有把他当亲儿子掩护过的郭大娘，还有羊角峁那些看着他这个小八路长大的乡亲们。是的，爱是多种多样的，有妞妞的爱，有郭大娘的爱，也有人民群众对于八路军、共产党的爱。他就是为了寻找那些失去的爱才回来的。他又来到跟着那位弼马温部长在这儿打游击、搞土改、建政权的羊角峁来了。

"妞妞，你还记得那个背马枪的小八路吗？"

他在心里问着，长途汽车哼哼唧唧地、催人欲睡地朝莲花池公社爬上去。

二

伊汝自己也想不到会有这么一天，从柴达木回到这座城市里来。

他站在那座久违了的灰色建筑物前面，望了一眼由于城市大气污染颜色变得更灰的大楼，快步走上台阶，隔了二十二年，又一次推开那扇玻璃门。他还是当年走出这扇门时的老样子，头发乱蓬蓬的，衣衫不那么整洁，但玻璃门映出一对亲切善良的眼睛、那讨人喜欢的光芒，在柴达木，甚至语言不通的藏胞也都肯在火塘旁边给他腾个座。他微笑着，打量着楼里的每一个人，显然想找几张熟悉的面孔。他推开几扇门，遗憾，除了那种仿佛冰镇过的声音"你找谁"之外，就是一双白多黑少的眼睛。

　　他上楼，到他原来的编辑室，没有叫他扑空，果然发现几张熟面孔。伊汝也纳闷，难道身上带有隐身草？一个大活人站在门口，竟谁都不理会。只有他早先坐过的办公桌上，现在坐着的一位女同志，在惊愕地瞧着。那进口金架眼镜，几乎遮住她脸部的三分之一，他辨别不出来是谁。但那打量人的神气，叫他惶惑不安，不禁要喊出声来：不对！同志们。五十年代毕部长大声疾呼过："报社弄成衙门，就听不到人民的声音啦！对待群众，应该像在老区那样，一个炕头滚着，亲密无间……"伊汝望着这位张着嘴唇像英语字母"O"似的女性，心里想："干吗那样使劲瞪着，同志，我不会吃你的，也不会偷你的钱包！"

　　人们总是存在着一种世俗的偏见，认为既然是个落魄的人嘛，必然是狼狈的，但想不到却是一个几乎原封不动的伊汝站在眼前。连第四纪冰川都在黄山留下擦痕，好像漫长的二十年，却不曾在他身上留下什么痕迹似的。所以大家一时怔住了，尤其那位女同志。

　　"伊汝，是你！"终于有人激动地叫出声来。

　　"不错，是我，'冰冻三尺'！"

　　许多人笑了，对于"冰冻三尺"这个外号，不仅老同事，甚至没见过他的人也听说过。据说——干吗据说，实际也是如此，伊汝十六七岁，个子还不及马枪高的时候，就在边区的《晋察冀日报》上发表战地通讯。五十年代，他是报社的台柱。那些年，他的足迹遍及全国，第一个五年计划的重点项目，国家工业建设头一批新兴企业，都被他那支流泻出热情的金星钢笔，鼓动人心地描写过。甚至还去过朝鲜，和世界闻名的战地记者贝却敌一起，采访过板门店的和平谈判。所以那些年轻的同行，不由得怀着些好感、惋惜和同情，甚至在某种程度上，带有一点敬意瞅着他。

这个在藏族、蒙古族、哈萨克族的毡房或帐篷里，都能讨得一碗马奶和油茶的伊汝，是个能很快和陌生人熟悉和亲切起来的"职业记者"，一个挨一个地和那些虽不认识，却是充满友情的新朋友紧紧地握手。他也走到那张靠窗的桌子前面，还未伸出手去，那个女同志站了起来，把苗条娟秀的身子迎着他，她摘掉铬黄色眼镜，露出了一张熟悉的漂亮面孔。

"凌淞——"

她没有开口，只是嫣然一笑，这种亲切的笑容，表明了他们是相当稔熟的，无须用语言来表达见面时的热情。他记得，二十多年前，正是诗人常说的青春放光的年代，每当替她润饰完文稿以后；什么润饰啊，简直是大段大段另起炉灶地改写，而终于发稿、终于见报，她总是这样笑的。然后，她还会毫无顾忌地附在他耳边告诉报社的内部新闻，她那秀发撩弄着他，她那银铃似的笑声惊扰着他，她那浓馥的香水气息刺激着他。曾经使他困惑，可又躲不开，因为她是他最要好朋友的妻子。而她的丈夫却那样信赖他。因为做丈夫的了解自己的妻子，远不够一个成熟记者的水平。然而她像所有爱出风头的女性一样，喜欢做一个知名的女记者，所以伊汝连自己也奇怪："怎么我身上也有她那么一股素馨花的香味？"

看来凌淞在编辑部众多女性中间，是穿戴得最高级、最阔绰的。但是摘掉眼镜以后，逝去的年华在她脸上留下了掩饰不住的鱼尾纹。不过，她很懂得修饰，合身的衣衫又增添几分神采，比她年龄要显得年轻多了，尤其是莞尔一笑的时候。

整个办公室里的同事，包括认识的和不认识的，谁不知道凌淞一九五七年丈夫死后和伊汝的那段往事呢？这类事情是不胫而走的，而且像报纸合订本似的，不论隔多久，只要一翻，哪年哪月哪桩事，历历在目。但伊汝才不去想那些；有些值得永远记忆，有些应该彻底忘却。他没有必要陷入这样的困境。

握了握她的手，客气地说："你好——"

她还是喜吟吟地一笑，在这种时候，她那表情真是无言胜似有言。不过伊汝却回过头问大伙："毕竟同志在哪屋办公呢？"

对于这位齐天大圣的去向，众说纷纭，因为好几天没见这位眼睛高兴得眯成一条缝的领导了。近来报纸在群众中信誉日见高涨，零售数量增多和非公费订户扩大是一种"盖洛普"反应，很说明问题，也许又去组织几篇有分量的文章去了？最后，还是凌淞知道内情："我听何大姐讲，毕部长好像去什么地方了！"然后，她抬起胳臂，用手拢拢那样式做得相当考究的头发，问道："你认识他们家吗？新搬了，可不好找！正巧，我这篇稿子完工——"她把一篇补白性的有关月食的科学知识稿件交给了组长。伊汝想，大概最近会有一次月食。不过，隔了这么多年，凌淞还只是搞这种应景文章，看来长进不大，大概把力气全花在卷头发上面了。她那明亮的眸子盯着伊汝，鼻翅微微颤动，那微张的嘴唇里，明灿灿的皓齿带着笑意，显然有一句没有明说的话："你应该请我陪你去！"聪明、漂亮的女性，喜欢用眼睛说话。

"谢谢，告诉我地址吧！别看我是柴达木人，在这里，方向决不会弄错，路也一定能找到。"伊汝出报社以后觉得这样说完全必要，因为有些是属于应该彻底忘却的东西。

城市大致倒还是原来的样子，只是街上的人没命的多了，对生活在柴达木二十多年的伊汝来说，在那个寥廓的荒原里，甚至走上几十里，也难得碰上一个人，哪怕是远远的一声狗叫，也会觉得亲切异常的。现在一下落在密密麻麻的人堆里，他有一种仿佛跌进了盐湖似的沉不下去，又浮不上来的憋闷。

一直到何大姐给他打开门，他才如释重负地透了口气，这位性格泼辣的老大姐头发都白花花的了。

她问："你没接到老毕电报，叫你买飞机票快些来？"

"买了，后来又退了。一位叫旺堆的藏族老大爷说，牦牛没有马快，一步一步也能走到拉萨。可小伙子，好多骑手都是从马背上滚下来的。我想想倒是有些哲理——"说着说着伊汝自己也乐了。

"出息，我记得你当年最不怕死，哪儿枪响往哪钻。"

"我已经欠了二十多年的账，剩下的日子就得一个钱当两个花。怕死和珍惜生命的价值，是不同的事。部长呢？"

"他等你几天，看你不来，一个人走了。"

"去哪儿？"他发觉毕竟同志还是那副不肯安静的脾气。

"谁晓得，老啦老啦，弼马温的劲头倒上来了。"

伊汝理解这位老领导："人民的声音在吸引着他。"

"谁知道，许是找寻什么东西吧？也不知丢了什么？老头子现在恨不能一腔子血都倒出来。看，忙得连胃病药都忘带，一去没个影子。"随后她问："去报社了吗？"

伊汝嗯了一声，望着这间除了书、除了几张字画外的空空如也的屋子，还和多少年前一样，这是毕部长的老作风。

"看到她了吗？"何茹关切地注视着这个不亚于一个家庭成员的伊汝，这种友谊来自战火纷飞的年代，所以她以老大姐的口吻说："凌淞和你一样，也走了一段弯路。生活，有时就像环行路似的，绕了一个圈子，又碰上了头。怎么样，你？"

"我揿揿喇叭，这是司机的礼貌，然后错车开过去。"

"混账——"何茹半点也不客气地训着，尽管刚见面不超过五分钟。

伊汝笑了，大概每个人对他人的关注方式，是全不会相同的。他想，要是那位弼马温部长迎接他时，准是一身烽火，满脸硝烟地招呼："回来了吗？好，给你这支枪，再给你两个手榴弹，上！"倘若郭大娘接待他，一定是亲切地捉住他的手："受伤了吗？孩子，疼不疼？别怕，大娘这就给你换药，放心吧，回到你的家来了。"可是何茹，使他想起那位旺堆的妻子，一位经常给他背牛粪来的，世界上再没有比她更心好的藏族老阿妈了。她问："伊汝，你打算终身做一个喇嘛吗？"看来，何茹首先关心的，是不让他当喇嘛。

她就是那样一个人，像所有妻子似的，总要对丈夫施加一定影响，所以使得毕部长通常一个跟头，顶多翻十万七千里。唉，月亮还有被云彩遮住的时候，对了，何况还有月食呢？他不禁想起郭大娘讲的天狗吃月亮的故事，也许在那个时候，萌出了回羊角坳的主意吧？

但是，微笑着的凌淞轻盈地走来了，穿着白色的紧身羊绒衫，越发显出她那窈窕的体态优美动人，高领裹住她那纤细的脖子，脖子上是一张沾着朝露的花朵般的脸庞，这张脸朝他逼近着，躲也躲不开，冰凉地贴过来了。他连忙晃了晃头，惊醒了，原来不知什么时候在哼唧的车声里打开瞌睡，把脸贴在车窗玻璃上了。

一个可笑的梦，然而也不完全是梦，梦在一定程度上是现实的反映。他问自己：难道不是这样吗？

老爷车大约早就在这个前不巴村、后不巴店的路上抛锚了，有的乘客爬到路旁梯田的高坎上吧嗒着烟锅，瞧着远天，似乎在说："姑娘，你慢慢鼓捣着吧，我们不性急的。一头骡子有时还尥蹶子呢，何况车！"也有的乘客围着那位女司机看热闹。她正蹲在车头上，打开盖板在寻找故障发生在什么地方。那应该说是秀丽的脸上，又是油污，又是汗水。她又抬起脸朝车内喊着："妈，你再踩一下！"

　　伊汝发现，原来在车厢里，除了他，就只有一位坐在驾驶座上的妇女、短发、宽肩膀，和她女儿一样。可能一脚踩错在刹车上了，那司机像豹子似的蹦起，吼着她妈："轰油门——"但是老道奇像一头疲懒的牲口，哼了两声，又没有动静了，急得那年轻姑娘恨不能钻进车头里去。伊汝有点同情她，这台应该报废的车，像病入膏肓的患者，再高明的医生也束手无策。教过他修车的师傅曾经教导过他：有本事别往老爷车上使。那意思是说弄不好会丢脸的。伊汝赶路要紧，也就无所谓面子，决定下车去帮帮忙；再说，在柴达木二十年围着轱辘转，有天天躺在地沟里脸朝上修车的经验，也未必会丢丑的。他刚下车，那一串送煤进城，然后拉化肥回来的大车队，正从他面前经过，车把式还记得他这个打听路的外乡人，笑着："老哥，俺们没说错吧，不会误了你晌午饭的，哈哈……"一挂响亮的鞭梢，扬起一路尘土，蹄声嘚嘚地走了。

　　难道不是这样么？太阳都当顶了。

　　"心心，你还有个完没有完？"那位妇女沉不住气了。

　　女司机抬起头："妈，人家不急，就你急！"

　　那个妇女从司机座侧门爬下去："他们不急，他们等着，我还要翻山赶路呢！"看来，她是说什么也不耐烦等车修好了。伊汝一惊，这声音怎么听来这样耳熟呢？

　　"妈——"女儿责备地叫了一声存心拆台的妈妈。

　　"心心，你慢慢修吧！我走了！"她急匆匆地说着走开。

　　伊汝多么希望她把脸掉过来，然而她仿佛故意地把背冲着他，而且半刻也不肯多停留地离开了。等到他走到车头前面，那个妇女已经迈着碎碎的步子，走出好远，留给他一个似曾相识的背影。

　　这时候，可怜的老道奇像胸部有积水的病人，哮喘着响动起来。心心胜利地挺直腰板，举起梅花扳手向她走远了的母亲示威地挥舞，然后赔不是地招呼乡亲们上车。山民们的耐性和容忍也着实让伊汝惊奇，谁都不曾埋怨，反倒安慰着："俺们不像你妈那样沉不住气，这回该保险了吧？"但伊汝明白，行家似的提醒道："走不多远的，还得熄火！"

心心瞪圆了眼睛："咦，你这个人，吉利话都不会说，不上车我可开走啦！"她跳上驾驶座，向他龇龇鼻子。

他笑笑："请吧！"扬起手。

果然，没走几步，老道奇又耷拉脑袋了。心心跳下车，笑着跑过来："你这个人哪，真藏奸，存心看我的笑话，你大概是汽车公司派来监视我们这个农工商的吧？"

哦？又是这个来自亚德里亚海滨的新名词，伊汝乐了。后来他才知道确实是拖拉机站经营的短途运输，为的是把乡亲们从肩挑背驮的沉重负担下解放出来。抗日战争时期，伊汝背过公粮，知道那步步登高的山路是个什么滋味。真是一颗汗珠摔八瓣，每一步都得付出巨大的毅力啊！这个女孩子赤诚坦率的态度，以及对待他那亲切的笑声里，存在着一股不可抗拒的魅力，于是只好被她拉着拽着，来到车头跟前。不过，他到底是个二十年工龄的修理工了，有点老师傅派头了，坐在前车杠上，并不着急马上动手。而是掏出了那两块烤白薯，一块留给自己，一块递给了心心："来，先吃一点，干起来有劲！"

她一点也不客气，接到手里就啃了一大口，还没咽下就嚷嚷着："糖瓢赛蜜，俺们羊角垴的——"

通常她说"我""我们"，这回冒出个"俺们"，伊汝惊讶地望着她："你是那个小山村的人？"

她吃得太猛，噎住了，说不出话，只好点了点头。

"那么你妈也是羊角垴的了？"

她哈哈大笑，觉得实在是个相当可乐的问题。然后，她告诉这位外乡人："就连这糖瓢赛蜜，也是我妈培育出来的新品种。你知道，在羊角垴，管这种蜜甜蜜甜的白薯叫什么？'妞妞'，我妈的名字！"

天哪！伊汝怔住了，他连忙朝那个走远了的妞妞望去，她已经走到半山腰了，只能看到一个小小的人影，可是看得出来，她还在一步一步地吃力艰难地攀登着。伊汝猛地转回头来，呆呆地凝望着心心，不由得想："她都有这样大的女儿了，怪不得她总背冲着我，怪不得她急急忙忙离开我……"

他咬了一口白薯，确实是非常非常的甜，然而，再甜的滋味，也压不住他后悔的心情。不该来的，是的，何苦再去扰乱她的平静呢?

三

窗外，月色溶溶，树影婆娑，伊汝在公社的招待所里，怎么也合不住眼了，也不知是妞妞和她那招人喜爱的女儿心心，引起了他的惆怅；还是终于得知像他母亲似的郭大娘离开人世的消息，无论如何也压抑不住心头的哀思；或者，隔壁房间里那位客人的鼾声，使他想起了毕部长，一个真正的布尔什维克多年的遭遇，使得他毫无一丝睡意。要是过去年代里，那还用得着说吗? 这样朗朗的月色，肯定会爬起来穿上衣服翻过主峰回羊角坳的。把子弹顶上膛，跟着毕部长大步流星，一口气不歇地直上峰顶。在那莲花瓣似的泉水池里，喝上几口清甜的凉水，消消汗，接着直奔羊角坳而去。一路上，敞开衣襟，任习习凉风吹拂着，毕竟的话就多了起来，什么保尔和冬妮娅的爱情啊，什么克里空是哪出戏的人物啊，为什么说阿Q是中国农民的灵魂啊……这种轻松情绪是完全可以理解的，因为马上就要到家了，郭大娘在等着，妞妞在等着，何况还有那枣儿酒呢! 啊，那简直是诱人的佳酿香醪，往心眼里甜，往骨头里醉。然后，听吧，毕部长那如雷的鼾声，就会在炕头上响起。

伊汝失眠了，隔壁的鼾声更扰得他无法入睡。但是，他想，比起弼马温部长的呼噜，要略逊一筹了。最早他跟毕竟来羊角坳开辟工作，那时，他实实在在不比儿童团长大多少。记得只要雷鸣似的鼾声一起，那屋里的纺车就会嗡嗡地响起来。妞妞，那阵子还是个梳着羊角辫的妞妞，她笑着说："毕部长，你的呼噜真好，俺娘见天多纺几两线呢!"

"多嘴丫头!"慈祥的郭大娘笑了。

毕竟乐了，眼睛眯起来："大娘，你就包涵着点听吧，在延安，我都找那些外国医生看过，不行，胎里带的毛病治不了，你就等打败日本鬼子吧!"

"怎么?"妞妞问，"那时就不打呼噜啦!"

他戳着她的鼻子："就喝不成枣儿酒，离开羊角坳啦！"

郭大娘说了一句伊汝在以后才觉得大有深意的话："只怕到了那一天，想听也听不到了。"

"确实也是这样的……"伊汝记得一九五七年一次支部生活会上，就从这呼噜开头讲起来的："现在，甭说郭大娘再听不到毕部长的雷鸣鼾声，就连我，给他当了那么多年秘书的人，那鼾声对我来讲，也像河外星系发出的脉冲信号一样，要用射电天文望远镜才能接收到了。他太忙了，会议会议会议，运动运动运动，剩下一点点时间，何茹同志还要他干这干那，要他穿拷花呢大衣，要他学跳华尔兹，就是不替他想想社论怎么写？四版上那篇捅了马蜂窝的小品文怎么收拾？所以这回郭大娘从羊角坳来看看他，连坐稳下来和大娘谈五分钟的时间都挤不出来，而且把大娘好不容易带来的四瓶枣酒、柿饼、核桃，连同大娘一块交给了我，唉，冰冻三尺，非一日之寒啊……"

他终究是跟毕竟多年的人，"为长者讳"这点品格还是具有的，伊汝并不曾讲毕部长怎么特别为难地，掏出一把十块钱的票子，塞到伊汝手里时的情景："你把郭大娘接到你那儿去住吧，你也抽出十天八天时间陪陪她，编辑部我告诉一声就行了。她想吃什么，想要什么，你尽量满足她。没办法，何茹怎么也不大乐意郭大娘住在家里。这酒你拿去喝吧，现在夫人有了新规定，非要在巴拿马博览会得奖的酒才许可喝。"

伊汝想象得出那个泼辣的何茹，会怎么样向毕部长施加压力，他推回那把钞票："我也不是没有钱！"

毕竟叹了口气："分明我也知道，那也未必能减轻我的不安。"接着他愤慨地说："我们能打败鬼子，打败敌人，可对小市民庸俗意识无能为力。"

"怕未必全是客观因素吧？"伊汝同情地望着毕竟，倒不是他比他的老领导高明。那时，他也正面临着一场情感危机，那个新寡的凌淞，正如一棵能缠死老树的古藤一样，紧紧地依附着他，硬逼着他在她和羊角坳的妞妞之间作出抉择，所以伊汝才会有这种感慨吧？

那到底是解放后第三次进城看望毕部长了，郭大娘是完全能够体谅他的了。她随着伊汝来到报社后楼的单身宿舍，一边爬那五层楼，一边说："我知道，伊汝，如今老毕是大干部了，进来出去的全是屁股后头冒烟的，我一个穷山沟的老婶子，在那明堂瓦舍的四合院里住着，是有点不适称。"其实，伊汝知道，如果四合院里没有部长那位娇妻，毕竟养郭大娘一辈子，也决不会多嫌她的。然而回想起来，解放后她头一次进城来，就把何茹给得罪了。她首先错认保姆是何茹的母亲，一把拉住就不放，夸赞她生下的这个漂亮姑娘——还用手指着何茹，怎样有眼力，挑上了毕部长这么个好样的；他除了打呼噜而外，再也没比他好的了。打呼噜有什么呢？多听听就惯了。老毕进城这些年，晚上纺线听不到那呼噜还怪空得慌呢！这终究是个误会，何茹性格也是爽朗的，哈哈一笑了之。但郭大娘这位军烈属，这位子弟兵的母亲，还以为这些人是当年住在羊角垴的八路军，紧跟着竟摇着头端详着何茹："你年纪轻轻，能吃能做，怎么还雇个老妈子呢？"又扭过脸来直截了当地批评毕竟："这可不是咱们八路军行得出来的事！"这下惹恼了何茹，她是个说酸脸就酸脸的女人。伊汝记得，毕部长嘿嘿一笑的时候，何茹的脸起码长了一寸。第二次进城，是一九五四年，伊汝记得那正是国泰民安的年头，郭大娘背来了几乎整整一驮子东西：小米、红枣、山药、地瓜干、枣儿酒、摊好的煎饼、煮熟的染成红色的鸡蛋，羊角垴所有能拿得上台面的东西，都搬进了毕部长的四合院。因为郭大娘甚至比终于生了个大胖小子的何茹还要高兴，也许她的老伴、儿子都牺牲在革命战争中的缘故，对于那裹在褓褓中的新生命，又是爱、又是亲，乖乖长、乖乖短地搂着，就像她当年疼爱着伊汝这个小八路似的。伊汝看到何茹的脸上，出现了一种恐怖的灰色。他知道，甚至像他这样被何茹看作小老弟的，不怎么见外的人，一进四合院，都恨不能跳进消毒水的大缸——如果有的话，杀死浑身的细菌，以免传染给那可爱的小宝宝。好，这位来自羊角垴，有大脖子病、柳拐子病等病例的穷山沟的老大娘，这还得了，她叫着大嫂——那老保姆早辞退了。"快抱去喂第二遍奶！"

大嫂看看钟："还差十五分钟呢！"

"今天提前，四分之三的奶、四分之一的水、十五克糖、一西西蜂蜜——"

郭大娘还是有生以来头一回听说奶个孩子，有这么复杂的学问。不过这些量度名词，使她想起来什么，连忙回过头去："咦，妞妞呢？"

伊汝一头跳到天井里，心想：敢情，都够一头毛驴驮的土特产了，大娘是弄不动的，原来是她！这时，那个腼腆而并不忸怩，短发宽肩膀的妞妞，正站在花坛旁边，注视着那一丛正盛开的浅蓝颜色的花。花坛里有着各样的花，粉的、红的、黄的、白的，只有这一丛与众不同的花特别引人注目，引起了妞妞的关切。也许她在这个城市里，在这个庭院里，感到自己很像这种蓝色的花，有些不大合群吧？

那一回住的时间很短，主要是妞妞惦念着她的种子，夏秋之际，正是扬花授粉、含苞结穗的关键时刻，无论如何也不肯多待。尽管只是住了几天，何茹的脸一天长似一天，就在她俩回羊角坳去以后，何茹朝她丈夫总爆发了。正好伊汝来问一篇稿子的事，赶上了这场兴师问罪的暴风雨。一个使敌人闻风丧胆的游击队长，一个口若悬河的宣传部长，一个堂堂大报的主编，对于夫人一点办法也没有，除了唉声叹气。何茹连这位小老弟也不放过："听说，你还打算娶那个呆头呆脑的姑娘？"

"她呆吗？何大姐！"

"你都是个小有名气的记者了，这样的爱人，拿得出手吗？"她不顾毕竟的阻拦："我偏说，我偏说，你管得着么？"

伊汝竭力使这场暴风雨停歇，还等着发稿呢！便笑着问："何大姐，怎么拿不出手？我问你，你们院里花坛上那种蓝颜色的花，叫什么名字？"

不但她，连学贯中外古今的毕部长也说不出。

伊汝为妞妞自豪："你们看，她知道。"

何茹负气地说："你愿意娶她，我不管，反正我不愿找个婆婆——"因为郭大娘出于一种好意，一种极纯朴的山沟里老妈妈的好意，曾向何茹建议过：一个孩子怎么能不吃妈的奶呢？也不是没有奶水；正因为做母亲的血变成了奶，把孩子喂大了，才叫一声娘的："要是照你们这么做，那不是奶牛要成了人的干妈了吗？"哪曾想这番话把何茹气了个两眼发黑。

直到她们走的前一天，伊汝才抽出时间陪妞妞去逛这个城市。不过，她一定要去报上登载过的，那个新建的植物园去。但那是个不开放游览的科研单位，只好凭着记者证左说右说才进去。羊角坳是个贫瘠的山区，无霜期要短一些，妞妞从来也没见过那暖房里亚热带植物浓翠欲滴的绿色，她那文静的脸上，露出了惊诧的神色。她告诉伊汝："我长这么大，还是头一回见到蓝颜色的花！"

"在哪儿?"伊汝连忙四处寻找。

她甜甜地一笑："是在毕部长家院子里，你知道那种花叫个什么名字吗？啊，还是个记者哪！连那都不明白，我从大辞典上把它找到了，你猜叫什么？一个怪好听的名字！"

伊汝望着她那恬静的脸，等待着。

"毋忘我！"她轻轻地吐出了这三个字。

"哦！你是怕我把你忘了，妞妞！"

她在那结着相思子的南国红豆树下，笑着，然而是深情的，像过去在莲花池主峰上的清泉水边一样："如今你是大人物了，我常常在报纸上念到你的名字！"

"可是你知道吗？妞妞，我常常在心里念着你的名字！"

但一九五七年那次只是郭大娘一个人来的了。因为在这之前，她得了一场重病，差点没到阴间去同她那牺牲的老伴、儿子团聚。也许意识到在世的日子不多了，把积攒下的抚恤费二百多元，买了口棺材。然后，就剩下一桩心思，把伊汝和妞妞这两个孤儿的婚事了掉，这眼睛大概也就可以闭得上了。伊汝的父母都是烈士，是红军东渡黄河时牺牲的。而妞妞的爹妈则是羊角垴附近，靠挖煤为生的穷汉。所以她有一副能干活的宽肩膀。那种小煤窑瓦斯含量相当高，两口子不幸双双熏死在硐里。郭大娘刚送走参军的儿子，回来路上，看见妞妞里一半外一半躺在硐口，已经快要死了，这才抱了回来，成了她的异姓闺女。所以第三次来搬到五层楼上伊汝的单身宿舍住，倒对她的心思。

她又像当年子弟兵在羊角垴住的时候那样，把那些编辑、记者、美术员、摄影师、校对员、译电员……的被窝褥子，枕巾褂裤，一个房间挨着一个房间，该拆的拆，该洗的洗，该补的补，忙得个不亦乐乎。无论谁把臭袜子藏掖到什么地方，她都能找出来洗干净给补整齐——那时没有尼龙袜，补袜子是单身汉的一大愁事。然后再赏给你一顿臭骂："真出息，你们这些识文断字的，还不如我们家老黑！"

有人去请教伊汝："大娘家的老黑是谁?"

"哦！那是她家喂的一条黑老母猪！"整个单身宿舍爆发出一阵大笑。郭大娘望着这些年轻人，似乎又回到烽火弥漫的年代，只是如今年轻人都不大唱歌了，这使她遗憾。那时，八路军走到哪村，唱到哪村，都能把人心里唱出一团火来。好多人怎么参加革命的？都是被八路军的歌子唱去的。于是她恳求伊汝："你跟大伙儿一块唱个'风在吼'吧！多少年也听不着了。"好在大家都会的，又是这样一个革命母亲的请求，就兴高采烈地分部轮唱起来，唱着唱着，年轻人注意到这位妈妈的脸上，是笑着的，但是止不住的热泪，却在那张笑脸上簌簌地跌落下来。可是谁也没有注意到，站在门口的毕竟，也悄悄地抬起手，拂去脸颊上滚烫的泪珠。

大伙发现总编辑出现在这灯光黝黑的走廊里，至少是破天荒的事。人们笑笑，离开了伊汝的房间。毕竟看得出，这种笑是谨慎的，敷衍的，是一种对付上司的笑。当屋里只剩下他们三个人的时候，他叹了口气，对伊汝说："上回你说得对，不完全是客观，应该从主观上找原因，难道我们身上不正是丢掉了一些可宝贵的东西吗？"

"你指的是什么呢？毕部长！"

"有酒吗？"他望着桌上伊汝给郭大娘买来的扒鸡，油嫩光亮，不觉嘴里有些涎了。

"我这儿可没有巴拿马赛会获奖的名酒！"

郭大娘又像在羊角垴的家里，望着他们吃小米捞饭时的样儿，看他们就着鸡腿，喝着枣酒，谈论着她有时听懂、有时听不明白的一些题目。什么传统啊！作风啊！什么和人民的血肉联系啦！一会儿又冒出个斯大林和安泰；斯大林，郭大娘是知道的，在电影里都看过那个叼烟锅的人，可安泰呢？她想，没准是个老干部了，能见到那样大的外国人，恐怕未必吃过S县的小米捞饭了。

"大娘，生我的气吧？"毕部长眼睛又眯起来了，这份高兴，不是来自枣酒，也不是来自扒鸡，而是他像一名实习医生那样，终于找到了患者的病因。发烧是表面现象，而病毒感染才是肌体受到损坏的内在因素。"你骂我一顿吧，老坐小轿车，不接地气，就不容易听到人民的声音，就昏昏然，大概总有三十八度五了吧？"

郭大娘不完全明白他的话，但那总的意思分明是领会了："一家人能不有个长长短短的吗？只要不生分，那总还是嫡亲骨肉。"

"人民总是原谅我们！"这位布尔什维克捶自己的脑袋。

在支部生活会上，伊汝继续发挥着他的观点："……说实在的，进城以后，我们心里还有多少地盘留给根据地的乡亲，留给群众，留给人民呢？慢慢地就把那些用小米养我们的，用小车推我们的，用担架抬我们的，把我们认作儿子、认作丈夫掩护过的老百姓忘了。而我们党正是靠这些老百姓打败了敌人，夺取了胜利，所以党章、党纲千叮咛，万嘱咐，要密切联系群众。因此我想，要丢掉了这个优良传统，会不会有那么一天，人民群众要唾弃我们？危险啊，同志们，我在给自己敲警钟。有一种花，是蓝颜色的，叫做毋忘我，我每当看到这种花的时候，我就觉得好像那朵蓝色的花在问我：你把我忘记了吗？是的——"他望着斜坐在对面的凌淞，她那时刚解决了组织问题，也许是党的生活会，她觉得没有必要搞服装展览，穿得像中学女生那样朴素，胸前别着一朵小白花，表示她深切怀念那死去的爱人。他心里笑了笑，接着说："有时也会迷茫、也会糊涂的。"直到下班铃响，会议结束时，大家收拾东西乱糟糟的情况下，她突然塞过来一张纸条："不反对吧？我来看看大娘！"

凌淞推开玻璃门下台阶时，还回过头来瞟他一眼，似乎在问："欢迎我吗？"伊汝只好摊开双手，表示出"请便"的意思。原来她爱人活着，或者在医院里躺着的时候，她和伊汝确实有些不拘形迹，那份亲昵，那种接近，使得伊汝真有点吃不消。后来她爱人已经无望，而生命的残灯只剩下一丝光焰，却又不肯轻易撒手而去的几个月里，因为他和他都是毕竟的秘书，又是知己的朋友，所以那一阵子，他和凌淞交替守候这位奄奄一息的人。她不止一次地向他哭诉："他受罪，我更受罪啊！"

"你不应该催他死嘛！"伊汝觉得她的感情是不可理解的。

他注意到她看她丈夫时，那双美丽的眼睛是冰冷冰冷的，而一旦转向他，那明亮的眸子又闪烁着热烈的火花。也许她喜欢修饰，直到她爱人咽气那天，她那头发一丝都不乱。

当她成了未亡人以后，就开始注意和伊汝保持一定距离了。然而伊汝何尝轻松些，那总在捕捉他的眼光，使他觉得自己很像一头被猎人追逐的猎物，不论逃跑到哪里，那双魅人的充满诱惑力的眼睛，仿佛黑洞洞的枪口一样，总瞄准着他。

终于她那高跟鞋噔噔地走到单身宿舍的门前，而且向所有五层楼上的单身汉居民们打招呼，伊汝这才感到被动，这无疑是一种宣传攻势，在造舆论，弄得满楼轰动以后，她才推门进来。那份对郭大娘的热情、亲切、礼貌、真诚，别说羊角坳的这位军烈属，就连被摞在一边的伊汝，也至少半信半疑看待她的来访。他的致命伤是重感情，而重感情的人，往往容易轻信。直到说了好一阵子话，郭大娘也从"同志"的称呼发展到"闺女长、闺女短"的时候，凌淞突然想起："瞧我这记性，大娘你爱看苦戏吗？我这还有一张《秦香莲》的戏票，你快去看吧！"伊汝这时开始嗅出一丝阴谋的气味。

一听说苦戏，一听说包公铡陈世美，又是这知疼知热的好闺女特地想着，那还犹豫什么。凌淞还给她多塞两块手绢，好在剧场里擦眼泪，叫辆三轮车给送走了。

她重新回到房间里，伊汝这才发现站在他脸前的，是一个真正的美人。白色羊绒衫在脱去外套以后露了出来，裹住她那浑圆的肩膀，丰满的胸部，和柔软的腰肢，那两只水汪汪的大眼睛，盯着他："伊汝，你下午讲，有一种花叫毋忘我，你看我像不像？"

他摇摇头。

"那么你的毋忘我，该是刚才大娘讲的那个妞妞了，不过，你比较一下，我美，还是她美？我好，还是她好？"

伊汝不习惯这种咄咄逼人的进攻："凌淞，也许你比妞妞美一千倍，好一万倍，但是价值观念在爱情上是不存在的。好啦！凌淞，我尊敬你，也感激你，我们会做一个很好的朋友，而且你也一定会寻找到你的幸福！"

"不，我只爱你，这是命中注定的，即使他不死，我也要离婚嫁给你的。没有办法，我第一眼见你，你从朝鲜前线回来，那罗曼蒂克的样子，就把我吸引住了。以后，你帮我改了多少篇稿子，每一次都在心里留下一个烙印。起先我还过意不去，后来，我坦然了，有什么值得说一声谢呢？你在给你未来的妻子效力，因为我早晚要属于你的。我早就觉得他是骷髅，而你才是人。我爱你，爱是残酷的，没有办法，我知道我对不起那个妞妞。但是你是我的，今天我到你的房间，也是向所有人宣告，我是你的。如果你不反对，明天我们就结婚。一个女人有权利得到她的爱情，她的幸福，她所爱的人！"于是，她走过来，紧紧地搂住伊汝，把那张闪着泪花的脸贴过来。

四

一清早，伊汝就被枝头檐间的麻雀喧闹声吵醒了。对于这种灰不溜丢、吱吱喳喳的，和人类有着亲密来往的鸟类，他怀有一种特殊的好感。它没有美丽的羽毛，也没有婉转的啼声，然而他喜欢这些跳跳蹦蹦，永远也不大肯安静的小动物，因为麻雀曾经是和他同命运的朋友。当满城掀起一个消灭麻雀的运动，上至国家机关，下至学校街道，人人手执长竿在轰、在赶、在打，使得它们疲于奔命的时候，伊汝的"冰冻三尺"理论，也开始在大字报、批判会上受到"义正词严"的责难。到了一九六〇年，正式宣布对麻雀"大赦"，不再把它列为四害之一，那一年，伊汝也被宣布，解除了"劳动教养"。他总结过："是这样，麻雀糟蹋粮食，但也捕捉昆虫，我'冰冻三尺'尽管言论、文章有毛病，但也曾为革命出过力，至少，在给人民修车吧！"这么多年，他修过多少车啊？"解放""黄河""菲亚特""日野""五十铃""吉尔"……也许是他那使人喜欢的柔和的眼神，也许他是个天生的汽车钳工，好多老师傅把一些看家的绝招，悄悄地传授给他。但是昨天那辆道奇，可使他费了点难，要不是为了农工商，他才不会钻到车底下，又滚了一身油污呢！

心心马上喜欢上他了，一口起码两声师傅。当伊汝终于拆东墙补西墙地把车修好以后，她高兴得蹦跳起来，用拳头擂着伊汝，脸笑得像一朵花。他望着这个野小子式的姑娘，心想："怎么没有一点你妈的文静呢？倒像个活猴！"到了莲花池，她定要拉他翻山去羊角垴，到她家去。他很想同她一路做伴走，但是他改变了主意，决定在莲花池歇一夜。一个将近五十岁的人，是应该懂得"慎重"这两个字的分量了。

他走出房间，在招待所的院子里，那些山区的麻雀一点也不怯人地跳着、飞着，似乎还在议论他："这个家伙，大概没有睡好吧？"是的，他眼皮有些发胀，那位鼾声不亚于毕部长的人，在隔壁房间里吵扰了他一夜。现在，伊汝踮起脚隔着窗户看进去，那位老兄显然睡了一夜好觉，精神足足地起早出门办事去了。生活里就有这样的事，也许并不是有意地，把别人伤害了，当人家抱怨的时候，却瞪起眼珠子，不允许发牢骚。难道能因为不是有意，那伤害的事实就不存在了吗？不信，你失眠一夜试试？扩而言之，假如你用二十年时间，证明"冰冻三尺"并不是一句错话，就能明白伊汝为什么第一次捧着邓副主席在十一大的闭幕词，会吧嗒吧嗒掉眼泪了。他是搞过文字工作的人，懂得用上"恢复"这两个字，决不是一个泛泛之词，要不是丢掉或者失去一部分党的优良传统和工作作风，干吗谈"恢复和发扬"呢？

现在，他在攀着这座莲花池主峰的时候，已经忘掉了一夜失眠的苦恼。清凉的晨风，带着早霜的寒气和松林的清香，使他精神爽朗。遥望着峰顶，迈着大步爬上去。

他看到一个人影，是的，一个人在佝偻着身子俯伏在那莲花瓣的泉水池里。决不是什么错觉，二十年柴达木的风沙，并没有使他的视力衰退。他加快步伐，在这样的清晨赶山路，最好有个旅伴，唠着庄稼、天气，唠着过往的云烟、人事的盛衰，路会在脚下不知不觉地短起来的。这是二十二年以后，头一回翻这座主峰。当年最后一次离开羊角垴时，那位深情的山村姑娘，就站在那个人影站着的地方，凝望着他一步步地离开。那时，不论是妞妞，还是伊汝，都深信不疑隔不上十天半月又会重逢的；而重逢时的欢乐——喜气洋洋的庭院，红通通的新房，热气腾腾的锅灶，迎亲的鞭炮，接新人的唢呐……使得这两个年轻人分手时，竟丝毫也不觉得有什么离别的痛苦。他走了两步，回头看看，妞妞还站在那里微笑，走了一程以后，那短发宽肩膀的身影，依旧伫立在山峰顶巅。他用双手合拢在嘴上，朝她喊着："回去吧！妞妞，顶多半个月，完成任务就回来。"

群山也附和着："就回来！""就回来！"回声在山谷里震荡。

然而这一别，竟是二十二年！

也许那时候人的思想要单纯些，怎么就没想到手里捏着的，报社催他返回的加急电报，是某种不祥的预兆呢？自从在支部生活会发表了"冰冻三尺"的议论，自从那天晚上好容易挣脱凌淞感情的罗网——只差一点点哪，拿司机的行话说，要不是油门开足，排挡吃准，加上轮胎绑上了防滑链，就会在那千分之二十三的结了层薄冰的上坡路滑下来。

于是，当郭大娘从戏院带着一双哭红了的眼睛回来，骂着那忘恩负义的陈世美，喜新厌旧，铡还便宜了他，该千刀万剐的时候，想不到伊汝在收拾她的和他的东西。

"干吗?"

"回羊角垴!"

"干吗?"

"结婚，我该跟妞妞成家啦!"

郭大娘高兴得合不拢嘴："该这样，该这样，我早说过的，伊汝要把妞妞忘啦，天都不能容的，要不是妞妞，伊汝两条命都没啦!"

是的，妞妞救过他两回命，一次是从还乡团手里，她像一头豹子似的拼死搏斗解救了他；一次是在龙潭口战斗中，在死尸堆里硬把他寻找到。想到这里，他老老实实，一五一十把十分钟前发生的一切，告诉了郭大娘——他的母亲。如果不这样，也就不是伊汝了。

凌淞在离开这屋以前，曾经以讪笑的眼光，以哀的美敦的口气告诉他："圣人，从明天起，整个报社都会知道我在你这儿过夜的。"于是，郭大娘和伊汝就像抗日战争时期，得到情报，鬼子要来扫荡，搞坚壁清野一样，准备撤走了。不过，谢天谢地，用不着埋、用不着藏，门上挂把锁就行。他们背着该带的东西，到毕部长那四合院，向他辞行。但是遗憾，只有何茹一个人穿着睡衣躺在沙发上看外国画报——那时还不大兴内部电影这名堂。她先看见伊汝，倒是蛮高兴的，因为他曾经是她和毕部长谈恋爱的中间站，书信往来、约会地点、馈赠礼品，都得由他经手。说实在的，所有当秘书的都没有这项任务，要操心首长的婚姻，然而伊汝的工作手册里，总有一个代号叫×的，那就是何茹。她感谢他，因为那时别看毕部长以打呼噜享有盛名，但想把这个呼噜抢到手的还大有人在。因为伊汝投她的赞成票，她现在才在这四合院里悠闲自在。可是一看到这位小老弟身后，一双解放脚，一副黑腿带，一件家织布的大襟褂子，一条裹着脑袋的羊肚手巾，顿时间，脸上的笑容倏地消失了，趿拉着拖鞋站起来让座。伊汝讲明来意以后，她便说："还用等老毕吗?他那种大尾巴会一开就没个完。"

郭大娘说："等等他吧!"一来是那场重病使她明白，这次来了，下次未必还能再来；二来抗战时期，起码有一半时间，毕部长是在她家住着的，她把他当自己的兄弟那样看待，所以这次临走以前，实际也是临死以前，即使听不到他的呼噜，哪怕让老姐姐再看上一眼，走了，心里也是充实的，连面都不照，该是多么空落落的呀！

何茹从抽屉里拿出两张五元的票子，用指头捻着递给了郭大娘："我就不远送了，拿着吧！路上花，再扯几尺布做件褂子穿吧！"

伊汝深深地被激怒了，他看着郭大娘的手在颤抖着，那种对于山沟人的侮辱，那种对于纯真高尚感情的污蔑，着实伤了这位军烈属的心。当年她被敌人捆绑吊打，要她讲出党的地委宣传部长的下落，她宁死也不开口，差点拉出去枪毙。这种和共产党、八路军同生共死的精神，难道是今天这两张五元钱的钞票能够买来的吗？

一路上，郭大娘的脸也没见过笑容。直到了羊角垴，直到了那由盆子、罐子、玻璃瓶、木桶组成的种子实验室，看到了那张文静的脸，才像雨后新霁的天空一样，第一次出现了预示晴朗天气的红霞。

"妞妞，你看我把谁抓回来了？"

她半点也不惊奇，难道他会记不得那淡蓝色的毋忘我花？

"咦！俘虏呢？"郭大娘回过头来。

也许伊汝想到终于和心爱的妞妞结婚，有些不好意思，就像过去八路军进村那样，放下背包，抄起扁担水筲，到井台挑水去了。那天晚上，他们娘儿三个，团坐在炕头吃小米捞饭。破天荒地，伊汝吃一碗，妞妞微红着脸给他盛一碗。山村的习惯，做丈夫的从来不自己打饭；他先还抢着不让，但郭大娘拦住了："应该的，应该的，你们早就该是两口子啦！"

有些美好的记忆，哪怕在漫长的一生中，只有一天，两天，或者三天，也永远不会忘记。然而就在那第三天的傍晚，在归窠的鸦噪声中，报社的电报来了。

在莲花瓣似的水池边分手时，他说："你看，这多不好！"

"那有什么，你也不是不会回来。"

他感谢她的信任："你不会以为我在骗你吧？妞妞！"

她那诚挚温存的妻子般的脸上，闪出最亲切、最信赖的眼光："净说些傻话，人家把身子都给了你，还有什么不相信的呢！"

那是伊汝一生中真正的爱情，唯一的爱情。

伊汝急匆匆地赶回报社，只以为又是什么紧急任务。他是出了名的快手，常常出现这样的情况，深夜，大样发回来以后，不知哪位领导会突然间对哪篇文章不感兴趣，也不说撤，也不说留，只是打个问号。为了安全起见，毕部长只好皱着眉头下令拆版，这时他准会喊："给我把伊汝从被窝里拖来，弄一篇不痛不痒的，去掉标题留空，一千五百字的文章！"于是睡眼惺忪的伊汝必须在半个小时里赶出来。也许这就是办报人的乐趣。办报有时如同玩蛇一样，弄不好就会被咬一口，而这一口往往是致命的。毕竟后来终于给弄到祁连山的南部去，就是一个例子。兴高采烈的伊汝在报社走廊里，猛一下看到一张《"冰冻三尺"是怎样出笼的?》大字报标题，眼睛都直了，虽然还未点名，以××来代表他，但"冰冻三尺"是他嘴里说出来的，还能有错？再加上凌淞写的一张《坚决与××划清界限》的"检查"，他觉得天好像黑下来了。不过，他还是谢谢她的，尽管她说他乘人之危，利用她感情上的脆弱，提出一些非礼的要求，表现出绝非正人君子的行为，等等，总算没有把他描绘成强奸犯。那样的话，他就不是去柴达木的汽车修理站被"劳动教养"，也许去劳改队了。

据何茹这回告诉伊汝，凌淞后来在一九五八年嫁了一个比她大二十岁的老头，钱倒是蛮多的，但幸福和爱情是不是也那样多呢？就不得而知了。可是，老头在运动一开始受到冲击，不久就心肌梗塞，倒在牛棚里，现在也平反了，补了万把块钱……听到这里，伊汝说了一句何茹觉得莫名其妙的话："我也不想修喇嘛寺！"

"糊涂虫呵！糊涂虫！你们都是一个模子倒出来的，老头子又弼马温上了，儿子呢，偏要在林区养他的意大利蜂。你哪？小老弟，也不接受老大姐的好意……"

有的人也在走，不过是原地踏步，总不离开那起点，伊汝望着这个代号为×的老大姐，后悔当初投她的赞成票了。

等他爬到顶峰，那个人已经一路下坡直奔羊角垴去了。步子迈得很大，显然走热了，远远地看见他敞开了衣扣，衣襟在山风的吹拂下飘扬着。不知为什么，这背影看来有些眼熟，他掬起一捧又凉又甜的水，润润嗓子，然后望着那个快进村的人，不禁纳闷：他是谁呢？

五

他觉得——然而又似乎绝不可能的——有点像那位弼马温部长。他又手搭凉棚仔细看看，然而遗憾，那身影穿过挨着村寨的坟茔墓碑，很快进村了。

他从那些坟头上飘扬着的，新插上的白幡和纸钱，这才想起，今天正好是阴历七月半，怪道昨晚上月色那样好。

伊汝想，那闪过的人影，没准就是弼马温部长。这位齐天大圣，能行得出这种事来。他记得，当他头上顶着"右倾"的桂冠，在祁连山南草地一座战备粮库劳动改造的时候，在叛匪的马蹄声嘚嘚传来的紧急关头，他，一个"非党员"——那时就发明出这种"挂起来"的党章上没有的处分，竟爬上了粮垛，撇开那个只知道摇电话讨救兵的领导人，振臂高呼："当过共产党员的站出来！这是人民的粮食、国库的粮食，一粒也不能让叛匪抢走！只要我们那颗共产党员的心不死，就得保住粮食！有枪的，有手榴弹的，走在前头，什么武器也没有的，找根木棒，同志们，跟着我上！"

这个弼马温活了，拖着两条浮肿的腿，肚子里只有酱油汤和一小钵子双蒸饭的毕竟，从粮垛上跳下来，手里握了根草地上打狼的大头棒子，走在最前头，向马蹄声迎去。伊汝正好那次去看望这位老领导，赶上了，他有点不好意思，因为他已经正式被开除出党了。不过，在死亡面前，他那颗从来没死的共产党员的心怦怦跳了。从驾驶台里找到发动汽车的摇把，也挤进那一串戴着"右倾"桂冠的厅长、局长、秘书、干事行列里去。

"打！——"走在最前头的这位"非党员"的毕竟，举起大棒，雷鸣似的吼着。

那股偷袭的匪徒，看到这支严阵以待的队伍，犹豫了一阵，别转马头跑了。当他们回到粮库时，那位负责监督改造这帮"老右"的领导人，还在捧着电话叫喊："快派队伍来，快派队伍来……"

毕竟就是这样的性格，连把他在那茫茫的柴达木盆地找到，也是怪不一般的。因为伊汝一九五七年离开报社，来到盆地，除了给妞妞写了封信，说他对不起她，让她不要等，只当他死了的诀别词以外，就开始过着与世隔绝的生活，和所有熟人都不联系。一九五九年年末，毕竟因为给内参了两篇反映人民声音的情况报道，加之报纸对那些高产卫星总放在二三条位置来刊登，他就发配到草地来了。他知道伊汝在柴达木，可没有具体地址。草地和柴达木相距千里之遥。于是，这位弼马温写了总有百十张小纸条，贴在所有柴达木来拉粮的车屁股上："伊汝快来找我，我在某某粮站"。

半年都过去了，伊汝有一次修车，拆大厢板，才发现这位老首长工工整整的钢笔字。一直等到麻雀不与苍蝇蚊子为伍的时候，他搭了辆顺路的车子——司机对高超技术的修理工是敬若神明的——来看望毕部长。两个人见面的时候，一个忍不住哭出声来，一个眼睛眯成一条线，高兴地笑着。毕竟张开臂膀："来，伊汝，咱们连续拥抱三次！"然后，他从贴心的口袋里，掏出一个小布包："大娘半年前从羊角垴来我这里了，在这儿住了几天，我们谈了许多许多。临走时，她说：'我这辈子是看不到那一天了，我活着一天，给你们烧香，我咽了这口气，到了阴间，也保佑你们平安无事地熬到那一天。'说着，她拿出两个布包，那是她把她的棺材卖了一百八十块钱，分成两份，一份给你，一份给我——"说到这里，那个布尔什维克也忍不住放声大哭了。

"党不会忘记我们的，人民不会忘记我们的，伊汝，记住啊，永远要记住，人民是我们的亲爹娘。"

他打开那个布包，里面整整齐齐放着九十块人民币，如同捧着一颗滚烫的心。不过，这回伊汝没有哭，而是沉思。母亲，大地，人民，安泰，共产党……这一系列词汇在他脑海里转着。

分手的时候，伊汝分明看出他有什么话要讲的，但他咽住了。他似乎建议他应该回羊角垴一趟。干吗？伊汝心想，帽子是摘掉了，可是悬心的日子并没有过去，为什么还要别人陪着自己一块过这种悬心的日子呢？何况自己早就写下了诀别词。他望了望祁连山的积雪，努力使那颗突然热起来的回乡念头冷却下来。转回身，那颗总惦着他人的心，又关切到毕竟两条臃肿的腿上，便说："老部长，男怕穿靴，女怕戴帽，你要当心你的身体！"

"不怕，我们会熬到大娘说的那一天！"

这个布尔什维克尽管守着粮仓，有那么多的落地粮、仓底粮，别人都是合理合法似的享用，而他却一堆一堆地扫好，簸扬干净，送回垛上去。自己每顿吃那一小钵子双蒸饭，饿了就喝酱油汤充饥。

伊汝把身上带的粮票通通搜罗出来，统共十二斤多一点，乘着临别前的最后一握，塞在老首长的手里，然后跳上了汽车。他倒没有见外，只是担心地问："伊汝，你呢？怎么过？"

"没关系，我在哪家毡房，哪座帐篷能讨到一点吃的，你多保重吧！"车开动了，他朝这位老上级挥手。

毕竟向他喊着："记住，伊汝，人民永远也不会忘记我们的！"

那个人影完全有可能是他，伊汝这样想，七月半，按照旧风俗，是给死去的亲人上坟的日子，也许他是特地来看望去世多年的郭大娘。何茹不是说了吗，他要寻找一些什么丢掉的东西。然而，当伊汝下了山，再走几步就要跨进羊角垴那座阔别二十余载的小山村时，他迟疑了。心心，那个活泼可爱的姑娘，使他在这最后一刻，犹豫着是否应该去惊扰那有了这大孩子的母亲？于是，他找了块石头坐了下来，呆呆地望着这个几乎没有什么变化的山村。这二十年，他随着车队去过不少地方，他理解，人民的生活远不是那么富裕的，真使他一个当过八路军的人，心情感到沉重。特别像这样为革命贡献过力量的老根据地，基本上仍是老样子。那些吃过S县的小米捞饭的将军们、部长们，不知道还记得起地图上这很不起眼的一点不？不过，一想起从那卖白薯的老乡，从心心嘴里讲出来的，那个来自亚德里亚海滨的新名词，就觉得羊角垴明天也许会更好的。

他坐了好大一会儿，太阳从头顶上慢慢地偏了过去，有两次，他几乎站起来要往回走了。然而，不看看妈妈的坟墓就离开，不望望那些看他长大的乡亲就离开，伊汝就不是郭大娘心目中的伊汝了。于是站起来，抖掉身上的尘土，听凭着那两条腿，走进了在村子中心的一座小院里。依旧是那矮矮的山墙，依旧是那一排花椒树；大门口那棵枣树，长得更高更大了，树干上还留着这个调皮的小八路刀斫斧剁的痕迹。据说，只有这样鞭打它，才能结出更多更甜的枣。他自慰地笑了，也许正因为如此，才受那二十多年的磨难吧？院里静悄悄的，门上挂着把锁。

接着他似乎下意识地伸出手去，在那枣树树干的一个疖疤洞里，摸到了钥匙。没有变，还是老规矩。但是他正要开门，突然觉得有点冒失，这已经是人家的家了，闯进去合适吗？可是当年毕部长在草地分手时，好像有句什么郭大娘不让告诉的话，要说又止住的情景，涌现在眼前，于是打开了锁，吱呀一声推门进去。

屋里还是老样子，盆子、罐子、瓶子，大缸小桶，育着各式各样的种子，不过，桌上压了张纸条，他拿起看了，是妞妞的工整笔迹，那是老八路毕竟手把手教出来的。

> 我和心心去后寨买给妈上坟的东西，饭在锅里，你自己热
> 着吃吧！要回来得晚，你到妈坟上来吧！

很显然，这是妞妞给她丈夫留的便条，伊汝不由得凄苦地一笑。隔着门帘，就是里屋，早先是郭大娘和妞妞住的；那时，他和毕部长住在现在成了育苗床的外间大炕上。窥看人家夫妻俩的私室，伊汝觉得是很不礼貌的。但是，那门帘却是半撩着的，尽管他目不斜视，仍然不由自主地瞥了一眼。他发现那收拾得整洁干净的炕上，一双双新鞋齐齐整整地摆在那里，就像抗日战争期间妇救会给前方战士做的军鞋那样，收集到一起准备送走似的。

难道还有做军鞋这一说吗？他终于走进里间屋，站立在炕梢，望着那一排尺寸相同、样式统一的布鞋。最使他诧异的，每双鞋里都有一个年号，1957，1958，1959……他数了数，不多不少，正好二十二双。天哪！伊汝差一点栽倒，跌坐在炕边做饭的小灶坑里，碰翻了锅盖，一大碗煮熟的白薯焖在锅里，上面也有一张纸条，笔迹潦草，而且有几个字被水汽浸润得模糊了。不过，他还是辨认了出来。

爸爸：

> 这就是你站（赞）不决（绝）口的糖狼（瓤）赛蜜。你知
> 道这种最甜最甜的白菽（薯）叫什么吗？她的名字叫"妞妞"！
>
> 你的女儿心心

这时，他走到外屋，才发现墙上还挂着他在朝鲜采访时，和贝却敌一块在板门店谈判会场前照的相片，他穿着军大衣，没有戴帽子，头发像公鸡尾巴似的翘着。而就在这张照片旁边，有一张奖励优秀拖拉机手的光荣证书，上面的名字赫然写着"伊心心"三个大字。

妈呀！伊汝跌坐在那里，好半天他起不来。望着那些盆盆缸缸里正从泥土中钻出来的嫩芽，他不禁想：只要一粒种子埋下去，土地母亲就会长出一棵苗来，爱情也是这样。他无论如何也不能沉沉稳稳在这屋里坐等了。心急火燎地冲出了屋子，跑出了院子。太阳已经偏西了，他得赶到龙潭口去。毫无疑问，郭大娘一定会埋葬在那里。那一仗，她丈夫、儿子都牺牲了，就地埋葬在那战场附近的山头上。于是他用急行军的速度，往那儿赶去，十来里路呢，而且还要翻山。不过，现在他的脚步轻盈多了，心里也松快多了，甚至耳边似乎响起了当年走这条路时，常常哼唱的小调："军队和老百姓，本来是一家人，本来是一家人哪，才能够打敌人……"他想，不知为什么，这样的歌子现在很难得听到了。那是多么简朴的真理，难道不是一家人吗？他现在马上要见到的，亲手在绝望里缝制了二十二双鞋的妇女，是他的妻子；而一定曾给她妈妈在生她时陷于难堪境地的拖拉机手，是他的女儿；那位埋在地底下，把一切不幸和痛苦都揽在自己身上的军烈属郭大娘，不正是他的亲娘吗？她肯定是怕他牵挂、怕他分心，才不让毕部长告诉他，有一个等待着他的妻子，有一个从未见过爸爸的女儿啊。她像亲妈似的了解这两个孤儿呵，尽管她死了，看不到这一天，但她确信会有这一天而闭上眼睛的。马上，一家人就要团聚了，可太阳却落在西山后面去了。

冰冻三尺，非一日之寒，然而，只要有诚心，再厚的冰也会融化的。他一路想，一路走，当最初的暮色，在波涛起伏似的苍山上，抹了一笔深沉的色彩以后，龙潭口到了。

阴历十五，又叫做望，西边太阳还未落山，东边的月亮已经爬了上来，晚霞满天，暮霭沉沉。正在他寻找郭大娘坟墓的时候，他先听到一声："爸爸！"紧接着看见心心飞也似的奔跑着。就在她跑来的方向，伊汝看到妞妞正站在坟边，还是那张文静的脸，还是那副信赖的眼光，似乎继续二十二年前分手时的谈话："我说过的，你不会不回来的，看，你不是回来了吗！"

心心附在他的耳边说:"爸爸,昨天妈妈猛一下都不敢认了,说你一点没有变,半点没有变!"

"怎么会变呢? 心心,在你名字里的这两颗心,是永远也不会变的!"

这时候,可以听到不远处走来的一个人应声说:"不会变的,而且一定会好起来的——"

"毕部长——"伊汝和妞妞几乎同声地叫了起来。

他几乎是蹦跳着跑过来,这个弼马温部长呵,都忘了自己是六十多岁的老头子了。他一只手拉过妞妞,一只手抓住伊汝,那一双眼晴又紧紧眯着,这回连一条缝都不留了。

心心突然高声叫着:"快看哪! 妈妈,爸爸,月亮,看月亮……"这时,附近的山村,有敲锣的,有放炮的,似乎还有人喊:"看哪! 天狗吃月亮啦,天狗吃月亮啊! ……"这偏僻的太行山区里,还保留着那些古老的,带有纯朴气质的风俗习惯。

黑影开始侵入了那晶莹玉洁的月亮,顿时间,群山暗淡了些。那黑影腐蚀的面积越大,似乎整个天地也越发阴沉。到了六点多快七点的时候,坐在郭大娘坟头上的这一家人都陷入了黑暗里,仿佛跌进了漆黑的深渊,不由得想起"四人帮"横行时,那些逝去的年头。是的,再也比不上那惨淡的日子里,丢失掉更多的东西了。

好了,到了七点一刻,虽然有点云彩遮住,月亮开始摆脱那些黑影,发出了一点光彩,正好照在心心那一对既像妞妞,又像伊汝的眼晴上。

八点半钟,一轮更加明净,更加皎洁,也更加佼俏动人的月亮,悬在半天。似水的月光,泻满了整个大地,整个山林。心心跳蹦着喊了起来,好像对在地下闭上了双眼的她奶奶喊道:"过去啦! 过去啦! 月亮又亮堂堂地照着我们啦!"

是的,在太行山,今夜好月色,明朝准晴天。

人到中年

谌 容

一

仿佛是星儿在太空中闪烁，仿佛是船儿在水面上摇荡。眼科大夫陆文婷仰卧在病床上，不知自己是在什么地方。她想喊，喊不出声来。她想看，什么也看不见。只觉得眼前有无数的光环，忽暗忽明，变幻无常。只觉得身子被一片浮云托起，时沉时浮，飘游不定。

这是在迷惘的梦中？还是在死亡的门前？

她记得，好像她刚来上班，刚进手术室，刚换上手术衣，刚走到洗手池边。对，她的好友姜亚芬是主动要求给她当助手的。姜亚芬的出国申请被批准了，他们一家就要去加拿大，这是姜亚芬跟自己一起做最后的一次手术了。

她们并肩站在一起洗手。这两个五十年代在医学院一起读书，六十年代初一起分配到这所大医院，同窗共事二十余载的好友即将天各一方，两人心情都很沉重。这种情绪在手术之前是不适宜的。她记得，自己曾想说些什么，调节一下这种离别前的惨淡的气氛。她说了些什么呢？对，她扭头问过：

"亚芬，飞机票订好了吗？"

姜亚芬说什么了？她好像什么也没有说，只是眼圈儿红了。

停了好久，姜亚芬才问了一句：

"文婷，你一上午做三个手术，行吗？"

她回答了吗？不记得了，好像是没有回答，只是一遍一遍地用刷子刷手。那小刷子好像是新换上的，一根根的鬃毛尖尖的，刺得手指尖好疼啊！她只看见手上白白的肥皂泡，只注视着墙上的挂钟，严格地按照规定，刷手、刷腕、刷臂，一次三分钟。她刷完三次，十分钟过去，她把双臂浸泡在消毒酒精水桶里。那酒精含量百分之七十五的消毒水好像是白色的，又好像是黄色的，直到现在，她的手和臂都发麻，火辣辣的。这是酒精的刺激吗？好像不是的。从二十年前实习时第一次上手术台到如今，她的手和臂几乎已经被酒精泡得发白，并没有感到什么刺痛呀？为什么现在这手好像抬也抬不起来了？

她记得，已经上了手术台，已经给病人的眼球后注射了奴佛卡因，手术就要开始了，这时，姜亚芬却悄悄问了一句话：

"文婷，你小孩的肺炎好了吗？"

啊！亚芬今天是怎么啦？难道她不知道一个眼科大夫上了手术台，就应该摒弃一切杂念，全神贯注于病人的眼睛，忘掉一切，包括自己，也包括自己的爱人、孩子和家庭。怎么能在这时候探问小佳佳的病呢？或许，亚芬正为她将去到异国而不安，竟至忘掉了她正在协助手术？

陆文婷几乎有些生气了，只答了一句：

"现在我除了这只眼睛，什么也不想。"

于是，她低下头去，用弯剪刀剪开了病眼的球结膜，手术就进行下去了。

啊！手术，手术，一个接着一个，这天上午怎么安排了三个手术呢？焦副部长的白内障摘除；王小嫚的斜视矫正；张老汉的角膜移植。从八点到十二点半，整整四个半小时，她坐在高高的手术凳上，俯身在明亮的灯下，聚精会神地操作。剪开，缝合；再剪开，再缝合。当她缝完最后一针，给病人眼睛上盖上纱布时，她站起身来，腿僵了，腰硬了，迈不开步了。

姜亚芬换好了衣服，站在门边叫她：

"文婷，走啊！"

"你先走吧!"陆文婷站住不动说。

"我等你。今天是我最后一次到医院来了。"

说着,姜亚芬的眼圈儿又红了。她那对漂亮的大眼睛水汪汪的,她是在哭吗?她为什么难过?

"你快回家收拾东西吧,刘大夫一定等你呢!"

"他都弄好了。"姜亚芬抬起头来,忽然叫道,"你,你的腿怎么啦?"

"坐久了,有点麻,一会儿就好了。晚上我去看你。"

"那,我先走了。"

姜亚芬走了,陆文婷退身到墙边,用手扶着白色瓷砖镶嵌的冰冷的墙壁,站了好一阵,才一步一步走到更衣室。

她记得,她是换了衣服的,是那件灰色的布上衣。她记得她走出医院的大门,几乎已经走进了那条小胡同,已经望见了家门口。可是忽然,她觉得疲劳,一种从来没有感到过的极度的疲劳。这疲劳从头到脚震动着她,眼前的路变得模糊了,小胡同忽然变长了,家门口忽然变远了,她觉得永远也走不到了。

手软了,腿软了,整个身子好像都不是自己的了。眼睛累了,睁不开了。嘴唇干了,动不了了。渴啊,渴啊,到哪里去找一点水喝?

她那干枯的嘴唇颤动了一下。

二

"孙主任,你看,陆大夫说话了!"一直守在病床边的姜亚芬轻声叫了起来。

眼科主任孙逸民正在翻阅陆文婷的病历,"心肌梗塞"四个字把他吓住了。他显得心事重重,摇了摇苍白的头,推了推架在高鼻梁上的黑边眼镜,不由联想到在他这个科里,四十岁左右的大夫患冠心病的已经不是一个了。陆文婷大夫才四十二岁,自称没病没灾,从来没有听说过她心脏不好,怎么突然心肌梗塞?这多么出人意料,又是多么可怕啊!

听到姜亚芬的喊声,孙主任转过高大的,有些驼背的身躯,俯视着面色苍白的陆文婷大夫,只见她双目紧闭,鼻息微弱,干裂的嘴唇动了一下，闭上了，又歙动了一下。

"陆大夫！"孙逸民轻轻地喊了一声。

陆文婷又一动不动了。她那瘦削的浮肿的脸上没有一点反应。

"陆大夫！文婷！"姜亚芬低声唤着。

陆文婷依旧没有反应。

孙逸民抬头望着阴森森竖在墙角的氧气筒，又盯着床头的心电监视仪。当他看到示波器的荧光屏上心动电描图闪现着有规律的QRS波时，才稍许放心。他又扭过头看了看病人，挥了挥手说：

"快去叫她爱人来！"

一个中等身材，面目英俊，有些秃顶的四十多岁的男同志跑了进来。他是陆文婷的爱人傅家杰。从昨天晚上开始他就守在床边，没有合过眼，刚才孙主任来，劝他到病房外边的长椅上去歇一会儿，他才勉强离开。

这时，孙逸民忙闪开床头的位置，傅家杰过来，俯身在陆文婷的枕边，紧张地盯着这张曾经那么熟悉，现在又变得那么陌生的白纸一样的脸。

陆文婷的嘴唇又微微动了一下。这无声的语言，没有任何人能听懂，只有她的爱人明白了：

"快拿水来！她说她渴！"

姜亚芬赶忙递过床头柜上的小瓷壶。傅家杰接过来，小心地绕过输氧的橡皮管，把壶嘴挨在那像两片枯叶似的唇边，一滴一滴的清水流进了这垂危病人的口中。

"文婷，文婷！"

傅家杰喊着，他的手抖着，瓷壶里的水珠滴到了那雪一般惨白的脸上，她似乎又微微动了一下。

三

眼睛，眼睛，眼睛……

一双双眼睛纷至沓来，在陆文婷紧闭的双眸前飞掠而过。男的，女的；老的，少的；大的，小的；明亮的，浑浊的，千差万别，各不相同，在她四周闪着，闪着……

这是一双眼底出血的病眼，

这是一双患白内障的浊眼，

这是一双眼球脱落的伤眼。

这，这……啊！这是家杰的眼睛！喜悦和忧虑，烦恼和欢欣，痛苦和希望，全在这双眼睛中闪现。不用眼底灯，不用裂隙镜，就可以看到他的眼底，看到他的心底。

家杰的眼底清澈明亮，就像天上金色的太阳。家杰的心底是火热的，他曾给过她多少温暖啊！

是他的声音，家杰的声音！那么亲切，那么温柔，却又那么遥远，好似从九天之外的另一个世界飘来：

> 我愿意是激流，
> ……
> 只要我的爱人，
> 是一条小鱼，
> 在我的浪花中，
> 快乐地游来游去。

这是在什么地方？啊，是在一片银白色的天地中。冰冻的湖面，水晶一般透明。红的、蓝的、紫的、白的身影在冰面上飞翔。那欢乐的笑声啊，好似要把这透明的宫殿震穿！她和他也手拉着手，穿梭在人流里。笑脸，一张张的笑脸，她都看不见，她只看见他。他们并肩滑翔着，旋转着，嬉笑着，那是多么快乐的日子啊！

银装素裹的五龙亭，庄严古老，清幽旷寂，她和他倚身在汉白玉的亭台栏杆旁。片片雪花打在他们脸上，戏弄着他们的头发。他们不觉得冷，四只手紧紧地握在一起，傲视着这冷峻无情的严寒。

那时她是多么年轻！

她没有幻想过飞来的爱情，也没有幻想过超出常人的幸福。从小，她就是个孤苦伶仃的女孩子。幼年父亲出走，母亲在困苦中把她抚养成人。她不记得曾有过欢乐的童年，只记得一盏孤灯伴着早衰的母亲，夜夜剪裁缝补，度过了一个个冬春。

进了医学院，她住女生宿舍，在食堂吃大锅饭。天不亮，她就起床背外语单词。铃声响，她夹着书本去听课，大课小课，密密麻麻的笔记。接着是晚自习，然后在解剖室待到深夜。她把青春慷慨地奉献给一堂接着一堂的课程，一次接着一次的考试。

爱情似乎与她无缘。姜亚芬是她同班同学，两人同住一间宿舍。姜亚芬有一双会说话的眼睛，有一张迷人的小嘴；有修长的身材，有活泼的性格。每个星期，她都会收到不能公开的来信；每个周末，她都有神秘的约会。而陆文婷却是茕茕孑立，形影相吊，没有来信，也没有约会。她似乎是一个被人遗忘的少女。

当她和姜亚芬一起被分配到这所具有一百多年历史的著名的大医院时，医院向她们宣布了一条规定：医学院的毕业生分配到本院先当四年住院医。在任住院医期间，必须二十四小时待在医院，并且不能结婚。

姜亚芬背后咒骂"这简直是修道院"，陆文婷却心甘情愿地接受了这种苛求。二十四小时待在医院，这算什么？她恨不得一天有四十八小时献给医院！四年之内不能结婚，这又算得了什么？医学上有成就的人，不是晚婚就是独身，这样的范例还少吗？小陆大夫把自己全身的精力投入了工作，兢兢业业地在医学的大山上登攀。

然而，生活总是出人意料的。傅家杰忽然闯进了她那宁静的，甚至是刻板的生活中来。

这是怎么回事？这事是怎么发生的？她一直闹不明白，她也没有去闹明白。他因为突然的眼病来住院了，恰巧是她负责的病人。她为他治好了眼睛。也许，就在她认真细巧的治疗中，唤起了他的另一种感情。这种感情蔓延着，燃烧着，使得他们两人的生活都改变了。

北国的冬天多么冷啊！那年的冬天对她又是多么温暖！她从来不曾想到，爱情竟是这样的迷人，这样的令人心醉！她简直有些后悔，为什么不早去寻求？那一年，她已在人世间经历了二十八个春天，算不得年轻，然而，她的心却是年轻的。她用整个纯洁的身心来迎接这迟到的爱情。

我愿意是荒林，

……

只要我的爱人，

是一只小鸟，

在我的稠密的

树林间做窝、鸣叫……

这简直不可思议。傅家杰是学冶金的。他在冶金研究所里专攻金属力学，据说是为"上天"研制新型材料的。他有点傻气，有点呆气，姜亚芬就说他是"书呆子"。可是，这个书呆子会念诗，而且念得那么好！

"这是谁的诗？"她问他。

"裴多菲，匈牙利的诗人。"

"真怪，你是搞科学的，还有时间读诗？"

"科学需要幻想，从这一点说，它同诗是相通的。"

谁说傅家杰傻？他回答得很聪明。

"你呢？你喜欢诗吗？"他问她。

"我？我不懂诗，也很少念诗。"她微笑着略带嘲讽地说，"我们眼科是手术科，一针一剪都严格得很，不能有半点儿幻想的……"

"不，你的工作就是一首最美的诗。"傅家杰打断她的话，热切地说，"你使千千万万人重见光明……"

他微笑着挨近她，脸对着脸，靠得那么近。她从未感到过的男人的热气，猛然地飘洒在她脸上，使她迷惑，使她慌乱。她觉得好像要发生什么事情，果然，他伸开双臂，那么有力地把她拥进自己的怀里。

这一切，来得那么突然。她惶恐地望着这双贴近的含笑的眼睛，张开的双唇。她心跳神驰，微仰起头，下意识地躲闪着，慌乱地紧闭了眼睛，承受着这不可抗拒的爱情的袭击。

雪中的北海，好像是专为她而安排。浓浓的雪花，纷纷扬扬，遮盖着高高的白塔、葱葱的琼岛、长长的游廊和静静的湖面，也遮盖着恋人们甜蜜的羞涩。

于是，出乎所有人的意料，在四年住院医的独身生活结束之后，陆文婷最先举行了婚礼。这只能说是命运的安排，谁能想到在她生活的路上会跳出一个傅家杰来？他要结婚，她怎么能拒绝呢？你看他多么固执地追求着，渴望着，愿意为她牺牲一切——

> 我愿意是废墟，
> ……
> 只要我的爱人，
> 是青春的常春藤，
> 沿着我荒凉的额，
> 亲密地攀援上升。

多好啊，生活！多美啊，爱情！这久远的往事重现在脑际，使得垂危中的她似乎有了生的活力，她的眼睛微微启开了一下。

四

在服用了大量镇静和镇痛的药物之后，陆文婷大夫仍在昏睡。内科主任亲自来为她做了检查。他仔细听了她心脏和肺部的情况，看了心动电描图和病房记录，嘱咐值班大夫继续为病人静脉滴注极化液，注射罂粟碱和吗啡，密切监视心电变化，以防止梗塞面扩大和发生严重的合并症。

走出病房，内科主任对孙逸民说道：

"她的体质太弱了。我记得，陆大夫刚到我们医院的时候，身体很好嘛！"

"是啊！"孙逸民摇摇头，叹息着说，"她到我们医院，算来有十八年了。来的时候还是个小姑娘啊！"

十八年前，孙逸民已经是一位享有盛名的眼科专家了。他高超的医术和对工作一丝不苟的态度，赢得了眼科全体大夫的敬畏。这位年富力强、精力旺盛的教授，把培养年轻医生当作自己不容推卸的责任。每当医学院分来一批学生，他都要逐个考察，亲自挑选。他认为，要把这所医院的眼科办成全国最好的眼科，必须从挑选最有前途的住院医开始。

陆文婷是怎么被他挑上的呢？他记得很清楚。最初，这个二十四岁的医学院毕业生并没有给他留下很深的印象。

那天一上午，孙主任已经同五个新分配来的大学生谈了话，心里感到非常失望。这五个大学生，有的很适宜搞眼科，可是看不起眼科，表示不愿意在眼科工作；有的倒是愿意在眼科，可又把眼科看得很简单，以为这是很清闲的一科。当他拿起第六份档案，看到陆文婷这个名字时，他感到有点累，也并不期待还能出现奇迹。他心里想的是应该改进医学院的教学工作，使学生从一开始对眼科就有一个正确的看法。

这时，门悄悄地推开。一个苗条的女生轻步走了进来。孙逸民抬起头来，只见进来的这个女学生穿一身布衣布裤。袖口补着一圈新布边，长裤的膝盖处已经发白。她是朴素的，甚至显得有些寒伧。孙逸民望着档案袋上陆文婷三个字，又抬头漫不经心地打量了她一眼。这个女大学生看起来真像一个小姑娘。她小巧的身子，瓜子形的脸儿，一头乌黑透亮的好头发，短短地剪齐在耳垂下。她坐在对面的椅子上，安静得像一滴水。

孙主任照例问了一般学业上的问题。陆文婷一一回答了，但只限于回答，没有更多的话。

"你愿意在眼科吗？"孙逸民几乎决定草草结束这谈话了。他手臂撑在桌沿上，用手指揉着太阳穴，疲倦地问道。

"愿意。我在学校的时候就对眼科有兴趣。"她说话略带南方口音。

这个回答，使孙逸民那么高兴。他松开了按在太阳穴上的手指，好像额头不那么涨痛了。他立刻改变了主意，要把谈话认真地进行下去。他审视着这女学生，问道：

"为什么有兴趣呢？"

话一出口，他自己感到这个问题提得不好，叫人家太难回答了。不想，那女学生却不慌不忙地回答了：

"我们国家的眼科太落后了……"

"好，你讲讲看，怎么落后？"孙逸民简直是急急地在问了。

"我也讲不好，反正我觉得，有些手术，外国已经搞开了，我们还是空白。比如，用激光封闭视网膜破口。我觉得，我们也应该尝试的。"

"是啊！"孙逸民在心里已经给这个学生打了"五"分。他又问道：

"还有呢？还有什么想法？"

"还有……嗯……用冷冻摘除白内障，也应该普遍推广。反正我觉得，有很多新的课题，值得研究。"

"好啊，你讲得很好。你能看外文资料吗？"

"查字典看，很吃力。我喜欢外语。"

"这太好了。"

孙逸民主任在一个新来的大学生面前连连赞好，这是绝无仅有的。过了几天，陆文婷和姜亚芬首先被眼科要了来。如果说姜亚芬以她的聪慧、热情、精干被孙逸民挑上，那么，陆文婷就是以她的朴实、深沉、敏锐而被选中。

第一年，她们做外眼手术，熟读眼科学。第二年，她们做内眼手术，读屈光学和眼肌学。第三年，她们能做比较精细的白内障之类的手术了。这一年，有一件事更使孙主任对陆文婷大夫另眼相看。

那是一个春天的早晨。星期一，孙主任查病房来了。穿白大褂的各级大夫跟了一群。病人怀着急切的心情，都早已坐好在床上，翘首盼望这位有名的教授给自己看上一眼。好像他的手一按到自己的眼睛上，那病就会好似的。

每到一个床位，孙主任总是接过从背后递上来的病历，一边翻阅着，一边听主治大夫或高年大夫汇报诊断与治疗的情况。有时他掰开病人的眼皮瞧上一眼，有时他拍拍病人的肩膀，嘱咐病人手术时不要紧张，然后转到下一个床位。

查完病房之后，照例有一个短会，交换意见，安排工作。在这样的会上，通常都是孙主任和主治大夫们发言，住院医只用心地在一边听着，谁也不敢说什么，怕说错了在这些眼科权威面前出乖露丑，日后成为全科的笑料。这一次也是如此，该说的说完了，该布置的布置了。孙逸民准备走了，他站起来问：

"大家还有什么意见吗？"

这时，在屋子角落里，响起了一个很低的女同志的声音：

"四室三床的病人，请孙主任再看看片子。"

满屋的人都朝说话的方向转过头去。孙逸民也看清了，说话的是陆文婷大夫。她确实长得个子不高，而且很不显眼。刚才查房时，孙逸民就没有注意到尾随在自己身后的还有这个住院医。后来进了办公室，谈了这么长时间，他也没有注意到参加会的还有这个陆文婷大夫。

"三床？"孙逸民侧过脸望着总住院医生。

"三床是工伤。"总住院医答道。

"门诊收住院时，给他照过片子。"陆文婷说，"放射科的报告是未见金属异物。住院后，伤口缝合了，病人还是嚷痛。我又给他做了无骨照相，我认为确实有异物。请孙主任再看看。"

片子被取来了。孙主任看了，在场的总住院医和主治大夫们都轮流看着。

姜亚芬直拿大眼瞪自己的同学，心说：你不会等会后再给孙主任看，万一你判断错了，就在全科闹下话柄；就算你诊断对了，那也等于说人家门诊的大夫不够仔细，人家可是主治大夫呀！

"你的看法对，是有异物。"孙逸民又接过片子来，点着头。然后，他环视着在场的大夫说道："陆大夫到眼科不久，肯钻研业务，对工作认真细致，这是很可贵的。"

听到这话，陆文婷反低下了头。她没有想到孙主任会当众表扬自己，一时脸红了。孙主任看着她那神情却微微笑了。他也很明白，这个住院医敢于对主治医的诊断怀疑，不仅要有对病人的高度责任心，还需要极大的勇气。

医院与别的单位不同，一级一级，等级森严。这倒也没有什么明文规定，然而，低年大夫要服从高年大夫；住院医要听主治医的；教授、副教授的意见则是不容辩驳的，如此等等。这个还算不上高年大夫的陆文婷竟然能对主治医的诊断提出不同看法，不能不引起孙逸民格外的重视。

"她是一个很有希望的眼科大夫。"从那时起，孙主任就对陆文婷下了这样的断语。

如今，转瞬之间十八年过去了。陆文婷、姜亚芬这批大夫，已经成为这所医院眼科的骨干。按规定，如果凭考试晋升，她们早就应该是主任级大夫了。可是，实际上她们不仅不是主任级大夫，连主治大夫都不是。她们是十八年一贯的住院大夫。文化革命砍断了她们晋级的阶梯，粉碎"四人帮"后的春雨还没有来得及洒到这些多年住院医的身上。

"一茎瘦草！"望着奄奄一息的陆文婷，一种怜悯之情，从他心中油然而生。孙逸民拉住内科主任问道：

"你看她，还不至于……"

内科主任回头朝病房望了望，叹了口气，又摇着头低声说：

"孙老，只希望她很快脱离危险吧！"

孙逸民忧心忡忡地又回身往病房走来。他的步履变得沉重，看上去真是老态龙钟了。到门边，他一眼看见姜亚芬还偎在陆文婷枕边，就站住了，没有前去惊动这两个挚友。

深秋天气，昼短夜长。五点多钟，天已经暗了下来。秋风吹动着窗外的梧桐树叶，沙沙地响。一片、两片、三片……枯黄的叶儿在秋风中飘落了。

孙主任眼望窗外飘落下的黄叶，耳听那如泣如诉的沙沙沙的声响，感到一阵从来未曾有过的怅惘。他面前的这两位骨干，两名有造就的眼科医生，一个已经倒下去了，能不能再站起来，尚不可知；一个即将离去，能不能再回来，亦不可料。她们是支撑着这著名医院眼科的两根柱子。撤掉了这两根柱子，他感到整个眼科就如同那秋风中的梧桐，正在一天天地衰落下去。

五

蒙眬之中，陆文婷大夫觉得自己走在一条漫长的路上，没有边际，没有尽头。

这不是崎岖的山路。山路尽管险峻难攀，却是千回百折，令人意气风发。这也不是田间的小道。小道尽管狭窄难行，却有稻花飘香，令人心旷神怡。这是一步一坑的沙滩，这是举步难行的泥潭，这是无边无沿的荒原。极目远眺，人迹渺无，只有死一般的沉寂。啊！多么难走的路，多么累人的路！

歇下来吧，躺下来吧！沙滩是和暖的，泥潭是柔软的。让大地温暖你冰冷的身躯，让春光抚摸你劳累的筋骨。她好像听见死神在冥冥之中低声轻唤着她的名字：

"安歇吧，陆大夫！"

啊！这么歇下来多么好，永远歇下来。什么也不想，什么也不知道。没有烦恼，没有悲伤，没有劳累。

可是，不行啊！在那漫长道路的尽头，病人在等着她。她好像看见了，那病人正因双目刺痛辗转不安。她好像看见了，那病人在面临失明的威胁而暗自饮泣。她看见了，看见了一双双望穿秋水的焦急的眼睛，在等着她，等着她的来临。她耳边只听见病人在绝望中的呼喊："陆大夫！陆大夫！"

这是神圣的召唤，这是不可抗拒的命令。她抬起麻木的双腿，继续在长长的路上艰难地行走。从家门到医院，从门诊到病房，从这个医疗点到那个巡回的地方，每天，每月，每年，走啊走啊……

"陆大夫！"

这又是谁在喊呢？好像是赵院长的声音。对了，是他来的电话。她记得，她在门诊护士长的台前放下了电话，把没有看完的病人交代给同诊室的姜亚芬，就向院长办公室走去了。

从眼科门诊到院长办公室，要经过一个小花园。她快步踏着园中小石子儿铺成的甬道，简直没有留心到那满园的菊花娇娜万朵，黄白争艳，也没有感到那从桂花树上飘来的阵阵清香，更没有看到那双双的蝴蝶在花丛中戏舞翩翩。她只想赶快走到院长办公室，赶快办完事，赶快回诊室。一上午要看完十七个病人，今天她才叫了七个号。明天就该轮到她去病房，门诊还有些病人需要交代安排。

她很快就到了院长办公室的门前，她记得自己好像没有敲门，就推开门径直往里走。立刻，她看见了迎面沙发上坐着的一男一女两位客人。她不由在门边站住了，以为自己来得不是时候，转眼才看见赵院长斜身坐在皮转椅上。

"陆大夫，请进来呀！"赵院长回身笑着招呼她。

她走了进去，在靠窗的一把皮靠背椅上坐下了。

那间屋子好亮啊！又清洁又宽敞。那间屋子好静啊！没有门诊部那种杂乱的脚步声、乱哄哄的说话声和小病人的哭叫声。坐在那窗明几净的房间里，她感到一种异样的，很不习惯的恬静。

坐在那里的人们，也是那么温文尔雅，安安静静。赵院长总保持着学者的风度，挺直的脊背，和蔼的面容，金丝眼镜后面一双含笑的眼睛，头发梳理得很整齐。雪白的衬衣，乌黑的皮鞋，一身笔挺的浅灰色中山服。

那坐在沙发上的男客身材颀长，两鬓斑白，戴一副茶色眼镜，使人看不见他的目光。但是陆文婷一望而知，这是一位眼科的病人。只见他斜倚在沙发靠背上，无意地摆弄着身边的手杖，心平气和，举止安详。

坐在他身旁的女客五十多岁的样子。尽管上了年纪，仍是眉清目秀。染过的黑发经理发师稍稍冷烫过，既蓬松又不显轻浮时髦，十分得体。身上穿的是普通式样的干部服，但质地考究，剪裁合身，显得很有精神。

她记得，从自己一站在门口，这位女客的目光就跟踪着自己，从上到下地打量。而反映在那女客脸上的则是一种明显的疑虑、不安和失望。

"陆大夫，我来给你介绍一下。这位是焦副部长焦成思同志。这位是成思同志的爱人秦波同志。"

焦副部长？部长？是啊，在她十几年的医生生涯中，她曾为多少部长、书记、主任治过眼睛。她没有注意到这职称，只是习惯地想：他的眼睛怎么了？好像是失明？

"陆大夫，你现在是在门诊还是在病房？"赵院长问。

"今天还在门诊，明天就该上病房了。"

"正好。"赵院长笑道，"陆大夫，焦部长想在我们这儿做白内障手术。"

病情就是敌情。这一句话就等于把任务交给她了。她开始问诊了：

"是一只眼睛吗？"

"一只。"

"哪只眼睛？"

"左眼。"

"完全看不见了吗？"

那病人点了点头。

"以前在医院检查过吗？"

她记得，病人说了一个什么医院的名字。她就站了起来，准备走过去看那只眼睛。可是，好像出了什么事，没有看成。为什么没有看成呢？记起来了，是坐在一旁的秦波同志客客气气地把她拦住了。

"陆大夫，你先坐，坐嘛，不要急。要检查，恐怕还要到你们的暗室里去吧！"秦波笑了笑，又扭头说，"赵院长，老焦的眼睛一有病，我也成半个眼科大夫了。"

就这样，当时没有给焦副部长诊断。可是，在那间办公室坐了那么久，谈了些什么呢？对，秦波同志问了好些问题，问得真仔细啊！

"陆大夫，你在医院工作几年了？"

几年？她一时算不清了，她只记得自己是哪年毕业的，就那么回答了：

"我是六一年来的。"

"啊，六一年，那也有十八年了。"

秦波屈指算着，十分认真的样子。

她问这些干什么？只听赵院长从旁说道：

"陆大夫临床经验很丰富，手术做得很漂亮。"

赵院长为什么要当着病人这么夸赞自己？这有什么必要呢？

秦波同志又问道：

"你身体好像不大好，陆大夫？"

这又是什么意思？她整天给别人治病，很少研究自己的健康。本院的保健科甚至没有她的病历档案，也从未有上一级的领导问过她的身体状况。怎么面前坐的这位初次见面的客人忽然关心起自己的身体来了？她迟疑了一下，记得是回答说：

"我身体很好。"

赵院长在一旁又说话了：

"她在我们这儿，就算身强力壮的了。陆大夫，我记得，你这几年一直是全勤。"

她没有回答。她闹不明白，全勤不全勤，身体好不好，和面前的这位夫人有什么关系呢？她记得，当时只是很着急，担心姜亚芬一个人看不完那些病人。

那夫人盯着她，笑了笑，又问道：

"陆大夫，对于白内障手术，你有把握吗？"

把握？又是一个叫人难以回答的问题。的确，在她做过的多少次白内障摘除手术中，还从来没有发生过意外的事故。可是，不怕一万，只怕万一，任何意外的情况都是可能发生的。如果病人配合得不好，或者麻醉的大意，都可能使眼内溶物脱出。

她不记得自己回答没有了，只记得秦波那一双包在皱褶里的眼睛，那双眼睛很大，闪着两道不信任的亮光，盯着自己一眨也不眨。这使她感到难以忍受。她接触过各式各样的病人，感到最难缠的就是一些高干夫人。不过，她接触得多了，也就习以为常。当她正考虑怎么委婉答复时，她记得，就在这时，焦副部长不耐烦地把身子在沙发上挪动了一下，朝秦波那边扭过头去。这一来，那夫人不说话了，眼睛也从自己身上移开了。

这场很难进行下去的谈话是怎么结束的呢？不记得了。对了，是姜亚芬跑来了，她探进半个身子，叫道：

"陆大夫，你约的那个张大爷又来了，他非等你不可。"

记得秦波立即客气地说：

"陆大夫有事，那就先忙去吧！"

她赶忙起身离开了这间明亮宽大的办公室，只感到这里的空气令人窒息，叫人透不过气来。

啊！多么憋闷！

六

赵天辉院长赶在下班前，匆匆忙忙来到内科病房。

"孙老，陆大夫身体一向不错，怎么突然就病倒了？"赵天辉两手插在白大褂的衣兜里，一边同孙逸民谈着，一边向病房走去。他比孙逸民小八岁，看上去却年轻得多，声音也洪亮得多。

"这是一个信号啊！"赵天辉摇摇头又说，"中年大夫，是我们医院的骨干力量，工作上担子重，生活负担也最重，身体素质一年不如一年，长此以往，一个个病倒了，你这位主任，我这个院长就没法办了。陆大夫家里几口人？住几间房？"

他侧身看了看心情沉重、面带愁容的孙逸民，又说：

"什么？四口人一间房？是啊，是啊，是这个情况。工资呢？工资多少？五十六块半？你看，你看，难怪人家说拿手术刀的不如拿剃头刀的，真是一点不假。嗯？去年调工资，怎么没给她调？"

"僧多粥少，调不过来。"孙逸民冷冷地说。

"唉！真是个问题啊！孙老，我看就请你和支部的同志商量一下，在眼科搞个中年大夫的调查，他们的工作情况，收入情况，生活情况，还有住房情况，搞个材料给我！"

"这有用吗？我记得这种材料，开科学大会的时候就让写过，交上去不也就完了。"孙逸民客气地反驳着，眼睛看着地面，不看身边的人。

"孙老，你就不要带头发牢骚了嘛！有个材料总比没有材料好。我拿了它去找市委，找卫生部去，见庙就烧香，见神就磕头。求爷爷，告奶奶，也要把这张状子递上去。中央三令五申，要珍惜人才，落实知识分子政策，改善科技人员待遇，总不能到了下边就变成一句空话吧！前天还传达市委开会的精神，要重视中年干部。我还是相信，有办法的，会解决的。"

赵天辉挽着孙逸民的手臂，跨进陆文婷的病房，才停了话头。

傅家杰早已站了起来，赵天辉冲他挥了挥手，就一直走近床边，弯下腰去，端详着病人的脸色，又从值班大夫手上接过病历。这时，他已经丢掉院长的身份，进入大夫的角色。

赵天辉是国内著名的胸科专家。全国解放时，他在国外学成归来，以自己精湛的医术服务于新生的人民共和国。他的政治热情很高，五十年代中期就被视为又红又专的典范，入了党，后来又被任命为院长。自从担任了这个行政职务，一大堆行政管理事务和会议压下来，使他除了参加重要的会诊，就很少有机会接触病人了。那十年，住"牛棚"、扫院子，自然谈不上发挥他的专长。这三年又处在拨乱反正的特殊历史时期，身为一院之长，每天处理成堆的问题，根本没有时间和精力上手术台了。

现在，赵院长亲自来到病房，显然是为陆大夫看病来了。内科病房的大夫都被吸引了出来，在他身后围了一圈，悄悄地观摩他的临床诊断。

然而，他似乎有些令人失望。他看完病房记录和心电图记录，又看了看心电监视仪的荧光屏，只嘱咐要继续密切监视心电变化，防止出现合并症，就回头问孙逸民：

"他爱人来了吗？"

孙逸民把傅家杰拉到前边来作了介绍，赵天辉才知道他原来就是陆大夫的爱人。他打量着傅家杰，一眼就看到他的秃顶和额前的皱纹，心里有点奇怪，这个面目清秀的中年人怎么已经开始秃顶？看来，他不大会保养身体，当然也就不会知道怎样爱护自己的妻子。

"你要多辛苦了。"赵天辉握了握他的手说，"陆大夫需要绝对静卧，不能让她动，大小便，翻身，都要人，应该二十四小时都有专人护理。你在哪儿工作？需要跟你们单位领导讲一讲，这几天你不能上班了。当然，你一个人也不行，还得有人替你。你们家还有什么人没有？"

傅家杰摇摇头说：

"有两个孩子，都还小。"

赵天辉回头问孙逸民：

"眼科能不能抽人值班啊！"

"一天两天，当然是可以的。"孙逸民说，"长期值下去，人力就安排不过来了。"

"先顾眼前吧！"

赵天辉又回头凝望着陆文婷苍白的瘦脸，心里简直不能明白，这个以精力旺盛著名的小陆大夫，怎么突然间就病成这样？

他脑子里闪过一个念头：会不会是给焦副部长做手术，心里过于紧张了？不可能呀！陆大夫不是一个新手，即便是个新手，也很少发生因手术时精神负担过重，导致心肌梗塞。更何况，心肌梗塞的发病常常来得很突然，不一定有什么诱发因素。

他想排除这种念头，但是，不行。不知为什么，焦部长的手术和陆大夫的病总是绞在一起，好像有什么必然的联系。他甚至有些后悔，当初不该竭力推荐她。而且事实上，那位副部长夫人从一开始就不愿意让她做手术。

"赵院长，我想问一下，陆大夫是副主任吗？"那天，陆文婷走后，秦波就是这样提出问题的。

"不是。"

"那么，她是主治大夫吗？"

"不是。"

"是党员吧?"

"也不是。"

"我的同志哟!"秦波不大客气地说,"我们都是共产党员,恕我直言,让一个普普通通的大夫来给焦部长动手术,这,是不是有些考虑不周……"

她的话被焦成思手杖"笃、笃"戳地的声音打断了。焦副部长把头扭向他夫人这边,生气地说:

"秦波,你说些什么?听医院安排嘛!谁做不都一样。"

秦波并不屈服,她向焦成思开起连珠炮来:

"老焦,我就不赞成你这种无所谓的态度。这是对自己的眼睛不负责嘛!身体是革命的本钱。我们要对革命负责,对党负责!"

眼看老首长两口子要开战,赵天辉不得不过来劝解。他笑道:

"秦波同志,请你相信我们。陆大夫虽然只是一个普通的大夫,却是我们眼科的一把好刀。她做白内障手术是很有把握的,请放心吧!"

"不是我不放心。赵院长,也不是我替老焦考虑过多。"秦波叹口气说,"我在干校的时候,有个老同志,也是白内障。当时,不准他回北京,就在当地一个小医院开刀。结果,手术没做完,眼珠掉出来了。赵院长,老焦被'四人帮'关了七年,刚出来工作不久,他可不能没有眼睛啊!"

"不会的,秦波同志,我们医院很少有这样的事故。"

秦波考虑了一下,还是力争着:

"赵院长,能不能请眼科孙主任亲自替老焦动这个手术?"

赵天辉摇摇头,笑了笑说:

"孙主任已经快七十了。他自己的眼睛也不行了。再说,他已经好几年没上手术台。他现在的任务是搞点学术研究,带好这一批中青年大夫,还有教学的任务。让他做手术,老实说,还不如让陆大夫做更有把握。"

"要不,请郭大夫做,行不行?"

"郭大夫?"赵天辉一愣。

看来,这位副部长夫人对这里的眼科很做了一番调查。她提示说:

"郭汝清。"

赵天辉两手一摊说：

"郭大夫出国了。"

秦波仍不罢休，她急切地问：

"他什么时候回国?"

"不回国了。"

"为什么?"秦波瞪大眼问道。

赵天辉把头摇了摇，叹道：

"郭大夫的爱人是个归国华侨。她父亲在东南亚开一间杂货铺，不久前病故了。两个月以前，他们申请出国继承遗产，被批准走了。"

"放着大夫不当，去当杂货铺老板，简直不可理解。"焦成思感慨地说。

"在卫生界，这已经不是个别的了。拿我们医院来说，已经批准出国和正在申请要走的，就有好几个了。而且，还都是我们医院的骨干，业务上拿得起来的呀！"

"这些人，真不知是什么想法?"秦波颇有些愤愤然了。

焦成思把手中的拐杖扬了扬，脸向着赵天辉，说道：

"五十年代初，你们这批知识分子，冲破重重阻力，回来为建设新中国服务。想不到七十年代末，我们自己培养的知识分子又往外跑，这个教训太深刻了。"

"这么下去怎么得了?"秦波说，"我看还是应该加强思想政治工作。我的同志哟，粉碎'四人帮'以后，知识分子的地位大大提高了，随着四化的实现，生活条件、学习条件都会改善的嘛。"

"是啊。我们党委讨论的时候，也是这个看法。"赵天辉说，"郭大夫走之前，我代表党委找他谈过两次，再三表示挽留，可是没有用啊！"

秦波还想发点议论，焦成思晃了晃自己的手杖拦住她说：

"赵院长，我来找你们，倒不是非想找个什么专家教授。我对你们医院信得过，或者说有一种特殊的感情。前几年，我右边这只眼睛白内障，就是在你们医院做的，手术很不错。"

"哦！那是谁做的?"赵天辉忙问。

焦成思深为遗憾地说：

"可惜啊，我到现在还不知道她姓什么。"

"那好办，查一查病历就知道了。"

赵天辉拿起电话，他想，只要把那位大夫找来，焦副部长的夫人总该放心了吧！

焦成思对赵院长连连摆手说：

"你不用查了，你也查不到。那时是在你们门诊做的手术，根本没有病历。只记得，是个女同志，说话带南方口音。"

"这就不好找了。"赵天辉放下电话，笑道，"我们这里南方口音的女同志很多，陆大夫就是南方人。就让她做吧！"

当秦波扶着焦副部长站起来时，他们接受了赵院长的意见，让陆文婷大夫来给做这个手术。

也许，就因为这个手术使她心肌梗塞？赵天辉自己想着，又摇摇头，觉得不可能。这样的手术她做过上百次了，不会那么紧张。再说，那天手术前自己还亲自去了，他看见这位女大夫走上手术台时从容不迫，很有信心，精神也很好。怎么可能发生这样意外的不测呢？

赵天辉又把关切的目光停留在陆文婷脸上。他感到，即便是在这生死线上，陆文婷大夫的脸色仍是从容的，好像没有什么病痛，只是安安静静地酣睡在温柔的梦乡。

七

她素来是从容的，沉静的。想让陆文婷大夫生气，在眼科工作过的同志都知道，几乎是不可能的。

秦波对她的挑剔和轻侮，换了别人，十有八九会当面顶撞，即使不说出口，也会怒形于色，或者过后愤愤不平，耿耿于怀。陆文婷呢？她从院长办公室出来的时候心平似镜，一如往常。她没有把替焦副部长做手术，看作是不可多得的荣誉；也没有把秦波的刁难，视为难以忍受的凌辱。手术做不做，要看病人自愿，愿意做就做，不愿意做就不做，这有什么呢？

"怎么，又找你做手术，什么大官儿呀？"姜亚芬见她出来，便悄悄问道。

"还没定做不做呢。"

"快走吧!"姜亚芬拉着她说,"你约的那个老大爷,真难办,简直跟他讲不清,他坚决不做手术了。"

"那怎么行? 他是外地来的,花了那么多路费,能治不治,我们也没尽到责任。"

"那你去说服吧!"

回到门诊部,穿过坐满了候诊病人的过道时,一些熟悉的病人早已站起来向她们致意。她俩含笑四顾,点头招呼着。陆文婷进到自己的诊室,正低声回答着一个年轻病人的问题,忽然从身后响起了一个洪亮的喊声:

"陆大夫!"

这一嗓子把病人和大夫的目光都吸引了过去。只见一个高大结实的汉子摸索着朝诊室门口走来。这病人身穿青布裤褂,头缠白色毛巾,肩宽腰圆,五十多岁的样子。他那比人高出一头的个子本来就引人注目,加上这一声喊,两边的人都给他让开了路。但他双目几近失明,不知这么多人在看自己,只伸出两只大手,迎着陆文婷说话的声音摸去。

陆文婷忙转身迎出去,双手扶住这盲人,说:

"张大爷,快坐下吧!"

"您坐,陆大夫! 俺找您,说个情况。"

"说吧,坐下说。"陆文婷搀扶着老汉在长椅上坐下。

"陆大夫,是这么回事儿。我在这儿也住了不少日子了。我寻思,还是先回去吧,赶明儿再来……"

"那怎么行? 张大爷,您这么远跑到北京,花了这么多路费……"

"谁说不是呢!"不等陆文婷说完,张老汉拍着自己的膝盖抢过话说,"我是想着,回去再干一秋活儿,挣点分儿。您别瞧我眼神不济,摸摸索索也能干,队上派活挺照顾我。陆大夫,我拿定主意先回去,可一想,怎么也得来跟您说一声儿。为俺这双眼睛,真没叫您少操心。"

张老汉患角膜溃疡多年,瘢痕很厚,久治不愈。陆文婷在那里巡回医疗时,曾建议他移植角膜。老汉就是为做这个手术来的。

"张大爷,您儿子花了这么多钱,让您到这儿治病,没治好就回去了，我们也过意不去啊！"

"嘻，有您这份儿心，啥都有了。"

陆文婷笑笑，拍着老汉的胳膊说：

"眼睛治好了，您干活就不用人家照顾了。您身体这么好，还能干它二十年呢！"

张老汉呵呵笑了起来，连声答道：

"那敢情！要不是两眼不争气，啥活儿也难不住我！"

陆文婷笑道：

"那就还是做吧！"

张老汉放低了声音，说道：

"陆大夫，我拿您也不当外人，俺就实话实说吧，俺愁的就是钱。俺这趟治病，全靠自个儿掏，老在北京住店，住不起呀！"

陆文婷愣了一下，马上又说：

"张大爷，您别着急，我已经查过预约本了，这回该轮到您了。这两天，只要有材料，就马上给您做手术，行吧？"

张老汉被说服了，陆文婷把他送到走廊外，转身回来时，被一个十一二岁的漂亮小女孩拦住了。

这孩子长得可真俊。圆鼓鼓红扑扑的脸儿，黑眉毛高鼻梁配上一个红嘴唇儿，一只双眼皮儿大眼睛滴溜溜水汪汪的。可惜，另一只眼却向外斜着。她穿着医院的白裤褂躲躲闪闪地叫：

"陆大夫！"

"王小嫚，你怎么跑出来了？"陆文婷向她走去。这是她昨天收进来的小病人。

"我害怕，我要回家！"说着，王小嫚抹起眼泪儿来了，"我，不做手术了。"

陆文婷搂住这女孩子的肩膀问：

"来，告诉阿姨，怎么又不想做手术啦？"

"我怕疼。"

"傻丫头！不疼。到时候我给你打麻药。保证一点儿都不疼！"陆文婷拍拍她的头，又弯腰凝视着这张小脸儿，像在惋惜地欣赏一件不小心弄坏了的艺术品似的，不无遗憾地说："你看，就是这只眼睛！王小嫚，等阿姨给你矫正过来，跟那边的眼睛一样，你看，多好！快回病房去，听话，啊！医院不准乱跑的。"

王小嫚擦干眼泪走了，陆文婷才回到自己的诊桌，一个一个地叫号。

这两天病人很多。今天也一样。她必须抓紧时间，把刚才去院长办公室耽误了的时间补回来。她忘记了焦副部长，忘记了秦波，也忘记了自己，只一个接一个地看下去。问明情况，带到暗室，开药方，给预约号，一个接一个……

"陆大夫，你的电话！"护士跑来叫她。

"请你稍等一下。"陆文婷向病人打了招呼，跑过去拿起听筒。

"佳佳病了，昨天晚上就发烧。"托儿所的阿姨在电话里说，"我们知道你工作很忙，没敢告诉你，带她去看了急诊，打了针。可是，现在还不退烧，老哼哼，要找妈妈，你能不能来看看。"

"好的，我就来。"她放下了电话。

可是，她并没有去托儿所。这么多病人压着，怎么能丢下走开？她又拿起电话，拨通傅家杰机关的号码，那边告诉她傅家杰外出开会去了。她只好挂上了电话。

"谁来的电话？有事儿吗？"姜亚芬问。

"没什么。"她答道。

她从来不麻烦别人，也从来不麻烦组织。"先把病人看完了，再上托儿所也行。"她想着，又坐回到诊桌旁，继续看病。开始，哼哼的佳佳，哭喊妈妈的佳佳，还在她脑子里转。后来，一双双病人的眼睛取代了佳佳的位置，直到把所有的病人都看完了，陆文婷才急急忙忙赶到托儿所去。

八

"陆大夫，你怎么才来呀？"托儿所的阿姨抱怨地说。

她冲向隔离室，只见小佳佳一个人冷冷清清地躺在小床上。她的小脸蛋儿烧得彤红，小嘴唇儿张着，小鼻子吃力地扇动着，眼睛却闭得紧紧的。

"佳佳，妈妈来了！"陆文婷扑到小床栏杆上。

佳佳的小脑袋在枕头上动了动。她沙哑地喊了一声：

"妈——妈——回家！"

"回家，回家！"她急忙抱起小佳佳，转回本院儿科看急诊。

"肺炎。"儿科的大夫同情地说，"陆大夫，要好好护理几天啊！"

她点点头，给佳佳打了针，取了药，走出儿科急诊室。

中午时，医院安静下来。门诊的病人走了，住院的病人睡了，医护人员也各自奔回家或者找地方休息去了。偌大的一个院子显得空落落的，只有一些不知疲倦的麻雀在梧桐树上叫着，逍遥自在地飞来飞去。原来，在这大楼林立、空气污染、充满噪音的市区，也还有大自然的造物在与人类争妍。陆文婷心中觉得奇怪，怎么天天在医院走来走去，竟没有发现这里还有鸟儿？

她抱着孩子站在院子当中，不知该往哪儿去。回托儿所吧，想到病成这样的孩子，独自单单地躺在隔离室，于心不忍；抱回家去吧，下午还要上班，谁来照顾她。

愣了片刻，她狠了狠心，朝托儿所走去。

伏在她肩上、垂着头的佳佳，忽然大哭起来：

"我不上托儿所，不上……"

"佳佳，乖，听话……"

"不，不，我回家！"佳佳两腿乱踢起来。

"好，回家，回家。"陆文婷只好抱着佳佳朝回家的路上走去。

从医院到家里，要穿过繁华的商业大街。新竖的巨幅时装广告，大街两旁琳琅满目的陈列橱窗，以及人行道上农民自由出售的活鸡活鱼、瓜子、花生等等稀缺的农副产品，陆文婷都一概视而不见。自从有了两个孩子，月月入不敷出，她就同高档商品无缘了。此刻她怀里抱着佳佳，心里惦着园园，更是目不斜视，行迹匆匆。

回到家里，已经快一点了。园园噘着嘴说：

"妈，你怎么才回来？"

"你没看见小妹病了吗？"陆文婷瞪了园园一眼，忙给佳佳脱了衣服，把她放在床上，替她盖上被子。

园园站在桌边，着急地说：

"妈，快做饭呀！要迟到了！"

陆文婷心烦意乱，不由得吼了一声：

"催！你就会催！"

园园又委屈又着急，眼圈儿一红，眼泪儿就在眼眶里打起转来。

陆文婷顾不上去理他，走出房门打开蜂窝煤炉。封闭了一上午的煤块已经奄奄一息，火是一时上不来了。她再掀开锅盖，打开碗橱，全都空空如也，连一点剩菜剩饭都没有了。

她又转身进屋，看见儿子仍站在那里伤心，心里感到内疚。孩子是无辜的，自己为什么拿他出气呢？

近年来，她越来越感到家务劳动的负担沉重。文化革命那些年，傅家杰的实验室被造反的人们封闭了。他研究的专题也被取消了。他变成了"八九二三部队"的成员。每天八点上班，九点下班；二点上班，三点下班。他整天无所事事，把全部精力和聪明才智都用在家务上了。一日三餐他包了，还学会了做棉裤、织毛衣。这倒使陆文婷免去了后顾之忧。粉碎"四人帮"以后，科研工作要大上，傅家杰被视为骨干，他的科研项目被列为重点，又成了忙人。这样，家务劳动的重担又有很大一部分压到陆文婷肩上。

每天中午，不论酷暑和严寒，陆文婷往返奔波在医院和家庭之间，放下手术刀拿起切菜刀，脱下白大褂系上蓝围裙。可以毫不夸张地说，这是分秒必争的战斗。从捅开炉子，到饭菜上桌，这一切必须在五十分钟内完成。这样，园园才能按时上学，家杰才能蹬车赶回研究所，她也才能准时到医院，穿上白大褂坐在诊室里，迎接第一个病人。

一遇到今天的情况，全家就有面临饥饿的危险。她叹了口气，从抽屉里拿出点零钱说：

"园园，你自己去买个烧饼吃吧！"

园园接过钱，正往外走，又回过身来问：

"妈，你吃什么呀？"

"我不饿。"

"也给你买个烧饼吧！"

一会儿，园园给她送回一个烧饼，自己一边吃一边上学去了。

陆文婷啃着干硬的冷烧饼，呆呆地望着这间十二平方米的小屋。

对于生活，她和他都没有非分的企求。他们结婚的时候，就住在这间屋子里。房间没有沙发，没有大立柜，没有新桌椅，甚至没有新铺盖。两个人把自己平日的被褥集中到一起，就开始了新的生活。

他们的被褥是单薄的，他们的书籍是丰厚的。院里的陈大妈说："一对书呆子，怎么过日子哟！"而他们觉得，日子美得很。一间小屋，足以安身；两身布衣，足以御寒；三餐粗饭，足以充饥。这就够了。

他们视为珍宝的，是属于自己支配的时间。每天晚上，这陋室里就铺开了两摊子。陆文婷占据了唯一的一张三屉桌，借助于外文词典，阅读国外眼科医学文献，贪婪地在自己的本子上记下有用的资料。傅家杰屈居于床边的一叠箱子上，把一本本参考书摊在床上，研究他的金属断裂专题。院里那些调皮的孩子们，常常来窥探这对新婚夫妇的秘密，他们看到的总是这样一幅夜读图。

对于他们来说，能够有一张平静的书桌读一点书，能够不受干扰地开一个夜车研究一点学问，这一天就过得非常充实。尽管没有地方给他们发夜班津贴，她和他天天工作到深夜，把一天变成两天，从不吝惜自己的健康和精力。夏天的晚上，邻居们在院子里乘凉。香茶、团扇，徐徐的晚风，明亮的星星，有趣的新闻，海阔天空的闲扯，都不能把这对"书呆子"从闷热的小屋里吸引出来。

啊！多么安宁的日子，多么充实的夜晚，多么难得的生活。它刚刚开始，却又匆匆离去。

两个新的生命，相继来到这间小屋。园园和佳佳，多么逗人疼爱的两个小人儿！不能说孩子的降临没有给这个小家庭带来欢乐，但是，他们也带来了混乱和灾难。小屋里挤进一张小孩床，后来又换成了单人床，几乎没有转身之地了。屋内空中挂起了"万国旗"，瓶瓶罐罐堆起来。孩子的哭声、嬉笑声、吵闹声，破坏了这小屋的宁静。

傅家杰是体贴的。他在屋里拉起一块绿色的塑料布，把三屉桌挪到布幔后面，希望能在这瓶瓶罐罐、哭哭啼啼的世界里，为妻子另辟一块安定的绿洲，使她能像以前一样夜夜攻读。这谈何容易！

但是，一个眼科大夫，不掌握各国眼科医学的新成果，怎么能开阔自己的眼界，结合自己的临床经验，做出新的贡献呢？她常常强迫自己躲在布幔后面，把自己隔离起来，直至深夜。

当园园成为一名小学生以后，这张珍贵的三屉桌的优先使用权属于了园园。只有等儿子功课做完了，腾出地方来，陆文婷才能打开自己的笔记本和借来的医学文献书籍。至于傅家杰，只好排在最后了。

啊！生活，你是多么艰难！

陆文婷啃着冷烧饼，望着窗台上的小闹钟：一点五分，一点十分，一点十五分了！怎么办？该上班去了？明天去病房，门诊还有好多事需要交代。可，佳佳交给谁？再给家杰打电话吗？附近没有电话。就算有电话，也不一定能找到他。再说，他已经耽误了十年，现在不该再占他的时间，不能再让他请假！

她双眉紧皱，一筹莫展了。

或许，一生的错误就在于结婚。不是人常说吗，结婚是恋爱的坟墓。那时候，自己是多么天真，总以为对别人说来，也许是如此。对自己来说，那是决不可能的。如果当时就慎重考虑一下，我们究竟有没有结婚的权力，我们的肩膀能不能承担起组成一个家庭的重担，也许就不会背起这沉重的十字架，在生活的道路上走得这么艰难！

闹钟无情地嘀嗒着，已经一点二十分了！实在没办法，她只好找院里的陈大妈帮忙。陈大妈是街道积极分子，一向热心助人。以前每遇这种情况，也多亏了这位老大妈。可是，陈大妈坚持义务帮忙，从不接受任何形式的报酬，这使陆文婷总觉得于心有愧，也就尽量不去麻烦她。

今天又到了走投无路的时候，她只好去找这位好心肠的大妈。陈大妈满口答应：

"你尽管放心上班去，陆大夫！"

陆文婷把佳佳喜欢的小人书和积木放在小枕头边，又托付陈大妈按时给她喂药，便匆忙赶回医院。

她坐在诊桌旁时，心里还想着，一会儿跟护士长说一下，少叫几个号，我得早点回去。可是，病人一来，这一切又都忘了。

赵院长亲自打电话告诉她：焦副部长明天入院，请她准备手术。

秦波同志接连来了两次电话，询问手术前要注意什么事项，需要病人和病人家属做哪些配合，在精神上和物质上都需要做些什么准备？

这使她很难回答。她做过上百例这种手术，还很少有人向她提过这样的问题，只好答道：

"也没有什么要特别注意的。"

"嗯——怎么没有什么要特别注意的呢？我的同志哟，凡事预则立。思想准备充分一些总好嘛，是不是呀？我看，还是我来一下吧，咱们当面研究一次。"

陆文婷不得不赶忙挡驾，对着话筒说：

"我这里还有很多病人。"

"那明天我们到医院再谈吧！"

"好。"

放下这叫人头疼的电话，她又回到诊桌旁边，一直看完最后一个病人。这时，天已经擦黑了。

她赶回家去。走到窗户底下就听见陈大妈正唱着自己即兴创作的儿歌：

佳佳、佳佳

快长大，

赶明儿变个

科学家！

佳佳"咯、咯"地笑了起来。陆文婷心中感激万分，忙进屋谢了大妈，又摸摸孩子的额头，烧也退了些，她才松了口气。

给孩子打完针，傅家杰回来了。跟着又来了两位客人——姜亚芬和她的爱人刘学尧大夫。

"我是来向你告别的。"姜亚芬说。

"你要上哪儿去呀？"陆文婷问。

"我们申请去加拿大，护照批下来了。"姜亚芬的眼睛埋下，望着地面说。

刘学尧的父亲在加拿大行医，陆文婷是知道的。他几次来信要刘学尧夫妇去国外，她也听说过。但是，他们真的要走，却是她意想不到的。

"去多久？什么时候回来？"她问。

"可能就一去不回了。"刘学尧做出轻松的样子耸了耸肩膀答道。

陆文婷盯着自己的好朋友问道：

"亚芬，为什么你早没告诉我？"

"怕你劝阻我，更怕我自己动摇。"姜亚芬仍是躲开陆文婷的目光，眼睛盯着地面，好像要把这地望穿。

刘学尧从提包里拿出一包一包的卤菜，最后拿出一瓶葡萄酒来，兴致勃勃地说：

"你们还没做饭吧？正好，我借贵方一块宝地，举行告别宴会。"

九

这是一次含泪的晚宴。

与其说他们喝的是酒，不如说他们咽下的是泪。与其说他们吃的是美味的菜肴，不如说他们嚼的是人生的苦果。

佳佳睡着了，园园上邻家看电视去了。刘学尧举起酒杯，望着杯中的酒，感慨万端地说：

"人生，人生，人生真是难以预料啊！我父亲是个医生，古文底子很厚。我从小喜爱诗词歌赋，一心想当文人，可是命中注定要我继承父业，一晃三十多年。家严一生为人谨慎，他处世的格言是'言多必失'。可惜，这一点，我没有学来！我爱说，爱提意见，结果是祸从口出，每次运动都挨上。五七年毕业时差点成了右派，文化革命更不用说，又脱了一层皮。我是个中国人，不敢说有多么高的政治觉悟，可总还是爱国的，真心希望我的祖国富强起来。连我自己也想不到，在我快五十岁的时候，忽然会远离我的祖国。"

"不能不走吗？"陆文婷轻轻地说。

"是啊，为什么非走不可呢？我自己跟自己辩论过无数次了。"刘学尧晃动着手内半杯殷红的葡萄酒，又说，"我已经过了大半辈子，还能活几年？为什么要把骨灰扔进异国他乡的土壤？"

一桌人都默默不语，听着刘学尧抒发他的离别愁情。可是，他忽然缄口不言，仰脖把半杯剩酒一干而尽，才吐出一句话来：

"你们骂我吧！我是中华民族不肖的子孙！"

"老刘！别这么说，这些年你的遭遇，我们都知道的。"傅家杰给他酌上酒说，"现在黑暗已经过去，光明已经来到，一切都会好起来的。"

"这我相信。"刘学尧点点头，"可是，光明什么时候才能照到我家门前？什么时候才能照到我女儿身上？我等不及啊！"

"不谈这些吧！"陆文婷猜想刘学尧非要出国不可的理由，可能是为了他那唯一的女儿，觉得不便深谈，便岔开话说，"我从来不喝酒，亚芬和你要走了，今天我要敬你们一杯！"

"不，应该我敬你一杯！"刘学尧按住酒杯说，"你是我们医院的支柱，是中华医学的新秀！"

"你喝醉了！"陆文婷笑道。

"不，我没有醉。"

半天没有开口的姜亚芬，也举杯说道：

"我诚心诚意为文婷干一杯！为了我们二十多年的友谊，也为了未来的眼科专家！"

"哎呀！你们这是干吗？我算什么呀？"陆文婷连连摆着手说。

"算什么？"刘学尧真有点醉似的，愤愤地说，"像你这样身居陋室，任劳任怨，不计名位，不计报酬，一心苦干的大夫，真可以说是孺子牛，吃的是草，挤的是奶。这是鲁迅先生的话，对不对？傅家杰？"

傅家杰默默地独自喝着酒，点了点头。

"这样的人太多了，又不是我一个。"陆文婷仍笑着说。

"正因为这样，我们的民族才是伟大的民族！"刘学尧又喝了一杯。

姜亚芬望着熟睡在床上的佳佳，不无伤感地叹道：

"就是嘛，宁肯耽误自己孩子的病，也不肯误了给别人治病。"

刘学尧站起来，给所有人酌满酒，说道：

"这就是宁肯牺牲自己，也要普救天下。"

"你们今天怎么回事？专门抬我？"陆文婷笑着指指傅家杰说，"你问他，我最自私了。我把丈夫打入厨房，我把孩子变成了'拉兹'，全家都跟着我遭殃。说实话，我是个不称职的妻子，也是个不称职的妈妈。"

"你是一个称职的医生！"刘学尧叫道。

傅家杰又喝了一口酒，放下杯子说：

"这一点，我对你们医院是有意见的。大夫也有家，也有孩子。大夫的孩子也会生病，为什么从来没人关心过？"

"老傅啊！"刘学尧打断他的话，叫了起来，"如果我是赵院长，我首先给你发勋章，还要给园园、佳佳发勋章！是你们作出了牺牲，才使我们医院有了这么好的大夫……"

傅家杰抢过话来说：

"我不求勋章，也不要表扬。我只希望你们医院了解，做一个大夫的爱人，是多么不容易。且不说巡回医疗，抗灾救灾，一声令下，抬腿就走，家里一摊全撂下不管；就连平常手术台上下来，踏进家门，精疲力尽，做饭连手都抬不起来！试问：这种情况下，我不进厨房谁进厨房？说来真要感谢文化革命，给了我那么多时间，也把我练出来了。"

"亚芬早就说要给你摘掉'书呆子'的帽子。"刘学尧拍拍他的肩膀，笑道，"现在你是既能研究上天的尖端技术，又能深入厨房拳打脚踢，简直是一代共产主义新人在成长，谁说文化革命成绩不是主要的？"

傅家杰平日不沾酒，今天喝了一点，脸就红了。他拉着刘学尧的袖口笑道：

"对嘛，文化革命就是改造人的大革命。那几年，我不就被改造成家庭妇男了吗？不信，你们问文婷，我什么不干？什么不会？"

陆文婷听着这些含泪的笑谈，心里很苦。她不能制止他们。此时此刻，好像也只有这种过去的笑话才能冲淡离愁。见傅家杰含笑看着自己，只好勉强笑道：

"什么都会，就是不会纳鞋底。不然园园就不会老嚷买球鞋了。"

"这就是你的苛求了！"刘学尧一本正经地说，"傅家杰改造得再彻底，也不能像农村老太太那样，拿着鞋底到处转啊！"

"要不是粉碎了'四人帮'，说不定我还真拿着鞋底到研究所批判大会上纳去。"傅家杰说，"你们想，那种状况继续下去，科学、技术、知识统统打倒，不就剩下纳鞋底了吗？"

然而，这样伤心的笑谈又能持续多久呢？他们谈到粉碎"四人帮"，谈到科学的春天到来，谈到"臭老九"变成了"穷老三"，谈到中年干部的疾苦，空气又沉闷起来。

"老刘，你认识的人多，可惜你要走了。"傅家杰又打起精神，拍着刘学尧的肩膀说，"我听说当保姆收入颇高。我真想托你打听一下，谁家要雇男保姆……"

"我走了不要紧。"刘学尧也拍着傅家杰的手说，"现在出了一张《市场报》，登待聘广告，你可以试一试。"

"那太好了！"傅家杰推了推宽边眼镜，嘻嘻哈哈地说，"本人大学毕业，精通两门外国语，擅长烹调蒸煮，缝纫洗涤，兼做男女粗细各种杂活。体格健壮，性情温和，勤劳勇敢，任劳任怨。最后一条，报酬面议。哈哈！"

姜亚芬默默地坐在一旁，不举杯，不动筷，看他们笑，自己也想笑，可是笑不出来。她碰了碰自己的丈夫说：

"别说这些了，有什么意思？"

"意思？这是一个普遍的社会现象啊！"刘学尧挥着手说，"中年，中年，现在从上到下，谁不说中年是我们国家的骨干？是各条战线的支柱？医院的手术靠中年大夫；重点科研项目压在中年科技人员身上；工厂的各种难活是中年工人顶着；学校的重点课程也要中年教师担当……"

"你少发点议论吧！一个大夫管那么多干吗？"姜亚芬打断他的话了。

刘学尧眯起眼，似醉非醉地说：

"陆放翁的名句：'位卑未敢忘忧国'呀！我是个无名医生，可我不敢忘却国家大事。我请问：谁都说中年是骨干，可他们的甘苦有谁知道？他们外有业务重担，内有家务重担；上要供养父母，下要抚育儿女。他们所以发挥骨干作用，不仅在于他们的经验，他们的才干，还在于他们忍受着生活的熬煎，作出了巨大的牺牲，包括他们的爱人和孩子也忍受了痛苦，作出了牺牲。"

陆文婷呆呆地听着，轻轻说了一句：

"可惜，能看到这一点的人太少了！"

傅家杰愣了一下，给刘学尧酌上酒，笑道：

"老刘，你不应该当医生，也不应该当文人，你应该去研究社会学。"

刘学尧苦笑道：

"那我就是大右派了！研究社会学，必然要研究社会的弊病啊！"

"找到了弊病，加以改进，社会才能前进。这是左派，不是右派！"傅家杰说。

"算啦，左派右派我都不想当，不过，我对社会问题的确有兴趣。你比如说中年问题。"刘学尧两个胳膊肘扒在桌沿上，玩着空酒杯，又滔滔不绝起来，"旧社会有句话：'人到中年万事休。'这反映了在那个社会里，我们的民族未老先衰。人才活到四十岁，就觉得这辈子完了，不能再有什么作为了。现在呢，可以改一个字，'人到中年万事忙'。对吧？四五十岁的人，知识比较多了，经验比较多了，加上年富力强，正是担当重任的时候。这也反映在新社会里我们的民族年轻了，富有青春的活力了。中年人，正是大显身手的时候。"

"高论！"傅家杰赞道。

"你别忙叫好，我还有谬论。"刘学尧按住傅家杰的胳膊，谈兴更高了，"单从这方面看，我们这一代中年可以说是生逢其时的幸运儿了。其实不然，这一代的中年人又是不幸的。"

"话都叫你说了！"姜亚芬又打断他。

傅家杰拦住姜亚芬说：

"我倒很想听听这个不幸。"

"不幸在于他们最能出成果的黄金岁月，被林彪、'四人帮'的动乱耽误了。"刘学尧长长叹了口气说，"像你吧，几乎成了无业游民。现在，这批中年人要肩负起'四化'的重任，不能不感到力不从心，智力、精力、体力都跟不上，这种超负荷运转，又是这一代中年的悲剧。"

"你们这些人也真难伺候！"姜亚芬笑道，"不用你们吧，你们发牢骚：又是怀才不遇啦，又是生不逢时啦！重用你们吧，反倒又叫苦连天：又是担子太重啦，又是待遇太低啦！"

"你就没有牢骚？"刘学尧反问她。

姜亚芬低头不语了。

从刘学尧的这通议论里，陆文婷又感到，他之所以非出去不可，可能不全是为了他女儿，也为了他自己。

刘学尧又举起杯来，叫道：

"来！为中年干一杯！"

十

这天晚上，客人走了，孩子睡了，陆文婷刷了锅，洗了碗，回到屋里，只见傅家杰歪身靠在床头，摸着自己的额头发呆。

"家杰，你在想什么?"陆文婷站在他面前，望着他忧郁的神色，吃惊地问。

傅家杰没有回答她的话，却问道:

"你还记得裴多菲那首诗吗?"

"记得。"

"我愿意是废墟……"傅家杰把手从额上放下说，"我现在真成废墟了。我已经不像中年人，好像是老年了。你看，头顶秃了，头发白了，额头的皱纹多深了呀，我自己都能摸出来。真像一片残垣断壁，一片荒废景象。"

啊，真的，他变得多么苍老啊! 陆文婷心酸地扑到他身旁，抚着他的前额说:

"都是我不好，让家务把你拖垮了，都怪我!"

傅家杰取下她的手，温柔地捏在自己手中说:

"不，这不怪你。"

"我太自私了，只顾自己的业务。"陆文婷的眼睛离不开那印着皱痕的前额，声音颤抖着，"我有家，可是我的心思不在家里。不论我干什么家务事，缠在我脑子里的都是病人的眼睛，走到哪儿，都好像有几百双眼睛跟着我。真的，我只想我的病人，我没有尽到做妻子的责任，也没有尽到做母亲的责任……"

"别说傻话。你作出了多大的牺牲，只有我知道。"他忍住涌上眼眶的泪水，不说了。

陆文婷依偎在傅家杰胸前，伤心地说:

"你老了，我，我真不愿意你老……"

"不要紧，'只要我的爱人，是青春的常春藤，沿着我荒凉的额，亲密地攀援上升'。"他轻声地吟着他们喜爱的诗句。

秋夜，静静的。陆文婷倚在爱人的胸前睡着了。泪珠还凝结在她黑黑的睫毛上。傅家杰抬起身子，轻轻地让她在床上睡好。她睁开眼问：

"我睡着了吗?"

"你疲劳了。"

"不，我一点也不疲劳。"

傅家杰斜躺在床边，一手撑着自己的头，望着她说：

"金属也会疲劳。先产生疲劳显微裂纹，然后逐步扩展，到一定程度就发生断裂……"

疲劳、断裂，是傅家杰研究的专题，他常常挂在嘴边，从陆文婷耳边飘过。只有这一次，这些专有名词仿佛有着千钧重量，给她留下了深深的印记。

啊，多么可怕的疲劳，多么可怕的断裂。她觉得，在这悄静的夜晚，在这大千世界，几乎每个角落都有断裂的声音。负荷着巍巍大桥的支架在断裂，承受着万里钢轨的枕木在断裂，废墟上的陈砖在断裂，那在荒凉的废墟上攀援上升的常春藤也在断裂……

十一

夜深了。

病房中的大吊灯熄灭了，只有墙上的壁灯放出蓝幽幽的暗光。

陆文婷躺在病床上，只觉得眼前有两点蓝蓝的光。时而像夏夜的萤火虫在飞跃，时而像荒原的磷火在闪烁，待到定睛看时，又变成了秦波那两道冷冷的目光。

秦波的目光是严厉的。但是，在焦副部长住进医院的那天上午，她把陆文婷叫去的时候，目光却是亲切的，温和的。

"陆大夫，你来了，快，先坐一会儿! 老焦做心电图去了，一会儿就回来。"

当陆文婷跨上一幢十分幽静的小楼，穿过铺着暗红色地毯的过道，来到焦副部长住的高干病房门前时，秦波正坐在靠门的沙发上，她立刻起身，堆满笑容地接待了陆文婷。

秦波把陆文婷让到小沙发上坐下，自己也隔着茶几坐下了。可她立刻又站起来，走向床边，从床头柜里拿出一小筐橘子，放到茶几上说：

"来，吃个橘子！"

陆文婷摆了摆手，连说：

"不客气！"

"尝一个吧！这是老战友从南方带来的，很不错的。"说着，秦波亲自拣了一个递过来。

陆文婷只好把这黄澄澄的橘子接在手里。尽管今天秦波态度和蔼，陆文婷还是觉得背后冷飕飕的。那天初次见面时秦波的眼光好像两支冷箭一样至今还插在她背上。

"陆大夫，白内障到底是怎么一种病啊？我听一些医生说，怎么有的白内障还不能做手术？"秦波竭力用谦逊的声调问，那声音里甚至还含有讨好的成分。

"白内障就是眼睛里的晶体变得混浊了。"陆文婷看着手上的橘子说，"我们把混浊的程度不同分为初期、膨胀期、成熟期、过熟期，一般认为在成熟期做手术比较好……"

"哦，哦，"秦波点着头，又问道，"要是成熟期不做手术，再拖一拖又会怎么样呢？"

"那样不好。"陆文婷解释说，"到了过熟期，晶体缩小，晶体内部的皮质溶化，悬韧带松脆，手术就比较困难了，因为这时候晶体很容易脱位。"

"哦，哦！"秦波答应着，又点着头。

陆文婷感到她并没有听懂，也并不想弄懂。她为什么要问这些她并不懂得，也并不打算真正弄懂的问题呢？消磨时间吗？自己还有那么多事情在等着。刚到病房，病人情况需要了解，好多问题堆在脑子里，她真有点坐不住了。可是，她不能走，焦副部长也是病人，他的眼睛术前应该检查。他怎么还不回来呢？

"听说外国有一种人工晶体，"秦波想着，又说，"做完白内障手术，装上人工晶体，就可以不用配凸透镜了，是吧？"

陆文婷点头答道：

"对，我们也正在试验。"

秦波忙问：

"能不能给焦副部长装一个人工晶体？"

陆文婷微微一笑，说道：

"秦波同志，我才说了，这种手术我们正在试验阶段，给焦副部长装，合适吗？"

"那就算了。"秦波马上同意不在焦副部长身上做试验了。可是，她想了想，又问："你看，焦副部长这次手术，要采取一些什么措施？"

"采取什么措施？"陆文婷简直莫名其妙。

"我是说，要不要订一个什么手术方案。万一出现意外的情况，该怎么处理，事先安排好，免得到时候慌了手脚，乱了套。"秦波见陆文婷呆呆地望着自己，还不开窍的样子，就又补充说，"我看报上常登这方面的消息，有的还成立手术小组，先讨论方案嘛！"

陆文婷听到这里，不由笑道：

"这没有必要，白内障摘除是很一般的手术。"

秦波把头扭向一边，有点不高兴了。但她还是又把头转过来，心平气和地，甚至笑了笑说：

"我的同志哟！不要轻敌嘛，啊？轻敌思想往往造成失败，这在我们党的历史上是有过的……"

秦波耐心地做了一番思想工作，又引导陆文婷大夫去设想在什么情况下白内障手术容易招致失败。

"如果病人有心脏病，或者血压很高，做手术就要考虑。"陆文婷说，"还有，要是病人有气管炎的话，也要治好咳嗽再做手术。要不然，伤口切开了，病人一咳嗽，眼内溶物很可能脱落出来。"

"我担心的就是这个啊！"秦波拍着沙发扶手，叫了起来，"焦副部长心脏不大好，血压也高。"

"手术前我们都要检查的。"陆文婷安慰她说。

"他还有气管炎。"

"这几天咳嗽厉害吗？"

"这几天倒没有，可是，万一上了手术台咳嗽呢？嗯？怎么办？"

这时，陆文婷真感到这位夫人不好对付了。你不知道她想什么，也不知道她哪来这么多担心。陆文婷看了一下手表，已经快下班了。她望着两扇落地式大玻璃窗旁一动不动的白纱窗帘，心中不免着急。她侧耳留神听着门外，一阵轻轻的脚步走来，又过去了。又过了好久，才看见门被推开，焦副部长披着蓝条子的毛巾睡衣，由保健护士搀着进来。

"怎么去了这么久?"秦波问。

焦成思同陆文婷握了握手，朝沙发上坐下去，有点疲倦地说:

"到了这里就要听医院的。抽血、透视、做心电图。我不用排队，够照顾的了。"

秦波赶忙递过一杯热茶，焦成思喝了一口，说道:

"其实，眼睛做个手术，也用不着这么兴师动众。"

陆文婷从护士手中接过病历，一边翻阅，一边说:

"胸部透视正常，心电图正常，血压稍高一点。"

"高多少?"秦波急忙问道。

"高压150，低压100，不妨碍做手术。"陆文婷又问，"焦副部长，你这几天咳嗽吗?"

"不咳嗽。"焦成思毫不犹豫地答道。

秦波马上盯问道:

"你能保证上了手术台一声不咳嗽?"

"这……"焦成思困惑了，不知该怎么回答。

"老焦，你可不要掉以轻心。"秦波严肃地说，"刚才陆大夫说了，上了手术台，你要是一咳嗽，眼珠就可能掉出来。"

"这，我怎么能保证呢?"焦成思转向陆文婷问道。

"也没有说得那么严重。"陆文婷说，"焦副部长，你是抽烟的吧?最好手术前不要抽烟。"

"这没有问题，我可以做到。"焦成思说。

秦波又马上盯问道:

"万一呢?万一你咳嗽起来怎么办?"

陆文婷笑道:

"秦波同志，这也不要紧。万一发生这种情况，我们可以立即把切口缝上，避免出危险。等咳嗽过后，打开再做。"

"对，对，"焦成思说，"我上次右边这只眼睛做的时候，也是打开，缝上，又打开的。不过，那倒不是因为我要咳嗽。"

"那是为什么？"陆文婷觉得很奇怪。

焦成思把茶杯往桌上一放，掏出烟盒，想起大夫刚才的话，又装了进去，叹了口气说道：

"那时候，我被打成叛徒。右眼看不见了，跑来做手术。刚开始手术，造反派就闯了进来，硬逼着大夫中断手术，说是决不能让叛徒重见光明。当时，我简直气晕了，浑身的血直往头上冲。多亏了那位大夫沉着冷静。她立刻把切口缝上了，避免了意外。她又把造反派赶了出去，才把手术做完了，唉！"

"啊……"陆文婷听了不由一怔，忙问道，"你右眼是在哪个医院做的？"

"就在你们医院。"

怎么，世界上会有这么雷同的事？她看了看焦成思，竭力想看出这个人是否曾经相识。可是，一点也看不出来了。

十年前，她曾给一个"叛徒"做过白内障摘除，在手术过程中也曾发生过造反派阻拦的事，情节和焦副部长说的一模一样。那个病人姓什么呢？对，也姓焦。是他，就是他！后来造反派串联了医院响当当的人物，给陆文婷刷了大标语："陆文婷的手术刀为大叛徒焦成思服务，是对无产阶级彻头彻尾的背叛！"

啊，怎么会认不出来了呢？十年前的焦成思身披一件破旧棉袄，脸色憔悴，精神不振，孤身一人来挂普通门诊。陆文婷建议他做手术，开了预约单，病人如期到来。就在刚开始手术的一瞬，就听外面护士在嚷：

"这是手术室，谁也不准进！"

接着就听一阵乱叫乱吼：

"什么手术室？他是大叛徒！给叛徒做手术，我们就是要造反！造定了！"

"臭老九给叛徒大开方便之门，决不允许！"

"冲！往里冲！"

焦成思在手术床上听得清清楚楚。他气急地说：

"算了，瞎就瞎吧，不要做了，大夫！"

"你不要动！"陆文婷一边说，一边已经飞快地把切口的预置缝线结扎好了。

三个大汉冲进了手术室，还有几个胆小的在门口站着。陆文婷坐在手术台的床头一动不动。

刚才，焦副部长说是那位大夫"把造反派赶出去"的。这不对。陆文婷从来没有骂过人，也从来没有赶过人。当时，她身穿白色的手术袍，脚穿绿色的泡沫塑料拖鞋，头戴蓝色的布帽，脸上蒙着一个大口罩，只有两只眼睛和一双戴橡皮手套的手露在外面。也许是头一次看到这种陌生的装束；也许是头一次感到手术室异样庄严的气氛；也许是头一次见到手术台上雪白的有孔巾下露出的一只血淋淋的眼球，造反派们给吓住了。陆文婷大夫仍然坐在那只高凳上，只是从口罩底下吐出几个字来：

"请你们出去！"

几个造反派面面相觑，好像也感到这里确实不是一个造反的地方，转身走了。

当陆文婷又重新剪开缝线，继续工作时，焦成思说：

"还是不做了吧！就算你把我的眼睛治好了，他们还会把我整瞎的。而且，可能祸及于你。"

"不要说话！"陆文婷几乎是命令说，同时两手飞快地操作。等到手术完毕，为他缠上纱布时，才说了一句："我是医生。"

就这样，陆文婷为焦成思在不寻常的情况下做了右眼的白内障手术。

当年，焦成思机关里的造反派到医院来给陆文婷刷大字报，也曾经轰动一时。但是，对陆大夫来说，这也算不得什么！无非是在"白专道路""修正主义苗子"等原有的罪名之外，又新加一个"包庇叛徒"的罪名。这个罪名连同这个手术，她都没有往心里去，也都逐渐从她的记忆中隐退了。如果不是焦成思偶然提起，她已经完全忘记了这件事。

"陆大夫，我就佩服这样的医生，真是治病救人哪！"秦波感叹地说，"可惜那时没有病历，不知她姓什么叫什么。昨天我们还跟赵院长谈起，如果请她做手术，就放心了。"

陆文婷听了，脸上露出尴尬的神色，秦波一见，又忙说道：

"不过，陆大夫，你也不要见怪。赵院长对你是很信任的。我们，当然也是信任你的。希望你不要辜负领导对你的期望，要向上次给焦副部长做手术的那位大夫学习。当然，我们也要向她学习。你说，是不是啊？”

陆文婷只好把低着的头点了点。

“你还很年轻哟！”秦波又鼓励她说，“听说你还没有入党，是不是啊？要努力争取嘛，我的同志哟！”

“我家庭出身不好。”陆文婷老实地答道。

“哎——这个问题不能这么看嘛！家庭不能选择，道路可以选择。”秦波热情地滔滔不绝地说起来，“我们党的政策历来是有成分论，不唯成分论，重在表现。只要你真正同家庭划清界线，靠拢组织，对人民作出贡献，党的大门是对你开着的。”

陆文婷没有再说什么，走过去拉上窗帘，掏出眼底镜来给焦成思做检查。之后她说：

“焦副部长，如果你没有什么别的情况，我们后天就把手术做了吧！”

“行，早做完早出院。”焦成思痛痛快快地抢先答应了。

已经过了下班时间了，陆文婷告辞出来。秦波又追出来，喊住她：

“陆大夫，你是回家吗？”

“是呀！”

“用焦副部长的车送你回去吧！”

“不用，不用。”

陆文婷连忙摆着手走了。

十二

临近子夜，病房里没有一点声息，没有一点动静。壁上那盏蓝色的孤灯，依稀地照着吊瓶中的溶液在无声地滴着。一滴，一滴，缓缓地输进病人那青筋隆起的血管里。在这万籁俱寂的黑夜里，似乎只有它是唯一的信息，告诉人们：陆大夫还活着！

傅家杰呆坐在床头，痴痴地望着自己的妻子。在这纷乱的二十多个小时里，他还是第一次独自守护在她身畔。不，在十几年的共同生活中，似乎也是第一次这样地守在她身旁，这样地看着她。

记得有一次，大概还是热恋的时候，他也曾长时间目不转睛地看着她。可是她却歪着头问："你为什么这样看我？"他只好讪讪地把视线移开。现在，她不能歪过头去了，她也不能问话了。她好像被解除了武装，任凭他的目光在她脸上久久地停留，再也不能"抗议"了。

直到此刻，他才心惊地发现，她变得多么衰老了啊！原来漆黑的美发已夹杂着银丝，原来润泽的肌肉已经松弛，原来缎子般光滑的前额已刻上了皱纹。那嘴角，那小巧的嘴角也已经弯落下来。啊！她的生命似乎也已像耗尽了最后一滴油的灯芯，只剩下微弱的光和热了。他简直不愿相信，自己的妻子，一个如此坚强的女性，竟在昼夜之间变得这样虚弱！

他深知她不是一个弱女子。她生来苗条纤细，看上去弱不禁风，然而，她并不是弱不禁风的。她总是用瘦削的双肩，默默地承受着生活中各种突然的袭击和经常的折磨。没有怨言，没有怯懦，也没有气馁。

"你是一个很坚强的女人。"傅家杰常说。

"我？不，我很软哩！一点儿也不坚强。"她总是这样回答。

这一次，就在她病倒的头一天晚上，她又作出了一个被傅家杰称为坚强的决定——让他搬到研究所去住。

那天晚上，佳佳的病基本好了，园园的功课也做完了，兄妹俩相继睡去。小屋里得到片刻的安宁。

已是秋天了，阵阵秋风送来了寒意。托儿所通知家长们给孩子送棉衣了。陆文婷拿出佳佳去年穿的小棉袄，把它拆开，放大，接长袖子。她把棉袄铺在那张三屉桌上，为女儿过冬的棉衣絮上一层新棉花。

傅家杰从书架上取下他的一篇未完成的论文，在桌旁站了站，就歪身在床头坐下。

"等一会儿，我马上就絮完了。"陆文婷说着，没有回头，只加快了速度。

当陆文婷把絮好的棉袄撤走时，傅家杰说：

"什么时候再有半间房就好了。哪怕六平方米，五平方米也行，只要能搁下一张桌子。"

陆文婷坐在床边低头做活。她听着，没有答话。过一会儿，她忙忙地把没缝完的棉袄折起来，说：

"我得到医院去一下，桌子你尽管用吧！"

傅家杰回过头来问：

"这么晚了，还上医院？"

陆文婷一边穿上外衣，一边说：

"明天早上的两个手术，有些不放心，我得去看看。"

其实，陆文婷晚上跑到医院去是常有的事。为此，傅家杰常常笑她："人在家中，魂在医院。"

"你多穿一件衣服吧，夜里冷。"

"我马上就回来。"陆文婷忙说，又带着歉意地笑道，"你不知道，明天的两个手术挺有意思。一老一小。一位副部长，他夫人老怕手术做不好，总是制造紧张空气，所以我得去看看他。小的是个女孩儿，娇得很，今天还缠着我说，她晚上尽做梦，睡不好……"

"行啊，我的大夫！快去快回吧！"傅家杰也笑道。

她走了。回来时见傅家杰还在灯下用功。她没有惊动他，过去给孩子掖了掖被子，说道：

"我先睡了。"

傅家杰见她躺下了，又埋头于稿纸和书本。过了一阵，他虽并不曾回身，却感觉到陆文婷还没有入睡。是不是灯光影响了她？傅家杰把台灯弯得更低些，又用一张报纸挡上，才继续工作。

又过了一阵，他听到她发出了轻轻的均匀的呼吸声。傅家杰心里很清楚，她并没有睡着。多少次，她都是用这种假意的鼾声，企图给他一种错觉和安慰，要他不必顾忌她能不能在灯光下入睡，而专心于自己的著作。其实，这个小小的"诡计"傅家杰早已识破，只是不忍心拆穿它。

再过了一阵，傅家杰站了起来，伸了伸腰说：

"算啦！我也睡吧！"

"你别管我！"陆文婷忙答道，"我已经进入半睡眠状态了。"

傅家杰双臂撑在桌沿上，望着未完成的论文，犹豫了片刻，还是噼噼啪啪扣上了一本本的书，下决心说：

"不干了！"

"你的论文怎么办？不抓紧晚上的时间，什么时候能写完？"

"损失了十年的时间，一夜也补不回来啊！"

陆文婷索性坐了起来，随手披上一件毛衣，靠在床头，很认真地对他说：

"你知道刚才我在想什么？"

"你什么也不该想！你应该快闭上你的眼睛，明天你还要给人家治眼睛……"

"你别打岔。你听我说，我想，你应该搬到研究所去住。这样，你就有时间了。"

傅家杰站在床前，瞪大眼睛望着她，只见她脸上放着光，眼睛是笑的，她显然被自己的想法兴奋着。

"我不是说着玩儿，我真的这么想。你应该是有所作为的，应该是科学家。是我和孩子拖累了你，影响你不能早出成果。"

"唉！不是这个问题……"

"是这个问题！"陆文婷打断他的话说，"当然，我们又不能离婚。孩子们不能没有爸爸，科学家也不能没有家庭。可是，我们可以想点办法，把你的八小时变成十六小时。"

"两个孩子，一大堆家务事，都压在你一个人身上，这怎么行？"傅家杰不同意。

"这怎么不行呢？离了你，我们家也在地球上转呀！"

他提出种种具体困难，她一一讲出解决的方案，最后她说：

"你不是常说我是一个坚强的女人吗？你就放心吧！我能挑起这副担子，你的儿子不会饿肚子，你的女儿不会受委屈。"

他被说服了。他们决定从明天起就试一试。

"在中国，要干一点事情真不容易啊！"傅家杰脱衣上床时说，"战争年代，老一辈为了革命的胜利作出了很多牺牲。我们这一代人，为了实现四化，也在作出很多牺牲。只是这种牺牲，常常不被人看见……"

傅家杰独自说着，当他脱下衣服搭在椅背上，回头看时，陆文婷已经睡着了。这回是真的睡着了。她的脸上还留着笑意，好像在睡梦中还为自己的这个倡议感到欣喜。

唉！谁会料到，这个试验在第一天就失败了。

十三

她的试验是失败的，她的手术是成功的。

那天上午，当她照例提前十分钟来到病房时，孙逸民迎着她说道："陆大夫，我正等你呢！今天有角膜材料，能做移植手术吗？"

"太好了。我正有个病人，急等着要做呢！"陆文婷立刻高兴地答应。

"你上午已经安排两个手术了。身体能顶下来吗？"

"能。"陆文婷挺直了身子，笑了笑，好像要证明她身上蕴藏着无穷无尽的精力。

"好吧，那就做吧！"孙逸民决定了。

于是，陆文婷挽着姜亚芬的手臂，朝手术室走去。她精神愉快，步履轻捷，好像不是走向一个紧张的战场，而是走向一个可以安憩的地方。

这所医院的手术室占了整整一层楼，气派宏大。"手术室"三个大红字漆在乳白色的玻璃门上。当病人躺在活动床上，被护士推进这两扇玻璃门之后，他们的家属就只能徘徊于这森严的大门之外，提心吊胆地望着那神秘的、似乎是很可怕的地方。好像死神正在那里游荡，随时可以伸出魔爪夺走自己的亲人。

其实，手术室并不是死神的宫殿，它是一个给人以生的希望的地方。进入手术室宽阔的走廊，四周高大的墙壁刷成淡绿色，使屋内的光线变得很柔和。走廊两边分别是外科、妇科、耳鼻喉科、眼科的手术室。这里每个人都穿着白色消毒长袍，眉上都严严地戴着浅蓝色印有"手术室"字样的消毒布帽。人人眼下都是一个大口罩，只露出两只眼睛。这里的人没有美与丑之分，甚至也看不出男和女之别。这里只有医生、助手、麻醉师、器械护士。白色的人群轻轻地走来走去，他们的脚步是迅速的，又是轻盈的。这里没有笑语，没有喧哗，在这座每天涌入上千人的大医院里，手术室是最安静、最有秩序的一角。

焦成思被送进了手术室。他躺在高高的乳白色的铁架手术床上，被蒙在消毒的有孔巾下。他整个的脸都被蒙上了，只从那橄榄形的小孔内露出一只需要动手术的眼睛。

陆文婷早已换好衣服，高举起戴上橡皮手套的双手，在手术床头的圆形铁凳上坐下。这只活动的凳子，像自行车的车座似的，可以自由升降。陆文婷个子矮，每次手术都需要把凳子升高。今天没有调整，高矮却很合适。她扭头朝坐在一旁的姜亚芬看了一眼，心里明白，这是就要和自己分别的老同学放好的。

护士把手术床旁的托盘架推过来。那长方形的盘内有剪子、缝针、有牙镊、无牙镊、固定镊、持针器、蚊式止血钳、球后针头、晶体勺等等小巧玲珑的手术器械。这个可以移动的托盘架，现在正放在焦成思胸前的上方。医生可以抬手取到自己所需要的用具。陆文婷大夫坐在床头手术凳上，面对托盘架，正好像一个食客坐在餐桌前，隔在餐桌与食客之间的只是下面的一只眼睛。

"我们开始了。你不要紧张。先给你打麻药，这样，你的眼睛就没什么感觉。一会儿手术就做完了。"陆文婷看着那只眼睛说。

听了这话，焦成思忽然叫道：

"等一等！"

怎么啦？陆文婷和姜亚芬都吃了一惊。只见焦成思一把扯下那有孔巾，竭力朝后仰起头，又伸出手来，叫道：

"陆大夫，我上次这只眼睛，就是你做的手术吧？"

陆文婷把双手举得高高的，怕病人的手碰着自己经过消毒的手，还未答话，只听焦成思又那么激动地叫道：

"是你，是你，一定是你！上次你也是这么说的，声调语气都一样！"

"是我。"陆文婷只好承认。

"你为什么不早告诉我？我应该好好感谢你啊！"

"那没有什么……"陆文婷找不到更多的话说了。她遗憾地望着扯下来的有孔巾，示意站在一旁的护士再换上一条。然后又说："焦副部长，我们开始吧！"

焦成思连声叹息着，似乎一时很难安静下来。陆文婷又用命令的语气说：

"不要动，不要说话！我们开始了！"

说着，她熟练地在眼睛下方皮下注射了奴佛卡因。然后，把病眼的上下眼皮分别用针穿上，拉开固定在有孔巾上。这样，一只被白色混浊体挡住了视线的眼珠，就完全暴露在灯光下了。陆文婷此时已经完全忘了躺在面前的是什么人，她只看到一只有病的眼珠。

这样的手术，陆文婷大夫不知做过多少次了。可是，每当她一上手术台，面对一只新的眼睛，拿起手术刀时，她的感觉都好像是初次上阵的士兵。这一次，也是这样。当她小心翼翼地把眼球结膜剪开，再把角巩膜半切开时，在一旁的姜亚芬已把穿好线的针递了过来。陆文婷伸出两个细长的手指，拿起像小剪刀一般的持针器，夹住针头，朝巩膜扎下去。

咦？不知为什么扎不动？她把浑身的力气都凝聚到了手指上，扎了几下，还是扎不进去。姜亚芬在一旁低声问：

"怎么回事？"

陆文婷没有答话，只把针拿起来对着灯光照看。把这半圆形像钓鱼钩似的针审视了一会儿，她回头问道：

"这针是不是新换的？"

姜亚芬也不知道，回头问器械护士：

"是换了针吗？"

器械护士走过来悄悄地说：

"是新换的。"

陆文婷又看了看针头，小声说：

"这种针怎么能用？"

为医疗器械的不合规格，陆文婷和大夫们不知提过多少次意见。然而，这些不合规格的次品仍然经常出现在托盘里。没办法，陆文婷只好挑选使用。碰到好的刀、剪、针，她就请器械护士保存好，一用再用。

不知为什么，今天换了全新的一套手术包，偏偏碰上这么一个次品。每逢这种情况，一向温和的陆大夫就变了颜色，很严厉地责备器械护士。小护士虽有十分委屈，也不好辩白。是呀，一根针虽小，但在病人的巩膜上一扎再扎，不必要地延长手术时间，将会给病人增加多少不必要的痛苦！

此刻，陆文婷皱起双眉。病人正躺在床上，巩膜扎不动，她又不能让病人知道内情，只低声吩咐了一句：

"换一根针来！"

她的声音完全是命令式的，护士忙从消毒盒里把旧针拿了来。

手术室的护士们对陆文婷大夫七分佩服，三分畏惧。佩服的是陆大夫手术漂亮，怕的是她要求严格。眼科被称为手术科。眼科大夫的威望全在刀上。一把刀能给人以光明，一把刀也能陷人于黑暗。像陆文婷这样的大夫，虽然无职无权，无名无位，然而，她手中救人的刀就是无声的权威。

针换来了。陆文婷很快在巩膜上把预置线缝上，只等把白内障摘除后，把缝线结扎上，这手术就成功了。谁知，就在她把巩膜全切开时，有孔巾下的焦成思忽然身子一动。

"不要动！"陆文婷严厉地说。

姜亚芬也急忙在一旁说：

"不要动！你怎么回事？"

可是，一个嗡声嗡气的声音从有孔巾下传了出来：

"我……要咳，咳……嗽！"

啊！真被秦波说中了！怎么偏偏在这关键时刻要咳嗽？也许只是他的一种心理作用，一种条件反射吧？陆文婷问道：

"能忍一忍吗？"

"不……不行……"焦成思的胸部已经在不停地起伏了。

任何有经验的眼科大夫，在做这种手术时，当病人的眼珠被打开的一霎那，心情都是非常紧张的。而在这时，最忌讳的是病人咳嗽。

事不宜迟，陆文婷一面采取紧急措施，一面安慰着病人：

"等一下！你哈气，哈气，先别咳出来！"

她一边说，一边两手不停地忙着，把刚缝上的预置线结扎起来。焦成思在大口大口地哈气，胸口剧烈地起伏着，好像马上就要憋死过去。待最后一个结打完，陆文婷舒了一口气，说：

"你可以咳嗽了！轻一点！"

然而，焦成思并没有咳出声来。他的呼吸又慢慢恢复了正常。

"你咳吧，不要紧了。"姜亚芬在一旁说。

焦成思很抱歉地说：

"真对不起，我不想咳嗽了，你们做吧！"

姜亚芬瞪起大眼，几乎想说，这么大年纪了，还这么不能控制自己。陆文婷朝她看了一眼，她才没有说出来。两人却相视一笑。类似这种情况也是经常常有的啊！

陆文婷又把结扎好的线剪掉，手术从头来起。这次很顺利地做完了。当陆文婷离开手术凳，坐在小桌前开处方时，焦成思已经被挪到活动床上，护士正准备把他推走，他叫道：

"陆大夫！"这微微带着颤抖的声音，很像出自一个做错事的男孩子口中。

陆文婷走到两眼缠着纱布的焦成思身旁，弯下腰问道：

"你怎么啦？"

焦成思伸出两手在空中摸着，抓到陆文婷还未脱去手套的手，他使劲握了握说：

"两次手术，都给你格外添了麻烦，真过意不去……"

陆文婷愣了一下，盯着这缠着十字形纱布的脸，安慰地说：

"没什么，你好好休息，过几天给你拆线！"

焦成思被护士推走了。陆文婷看了一下墙上的挂钟，本来四十分钟可以完的手术用了一个钟头。她脱下身上的这一件手术袍，摘下橡皮手套，又伸臂套上另一件刚从包里取出的消毒袍。当她转身等护士给她系上后面的腰带时，姜亚芬问道：

"接着做吗？"

"做。"

十四

"这个手术我来做，你休息一下，做下一个。"姜亚芬说。

陆文婷摇头笑道：

"还是我来吧。你不知道这个王小嫚，她害怕得要命。这两天跟我熟了，还好一些了。"

王小嫚不是躺在床上被推进来，而是被护士半拉半拽带进手术室的。她被罩在一套嫌大的白色病服里，扭扭捏捏不肯上手术床。

"陆阿姨，我害怕，我不做了，您出去跟我妈说!"

一见手术室里大夫和护士的打扮，王小嫚更紧张了，心跳得嘣嘣的，她求救似的朝陆文婷喊着，想挣脱护士的手。

陆文婷走到床头，笑着招呼她说：

"来呀，小嫚，我们不是讲好了吗？要勇敢呀！我给你打麻药，保证你一点儿都不疼!"

王小嫚从上到下打量着变了样的陆大夫，最后又直盯着她的眼睛。从那双温柔的含着笑意的眼睛里，孩子似乎找到了力量。她身不由主地上了手术台。护士给小病人罩上有孔巾。陆文婷示意护士把孩子的手腕用床两边的带子系上。王小嫚刚要反抗时，陆文婷坐在床头说：

"王小嫚，听话呀！谁都要捆上手的。你别动，一会儿就完了!"说着，就给注射麻醉剂，一边打一边说："我在给你打麻药了。打完了，你就一点儿也不疼了。"

这时，陆文婷不仅是一位手术医生，而且是一个溺爱孩子的妈妈，甚至是一名幼儿园的阿姨。她一边从姜亚芬手中接过适时递过来的剪子、镊子和各种特殊用处的手术针，一边细声细语地同小病人说着话。当她用小剪刀剪去眼里造成斜视的多余的肌肉时，牵动了神经，王小嫚哼哼起来，感到恶心。陆文婷忙说：

"有点恶心吧？不要紧，坚持一会儿。嗯，真听话！还恶心吗？好一点了吧？一会儿就做完了，真是好孩子!"

王小嫚就在这动听的催眠曲中，在一种似睡非睡的状态下，接受了手术。当她被缠绕上绷带推出手术室时，她清醒地记起了妈妈嘱咐的话，甜甜地说了一句：

"谢谢阿姨!"

手术室的大夫和护士都笑了。墙上挂钟的长针才走了半圈。

这时，陆文婷已经浑身是汗。额头渗出了汗珠，贴身的背心汗湿了，连手术袍的两腋也汗湿了。她自己也感到奇怪：天气并不热，怎么出这么多汗？她轻轻抡了一下胳膊，那由于长时间悬空操作的双臂，好像已经酸痛得麻木了。

当陆文婷再次脱下身上的长袍，伸出手臂去套另一件新袍的一霎那，她忽然感到眼前冒起一排金星。她把眼闭了一下，把头晃了几晃，然后慢慢地把手伸进袖子里。护士过来给她束好腰带后，忽然端详着她问道：

"陆大夫！你怎么嘴唇发白？"

正在一边换手术袍的姜亚芬回头一看，不禁也吃惊地问：

"真的，你怎么脸色这么难看？"

的确，陆文婷的脸色十分难看。青白的脸上两个乌黑的眼圈，好似上妆的演员用炭笔画出来的。上下眼皮都肿了起来，完全是一副病容。

见姜亚芬那么盯着自己，陆文婷笑了笑说：

"怎么啦？过一阵就好了。"

她不仅嘴上这么说，心里也确信自己是能够坚持下去的。多少年来不就是这样坚持下来的吗？

"手术还接着做吗？"护士站着不动。

"做呀！"

怎么能不做呢？角膜材料不能搁，病人不能久等，当然要做呀！

姜亚芬走上前去说：

"文婷，休息半个钟头再做吧！"

陆文婷抬头看了看挂钟，已经十点过了。推迟半小时，到食堂吃饭的同志就赶不上开饭时间，要吃凉菜；双职工也赶不上回家给孩子做饭了。

"接着做吗？"护士又问。

"做。"

十五

经特许来观摩移植手术的外院和本院的进修大夫们来了，正站在门外和陆文婷说话。

张老汉已又说又笑地被护士扶上了手术床。手术床对于这身材高大的老汉是太小了。他那一双穿着布袜子的大脚悬空搁在床外，两只胳膊也半悬在床侧。甚至于他浑身的精力也好似悬在四周。他真像一棵坚硬的橡树，那么高大，那么结实。他的嗓门真大，他一刻也憋不住，正和护士说着话儿：

"姑娘，您别笑话，要不是巡回医疗队去我们村，说死了我也不敢挨这一刀。您想，我的肉，你的刀，这一刀子下去，是好是歹谁知道呀！哈哈哈！"

年轻护士抿嘴儿笑了，又悄悄嘱咐他：

"老大爷，您小点声儿！"

"这我懂！姑娘，医院嘛，那可是个肃静的地方。"说是说，老汉的嗓门并不见小多少。他又抬起一只胳膊，比画着说："唉，您不知道，一听说我这眼睛瞎了还能治好，我是又想哭又想笑。我爹就瞎了半辈子，临了就那么窝窝囊囊地入了土。没想轮到我这儿，瞎了还能见太阳。您说，是两个世道不是？说到哪儿，我也得说，社会主义好！"

小护士一边抿嘴儿笑着，一边给这兴奋得直要坐起来的病人蒙上有孔巾，一边又嘱咐说：

"老大爷，您可别动了，这是消了毒的，一碰就脏了！"

"那是！"张老汉十分认真地说，"入乡随俗。到哪儿听哪儿的，入了医院，就得守医院的规矩。"说是说，他那粗大的胳膊又想往上抬。

一旁的护士瞧着不放心，拿起拴在手术床旁的带子说道：

"老大爷，给您手腕系上点儿，这是医院的规矩！"

张老汉一愣，继而又哈哈笑道：

"您就捆吧，这还用说！说实话，姑娘，要不是这双眼治的我，我可不是那老实待着的主儿。就这，我在家还一天下两遍地。唉！生就的兔子脾气，就爱满世乱蹦跶，待不住呀！"

小护士又被他说得笑了起来，他自己也嘿嘿地笑了。当陆文婷刚一迈进来，他立即止住了笑，侧耳一听，就叫了起来：

"陆大夫！是您吗？我一听就听出来了。也怪，这眼一瞎，俩耳朵倒透着那么好使。没法子，耳朵当眼睛使了。"

陆文婷望着这充满活力的病人，听着他的话，也不由笑了。她坐下来，开始了手术前的准备工作。从托盘架上的一个小杯里取出珍贵的角膜材料，先缝在纱布的眼珠模型上。这工夫，张老汉又说话了：

"这眼珠子还能换，我可一辈子头回听说！"

姜亚芬笑道：

"不是换眼珠，是换眼珠上边的一层膜。"

"嗐，那都是一码事儿！"张老汉并不深究其详情，只自顾自地感叹着，"您说，这得多高的手艺！等我带俩好眼睛回去，村里人别说我遇了仙呢！哈哈哈！我得告诉他们，我遇见了陆大夫！"

姜亚芬"扑哧"笑了，冲着陆文婷直眨巴眼儿。陆文婷被他说得不好意思了，一边缝，说了一句：

"别的大夫也一样做的。"

"那是！"张老汉肯定地说，"闹着玩儿的吗？没能耐的大夫他也迈不进这大医院的高门坎儿呀！"

准备工作完毕，陆文婷用开睑器撑开了病人的眼睛，同时说道：

"我们开始了。你不要紧张。"

张老汉可不像一般病人那么默默地听着，他觉得大夫跟你说话，你不吭气儿是不够礼貌的。于是，他十分通情达理地答道：

"不紧张，不紧张，没事儿，疼点儿也没啥。您想这个理儿，动刀动剪子的还有个不疼的吗？您尽管放心动刀！我信得过您，再说……"

姜亚芬笑着拦住他说：

"老大爷，您可不准再说话了。"

张老汉这才不言语了。

陆文婷开始操作。她拿起像钢笔帽口那么小的环钻，轻轻地把病人坏死的角膜取下。又拿过那块缝在纱布上的材料，用同一环钻切下同样大小的一块，按在病人的眼珠上。然后拿起持针器，细心地一针一针地缝了。

在一块只有钢笔帽口那么点的角膜周围，需要缝上十二针。这不是在伏伏贴贴的布面上缝，是在溜滑菲薄的一层膜上缝。每缝一针，她似乎都把自己浑身的力量凝聚在手指尖上，把自己满腔的热血通过那比头发丝儿还细的青线，通过那绣花针儿还纤小的缝针，一点一滴注入到病人的眼中。此时，她那一双看来十分平常的眼睛放出了异样的智慧的光芒，显得很美。

手术极其顺利。最后一针缝好了，最后的一个结扎上了。那移植上去的圆形材料，严丝合缝地贴在了病人的眼珠上。如果没有四周黑色的线结，你简直认不出那是刚刚才换上去的。

"手术真漂亮!"围观的大夫们悄悄发出由衷的称赞。

陆文婷轻舒了一口气。旁边的姜亚芬抬起眼睛,感动地看了一眼自己的老同学,没有说话,把一叠厚厚的长方形纱布盖在病人的眼上。

张老汉被挪到活动床上往外推时,好像刚从梦中醒来。他顿时活跃起来,人到了门外,还用他那洪亮的声音喊了一声:

"陆大夫,让您受累了!"

手术结束了,陆文婷想站起来。可是,只觉得双腿发麻,站不起来。她停了停,又试图站起,这样好几次,才站了起来。一阵腰部的酸痛突然向她袭来,她反过一只手按住腰。这在她也是常有的事。每当她聚精会神地在这张圆凳上坐了几个小时,全部智与力都集中在手术时,她丝毫也不觉得身体的劳累。可是,当手术一结束,她就觉得浑身像散了架,连迈步都很困难了。

十六

这时,傅家杰正骑着自行车往家跑。

本来,他是不准备回家的。根据昨天晚上陆文婷的建议,傅家杰今天一早就把被褥打成包,捆在车后座上,带到研究所,准备开始新的生活。

到了中午下班时,他的决心动摇了。今天她在病房,手术能按时完吗?一想到她疲乏不堪地走进家门,又要手忙脚乱地做饭,总觉得过意不去。他还是蹬上车回家了。

就在他骑着车刚拐进胡同口时,一眼就看见陆文婷扶着墙站在那儿,好像走不动了。

"文婷!怎么啦?"傅家杰喊了一声,赶紧下车搀住她。

"不要紧,有点累。"陆文婷把胳臂搭在傅家杰肩上,一步一步走回家里。

她只说有点累,可是傅家杰见她脸色苍白,一头冷汗,不放心地问:

"要不要去医院看看?"

陆文婷闭着眼睛在床边坐下说:

"不用了。歇一会儿就好了。"

她指指床，好像没有力气再说话，也不愿再动了。傅家杰替她脱了鞋，脱了外衣，说：

"那你先躺一会儿，休息休息，我一会儿叫你……"

"不用叫，"她躺下时还说，"我反正睡不着，躺一躺就好了。"

傅家杰转身出去，坐上一锅水，又回到屋里来取挂面时，还听见陆文婷说：

"是该休息休息。这个星期天，我们带孩子到北海玩一趟吧！十多年没有去过北海了！"

"好呀，我赞成！"傅家杰口里答应着，心里却疑惑起来：十多年没去北海了，也没有动过去北海的念头，怎么她今天突然提起要去北海？

傅家杰不安地望了望躺着的妻子，转身出去煮面。他又切了点葱花、几片榨菜分放在碗里。当他端着面进屋时，陆文婷已经睡着了。他见她闭目静睡，没忍心叫醒她。园园回来，他们就一块吃起面来。

正在这时，陆文婷在床上呻吟起来。傅家杰忙撂下碗转身到床前，只见陆文婷面如白纸，一头冷汗，微微喘着叫道：

"不行了！"

傅家杰吓慌了，攥着她的指尖，忙问：

"你哪儿不舒服？哪儿疼？"

她只痛苦地挣扎着，指了指左胸，答不出话来。

傅家杰在屋里乱转。他一会儿打开抽屉找止疼片，一会儿想想不对，又去找安定片。

在难以忍受的疼痛中，陆文婷似乎还是冷静的。她用手势止住了傅家杰的慌乱，尽力说了三个字：

"上医院！"

傅家杰这才感到事态严重。他们共同生活十几年来，陆文婷虽然天天去医院上班，可从来没有自己提出来去医院看病。她显然病得不轻。傅家杰顾不得多想，回头就往外走，到门口又扭头说了一声：

"我去叫出租汽车！"

公用电话在胡同口上。他忙忙地拨了汽车公司的号码，接电话的人冷冷地说：

"现在没有车。"

"喂，喂，我是送病人呀！"

"那也要等半个钟头！"

傅家杰还想哀求，那边的电话已经挂上了。

他没办法，赶紧给陆文婷所在的医院打电话。眼科办公室没人接，他让总机接到汽车队。汽车队的一个同志回答他：

"没有领导批的条子，不能派车。"

他上哪儿去找领导批条子呢？

"喂，喂！"他冲话筒嚷着，那边已经没有声音了。

他又给医院政治处打电话。政治处总该过问一下这种事吧？

电话铃声响了半天，才有一个女同志来接。听完他的话，这位女同志很客气地答道：

"请你和行政处联系一下吧！"

他又请总机把电话转到行政处。总机的电话员都听出了他的声音，不耐烦地问："你到底要哪儿？"到底应该要哪儿呢？傅家杰也搞不清了。他只央求给接行政处。接通了，叮铃铃，叮铃铃响了半天，根本没有人接电话。

傅家杰彻底失望了。他放弃了叫汽车的念头，转而去找平板三轮车。胡同里有一家做纸盒的"五·七"工厂，常常用三轮车运货。他跑到工厂说明情况，那主事的老太太倒挺同情，可惜帮不上忙，厂里仅有的两辆平板三轮都派出去了。

怎么办？傅家杰站在胡同里，差点要急疯了。用自行车推吧？她看来坐都坐不住，怎么推？

这时，一辆浅灰色的"一三〇"小卡车开了过来。傅家杰来不及多想，就两步站到路中央，向司机举起手来。

车停了下来。从驾驶室探出一张满腮胡子的脸来，大眼珠瞪着拦车的人。可是，当他听说家里有人得了急病，需要立刻送医院时，二话没说，就把手一挥，招呼傅家杰上车。

"一三〇"开到傅家杰家门口停下。等傅家杰搀着陆文婷一步一挨地走到车边时，司机忙伸出大手来把陆文婷扶进驾驶室，一直小心地把车开到医院的急诊室。

十七

从来没有睡得这么久，从来没有睡得这么累。陆文婷觉得好像是从高高的云端摔落下来，跌得浑身疼痛难禁，没有一点力气了。这突然的静卧，四肢休息了，心也静了下来，脑海里几乎成了一片空白。

多少年来，她奔波在生活的道路上，没有时间停下来，看一看走过的路上曾有多少坎坷困苦；更没有时间停下来，想一想未来的路上还有多少荆棘艰难。如今，肩上的重担卸下了，种种的操劳免去了，似乎有足够的时间去寻找过去的足迹，去探求未来的路。然而，脑子里空空荡荡，没有回忆，没有希望，什么也没有。

啊！多么可怕的空白！

也许，这只是一个梦，一个寂寞的梦。过去，也曾有过这样的梦，也是这样孤独，这样悲凉……

那一年，她还是一个五岁的小姑娘。一个北风呼啸的夜晚，妈妈出去了，只留下她一个人。天黑了，妈妈还没有回来。她第一次感到孤单、感到恐怖。她哭着，喊着："妈妈……妈妈呀！"后来，这情景，常在她的梦中萦绕。那怒吼的风声，那被吹开了的房门，那昏暗的油灯，是如此逼真。竟使她长久以来分辨不清，是当真入梦，还是把梦当真。

不，这一回不是梦，是真的了！

自己是躺在病床上，家杰还守在自己身旁。看，他累了。他歪倒身子靠在床沿上睡着了。他会着凉的，应该把他叫醒。可是她试了几次，总听不见自己的嗓音。喉咙好像被什么卡住了，叫不出声来。她想伸过手去，拉一件衣服给他披上，可是手动不了，它好像不是属于自己的了。

她朝四周打量了一眼，发现自己是躺在单人病房里。这种"特殊照顾"通常都属于垂危的病人。她忽然感到一阵恐怖：难道我也……

瑟瑟的秋风叩打着门窗，沉沉的夜色吞蚀着病房。她出了一身冷汗，神智反而清醒了。她意识到眼前的一切真真实实，这确实不是梦。

这是生的尽头，这是死的来临。

死亡原来是这样的，并不可怕，并不痛苦。它不过是生命逐渐地枯萎，意识逐渐地朦胧，它不过是缓缓地沉落，像一片漂在水中的叶儿，正随波逝去，终致淹没在水底。

她觉得一切都无可挽回地结束了。汹涌的波涛漫过了她的胸前，她正随水而去……

"妈妈……妈妈……"

她听见佳佳在呼喊，她看见佳佳沿着河岸追来。她忙回过头去，伸开双臂喊道：

"佳佳……我的女儿……"

流水把她席卷而去。佳佳的面容模糊了，沙哑的呼喊变成了可怜的抽噎：

"妈妈……我要梳小辫儿……"

为什么不给她扎小辫儿呢？她来到人间才六个年头，她对生活的希望，不过是扎上两个小辫儿。每逢看见那些扎着小辫、系着蝴蝶结的小姑娘，她是多么羡慕！可是，就连这一点小小的要求，她都不能满足她。她没有时间，星期一早上医院的病人也最多，哪怕一分钟的时间，对她来说都是宝贵的。

"妈妈……妈妈……"

她听见园园在呼喊，她看见园园沿着河岸追来。她忙回过头去，伸出双臂喊着：

"园园……园园……"

一个浪头把她打下去，她挣扎出水面，园园已经看不见了，只有他的声音从远处传来：

"妈妈……别忘了……白球鞋……"

各式各样的球鞋像装在万花筒里，在她面前转开了：白色的，蓝色的，高筒的，矮帮的，白色带红边的，白色带蓝边的。给园园挑一双吧，他脚上的鞋早已破了。给他买一双白球鞋吧，他会高兴一个月。可是，顷刻间，这样那样的球鞋都消失了。一张张标价牌迎面打来：三元一角，四元五角，六元三角……

家杰追来了。流水倒映出他狂奔的身影。他跑得那么急，他的声音在发抖：

"文婷，你不能走……"

她多么想停住，等他追来，拉自己一把。然而，流水无情，她身不由主随波逐流！

"陆大夫！陆大夫！"

两岸有多少人在呼喊她啊！穿着白大褂的亚芬、老刘、赵院长、孙主任，穿着病房衣服的焦成思、张老汉、王小嫚，还有许多认识和不认识的病人，都在喊着，喊着。

他们在喊我？我不能走，是不能走啊！在这世界上，我还有很多事情没有了结，还有很多责任没有尽到。我不能让园园和佳佳变成没有妈妈的孤儿。我不能让家杰遭到中年丧妻的打击。我离不开我的医院，我的病人。离不开啊，离不开这折磨人而又叫人难舍的生活！

我不能在这死亡之水中沉没。我要挣扎，我要反抗，我要留在人间。可，我怎么那么累呢？我没有力气反抗，没有力气挣扎，我正在沉下去，沉下去……

啊！永别了，园园！永别了，佳佳！你们还会想起妈妈吗？在这生命的最后一息，妈妈是带着对你们深深的眷恋离去的。我多么想念你们，让我紧紧地搂住你们，听我对你们说：孩子啊！原谅妈妈对你们爱得太少，原谅妈妈不得不一次次缩回向你们伸出的双臂，推开你们扑向我的笑脸，使你们在幼小的年纪就离开了妈妈的怀抱。

永别了，家杰！你为我付出了一切。没有你，我的生活寸步难行。没有你，我活在这世界上索然无味。啊，你为我作了多么大的牺牲！如果允许我忏悔，我将跪倒在你面前，请你原谅，原谅我没有能报答你对我无微不至的关怀和体贴，原谅我对你照顾得那么少，给你的那么少。多少次我想着，等我稍许空一点，我要多尽一点妻子的责任，我要按时下班回家，让你吃上一顿现成的晚饭。我要把三屉桌让给你，给你创造条件，写完你的论文。遗憾啊，晚了，我再也没有时间了。

永别了，门诊的病人！住院的病人！十八年来，我生活中最重要的部分属于你们。无论我行、走、坐、卧，回旋在我脑际的是你们，是你们的眼睛！你们不知道，每治好一只眼睛，你们给予我——一个医生，多么巨大的慰藉和快乐。可惜，这种快乐再也不会有了！

永别了，我的亲人！永别了，医院！永别了，我的病人！我是舍不得离开你们的啊！

我……

十八

"心动异常！"监视着荧光屏的大夫叫了起来。

"文婷，文婷！"傅家杰望着呼吸困难的妻子，尖声喊叫着。

值班室的大夫和护士们跑来了。

"静脉注射利多卡因！"值班大夫命令说。

护士飞快地把针头挑进病人的静脉。可是，刚注入一半，病人已经两手攥成拳、嘴唇发青、眼睛朝上翻去。可怕的阿斯氏综合征出现了。

陆文婷大夫的心脏停止了跳动。

紧张的抢救开始了。几个大夫轮流为病人进行人工心脏按摩。人工呼吸器也罩在病人脸上，发出"咕哒、咕哒"的声响。心脏去颤器打开了，当用这特殊的器械向病人胸部一击之后，病人的心脏又开始了跳动。

"准备冰帽！"值班大夫满头大汗地说。

陆文婷的头被套上了橡皮冰帽。

十九

窗外的天空泛出青色，天终于亮了。陆文婷大夫的生命挨过了危急的夜晚，也进到了新的一天。

接班的护士走来，轻轻拉开紧闭了一夜的百叶窗。一股清新的空气和着鸟儿欢乐的鸣叫一齐扑进病房，顿时冲淡了这里浓烈的药味和沉重的气息。黎明给垂危的生命带来了希望。

量体温的护士，送早饭的卫生员，接早班的大夫，川流不息地来了。在床上度过了一夜的病人似乎又重新燃起了生的希望，病房里呈现出新的生机。

王小嫚头上斜缠着纱布，包着那只经过手术的眼睛，向内科病房的护士苦苦哀求：

"让我去看看陆大夫！就看一眼！"

"不行。陆大夫昨晚上刚抢救过来，谁也不能进去！"

"阿姨！你不知道！她就是给我做手术，才病的呀！叫我去看看吧！我一句话都不说……"

"不行！"护士板起脸来。

"看一眼都不行呀？"王小嫚要哭了。这时，她一扭脸，看见张老汉正扶着他的小孙子走过来，忙扑上去叫道："张大爷，您快跟她说说，她不让进……"

张老汉头上缠着纱布，被王小嫚拉到护士面前。他站定了说：

"同志啊！让我们进去瞧一眼吧！"

护士一见，又来了个老大爷，生气地嚷了起来：

"眼科的病人怎么到处乱窜啊！"

"嗐！瞧您说的，您咋不懂啊！"张老汉的嗓门可小多了。他低声下气地说："您不知道这内里详情。陆大夫为啥病倒了？就为给我们开刀呀。唉！说实话，我瞧也是瞧不见。我寻思，在她床边站站，也算尽我这点心意。"

这护士心眼儿软，见大爷情真意切，只好耐心劝道：

"不是我不叫你们进去。陆大夫得的是心脏病，不能激动。你们不是为她好吗？你们去了一惊动，对她反而不好。"

"唉！是这个理儿。"张老汉长叹了一口气，在过道长椅子上歪身坐下，双手拍打着自己的膝盖，后悔不迭地埋怨自己："都怪我这老头子，催呀催呀，催个没完，硬挤着要早点动手术。唉！真没想到……这，陆大夫要是有个好歹，这可怎么好啊！"

老汉说着，伤心地低下了头。

孙逸民也赶在上班前来看望陆文婷。他忙忙地走着，不意被王小嫚一把拉住。

"孙主任，您是去看陆大夫的吧？"

孙逸民点点头。

"带我进去看看吧！嗯？"

"过些日子吧，现在不行。"

张老汉也闻声站了起来，摸索着拉住孙逸民的袖口说道：

"孙主任，听您的，我们就不进去。可，我有句话，今儿不管您多忙，您得听我把话说完。"

孙逸民用另一只手拍着张大爷的胳膊说：

"好，您说吧！"

"孙主任！陆大夫可是个好大夫。你们当领导的，可得花本钱给她治啊！您把她救好了，她能救好些人哪！不是有那好药吗？给她吃，别舍不得！我跟人打听，吃那贵重的药得自个儿掏钱。陆大夫拉家带口的，这又一病，她能掏得起吗？医院这么大，能给她掏点不？"

张老汉住了嘴，两手拉着孙逸民，脸向着他，侧过耳朵，期待着回答。

孙逸民为人古板，从不喜怒形于色。但这一次，他被老汉的话打动了，激动地握着老汉的手说：

"我们一定尽一切努力给她治病！"

张老汉似乎才把心放下，又叫过孙子来，摸着他胳膊上的布书包，对孙逸民说：

"给，几个鸡蛋，您能进去，您给她带进去！"

孙逸民忙说：

"这个，不用了。"

张老汉顿时生气了，拉着孙逸民大声说：

"您不拿进去，今儿我就不走！"

孙逸民只好接过一书包鸡蛋，打算等会儿再叫护士给送回去，解释一下。谁知，张老汉却猜到了，又说道：

"孙主任，您要叫人送回来，我可不依您！"

孙逸民无法，只好拿着鸡蛋，直把这一老一小送下楼去。

这时，赵天辉陪着秦波朝内科病房走来。

"赵院长，我是官僚主义，不了解情况，你怎么也不了解情况哟？"秦波边走边说，神情非常激动，"要不是老焦把她认出来，我们都还蒙在鼓里呢！"

"那一段我也在干校啊！"赵天辉无可奈何地答了一句。

他们进入病房时，孙逸民也走了进来。内科大夫汇报了昨晚的险情和抢救情况。赵天辉又看了看病房记录，点头说：

"要继续密切监视。"

傅家杰见来了这么多人，忙站了起来。秦波根本没有看见他，抢上去就在那张圆凳上坐下说：

"陆大夫，你好一点吗？"

陆文婷双目微启，没有应声。

"焦部长都跟我讲了。"秦波叹息道，"他很感谢你。他本来要亲自来看你，我没让他来。我代表他来看你。你想吃什么，缺什么，有什么困难，尽管告诉我，我们帮你解决，不要客气，大家都是革命同志。"

陆文婷闭了闭眼睛。

"你还年轻，要乐观些。对待疾病嘛，既来之，则安之，这……"秦波还想说下去。

一旁的赵天辉拦住她说：

"秦波同志，让病人休息吧，她刚好一点。"

"行，行，你好好休息吧！"秦波一边抬身站起，一边说，"过两天我再来看你。"

走出病房，秦波又皱起双眉对赵天辉说：

"赵院长，我可要给你们提个意见呀，像陆大夫这样的人才，怎么平时不关心，让她病成这样呢？中年干部，现在是我们的骨干力量，我的同志哟，要珍惜人才呀！"

"对。"赵天辉答道。

望着她远去的身影，傅家杰小声问孙逸民：

"她是谁？"

孙逸民从镜片上方望着门，皱了皱眉头，答道：

"一个马列主义老太太！"

二十

这一天，陆文婷大夫的病情略有好转。她能不大费力地睁开眼睛了，她还喝了两匙牛奶和一点橘汁。但，她仰卧着，两个眼睛直视着一个地方，目光是呆滞的，没有任何表情。似乎对四周的一切幸与不幸都很淡漠，对自己的重病以及这给全家带来的厄运也很淡漠。她那无动于衷的可怕的呆滞，简直是对人生的淡漠了。

傅家杰从未看见过她现在的这种样子。他被吓坏了。他连连唤她，她只轻轻晃动了一下手掌，好像不愿让人惊动，好像她在那种令人担心的半麻痹状态中感到舒服，决心把自己永远禁锢在那里面。

时间一点一点地过去，傅家杰紧张地坐在陆文婷床边，已经两夜没有合眼了。他觉得自己也到了疲劳的顶点，也在断裂了。

又不知过了多久，忽然，一阵撕裂人心的哭叫声，震动着每一个病房，也把傅家杰从麻木的疲惫状态中惊醒。

只听见隔壁房间里一个女孩子的声音在厉声哭叫："妈、妈妈呀！"接着是一个男子呜呜的哭声。再接着是一阵混杂的脚步声，好像很多人朝隔壁拥去。

傅家杰也奔到病房门口。他看见，先是一张病床从房里推了出来。床上严严地罩着一条白被单，蒙着一位死者的遗体。接着露出护士白色的身影，她轻轻地推着这活动床。一个十六七岁的姑娘，猛地从房中追了出来。她头发散乱，浑身颤抖，扑过来双手痉挛地抓住床沿，泪流满面地哀哀哭叫：

"别推她走！我妈妈睡着了！她会醒的，会醒的呀！"

往来探视病人的家属被堵塞在过道里。人们让开一条道，用静默来表示对这位陌生的死者的哀悼。所有的人都屏住呼吸，不敢移动脚步，似乎怕惊扰了被单下安息着的灵魂。

傅家杰也呆立在人群中，双脚像被钉子钉在那里了。他那明显变得消瘦的脸上，两个颧骨凸起。浓眉下布满红丝的眼睛里闪着泪花。他把汗湿的手掌紧紧捏成拳头，仍然克制不住周身簌簌地颤抖。他几乎想用手蒙住耳朵，不愿再听那凄厉的哭声。

"妈，妈妈呀！你醒醒，醒醒呀！他们要把你推走了！"那女孩子疯狂地喊着，扑过去要掀那被单，好不容易才被两旁的人拉住。

那个尾随在床边痛苦的中年男人，一边哭，一边反复喊着一句话："我对不起你呀！……我对不起你呀！"

这绝望的喊声像一把尖刀刺进傅家杰的胸膛。他睁着眼，紧盯着从他面前缓缓推过的这张床，紧盯着那无情的白被单下隆起的遗体。突然，他像触了电似的，猛然朝陆文婷的病房跑去。他一口气跑到她的床前，一头扑在她枕边，闭着眼，喘着气，嘴里只喃喃地重复着三个字：

"你活着！你活着！你活着！"

他那粗重的喘息声，惊醒了半睡中的陆文婷大夫。她睁开眼来，朝他望了望，又好像并没有看见他。

这呆滞的目光，使傅家杰浑身发抖，他失声喊道：

"文婷！……"

陆文婷的眼光又停留在傅家杰脸上，仍然是那种冷漠的眼光。这眼光令人胆寒心碎，使人感到她的灵魂已经飞离身躯，正在太空中遨游。

傅家杰不知该说些什么，做些什么，才能唤回她对生的热望。这是他的妻子，是他在世上最亲的亲人。从那年冬天和她漫游北海，给她念诗，到如今，多少个日日夜夜过去了，她一直是他最亲的人。他不能没有她。他要留住她！

诗！念诗吧！还像当年那样念诗吧！十多年前，是动人的诗句打开了她的心房。今天，再用同样的诗句唤起她最美好的回忆，唤起她对生的欲望和勇气吧！

于是，傅家杰半跪在她床前，含泪念道：

> 我愿意是激流，
> ……
> 只要我的爱人，
> 是一条小鱼，
> 在我的浪花中，
> 快乐地游来游去。

这诗句，好似惊动了她，她侧过脸久久地注视着自己的爱人，嘴唇动了动。傅家杰挨近她，听懂了她含混不清的话：

"我不能……游了……"

傅家杰忍下眼泪，又念道：

我愿意是荒林，

　　……

　　只要我的爱人，

　　是一只小鸟，

　　在我的稠密的

　　树林间做窝、鸣叫……

陆文婷又轻轻吐出几个字：

"我……飞不动了……"

傅家杰心痛难忍，但他仍含泪念下去：

　　我愿意是废墟，

　　……

　　只要我的爱人，

　　是青春的常春藤，

　　沿着我荒凉的额，

　　亲密地攀援上升。

　　这时，陆文婷眼里滚出两行晶莹的泪珠，默默地顺着眼角滴到雪白的枕头上。她又吃力地说：

"我……攀不……上去了！"

傅家杰扑在她身上，像孩子似的哭起来：

"是我没有把你照顾好……"

他睁开泪眼，呆住了。只见陆文婷的眼光又像先前一样停在一个地方，呆呆地停着，似乎没有听见他的哭声，没有听见他的叫声，对身旁的一切都漠不关心了。

病房大夫闻声赶来，见这情景，对傅家杰说：

"陆大夫身体很弱，你，不要跟她多说话！"

傅家杰就这样无言地守了一个下午。黄昏时，陆文婷好像又好了一些，她把头转向傅家杰，双唇动了动，努力要说什么的样子。

"文婷，你想说什么呀？你说吧！"傅家杰攥住她的手哀求道。

她终于说了：

"给园园……买一双白球鞋……"

"我明天就去买。"他答着，泪水不自主地滴了下来，他忙用手背擦去。

她望着他，还想说什么的样子。半天，才又说出几个字来：

"给佳佳，扎，扎小辫儿……"

"我，给她扎！"傅家杰吞泣着。他透过泪水模糊的眼望着妻子，希望她把想说的话都说出来。可是，她闭上嘴，好像已经用尽了力气，再不开口了。

二十一

两天以后，傅家杰收到一封寄自首都机场的信。他打开看到——

文婷：

　　我不知道你能不能见到这封信。也许，它将是一封永远无法投递的信。我多么希望不会是这样的，我也相信绝不会是这样的。这次，你病得很重，但我总觉得你会好起来的。你还能干很多事情，你正是出成果的时候，你不应该这么早就离开我们！

　　昨晚，我和老刘去向你告别时，你还昏昏地睡着。我们本来准备今天上午再去看你，可是临行前的琐事太多了，实在抽不出时间。一想到昨夜一别，也许会成为我们最后的一面，我的心就发抖。同窗共事二十余年，知我者莫如你，知你者也莫如我，想不到我们竟是这样地分别了。

　　现在，我在首都机场候机室里给你写信。你知道我站在什么地方吗？就在二楼出售工艺美术品的柜台边上。这里没有人，只有玻璃柜里陈列的展品对着我。还记得吗？我们俩第一次坐飞机，也曾来过这里，还在这个卖工艺品的柜台前欣赏了半天。

有一盆水仙做得那么逼真，那么娇好，细细的绿叶上还滴着露水珠。你说你最喜欢了。弯下腰一看标价，把我们俩都吓跑了。唉！现在我一个人站在这柜台前，又有一盆水仙，只不过花盆是另一种黄色的。那一盆，想必被人买走了。我望着这盆水仙花，不知为什么，只想哭。我忽然想到，一切都过去了。

记得傅家杰刚认识你的时候，有一次他到我们宿舍来，随口念了一句普希金的诗："一切过去了的都会变成亲切的怀念。"当时我直撇嘴，说这话不确切，还质问他："过去的不幸也怀念吗？"傅家杰笑笑，拒绝和我辩论。他心里一定认为我不懂诗。今天我忽然懂了！我觉得这句诗太确切了，简直是我此时此刻心情的写照，简直是为我写的！我真的觉得：一切过去了的都是那么亲切，那么让人怀念啊！

耳边又听得一阵隆隆声，又是一架飞机起飞了，不知要飞到哪里去？再过一个钟头，我也要登上舷梯，离开生我养我的祖国。一想到足踏在故国土地上只有六十分钟了，我忍不住泪水，我哭了，把信纸打湿了。可是，文婷，我没有时间换一张纸了，就这么写下去吧！

我不知道为什么这样伤心，我忽然觉得自己做了一件错事，我不该走的。我舍不得这里的一切，舍不得！舍不得我们的医院，舍不得我们的手术室，舍不得门诊室里我那一张小小的桌子！我常在背后说孙主任凶，不允许人家有一点错。现在，我愿再听一声他的斥责。他是个多么严厉的老师，没有他的苛求，我不会有今天这一手技术！

广播又响了起来，在祝愿旅客一路平安。能平安吗？想到就要上飞机了，我心里有一种空落落的感觉。我觉得自己像一个漂泊在天空的气球，不知将落在一个什么样的地方？在那里等待着我的又将是什么？我心神不定，甚至感到害怕！是的，是害怕！去一个陌生的国度，一个同我们社会完全不同的社会，我们能适应吗？怎么能不害怕呢？

老刘坐在那边的沙发长椅上发呆。他一直忙于收拾东西，不及思索，好像走的决心从来没有动摇过。但是昨天晚上，他把最后一件衣服塞进箱子里去，忽然说："从此以后，我们就是天涯孤客了！"后来，他就一直沉默不语。直到现在，还是一句话也没有说过。我知道他心里也很矛盾。

亚亚对这次走是最积极的。她甚至还表现出一种迫不及待的兴奋之情，我几次恨不得揍她一顿。但此刻，她站在候机室的大玻璃门前，望着忙忙碌碌的停机坪，也好像不愿离去了。

"不能不走吗？"我记得那天晚上在你家里，你曾这样问过。

我不能用一句话回答你，为什么我们非走不可。这几个月里，我和老刘几乎天天都在为走或不走烦恼着，争论着。促使我们下这决心的原因很多。为了亚亚，为了老刘，也为了我。但是，各式各样的理由，都不曾使我减少内心的痛苦，我们是不该走的。我们的国家正在开始一个新的时代，我们没有理由逃避历史（或许还该加上民族）赋予我们的使命。用造反派的语言来说，则是"工人农民的血汗把你们养大了，你们不应该背叛"！

同你相比，我是软弱的。我在这十年中受到的磨难比你少得多，但是我不能像你那样忍受。对于那些恶意的中伤，无端的诽谤，我常常爆发。这并不是我比你坚强，恰恰是我比你脆弱。我确实曾经想过，那么屈辱地活着不如死了好！只是为了亚亚，我才打消了这种念头。老刘作为"特嫌"被关起来那几年，我能熬过来，能活下来，亲眼见到粉碎"四人帮"的胜利，连我自己都意想不到。

当然，这些都是过去的伤心事了。傅家杰说得对，"黑暗已经过去，光明已经到来。"可惜的是，林贼、"四人帮"造成的一代人的偏见，绝不是短期内就能改变的。中央的政策来到基层，还要经过千山万水。积怨难除，人言可畏。我惧怕过去的噩梦，我缺少像你那样的勇气！

记得有一次批判白专道路，那些占领医疗卫生阵地的"沙子"，点了你的名，也点了我的名。会后，我们一起走出医院的大门。我说："我想不通。为什么刚有一点钻研业务的积极性，就要打下去？以后，再开这种会，我不参加，以示抗议！"而你却说："何必呢！再开一百次我也参加。反正手术还得我们做。我回家照样钻研！"我问你："这么批你，你不觉得冤吗？"你还笑了，你说："我一天忙得昏头转向，没时间去想它！"当时，我真佩服你！只是快分手时，你却嘱咐我："这种事，你别告诉傅家杰，他自己的事就够烦的了。"我们默默地走了一条街。我看到你的脸色是平静的，目光是自信的。你心里的想法是任何人动摇不了的。我也明白，你是用多么坚强的毅力抵抗着那些袭来的石子，走着自己生活的路。如果我能够有你一半的勇气和毅力，我也不会作出今天的抉择。

原谅我吧！我只能对你这样说。我走了，我把心留在你身边，留在我亲爱的祖国。不管我的双足走向何方，我都不会忘记故国的恩情。相信我吧！我只能对你这样说。相信我们会回来的。少则几年，多则十几年，等亚亚学有所长，等我们在医学上稍有成就，我们一定会回来的。

最后，衷心祝愿你早日恢复健康！经过这场大病，你应该接受教训，自己多照顾自己。这不是我劝你自私。你的不自私，是我历来敬佩的。我只希望你有一个健康的身体，我只希望中华医学的新秀能够吐出更多的芬芳！

别了，我的好友！

亚芬
匆匆于机场

二十二

一个半月以后，陆文婷大夫病体初愈，被允许出院了。

这几乎是一个奇迹。以陆文婷平日极为虚弱的身体，突然遭到这样一场大病的袭击，几次濒于死亡的边缘，最后竟能活了过来，内科大夫都感到惊异和庆幸。

这天上午，傅家杰怀着感恩的心情在妻子身边忙着。他替她穿上棉衣毛裤，又穿上一件蓝布棉袄，围上一条驼色大长毛围巾。

"家里怎么样了？"她问。

"挺好。昨天你们支部还派人去帮着收拾了。"

她立即想起那间小屋，那个罩着白布的大书架，那窗台上的小闹钟，那张三屉桌……

从死亡线上回来的她，虽然穿了这么多衣服，仍觉得身上轻飘飘的。当她站起来时，两腿打着哆嗦，很难支持身体的重量。她整个身子几乎全靠在丈夫身上，一手拽住他的衣袖，一手扶着墙，才迈出了步子。接着，一步又一步，她慢慢地走出了病房。

赵天辉院长、孙逸民主任，还有内科和眼科的一些同志们，跟在她身后，看着她一步一停地沿着长长的甬道，朝门外走去。

接连下了几天雨，一阵冷风吹得光秃的树枝呼呼地响。雨后的阳光格外的明媚，强烈的光束直射进这长长的长廊，冷风也呼啸着迎面吹来。傅家杰倍加小心地搀着妻子，迎着朝阳和寒风朝前走去。

门外石阶下停着一辆黑色的小卧车。那是赵院长亲自打电话给行政处要来的。

陆文婷大夫靠在丈夫臂上，艰难地一步一步朝门外走去……

我的遥远的清平湾

史铁生

　　北方的黄牛一般分为蒙古牛和华北牛。华北牛中要数秦川牛和南阳牛最好，个儿大，肩峰很高，劲儿足。华北牛和蒙古牛杂交的牛更漂亮，犄角向前弯去，顶架也厉害，而且皮实、好养。对北方的黄牛，我多少懂一点。这么说吧：现在要是有谁想买牛，我担保能给他挑头好的。看体形，看牙口，看精神儿，这谁都知道；光凭这些也许能挑到一头不坏的，可未必能挑到一头真正的好牛。关键是得看脾气，拿根鞭子，一甩，"嗖"的一声，好牛就会瞪圆了眼睛，左蹦右跳。这样的牛干起活来下死劲，走得欢。疲牛呢？听见鞭子响准是把腰往下一塌，闭一下眼睛。忍了。这样的牛，别要。我插队的时候喂过两年牛，那是在陕北的一个小山村儿——清平湾。

　　我们那个地方虽然也还算是黄土高原，却只有黄土，见不到真正的平坦的塬地了。由于洪水年年吞噬，塬地总在塌方，顺着沟、渠、小河，流进了黄河。从洛川再往北，全是一座座黄的山峁或一道道黄的山梁，绵延不断。树很少，少到哪座山上有几棵什么树，老乡们都记得清清楚楚；只有打新窑或是做棺木的时候，才放倒一两棵。碗口粗的柏树就稀罕得不得了。要是谁能做上一口薄柏木板的棺材，大伙儿就都佩服，方圆几十里内都会传开。

　　在山上拦牛的时候，我常想，要是那一座座黄土山都是谷堆、麦垛，山坡上的胡蒿和沟壑里的狼牙刺都是柏树林，就好了。和我一起拦牛的老汉总是"唏溜唏溜"地抽着旱烟，笑笑说："那可就一股劲儿吃白馍馍了。老汉儿家、老婆儿家都睡一口好材。"

　　和我一起拦牛的老汉姓白。陕北话里，"白"发"破"的音，我们都管他叫"破老汉"。也许还因为他穷吧，英语中的"poor"就是"穷"的意思。或者还因为别的：那几颗零零碎碎的牙，那几根稀稀拉拉的胡子。尤其是他的嗓子——他爱唱，可嗓子像破锣。傍晚赶着牛回村的时候，最后一缕阳光照在崖畔上，红的。破老汉用镢把挑起一捆柴，扛着，一路走一路唱："崖畔上开花崖畔上红，受苦人①过得好光景……"声音拉得很长，虽不洪亮，但颤巍巍的，悠扬。碰巧了，崖顶上探出两个小脑瓜，竖着耳朵听一阵，跑了：可能是狐狸，也可能是野羊。不过，要想靠打猎为生可不行，野兽很少。我们那地方突出的特点是穷，穷山穷水，"好光景"永远是"受苦人"的一种盼望。天快黑的时候，进山寻野菜的孩子们也都回村了，大的拉着小的，小的扯着更小的，每人的臂弯里都扎着个小篮儿，装的苦菜、苋菜或者小蒜、蘑菇……孩子们跟在牛群后面，"叽叽嘎嘎"地吵，争抢着把牛粪撮回窑里②去。

　　越是穷地方，农活也越重。春天播种；夏天收麦；秋天玉米、高粱、谷子都熟了，更忙；冬天打坝、修梯田，总不得闲。单说春种吧，往山上送粪全靠人挑。一担粪六七十斤，一早上就得送四五趟；挣两个工分，合六分钱。在北京，才够买两根冰棍儿的。那地方当然没有冰棍儿，在山上干活渴急了，什么水都喝。天不亮，耕地的人们就扛着木犁、赶着牛上山了。太阳出来，已经耕完了几垧地。火红的太阳把牛和人的影子长长地印在山坡上，扶犁的后面跟着撒粪的，撒粪的后头跟着点籽的，点籽的后头是打土坷垃的，一行人慢慢地、有节奏地向前移动，随着那悠长的吆牛声。吆牛声有时疲惫、凄婉；有时又欢快、诙谐，引动一片笑声。那情景几乎使我忘记自己是生活在哪个世纪，默默地想着人类遥远而漫长的历史。人类好像就是这么走过来的。

　　清明节的时候我病倒了，腰腿疼得厉害。那时只以为是坐骨神经疼，或是腰肌劳损，没想到会发展到现在这么严重。陕北的清明前后爱

---

① 　受苦人，即庄稼人的意思。陕北方言。
② 　窑里，即家里人之意。陕北方言。

刮风，天都是黄的。太阳白蒙蒙的。窑洞的窗纸被风沙打得"唰啦啦"响。我一个人躺在土炕上……

那天，队长端来了一碗白馍……

陕北的风俗，清明节家家都蒸白馍，再穷也要蒸几个。白馍被染得红红绿绿的，老乡管那叫"zi chui"。开始我们不知道是哪两个字，也不知道什么意思，跟着叫"紫锤"。后来才知道，是叫"子推"，是为纪念春秋时期一个叫介子推的人的。破老汉说，那是个刚强的人，宁可被人烧死在山里，也不出去做官。我没有考证过，也不知史学家们对此作何评价。反正吃一顿白馍，清平湾的老老少少都很高兴。尤其是孩子们，头好几天就喊着要吃子推馍馍了。春秋距今两千多年了，陕北的文化很古老，就像黄河。譬如，陕北话中有好些很文的字眼："喊"不说"喊"，要说"呐喊"；香菜，叫芫荽；"骗人"也不说"骗人"，叫作"玄谎"……连最没文化的老婆儿也会用"酝酿"这词儿。开社员会时，黑压压坐了一窑人，小油灯冒着黑烟，四下里闪着烟袋锅的红光。支书念完了文件，喊一声："不敢睡！大家讨论个一下！"人群中于是息了鼾声，不紧不慢地应着："酝酿酝酿了再……"这"酝酿"二字使人想到那儿确是革命圣地，老乡们还记得当年的好作风。可在我们插队的那些年里，"酝酿"不过是一种习惯了的口头语罢了。乡亲们说"酝酿"的时候，心里也明白：球是不顶！可支书让发言，大伙总得有个说的；支书也是难，其实那些政策条文早已经定了。最后，支书再喊一声："同意啊不？"大伙回答："同意——"然后回窑睡觉。

那天，队长把一碗"子推"放在炕沿上，让我吃。他也坐在炕沿上，"吧达吧达"地抽烟。"子推"浮头用的是头两茬面，很白；里头都是黑面，麸子全磨了进去。队长看着我吃，不言语。临走时，他吹吹烟锅儿，说："唉！'心儿'家不容易，离家远。""心儿"就是孩子的意思。

队里再开会时，队长提议让我喂牛。社员们都赞成。"年轻后生家，不敢让腰腿作下病，好好价把咱的牛喂上！"老老小小见了我都这么说。在那个地方，担粪、砍柴、挑水，清明磨豆腐、端午做凉粉，出麻油、打窑洞……全靠自己动手。腰腿可是劳动的本钱；唯一能够代替人力的牛简直是宝贝。老乡把喂牛这样的机要工作交给我，我心里很感动，嘴上却说不出什么。农民们不看嘴，看手。

我喂十头，破老汉喂十头，在同一个饲养场上。饲养场建在村子的最高处，一片平地，两排牛棚，三眼堆放草料的破石窑。清平河水整日价"哗哗啦啦"的，水很浅，在村前拐了一个弯，形成了一个水潭。河湾的一边是石崖，另一边是一片开阔的河滩。夏天，村里的孩子们光着屁股在河滩上折腾，往水潭里"扑通扑通"地跳，有时候捉到一只鳖，又笑又嚷，闹翻了天。破老汉坐在饲养场前面的窑顶上看着，一袋接一袋地抽烟。"'心儿'家不晓得愁。"他说，然后就哑着个嗓子唱起来："提起那家来，家有名，家住在绥德三十里铺村……"破老汉是绥德人，年轻时打短工来到清平湾，就住下了。绥德出打短工的，出石匠，出说书的，那地方更穷。

　　绥德还出吹手。农历年夕前后。坐在饲养场上，常能听到那欢乐的唢呐声。那些吹手也有从米脂、佳县来的，但多数是绥德人。他们到处串，随便站在谁家窑前就吹上一阵。如果碰巧那家要娶媳妇，他们就被推去，"呜哩哇啦"地吹一天，吃一天好饭。要是运气不好，吹完了，就只能向人家要一点吃的或钱。或多或少，家家都给，破老汉尤其给得多。他说："谁也有难下的时候。"原先，他也干过那营生，吃是能吃饱，可是常要受冻，要是没人请，夜里就得住寒窑。"揽工人儿难，哎哟，揽工人儿难；正月里上工十月里满，受的牛马苦，吃的猪狗饭……"他唱着，给牛添草。破老汉一肚子歌。

　　小时候就知道陕北民歌。到清平湾不久，干活歇下的时候我们就请老乡唱，大伙都说破老汉爱唱，也唱得好。"老汉的日子熬煎咧，人愁了才唱得好山歌。"确实，陕北的民歌多半都有一种忧伤的调子。但是，一唱起来，人就快活了。有时候赶着牛出村，破老汉憋细了嗓子唱《走西口》，"哥哥你走西口，小妹妹也难留，手拉着哥哥的手，送哥到大门口。走路你走大路，再不要走小路，大路上人马多，来回解忧愁……"场院的婆姨、女子们嘻嘻哈哈地冲我嚷，"让老汉儿唱个《光棍哭妻》嘛，老汉儿唱得可美！"破老汉只做没听见，调子一转，唱起了《女儿嫁》："一更里叮当响，小哥哥进了我的绣房，娘问女孩儿什么响，西北风刮得门栓响嘛哎哟……"往下的歌词就不宜言传了。我和老汉赶着牛走出很远了，还听见婆姨、女子们在场院上骂。老汉冲我眨眨眼，撅一条柳条，赶着牛，唱一路。

破老汉只带着个七八岁的小孙女过。那孩子小名儿叫"留小儿"。两口人的饭常是她做。

把牛赶到山里。正是晌午。太阳把黄土烤得发红，要冒火似的。草丛里不知名的小虫子"磁——磁——"地叫。群山也显得疲乏，无精打采地互相挨靠着。方圆十几里内只有我和破老汉，只有我们的吆牛声。哪儿有泉水，破老汉都知道：几镢头挖成一个小土坑，一会儿坑里就积起了水。细珠子似的小气泡一串串地往上冒，水很小，又凉又甜。"你看下我来，我也看下你……"老汉喝水，抹抹嘴，扯着嗓子又唱一句。不知道他又想起了什么。

夏天拦牛可不轻闲，好草都长在田边，离庄稼很近。我们东奔西跑地吆喝着，骂着。破老汉骂牛就像骂人，爹、娘、八辈祖宗，骂得那么亲热。稍不留神，哪个狡猾的家伙就会偷吃了田苗。最讨厌的是破老汉喂的那头老黑牛，称得上是"老谋深算"。它能把野草和田苗分得一清二楚。它假装吃着田边的草，慢慢接近田苗，低着头，眼睛却溜着我。我看着它的时候，田苗离它再近它也不吃，一副廉洁奉公的样儿；我刚一回头，它就趁机啃倒一棵玉米或高粱，调头便走。我识破了它的诡计，它再接近田苗时，假装不看它，等它确信无虞把舌头伸向禁区之际，我才大吼一声。老家伙趔趔趄趄地后退，既惊慌又愧悔，那样子倒有点可怜。

陕北的牛也是苦，有时候看着它们累得草也不想吃，"呼哧呼哧"喘粗气，身子都跟着晃，我真害怕它们趴架。尤其是当年那些牛争抢着去舔地上渗出的盐碱的时候，真觉得造物主太不公平。我几次想给它们买些盐，但自己嘴又馋，家里寄来的钱都买鸡蛋吃了。

每天晚上，我和破老汉都要在饲养场上待到十一二点，一遍遍给牛添草。草添得要勤，每次不能太多。留小儿跟在老汉身边，寸步不离。她的小手绢里总包两块红薯或一把玉米粒。破老汉用牛吃剩下的草疙节打起一堆火，干的"噼噼啪啪"响，湿的"磁磁"冒烟。火光照亮了饲养场，照着吃草的牛，四周的山显得更高，黑魆魆的。留小儿把红薯或玉米埋在烧尽的草灰里；如果是玉米，就得用树枝拨来拨去，"啪"地一响，爆出了一个玉米花。那是山里娃最好的零嘴儿了。

留小儿没完没了地问我北京的事。"真个是在窑里看电影?""不是窑,是电影院。""前回你说是窑里。""噢,那是电视。一个方匣匣,和电影一样。"她歪着头想,大约想象不出,又问起别的。"啥时想吃肉,就吃?""嗯。""玄谎!""真的。""成天价想吃呢?""那就成天价吃。"这些话她问过好多次了,也知道我怎么回答,但还是问。"你说北京人都不爱吃白肉?"她觉得北京人不爱吃肥肉,很奇怪。她仰着小脸儿,望着天上的星星;北京的神秘,对她来说,不亚于那道银河。

"山里的娃娃什么也解①不开。"破老汉说。破老汉是见过世面的,他三七年就入了党,跟队伍一直打到广州。他常常讲起广州:霓虹灯成宿地点着、广州人连蛇也吃、到处是高楼、楼里有电梯……留小儿听得觉也不睡。我说:"城里人也不懂得农村的事呢。""城里人解开个狗吗?"留小儿问,"咯咯"地笑。她指的是我们刚到清平湾的时候,被狗追得满村跑。"学生价连犍牛和生牛也解不开,"留小儿说着去摸摸正在吃草的牛,一边数叨,"红犍牛、猴②犍牛、花生牛……爷!老黑牛怕是难活③下了,不肯吃!""它老了,熬了④。"老汉说。山里的夜晚静极了,只听得见牛吃草的"沙沙"声,蛐蛐叫,有时远处还传来狼嗥。破老汉有把破胡琴,"吱吱嘎嘎"地拉起来,唱:"一九头上才立冬,阎王领兵下河东,幽州困住杨文广,年太平,金花小姐领大兵……"把历史唱了个颠三倒四。

留小儿最常问的还是天安门。"你常去天安门?""常去。""常能照着⑤毛主席?""哪的来,我从来没见过。""咦?!他就生⑥在天安门上,你去了会照不着?"她大概以为毛主席总站在天安门上,像画上画的那样。有一回她扒在我耳边说:"你冬里回北京把我引上行不?"我说:"就怕你爷爷不让。""你跟他说说嘛,他可相信你说的了。盘缠我有。""你哪儿来的钱?""卖鸡蛋的钱,我爷爷不要,都给了我,让我买裆褂儿的。""多少?""五块!""不够。""嘻——我哄你,看,八块半!"她

---

① 解,陕北方言中读 hai。
② 猴,小。
③ 难活,病。
④ 熬,累。
⑤ 照着,望见。
⑥ 生,住。

掏出个小布包，打开，有两张一块的，其余全是一毛、两毛的。那些钱大半是我买了鸡蛋给破老汉的。平时实在是饿得够呛想解解馋，也就是买几个鸡蛋。我怎么跟留小儿说呢？我真想冬天回家时把她带上。可就在那年冬天，我病厉害了。

其实，喂牛没什么难的，用破老汉的话说，只要勤谨，肯操心就行。喂牛，苦不重①，就是熬人，夜里得起来好几趟，一年到头睡不成个囫囵觉。冬天，半夜从热被窝里爬出来的滋味可不是好受的。尤其五更天给牛拌料，牛埋下头吃得香，我坐在牛槽边的青石板上能睡好几觉。破老汉在我耳边叨唠：黑市的粮价又涨了、合作社来了花条绒、留小儿的袄烂得露了花……我"哼哼哈哈"地应着，刚梦见全聚德的烤鸭，又忽然掉进了什刹海的冰窟窿，打了个冷颤醒了，破老汉还没唠叨完。"要不回窑睡去吧，二次料我给你拌上。"老汉说。天上划过一道亮光，是流星。月亮也躲进了山谷。星星和山峦，不知是谁望着谁，或者谁忘了谁，"这营生不是后生家做的，后生家正是好睡觉的时候。"破老汉说，然后"唉，唉——"地发着感慨。我又迷迷糊糊地入了梦乡。

碰上下雨下雪，我们俩就躲进牛棚。牛棚里尽是粪尿，连打个盹的地方也没有。那时候我的腿和腰就总酸疼。"倒运的天"！破老汉骂，然后对我说："北京够咋美，偏来这山沟沟里作什么嘛。""您那时候怎么没留在广州？"我随便问。他抓抓那几根黄胡子，用烟锅儿在烟荷包里不停地剜，瞪着眼睛愣半天，说："咋！让我把我问着了，我也不晓得咋价日鬼的。"然后又愣半天，似乎回忆着到底是什么原因。"唉，毬毛擀不成个毡，山里人当不成个官。"他说，"我那阵儿要是不回来，这阵儿也住上洋楼了，也把警卫员带上了。山里人憨着咧，只要打罢了仗就回家，哪搭儿也不胜窑里好。毬！要不，我的留小儿这阵儿还愁穿不上个条绒袄儿？"

每回家里给我寄钱来，破老汉总嚷着让我请他抽纸烟。

"行！"我说，"'牡丹'的怎么样？""唏——'黄金叶'的就拔尖了！""可有个条件，"我凑到他耳边，"得给'后沟里的'送几根去。"

---

① 苦不重，活儿不重。

"憨娃娃!"他骂。"后沟里的"指的是住在后沟里的一个寡妇,比破老汉小十九岁,村里人都知道那寡妇对破老汉不错。老汉抽着纸烟,望着远处。我也唱一句:"你看下我来,我也看下你……"递给他几根纸烟,向后沟的方向示意。他不言传,笑眯眯地不知道想了什么。末了,他把几根纸烟装进烟荷包,说:"留小儿大了嫁到北京去呀!"说罢笑笑,知道那是不沾边儿的事。

在后山上拦牛的时候,远远地望着后沟里的那眼土窑洞,我问破老汉:"那婆姨怎么样?""亮亮妈,人可好。"他说。我问:"那你干吗不跟她过?""唏——老了老了还……"他打岔,"算了吧!"我说:"那你夜里常往她窑里跑。"我其实是开玩笑。"咦!不敢瞎说!"他装得一本正经。我诈他:"我都看见了,你还不承认!"他不言传了,尴尬地笑着。其实我什么也没看见。

破老汉望着山脚下的那眼窑洞。窑前,亮亮妈正费力地劈着一疙瘩树根;一个男孩子帮着她劈,是亮亮。"我看你就把她娶了吧,她一个人也够难的。再说,就有人给你缝衣裳了。""唉,丢下留小儿谁管?""一搭里过嘛!""她的亮亮也娇惯得危险①,留小儿要受气呢。后妈总不顶亲的。""什么后妈,留小儿得管她叫奶奶了。""还不一样?"山里没人,我们敞开了说。亮亮家的窑顶上冒起了炊烟。老汉呆呆地望着,一缕蓝色的轻烟在山沟里飘绕。小学校放学的钟声"当当"地敲响了。太阳下山了,收工的人们扛着锄头在暮霭中走。拦羊的也吆喝着羊群回村了,大羊喊,小羊叫,"咩咩"地响成一片。老汉还是呆呆地坐着,闷闷地抽烟。他分明是心动了,可又怕对不起留小儿。留小儿的大②死得惨,平时谁也不敢向破老汉问起这事,据说,老汉一想起就哭,自己打自己的嘴巴。听说,都是因为破老汉舍不得给大夫多送些礼,把儿子的病给耽误了;其实,送十来斤米或者面就行。那些年月啊!

秋天,在山里拦牛简直是一种享受。庄稼都收完了,地里光秃秃的,山洼、沟掌里的荒草却长得茂盛。把牛往沟里一轰,可以躺在沟门上睡觉;或是把牛赶上山,在山下的路口上坐下,看书。秋山的色彩也不再那么单调:半崖上小灌木的叶子红了,杜梨树的叶子黄了,酸枣棵

---

① 危险,严重、厉害之意。
② 大,爹。

子缀满了珊瑚珠似的小酸枣……尤其是山坡上绽开了一丛丛野花，淡蓝色的，一丛挨着一丛，雾蒙蒙的。灰色的小田鼠从黄土坷垃后面探头探脑；野鸽子从悬崖上的洞里钻出来，"扑棱棱"飞上天；野鸡"咕咕嘎嘎"地叫，时而出现在崖顶上，时而又钻进了草丛……我很奇怪，生活那么苦，竟然没人逮食这些小动物。也许是因为没有枪，也许是因为这些鸟太小也太少，不过多半还是因为别的。譬如：春天燕子飞来时，家家都把窗户打开，希望燕子到窑里来作窝；很多家窑里都住着一窝燕儿，没人伤害它们。谁要是说燕子的肉也能吃，老乡们就会露出惊讶的神色，瞪你一眼："咦！燕儿嘛！"仿佛那无异于亵渎了神灵。

种完了麦子，牛就都闲下了，我和破老汉整天在山里拦牛。老汉闲不着，把牛赶到地方，跟我交代几句就不见了。有时忽然见他出现在半崖上，奋力地劈砍着一棵小灌木。吃的难，烧的也难，为了一把柴，常要爬上很高很陡的悬崖。老汉说，过去不是这样，过去人少，山里的好柴砍也砍不完，密密匝匝的，人也钻不进去。老人们最怀恋的是红军刚到陕北的时候，打倒了地主，分了地，单干。"才红了①那阵儿，吃也有得吃，烧也有得烧，这咋会儿，做过啦②！"老乡们都这么说。真是，"这咋会儿"，迷信活动倒死灰复燃。有一回，传说从黄河东来了神神，有些老乡到十几里外的一个破庙去祷告，许愿。破老汉不去。我问他为什么，他皱着眉头不说，又哼哼起《山丹丹开花红艳艳》。那是才红了那阵儿的歌。过了半天，使劲磕磕烟袋锅，叹了口气："都是那号婆姨闹的！""哪号？"我有点明知故问。他用烟袋指指天，摇摇头，撇撇嘴："那号婆姨，我一照就晓得……"如此算来，破老汉反"四人帮"要比"四五"运动早好几年呢！

在山里，有那些牛做伴，即便剩我一个人，也并不寂寞。我半天半天地看着那些牛，它们的一举一动都意味着什么，我全懂。平时，牛不爱叫，只有奶着犊子的生牛才爱叫。太阳偏西，奶着犊儿的生牛就急着要回村了，你要是不让它回，它就"哞——哞——"地叫个不停，急得团团转，无心再吃草。

有一回，我在山洼洼里，睡着了，醒来太阳已经挨近了山顶。我和

---

① 才红了，指红军刚到陕北。
② 做过啦，弄糟了。

破老汉吆起牛回村，忽然发现少了一头。山里常有被雨水冲成的暗洞，牛踩上就会掉下去摔坏。破老汉先也一惊，但马上看明白，说："没麻搭，它想儿了，回去了。"我才发现，少了的是一头奶犊儿的生牛。离村老远，就听见饲养场上一声声牛叫了，儿一声，娘一声，似乎一天不见，母子间有说不完的贴心话。牛不老①在母亲肚子底下一下一下地撞，吃奶，母牛的目光充满了温柔、慈爱，神态那么满足，平静。我喜欢那头母牛，喜欢那只牛不老。我最喜欢的是一头红犍牛，高高的肩峰，腰长腿壮，单套也能拉得动大步犁。红犍牛的犄角长得好，又粗又长，向前弯去；几次碰上邻村的牛群，它都把对方的首领顶得败阵而逃。我总是多给它拌些料，犒劳它。但它不是首领。最讨厌的还是那头老黑牛，不仅老奸巨猾，而且专横跋扈，双套它也会气喘吁吁，却占着首领的位置。遇到外"部落"的首领，它倒也勇敢，但不下两个回合，便跑得比平时都快了。那头老生牛就好，虽然比老黑牛还老，却和蔼得很，再小的牛冲它伸伸脖子，它也会耐心地为之舔毛……和牛在一起，也可谓其乐无穷了，不然怎么办呢？方圆十几里内看不见一个人，全是山。偶尔有拦羊的从山梁上走过，冲我呐喊两声。黑色的山羊在陡峭的岩壁上走，如走平地，远远看去像是悬挂着的棋盘；白色的绵羊走在下边，是白棋子。山沟里有泉水，渴了就喝，热了就脱个精光，洗一通。那生活倒是自由自在，就是常常饿肚子。

破老汉有个弟弟，我就是顶替了他喂牛的。据说那人奸猾，偷牛料；头几年还因为投机倒把坐过县大狱。我倒不觉得那人有多坏，他不过是蒸了白馍跑到几十里外的水站上去卖高价，从中赚出几升玉米、高粱米。白面自家舍不得吃。还说他捉了乌鸦，做熟了当鸡卖，而且白馍里也掺了假。破老汉看不上他弟弟，破老汉佩服的是老老实实的受苦人。

一阵山歌，破老汉担着两捆柴回来了。"饿了吧？"他问我。"我把你的干粮吃了。"我说。"吃得下那号干粮？"他似乎感到快慰，他"哼哼唉唉"地唱着，带我到山背洼里的一棵大杜梨树下。"咋吃！"他说着爬上树去。他那年已经五十六岁了，看上去还要老，可爬起树来却比我强。他站在树上，把一权权结满了杜梨的树枝擞下来，扔给我。那果实

---

① 牛不老，牛犊。

是古铜色的，小指盖儿大小，上面有黄色的碎斑点，酸极了，倒牙。

老汉坐在树杈上吃，又唱起来："对面价沟里流河水，横山里下来些游击队……"那是《信天游》。老汉大约又想起了当年。他说他给刘志丹抬过棺材，守过灵。别人说他是吹牛。破老汉有时是好吹吹牛。"牵牛牛开花羊跑春，二月里见罢到如今……"还是《信天游》。我冲他喊："不是夜来黑喽①才见罢吗？""憨娃娃，你还不赶紧寻个婆姨？操心把'心儿'耽误下！"他反唇相讥。"'后沟里的'可会迷男人？""咦！亮亮妈，人可好！""这两捆柴，敢是给亮亮妈砍的吧？""谁情愿要，谁扛去。"这话是真的，老汉穷，可不小气。

有一回我半夜起来去喂牛，借着一缕淡淡的月光，摸进草窑。刚要揽草，忽然从草堆里站起两个人来，吓得我头皮发麻，不禁喊了一声，把那两个人也吓得够呛。一个岁数大些的连忙说："别怕，我们是好人。"破老汉提着个马灯跑了过来，以为是有了狼。那两个人是瞎子说书的，从绥德来。天黑了，就摸进草窑，睡了。破老汉把他们引回自家窑里，端出剩干粮让他们吃。陕北有句民谣："老乡见老乡，两眼泪汪汪。"老汉和两个瞎子长吁短叹，唠了一宿。

第二天晚上，破老汉操持着，全村人出钱请两个瞎子说了一回书。书说得乱七八糟，李玉和也有，姜太公也有，一会儿是伍子胥一夜白了头，一会儿又是主席语录。窑顶上，院墙上，磨盘上，坐得全是人，都听得入神。可说的是什么，谁也含糊。人们听的那么个调调儿。陕北的说书实际是唱，弹着三弦儿，艾艾怨怨地唱，如泣如诉，像是村前汩汩而流的清平河水。河水上跳动着月光。满山的高粱、谷子被晚风吹得"沙沙"响，时不时传来一阵响亮的驴叫。破老汉搂着留小儿坐在人堆里，小声跟着唱。亮亮妈带着亮亮坐在窑顶上，穿得齐齐整整。留小儿在老汉怀里睡着了，她本想是听完了书再去饲养场上爆玉米花的，手里攥着那个小手绢包儿。山村里难得热闹那么一回。

我倒宁愿去看牛顶架，那实在也是一项有益的娱乐，给人一种力量的感受，一种拼搏的激励。我对牛打架颇有研究。

二十头牛（主要是那十几头犍牛、公牛）都排了座次，当然不是以

---

① 夜来黑喽，昨天晚上。

姓氏笔画为序，但究竟根据什么，我一开始也糊涂。我喂的那头最壮的红犍牛却敬畏破老汉喂的那头老黑牛。红犍牛正是年轻力壮的时候，肩峰上的肌肉像一座小山，走起路来步履生风，而老黑牛却已显出龙钟老态，也瘦，只剩了一副高大的骨架。然而，老黑牛却是首领。遇上有哪头母牛发了情，老黑牛便几乎不吃不喝地看定在那母牛身旁，绝不允许其他同性接近。我几次怂恿红犍牛向它挑战，然而只要老黑牛晃晃犄角，红犍牛便慌忙躲开。我实在憎恨老黑牛的狂妄、专横，又为红犍牛的怯懦而生气。后来我才知道，牛的排座次是根据每年一度的角斗，谁夺了魁，便在这一年中被尊崇为首领，享有"三宫六院"的特权，即便它在这一年中变得病弱或衰老，其他的牛也仍为它当年的威风所震慑，不敢贸然不恭。习惯势力到处在起作用。可是，一开春就不同了，闲了一冬，十几头犍牛、公牛都积攒了气力，是重新较量、争魁的时候了。"男子汉"们各自权衡了对手和自己的实力，自然地推举出一头（有时是两头）体魄最大，实力最强的新秀，与前冠军进行决赛。那年春天，我的红犍牛处在新秀的位置上，开始对老黑牛有所怠慢了。我悄悄促成它们决斗，把它们引到开阔的河滩上去（否则会有危险）。这事不能让破老汉发觉，否则他会骂。一开始，红犍牛仍有些胆怯，老黑牛尚有余威。但也许是春天的母牛们都显得愈发俊俏吧，红犍牛终于受不住异性的吸引或是轻蔑，"哞——哞——"地叫着向老黑牛挑战了。它们拉开了架势，对峙着，用蹄子刨土，瞪红了眼睛，慢慢地接近，接近……猛地扭打到一起。这时候需要的是力量，是勇气。犄角的形状起很大作用，倘是两支粗长而向前弯去的角，便极有利，左右一晃就会顶到对方的虚弱处，然而，红犍牛和老黑牛都长了这样两支角。这就要比机智了。前冠军毕竟老朽了，过于相信自己的势力和威风，新秀却认真、敏捷。红犍牛占据了有利地形（站在高一些的地方比较有利），逼得老黑牛步步退却，只剩招架之功。红犍牛毫不松懈，瞄准机会把头一低，一晃一冲，顶到了对方的脖子。老黑牛转身败走，红犍牛追上去再给老首领的屁股上加一道失败的标记。第一回合就此结束。这样的较量通常是五局三胜制或九局五胜制。新秀连胜几局，元老便自愿到一旁回忆自己当年的骁勇去了。

为了这事，破老汉阴沉着脸给我看。我笑嘻嘻地递过一根纸烟去。他抽着烟，望着老黑牛屁股上的伤痕，说："它老了呀！它救过人的命……"

据说，有一年除夕夜里，家家都在窑里喝米酒，吃油馍，破老汉忽然听见牛叫、狼嗥。他想起了一头出生不久的牛不老，赶紧跑到牛棚。好家伙，就见这黑牛把一只狼顶在墙旮旯里，黑牛的脸被狼抓得流着血，但它一动不动，把犄角牢牢地插进了狼的肚子。老汉打死了那只狼，卖了狼皮，全村人抽了一回纸烟。

"不，不是这。"破老汉说，"那一年村里的牛死的死，杀的杀（他没说是哪年），快光了。全凭好歹留下来的这头黑牛和那头老生牛，村里的牛才又多起来。全靠了它，要不全村人倒运吧！"破老汉摸摸老黑牛的犄角。他对它分外敬重。"这牛死了，可不敢吃它的肉，得埋了它。"破老汉说。可是，老黑牛最终还是被人拖到河滩上杀了。那年冬天，老黑牛不小心踩上了山坡上的暗洞，摔断了腿。牛被杀的时候要流泪，是真的。只有破老汉和我没有吃它的肉。那天村里处处飘着肉香。老汉呆坐在老黑牛空荡荡的槽前，只是一个劲抽烟。

我至今还记得这么件事：有天夜里，我几次起来给牛添草，都发现老黑牛站着，不卧下。别的牛都累得早早地卧下睡了，只有它喘着粗气，站着。我以为它病了。走进牛棚，摸摸它的耳朵，这才发现，在它肚皮底下卧着一只牛不老。小牛犊正睡得香，响着均匀的鼾声。牛棚很窄，各有各的"床位"，如果老黑牛卧下，就会把小牛犊压坏。我把小牛犊赶开（它睡的是"自由床位"），老黑牛"扑通"一声卧倒了。它看着我，我看着它。它一定是感激我了，它不知道谁应该感激它。

那年冬天我的腿忽然用不上劲儿了，回到北京不久，两条腿都开始萎缩。

住在医院里的时候，一个从陕北回京探亲的同学来看我，带来了乡亲们捎给我的东西：小米、绿豆、红枣儿、芝麻……我认出了一个小手绢包儿，我知道那里头准是玉米花。那个同学最后从兜里摸出一张十斤的粮票，说是破老汉让他捎给我的。粮票很破，渍透了油污，中间用一条白纸相连。

"我对他说这是陕西省通用的。在北京不能用，破老汉不信，说：'咦！你们北京就那么高级？我卖了十斤好小米换来的，咋啦不能用?!'我只好带给你。破老汉说你治病时会用得上。"

唔，我记得他儿子的病是怎么耽误了的，他以为北京也和那儿一样。

十年过去了。前年留小儿来了趟北京，她真的自个儿攒够了盘缠！她说这两年农村的生活好多了，能吃饱，一年还能吃好多回肉。她说，黑肉①真的还是比白肉好吃些。

"清平河水还流吗?"我糊里巴涂地这样问。

"流哩嘛!"留小儿"咯咯"地笑。

"我那头红犍牛还活着吗?"

"在哩! 老下了。"

我想象不出我那头浑身是劲儿的红犍牛老了会是什么样，大概跟老黑牛差不多吧，既专横又慈爱……

留小儿给他爷爷买了把新二胡。自己想买台缝纫机可没买到。

"你爷爷还爱唱吗?"

"一天价瞎唱。"

"还唱《走西口》吗?"

"唱。"

"《揽工调》呢?"

"什么都唱。"

"不是愁了才唱吗?"

"咦?! 谁说?"

关于民歌产生的原因，还是请音乐家和美学家们去研究吧。我只是常常记起牛群在土地上舔食那些渗出的盐的情景，于是就又想起破老汉那悠悠的山歌："崖畔上开花崖畔上红，受苦人过得好光景……"如今，"好光景"已不仅仅是"受苦人"的一种盼望了。老汉唱的本也不是崖畔上那一缕残阳的红光，而是长在崖畔上的一种野花，叫山丹丹，红的，年年开。

哦，我的白老汉，我的牛群，我的遥远的清平湾……

---

① 黑肉，瘦肉或精肉。白肉，肥肉。

这是一片神奇的土地

梁晓声

那是一片死寂的无边的大泽，积年累月覆盖着枯枝、败叶、有毒的藻类。暗褐色的凝滞的水面，呈现着虚伪的平静。水面下淤泥的深渊，沤烂了熊的骨骸、猎人的枪、垦荒队的拖拉机……它在百里之内散发着死亡的气息。人们叫它"鬼沼"。

我到北大荒后，听了许多关于"鬼沼"的传说：没有月亮也没有星星的深夜，荒原在静谧的黑暗中沉睡的时候，可以看见那里有绿荧荧的忽闪的"鬼火"飘动，可以听到当年被"鬼沼"吞陷的熊的巨吼、猎人求救的枪声和其他不幸遇难者们绝望悲惨的哀呼……还可以听到一种怪异的鸟叫声，那声音仿佛一个女人在凄凉地哭号着："多可怜、多可怜……"然而谁也没有见过这种鸟什么样子。鄂伦春人把这种鸟叫做"收魂鸟"，说它们是大地之神变化的精灵，在深夜招收并抚慰那些丧命于"鬼沼"的人和动物的幽魂。"鬼火"是它们打的灯笼。

"鬼沼"像希腊神话传说中令人恐怖的九头恶龙，霸占着它身后的万顷沃土。一马平川，只要春天播下种子，秋天便能收回千万吨粮食。然而没有人敢涉过"鬼沼"，去播下一粒种子。据说当年日本关东军的一个大佐，对那片沃土发生了兴趣，幻想在那里创建个农场，将来做个大农场主，曾亲自率领一个勘查小队在冬季越过了"鬼沼"。他们如泥牛入海，一去未返。北大荒的老人们，有说他们被狼群吃掉了的，有说他们被零下四十多度的严寒冻死了的，有说他们给养不足饿死了的，有说他们被鄂伦春部落消灭了的，也有的说他们春天回返时，连人带车陷没在沼底……鄂伦春人把那万顷沃土叫做"满盖荒原"。"满盖"是鄂伦春语"魔王"的意思。冬季他们偶尔也出现在那荒原上，但绝不猎杀那里任何一只动物，惧怕受到"满盖"的惩罚。

恐怖的"鬼沼"！神秘的"满盖荒原"！

我到北大荒的第三年冬季，我们连队由十几个知识青年组成了一支垦荒先遣小队，向那里进发了！

我们这个连队，由于当初选点错误，耕地有限，低洼，麦收时一碰上雨季，收割机就陷在麦地里，像一只只瘫痪的大蛤蟆，无法作业。因此，连年歉收。那一年更惨，连种子都没有收回来。团里决定解散我们这个连队。全连二百多朝夕相处的知识青年，将被分插到各个兄弟连队去。这意味着，我们不但不能向国家贡献粮食，而且也养活不了自己了！我们刚到北大荒三年呀！许多人还要在战天斗地中大有作为呢！屯垦戍边的信念还没有动摇呢！艰苦创业的精神和热情还没有泯灭呢！

还有什么能比团里这个决定更令我们感到耻辱？许多人听老连长羞惭地宣布了决定后，当场哭了。副指导员李晓燕，首先站起来激烈地坚决地反对接受这个耻辱的"解散令"。

她说："连队绝不能解散！我们可以去开垦'满盖荒原'！我们离它最近，早就应该想到开垦它了！我们要把连队重新建设在那里！要在'满盖荒原'留下第一行垦荒者的足迹！要向团里提出保证，当年开荒！当年打粮！第二年建新点！我们立军令状！"

我们听惯了甚至听厌了副指导员在任何场面说出的豪言壮语。可她说出的这番话，是怎样地激动了我们鼓舞了我们啊！我觉得那是她说出的最豪迈最有力量的话！许多人和我有同样的看法。

团里收回了已经下达的决定，接受了我们的军令状。

几天之后，我们连队的两台最新的五十四马力的拖拉机，披红戴花，拽着赶制的木爬犁，在全连人的列队送行下，驶向茫茫雪原。

希望、信赖、寄托、无言的叮嘱，从一双双默默注视着我们的眼睛里表达出来。我们每一个垦荒队员都从这些眼睛里体验到了责任感。我们每一个人都哭了。

哦！我们这些年轻人！！

我们是多么珍重责任感啊!

我们是多么容易激动和被感动啊!

第一辆爬犁装载着粮食和行李。第二辆爬犁上搭着帐篷。我们十几个垦荒队员,一个紧挨一个地挤在帐篷里。我坐在扣着的破脸盆上,用膝盖夹着一本翻开的《虹南作战史》。我猜想,它是我们这一行人唯一的精神食粮。不过我并不靠它充塞头脑和思想。我两眼注视着书页上的铅字,却在回忆我所读过的《战争与和平》《约翰·克利斯朵夫》《悲惨世界》《红与黑》……内心深处被书中人物的命运暗暗感动。

身旁坐着我妹妹,她怀里抱着一个柳条编的小笼子,笼子里关着一只小松鼠。一路上,她一句话都没有说,像个哑巴。她的脸色那么苍白,表情那么呆滞,眼神那么凄凉!我没有兄弟也没有姐姐,就只有这一个妹妹。我从小爱她,可是我当时可怜她又恨她,不久前她败坏了自己的名誉,令我丢尽了脸。

对面坐着副指导员李晓燕,身旁坐着铁匠王志刚。他黑,健壮魁梧,有一张线条粗犷的脸,给人一种意志坚定、力大无穷的堂堂男子汉的印象。他使人联想到莎士比亚悲剧中的人物奥赛罗,因此获得了一个"摩尔人"的绰号。他性格孤独,为人正直,敢于主持公道,不喜欢出风头,但一言一行都在知青中具有潜在的影响力。我嫉妒他在我们知青中那种无形的任何人不能匹敌的威信。他暗暗爱着我们的副指导员李晓燕。这一点许多男知青都知道,他自己也在大宿舍里公开承认过。但却没有一个人敢在这一点上开他一句玩笑。我钦佩他公开承认爱情的勇气和惊人的坦率。从那天起,我把他看成了我的对头。因为我也暗暗地爱着我们的副指导员。他参加到我们这支垦荒队,是副指导员指名道姓点的将。这尤其使我嫉妒极了!而更加使我嫉妒的是,李晓燕此刻竟将头靠在他宽厚的肩膀上,似睡非睡地打盹!

我瞧着她,心中不禁又一次暗问自己:我为什么会爱她?她身上究竟具有什么吸引我的魅力?是因为她美么?不错,她美。她是个上海姑娘,有一张清秀妩媚的脸,脸上的皮肤白净,五官俊俏,一双眼睛很大,很明亮。眉毛又细又长,和眼睛之间的距离略宽了些,这就使她的脸上永远呈现了一种扬眉凝睇,惊诧不已的表情。自从我第一次见到她,就再也不能不注意她。她太自然地使我联想到了意大利画家包尔第尼的杰作《玛尔波公爵夫人肖像》。我甚至不能判断究竟是那幅肖像更酷似她，还是她更酷似那幅肖像。她的身材也很优美、修长、苗条、亭亭玉立。据说她是上海芭蕾舞学校小班的尖子学员，许多部队文工团和地方文艺单位争着招收过她，她都拒绝了，却自愿报名来到北大荒。我见过、接触过、结识过的容貌美丽的姑娘，绝不仅只她一个。我不是那么容易被姑娘们的外表美所迷惑、所倾倒、所动心的人。越是在美丽的姑娘们面前，我越会表现出一种孤傲的清高来。我的座右铭是：绝不轻率地做爱情的俘虏。那么，是不是她那严肃庄重的性格引起了我的好感呢？也不。我更喜欢性格热情爽朗的姑娘，我甚至认为她那种严肃和庄重是做作的虚伪的，我曾因此而极端地轻蔑过她。她一到北大荒就立下了誓言，为了自觉考验自己扎根边疆的坚定性，三年之内不探家。她对全连女青年提出倡议：不照镜子、不抹香脂、不穿花衣服。她的倡议得到了一致的响应，是否真诚，大可怀疑。据女青年们透露，她经常深为自己的脸那么白嫩而苦恼，夏天里，曾偷偷地跑到小河边，独自躺在僻静的河滩曝晒过，但却只能使她的脸色白里透红，而不能进一步红里透黑。因此她故意在穿着方面比所有的姑娘更男性化，以弥补在"晒黑了皮肤才能炼红了心"这一"接受再教育"标准上的先天不足。她还有意干和男青年们同样劳累的活儿，想使自己的体形改造得更符合"劳动者的美"。遗憾的是成效甚微，三年来虽然健壮了些，还是那么修长、那么苗条、那么亭亭玉立，像一株挺拔的小白桦。她果真三年没有探家。第一年里她当上了排长，第二年里她入了党，第三年里她当上了我们的副指导员，成了全团知识青年扎根边疆的光荣榜样。

就在第三年的夏季，团里任命她为副指导员不久后的一天傍晚，我支着自制的简易画夹在河边写生，忽然听到小河上游有人在轻轻地唱歌：

> 九九那个艳阳天那哎嗨哟，
> 十八岁的哥哥呀坐在小河边……

这首歌当时是列入"黄色歌曲"一类，绝对禁止唱的。是哪一个姑娘在唱呢？她也太忘情太大意了！如果让我们的副指导员听到，少不了又要开展一场"思想意识领域内的斗争"。然而她唱得多好听呵！嗓音那么甜、那么圆润、那么婉转。我完全是出于好奇心，收起画夹，悄悄地顺着河沿朝上游循声觅去。在一株歪脖子老柳树下，在一丛蒿草的掩蔽处，隔着小河我瞧见了唱歌的姑娘，竟是我们副指导员！她坐在河边一块光滑的大青石上，两只赤脚探入水中，裤筒卷在膝盖以上，裸露着一段洁白的小腿。她正在洗衣服，那好听的甜而圆润的歌声，就是她一边洗衣服一边唱出来的：

> 九九那个艳阳天那哎嗨哟，
> 十八岁的哥哥惦记着小英莲……

我，痴痴地隔岸望着她，完全呆住了。

她三搓两揉，一淘一漂，洗完了最后一件衣服，拧干，从大青石上站起身，踏上河岸，踮着脚尖，小心翼翼地走过一片鹅卵石，将衣服晾在灌木枝丫上。由于她怕卵石硌脚，因此她的脚抬得高，放得轻，步子很碎，使她小心翼翼走的那几步路，很像芭蕾舞《天鹅湖》里的一段小天鹅舞。她晾好衣服，又以那样的步子走回河边，她随手在河边摘了几朵野花，闻了闻，欣赏地玩弄了一会儿，左三朵右二朵，插进鬓发里了。她蹲下身去，久久地注视着水面。她在欣赏她自己！她在欣赏她的美！她对她自己欣赏了那么久才缓缓地直起身。忽然，她轻盈地跃到那块光滑平坦的大青石上，伸展双臂，优美地旋转了半圈，竟跳起节奏欢快热情而急促的墨西哥民间舞来！

画夹从我手中脱掉，掉进河里顺水漂流！画夹落水发出的轻微声响，令她倏然停止了舞蹈，警觉地朝对岸看来，发现了我，便顿时僵立在大青石上。那姿态像一头疑惑的小鹿，又像一只受惊欲飞的仙鹤。

隔着小河，她望着我，我望着她。

我们都呆愣住了。

我首先恢复了常态，跳到河里，把我的画夹抢救到手，涉着浅浅的河水，装出若无其事的样子，蹚到了对岸。这时，她插在鬓发里的几朵野花已经不见了，卷起的裤筒也放下来。

"你，你到河边干什么来了？"她主动问我，分明想在心理上先发制人，显出非常自然的样子，竭力掩饰着窘态，竭力保持一个庄重的姑娘在小伙子面前的矜持，竭力保持一个副指导员的尊严。然而，她却没有来得及扣上她那件洗白了的兵团服的衣扣，敞露出了短小而紧束的浅粉色的衬衣。那是一件鸡心领的质地很薄的衬衣。我无意地瞥见了她那雪白的颈子，雪白的一部分前胸和同样雪白而浑圆的肩膀，瞥见了她那在紧束的衬衣下高耸的双乳的优美轮廓。我迅速地移开了目光。在那一瞬间我的心怦怦跳动，脸一阵火热，我竟莫名其妙地产生了一种可耻的罪过感，我竟觉得我亵渎了她，也亵渎了我自己。虽然我可以对天发誓，那一瞬，我心里绝没有萌发一点点邪念，哪怕是一个小伙子对于一个动人的姑娘那种可以原谅的倏忽间的本能的冲动，而这种冲动，是上帝创造的亚当对夏娃也曾萌发过的。

她太敏感了！我的目光仅仅从她身上一掠而过，她就像接收了电子讯号的仪器，立刻下意识地用两只手掩上了衣襟，并且马上转过身去。当她再转过身来的时候，站在我面前的，又是我所熟悉的一位副指导员了。她连外衣的领钩都钩上了，只不过还赤着一双脚。就连这双赤脚，她也在使劲踩陷在河边的泥沙里去，用泥沙掩埋住。

她这些接连的举动，令我感到受了莫大的侮辱！

我想找一句话打破这尴尬的局面，但说出口的却是一句愚蠢至极的话："你……太美了！"

"什么？……"她的脸红得像一朵彤云。由于我的意外出现，使她从刚才那种自我陶醉的忘情境界之中，陷入眼前这种无法掩饰的窘迫地步，我顿感内疚地从内心深处对她可怜起来。

"我……我是说，你刚才跳的那段舞，真美极了！如果我没说错的话，那该是一段墨西哥的民间舞吧？"

"墨西哥舞？我?！别开玩笑了，我不过是做了一套中学生广播体操！"她伪装出一种迷惑的模样，用那么严肃那么认真的口气加以解释。

"这么说，你也要否认你刚才唱过歌啦？"

"唱歌？我刚才是唱过歌的。这有什么必要否认呢？"她脸上的表情，在伪装的迷惑之外，又增添了伪装的坦率。

　　一道清河水，一座虎头山，
　　大寨就在那个山那边……

她又唱了两句，说："我刚才就是唱这支歌，怎么，你听到了？……"

这时，她脸上的绯红已消失，神态也变得自然了。

我感到她简直是在把我当成一个瞎子一个聋子加以公然的愚弄！

我愠怒了，冷冷地说："不！我听到你唱的不是这支歌！你唱的是'十八岁的哥哥惦记着小英莲'！"

"十八岁的哥哥？什么小英莲？你别瞎说！我听都没有听到过这支歌！"她那两条又细又长的眉毛扬了起来，使她本来有一种诧异表情的脸，显出不但诧异而且惊愕的表情来。仿佛我当面说她是一个贼！

这么富有魅力的动人的一张脸，几次虚伪的变化的表情就浮现在这张脸上。

我惊怪地凝视着这张脸，在她面前僵立了。我对她再也无话可说。她在我眼中仿佛是埃及的狮身人面怪物斯芬克司（Sphinx），斯芬克司也要比她坦白！因为斯芬克司对所有的人都说同一句话："猜不中我的谜，我将吃掉你！"斯芬克司也要比她知道羞耻！因为斯芬克司被俄狄浦斯猜中了谜语后，毕竟从巍峨的岩石上跳下去摔死了！

而她，竟要使一个神经正常的人相信自己大白天活见鬼！

我几乎是恶狠狠地对她说出这两个字："虚伪！"

我猛转身，怀着对她似乎永远也无法消除的鄙视，悻悻地大步走了。

"等等！"她叫住了我。

我站下，并没有转过身，但却想象得出她是怎样慌张急促地追到了我身后，也感觉到了她那惴惴不安的呼吸。

"你，你要汇报给连里知道么？……"她讷讷的语调中，带着难于明言的苦苦哀求。

我心软了，背对着她，摇摇头，我走出很远，情不自禁地回头望了一下。她，她仍站在小河边，像一尊石雕，一动也不动……

我没有对任何人说过这件事。

我还不至于那么卑劣！

从那以后，过每一次团组织生活，当她海人不倦地对我们进行种种思想意识方面的教育时，一接触我的目光，语调和神态就不自然起来……

这倒使我觉得有些对不住她了。

不久，我收到了母亲病重的电报。连里没有批假，理由很简单——正值夏收季节，我是康拜因手。其实我知道，主要的原因是，连长不相信这封电报的真实性。某些想父母想得厉害的知识青年或者他们的父母，曾用父母病重、病危、甚至病故之类的电报，使我们的连长上了好几次当。连长是个典型的经验主义者，对这样的人，解释和哀求都是没有用的，效果只能适得其反。但我却不能对这封电报无动于衷。我父亲去世得早，母亲是街道小五七厂的工人。她在困苦的生活中把我和妹妹拉扯大是多么不容易？谁也不能比我更体谅她为我们兄妹操碎了的那颗心。如今我和妹妹都来到了北大荒，将她一个人孤苦伶仃地撇在了家里。她是个刚强的女人，无论多么想念我和妹妹，她都不会采取欺骗手段的……

我必须立刻回到母亲身边！

我在当天就悄悄地离开了连队……

呵！我的母亲！这一辈子受尽了生活的辛酸磨难的女人！她太刚强太爱她的孩子了！她明明已经病得奄奄待毙，自知将不久于人世了，却只给她的儿子拍了一封"病重"的电报，她怕"病危"这样严峻的字眼儿会惊吓她的孩子。

母亲活在人世的最后五天，我给予了她老人家一个儿子所能给予的最大限度的爱和孝心，也代替我的妹妹，报答她把我们带到这个世界上来并抚养成人的恩情。

五天，短短的五天啊！无论我在这五天内给予她老人家多少爱多少孝心，那也只能仅仅算是一个儿子对母亲的象征性的报答啊！而这种报答却成了永恒的抵消！

母亲死前给我留下的最后一句话是："照顾好你妹妹！她就你一个亲人了！"

我带着一颗悲哀得麻木的心回到了连队。

回去当天，团支部按照连长的指示，讨论给我这个"逃跑主义者"以什么样的处分。事先有人向我透露，要拿我当典型，杀鸡给猴看；处分早已确定——开除团籍。讨论不过是走个组织形式。

而我，却根本对任何处分都无所谓了。

副指导员主持讨论。我想，她这下子该称心如意了！可以堂而皇之地对我实行报复了。我准备一言不发地听她大发一通议论，一言不发地接受她对我的批判。

她让我先谈谈对自己的错误的认识。

我，谁都不看，只漠然地喃喃说了一句："我母亲……死了……三天前……"说完这句话，便低下头，用双手捂住了脸。我凭感觉肯定，所有的人的目光都一下子投注到了我身上。一刹那间，似乎每一个在场的人都停止了呼吸，宁静得令人窒息，好像空气都凝固了！许久许久，我听到副指导员用极其低微的刚刚能使人听到的声音说了两个字："散会……"

她第一个起身离开了。

当我迈动机械的步子经过连部时，听到里面传出了副指导员和连长激烈的争吵声，她对连长的"指示"从来是奉若神明的，我不禁停下了脚步。

"我是一连之长，难道没有处分一个战士的权力？"是连长恼怒的四川口音。

"我是团支部书记，如何处分一个犯了错误的团员，这是团组织的权力！"

指导员的声音也那么激动。"你这样做，是袒护一个逃兵！"

"逃兵？他是从战场上逃跑的吗？他逃到黑龙江对岸去了吗？你知道吗，他母亲已经死了！他在母亲死后第三天就回到了连队！……"

"哦！死了？……"

"连长！我也是一个知识青年，我也有老父老母，他们日夜思念我，我也日夜思念他们。要不是我受自己誓言的约束，我也想立刻就回到父母身边去，但……我不能够！我不同意开除他的团籍！连长！请你设身处地想一想！……"

我听到了她的哭声。

我站在连部外面，顿时泪如泉涌！

我心里对她充满了感激！不是因为她代替我辩护，而是因为她说的那句话："我也是一个知识青年……"

这一句话，完全消除了在此之前我对她的种种误解和偏见。凭这一句话，就足以令我心甘情愿地去为她赴汤蹈火。

这句话，使我看到了一个姑娘高尚的本性！一颗富有同情的心！然而，又是她，亲口告诉了我一件如雷轰顶的事，在两天后……

"我们一块儿走好吗？"

收工之前，她接着我锄完了最后一条漫长的田垄。当我们锄碰锄的时候，她对我说了上面那句话。这是三年来她第二次主动跟我说话。第一次，就是不久前在那条小河边。她脸上阴沉的严峻的表情，令我产生了不祥的预感。

所有的人都扛着锄头列队时，她又当众大声对我说了一句："你留一步，我们一块儿走！"男女青年，都用异样的目光看着她，也看着我。

当他们走远，她盯着我说："我没有得到你的同意，就把你妹妹调到我们连队来了。"

"啊！她……她怎么了？快告诉我！"

"在你回家期间，她……"

"说！"

"她做了一次人工流产……"

我的身子摇晃了一下，险些栽倒！

她上前一步，双手扶住了我。

我粗暴地推开她怒吼："你胡说！"

她踉跄着倒退一步，恐惧地瞧着我，从颤抖的嘴唇间挤出两个可怕的字："真的。"

我觉得自己朝脚下的土地陷了进去！我想可怕地喊叫出什么，却似乎又有团东西堵住了喉咙！我张大了嘴，只发出一种嘶哑的类似呻吟的声音。我瞪大了眼睛怪异地看着她，她却在我眼前模糊起来。

我突然发了疯似的朝连队飞跑……

那天夜里，当大宿舍响着此起彼伏的鼾声时，我将头蒙在被子里，咬着被角无声地哭了一夜。我想起了母亲弥留之际的叮嘱，而我还没有将母亲的死告知妹妹，她却做出了这种身败名裂的事，还有脸调到我所在的连队来，企图得到我的庇护。不！我要严惩她，以一个哥哥的权力！替死去的母亲！

第二天，我被副指导员叫到连部，在那里见到了妹妹。我当时一定是恶魔附体了！我像凶猛的豹子一样朝妹妹扑过去，双手抓住她的头发，使劲把她的头接连地朝土墙上撞、撞、撞……

"住手！"我听到副指导员变了调的嗓音喝止，冲上前来掰我的手。

我对她大吼："滚开！"

我折磨的是妹妹，但又像是我自己，我在这种歇斯底里的发作中感到了一种痛快。

"啪！"我脸上挨了一记狠狠的耳光。

我终于松开了手。

第二记耳光比第一记耳光更狠。

这两记耳光顿时把我打清醒了，我不禁倒退数步，下意识地摸着火辣辣的脸颊。

妹妹，从始至终，一声没有吭，没有呻吟，没有叫喊，没有哀求。被我抓得凌乱的头发，遮掩了她那张毫无血色的苍白的脸，那张泪水涟涟的脸，那忍辱吞声的深陷在眼窝中的大眼睛。

副指导员的脸色像妹妹的脸色一样苍白，她紧紧地把妹妹搂在怀里，胸脯剧烈地起伏着，欲以命相搏地瞪着我。

"畜生！"

这是我第一次从她口中听到的一句骂人话。

从那一天起，我爱上了她……

她现在就坐在我对面。搭着帐篷的爬犁，被疲倦的铁牛拖着，在茫茫雪原上挺进……篷帘卷着，灌进来被西北风扬起的雪粉，我们冻得缩手缩脚，但谁也不想把帐篷帘放下来。从帐篷口望去，始终是白色……白色的大地，白色的山峦，白色的河，白色的林。"大烟泡刮起来了"，如万千头发了疯的野牛齐头奔突，示威地追逐在大爬犁后面。

副指导员默默环视着每一个人，自言自语地说："谁来讲个故事？要不就大家一块儿唱支歌！"

没有谁对她的提议做出任何反应。大家疲劳了。

副指导员把目光停在我脸上。

我清了一下嗓子，唱起了《兵团战士之歌》：

　　　兵团战士，胸有朝阳，

一手拿枪，一手拿镐……

没有一个人随声附和，我只得唱了开头两句，便知趣地打住了。

这时，"摩尔人"王志刚吹起了口哨。他唱歌不行，口哨却吹得相当好。令我暗吃一惊的是，他吹的竟是著名的俄罗斯民歌《三套马车》，这个"摩尔人"！简直不把副指导员的存在当成一回事。可他那口哨声真令人着迷，像黑管，又像小号，节奏、曲调吹得准确无误，流露出淡淡的感伤和深沉的忧郁。

不知是谁，竟低声和着口哨唱了起来，接着，第二个，第三个……终于，非常自然地形成了小合唱。

我的妹妹抬起头，瞪大了黑眼睛，愕然的目光不安地瞅瞅这个，瞅瞅那个，又很快地垂下了头。她暗暗发出一声深长的叹息，使我的心灵恻然一动。

我，面对面地注视着副指导员，猜想她立刻就会严肃地加以制止了！

她，却无动于衷。头，仍靠在"摩尔人"肩上。

她竟闭上了眼睛，装出睡意蒙眬的样子。我发现，她放在腿侧的手，分明在偷偷点着拍子！

我的自尊心被刺伤了，紧紧地咬住了嘴唇。

> 冰雪遮盖着伏尔加河，
>
> 冰河上跑着三套车，
>
> 有人在唱着忧郁的歌，
>
> 唱歌的是那……

夜幕悄悄降临了，暴虐的"大烟泡"不知是自甘屈服，还是被全速挺进的拖拉机远远甩到了后面，荒原那么沉静！

黑暗完全替我们垂下了篷帘……

我们的拖拉机像远迁的鄂伦春部落，在茫茫的雪原上奔驶了整整两天两夜。当我们打开地图，一致确信拖拉机履带已经碾在积雪覆盖的"鬼沼"的冰面上时，正是荒原庄严而肃穆的黎明时分。

呵！"鬼沼"！它并非像传说中那么恐怖，也许因为它处在冬眠状态，雪被罩住了它那狰狞的真实面目吧。我们看到了什么？仿佛看到了世界最大的湖泊被冰结在眼前，"满盖荒原"——它平坦得令我们这批垦荒者难以置信，直铺到遥远的地平线。

"魔王！你在哪里？你出来！"我们的一个伙伴大声呼喊。

"魔王"没有出现。

铁匠王志刚突然朝不远处一指："你们看！"——一根从正中间劈开的圆木桩钉进土地，倾斜地立在那里。

我们都好奇地走了过去。副指导员拂掉木桩上的雪，我们看到了一块木碑，累累斧痕粗糙砍平的劈面上，刀刻的字迹被风雨所侵蚀，只能依稀认出"死于此……"三个歪扭的字。

我相信，我们每个人当时都和我一样，倒吸了一口冷气。

"那里，还有一个！"我的妹妹又发现了同样的不祥之物，她第一个朝拖拉机退去。

副指导员低声说："我们走吧，别搅扰他们安息了。"

如果有人问我："你在北大荒感到最艰苦的是什么？"

我的回答是："垦荒。"

如果有人问我："你在北大荒感到最自豪的是什么？"

我的回答还是："垦荒。"

为了寻找有水源有林子的理想地点，我们几乎踏遍了"满盖荒原"。我们发现了一条在地图上没有标出来的小河，它是"满盖荒原"上唯一洁净的水源，被我们命名为"流浪者"。我们发现它之前，它像流浪汉在荒原上不知徘徊了多少岁月，现在我们在它身边扎下了帐篷。

当冰雪消融的时候，当"流浪者"唱起了《拉兹之歌》的时候，我们闪亮的犁头劈进了"满盖荒原"的胸膛。若非垦荒者，谁能体会拖拉机翻起第一垄处女地时那种喜悦？这荒原上有那么多的狼，光天化日之下，它们三五成群，大模大样地尾随在我们的拖拉机后面，捕食被犁头翻出的肥大的土拨鼠。夜晚，它们就在我们的帐篷四周嗥叫。创业的艰苦，使垦荒队的每一个小伙子都变成了圣徒。副指导员跟我的妹妹，和我们同住在一顶帐篷里。一块毯子分隔开了她们的狭小天地，毯子后面是神圣不可侵犯的"巴黎圣母院"。

一天深夜，我从睡梦中偶然醒了一次，却没有听到拖拉机翻地的轰响。我一下子跳起，来不及多想，只穿着短裤，就闯进了"巴黎圣母院"，将副指导员从被窝里捅了起来。

"你，你要干什么?!"

"拖拉机不响了！'摩尔人'在翻地！"

"啊！"副指导员顺手就操起了步枪。

拖拉机不响，意味着"摩尔人"出了事。所有的人都惊醒了！正当大家要奔出帐篷，"摩尔人"从外面钻了进来。马灯光下，我们见他身上背着一只狼，两手拽着狼的两只前爪，头顶住狼脖子；那只狼朝天张大着嘴，两只后腿抓在他的腰胯上。

"摩尔人"大声说："快动手！它还活着！"

我们各自操家伙，棍棒齐下，将那只狼在他背上打死了，好大的一只白毛老苍狼！

"摩尔人"一下子坐在地铺上，喘息了半天，才说："拴大犁的钢丝绳断了，我回来换钢丝绳，这东西跟上了我，出其不意地将两只前爪搭在我肩上……"他的脸上、手上尽是血痕，棉衣被撕成碎片。他拧着眉脱下棉衣，里面的绒衣和皮肉被狼的后爪抓得稀烂！

副指导员命令我的妹妹："快，拿医药箱来！"

这时，我们才发现，她仅穿着衬衣衬裤，光着一双腿。她也意识到了什么，在我们的目光下一时显得不知所措。随即，她镇定了下来，从容地说："都瞪着我干什么？没你们的事了，全睡觉去！"

大家都一个个顺从地钻进了被窝，我没有。我将马灯举在"摩尔人"头顶。

副指导员第一次那么柔情地看了我一眼，一句话也没有说，立刻从妹妹手中接过医药箱，替"摩尔人"小心翼翼地包扎伤处……

我妹妹是垦荒队员的"内务大臣"，给我们做饭、洗衣服。从连队带来的冻菜吃光了，任何一种野菜还都没有从荒原上生长出来。为了使我们能吃得稍微满足点，她对剩下的两袋面粉发挥了充分的创造性：馒头、发糕、花卷、烙饼；甜的、咸的、又甜又咸的、先蒸后烙的……

如果说我是因为副指导员而参加垦荒队的，妹妹则是因为我才来到"满盖荒原"上的，我是她唯一的亲人。我走到天边地角，她会追随我到天边地角。我那么凶狠地对待过她，她却依然在心理上对我希求着荫庇和保护。我表面上对她仍旧冰冷异常，可感情上早已彻底饶恕了她。

只有自己罪恶深重的人，才不肯饶恕别人。

何况她是我的妹妹，唯一的妹妹！

我有责任保护她。无论在那件可耻的事情发生之后或者之前，我对她尽到过一个哥哥的责任了吗？没有！到北大荒的第一天，当我们经过鹿场，她被鹿群迷住了，她请求我和她一块儿留在鹿场。只要我愿意，那是完全可以的，我却没有留在她身边。为什么？我不愿和妹妹在一个连队。我觉得她太娇气又太任性，同在一个连队会给我添无尽的麻烦。为洁身自好，我逃避一个哥哥的责任，而在她成为舆论和道德严厉谴责的对象后，我首先想到的又是她败坏了我的名声。因此我憎恨她，不肯给予她半点怜悯和同情……

在"满盖荒原"上无数个不眠之夜里，我内心进行着深刻的反省，我认识了自己的真实面目。我忏悔我是一个多么自私的哥哥，一个多么可鄙多么卑劣的人！

有一天，当帐篷里只有我和妹妹的时候，我叫了她一声："小妹！"

她正在案板上揉面，听到我叫她，立刻抬起头。她怔怔地望着我，脸上浮现出无比激动的表情，一双黑眼睛里顿时充满了泪水。

"小妹，你还生我的气吗？"我轻轻走到她身边。

泪水，大颗大颗的泪水，慢慢从她的黑眼睛里淌出来，顺着她苍白的脸颊滴落到案板上，被她的双手一下一下地揉进了面团里。

"小妹！……"我的声音哽咽了。

她倏地转过身，扑在我身上，沾满面粉的双手紧紧抱住我的脖子，头偎在我怀里，放声大哭起来。

泪水从我眼中簌簌而落。

许久，她才止住了哭声。她问我的第一句话是："妈妈的病好了么？"

我的心像被捅了一刀！

哦，母亲！如果你在九泉之下听到了妹妹这句话，肯定也会老泪纵横的吧！

但愿你听不到这句话，但愿你不再为你的儿女们伤心，可我又多么希望你能够听到这句话呀！妹妹比我更爱您呵！

我没有勇气实告小妹，母亲已不在人世了！她那脆弱的情感、脆弱的心灵是经不起重击的。

我低声回答小妹："妈妈没有生病，妈妈太想念太惦记我们了，我告诉她我们都很好，她就放心了。"

妹妹嘴角挂上了一丝笑容，一丝苦涩的笑容，几天来的第一次笑，如果那种惨然的表情也能算是笑容的话。

"告诉我，那个人是谁？我要教训他！"妹妹坚决地摇了摇头。

"你……爱他？……"妹妹无语地点了一下头。

"他呢？他也爱你吗？"妹妹又点了一下头。

我注视着妹妹。她脸上呈现出一种天使般圣洁的表情，那是心灵的反射。我茫然了。

妹妹忽然肯定地问："哥哥，你爱她？"

"谁?！……"

"副指导员。"

"你听什么人胡说的？"

"我看出来了。她……也挺喜欢你的！"

"真的?！……"我双手紧紧抓住了妹妹的两条胳膊。

"真的。"

"不，我知道她喜欢的是'摩尔人'！"

"她只是信任他，我也信任他，他是一个值得信任的人，任何一个姑娘都会信任像他那样的人。但她喜欢的是你！她说你是个具有诗人气质的小伙子，是个雪莱型的小伙子。她说她喜欢雪莱，不喜欢拜伦，虽然他们都是天才的诗人。她还说拜伦只能评定一个女性外表的美丑，而雪莱却能窥察一个女性内心的善恶。她也知道你在爱她……"妹妹突然住口了。

我们几乎同时发现副指导员不知何时呆呆地站在帐篷门口，她显然听到了我和妹妹的谈话内容。

"哎呀，我晾在河边的衣服还没收回来！"我找了个借口逃出帐篷，在荒野上盲目地奔跑，我觉得"满盖荒原"成了世界上最美好的地方。

当天，吃过晚饭以后，我们又围聚在帐篷里，讲起故事来，这成了我们精神生活的唯一方式。我们什么故事都讲：神、鬼、荒诞的、恐怖的、风趣的……我们每个人，包括副指导员在内，都摆脱了在连队的种种束缚，真正成了"满盖荒原"上"顶天立地"的人。

副指导员娓娓动听地讲了希腊神话《奥德赛》中的一段故事：伟大的俄底修斯攻打下了特洛伊城以后，率领他手下的勇士们从海上返回家乡伊塔克，结果被逆风吹到了一个孤岛上。岛上的居民专靠吃一种"忘忧果"度日，他们热情地把"忘忧果"捐送给俄底修斯和他的勇士们吃。勇士们吃了"忘忧果"，完全被那种诱人的果实的甘美迷惑住了。他们忘记了自己的家乡和父母，忘记了兄弟姐妹和妻子，忘记了一切朋友，竟无忧无虑地长久留在了孤岛上……

我惊讶地发现，她讲故事的水平超过我们所有的人，她并不绘声绘色，只是娓娓道来。但那语调中流露出来的感情，是能够打动到人的心灵深处的。

她讲完了，我们都陷入沉思。只有妹妹叹息了一声，自言自语地说："我真想获得许多许多那种'忘忧果'……"

副指导员，又是和"摩尔人"坐在一起，又是那样地将头靠在他的肩上。大铁炉子里的火光，将她的脸映照得那么红。火光一闪一闪，她那张美丽的脸忽明忽暗，浮现着一种虚幻的憧憬和淡淡的愁思。

我不禁对她充满了同情。如果不是三年前她立下了誓言束缚了她，她早该回家探家了。三年呵！她一定比我们每一个人都更加思念她的父母和亲友。

我打开画夹，说："别动，'摩尔人'，我给你们画张像！"我的本意是，要给她画一张肖像。因为此时此刻的她，那么美丽那么楚楚动人，但我没有勇气坦白说出。"摩尔人"显然错误地认为我的话是对他的当众揶揄，他顶不能容忍的就是这个。所以，当副指导员下意识地将头从他肩上移开时，他一把抓住了她的手，冷冷地盯着我，说："别动！叫他画，别扫他的兴！"势中隐含着挑衅。副指导员，又顺从地将头靠在了他肩上，微微一笑，也注视着我。

我再没说什么，认真地画了起来。我看她一眼，画一笔，暗想，我一定要画得十分像。我从来没有画得那么好过。真的！最后一笔，我存心一顿，把笔尖顿折了。

"没画好！"我把画夹递给了副指导员。

大家都围拢来欣赏，赞叹：

"像！像极了！"

"嘿！没看出来你还有招不露！什么时候也给我画一张？"

"咦，你就画了我自己呀！"副指导员看了"摩尔人"一眼。

"我的笔尖断了。"我脸上微微一红。

副指导员拿着肖像端详了一会儿，问："送给我？"

"送给你！"我大胆地盯着她。

她垂下了眼睑，说："我会仔细保存它的。"

这时，"摩尔人"站了起来，一声不响地钻出了帐篷。从那一天起，他更加沉默寡言了……

然而，什么都可以转让，唯独爱情。

我要执着地追求，绝不弃她别爱，绝不……

第一场春雨降临了。

我们开垦的乌油油的沃土，贪婪地吸吮着大自然母亲的乳汁。人们都习惯把春天比作花枝招展的少女，可是当她在"满盖荒原"上旅行时，却更像一位庄重的夫人，脚步懒散而从容，带着唯一的颜色——淡绿，所到之处，漫不经心地随意点染，画出了绿的世界。

副指导员有一天昏倒在"流浪者"河边，她病了。她接连两天昏迷不醒。在昏迷中，她时时念叨着两个字："麦种，麦种……"医药箱里所有的药，都不能减退她的高烧。第三天，她稍微清醒了一些，首先把妹妹唤到地铺前，问："还有多少粮食？"

妹妹回答："只剩一点点了。"

她亲切地环视着我们，微笑了，说："伙计们，我代表连队谢谢大家。我要建议党支部，给大家都记一功，放进档案里。现在，这里留下几个人就够了，其余的全部回老连队去，帮助老连队迁移来……一定要赶在'鬼沼'化之前！"她轻轻地拉着妹妹的一只手，"你留下吧，没有你在身边，我会寂寞的。"

妹妹说："副指导员，我留下！"

我说："我也留下。"

"摩尔人"看着副指导员，问："如果你同意，我也留下。"

副指导员默默地点了点头。

"满盖荒原"上就留下了我们四个人。

一天，两天……四天过去了，连队没有到达。整整一个连队，几百口人，搬迁到这里来不是一次简单的行动，会有许许多多的困难。在这四天之内，"鬼沼"彻底开化了！"流浪者"河，这条我们在"满盖荒原"上信任的朋友河，它出卖了我们！它跟"鬼沼"卑鄙地联合了起来，向我们示威！当我、妹妹、"摩尔人"第四天早晨走出帐篷时，都被惊愕得呆住了！清可见底的"流浪者"河，不知从哪里汇集了那么多水，隔夜之间变成了一匹脱缰的野马，浊流湍急，打着漩涡，夹杂着雪坨、冰块儿、枯枝断树，甩了一个直角弯，奔泻而下，河水溢出河床，灌进沼地，"鬼沼"一片汪洋！

妹妹忧愁地说："今天连队再不到达，我们就一点吃的也没有了。"

我和"摩尔人"同时看了她一眼，都没说什么。我们担心着更严峻的事情——连队将如何涉过"鬼沼"？

妹妹一声不响地又钻进帐篷里去了，我和"摩尔人"也跟进帐篷，见她坐在副指导员的地铺旁，瞧着昏迷中的副指导员垂泪。我们进来，她赶紧抹去眼泪站起来，拿上一把镰刀和一个小土篮，说："我去挖野菜。"

将近中午，妹妹的喊声突然从远处传进帐篷："哥哥，哥哥，快来呀！……"

我和"摩尔人"同时跳了起来，奔出帐篷，但见妹妹像一只小猎犬，在追赶一头弱小的狍子。她一扬手，将镰刀飞抛出去，砍中了狍子后腿，狍子一头栽倒。她猛扑上去，却扑了个空。那小动物挣扎着跳了起来，带着伤向沼地里逃窜，妹妹跟在后面紧追不舍。小狍子在沼地边沿停了一下，似乎还回头看了她一眼，跃进了沼地，一拐一拐地向沼地深处逃去。

"站住！"

"小妹！"

我和"摩尔人"对妹妹大声喊。

妹妹追到沼地边，欲罢难舍，焦急地来回奔跑。她终于停住了，望着陷住四蹄寸步难移的狍子，迟疑了一下，小心翼翼地向"鬼沼"迈出了一步。

"回来！危险！……""摩尔人"高吼一声。我和他同时朝妹妹跑去。

妹妹回过头来望了我们一眼，挥动了一下手臂，好像是在任性地说："你们别管我！……"她跑进了"鬼沼"。

当我和"摩尔人"追到沼边时，她已捕住了小狍子。她和那小动物在沼泥中扑斗了几下，一眨眼间，忽然深陷了下去，一下子被吞陷到胸部！还没等我和"摩尔人"有所反应，沼泽中便只露出了她的一只小手。那小手也只来得及在空中抓了几下，倏忽间便从眼前消失了！

"哥哥！别过来……"她留在这世界上的最后一句话，击响我的耳鼓！

"小妹！……"我发出一声可怕叫喊，不顾一切地向沼泽冲去。

"摩尔人"两条有力的手臂，从后面紧紧将我搂抱住了。我挣动了几下，眼前一黑，昏倒在他怀里。

当我醒来的时候，已经躺在帐篷里了。妹妹的那只小手像电影中的叠印镜头一样，重复地在我眼前出现。我耳边又响起了母亲临终的叮嘱，泪水唰地一下子淌了出来。我硬撑起身，看见"摩尔人"那高大的身躯，一动也不动地伫立在帐篷外。惨白的月光照在大地上，将他的身影衬托得格外分明。"鬼沼"那边，传来了令人毛骨悚然的怪异的鸟叫，也许是"收魂鸟"将妹妹的魂灵收走了吧？我虽然并不迷信，但这种迷信的思想却在我头脑中闪过。我盯着"摩尔人"的身影，心中突然对他产生了强烈的憎恨！甚至思路狂乱起来。如果不是他搂抱住我，我相信我是一定可以救出妹妹的！对小妹的死他是有罪过的！

我站了起来，一步一步走出帐篷。"摩尔人"听到我的脚步声，缓缓地转过身来。他骇然地瞪大了眼睛，也许他看到了我怒不可遏的狂乱的脸色，本能地朝后退了一步。

我霍然对他扬起了拳头。

"你！……"他惊愕地朝后退了一步。

"我恨你！"我咬牙切齿地说出了这三个字。

他的目光，盯在我脸上，低沉地说："如果是因为你的妹妹，那我有权替自己辩护。你以为我有一颗魔鬼的心吗？你以为我就不为你妹妹的死难过吗？如果当时我的生命能换取她，甘愿躺在沼底的是我！如果你是因为她……"他朝帐篷里看了一眼，"那你尽管动手！只要我活着，只要她还没有宣布做你的妻子，我就有权爱她，并且追求她！"

他的话，令我的双手发抖了。好像为我的小妹致哀，我垂下了头。宁静的夜晚，荒原显得更加沉寂，连"收魂鸟"那种怪异的叫声也听不到了。

"摩尔人"注视了我一瞬间，慢慢朝我背转了高大的身躯，朝荒原黝黑的深处走去，消失在黑夜的巨口中。

"你们吵嚷什么？"

我扭回头，见副指导员站在帐篷口。四天内，她病得虚弱不堪，如果她松开拽着帐篷帘的那双手，一定会无力地瘫软在地。

我半天才从双唇间挤出了一个字："狼……"

"狼？……"她怀疑的目光久久地审视着我，追问，"你一定有什么事情瞒着我！'摩尔人'呢？你妹妹呢？他们到哪儿去了？快告诉我，发生了什么事？！"

"我妹妹……她、她、她死在'鬼沼'里了！……"我双手捂住脸，克制不住巨大的悲痛，失声号啕了。

副指导员像被猛击了一锤，发出短促的一声"啊"，昏倒在帐篷口。

深夜，"摩尔人"还没有回来，他到哪里去了？在我缺乏理智地对待了他之后，他会不会也恨我呢？他还会回来跟我同住在一顶帐篷里吗？他会不会遭到什么不幸呢？如果他真遭遇到了什么不幸，那杀害他的就是我了……

我后悔极了，不安极了，我感到黑夜的漫长。我守护着昏迷中的副指导员，第一次体验了在这广袤无垠的荒原上，孤独是一种多么可怕的处境。我整夜没有合眼。

黎明时，一阵急促的马蹄声由远而近。我奔出帐篷，"摩尔人"已经在帐篷外跳下了马背。

"马？哪来的马？……"我忘记了我们之间发生过的一切不愉快的事，亲切地跟他说话。

他说："前几天，我曾在树林中发现了被猎刀砍断的树枝，断定这附近可能有鄂伦春猎人。昨天夜里我找到了他们，向他们借了这匹马。副指导员怎么样？"

"还是昏迷不醒。"

"鄂伦春猎手们说，可能染上了出血热。"

"出血热?!……"

我的心顿时冷却了。我听说过这种病，夺走一个人的生命，像秋风吹落一片树叶。

"摩尔人"又说："你立刻骑上这匹马，顺着我们的来路护送副指导员回去！你一定能迎到我们的连队，副指导员就有救了！"他完全是命令的口气。

"不！你护送她，我留在这里！"

"我的身体太重，半路上非把这匹马压垮不可。它已经跑得够累了！由此向西五十里，可以绕过'鬼沼'，你们沿沼地向西走吧！"

再争执就是卑劣的虚伪。

"摩尔人"用行李绳将昏迷中的副指导员缚在我后背，扶我跨上了马鞍。

"把枪带上。"他把步枪递给了我。

"你留下。"

"你带上，以防万一。"他将步枪挂在马鞍上，拉着马缰掉转马头，用充满信赖的目光看了我一眼，在马屁股上猛擂了一拳。

那马嘶叫一声，撒开四蹄，朝西疾驰而去。

朝西虽然比朝东少绕三十里路，但却要经过一片"塔头"甸子。幸亏那马是纯种鄂伦春猎马，在"塔头"地里也行走如飞。这种马体形矮小，其貌不扬，但能吃苦耐劳，是猎人之友，是荒原上的骆驼。

绕过"鬼沼"，仍一路不停地踢着马腹。那马仿佛体谅我的心情，速度毫不懈慢。又疾驰了大约三十里路，我的棉裤被马身上的汗湿透了。突然它打了几个响鼻，四腿发抖，蹄步摇摆起来，它似乎还想全力奔驰，但前蹄却跪倒了。我的双腿刚刚离开马鞍，在地上站稳，它便侧身一卧，伸长了脖子——它彻底累垮了！马腹忽起忽落，鼻孔喷出热气，嘴里吐出白沫来。这有灵性的动物，在倒下时，也绝不用身子压住骑者的腿，它那双琉璃眼，歉意地悲哀地望着我。

"放下我，放下我！这是什么地方？我们为什么在这里？你要把我背到哪儿去？……"

副指导员从昏迷中清醒过来了，她在我背上挣动着被缚住的身子。

我解开绳子，将她轻轻放在地上，让她的头和肩靠在我的胸前。

我轻轻地对她说："副指导员，我要护送你迎接连队，你病得很严重！"

她喃喃地问："我要死了，是么？"

听我所爱的人说出这种话，我如万箭穿心，难受极了！我大声回答她："不，你不会死的！"

她吃力地微笑了一下："我不怕死，真的。你忘了，我们的扎根誓言中，不是有这样两句话么，'埋骨何须故土，荒原处处为家'。遗憾的是，我再有几个月就可以回家探望我的爸爸妈妈了，我真想他们啊！他们想我，大概都想疯了呢。我已经给他们写了信，保证我们在'满盖荒原'上秋收之后……"

我呜咽了，眼泪一滴一滴落在她脸上。

"别哭，"她轻轻握住了我的一只手，"如果我真的死了，就把我埋在'鬼沼'旁，我要和你的妹妹做伴。她是个好姑娘，我喜欢她。我只有一点请求，在我的碑上，在我的名字前面，刻上'垦荒者'三个字……"一大滴泪水，从她的眼角慢慢淌了出来。

我紧紧搂抱着她，放声大哭。

"你看，那是什么？多像书上写的那种忘忧果！你给我折一枝来，好么？"她那双美丽的大眼睛忽然闪亮闪亮的，盯着附近的什么东西。

我顺着她的目光，发现了一丛紫红的尚未开放的达子香花。我将她靠在马鞍上，站起身去折那丛达子香。待我折了一束花回到她身边时，她已经闭上了眼睛。

她和那匹鄂伦春猎马同时停止了呼吸！

大地在我脚下旋转，蓝天变成了黑色。

我擦干了眼泪，将那束达子香别在她衣扣里，跪了下去，在她渐渐消失着血色的双唇上，长久地亲吻着。我相信，她若有灵，是不会嗔怪我的。

我又背起她，继续朝前走。

这时，在地平线上，我看到了我们搬迁的连队的带状的影子……

全连队为副指导员默哀了许久许久。

每一个人都流出了真诚的眼泪。

当我们全连队的马车、爬犁、拖拉机和团里支援我们搬迁的卡车所组成的车队行进到"鬼沼"前，冥冥的暮色开始在荒原上织成了帷幔。有人发现了一顶棉帽子，挂在倾斜的作为坟碑的木桩上，还压着一块石头。我首先走过去取下那顶帽子，认出是"摩尔人"的狗皮帽。帽兜里有一张纸，上面写着这样几行字："我探出了一条涉过'鬼沼'的路，以树枝为标记，由此向东，一里远处……"

当天晚上，我们将可能陷没的车停在了原地，全连队的人都平安地涉过了"鬼沼"。可是我们却到处也找不见"摩尔人"。

第二天黎明，在"流浪者"河边，发现了"摩尔人"的血迹斑斑的衣片，一柄大斧，三只死狼……周围的一切，都无声地向我们做证，这里曾进行过怎样触目惊心的人与兽的搏斗！可以想见，强壮勇猛的"摩尔人"是怎样拼搏尽了最后的气力才倒下去的……

我们在悲痛的日子里，开始在"满盖荒原"上播种。

按照副指导员的遗嘱，我们将她埋葬在"鬼沼"旁。我们从百里外的驼峰山上运回了一块大青石，连队的老石匠将它凿成了石碑，碑文上刻着：垦荒者李晓燕和她的战友王志刚、梁珊珊长眠于此。

我们从驼峰山上伐下了上千棵义气松，沿着"摩尔人"做的标记，在"鬼沼"上铺了一条垦荒者之路。第二年，又有好几个连队建点在"满盖荒原"上。

"鬼沼"，它终于被征服了！

当我带着垦荒者的胜利，在一个黄昏默默走到"垦荒者"墓前凭吊的时候，一个陌生的青年也在那里。我发现墓碑上放着一束达子香花；那是妹妹生前最喜爱的花。

我立刻明白，他是妹妹生前所爱并爱过妹妹的那个人！

他脸上的表情令我深信，他是永远也不会离开"满盖荒原"的了！

我们对望了一眼，他便掉头缓缓离去了。

我没有叫住他，没有问他的姓名，甚至没有想到问问他是哪一个城市的青年……

他是我们那一代中的一个，这一点足够了。

我们经历了北大荒的"大烟泡"，经历了开垦这块神奇的土地的无比艰辛和喜悦，从此，离开也罢，留下也罢，无论任何艰难困苦，都决不会在我们心上引起畏惧，都休想叫我们屈服……呵，北大荒！

敬告作者

　　为了保护有关作者的合法权益，我社曾多方联系本套书所涉及作者的版权事宜。但遗憾的是，由于种种原因，仍未能与少数作者取得联系。现谨对尚未取得联系的作者深表歉意，并请有关作者或著作权人见书后，尽快致函作家出版社，以便及时奉寄样书和稿酬。

　　通讯单位：作家出版社

　　通讯地址：北京市朝阳区农展馆南里10号

　　邮政编码：100125

　　联系电话（传真）：010-65925260

图书在版编目（CIP）数据

反思文学：上下卷 / 陈晓明主编． -- 北京：作家出版社，2018.12
（改革开放40年文学丛书）
ISBN 978-7-5212-0315-8

Ⅰ．①反… Ⅱ．①陈… Ⅲ．①小说集 - 中国 - 当代
Ⅳ．①I247

中国版本图书馆CIP数据核字（2018）第296082号

反思文学（上下卷）

主　　编：陈晓明
统　　筹：兴　安　崔庆蕾
责任编辑：丁文梅　杨兵兵
装帧设计：意匠文化·丁奔亮
出版发行：作家出版社有限公司
社　　址：北京农展馆南里10号　　邮　　编：100125
电话传真：86-10-65067186（发行中心及邮购部）
　　　　　86-10-65004079（总编室）
E-mail:zuojia@zuojia.net.cn
http://www.zuojiachubanshe.com
印　　刷：三河市北燕印装有限公司
成品尺寸：152×230
字　　数：791千
印　　张：49.5
版　　次：2018年12月第1版
印　　次：2018年12月第1次印刷
ISBN 978-7-5212-0315-8
定　　价：1200.00元（全20册）

作家版图书，版权所有，侵权必究。
作家版图书，印装错误可随时退换。